关仁山文集

关仁山 著

河北出版传媒集团
花山文艺出版社

图书在版编目（CIP）数据

白纸门/关仁山著.—石家庄：花山文艺出版社，2017.1（2019.3重印）
（关仁山文集）
ISBN 978-7-80755-719-7

Ⅰ.①白… Ⅱ.①关… Ⅲ.①长篇小说－中国－当代 Ⅳ.①I247.5

中国版本图书馆CIP数据核字（2016）第301945号

丛 书 名：关仁山文集
书 　 名：白纸门
著 　 者：关仁山

书名题签：关仁山
策 　 划：张采鑫　赵锁学
责任编辑：李　爽　梁　瑛
特约编辑：陆希宇
责任校对：李　伟
装帧设计：鸿儒文轩·书心瞬意
美术编辑：胡彤亮
出版发行：花山文艺出版社（邮政编码：050061）
　　　　　（河北省石家庄市友谊北大街330号）
销售热线：0311-88643221　010-57572860
传 　 真：0311-88643225　010-57572860
印 　 刷：三河市华东印刷有限公司
经 　 销：新华书店
开 　 本：710×1000　1/16
印 　 张：25.25
字 　 数：370千字
版 　 次：2017年2月第1版
　　　　　2019年3月第2次印刷
书 　 号：ISBN 978-7-80755-719-7
定 　 价：62.00元

（版权所有　翻印必究·印装有误　负责调换）

目 录

鹰背上的雪	001
红海藻	013
门　神	018
梭子花	024
大铁锅	031
闰年谣	036
挖地三尺	043
发　天	049
开　雾	057
现场会	063
十三咳	071
头伏雨	077
青色海螺壳	085
龙帆节	088
祭　潮	100

乱　航	104
挂　旗	111
逃　跑	123
活套儿	134
芒　刺	139
哑　静	140
厌　气	148
腥　风	151
盐　岛	159
日　子	167
犯人村	175
红　蛇	185
心　虚	192
翡翠手镯	195
三蛤四卤	202
蟹　乱	210
护身符	218
缩地符	224

醉　蟹	231
深海矿物泥	240
红　雀	249
"倒楣"	258
寒食口	278
柴门草户	301
船　王	305
红腰带	311
沉　船	314
揭　秘	323
烧船祭祖	335
熬　鹰	343
歧　视	351
印、剑和镜	359
摸门钉儿	368
郎税务	378
雷震枣木	388

鹰背上的雪

腊月的雪，疯了，纷纷扬扬不开脸儿。烈风催得急，抹白了一片大海湾。白得圣洁的雪野里零零散散地泊着几只老龟一样的旧船。疙瘩爷把腿盘在炕头，屁股上坐着一个红海藻做的圆垫子，烤着火盆儿，吧嗒着长烟袋，眯着浑黄的眼眸瞄了一眼门神，把目光探到窗外。荒凉海滩上压着层层叠叠的厚雪，撩得他猛来了精神儿。他心里念叨打海狗的季节到了。他别好徒弟梭子花送给他的长烟袋，挺直了腰，拧屁股下炕，从黑土墙上摘下一支明晃晃的打狗叉。叉的颜色跟大铁锅一个模样。他独自哼了几声闰年谣，拎起拴狗套，披上油脂麻花的羊皮袄，戴一顶海狗皮帽子，甩着胳膊，扑扑跌跌地栽进雪野里。

云隙间，一只鹞鹰，躲着雪片儿，摇着飞。

野地里的雪，一层层地厚着。两溜儿深深的雪窝儿，串起空旷海滩上的无数道雪坎儿。疙瘩爷脚下一趔一滑，走不大稳，觉得雪窝儿深得像是挖地三尺。夜色清凉，冷透了的寒气，直往骨缝里杀。滚了几步远，疙瘩爷忽然不动了，斜卧在一艘冻僵的古船板上。爬满粗硬胡楂的嘴巴喷出一团哈气，就拽起拴在腰上的酒葫芦比画两下，锥子似的小眼睛依旧盯着沉静的远海。白腾腾的，除了雪还是雪，就像夏日海上发天的浪头一样白。他无声地笑笑，感到一种空落，只有嘴巴寻着酒葫芦对话。多久又多久，有遥遥的狗在吼，他的老脸快活得就像开雾。

雪莲湾打海狗，出自乾隆年间。小年儿的雪亲吻冰面时，海狗才偷偷摸摸地往岸上拥。毛茸茸的身子一拥一拥地爬，模样有些像海豹，又不同于海豹。

海狗哪块儿都是宝，肉可食，皮可穿，若是碰准公海狗脐，算是剜个金疙瘩了。那是一种极珍贵的药材。但不是有个人样儿就能干的营生。险着哩，数数东海滩林子里的渔人墓庐，多一半儿跟海狗有死仇。疙瘩爷大名叫麦连生，是七奶奶的儿子，出自白纸门家族。麦家还是打海狗世家，他的祖先都是雪莲湾出了名的打狗汉子，人称"滚冰王"。这个在大冰海上自由滚动与海狗较量的强者家族着实的荣耀。雪莲湾人吃海上饭，船是他们捕捞作业的重要工具。海上凶险无比，常常使渔人陷于危险境地。就像娘常念叨的："半寸板内是娘房，半寸板外是阎王。"所以敬神的气氛很浓郁，有关"门"的福祸的禁忌常常使人保持经常性的警惕。为了避邪保平安，雪莲湾家家户户才抢着糊了白纸门。白纸门上贴着七奶奶剪的"钟馗"门神。为此村里开过现场会。雪莲湾的白纸门有一个流传很久的风俗。古时候发海啸，雪莲湾一片汪洋，七奶奶的先人会剪纸手艺，平时就在门板上糊上剪纸钟馗，家家户户进水，唯独七奶奶先人家里没有进海水。这下就把白纸门传神了，家家户户买来白纸，请七奶奶先人给剪钟馗。明眼人一看，雪莲湾家家户户都是一色白纸门了。风俗渐渐演化，谁家男人死了就摘左扇白纸门随同下葬，那扇门就黑洞洞地空着，等女人走了再摘右门跟随女主人下葬。新人入住这所房子，重新换上门，贴上七奶奶的剪白纸钟馗。外乡人到雪莲湾走亲戚，若是看见谁家没有左扇门，就马上明白这家死了男人，女人守寡；右扇门空空的，就会知道这家没了女人是个光棍。久而久之，这个风俗就传下来了。

疙瘩爷喜欢娘做的门神，为此，冷落了十三咳。疙瘩爷永远记着爷爷的模样，爷爷教他打海狗，看着爷爷肩扛海狗"喊海"时的赏灯之夜。那是很久远的年月，爷爷把拿命换来的海狗交给老族长时，村头老歪脖树下响彻了击鼓般的掌声，鲜鲜亮亮。随后点燃一盏盏各式各样的灯笼，亮了一街。最后老族长亲手点上一盏贴"牛"字样的属相灯郑重交给爷爷。爷爷将属相灯高高地举过头顶，绷脸不笑，心里却塞满了蜜罐儿。这是雪莲湾人自古以来最高的奖赏。后来不久，老牛般强壮的爷爷，野野的一身铁肉，却让海狗咬伤了，挺到第二年头伏雨就咽了气。白纸门也没能保住爷爷的命。为此疙瘩爷仇恨海狗，仇恨却使他获得了冷静。

如今，疙瘩爷的胳膊也被海狗咬走一口肉，这块伤疤像一只青色海螺壳。他这个冰上的鬼，若是脚步疾，也早溺了埋了，那样就没办法跟好友过龙帆节了。在他的眼睛里只凝固了一个永恒的仇恨、嘲讽和挑战……雪片子猛猛地裹了疙瘩爷的身子，让疙瘩爷觉得是袭来了祭潮。海封得好死，年年封海海狗都不上岸。分大年儿和小年儿。今年是小年儿，狗×的迟早要露头儿的！疙瘩爷想。

天地一暗，潮就爬来了。鸥鹰静静立在一块雪坨上东张西望。不多时，冰层底下挤出呼隆呼隆的声如裂帛的脆响，犹如夏天海里乱航。响声里夹了隐隐约约的"嗷呵——嗷呵"的犬叫声。疙瘩爷躲避的雪坎子，就是夏天老船挂旗的地方。他兴奋得小眼睛里充了血，扭头时，蓦地看见几步远的雪岗儿顶端黑乎乎地袒露着什么。他这才恍然明白狗×的迟迟不上岸的原因，是它见不得一丝大地的影子。海狗若是见了黑东西，掉头就会逃跑的。疙瘩爷滚过浮雪，爬上那道雪岗儿，托一块雪团团儿，盖住了被风吹秃的地方，然后斜着小眼睛寻着嘎嘎裂响的冰面。他调动了多年获得的嗅觉和听觉经验来捕捉着冰面细小的变动。是的，海狗会来的，它们跟人一样，在寻找爱，享受它们的生活；同时也在寻找搏斗，显示胜利或者失败！这在他的心里不知不觉渐渐温馨起来。

寒风涩重，滚地而来。疙瘩爷灌了一口雪粉，咂巴咂巴。

俄顷，碎月儿游出来了，像一块冰僵在空中。百米远的裂冰上蠕爬着一个硕大的白乎乎的东西。疙瘩爷揉揉眼睛，活动一下冻僵了的手脚，哈腰轻跑过去。当他辨认出是一只大海狗时，就迅疾趴倒，匍匐着动，身下磨出窸窸窣窣的声响。这个时候，要是有个活套儿甩过去，海狗就彻底栽了。他又爬了几步远，勾头趴在雪坎儿后面不动了。再灌几口老白干酒，热辣辣的，身上的筋脉就活了，老胳膊老腿儿也顿时来了灵气儿。黄毛大海狗也不爬了，抽了几声响鼻。海狗像嗅了人的气味，抬起带有花斑纹的毛毛头，扑闪着慌恐、善良而灼人的蓝眼睛。忽地，老海狗急促喘息着往回爬。疙瘩爷细细审视，瞧定这是一只肥硕的母海狗。棕毛稀稀的肚皮下蠕动着两只可爱的小海狗。两个类若天使般的小精灵不明真相地哀哀叫着。疙瘩爷霍地爬起，身上好像长了一片芒刺，螃蟹似的横着身子堵了海狗的退路。

顿时哑静了三分钟。

海狗眼前黑了景儿，扭了头"扑"一声，将一只小海狗顶出三步远，小海狗滑溜溜滚进一张一合的冰缝，溅起清晰炽白的咔嚓声。再顶下一个，雪粉刺得疙瘩爷的两眼眯缝上了。等他睁开眼睛，已经来不及了，就凄厉厉叹一声："呼——"母海狗闭了眼，耷拉头，死死护着小海狗。然后就一动不动了，宛如悄然拱出的一座雪雕。

疙瘩爷孤傲地站在雪梁子上，等着母海狗的拼死腾跃。他着急啊，然而母海狗没有动作。僵持许久，母海狗缓缓抬起头，怜怜地乞望着疙瘩爷恼怒的血眼。疙瘩爷的身体像是生了一股厌气，攥叉的手瑟瑟地抖了。看见母海狗眼里溢出一滴滴的浊泪，疙瘩爷双腿一软，愣了，怔怔地围着海狗兜圈儿。疙瘩爷脚下的棉乌拉汩汩地踩进深雪里，脆脆地响。母海狗几乎在惊悸的"吱吱"声里瘫软如泥。疙瘩爷替海狗悲哀，它没了神秘，没了尊严，仅仅剩下一种温情脉脉的伤感。疙瘩爷的胸窝儿几乎要憋炸了，厉厉地吼："狗×的熊样儿，出招儿哇！"

母海狗悲戚戚地喘息，如秋风吹落的一团黄柚子。

疙瘩爷又叫："滚，滚吧，货！"然后狠狠朝母海狗踢一脚，如踢打一块破棉布团子。他不喊了，人的语言，海狗的语言，是无法沟通的，无论他怎么叫骂，在海狗眼里也是个咆哮的哑巴。

母海狗依旧不动，像疙瘩爷家里的泥塑龙母。

疙瘩爷沮丧了，沉闷地哼一声，悻悻而去。

茫茫雪野里，疙瘩爷脚下的棉乌拉刮刮喇喇叫个没完没了。尽管疙瘩爷一辈子啥都干过，造船、守海、唱驴皮影，可是杀海狗仍是他的一个营生。昂贵的狗脐是他渴望猎取的，可更较心劲儿的是他与敌手公平的厮杀较量。虽说这世界没有绝对公平，可是，疙瘩爷觉得用叉打海狗就算公平。

往年闯海，转悠这么多时辰，疙瘩爷早就与矫健灵活的白影斗上了，让一海湾飘着腥风，那是只有他独享的快乐。今天除了撞上那个晦气的母海狗，还没寻着别的。他丧丧地叹了口气，脑子一片空白，对着冰海里盐岛的方向撒了几滴尿。疙瘩爷边系裤子边欣赏雪莲湾的海景。突然，他觉得脚下踩住了一个肉乎乎的东西，身子一晃，退了一步，他以为踩的是一道雪坎子。肉肉的，一只隐蔽的大海狗,心里猛打一个冷噤,双腿从海狗身上弹了起来。

显然,就这一踩,海狗被激怒了,海狗在疙瘩爷目光中孤独地站着。疙瘩爷还没缓过魂儿来,就哼哼哧哧地摆起身子,脚下的冰排跟着摇了。他脚一滑,实实地摔在冰排上,手中的叉也脱出去,凉冰冰的海水就忽地漫上了冰排。冰排整个成了滑溜溜的白玉,一点儿抓挠也没有了。疙瘩爷眼睁睁地瞅着自己的身体往海里坠滑。海水漫过疙瘩爷的膝,灵机一动,疙瘩爷用扁担搪在两块冰排之间,一头儿恰恰顶住了疙瘩爷下滑的身子。就借这股支劲儿,疙瘩爷腾地将身子从冰上硬挺了起来,一滚,滚出一溜脆响,搭上了对面的冰排。可是驮海狗的那块冰排却一颤一悠,大海狗冷不丁招架不住,直线朝疙瘩爷哧溜过来。疙瘩爷就势从冰层夹缝里抽出扁担,狠命一挑,将海狗顶起来,急急一转身,随着嘎巴的扁担断裂声,大海狗重重地落在疙瘩爷脚下,腾起一团扎眼的雪粉。

"狗×的!"

疙瘩爷挑衅似的吼着,吼得青筋暴暴。他甩了半截扁担扑过去,栽了一脸雪。大海狗就凶凶地扑过来,两只锋利的前爪直抠疙瘩爷咽喉。疙瘩爷没慌,他见过太多的死亡,从小就知道死亡是怎么回事!他没爬起来,却蓦地抬了两腿,一蹬,顶出海狗两米远。他倏地扑过去,攥紧海狗的后腿儿,抖腕一扭,悬空甩一个圆形的滴溜儿。

海狗又被重重地摔在冰排上,嗷嗷叫着,四条腿乱乱地踢腾。

疙瘩爷的手臂抖麻了。他吃不住劲儿,晃了几晃,一头跌在海狗的怀里了。海狗的铁头"扑"一声与疙瘩爷的脑袋相磕,撞得疙瘩爷头昏眼花嗡嗡叫,鼻头流了热嘟嘟的血。他与海狗滚打成一团了。

疙瘩爷嗅到了一股血腥,深深地吸了一口,吞咽了那气味。疙瘩爷气力运足了,又顺手抓了那截断茬儿的扁担,朝海狗的肚皮厉厉一捅,扎了进去,大海狗痉挛着躺在血泊里⋯⋯

海狗死了。

疙瘩爷惬意地冷笑着,枯井似的眼里潮潮润润。他缓缓解下缠在腰间的青麻绳,七缠八绕地系上海狗的头。消停片刻,疙瘩爷把绳子搭在肩上,拖着战利品,一点儿一点儿地往回赶,嘴里不住地哼着野歌。猛抬头见了岸,便知该

"喊海"了。

多少日子形成的规矩，凡打了狗的汉子，上岸就得喊几嗓子，不管远近不分老少，听见了就来的，搭手就分一份狗肉。疙瘩爷是小年儿第一份"开张"的，就更得喊了。他抖了抖雪粉，将一扇巴掌贴在嘴边，泼天野吼：

"噢，老少爷们儿，分狗肉喽——"

"噢……"

海死静，唯落雪声。

疙瘩爷的吼声气势如虹，低沉的吼声要尽量勾起胸腔的共鸣。他吼了几嗓子，仍不见有人理睬他，心里怏怏的。雪莲湾村如此寂静，甚至狗都没叫一声。就连那个不安分的犯人村也没动静。疙瘩爷猛眨一下眼，便没趣道："对不住啦，俺只好吃独食儿啦！"说着就仰脸朝鹞鹰打了个呼哨，鹞鹰跟着老人欢快地飞了。

渐深去的夜，天海合一了。星啊月啊隐退得无踪无迹，脚下的雪地便模糊起来。疙瘩爷回到家，家里空空，一入冬，七奶奶就搬到孙女麦兰子那里住了。他打开半扇白纸门进了屋，先将海狗拽到窗前，一刀剜了狗脐，拿布裹了。跪在地上，鼓捣鼓捣地从柜下拎出一个光绪年间出窑的黑釉酒罐儿，揭了盖儿，小心翼翼地将狗脐放进去，里面疙疙瘩瘩的狗脐塞得满满实实。他眯着眼，一脸的如梦如幻。他知道，这一罐得值几万块。小酒罐像神一样为他明鉴清白，他要用它赌一个今生来世。至于狗脐的归宿，他心里早有安排了。

疙瘩爷太乏了，斜靠在炕沿儿，搂着酒罐，吧嗒一声，合了眼皮入梦去。

渐渐窗棂就有些泛白，隐约听见鹞鹰在叫。他起身，长长地打了个哈欠，就去屋外鸡窝上取柴，坏垒的鸡窝，矮着，落一层雪，垂一溜儿白白的冰溜子，抱起一捆干爽爽的树枝，抖搂抖搂雪，进屋点了灶膛。膛内的火明明暗暗，将他的憨头面孔映红。他从缸里弄了一瓢水，望望没有红蛇，这才将水倒进一只脏兮兮的旧盆里，托回炕上，架到炭火盆上，又用刀将海狗的后脊剖开，切成条条块块。他顿了顿，又往一只盛了酱酒的碗里捏碎两只烤焦的红辣椒，上炕盘了腿，美滋滋地涮狗肉了。

"啧啧……疙瘩爷，你老可真行啊！"邻居一个叫大鱼的男娃不知啥时溜进屋来，馋馋地盯着香气四溢的肉盆。大鱼今年十八岁了，高个头，单眼皮，眼睛细长优雅。脸长得像一条海鲶鱼，看不见鼻孔，鼻孔被鼻肉裹住了。他小时候身上长了一层层的鱼鳞，怎么刮都刮不净，他的爸爸妈妈吓坏了，全家族的人都嫌弃他，只有疙瘩爷喜欢他。大鱼的爸爸请来七奶奶给他看相，七奶奶说这娃的前世是海里的一条鲶鱼精，命硬。大鱼独特的身世、个性和长相使雪莲湾人十分好奇。大鱼不是雪莲湾的种儿，爹死后娘才嫁到海边来的。他是娘从邻村带过来的。每年冬天都缠着疙瘩爷学打海狗。疙瘩爷虽没收他做徒，却满心喜欢这孩子。

大鱼一脸虔诚："疙瘩爷，也带俺打狗吧！"

疙瘩爷喝一小口烧酒，辣到心底，咬上一口海狗肉，香气萦嘴。他抓了一团肉，塞进大鱼嘴里："吃饱喝足，大爷就收你当徒啦！"

"真的嗨？"大鱼乐得直拍屁股，蹿上炕，狼吞虎咽地吃喝上了。地上有些残剩的肉、骨头和饭粒。一只猫，在那转悠，嗅着吃。

大鱼的鲶鱼眼珠骨碌碌地转了转，道："疙瘩爷，在俺身上你老甭咋费心，帮俺打一只狗就行。拿一个狗脐的钱，就足能换一支上等火枪啦！"

疙瘩爷嘴里含着狗肉黑了脸相，眼皮一眨不眨地瞪着大鱼，似乎要把他活活吞掉，红眼凶他："婊子养的，老子还没收你做徒，你就黑心啦！拿枪打狗，有良心吗？"

大鱼吓白了脸，心虚地说："大爷，你老太死心眼儿啦，叉也是打枪也是打。俺绝不占你老的地盘！"

疙瘩爷双手忽然捏满了汗，咬着牙说："路是通的，海是公的，狗×的打了还来，老子不怕你抢营生！"

"那是……"

"皇天后土，祖上规矩。好猎手历来讲个公道。不下诱饵，不挖暗洞，不用火枪，就靠他娘的自个儿身上那把子力气和脑瓜的机灵劲儿……"疙瘩爷说得唾沫横飞。

大鱼心虚听不下去，那是中听不中用的问题。他怏怏地退下炕，说："疙瘩爷，你走阳关道，俺走独木桥！不跟你学就结啦！"

"滚！小兔崽子！"疙瘩爷凶凶地吼，脸上硬出一股青色。

大鱼扭过身，鬼鬼地跑了。疙瘩爷却再也没了吃喝兴头儿。只觉心里慌得紧。老人想，这狗娃是奔海狗脐来的。听说来过皮货贩子，一个狗脐能换一对翡翠手镯，还能买一车养虾饵料三蛤四卤。

这天黑夜，疙瘩爷又打了两只公海狗。这次老人没有带鹞鹰子。"喊海"的当口，村里拥过来不少人，就像闹蟹乱似的。狗肉都让疙瘩爷做了顺水人情，他仅捏了两个狗脐朝家赶。他的神气威风了一条街。大鱼双手插进破棉袄袖里，与一群孩子踩雪。疙瘩爷迷迷糊糊地走，只听满街的雪踩得乱响。他从大鱼身边走过时，大鱼的贼眼瞟中了老人手上捏着的红疙瘩，便知了一切。

大鱼神神怪怪地一哼声，故意佝腰乱跑了一阵。道儿窄巴，雪地滑，一个打雪仗的孩子躲避大鱼与疙瘩爷撞了。疙瘩爷被撞了一跤，慌乱中，他使劲捂了一下自己的护身符，脸却擦了地，像是啃了一张缩地符。大鱼将疙瘩爷搀起来，乱哄哄的，他发现雪地上丢了一个耀眼的红疙瘩，暗暗一丝惬意。疙瘩爷走了，走得摇摇摆摆。大鱼悄悄抓起地上那个红疙瘩，定定地瞧，一蹦三尺高。疙瘩爷回到家，却发现少了一个狗脐，回头到街上，苦着脸，歪着嘴寻找，孩子们一哄而散，大鱼的黑影一闪，影子是烙在心里的痕。

没隔几天，大鱼扛着一杆双筒火枪闯海了。

疙瘩爷用抓贼的眼光望着大鱼，吃惊地张着嘴巴，像吃醉蟹卡了喉咙，浑身的血顿时凝住了。他愣了许久，很沉地对大冰海叹了口气："罪孽，真格儿的罪孽未清哟……"打晚清就有了火枪，可打海狗从不用枪，祖上传的规矩。先人力主细水长流过日月，不准人干那种断子绝孙的蠢事儿。过去谁用枪就要祭海的，死不了，也得啃一嘴深海矿物泥。在疙瘩爷仇恨的眼睛里，海狗和红雀一样，都是一种令人敬畏的生命。生命与生命的公平厮杀，才能杀出尊严来。人活名鸟活声，大鱼那小兔崽子，跟海滩红雀似的见钱眼开，钱都让你们这些人赚了，连名儿都不要了，迟迟早早要倒霉的！

"砰——"一声脆脆的枪响。

亘古以来雪莲湾大冰海上的第一声枪响，是大鱼打的。有一条海狗被枪砂击中，其余的海狗在灼热的枪砂追击下哀号着逃向雪野深处。傍天黑时，大鱼也拖着一条大海狗"喊海"了。然而,没人来分他的狗肉。他就想把狗肉给同学麦兰子送去,谁知不凑巧,麦家今天过寒食日,再说了,麦兰子是疙瘩爷的孙女,她能缺了海狗肉吃?他也不觉得怎么不好,就拖至村口的酒店卖了,掠了狗脐也学疙瘩爷神神气气地往家走,亮亮的眼睛,闪着自豪的神情。

疙瘩爷独自躲在自家的柴门草户里,就听见枪响了,那是死亡追赶生命的声音,这声音总是轮番踩躏着疙瘩爷的美梦。他好像害了眼病,看什么都迷白白的一片,不见狗也不见人。他心一紧,周身汗毛竖立,胸口窝儿沁出冷汗来。夜里睡觉时,脑子里也影影绰绰塞满枪声,喉咙里撕搅着一个异样的声音:"谁之罪啊?"于是,在老人眼里,月色变成了陷阱,生命变成了怀念。

第二天早上爬起来,疙瘩爷的头沉沉的。一睁眼睛就先吧嗒几口老叶子烟。烟叶子苦辣苦辣的,吭吭地咳一阵。七奶奶不让他抽烟,可他还得抽,不能不抽,有口烟就能挺着。放了烟袋,老头摸了摸自己空空的肚皮。吃了早饭,他又"武装"了一番闯海了。没下雪,满天的雾气,在空中沉沉地飘着,风一阵紧一阵,像贼一样游。雾气越来越厚,老人感觉自己的衣服全被雾蒙湿了,内心也雾雾的,雾能渗到心里吗?老头突然产生了这样一个怪怪的念头。这时大冰海深处滚来阵阵雷声,仄了耳朵听,才知是不远处荡来的摩托车响。之后便有喊喊喳喳的说笑声由远而近,远远近近都充了杂响。疙瘩爷扭头看见一群穿"皮夹克"的年轻人各个扛着火枪,欣欣地朝大海深处赶。疙瘩爷从感官传到心里地厌恶。

一个桄杆似的小伙子看见疙瘩爷,嘲讽地说:"老头儿,还拿叉顶着哪?"

疙瘩爷不认识这群人,见了火枪,脸上戗出火气,恨恨地瞪他们一眼,默默走路。

"原来是个哑巴,嘻嘻嘻……"

疙瘩爷不回头,眼里涌出了泪珠。他一任这些脏话在耳朵里飘进飘出。他显得很冷漠,这世界究竟怎么了,也不知哪块儿生了毛病。多少年了,雪莲湾还从没有人这样嘲弄他。人们敬重他。小崽羔子们,老子滚冰的时候,你们他妈的还不知在哪个娘儿们肚里转筋呢!你们得了哪号瘟疫,对人对狗都没了心肝。

"都闭上你们的臭嘴,你们知道他是谁吗?"疙瘩爷隐隐约约听见是大鱼在说话。

"谁?"

"他就是大船王黄木匠的朋友滚冰王,疙瘩爷大爷。"大鱼说。

年轻人脸上的狐疑清晰可见:"没用,滚冰王也不抵枪子儿蹽得快!"

疙瘩爷气得抖抖的,眯着眼睛,仰天叹了口气。他松了一下红腰带,蹲下身子,甩了手套儿,抓一团雪揉得沙沙响,皮肤凉得一惊一乍,几把雪下来就坦坦然然了。

大鱼说:"别看咱们玩了两天枪,戳在这儿的都算着,加一堆儿也不如疙瘩爷一根毫毛!"

"哑,牛的你!"一个小伙子叫。

"他年轻时是个打雁的神枪手呢!不信让他给你们开开眼。"大鱼梗着脖子说着,三步两步奔到疙瘩爷跟前,递过一支枪,"疙瘩爷,俺的话可吹出去了,你老看着办吧!"

疙瘩爷瓮一样的蹲着不动,就像海底沉船。

大鱼靠了靠,步态优雅:"爷,咱就这么栽啦?"

"皮夹克"们哄了:"老头儿,啦,啦……"

疙瘩爷嗖地站起来,劈手夺了火枪,急眼一扫迷迷蒙蒙的天空。鸥鹰被吓飞了,飞得远远的。老人只见一飞鸥,抬手"砰"一枪,鸥鸟扑棱棱坠地。

大鱼呆呆地看得眼直:"妈呀,神啦……"

"皮夹克"们木木地张大了嘴巴。大鱼终于嘁着嘴,揭秘似的说:"疙瘩爷,当过海眼。爷,你也先换脑筋后换枪吧!"

"哑!"疙瘩爷重重地哼一声,嗅了嗅枪管儿,他爱闻这丝丝火药味。他赌气扔了枪,两眼盯着前面的死鸥,比烧船祭祖还伤感。他像是脏了手似的,又抓了一把雪,揉成实实的雪团子,揉一会儿水就下来了,如同熬鹰时攥出的一层老汗。手掌真的出汗了,接着他身上也出汗了。

年轻人晃着黑洞洞的枪口,悄悄散开了。于是,大冰海哑了。悄然无声中,一只只海狗懒懒散散地爬出冰缝了。模糊里却露出疙瘩爷一张褶皱的脸,天气极坏，风雪和泪水迷茫了疙瘩爷的视野。他看不见什么，却听见了海狗蠕爬的沙沙声，顿时来了些精神儿，支撑着立起来，眼前一阵昏黑，晃悠晃悠，用叉拄着冰面，像个三条腿的怪物一样勉强站住了。受到歧视的疙瘩爷，心里忽然冒出了娘的印、剑和镜，想着把这些施法的东西用上，又像在等待着摸门钉儿。他咬了咬干裂的嘴巴，挺挺身儿，觉得失去元气一般，还忽然有一种被侮辱、遭遗弃的感觉。不多时，一排排惊惊乍乍的枪响，无所依附地在冰面上炸开了，传出远远的……

疙瘩爷打了个寒噤，四肢冰冷。过了一袋烟的时辰，"皮夹克"们一个一个从雾里露了脸儿，幽灵似的。几个家伙拖着几只海狗笑着，疯狂地转悠过来，看见木呆呆的疙瘩爷就嚷：

"咋样哩？滚冰王，紧溜儿鸟枪换炮吧！"

"哈哈哈……"

年轻人晃进雾里。

疙瘩爷默默吼了一句："别臭美，哪天让郎税务逮着，好好收拾你们！"他心头涩涩地空落，不知怎么鼻子就酸了，眼窝也有泪纵横。他用力把尢名的酸气压回去，挤进心的底层，然后狠狠揪了一把鼻涕，喘喘而去。

后来的一些日子，大冰海上枪声不断。短短的日子，不知沉落多少尘埃。就是不见了疙瘩爷的身影，鸹鹰也没影了。疙瘩爷病了，昏昏沉沉地躺在炕上，面黄，腮凹，眼窝深陷，嘴里流着口水，蒙了一层雾翳的老眼看啥东西都晃出重叠的幻影。老人被折磨得形销骨立。鸹鹰陪伴着他，他默默地跟鸹鹰说话。村里老少也来看他，扶他坐起，也仍旧呆呆的，极似一位坐化的高僧，一副不化成"舍利子"不罢休的架势。每天痴痴遥望着梦幻城堡似的大冰海，痛苦地想，是人心黑了，还是自己落伍了？命里的东西，躲不过的。他悄无声息地把双腿轮流弯了弯，转眼就感觉腿和上身的气脉打通了。

年根儿的一天夜里，疙瘩爷走出了家门。仰了脸瞅，竟漫天绵绵扬着鹅毛般的雪，黑了。雪片与雪片摩擦出揉纸般的声音。村里的风止了，白纸门，一律静静地掩着，门前的一棵古树，还在朦胧中艰难地支撑着空空的风景。不知吹来哪股风儿，这平平常常的雪夜，竟成了大冰海最热闹火爆的日子。

冰面上灯火点点，枪声阵阵，一片苍老哀伤的声音此起彼伏。这个雪夜，被利益烧灼的大鱼，心里充满了原始生命般的旺盛东西。他与村里哥们儿合伙打狗，地地道道地开了张。齐刷刷一排黑色枪砂铺天盖地扫过去，海狗躲都躲不及。他们跟疯了似的，雪野里闪着幽幽的蓝光。后半夜了，大鱼他们爽得邪性，也围猎正欢。他们堵了一群滚出裂冰区的海狗。三眼黑洞洞的枪口瞄正了位，海狗群里忽地腾起一片雪柱，就像雷震枣木做的白纸门。几只海狗叽叽噜噜往大海深处逃了，唯有一只瘦小的白海狗，仄仄歪歪躲闪着枪口朝着人斜冲过来。这只小海狗皮毛虽然变了颜色，残损了，可还是那么高贵，带着一股不可侵犯的威严冲过来。跟着过来的还有一只鹞鹰，大鱼能一眼望见鹰背上的雪。

　　大鱼惊骇地慌了神儿："天杀的！"厉厉吼声起，"砰"的枪声落，白海狗滚了几滚，扎在雪坎子上不动了。大鱼望一望两个伙伴儿，惶惶惑惑地奔过去，定定一看，扑通地跪下去，抱起血糊糊的一团，哭了：

　　"疙瘩爷啊——"

红海藻

这年月谁不迷信谁头疼。疙瘩爷刚刚让算命先生"十三咳"算了一个凶卦，回头就应验了。

春末夏初，雪莲湾的潮水活活地涌，一片滩地黑黑地瘦。远处的海藻红红地铺一层绒布。疙瘩爷从泥屋探出头来的时候，漫滩皆是打鼻子的鲜气。

"你狗×的，你讨来呀！"疙瘩爷朝不远处捞海藻的大鱼喊。大鱼望了疙瘩爷一眼，咧咧嘴巴没动。一只鹞鹰无端旋起，拍打着亮翅在疙瘩爷头顶旋了一阵子，稳稳立在老人肩头上，十分傲气地叫了一声。

疙瘩爷长得老相，他整日灌满老酒的肚子就凸了起来。蛤蟆腮氽开来，活活有股威势。黑黑的阔脸膛儿上沟沟壑壑的老皱，如刻了粗糙的海螺纹，恰浓缩了满世界的曲折和辛酸。在雪莲湾他算是一个不幸的人，尽管这把年纪了还有老娘的宠爱，可是，妻子病死了，儿子儿媳也都相继离他而去，撇下两个孙女麦兰子和麦翎子。村里有个叫春花的女人爱他，可是，不知什么原因，两个人就是走不到一起，近来春花也渐渐疏远他了。他蹶跶蹶跶地走出门来，一手托弄着鹞鹰，又朝大鱼喊了一句："小狗×的，爷爷带你去海里捞藻。"老人的嗓音跟海一样宏阔。

越往东瞅，天光愈烈，日光红得越不是本色儿。氤氲里，疙瘩爷瞧见大鱼在浅泓里捞海藻，光光的脑袋在红晕里闪着一片青光。红海藻被大鱼拖拽出的声音如无数只老鼠在暗处磨牙。海藻堆很快就肥起肚子，远远看去像歪歪斜斜倒扣着的旧船。渔人男女有趣的故事就扣在晒干的藻垛里面。"疙瘩爷，背酒罐儿，没窝的老蟹漫滩转！"大鱼一迭声地喊。

"贼羔子！"疙瘩爷骂着，对着大海嘎嘎野笑起来。

鹞鹰孤傲地鹤立着。海藻垛慢慢在老人眼里掘出黑窟窿，心里悬吊吊的，脸相板紧了，陡然振作了守海人的威严，摇摇晃晃奔孩子去了，白发被海风吹得飘扬起来，肥大的裤管像两面大帆猎猎抖动。他的腰扎一圈草绳，绳头在风里瑟瑟地颤抖。老人在红藻垛旁站定，拿大掌搓了一绺海藻，点点滴滴瞧，挑出几丝红海藻，一副失魂落魄的样儿。他阴眉沉脸扭头朝大鱼吼："狗×的，你又犯忌啦！"大鱼发怵了，他觉得老人深骨窝像两口潭，说不上有多深。

大鱼用天真而恐惧的眼神望着疙瘩爷。那是四年前的事了，那年冬天打海狗，疙瘩爷险些在大鱼的枪口下丧命，疙瘩爷伤得不轻，身体里捡出许多的枪砂，整整躺了半年。疙瘩爷伤好后没记恨他，大鱼心里却歉歉的。如今二十二岁的大鱼却有些惧怕疙瘩爷。疙瘩爷的罪总算没白受，上边重视了，从此制止了大规模屠杀海狗。继父把大鱼打发来捞海藻，晒干后再卖到饲料厂打碎喂牲口，还说挣足了钱给大鱼娶媳妇。大鱼知道海藻不值钱的，很少有人捞，他时常碰到的就是守海的疙瘩爷。疙瘩爷请他下棋，喝酒，有时也帮他捞一点儿海藻。捞了一些，疙瘩爷还反反复复叮嘱大鱼，红海藻乃一介神物，红生生的海藻别捞，变灰的死藻方能捞上来。

鹞鹰飞来了。灰不溜秋的鹞鹰同疙瘩爷一样老迈，皮毛秃秃的嘴巴尖尖，贼亮的鹰眼依旧鲜灵。鹞鹰陪着孤独的疙瘩爷守海已有些年头了。人老了，眼不中用，鹰就是老人的眼线，老人腿脚发锈有巡不到的地方，鹞鹰替他去了。日子久了，老人的每个手势和一声吆喝，鹞鹰都能辨出来。疙瘩爷见大鱼满不在乎，就哑哑地咳了一声，拿大掌狠狠拍在大鱼的天灵盖上，说："快将红藻送海里，找灾呢！"大鱼的亮脑壳被拍得嗡嗡响，嘴巴一咧一咧。以往他跟老人滑么吊嘴个没完，见他真的怒了，就伸着脖子叫着："俺没砍红藻，是它自个浮上来的！"疙瘩爷裆里溜着风，两腿打战："狗×的，一宿就浮上这么多？"大鱼不怯场，只是声气细软下来："当然，龙王开恩，赏给俺的！"疙瘩爷喉咙呼噜呼噜响。天还没暖和起来，他喘气就不那么顺畅。他望一眼得意的大鱼，愈发觉得内心无法收理，自顾自冲着大海念叨："莫不是海坏啦？"

老人从来没见过一夜坏死这么多红藻。

红藻丝还在浮浮浪浪地往滩上拱。他瞪大浊眼看海，努力把海看懂，看红藻沉浮。看浪头变换流转。老人的脸肃肃的，独自奔泊在那里的老船去了。大鱼断不透老人的心思，愣了许久，又欣欣地捞藻了。

日光好起来，海胆似的日头照下来像流滩的蛋黄。疙瘩爷瞅瞅天景儿，没啥不对劲儿的。老船上响着舒筋展骨的梆梆声，他爱听这种声音。老人摇着大肚蛤蟆船追着日头走，鹞鹰旋着小船飞。船一动，疙瘩爷的情绪就好起来。大橹碾出的呀呀声贴着水皮滚。一群密密麻麻的白海鸟追来凑热闹，给大海添了不少颜色。海鸟跟疙瘩爷套近乎了，叽叽喳喳地落下来，稠得老人眼前没有空隙。平时，老人就亲昵地对着海鸟打一阵口哨。鹞鹰讨好地落在老人肩头上，欢欢实实地张望。

疙瘩爷将目光放开去，极有层次的海面上扑来层层叠叠的红藻，老船吃水就浅了。海藻散发着浓烈的涩腥气，老人拿目光搜刮着海面。

疙瘩爷跟海打了一辈子交道，就是猜不透海。猜不透就猜不透吧，海就像个女人，猜透了也就寡味了。他觉得红藻里深深地藏着不少故事。早些年，疙瘩爷是雪莲湾有名的滚冰王，同时还是有名的海眼。海眼是了不起的行当，靠眼功吃饭，船长都得敬他三分。船队行驶在洋面上，海眼就要端端正正地坐在舵楼子顶上，手搭凉棚，扫视着起起伏伏的浪花。他能分辨出哪团浪花是浪头掀的哪团浪花是鱼群搅的。而且他还能准确地说出带鱼群与大蟹群掀出浪花的不同颜色。他一声吆喝，船老大就指挥船队摆开包围阵势，长长地甩出流网。海眼就可以悠闲地吸烟了。老人带出好几个徒弟，竟然还有一位出色的女徒弟，她叫梭子花。这些年，船上配了声呐探测仪，海眼的行当也就做到头了，梭子花在海边开了工厂，摇身一变当了大厂长。

此刻，疙瘩爷的眼功又派上了用场，将无边无际的红藻固定在酸酸的眼眶里。红海藻悠悠地浮上沉下，很像一张厚厚的水床，躺上去宽余地睡上一觉。老人喜欢红海藻张牙舞爪尽情铺展的气势。老人爱红藻是有依据的，别处闹海啸，独独生息在雪莲湾的红坨村没人尝过闹海啸的滋味。海啸离他们太远了。七奶奶常说，是海龙王派的红藻镇着呢。谁伤损了红藻，大海就怒，村人就遭报应。

疙瘩爷想站起来，轻轻一带，一嘟噜红藻就浮上来，细瞅，颜色也紫黑紫黑的。老人心里打个冷子陡地惊住。死藻，怎么好好的就死了呢？再拽又是一嘟噜。老人后脊背便淌下一注汗来。老人惴惴地扭头看海，海也一疙瘩一块地变了颜色，不时浮出翻白的梭鱼。老人的脸木在半空，心沉下去就没个底儿，海眼所看到的是偌大的一轮青紫色的神神鬼鬼的怪圈。海再也没有看头了。耷拉眼皮子的海，病恹恹的哈欠连天。海水映着他一张冷灰色的老脸，拿心拿血都暖不过来。

"这鸟海。"疙瘩爷骂，"对不住人哩！"

老人料想是闹赤潮了。前些年闹赤潮的时候海水就一片一片地坏掉，红藻蔫死了不少。赤潮水毒，老人为把坏水搅散，浑身被海水蜇得惊惊颤颤地肿胀了，躺在泥屋里挺死了。后来他想起家园和龙帆节，不能死，好生守海不就是巴望有一天回家园吗？想起家园，他吃力地爬出泥屋，燃一蓬藻草火，将毒坏的皮肉烤得直响，就挺过来了。眼下，疙瘩爷又想将怪圈里青紫的坏水驱走。

这会儿的日头不毒，但晒得他浑身软软的。老人脱掉衣裳，仅剩一条大裤衩子和一蒜疙瘩对襟背心，慢慢坐下来，闭住眼，吸了一腔子烟。隔了厚重的眼皮，他依旧能感到大海深处由赤潮引起的各种生灵的厮杀。他坐不住了，拽起船上的酒瓶子吹喇叭似的灌一阵子，就麻溜地钻海里去了。鹚鹰哇地叫一声，冲下来，低低地贴着翻水花的地方打转儿。快入夏了，海水依旧凉扎扎的，凉气穿过他的皮肉渗进骨里去了，老人身上的汗毛张开来。纵纵横横的海藻痒兮兮地搔他皮肉，推三阻四地缠磨他，使老人无法尽快沉下去，可见红海藻成群结队地向海面迁移呢。老人知道闹赤潮时就坏表皮那片水，只有沉到海底才能知晓是不是闹赤潮。他调动多年钻海的经验，大掌划拉着藻丝，狠命地摇动着两只大脚片子，斜楞着身子，箭鱼似的向海底冲去。

到底是浅海，泥滩被甩在后边，不一会儿他就看见白色礁盘了。他拿大掌隐隐刮拉着奇形怪状的礁盘，一点儿一点儿摸到礁盘之间缝子里的海藻根须。就站起身子，大手冷不丁插进去，狠歹歹一抠，沤腥气涩涩地钻进鼻孔，鼻腔与肺部火辣辣地发疼，太阳穴突突跳了。心虚气短，一点儿力气没有了。他将海藻衔嘴里，又钻了一处，抠一团，蹬腿，急燎燎地往上浮，眼里惊乍乍地飞金星子。

疙瘩爷黑不溜秋的脑袋从水里钻出来，头顶的天便开阔了。

可是现在，疙瘩爷看不见蓝天绿海了。老人跪在船板上，将藻丝细细摊开，定定地瞧，汗粒和着海水从他脸上跌落。藻丝软黏了，海底水也坏了。老人盯着藻丝看了许久，看出陌生来，看出恐惧来，仰对苍天："海坏了。"在疙瘩爷眼里，天陡然变色了，天穹被红海藻映成一片血色。风一激，海藻就荡开了，看起来幽幽长长，疲疲沓沓地传出细微的摩擦声。漫漫泛泛的红藻带铺天盖地地朝岸上扑去，红兮兮的晃眼，像古战场上汩汩奔涌的血液。

疙瘩爷的心沉下去就没个底了，冲着大海骇然已极地尖叫了一声："天杀的呀！海坏啦！"就很伤感地落下泪来。

门神

上午十点左右，刚刚从被窝里爬出来的大雄跑到村口的小酒店，讨好似的跟麦兰子报喜说："麦兰子，电台里正播你太奶奶讲的故事呢，快让七奶奶听听啊！"

麦兰子正给妹妹麦翎子打点包裹，听说七奶奶讲的故事播出了，白润的脸上泛着暖意。妹妹麦翎子拍着双手跳起来："奶奶讲故事喽！"她和姐姐都是七奶奶的重孙女，可是嘴里喊奶奶喊惯了。她在县城读高中，脸蛋水月般圣洁纯净，一笑，掩饰不住两个浅浅的酒窝儿，弯弯黛眉下杏眼灼灼闪光，一双漂亮的长腿，还带着城里姑娘一股洋气的妩媚。麦翎子听说电台里播七奶奶讲的故事，就跳着脚说："姐，那俺也想听，俺也想听！"麦兰子把包裹一系，哄小孩儿似的说："翎子，你该走了。回头俺给你录下来，等你暑假回家再听！"麦翎子眉一皱，小嘴一噘，做出一副不情愿的样子。

一辆运鱼虾的双排座汽车停在了门口。麦兰子连推带哄地将麦翎子推上了车。麦翎子笑着跟大雄和麦兰子招手："拜拜！"汽车喷出一股黑烟走了。

麦兰子回屋洗了手，麻利地在围裙上擦了擦，扭身要去街筒子里找七奶奶。大雄是村里黄木匠的大儿子，他正追求麦兰子。麦兰子的个头比妹妹麦翎子稍矮一点儿，但皮肤比妹妹白，面庞俏丽，体质健康，乌黑的长发，黑亮亮的眼睛，丰满的胸脯，有点微微发胖的趋势。大雄追过来问："你奶奶在哪儿呢？"麦兰子笑着说："村小街老徐家二小子结婚，请奶奶去给剪纸，做白纸门呢！"大雄愣了一下，想跟着麦兰子去找七奶奶，麦兰子让大雄在酒店里替她一会儿，自己走上了街。

日光不再温和，火辣辣地泼下来，使麦兰子看啥都是白茫茫的。麦兰子见人就说匣子里正播七奶奶讲的故事呢。她为啥这样高兴？因为奶奶讲的关于"大铁锅"的故事，是她写了一篇小文章，县广播站采纳了。

麦兰子知道奶奶是个故事篓子，并不是民间故事家，尽管奶奶肚里的故事，七天七夜也说不完。七奶奶是雪莲湾有名的民间剪纸艺术家。七奶奶叫徐俊荣，有八十岁了，疙瘩爷的娘，疙瘩爷是麦兰子的爷爷，所以，七奶奶便是麦兰子的老太奶奶。雪莲湾人都喊她七奶奶，麦兰子也就跟着叫七奶奶。前些天县电台来了人，给七奶奶的故事录了音，请七奶奶讲剪门神的故事。七奶奶的剪纸作品，情不自禁地将国画、白描、工笔画、版画和杨柳青画融为一体，成功地创立了民间立体剪纸艺术。特别是七奶奶用白纸剪的门神钟馗，在雪莲湾家喻户晓，许多渔民家都在门板上贴上她剪的钟馗、穆桂英、魏徵等门神来镇邪。探究"门"的字义，还要看它的繁体。"门"是象形造字的范例，所像之形，叮从二里头村文化遗址寻到某些踪影。河南偃师县二里头村遗址为近似方形夯土台，年代由夏代延续至商代，有人认为它是夏废墟。那里遗存着许多廊庑、大门和殿堂的柱洞。遗址周边，起圈围作用的廊庑没设大门，遗址大门处，九个柱洞一线排开，说明大门采取八间所衡门形式，样子好像没有瓦顶的牌坊。甲骨文"门"字，作"繁体门"，在上面再加一横木。东汉《说文解字》释："门，从二户，象形。"户，甲骨文的写法是单扇门的象形字，一扇为户，两扇相并就是门。古代五祀，其中门、户占了两项。《礼记》载"祭五祀"解释为："门、井、户、灶和中留"，"顺五行"，放眼天地宽。门、户被古人当作一种界面，通过它来实现与大自然的联系与沟通。

白纸门的习俗唯雪莲湾独有。在古代，人们是避讳"白门"的。《南史宋本纪下》有段"白门"记载："宣阳门谓之白门，上以白门不祥，讳之。尚书右丞江谧尝误犯，上变色曰：'白汝家门！'"可见南朝宋明帝末年好鬼神，多忌讳，他认为"白"字属于祸败凶丧疑似之言，不准用这个名称，更不能在门上涂白色。雪莲湾人喜欢白门，是有渊源的，他们认为白色象征纯洁，在纯洁的底色上再配上门神，门神的颜色各异，就真正起到避邪的意思。另外，还源于古人"夜不闭户,路不拾遗"的理想。男女去世,摘左右扇门下葬就是这个理想的延伸。白门与月亮同色,他们在渔民心中构成平安治世图。面对着白纸门,意味着一生要正直、坦荡和无私,也意味着生活的情感。一切都不能理解的时候,门就是一道白墙。理解了,就能在门板上望见自己的脸,自己的灵魂。就懂得人为啥活着?怎样活着?无论生活多么激荡人心,无论生活多么难以忍受,门总会打开,总会有出路,总会有改善,有安慰,有补偿,有信念,有宗教。

白纸门便是雪莲湾人的宗教。

有门就有门神。七奶奶对门神的研究已经学者化了。七奶奶虽然不识字,可她对门神的学问可以写一本书了。七奶奶闭着眼睛就能把门神的名字说出一串:神荼、郁垒、钟馗、魏徵、秦琼、尉迟恭、赵公明、燃灯道人、孙膑、庞涓、伍子胥、赵云、萧何、韩信、马武、姚期、关羽、孟良、焦赞、岳鄂王、温元帅、穆桂英和成庆等等,有历史人物,有传说人物和小说人物。他们的"门缘"各有说法,可见古人造神的各种思路。这些人物七奶奶都能剪,还能头头是道地说出他们的"故事"。七奶奶最拿手的是钟馗、魏徵和穆桂英。

春风摇撼着门口的柳树,树知道,大风里已经有了春天的消息。满树的绿叶,蓬着,常摇些飞鸟,射向远远的天空。相隔老远,麦兰子就看见七奶奶盘腿坐在道边,嘴叼那杆长烟袋,眯眼看日光下的街景儿,枯白的头顶着一片光泽。这个时候,七奶奶愁苦的老脸平展了,人没醉话却醉了,几乎将所有故事都道出来了。麦兰子记得,那次七奶奶录音之后,七奶奶长了满嘴燎泡,就一直没故事可讲了,回到村里继续剪纸,剪累了,就蹲在老墙根下晒太阳。

七奶奶是村里最后一位裹了小脚的女人。她裹得是白薯脚。她的脚前放着彩纸和剪子,有要的,现剪。一群老人围着七奶奶闲聊,聊天的时候还有零食吃,笸箩里有大枣、核桃和柿饼子。麦兰子知道七奶奶的威信,她总是人群里的核心,这些牙祭都是孝敬七奶奶的。这时有一只花蝴蝶飞来,落在七奶奶头上不动了。麦兰子悄悄地挪过去想抓那蝴蝶,一伸手,花蝴蝶就飞散了。七奶奶扭脸瞧见麦兰子,问:"你这鬼丫头干啥来啦?"麦兰子笑说:"花蝴蝶落在谁头上,谁就走红运的。"七奶奶笑说:"俺这把老骨头,还能红到哪里去?"然后她抬眼发现上午和黄昏没啥两样。麦兰子说:"咋个不能走运,告诉你呀,这会儿电台正播你讲的故事呢。"七奶奶问:"真的吗?"麦兰子说:"是大雄告诉俺的,还说小学校里正组织孩子们收听呢。"七奶奶脸笑成干菊花,挂着拐杖站起来说:"兰子,钟馗也剪完了,走,回家听匣子去。"晒暖的老人们都各回各家听匣子去了。

麦兰子扶着七奶奶推开那半扇白纸门,轻轻进了屋。麦兰子的目光在白纸门上停留了一下,尽管有点熟视无睹,今天还是多望了一阵。半扇门板已经破旧,榆木门板上贴着七奶奶用白纸剪的门神钟馗。白纸已经被雨水浸泡得有些脱落。麦兰子打开收音机,听见七奶奶漏风跑气的声音,正讲到一个关于大铁锅的革命斗争故事。尽管大铁锅的故事她听得耳里生茧了,她还是愿意听的,雪莲湾关于大铁锅的说法挺有意思,麦兰子愿意仔细想一想。但她和奶奶都没有想到,田副乡长正专程从乡政府赶来,奔大铁锅来的,将七奶奶所有美妙的计划都打乱了。

本是两桩不搭界的事,被各级领导勾在一起了。

田副乡长进了雪莲湾村,直接去找吕支书。路过村长苗锁柱家门口,他犹豫了一下,还是找了吕支书。他知道吕支书年轻气盛玩儿得硬,村里大事小情都由他一人做主,打鱼出身的苗村长只是个配搭儿。田副乡长跟吕支书说:"你们村露脸的日子到啦!"吕支书眼亮了,问:"那得靠田副乡长提携。"田副乡长说了说事情的经过,县委宣传部肖部长听了七奶奶讲的故事,对其中的大铁锅十分感兴趣,把大铁锅挖出来,配合全县爱国主义教育,抓个典型,现身说法,电视台还来录像呢!吕支书嘴上说好,心里却犯嘀咕。村长苗锁柱老实厚道,是他的跟屁虫,在村里威信也不高,这一阵子,村里有一个奇特的呼声,请守海的疙瘩爷来当村干部,那样一鼓捣,疙瘩爷的威信明显会压过自己了。田副乡长看出吕支书心里想啥,就劝说:"吕支书,别看是往麦家脸上贴金,其实你也脸上有光,弄好了,咱们都会受益。你知道,我孩子老婆一直在县城,弄好了我可以通过肖部长调回去,我一走,你看副乡长的位置就空一个,乡里一直想提拔你,你是知道的。"吕支书脸就松活了,大声说:"照你这么说,俺得两横加一竖干啦?"田副乡长笑说:"这就是机会,谁抓不住谁他妈是傻蛋!遇事儿不要总盯着别人得了啥,要先算算自己合适不合适。"吕支书就拧开大喇叭将苗村长和其他支委们喊到村委会。

村长苗锁柱来到村委会。苗锁柱人到五十七,是全乡年龄最大的村长。他听说要将麦家埋了多年的大铁锅挖出来,脸上犯愁,牙花子嚯得吱吱响:"别的好说,怕七奶奶和疙瘩爷不答应啊!老太太的脾气你们又不是不知道。"田副乡长说:"七奶奶是民间剪纸艺术家,通情达理,开导开导会配合的。再说,这本来是光宗耀祖的事儿嘛!"苗村长说:"话是这么说,一较真儿就离谱啦!"田副乡长想了想,见吕支书出去撒尿了,就压低了声音劝苗村长:"你还犯傻呢,这事操办妥了,我调回城里,吕支书提个副乡长,村里的大权不就握你手里啦?吕支书在村里越发没人缘啦,也太贪啦,他也愿挪个窝儿啦。"苗村长脸上有了表情,扭脸问:"有这么厉害吗?别跟俺打诳语。"田副乡长说:"没人诓你,日后你瞧得着。"苗村长的夹板子气早受够了,他做梦都想当村支书。他说:"吕支书年轻有为,是该提副乡长啦!别的乡镇,一直从村支书位子上提拔的。咱乡也该这么做了。俺该做啥?"田副乡长说:"当务之急,挖铁锅,多往上推吕支书!懂吗?"苗村长满口答应,田副乡长侧着脸笑了。

苗村长和田副乡长到麦家老宅时已是晌午了。

七奶奶不在家。七奶奶去哪儿了呢?苗村长说:"这七奶奶愿住老宅。还常常让重孙女麦兰子跟她在老宅做伴儿。"田副乡长说:"咱去老宅,再找找,一定要找到老人家。"

这时村委会喇叭响了。吕支书招呼他们回去喝酒。苗村长补充说:"今年春汛有满籽螃蟹,喝完酒再壮壮胆儿。"然后他们就走了。他们没有料到,从村口麦兰子小酒店走过时,望见七奶奶就在里边听匣子呢。

七奶奶是被麦兰子拉到了村口小酒店的。麦兰子高考落榜以后,就在村头开了这个小酒店,爹娘走得早,疙瘩爷又不在村里,她就像贴身丫鬟似的服侍七奶奶。麦兰子一边干活,一边陪着七奶奶听匣子里自己讲故事。麦兰子水灵灵的俊模样,村里村外打她主意的男人不少,七奶奶怕她心里没根,任谁扔个甜枣就跟着走。自从她高中毕业回村开酒店,人就野成六月花朵了。时常有男子找她,就说黄木匠家的大儿子大雄吧,一天半夜三更敲窗户找麦兰子,弄得七奶奶为她提着心。麦兰子几乎成了七奶奶的一块心病。老人想来想去,问题还出在小酒店上。孩子不是坏孩子,麦兰子自身也向往文化,可干小酒店这营生早晚把孩子带邪了。七奶奶跟苗锁柱村长说:"别让孩子干这个啦!不然人就毁了,俺看让她去小学教书不赖,既稳当又体面啊!"苗村长很是为难,在村里他是丫鬟带钥匙当家做不了主。苗村长说他找裴校长试试,于是,就找了裴校长。裴校长说学校满额没指标。苗村长又找了几次管文教的乡长,还是没管事。麦兰子赌气,还就认准了小学校,她对七奶奶赌气说,让俺当老师才撤了小酒店。七奶奶一筹莫展。她总想寻个跟领导套近乎的机会。挖掘大铁锅兴许是个机会呢。

苗村长和田副乡长在小酒店撞见七奶奶。苗村长说:"俺的七奶奶啊,让俺和田副乡长好找啊!"七奶奶忙给田副乡长递烟,麦兰子给他们沏了茶。麦兰子对苗村长说:"村长,俺和太奶奶在小酒店听匣子呢。"苗村长训麦兰子说:"匣子有啥好听的?"麦兰子嘻嘻笑个不停,说:"匣子里播奶奶的故事呢。"田副乡长赶紧插言说:"播啦?肖部长让电台播的,有大铁锅吗?"麦兰子自豪地说:"当然有哇!那不叫故事,这是俺老太爷的真事儿。"田副乡长笑笑说:"当然,上边可重视哪!"说着他与苗村长递眼色。七奶奶看见这阵势猜出有事儿,她不愿兜圈子,直截了当地说:"你们找俺老婆子有事吗?"田副乡长笑笑说:"先给七奶奶道个喜,上边要搞爱国主义教育,让把铁锅挖出来搞宣讲。"就说了说肖部长和乡党委的意见,末了,苗村长说了说村委会的意思。七奶奶迟疑了一下说:"这匣子都播了,还挖锅干啥哩?"苗村长笑着说:"实物有说服力啊!你说咱渔村,也没啥娱乐活动,早上听鸡叫,中午听猪哼哼,晚上听狗叫。"七奶奶沉了脸。田副乡长瞪了苗村长一眼:"你咋说话呢?没水平,宣传七爷的英雄事迹,哪是娱乐活动?这是政治任务!"苗村长被噎回去了,脸色变得涨红。现场静了一下,所有人就等七奶奶一句话。七奶奶还是不说话,人有时说很多话容易,说一句很难,走很远的路容易,走这要紧的一小步很难。

七奶奶吸了一口凉气,口封得紧。她听说要挖铁锅了,就翻心,心里翻出一堆陈年旧事来。

梭子花

海有走邪的时候，疙瘩爷的海眼看不透了。眼不顶用的时候，就用全身的精血去感悟。他觉得自己没有守好海，再也无脸回家园，而且这些牵制着村人的命运和雪莲湾的未来。疙瘩爷翻箱倒柜找一样东西：先人拿黄表纸写的海志，他要费心劳神地破解红海藻死亡的奥秘。

闰年的春脖儿短，疙瘩爷还没寻出个眉目，天就寂寂地黑下来。海气湿漉漉地游走。窗上烟火熏黑的粉莲纸啪啪响了，老人听串了声音以为又起风了，站起身颠回泥屋，才看见鹞鹰在窗前来劲儿地扑腾着。老人喝了一声，与其说是想镇住鹞鹰，不如说是想镇住海里的邪气。邪气太重，得镇一镇了，老人想起了母亲七奶奶。以往的日子，七奶奶暗暗埋下几道"符"，邪气就镇住了。今年怕是不行了。疙瘩爷提着蟹灯慢慢挪出老屋，鹞鹰也追着灯亮飞来。灯光仅能照亮他脚下的一片地方，不能看远，却听得到泥滩上人踩泥和拖拽海藻的声音。他就知道大鱼摸黑儿玩命地捞藻呢。疙瘩爷为此丢魂的时候，大鱼欢喜坏了，他不知道大海为啥一股脑赏给他这么多的红藻，薄利多销，能换好多钱哩。疙瘩爷走到他眼前了，看见大鱼的脸蛋像气儿吹似的，红亮透圆，鲶鱼眼亮亮的，两条健壮的长腿在黑泥滩上踩来踩去。疙瘩爷敞开喉咙骂了一句："糊涂蛋，有你哭的那天！"

"爷爷，干啥去？搭把手哇。"

疙瘩爷说："小杂种，海坏啦！"

大鱼说："俺咋看不出来呢？"

"你那小肚脐眼儿能看几成？爷爷是海眼的时候，你还在你娘肚里转筋呢。"疙瘩爷说。

大鱼噘了嘴巴："哼，十个老头九个怪，一个不死都是害！"

疙瘩爷站定，没听清："狗×的，你说啥？"

"俺说这海……"大鱼吐了吐舌头。

疙瘩爷仰天浩叹："赶紧找十三咳来，得算一算了。"

"俺去吧，爷爷！"大鱼说。

"杂种，做人做鬼都是你！"疙瘩爷笑着将蟹灯递给大鱼。大鱼接灯时瞪着老人肩上的鹞鹰，说："爷爷，让鹞鹰也跟俺去吧！"

"就看鹰跟不跟你啦。"疙瘩爷的脸松活了。

大鱼嘬起嘴巴打了个响亮的口哨，扭头颠颠儿地顺着河堤跑了。鹞鹰陡然旋起，一闪，就追着大鱼去了。

疙瘩爷笑了，笑起来像尊佛："这小狗×的还真有点福气呢。"

可是，大鱼并没有把算命先生"十三咳"叫来。听说这老家伙出差了。天还没有完全亮起来，疙瘩爷就起来望着村庄。昨夜老人梦了一宿家园，梦里的小村美极啦。醒来了还让他产生了许多联想，诱他进入各种角色，享想象中的福。海藻节那阵子荣耀不提，就是他当海眼那阵儿，沉寂的小村总是伴着他的拢滩而喧闹起来。按照村里的习俗，满载而归的船队抛锚，要由船上的海眼把网披在船舷上，向亲人报喜。疙瘩爷挂网的时候，滩上迎接的锣鼓就鲜鲜亮亮地响起来。那时的黄木匠是船老大，他是海眼。村人崇拜海眼，即使他瞪着眼睛撒谎，村人照旧当神敬他。

可是，疙瘩爷为啥守海呢？雪莲湾有个规矩，犯了错误被惩罚的人才会去守海。

疙瘩爷有过一次见死不救的污点。为啥见死不救？那个在海里挣扎的人叫马三海，是个欺男霸女的恶人。那年的夏天，海里刮了台风，疙瘩爷眼见着马三海的船翻在海里，他没有救他，他恨他。尽管这样，古老而残酷的村规围起了一座无形的乡狱，见死不救的村人要被开除家园去滩上守海。守了海，又为村人做个不小的善事，方能获准回村来。守海就守海吧，他不后悔。海是宽厚而公道的，跟海混日子比人窝子里抢食还要舒服。想是这样想，其实他心里是舍不得家园的。热肠子村人，泥墙围成的大院儿，门前的老槐树和后院的菜园子，都是他迷恋的。他被赶出家园的那天早上，好大的雾。他背着简单的行李卷儿，在院里默立了许久，瞅啥也瞅不够，他知道瞅瞎眼睛也不会回来了。他跪在院里的石阶上，眼眶子一抖，泪水冤枉地流了一脸，泪水顺着他脖子胸沟爬着。有人说，有七奶奶的面子，如果你就赖着不走也许就会不了了之。疙瘩爷倔倔地站起身说："俺走，俺还是条汉子。"他抬头挺胸地走了。

村规本没道理，良心就是道理。他不会取巧，赎罪似的背那苍穹，顶着一片天，守着一湾海，做了无尽的善事。孤寂中，他一回一回拷问自己，好生守海，有朝一日回家去，还是死在家园里踏实。村人忙啥呢？他们还想着俺吗？疙瘩爷想着，就猛地生出一个回村的念头。他走在回村的路上，再长的路途，一想家便短了，疙瘩爷一抬头就看见村口了。

疙瘩爷在苗村长家房前站住了。苗村长不管海藻的事，苗村长说："俺正忙你们麦家的大铁锅呢，把铁锅挖出来，请你娘给村民做报告。关于污染的事，俺看你还是找你的徒弟梭子花吧！她的碱厂污染最厉害！"疙瘩爷被一竿子支到梭子花那去了。眼下还顾不上家族铁锅的事，他独自去找梭子花。他蹚着黑烟走，慢慢就听到哗哗的流水声了。他看不见水道口，循声摸索着。鹞鹰禁不住黑烟的熏呛，哇地吼叫了一声，朝高远的碧天冲去了。老人也忍不住猛猛地咳嗽起来。找到了水道口，老人瓮似的蹲下来，瞅着黄浊的流水，心情坏透了。他愣了一会儿，将右臂的袖卷起来，把胳膊伸进浊水里，一搅一搅的，半天才抽出来。他看见瘦瘦的胳膊上出现了癫病似的黄白颜色，慢慢就热了，之后便蜇得慌。他甩了胳膊，站起身，一蹶一蹶地顺着水流走了。他不错眼珠地盯着黄浊的水流，入渠，转弯，爬滩，入海。到海边了，他看见黄水与海水交融时一点儿一点儿变成青紫的怪圈儿。他佝偻着老腰，看了好长时间，心里惴惴得喘不上气来了。他头痛欲裂，狂跳的心脏仿佛要胀破胸膛。他在碱厂门口站定了，愤怒地吼了一句："梭子花，你出来！你给俺出来！"

疙瘩爷连吼了几句，竟给小厂子吼蒙了。过了好半天，他看见有两个人走出来。他眼拙看不出来，两个人的身影像团火，蹿上他的眼帘子。梭子花出来了。疙瘩爷二话没说就先跟她发了脾气。

疙瘩爷觉得对梭子花发脾气还是发得来的,哪个不晓得他是她的师傅?哪个不晓得老人家待她恩重如山呢?他记得三十二年前的一个黄昏,海上闹龙卷风,梭子花爹在海上,怀孕已九个多月的梭子花娘独自挪到海滩上等船。海上不断有凶信传来,天黑了,梭子花娘还跪在滩上烧香祷告着。这时候,她娘觉得肚里胀胀的不对劲儿了,慌慌地站起来,就觉裆里一热,淌下腥腥的血水,梭子花降生了。是疙瘩爷救了梭子花一命。梭子花长大后,赶上村里组建"三八"女子船队。梭子花跟疙瘩爷学了海眼,她的火眼金睛咬着鱼群不放。梭子花是又辣又冲的性子,生得有些男相,笨笨壮壮,野起来有天没日头,敢跟赶海的爷们儿疯说疯笑,敢跟泼妇口对口骂大街,敢跟男人抱成团在海滩上摔跤取乐子。她娘的调教,她对疙瘩爷还是挺尊重的。走近一些,疙瘩爷看见梭子花走过来。梭子花就眉眼讪笑着叫道:"出啥事啦,师傅?"

"别问俺,你是海眼,自个儿看!"

梭子花漫不经心地笑笑:"俺看啥?"

"海!"

"海咋啦?"

"海坏啦!"

梭子花的月盘子脸又透出刁辣劲儿来了:"哦,俺明白了。您老是嗔怨俺厂废水放海里啦!俺的厂比起咱村那么多厂还轻呢!您老又不是环保局,别费这份神啦!留口唾沫暖暖自己的心窝子吧!"疙瘩爷瞪大的眼睛闪了骇光,腮上的干肉抽抽地抖了:"梭子花,你别攀别人。咱都是海养大的,手心手背沾着腥,打断骨头连着筋。现在年轻人啥都不懂啦,不懂,也就掂不出轻重,师傅不怪你,从今日起,你得想招子治理污染啦!"梭子花听着老人的热肠子话,声气就软和下来:"师傅,你的心情俺懂。其实,俺也怕失去大海。你拿海藻救过俺的命,海盐又是俺厂里的主要原料。俺能眼睁睁地……唉,俺想,等赚够了钱,添个污水处理机!这会儿俺还买不起!说真的,徒弟底子薄哇。"老人不是屈尊俯就的人,见梭子花不跟他穷横,也就知足了。他说:"你个鬼丫头,总算讲道理啦!别一竿子支太远,限你十天拆东墙补西墙,也要把那个设备添上！记住啦？"梭子花心里觉着屈，没言语，只能用一张无语的冷脸来抵挡，挡他，也挡自己的心。梭子花上面有人，她不好惹，可她却拿疙瘩爷没办法。

疙瘩爷老脸上默着一团高兴。污染源就轻易拿下来了，红海藻兴许就保住了，他可以问心无愧地回到村里去了。

疙瘩爷立足的海滩，旱了熬盐，涝了撑船，不旱不涝的时候就是晾晒海藻的季节。几天来，他和大鱼各自晒了一大片死藻。日光很好，远远近近弥漫着新鲜的藻腥味儿。疙瘩爷看着海水推上来的红藻，拿叉子慢慢挑平，慢慢摊开，觉得一时半会儿干不完。刚摊一小块，他就累乏得不行，眼前迷离目眩。过去摊一天也不觉累。这是怎么啦？他踏着乱蓬蓬的藻草，一摊散肉堆在那块泥坨子上，抽烟，看海，听远处拢滩的渔人哼那些没皮没脸的骚歌。他看见日光从海面斜斜地照上来，依旧能看见一环一环青紫色的怪圈儿。海不遂人愿，悠悠荡荡的还是老样子。老人叹息着，将粗短油亮的烟斗衔在嘴角，瘪瘪嘴巴，有滋有味地咂巴着。鹞鹰在他头顶盘旋。大鱼的声音在藻鲜气中飘来："爷爷，快干哪！不然，俺这儿可就堵啦！"疙瘩爷有些翻心了，任大鱼的呼叫在耳里飘进飘出。"爷爷，你咋不说话，做梦娶媳妇呐！"大鱼又贫上了。"这狗×的，净琢磨邪事儿。"说罢，老人自个就轻轻笑了。

疙瘩爷摇船到海里看了看，觉得那条污染带还没有消散。他又转到梭子花的碱厂去了。确实太气人太恼人了，十来天了，碱厂的一柱废水流得更猛了。他站在厂门口，吼了半天梭子花，没人搭理。他往里一闯，就有几个工人像驱赶疯子一样将他撵出来。疙瘩爷悻头涨脑地骂了一通，就慌慌张张地找村长苗锁柱去了。乡里人好造恶话，说是苗村长挑唆疙瘩爷整治梭子花，梭子花的口舌传到吕支书那里，吕支书把苗锁柱骂了一顿，说影响了税收你负责啊？村长苗锁柱有苦难言，他就知道梭子花不是省油灯。梭子花有吕支书撑腰，村里村外指桑骂槐骂苗村长呢。村长苗锁柱正恼着，见疙瘩爷来了就说："你愣头巴脑地找梭子花，屁事没管，倒给俺招来骂名。"疙瘩爷心里歉歉地说不出话来，原来村里挺复杂呢。村长苗锁柱又说："那丫头鬼着呢，别指望在她面前充爷们儿，俺看你就别去惹她了。"疙瘩爷脑袋嗡嗡的，满眼都是浑浑的黄白色。闷了很久，很沉地叹了口气，然后，倔倔地走了，脚片子落地很重，透着一股狠气。

这一阵子，疙瘩爷像个怪物似的，纹丝不动地冲着碱厂站着。鹰隼一般的眼睛，如两个黑洞洞的枪口，朝徒弟的碱厂瞄准。老人的花招儿被徒弟戳破了，他再也不把她当徒弟看了。她财迷心窍房顶开门谁也不认了。日子挤对出一些非分的念头出来，是坑是井都想跳了，老人受不住了。人一到没辙的时候，就想起无赖般的损招儿。天黑透了，疙瘩爷就悄悄溜到碱厂的水道口，很吃力地搬来石块儿，再拿海藻堵缝儿，将水道口堵个严严实实。第二天早上，梭子花看见满院横淌竖流的污水，当下就炸了。工人们赶紧清理，一阵紧忙活。起初，他们以为是那个淘气的大鱼干的，可是隔了一日，水道口又堵了，堆放在库房里的碱包泡坏了不少。工厂里乱得像闹土匪，一连闹了好几天，找不到人，气得梭子花对着旷野骂大街。后来，就派两个工人夜间蹲在树棵子里抓人。天黑不久，疙瘩爷又去了。他知道梭子花吃了亏对这事很上心了。

疙瘩爷站在夜海的风景里，听自己的心跳。一溜儿海风吹散一片薄云，夜空开始疏淡，如奶液注了清水，有朗朗月色在天幕上起起伏伏。鹞鹰在跌宕起伏的晕光里飞着，投下怪拙的暗影。疙瘩爷不时望一眼做伴的鹞鹰，心里就壮实许多。他走上河堤时，脚底有些劲势了，拐了下道就到碱厂了。盐垛映着月光，地上旺白旺白的，十分刺眼。老人没有看出有啥不对劲儿，那里除了机器声就是他自己呱嗒呱嗒的走动声。老人轻车熟路又直奔水道口去了。老人刚刚弯下腰，就被暗处跳出的两个小伙子揪住了。

"老东西，活腻了吧？"

"老不死的，可逮着你啦！"

疙瘩爷将肩膀一抖，鹞鹰就飞了。他脸上平平静静的，半响才说："放开俺，别碍俺的事儿。你俩的任务完成啦！去报告梭子花，是老朽跟她过不去！"

"哎，倒打一耙，老东西，是你跟俺们捣蛋！"一个小伙子说。

疙瘩爷说："跟你们没话，叫梭子花来。"

"你胡搅蛮缠，她不见你的！"

"她不见俺，俺跟她没完！"疙瘩爷也想硬气一回，挣脱了两个小伙子，又要弯腰去堵哗哗奔涌的水道口。两个小伙子使劲地拖他："老家伙找死不等天亮。"疙瘩爷运足气力愤愤地一抡胳膊,跌在泥坎子上了,骨碌碌滚进废水池里。脸碰在水泥管子上,鼻血像小红蛇似的爬出来。两个小伙子看着水里扑腾的疙瘩爷,幸灾乐祸地笑起来。疙瘩爷顿觉浑身火辣辣的难受,眼前天旋地转。一时间,他觉得身子飘起来,飘到深渊里。他觉得要死了,死对他没啥好怕的,无论是好死还是歹死,死了就完了。他的身子一欠一欠的,花骨朵般的水泡在他身边颤颤涌涌。他踢蹬双腿,瘦筋巴骨的肩就顶着水道口了。浑水咬着骨头架子吱吱响。老人的圈子腿在废水里架出两张弓,将后背满满地顶在水道口上,废水就断流了。老人没声息了,怕是死了吧?两个小伙子慌了,赶紧七手八脚将老人拽上来。疙瘩爷水涝涝的身子向后挺着,使劲儿扭动着脑袋,眼窝里禁不住流进一片灼热的黏液,蜇得眼睛生疼,眨眼就啥也看不见了,嘴里仍旧反反复复地咒骂着:"婊子养的,不明事理的东西!"吼着吼着他就没劲儿了,嗓子吼倒了,头耷拉下来,迷迷糊糊地被两个小伙子架了好长时间,但没有服软儿,十分清醒地以一种仇恨的状态攥着拳头。两个小伙子远远地看见滩上黑黑耸出一截儿的泥屋了,就"扑"一声蛮横地将老人摔在地上,吼句:"老东西,放明白点,再去捣乱,放把火烧了你的鳖窝子!"转身就打着口哨走了。

疙瘩爷当下就昏了。

也不知过了多久,疙瘩爷苏醒了,他发现自己躺在海滩上,是被鹞鹰宽大有力的翅膀拍醒的。老人头枕着一片红藻草,浑身哆哆嗦嗦像打疟疾。他的两只老眼肿成了红铃铛,很费力地睁开一道缝儿。他要看看海,心里一百个想看,却一眼也不敢看。天还暗,夜气寒寒的,一片疲惫无奈的海滩,万物都悄悄默默的。潮音也小到听不见的程度。老人紧紧闭上眼,他、鹞鹰和老船与黑秃秃的海滩无声而长久地融合在一起了。

浓雾落下来,将海藻苦涩、清凉的气味裹起来,疙瘩爷呼吸着这种气味儿,脑袋颤出醉态来了。抬头一瞧,太阳在他眼前摇荡出一片纯粹的藻红。知道太阳升起来还掉下去,掉下去的太阳还会升上来,而被毒死的红藻就再也回不来了。那一抹藻红在浪尖上滚滚跳跳向远处涌去。老人一蹭一蹭地爬起来,用痛苦的呻吟,在神经彻底麻木之前,仰望苍天厉厉地喊了一嗓子:"天杀的,天杀的呀——"

大铁锅

麦家引以荣耀的还有一个圆鼎。雪莲湾的圆鼎就是铁锅。传说鼎是由黄帝始创的,开始用它煮熟食物,后来加以附会,成为旌表勋绩的礼器。而对于铁匠家族、人丁兴旺时就叫鼎族了。做个大铁锅镇邪,是麦家的护身符。七奶奶挺信这个说法。七奶奶说大铁锅造于乾隆年间,祖宗传下来的。传到七爷这辈,还着实荣耀了一下子。

七奶奶记得那是1943年打鬼子那阵儿。她才十八岁,儿子疙瘩爷刚刚满周岁。日本鬼子秋季扫荡,七爷跟着县大队的人帮助村人往船上转移。船大没法拢岸,夜里有泥流将舢板埋了,七爷急中生智,想出用自家大铁锅运人的主意。铁锅够大的,推进水里,一趟能装几十口子人,比艘小船还顶用。后来鬼子杀过来了,就在海边泥岸上建炮楼子当据点,七爷被抓进据点当伙夫。县大队和八路军多次攻据点,拿不下来。这是雪莲湾入海口的唯一的码头,很重要。县大队和八路军又计划强攻,攻了一回,七爷望着八路军战士的尸体,血将那片泥岸都染红了,他心急火燎的。这个节骨眼儿上,据点里当伙夫的七爷想起做饭的大铁锅了。鬼子和伪军有五百多人守据点,吃饭成问题,后来发现海滩上的大铁锅就乐了。鬼子把铁锅抬进据点,由七爷用大铁锅煮米粥。就在县大队再次进攻据点的前一顿晚饭,七爷偷偷在大铁锅里放了毒,晚饭后鬼子和伪军躺倒一片,七爷粗拉一数有三百多人,没死的也捂着肚子哼哼呢。没喝粥的鬼子将七爷捆起来,将大铁锅里放满油,在油锅里将七爷炸了。当天晚上,县大队就十分轻松地将据点端了。后来,七爷和大铁锅的故事就传下来了。政府想教育人了，就端出大铁锅的故事宣传一回，由七奶奶讲述更具说服力。讲得七奶奶望着大铁锅都木了，别的实惠没捞着，嘴皮子倒练得不善。

1958年的夏季，七奶奶当了村妇代会主任。村里为显示社会主义优越性，收小锅办大食堂。被一时冷落的大铁锅又派上用场了。村干部说砌个大灶，用大铁锅煮饭。七奶奶心里难受，心想这合适吗？七爷就光荣牺牲在这里。她眼前又浮现出七爷的影子。村干部说这更有意义，还委派七奶奶在食堂当家。七奶奶给人分饭时，就神神气气地站在大铁锅旁。她忽然觉得照进人儿的稀粥成为某种精神食粮了。大铁锅教育了几代人，喂养了几代人。有一天傍晚，村里一位成分不好的老头饿坏了，去偷大食堂的粥，被当场抓住，以为他要往大锅里放毒搞破坏。批斗会上，他们让七奶奶发言。七奶奶十分气愤，指着那人的鼻尖说："你个坏东西，你也学七爷往锅里投毒？"那人点头说："不是你让俺学七爷的吗？"在场人就哄笑起来。领导背地捅七奶奶，提醒说，咋这样说，七爷投毒是为革命，他是反革命，界限问题不能含糊呢。当时村里小锅全砸了，藏锅不砸的抓起来办班。那一阵儿，全村就剩这个大铁锅了，专区和县里在村里开了吃食堂现场会，七奶奶站在大铁锅旁讲得直落泪。没隔多久，大食堂不办了，大铁锅就被遗弃了，霜打风吹扔在村口的麦场上。七奶奶召集族人准备把大铁锅请回老宅。可是不久，开始搞大炼钢铁运动，七个民兵进来就要砸这口铁锅，七奶奶躺在大铁锅里骂："兔崽子们，你们的良心呢？这是啥样的锅不知道吗？你们要砸锅就先砸死俺！"民兵们吓退了。七奶奶自己拧着小脚去邻村娘家叫来两个哥哥，连夜将大铁锅装上马车，拉到小学校后边的海边泥岸上埋了。埋铁锅的时候，七奶奶满脸的泪水已经流得不成样子了："早就该让七爷入土为安了。"后来人们几乎将大铁锅忘却了。

七奶奶伤心的时候总是眨眼睛。

七奶奶眨眼的动作使苗村长心里没底了，他低着头不说话，怕七奶奶骂自己。隔了两天，田副乡长又来了，他听七奶奶讲到前些年关于大铁锅的几回折腾，心中也一番感慨。他想了想说："七奶奶，这次将大铁锅请出来，情形就大不相同啦！县委肖部长主抓，配合爱国主义教育，谁敢不敬？"七奶奶提起铁锅就想七爷，眼窝潮潮的想落泪。她抬起袖衫，擦擦眼角说："不是俺认死理儿，是俺怕这把老骨头禁不住折腾哩。"苗村长插言说："七奶奶，累不着您的。"田副乡长劝说："七奶奶，您老看见啦，这会儿的孩子们都娇惯成小皇帝啦，哪里知道革命斗争史？都忘本喽，为了救救孩子们，您老也得给面子。还有，小日本眼下还挺狂，跟我们较劲，这大铁锅也算是他们侵华的一个证据呀！"七奶奶脸真松活一些，但还是为难地说："让俺讲啥就讲啥，不挖铁锅行不？"她话头顿住。田副乡长摇了摇头说："那可不行，有实物才有力量，况且要录像呢。"七奶奶不说话了，像一尊表情复杂的菩萨。麦兰子凑过来，悄悄地跟七奶奶咬耳朵。苗村长瞪麦兰子一眼说："去，孩子家掺和啥？"也不知是田副乡长偷听到了麦兰子的悄悄话，还是察言观色悟出来什么，他笑笑说："七奶奶，你有事儿需要乡政府办的，您说出来，俺夫跑腿儿。"苗村长催促说："七奶奶，小田都把话说这份上啦，你老还不给面儿？"七奶奶叹一声说："俺这把老骨头哪有'权'头硬呢！其实呀，俺也巴不得你们能干出个光宗耀祖的景儿来，不过俺也有个条件。"田副乡长说："啥条件，尽管说。"七奶奶接着说了说麦兰子去学校教书的事儿。田副乡长满口应下。七奶奶抚摸着麦兰子的头，说："俺们兰子究竟是几世修来的福气，还能沾上老太爷的光呢。"苗锁柱村长瞅着田副乡长笑，然后就问七奶奶："锅埋哪儿啦？"七奶奶说："海边的那片泥岸里。"苗村长焦急地说："七奶奶，俺问是哪一块儿？"七奶奶想了想说："那是俺娘家人埋的，他们都没啦，俺又没跟着去。"田副乡长满不在乎地说："让民工去挖，反正跑不出那片泥岸。"苗村长担心地说："别把岸上的皂角树糟蹋喽。"田副乡长说："那几棵树算啥？比起大铁锅的意义来，简直狗屁不是！"苗村长想了想，总感觉是被别人牵着鼻子走。后来一想，自己的事和麦兰子的事都寄托在这大铁锅上了。七奶奶想，看来拦是拦不住的，只能顺水推舟了，这旧事总能翻出新的花样儿来，人世苦乐唯有自己慢慢去品了。

　　第二天早上，麦兰子为七奶奶梳好头。七奶奶的脸黄得好看，像一朵水浸湿了的干菊花。她穿上阴丹士林蓝布大襟褂子，正对着镜子照，雪莲湾小学的裴校长笑悠悠地走进宅院。一见裴校长，麦兰子就有些激动，她不看裴校长的脸，怕碰上他很辣的眼睛。七奶奶见麦兰子喜欢裴校长，也就跟着喜欢他了。将来麦兰子进了学校，还要裴校长照顾呢。裴校长中师毕业，三十冒头儿，人挺能干可命不好，前年新婚不久的妻子艾老师带孩子们去海边泥岸植树，不幸遇车祸死去了。裴校长一直没续娶，七奶奶看得出，裴校长对麦兰子有那个意思。麦兰子怕七奶奶和爷爷反对她嫁个二婚，就一直豆干饭闷着，不敢开口。但七奶奶知道，黄木匠的儿子大雄也在向麦兰子求婚。老太太还看得出，麦兰子心中为难了，他既看中裴校长的温文尔雅，又被大雄的强悍魅力所吸引。但是呢，麦兰子如果进了学校，大雄兴许就没戏了，她和裴校长的事儿就会有眉目了。看来这一步棋走活，后面的好多事情都顺了。

　　裴校长进屋就问麦兰子："七奶奶要出远门吗？"麦兰子笑说："奶奶今天有重要活动。"裴校长马上明白了什么，急忙从兜里掏出了一个大红聘书递给七奶奶："七奶奶，咱学校想聘您当校外少先队辅导员呐！"七奶奶说："别老扎咕俺了，日后你给兰子带进学校教书就成啦！这回田副乡长答应给她办的。"裴校长眼睛有了神采，笑说："那可好，麦兰子准能成为好老师的。不过，七奶奶的辅导员也要当，昨天听了七奶奶的故事，老师和孩子们都喜欢呢。"麦兰子说："奶奶一定要当。"七奶奶笑："听俺们兰子的。"这时她发现麦兰子是大姑娘了，胸脯挺阔了，两条长腿圆得迷人。七奶奶又说："得给俺兰子找个好婆家。"然后就用眼睛瞟着裴校长，麦兰子的半截粉白的脖子红了。裴校长不好意思地笑一笑。

　　裴校长问："七奶奶有啥活动？"七奶奶耳背没听见，麦兰子说了一遍挖铁锅的事。裴校长愣了愣，皱起眉毛，露出一种很不放心的神情，他怕学校后墙泥岸那片林子毁了。他心里最清楚，那片碱滩能长出树来多么不易？全校师生培育了十年的结果啊！不仅仅是绿化美观，而且是抵挡泥流的防护林。那片泥岸地势高，学校地势低洼，而且校舍破旧早该翻新，就因村里这笔钱迟迟不拨，修建校舍的事羊屙屎似的拖着。毁了树，泥冲了校舍咋办？裴校长心提起来，问："谁负责挖呢？"麦兰子说："田副乡长和村里的头头。"七奶奶说："说心里话，俺真不愿意动大铁锅，可是，俺不让动，他们就不让兰子进学校啊！"

你去找他们说，俺老太婆给你暗使劲儿！"裴校长虽怕惹了田副乡长，但还硬着头皮去了。他知道田副乡长是抓宣传、文化和教育的，跟他如实摊牌，将来出啥事也好由官大的顶着。

麦兰子将那捆火纸夹在腋下，搀着七奶奶摇摇晃晃地走出村口。

闰年谣

疙瘩爷拿干海藻搓一根绳子。

这个泥屋像个装满蛤蜊皮子的麻袋,在海风里脆脆地吱扭着。老人从不关门,让热热的阳光洒进来,让鲜润的海风溜进来,但那种很重的汗息和烟油子味老也散不去。那天早上,疙瘩爷爬进泥屋来的时候,嗅到这种气味儿,身体就不那么难受了,肚子里有些饿了。他不顾一切地爬到墙根儿,伸手拽下挂在墙上的干鱼片,放进嘴里嚷嚷地嚼着。大鱼鬼鬼地从门口探进来,喊:"疙瘩爷,日头照腚啦还不起来?"老人在地上抽抽地咳起来,将满腔子怒火泼到大鱼身上,骂:"你狗×的快把海葵给俺找来。"大鱼跳进屋里来,当下就傻了:"爷爷你咋了?"疙瘩爷有气无力地说:"昨夜里中毒啦,快,快拿海葵来。"大鱼扭身一路飞快地跑回家取来五块海葵标本。他将疙瘩爷拽上土炕,将老人身上的衣服扒个精光。老人身上像生了牛皮癣似的又红又肿。

大鱼按老人吩咐将海葵放进瓷罐里捣碎,搅进水盆里,拿一条不成颜色的毛巾洇湿,轻轻在老人后背上揉揉搓搓。老人吼了一句:"狗×的,狠点儿。"大鱼就咬牙瞪眼地搓起来,每搓一下,老人就闷着喉管"哇"一声爆叫。起初老人一惊一乍地疼,搓一阵儿浑身就坦坦然然了。大鱼搓得很仔细,头、脑、腋窝、屁股、大腿和脚丫子都搓了个遍,几乎搓掉了一层皮。末了,老人没啥感觉了,耷蒙着眼皮舒舒服服地睡着了。他不知道大鱼啥时走的,只发现墙上的鱼干又少了一串儿。老人这一觉睡到黄昏。黄昏醒来,目光从窗子探出去看迷迷蒙蒙的海。

可是，疙瘩爷又看见了死藻，又回头张望一眼家园，心情又陡然变糟了。他忽然觉得应该结结实实地打一条绳子了。一天一天，老人就醉迷呵眼地打那根绳子。

梭子花是来看望师傅的，顺手将一网兜水果和罐头放在炕沿儿上。她想劝劝老人想开些，可她瞧见老人手里的绳子心里就发毛了。明明暗暗的蟹灯将老人的憨头面孔映红，就像悬着一张被红藻包裹的海图。海图显得天然、灵透、真实，叫她看了心壁发震。老人的身后是一堵被油烟熏黑的泥墙，很浓的泥腥味扑面而来。久违了，梭子花在她呱呱坠地时就嗅到了生命的原始气息了。泥屋和海图都浓缩了她的历史，闪跳着并不遥远的记忆。她眼前的老人简直不是人了，就像坦坦荡荡的海，海里有风，有船，有帆。她不动声色地看着这个老头儿，感到他身上强悍坚忍的气息了。他的意志包括他的一切都那么不可抗拒。她喉咙一热，很久才叫了声："师傅，俺来看您了——"

疙瘩爷没扭头，也没作声。

"师傅，打绳子干啥？"

疙瘩爷耷拉着眼皮，照旧搓绳子。

"师傅，求求您放过俺吧！"

疙瘩爷蜡黄而虚肿的眼皮撩开一道缝，眼里闪出一道冷光。梭子花乖乖露怯了，僵僵地站起身来。她怕了，她觉得老人的冷光太阴，怕是啥都能干出来。她在野滩野海里滚大，从没怕过谁，如果眼前不是疙瘩爷，一切都好办了。她就要给憋疯了。老人的眼皮又努力盖上了，但老人的嘴角已斜斜地挂出一线口水来了。红蛇一样扭来扭去的绳子，一点点儿从疙瘩爷颤抖的手掌里滑出来，凄凄切切的声音听来很忧伤。

老人一句话也没说。

老人看都没看她一眼。

梭子花悻悻地扭身走了。

老人不动声色地搓那根绳子。

闰年是个凶年，都这么传。

梭子花从疙瘩爷那里感受到闰年的凶气了，一连几天她眼前总是晃着那根绳子。穷的怕横的,横的怕不要命的,她总觉得疙瘩爷会跟她在碱厂拼命的。那样事情就会闹起来,上头跟厂子较起真儿来,罚款收污染费就会把碱厂弄垮了。她纵有回天之力也挽不回了,因为火碱受国际大气候影响,价格跌得只剩蝇头小利了。她买不起去污机,就是买了也没几日用头儿。转产或是重搭台子另唱戏也许是条路子。疙瘩爷压根儿就不晓得梭子花也活得这般不易,他眼里只有大海,只有家园。

梭子花走了,慌慌张张地走了。

前前后后才几天的事,老人懂了一个很残忍的道理。这个世界不容你看透看远,懵里懵懂地活着蛮好。他一圈圈十分耐心地将红藻绳卷起来。这是老人一生里打得最满意的一条绳子,可以说是满意得不能再满意了。老人望着这一盘绳子,吱吱地呷了几盅酒,脸上润了酒晕。

大鱼蹭进屋来,很眼馋地望着那盘绳子,歪着小脑袋说:"爷爷,打这么好的藻绳做啥用?"疙瘩爷摸摸大鱼的小脑袋说:"大鱼,自古以来红藻绳就是除邪的!你不知道吗?"大鱼像听古经一样,问:"不知道。老东西,哪儿有邪呀?"

"海走邪,人也有走邪的时候!"

"俺不信!"

"大鱼,你会信的。"

"那,俺先把你这个坏老头缠起来。"大鱼的嘎劲又上来了。疙瘩爷没懊恼,举动奇怪地挪过来,投降似的举起胳膊,闭上眼:"来,缠吧,缠得紧紧的。"大鱼沾沾自喜地发现自己很高明了,一面嘻嘻笑,一面往老人身上缠绳子。疙瘩爷啥也看不见,缩缩肩胛,慢慢蹲下身来。"缠完了,睁眼吧!"大鱼咧了咧嘴。疙瘩爷看见大鱼的鲶鱼眼,忽然感觉到一股冷意,醉了似的喃喃着:"大鱼,给爷爷唱一回闰年谣。"大鱼说:"你也会唱,为啥偏让俺唱?俺都长大了,不唱那玩意儿了。"疙瘩爷黑了脸说:"你小子长大了?在俺这儿,你他妈的总也长不大。"大鱼望着被草绳缠住的老头,怪怪地笑了一声。被藻绳捆住的疙瘩爷在炕上打了个滚儿,藻绳不用解就开了。

海一截一截地亮了。浅泓里的红藻被雨水洗得鲜亮极了。

红藻在老人眼帘上拨弄出无数飞舞的金箔。海是喜雨的，雨水稠了，鱼虾肥红藻美。有一年红藻发黄了，远看像一片马尾藻。疙瘩爷就慌了，以为红藻患了黄疸病，请七奶奶给下了一道"符"，才落了一场春雨，红藻就很快变成本色了。疙瘩爷光着脚丫子，咕叽咕叽地在浅泓里踩着，小浪头推涌着红藻，在老人的脚脖处心满意足地打着卷儿，有几丝朝他腿肚子上爬。老人的腿和脚痒得不行，就弯腰抓那几绺海藻，用鼻子亲切地嗅了嗅，不黏不涩，活活生生，老人的心绪就慢慢辽阔起来。

海好了，天也跟着蓝。天蓝的能一把拧出水来。没有雾，日头刚露半张脸，海天就高远了。疙瘩爷哼起了闰年谣，声音沙哑苍老。

这一回疙瘩爷发现红藻王了。疙瘩爷很早就听先人说，雪莲湾这片海域有个藻王。藻王是一个由无数红藻丝滚起来的球状藻团，很大很大，滚动起来掀起的浪花呈伞状，是老人从来没有见过的。藻王在这块地毯上扎根儿有些年头了，传说藻王会动怒，怒起来就搬家远走，寻找新的海域。老人就怕藻王搬家，藻王在，红藻就会留下来，藻王没了，那成群成片的红藻就跟着退潮的海流子走了。怕不是好的兆头，疙瘩爷有生之年有幸看见藻王。起初，老人往船里捞一些浮起的死藻丝，死藻明显少多了。正捞着，老人看见一片伞状的浪花来了，就愣了片刻，紧摇小船划过去，看见密密的海藻在海里涌，像一堵厚墙，隔远了看才是圆形的一角。老人的脑袋轰地响起来，哦，藻王！前一阵子海坏了，老人以为藻王死了或是逃了，没承想，厚厚鲜鲜的大家伙还在呢。红藻绞在一起长成一团的。那种凝滞、黏稠和雄浑的感觉，使老人欢喜得叫出声来了。藻王，福佑着世人，托着一片吉祥。祖辈人说，藻王扎窝子很少移动，明显着，是污染惊扰了藻王，使藻王在小汛时的潮汐变动中显得烦躁不安了。藻王，安生地回去吧。疙瘩爷默默地守着藻王，虔诚地祈求它安安生生地旋回海底。日错午的时候，藻王缓缓沉下去了。老人目送着藻王彻底沉到海底，心里平顺下来，发出一声长长的叹息，把他的思绪拉回到现实中来了。

傍晚的时候，疙瘩爷回村来了。

他摇摇摆摆地走上村口的时候，还是努力昂起头来，弄得像当年打海狗那样神神气气的，显出一种尊严。但他马上想到，不管他怎么做，这阵子他不会有啥尊严的。街灯一照，疙瘩爷的脸更黑了。老人的形象毕竟没有营造好，身上带一股很浓很浓的藻腥味，胡楂上挂着鼻涕，一闪一闪地亮。鹚鹰立在他肩头上。鹰身上也有一股怪味，与老人身上的气味合起来，熏了一条街。街上人很少，见了老人也是淡淡漠漠的样子。有些新媳妇捂着鼻子躲躲闪闪，有几个孩子追了一阵看稀罕，就被大人喝回去了。老人努力笑好，十分渴望地寻着村人，只要他们围上来，他就给他们讲藻王的故事，哪怕说一宿。然而，没有人搭话，小村很冷漠，村人的热情都在大铁锅和七奶奶身上。疙瘩爷走着，心里委屈地想，村人不知道俺疙瘩爷回来了吗？俺的荣耀不说了，俺娘可是人人敬仰的七奶奶啊！还有，你们不知道俺豁出老命保护那片海吗？老人灰塌塌地走一趟街，碰上一拨儿搭话的人，一个暴发户要出钱买他肩上的鹚鹰。老人横了他一眼，就溜进家门里去了。

　　七奶奶不在家，白纸门没有上锁，疙瘩爷就溜进来了。家里也没有大的异样，老屋、槐树、菜园子。家里的东西，是他瞅也瞅不够的，是他梦绕魂牵的世界。鸟都恋旧巢，何况人呢？可是，跟大海相比，家园里啥都寡味了。不知怎的，他一点儿也提不起神儿来，再也爱不起来了。老人进屋来，不点灯，闷闷地坐在门槛子上，掏出烟斗吱吱地吸烟。他脑里空空，啥念头也没有了，所有的真情都一勺烩了。很晚了，七奶奶才被麦兰子搀回来了。七奶奶以为儿子是为大铁锅回来的，谁知唠了几句，才明白儿子是为大海回来的。七奶奶眯着眼说："娘看得出来，你真心护海，你爹的铁锅就不用你管了。话可说回来，你不管铁锅，大铁锅的光你就沾不上。俺只管兰子进学校的事儿，听见啦？"疙瘩爷不说话，闷闷地吸烟。过了半天才说："娘，兰子的事就够你难肠了，俺的事你别操心。俺回来是看看您。"然后就无话了。麦兰子已经把爷爷的铺盖弄好了，疙瘩爷默默回了自己房间。

　　夜深人静了，疙瘩爷回到自己屋里，连衣裳也懒得脱，往土炕上一偎，就算睡觉了。睡不着，睡不着，老人又坐起来，觉得缺了啥东西。到了家，还缺啥呢？老人爬起来，癔癔症症地走出来。黑夜里的小村，自有另一种复杂，另一种智慧，另一种深奥。这次出来，他没带鹚鹰，像磨道上的瞎驴，在村里转悠了一夜，天亮了方倦倦而归。这一宿折腾，疙瘩爷就苍老了许多。天大白大亮了，老人更是睡不着，挪到街上的老墙根下晒暖。老人回村盼得心都发霉了，真的回来却啥意思也没有了。村里房舍的模样着实耐看，可人心乱了，一切都乱得不像样子。还有村风，从人们碎嘴碎舌的学说中，他知道村里天天有人吵架，天天有人为一桩小事骂大街，为一块宅基地打得头破血流。更让老人伤心的是，见死不救赶出家园的村规早已自生自灭了。村里有个娃子参与杀人也能拿钱买出来，活得比世人都硬气。人们疯了似的向海索取，工厂污染大海，都没人说话。这帮渔花子曾经穷得濒临绝境，因此就没了那么多的患得患失，那么严重的离经叛道行为，甚至连后果都不去想一想。甚至还想从爹的大铁锅上炸出点油来。没人关心红藻，没人会哼闾年谣了。他眼见着小村上空终日笼罩着邪气，怕是娘的多少道"符"也镇不住了。小村走邪了，怕是大海终归难保。

疙瘩爷忧虑不安的眉头胀出肉疙瘩。看来人生最美好的是希望，而不是现实。他再也不愿在村里待下去，也不敢往下想了。他要回去了。刚刚走出家门，他听见一阵响声，噼噼啪啪，一阵鞭炮响起来。

疙瘩爷愣住，慢慢扭了头，远远地瞧见村口围着许多人，旁边停放着小轿车。老人猜想哪家的娃子结婚了。他早已过了看热闹的年纪了，就想低着头走过去。这时候，从老人身边走过的人说，梭子花的海产品贸易公司今日开张啦。疙瘩爷全听见了，再也稳不住了，闪闪悠悠奔那里去了。自从梭子花从他泥屋里回去，老人再也没有见过她，他总觉得她会干出点什么来。因为，这丫头身上的人情和义气总算没有断尽。

这年头的人说抖就抖起来了。所有人都瞪住了眼睛。疙瘩爷望着被众人簇拥着的梭子花。她着实风光，头发梳得光光的，随便披散着，衬衣扣子没系全，一副懈懈怠怠的样子很拿人。老人爱看她的眼睛，那曾是一双很厉害的海眼。这会儿变成商眼了，她的眼睛红红的，老人猜想里边藏了啥东西，是火，是红头巾，是小灯笼，还是金元宝？老人没哼声，梭子花就看见疙瘩爷了，挤出人群奔过来，笑着说："师傅，听说你回村啦，正要看你去呢！"

疙瘩爷狗咬刺猬不知咋张嘴了。

梭子花说："师傅，您放心吧，俺的厂子啥事都没有啦。"

"孩子，师傅跟你过不去，你不恨俺吗？"

"咯咯咯，俺从不记恨人，师傅，俺把碱厂停了。"梭子花一副大大咧咧的神态。

疙瘩爷眼睛湿润，这个老头从来没有像现在这样幸福啊！可是，他心里忍不住隐隐作痛。他难受地想到，他跟梭子花拼命，让这孩子受了多大损失啊！

梭子花跟疙瘩爷告了别，就粗手粗脚地钻进轿车。车徐徐开走了。疙瘩爷过分成熟的额头挺挺地仰起来，目送着小轿车远去。

疙瘩爷重新回到海边的泥屋里。梭子花那里的心病去了，疙瘩爷的心情仍不能好起来，怅怅的，不知怎么打发日子了。天黑了，他望着冷清清的月夜，独个长长地叹了口气：唉，是梭子花成全了他，给了疙瘩爷面子，使流浪大半生的老人有了回家的理由，又是梭子花害了他，使他认清了家园的真面目，扼杀了他支撑生命的记忆。隔一层雾气看家园比回来更美好。那样，无论在大海里的哪个角落，或是走到天涯海角，他都能感到家园的存在，有一丝慰藉。然而，他心目中的家园毁了，就像太阳掉进粪坑里。这样没有想头，没有尊严地活着，还有啥劲头呢？也许，是自己守海变态了？村里有啥不好？谁骂你惹你了？

他做梦了，梦见了海，梦见了藻王。

挖地三尺

　　日头高了,海边的弥天大雾很快就散尽了。七奶奶、麦兰子和裴校长绕过小学校,就看见一群民工弯腰撅腚地挖泥。碗口粗的皂角树伏倒一片,铜钱大的树叶子满滩滚动。空中散发着轻微的土腥味。田副乡长、吕支书和苗锁柱村长站在泥坡下吸烟说话。田副乡长不时伸着脖子问:"铁锅找到了吗?"那边回答说没有。吕支书笑说:"别急,心急吃不了热豆腐。"七奶奶嘟囔着骂:"这群废物蛋,锅没找着,树倒毁了不少。"她知道这块地就是当年七爷流血的地方,后来就变成拦截海潮的土堤了。海床淤了厚厚一层泥沙,打木桩放草袋不管用,那些很密实的皂角树却护得住堤岸。眼看着大窟窿小眼的裸岸,七奶奶心里不好受,她知道大铁锅埋在这里,七爷的魂儿像白纸门一样护着村人呢。

　　裴校长直奔吕支书和田副乡长,说了说毁了皂角树的后果。吕支书大咧咧地说:"等村里的外账要回来,就盖教学楼。你怕啥?"田副乡长一见裴校长就笑话他,笑他是个笨蛋,将裴校长拉到一边,开导个没完,先说上级对大铁锅的重视程度,然后又与裴校长的个人利益挂了钩,直说得裴校长抓着脑勺儿嘿嘿笑:"那照你说,俺可要将大铁锅放在学校里,让孩子们天天受教育。"田副乡长说:"俺想过,就放学校大院。你小子偎在学校当孩子王,海参鱿鱼分不清,这回得认识多少人?特别是那些头头脑脑。"裴校长对田副乡长的话不以为然,领导还不摸他的心思,忙活这一切都是为了麦兰子。

　　都来跟七奶奶说话,七奶奶瞅着泥岸又翻心了。麦兰子以为七奶奶想儿子疙瘩爷了,就说:"奶奶,俺赶紧去西海滩把爷爷喊来吧?"七奶奶瞪了麦兰子一眼："喊他干啥？他刚走，你爷的心思不在这儿，让他好生守海吧！听说海里红藻死了，唉，他跟你太爷一个脾气，是个一根筋儿的家伙！"后来麦兰子才明白，七奶奶是想七爷了，即将见到大铁锅也就哪儿都不好受了。她梦里时常梦见那死鬼。梦见七爷躺在大铁锅里漂在海上找不到岸。七奶奶就晃晃巴掌说，你往俺这瞅，看见岸了吗？七爷说看见了，看见了顶啥用，就是拢不过去。七奶奶生气地嘟囔，你个死鬼野惯了，就是压根儿不想上岸，不想跟俺们一起过日子。七爷嘿嘿一笑就没影了。七奶奶也梦醒了。

吕支书知道七奶奶在村里的威望，就微笑着走过来跟七奶奶说话，七奶奶总觉得他是花里胡哨的坏子，见他就没好话给他。吕支书知道老太太在村里德高望重，不管七奶奶骂他啥，他都乖乖听着。七奶奶依然是笑脸，可说出话来挺臭的："小吕子，这阵儿你干啥坏事儿呢？"吕支书有些尴尬，但还是嘿嘿笑："七奶奶真逗，俺为咱村民奔波呗。"七奶奶听百姓说过，吕支书整日在外边瞎搭咕，左谈判右协商，正经外资没引来一个，村里光吃饭跳舞就花去二十多万。苗村长和支委们有意见，却也没办法，这年头都兴这手。这话传到七奶奶耳朵里，七奶奶还真生气，骂群众没觉悟。后来她听麦兰子说，吕支书的桑塔纳汽车里经常装有浓妆艳抹的女孩。他整宿泡在舞厅，连冷库集资款都敢拿去跳舞。七奶奶生气地说："前些年这小子带领群众开工厂搞养殖挺能干，人也正派，前前后后才几年就落套了。人呐，一好上玩牌跳舞，就没精神儿干正事儿啦。"麦兰子说："谁说人家不干正事儿，县乡头头都拿钱拿物笼络好了。"七奶奶被噎住了。眼下正是阳光刺眼的时候，七奶奶眯眼不看吕支书，嘴里喃喃地说："小吕子都跟奶奶说说，你都引啥外资啦？"吕支书嘻嘻笑着，吹五哨六地侃了一通。七奶奶说："兰子，给你叔算算，这些外资有几个亿？"麦兰子笑说："有三个亿呢。"七奶奶说："引三个亿，咱们还这个生活水平？咱村小学咋还不盖新楼？孩子们的事儿就不管啦？"吕支书后悔吹漏了嘴，支吾说："哎，别急，这些都是意向，钱还没到位呢。钱一到，建小学还不是小菜一碟？"七奶奶骂他："你快别拿鸡毛当令箭啦，人家是傻蛋呐，把钱拿来让你糟？就你这人模狗样儿的，人家会放心？"吕支书心里不爱听，却也赖汉子拽硬弓强撑着。麦兰子听着心里解气，咯咯笑。七奶奶又不依不饶地说："小吕子你听着，啥年头也是心正天地宽。就说俺家大铁锅吧,多少年了,人们还忘不掉。为啥?"吕支书说:"那是七爷和七奶奶的造化。"七奶奶又哼了一声说:"你别巧嘴八哥,得往心里去。不爱听也得听,不听老人言吃亏在眼前。"吕支书尴尬地点头,正闪着身子,手机响了。吕支书到路边回话去了。

快晌午了,大铁锅还没影儿呢。七奶奶扭脸看那片泥岸,光秃秃得辱眼。裴校长站在七奶奶身后叹道:"多好的林子,毁啦。"他越发感到跟农民打交道不容易了。在泥岸最后一棵树倒下去的时候,裴校长眼里汪了泪。他忽然想起亡妻艾老师了,那一年,她就是带孩子们到这儿植树被车撞死的。裴校长是麦兰子最关注的人,麦兰子发现他哭了,她不明白他为啥流泪。田副乡长看看中午的日头,急得抓耳挠腮,嘴上骂骂咧咧的:"这群饭桶,连口锅都找不着,还想要工钱?这可咋办,肖部长上午还等我回电话呢。"苗锁柱村长过来说:"俺看下午再挖吧。"田副乡长没好气地训他:"说啥?这点魄力都没有,你还想当一把手?"说着就瞟瞟吕支书,一看吕支书拿着手机说话呢,就又放心落胆地说:"苗村长,这事儿可是急茬儿的啊。夜长梦多,要是县里领导把大铁锅看淡了,咱就瞎子点灯白落忙啦!"苗村长嘟囔着说:"那你说咋办?就傻呵呵地瞎挖,铁锅也不会自己钻出来。"田副乡长急得跺脚,大喊:"那就动动你的白薯脑子呀。"吕支书打完电话急忙走过来了。他怕七奶奶骂他,远远地闪着身子。苗村长走到七奶奶跟前问:"您记清了吗?七爷的锅是埋这儿了吗?"七奶奶骂他:"咋啦?连俺也信不过啦?"一句话就将苗村长说蔫了。到底是吕支书脑瓜灵活,把手一挥说:"把推土机开过来。歪锅对歪灶,歪嘴对歪庙,俺就不信这铁锅会飞!咱也来点歪招子!"然后就仰脸笑。支书的话使七奶奶听着极为别扭,还没来得及骂他,就看见推土机嗡嗡地开过来,这个铁家伙在泥岸上拱来拱去,将麻扎扎的树根都铲起来了,冒着热气的泥土翻出花样儿来。果然,生了锈的大铁锅就被铲出地皮了。这个黑乎乎的家伙出地皮的时候还硬硬地滚了几滚。

人们呼啦一下子围过去。

田副乡长亲昵地敲打着锅沿儿说:"天呐,真大哩。"铁锅比他想象的还要大,像块小盆地,铁皮很厚,被污泥锈蚀得麻麻瘩瘩。人们指着锅说笑着,忽然从身后传来七奶奶的哭声,长长的哭音很响,听得人心里难受。麦兰子搀着七奶奶扑扑跌跌地走过来,到铁锅跟前,娘俩就跪下去了。麦兰子一边陪着哭,一边点燃那些火纸。火苗和浓烟跳荡着。苗村长见这阵势迟疑了一下,看了看田副乡长。吕支书躲在一边打电话去了。田副乡长也跟过去,用吕支书的手机给肖部长报了信儿。肖部长很兴奋地指示,抓紧操办现场会吧。通完话,田副乡长回到大铁锅旁,对麦兰子说:"表示一下就行啦,这又不是你太爷的坟!快扶老太太回家吧。本来挺正经的事儿,别让人看成搞迷信活动。"麦兰子不哭了,点点头,就搀扶着七奶奶往家赶。当顶的日头,将她们的身影印在海滩上。走了一段儿,七奶奶朝铁锅回头三望。大铁锅已模糊不清了,只有那片泥岸裸在老人眼里。

这个中午饭,七奶奶一点儿没吃。

下午天气阴得居然像是傍晚。村委会大喇叭还是响个没完,召集各方面人商量大铁锅现场会的事。麦兰子搀扶七奶奶赶来时,吕支书和田副乡长还醉醺醺地睡着。一切事情只得由苗锁柱村长操持了,他用喇叭把裴校长也喊来了。听见麦兰子和七奶奶说话,田副乡长率先醒了,捅捅打鼾的吕支书,吕支书翻翻身说了句梦话:"宝贝儿,别捣乱。"在场的人都笑了。麦兰子出了个鬼主意说:"赶紧放舞曲儿,吕支书这阵儿就迷跳舞。"田副乡长就让人放舞曲,舞曲一响,吕支书果然伸胳膊弹腿儿地坐起来,边揉眼边说:"妈呀,这是哪儿啊?"人们哄笑了。田副乡长摇摇手说:"大家安静啦,现在开会。大伙都看见了,大铁锅已挖出来了,它的深远意义呢,我也不啰唆啦,不明白问七奶奶就是喽。眼下最急的是现场会。县委肖部长还在等我们的落实情况。下面有问题,得立马商定下来。一是大铁锅的安放问题,二是大铁锅的清洗问题,三是七奶奶的演讲问题,四是现场会的招待问题。大伙可不能当儿戏,别小看一个大铁锅,它的作用不小于一个企业项目。领导参观,电视台录像,它将大大提高咱雪莲湾的知名度,提高咱村的信誉。那是花多少广告费也买不来的效应。一个大铁锅还能带动咱村奔小康的进程。你们说是吧?"

在场人都鼓掌,各拍各的心事。麦兰子盘算了一下,抢嘴说:"俺奶奶这么大岁数了,可陪不起你们,先说说奶奶演讲的问题吧。"田副乡长说:"就是得重写演讲稿,不能像匣子里讲古经那样,要与改革开放联系起来,与精神文明建设联系起来。具体的稿子,由裴校长帮助写写,裴校长有问题吗?"裴校长一听写演讲稿,马上想到能多见着麦兰子了,也就满口答应。七奶奶叹了一声说:"俺老了,跟不上趟儿啦,怕说差了,还是让别人讲吧。"田副乡长急了:"老人家别紧张,您老讲最有力量,别人替不了。这问题就定了,商议下一个,大铁锅安放问题。"他话音儿没落,吕支书就直截了当地说:"村委会是全村的核心,那就放在村委会吧。"尽管他还没完全醒酒,关键问题仍不含糊。裴校长站起来,焦急地说:"那不行,田副乡长事先答应我啦,将大铁锅安放在学校!天天教育孩子们。"吕支书喷着酒气说:"放学校,活动就降格儿啦。"裴校长声音提高了:"这个问题不存在,学校是村里的学校,又不是带犊子。唉,有人总拿我们当后娘养的。"吕支书生气地吼:"小裴,你说啥?别指桑骂槐的,不愿待,滚你们城里去!"裴校长大声说:"我待村里是冲孩子们,冲你我早走啦!你口口声声重视教育,就丁点实事不办。县教委和乡里都拨建校款了,就村里你这拖后腿,弄得苗村长给我们白跑腿儿。"吕支书脸上挂不住了,骂:"你小子少装人,俺还怕你个孩子王不成?"田副乡长气得抖了,吼一声:"都给我住嘴!成何体统?大家都为工作,何必动肝火?"他嘴上这么说,明断这场面也为难了。他是哪路神仙都不愿得罪,就拿求援的目光瞟七奶奶。七奶奶知道裴校长对吕支书的劲儿不是一天两天了,大铁锅只是个导火索。她无心去管爷儿几个的纠纷,但大铁锅她还是愿意放学校,原因是喜欢裴校长。七奶奶见众人闷着她就开口说:"俺说呀,放学校吧。"田副乡长说:"那就按七奶奶的意见办吧。"吕支书阴眉沉脸地吸烟,不吭声。七奶奶瞅着他憋气,站起身,扑啦扑啦大襟袄,拉着麦兰子说:"大伙儿开会吧,俺先走啦。"田副乡长笑着送到屋外边,连说:"谢谢七奶奶的支持啊。"七奶奶抓住田副乡长的胳膊,小声说:"俺家兰子到学校工作的事儿,你可当紧啊。不然老朽收回铁锅。"田副乡长拍着肚皮说:"放心吧,等头头们来了,现场会就现场办公。"七奶奶咧嘴笑了笑,就蹶跶蹶跶地走了。

村巷里蹲墙根的老人招呼七奶奶加盟,七奶奶像大干部似的摆摆手说:"你们待着吧,俺忙啊,俺真眼热你们哩。"到了麦兰子的小酒店坐下来,麦兰子还追问自己进学校的事情:"奶奶,您看俺进学校的事有谱儿吗?"七奶奶掰着手指头说:"一是田副乡长答应俺了,二是裴校长喜欢你,还有哇,俺的兰子自身聪明伶俐。"麦兰子搂着七奶奶的脖子笑了。七奶奶眯起眼问:"兰子,你跟奶奶说,是不是看上裴校长啦?"麦兰子脸红了:"奶奶,没有。"七奶奶笑说:"你蒙不过奶奶的眼睛。没有,你的脸红啥呀?"麦兰子慌乱地摇头。七奶奶说:"你眼里还是裴校长好,对不?"麦兰子的慌喜全写在白嫩的脸上,她拿小拳头捶打着奶奶的肩膀说:"奶奶眼真毒!还不知人家……"七奶奶笑着,叹一声说:"裴校长那孩子人不错,可是有一样奶奶不遂心,就是大你那么多岁,你别太浪漫喽,给俺干点托底的事儿吧。再咋说,黄木匠的儿子大雄,也是没结过婚的大小伙子!"麦兰子噘着嘴巴说:"奶奶,别提大雄。"七奶奶急忙转口说:"俺不说,不说。女人啊,找个好对象就是图享福的,啥算享福呢?说不清楚啊!"正唠叨着,天上就有一声响雷。已是到了雨季,但雨终没有落下来,零零星星几点就住了。

　　七奶奶伸长脖子,扭头朝窗外好一阵子张望。

发天

雪莲湾人管风暴潮叫发天。今年春天的风暴潮比往年来得早，赤溜溜的日头在嘭嘭炸开的浪头子上跳了一阵子，被海吃了去，吐一弯浑厚的灿红，天景儿像烧着了一样。船在海里颠成糊里颠吨的一团。灰不溜秋的老帆一扯一甩地龟缩进孤零零肉赘似的泥岬里。大浪掀出重浊湿润的闹响，在如烟如梦的癫狂里嘲弄着渔人日子的狼狈。

"呸，狗×的草鸡了！"大雄望着缩头缩脑钻进昏暗里的船骂着。他二十五岁了，生一副粗壮圆滚的大身量，船板一样宽厚，很野。乱蓬蓬的浓发遮掩的宽额头上大筋纵横，勃勃地鼓涌着青血，放着豪光。他的一只大掌攥紧舵把，腾一手拽出盛满烈酒的扁瓶子灌了酒，喉结弹跳着发出粗糙的闷响。然后就威风凛凛地瞥一眼疯疯嚣叫的浪头子。望了一会儿，他矮身出舱，落了老帆，黏答答的帆布如一块模模糊糊的白膏药贴在船板上，没了帆，船就如一朵开败了的花。

大雄手臂愤愤一抡，在风中割出一串嗖嗖的声音："狗×的都逃吧，俺闯滩啦！"骂完之后便有一柱大浪贼暴暴地砸过来，卷上舱棚顶，又哗哗流下，结成一张宽阔薄亮的水帘子。

大雄泼海野吼了一通"镇鬼号子"。他眼里的海鬼好像顷刻间缩头缩脑地逃了。他是黄木匠的儿子，却不愿当个木匠。他对闯海上瘾。虽说鬼浪滩发天吃去好多渔人，那是被吃的渔人心里装鬼。鬼跟鬼是过不去的。剽悍、坦荡和骁勇的渔人会听见鬼的声，就得喊出来镇鬼，海鬼就退了。不晓事理愣头愣脑闯滩那才是狗×的傻蛋呢。大雄很自信地想,浪头子抖得狼虎,似要咬碎大雄的单桅船。大雄的胸脯子挤在舱门,似有一团无名火烧得心往外蹦,传导至嗓子眼就火辣辣的。他蓦地想起师傅老漂子教他的闯滩绝活儿,老漂子驾船有三绝:活,野,狠。雪莲湾的小伙子们都愿拜他门下。他独独看中大雄。大雄的家族历史上曾经出过一个"大力士"。几十匹大马拉着祖宗造好的大船来到雪莲湾老河口,老河口挤满看热闹的村人。白茬船卸到老河口河堤上,一群渔民哼哼哧哧也不能把大船推下水。眼看着就要退潮了,僵持的时候,大雄的老太爷将光溜溜的粗辫子往脑后一甩,咳咳运气,圈子腿架出两张弯弓,骨头绞着身架子,"轰"一声将木船撞下大海。滩上欢声雷动。县太爷嘉奖了这位大力士。每每提起这段"光荣",黄木匠和大雄都十分得意,老太爷的满身豪气还在大雄的脉管里鼓荡着。

大雄又想麦兰子了。他在海上逛荡的日子,就想麦兰子,想得要死。他做梦都想娶麦兰子。见到麦兰子他就嬉皮笑脸动手动脚:"麦兰子,做俺老婆吧。"麦兰子躲躲闪闪的眼里噙着祛不净的羞。大雄说:"兰子,你小样的早晚是俺大雄屋里的。"麦兰子噘着嘴巴说:"你赖你鬼,可你顶不上裴校长有学问。"大雄这才知道还有个男人在麦兰子心里美美地坐着哩。大雄迷信,他求人把裴校长的情况打听了一遍,他跟裴校长喝酒,后来知道,他俩同月同日出生,只差那么极短极短的一个时辰,裴校长是卯时,大雄是辰时。大雄想,他会击败裴校长把麦兰子娶过来的。麦兰子在他眼里终日罩着仙气,举手投足都能撩起十足的渴望。他极快乐地飘起来,觉得苦乏的日子真好。只要是麦兰子喜欢的事,他死也敢做。那是个热暴暴的夏日,船都歇伏了,麦兰子小酒店的海货断档了,大雄知道了,驾船到远海追逐带鱼群,打了满舱的带鱼,回来的时候遇到海上发天。眼看着遇险了,同船渔民吼:"大雄,赶紧把鱼扔海里吧!"大雄梗着脖子说:"不,俺的麦兰子小酒店,正缺鲜货下酒呢!"那个渔民急了:"打铁烤煳卵子,你小子也不看个火候!赶紧扔,是要鱼还是要命?"大雄嘻嘻一笑:"俺都要!"说着就煞下心来闯海了。闯海的时候,他的蛤蟆船把浪头击成碎片片,大雄拽着带鱼筐沉入大海。风暴过去了,麦兰子跟随人们跑向海滩,却发现大雄像个海怪从海里爬上了岸,胳膊死死拽着鱼筐。麦兰子提到喉咙的一颗心，又慢慢回到胸腔里，扑向大雄，紧紧地抱住他水涝涝的身子哭了。

这个时候，大雄十分自信十分乐观地沉入一个老梦里去了。"麦兰子，你瞧好儿吧！俺闯个漂亮给你看！"大雄心里念叨着，浑身骨节又弄出脆脆的响声。他换气时将那股废气吞进肚里，新气涌进一截肠子里的咕噜声自己都能听到。海面上野风叫了，揉起一道道水墙，哗哗地颠颤。老船被挤压得晕晕乎乎呻吟声音焦干哑闷，沉沉地滚来滚去。呱的一个大浪，劈头盖脸地吞了探头探脑的老船，仅剩一杆松桅如鱼鳔一样拐搭拐搭地摇。岸上人群一阵骚动，目光也就浊了。桅杆子摇皱了人们的眉头子，吊着心贴着浪湿漉漉游走。海雾摇出来，如一张弄皱了的灰布帘子。灿红海景凄凄然转成灰青，老河口便浮起黑黝黝的幻影，将海滩掀得骚动不安。抖一下，松桅摇没了，鬼浪滩一片白茫，浪花开开败败，败败开开，活活有股迫人的威势。不长时辰，海面划一道亮亮长长的晕光。"哗"一声巨响，老船挺了龙脊，抖落身上大块小块滑溜溜的亮甲，轰轰隆隆龇牙咧嘴撞了滩，嘎一声，龙骨断裂的脆响荡出很远很远。银灰色的水片子像花瓣一样迸散。

大雄黑不溜秋的脑袋从水里扎出来，肌腱涌动的膀子上缠着麻麻瘩瘩的海草和沙粒，像个高大的怪物一样稳稳地站起来，海水在他身上落下来。他朝老河口跑，猛抬头，看见站在河堤上朝他巴望的麦兰子。麦兰子嫩闪闪的腰肢浴在海风里，朝他笑，乌发和长裙迎风飘展。大雄胡噜胡噜水涝涝的脑袋，不无得意地望着麦兰子，似乎感知了自己无处不在的壮美。他想野野地吼几嗓子，嗓门子亮到无度：

  皇天后土哇

  俺的家

  漫天野海呀

  恩养他

  渔花子破船啊

  打天下

赶海的爷儿呀

吃龙虾

　　大雄每次出海回来都到麦兰子的酒店喝酒。麦兰子怪模怪样地瞅着大雄笑，咯咯的，很陶醉的样子。她那双黑钻钻的眼仁儿就像辣子水泡过一样亮。浅藕荷色长裙里的腰肢一摇一摆，恰似一种轻盈的舞蹈。圆滚滚的腚在裙子里颤颤悠悠，磨出一些细微的软软的声响。这眼神，这圆腚，格外让雪莲湾的小伙子们神情摇荡。七奶奶看出大雄喜欢麦兰子，心里高兴，但七奶奶嘴上不说，她等待着黄木匠来求婚。可是，黄木匠没来，大雄也没正儿八经地向麦兰子求婚。七奶奶心里着实不悦。但七奶奶明白，在麦兰子的海味酒家里，好多男人细麻苍蝇似的围着她转来转去，等麦兰子的心跟别人跑了，大雄就该傻眼了。可是，七奶奶的担忧毫无道理，麦兰子理都不理他们，能走到她眼前的，除了裴校长就是大雄。有一次麦兰子去网厂找张士臣厂长拉包桌。张士臣看见麦兰子就笑眯眯的。日子久了，张士臣就对麦兰子有了美妙的想法，天天他都甩着两条短棒一样的粗腿摇进酒家，大把大把的票子甩出来喝酒。张士臣买通了麦兰子的干娘。麦兰子爹死后，娘就去世了，爹出海打鱼的时候死在海里，娘是想爹想出了怪病，患癌症死的。当时，麦兰子和麦翎子还小，她们是吃干娘的奶水长大的。干娘动员麦兰子给张士臣当情人。麦兰子坚决不应。干娘就说："张士臣是农民企业家，有钱有势好多姑娘巴结还巴结不上呢。"麦兰子说："俺看不上他，俺也没有穿金戴银的命。"干娘急急歪歪说："你到底干不干？"麦兰子说："死也不干。"干娘说："死丫头没一点良心亏了俺那些奶水。"麦兰子俏丽的目光咄咄逼人地说："干娘等俺生了孩子让孩子喝奶粉，俺挤奶还你。"干娘骂骂咧咧地笑喷了："鬼丫头，你成精啦！有这么还人情账的吗？"这之后娘俩总是疙疙瘩瘩的。这事让七奶奶知道了，就把干娘狠狠骂了一顿。张士臣的包桌算是彻底挪走了。

　　发天的时候，老河口顶上来的渔船少得可怜，酒家一晚一早的海货就供给不上了。麦兰子要到老河口买海货。她钻出灶房，打扮打扮，一路跑到老河口。她几天的乐事全都在这里。她最爱看大雄闯滩的强悍和一腔化不开的野气，看他在沉重劳动中保持的巨大热情。她就朦朦胧胧生出一种渴求，很快会燃成一腔复杂的心火。

天像一条蓝旱船，润着无边的蓝。发天的浪头子滚滚荡荡，一阵复一阵，久久不息。缩进泥岬里的船怕是得来日拢滩了。大雄的船神神气气地在海滩上颠着，搅起一湾的鲜活。他很快就适应了环境，闯滩时的兴奋、刺激和忧虑，马上转变成一种常规生活。什么样的人都得面对平淡的常规生活。他朝麦兰子摇着蒲扇似的大掌喊："麦兰子，你下来哟。"

麦兰子做出高深的样子摇头。

"满籽蟹，皮皮虾。"

麦兰子仍旧不语。

"这小样儿的，玩深沉呢。"大雄说。

麦兰子把目光扯回来，像看大戏似的，板住笑。大雄的目光软了酸了，撸了一把乌油油的鼻头，嚷嚷道："俺让七奶奶打你屁股！"麦兰子不动声色，满脸的内容。大雄愣了一下，很沉地叹了口气，好像从麦兰子脸上读懂了什么，扭身扑甩着大脚片子，踩响了泥滩。他熊似的爬上船板，抱起折断的一节龙骨，"嗵嗵"两下子戳开船门。沉厚悠长的闷响像铆船钉的声音，荡开沉沉的暮气，火爆爆的。大雄哈腰钻进舱子，舱里充斥了辛涩的凉津津的沤馊气。他大手划拉着抠紧了蟹筐，稀汤薄水地拽出舱子。他又相继拽出两筐皮皮虾。"哗"一个大浪，砸得破船哐啷啷一阵痉挛。大雄毫不在乎，任潮吼唱，任船呻吟，一弓身，一只铁钳般大手拎一只筐子，纵身跳下船板，轻轻巧巧地落地，溅起麻麻点点的蛤蜊皮子和泥水。蟹筐被礅得脱了形，一只只乌青肥硕的梭子蟹喊喊嚓嚓地舒筋展骨。他又拽下另一筐皮皮虾时，男男女女的鱼贩子挤挤密密地凑过来，像猫见了鲜腥，透着交易的兴奋。"大雄，卖给我吧，俺等狗×的三天啦！"一个黑壮壮的鱼贩子说，摇动的脑袋像木匠用的墨斗儿。大雄迷迷瞪瞪地憨笑，一个个撅高了的屁股望他的海货。

过了一会儿，大雄就觉得腻歪了。麦兰子为啥没凑上来？他又歪头朝人群里寻着。麦兰子正朝什么人招手。大雄心提起来，贼贼地寻着，看见了裴校长，心里就沉了一下。裴校长穿一件灰衣服，白瘦的手臂抖着一个网兜，不时拿眼瞄瞄发天的海面。身后跟着一个老师和一群孩子。大雄知道他是带孩子们上海洋课。一碗笔墨饭,害得他太弱了,让人生怜。那堆人里蝇营狗苟的,哪像咱这路汉子穿大鞋放响屁过瘾。大雄想着,就呼啦啦被鱼贩子围了。

"大雄,报个价吧!""墨斗"推开众多同行死乞白赖地缠着大雄,频频递烟,眼神里却是充满鄙夷。大雄歪着脸,懒得搭理他们,得意的目光压着黑压压的脑袋。人们的目光咬着他,又口口声声激他。大雄不恼,身板子一前一后地摇着,嘴里发出一阵短促的唏嘘声。"墨斗"不耐烦地问:"瞧你小子牛的,快说个价吧!"大雄大大咧咧地晃晃大掌:"蟹!"

众人吸口凉气。

大雄又晃大掌:"皮皮虾。"

又一口凉气。"墨斗"黑黑的脸相,炸了:"狗×的,真黑,换棺材本哩?"大雄拿眼在"墨斗"身上搜刮一遍。

"包脚布做孝帽,一步登天呢!""墨斗"又说。

大雄圪蹴着,手一阵一阵发痒。

"烟袋杆子,黑心!"

"乌龟爬门槛子,翻个兔崽了!"

"墨斗"连连骂:"是个茬儿。"

大雄说:"螃蟹吐沫,没完没了啦!"

"对你这号人,哼……"

大雄火了:"俺是哪号人?"

"墨斗"嘟哝了一句什么,大雄没听清。就这么轻轻一嘟哝,却压得一条汉子丢了分量。他顿觉得鼻孔热辣辣得堵得慌,一抠,挖出一块硬巴巴的黑泥。"狗×的,爷给你实惠的!"大雄吼声如响雷在大海上粗野沉闷地滚动,伸出一只脚轻轻一拧,就将"墨斗"钩倒了,"啪叽"一声四仰八叉跌在泥水里。"黑了心的又打人!"鱼贩子喊。"墨斗"没吱声,哼哼着爬起来,鼻子一抽一抽,把腰杀得低低的,黑炭棒一样的手臂开出嘎巴巴脆响,闷闷一声钝吼,壮牛般朝大雄叽叽噜噜地滚。两个人绞成一团。大雄脑袋被泥水糨糊似的黏胶着,怪异的臭腥一阵一阵钻他鼻孔。他野野地吼镇鬼号子,吼得"墨斗"见了鬼似的发软。"大梆子,加油!大梆子,打狗×的!"鱼贩子们齐齐为"墨斗"加油。"墨斗"在众人哄笑里镇静许多,腾出一只拳头击中大雄的左腮。

大雄顿觉头昏眼花,脑壳嗡嗡响,疼出几滴酸泪。"墨斗"兴奋了,吱溜溜骑到大雄身上,一手抠紧大雄的大腿,一只拳头捣得狠虎。大雄觉得天旋地转看不清爽了。"扇,扇他个狗×的!""这回他是黑瞎子撞井,熊到底儿啦!哈哈哈……"人们似乎很解气。大雄竟没挣脱,闭了眼,呼吸顺畅,睡着了似的,克制着自己的愉快心情。任"墨斗"一下一下扇,脑袋配合着一下下地摆。鼻头的血小红蛇一样爬出来挂在嘴角上。他笑了一下。"大雄,服软吧!"人们嚷。麦兰子远远地津津有味地瞧大戏,见大雄草鸡了,就慌慌地喊:"大雄哥,大雄哥你不能就这么完蛋啊!"大雄听见了,来劲了,轻蔑地吸溜一声鼻子,拿舌头舔舔干裂的厚嘴唇,将鼻血吮进嘴里,凝成一口,"喷儿"一声啐到"墨斗"走火入魔的脸上:"爷爷败火啦!轮到你喽!"说着大腿一抢,"墨斗"惶惶的,像头倦驴似的叫唤了一声。大雄一使劲儿就跳了起来,圈子腿弯弯裆里遛狗,摇摇晃晃奔过来,脚底透着一股狠气。他抄起"墨斗"的一条短腿,掀一下,"墨斗"就十分狼狈地栽泥里一下。一掀一掀,"墨斗"就一啃一啃地在空中画弧。"墨斗"的一身馊肉几乎掀成一团软泥,呼噜呼噜地说:"狗×的,俺服啦。"大雄就喜兴得扭歪了脸,朝麦兰子吐一下舌头。

这个场面吸引了孩子们,裴校长赶过来了。裴校长扶起泥里的鱼贩子说:"别打了,忍一忍都过去啦,都是一般肩高肩平,谁也别刻薄谁啦!"

"墨斗"仍不服气:"他哄抬物价!"

麦兰子光着脚丫好奇地站在泥滩里,神情专注地听着校长给"和稀泥"。裴校长不急不躁,说话慢声细语:"物价,是有个极限。可在每天发天的日子,仅仅是物价能解释的吗?"

"你说呢!"

"你们得尊重他们的劳动。"

"是他狗×的调歪!"

裴校长叹口气,说:"你们看,他的船都颠哗啦了。"

"那是另一码。"

"不,船是渔民的家,人是船的魂。咋能分开呢?"裴校长一副很激动的样子,"今天大家也都看见啦,大雄拿命做抵押闯滩,他图的就是拿蟹虾换点钱吗?不,他真正品味的是渔人与大海较量中显示的壮烈、强悍和骁勇的尊严!尊严,懂吗?你们只知道贩鱼,赚钱,没有在大海里出生入死的体验,好些事情,你们是无法理解的!"

鱼贩子慌口慌心地呆了。

"还是文化人会说话。谢谢啊!"大雄头皮一阵麻胀,咧嘴笑了笑。

麦兰子心里说到底是文化人儿哩。

鱼贩子嘟嘟囔囔地退去了。

"别尿狗×的,不服冲过来。"大雄啐了口泥水,举举双拳。

麦兰子眼里的大雄就是一个赖样子,拳头又虚又黑像两个馒头。他左左右右就那几句野话,麦兰子听得有些烦了。她淡淡地说:"大雄,回吧!"她的声音如夜莺轻唱,暖酥酥地往大雄心里钻。大雄怪模怪样地瞅着麦兰子笑,脑子里一片空茫。"俺要早下来,也就没事啦!"麦兰子说。大雄说:"那你也就没戏看啦!"于是她就笑:"是真的,俺看不够,裴校长说的词儿俺也听不够!怪好玩儿的。"大雄讪讪地笑,像头瘟头瘟脑的老牛。一蹲身,一筐瓷瓷实实的海蟹稳稳地抛上肩,抖出了嘎嘎的响声。麦兰子觉得好像有什么抖也抖不尽的东西在他屁股后面晃,滴里当啷地晃荡。大雄瓮声喊:"兰子,快回家呀。"麦兰子正跟裴校长嘀咕话,扭头甩一句:"熊样的,风光的你,谁跟你回家?"大雄改口说:"不,去你酒店喝酒。俺是你的顾客啊!"

裴校长走了,麦兰子鬼鬼地一伸舌头,一扭一扭地跟来了。

天黑实了,黑暗对于渔民来说,常有一种亲切的陌生感。灰灰摇摇的炊烟从河堤上荡过来,在他们的头顶晃出无数虚幻。空气黏,有点堵人。大雄迈着长腿走,喉结咕噜着,偷眼瞟着麦兰子的圆腚,嘴里嘟囔着:"大屁股女人好,肉乎,能干,还能多生崽儿呢。"麦兰子没有听清,忽然回头瞪着他:"你嘟囔啥呢?"

开雾

发天的时候,疙瘩爷一直躲在泥屋里喝闷酒。夜里回了一趟村,看了看老娘,看了看挖出来的大铁锅。疙瘩爷心里难过,眼里忍不住涌上两行热乎乎的泪水。他觉得娘这把年纪了,还想满足自己的虚荣心,便梗着脖子跟七奶奶闹:"娘,您真可以啊?咋跟村干部搅一块了?咱麦家该有多光荣啊?海都坏了没人管,他们还有闲心折腾俺爹的铁锅!"七奶奶狠狠瞪了疙瘩爷一眼:"你能,你能顶得住?你娘不糊涂,这锅不会白折腾的。"疙瘩爷一脸茫然,怏怏地离家回海滩了。

这一走,疙瘩爷就不想再回来了!村里真的没啥意思。日子像一泓静水,单调而乏味。大海的日子却是在呻吟的咆哮声中挺过来的。大海挺着,挺一天算一天。死藻越积越厚,层层叠叠地将海滩涌盖了。老人不敢正视大海了,慢慢压住心惊,坐在泥屋里,不慌不忙地搓起海藻绳来。老人的心被摘去了,脸苦苦地愁着。

那天中午,老人的绳子还没搓完,大鱼就惊乍乍地跑进来喊:"爷爷,快来看呐,海咋啦?"

疙瘩爷稳不住了,跟兔子似的跑出来,手里还捏着那根没打完的绳子。

他呆了,愣了,傻了!

过午的日头又懒又丑,照着躁动的海浪头。那个神秘恐怖的青紫圈儿弥弥合合。潮水泣泣诉诉地退去,发出悲怆的哮喘声。大海的颜色在老人眼里极有层次地变换,苍白、淡灰、黛蓝、血红。红藻拥拥撞撞地随潮退去。活藻死藻扭结在一起，掀起几分妖冶的红雾，映得天景儿烧着一样。红雾慢慢洇开来，一点儿一点儿织成蘑菇形。

疙瘩爷知道祖先叫它"开雾"。开雾是很有说头的，那是海龙神动怒吹来的仙气。红藻走了，它们会成群结队地退到深深的大洋里去，寻觅新的家园。他听祖辈人说，光绪年间海上"开雾"就闹过这么一回。后来红藻又回来了，这一回怕是一去不返了。疙瘩爷听见了红藻撞击的颤声和深处荡的声，愣了许久，方省过神儿来，抡圆了手里的藻绳，骇然地吼了一声："红藻，不能走哇——"他扑跌跌地奔舢板船去了。

鹞鹰正在云层里翻着跟头，听见主人的吼声，虎虎地斜冲下来，追着舢板船。鹞鹰也感觉出海势的异样来了。大鱼闹不清出了啥事，见疙瘩爷诚惶诚恐的样子，心里也紧张起来，颠颠儿地跳上自己拾到的破舢板上，一路追来，紧紧咬着疙瘩爷的舢板船。

整个大海在悲泣地翻涌。老浊的浪头裹着红藻退去，大片大片的黑色泥滩十分得意地从海里钻了出来。疙瘩爷听老人说过，"开雾"时红藻集体迁徙。恐怕这就是。疙瘩爷也已经感到铆船钉似的沉闷声音从大海的腹中荡来，有一种包孕天地吐纳日月的气势。老人觉出大海的冷峻和无情了。红雾和海雾化在一起，使海面变得黑天不像黑天白天不像白天。能见度就差了，使老海眼的目光限定在小圈子内。老人凝神去搜寻海面上伞状的浪头，他要尽快找到藻王，豁出老命也要将藻王拦回来，藻王在就会有红藻在。尽管老人的想法很天真，却很对路子。关键是他在这片海域里能寻到藻王吗？就是碰见，凭他身单力薄的能截住藻王吗？红藻也像得了大赦一样，逃得贼快，张牙舞爪地弹开了，弹出丝丝金红，网似的，忽儿探头忽儿下沉。老人的破舢板也随之一蹿一蹿，好像匹失控的野马发疯前行。颠得老人身上的血往头上涌，老人晕得眉眼缩成一团，像一块干柿饼子。浪沫子不时喷溅到脸上来，流入嘴里，又将他脸上的泥灰冲出一道道弯弯的小沟儿。老人粗糙地咳了一声，吐出咸水，蛮悍阴郁的喉结就上下滑动。水花在船帮上蹭着，瞅冷子就漫来一股儿，老人脚下湿了，铁锚和锚绳都洇湿了。

这时候，老人才觉得牲口槽子似的窄舢板用着不爽手了。他使劲儿地摇着橹，寻着伞形浪花。红藻流势很大，颜色变得紫红，猪血似的，映在老人脸上黑黝黝地闪光。血水随着海流远远飘去。乱马朝天的喧响里，老人遥遥听到几声召唤："疙瘩爷，俺来啦——"

老人扭头看见划船颠来的大鱼。

"快回吧，大鱼！"

大鱼很兴奋："你去干啥？"

"去寻藻王。"

"俺帮你！"

"你不要命啦？"

"俺不是孬种！"

"快回，心比天高，命比纸薄！"疙瘩爷怒成一张猴腔脸吼着。抬起头，看见泥岬岛海滩催起一道高高的海浪头，像一张银色水帘子横挂在海天之间。老人知道这是泥岬岛北头吹来的一股邪风挑起来的，就像一道天然屏障。他当海眼那时，就独自驾船闯来闯去。老人扭过头来，冲大鱼吼了声："你从这儿摇船上岛，快，听话！"老人话音没落，蛮横的大掌将橹一按，船就颠过水帘子，船在水中割出一串嗖嗖的声音。老人颤颤抖抖地摇晃着，愣神儿的时候，大鱼摇荡着破舢板飞鱼似的闯过来了。老人想试试大鱼的勇气，这小子初生牛犊不怕虎，行啦，或许拦海藻王的时候真能搭上手呢。大鱼使劲儿摇着水涝涝的脑袋，咧咧嘴巴，又跟紧了疙瘩爷。疙瘩爷觉得只有二十多岁的小伙子才能在海里摔打成硬汉。老人将船一磨，人和船就斜斜地划开，将大鱼的船引进一片空当儿。大鱼的船颠颠地朝泥岬岛靠拢了。大鱼急赤白脸地摇橹掉头，已来不及了，水流越来越紧。老人和鹧鹰离他远了，大鱼知道老人怕他吃亏才跟他摆迷魂阵呢。他就像鱼精般野得抓拿不住，稀里哗啦脱光了湿衣裳，露出健壮的肌肉，弯腰撅腚就要往海里跳。这小子，不是拿铁锚往老人心尖子上戳吗？老人刚刚拿定的主意又叫没头风给撞乱了。刹那间，老人远远地吼一声："大鱼，接锚！"大鱼摇了摇身子挺住了，见一只铁锚头"呼呼"飞来，"咔"一声抓在船板上。老人又用烟熏酒腌的粗嗓门喊："大鱼，沉住气，过会儿咱拿绳子拦藻王！"大鱼乐了，脸蛋子一片虹彩。老人没有打完的藻绳竟在这儿派上用场了,实际上,这绳子就是给今天准备的。老人和大鱼的船就用一根藻绳连一起了。藻绳像条鞭子啪啪地抽打着海面,弹起一丝丝海藻。疙瘩爷将绳头儿死死缠在腕子上,另一只手摇橹撑着平衡。疙瘩爷虽然看不清爽,但鼻孔嗅到了一股气味,一下子涌进肺腑。一声苦苦的、近似哀求的叹息,颤颤地从他心底涌出来:"红藻红藻,留下来吧!"

大鱼拽着绳子在浪头里颠蹿:"咋还不见藻王啊?"疙瘩爷侥幸地说:"真的不来倒好啦!傻小子,拦截藻王可是倒霉透顶的事啊。"老人觉得自己要被拖垮了。僵了一会儿,两条打横的船吃不住劲儿了,被浪头拍得丢了模样,痉挛着随浪头退去。疙瘩爷脑里猛地打了个闪,红红的水帘子突然变黑了,海里轰地响了,转眼间水帘子被炸碎,浪花喷泉似的溅起几丈高,哪怕在很远的地方也能看见。老人嗅到了浓烈的藻气,呛嗓子眼儿。

藻王!

疙瘩爷终于明白过来。老人眼前的藻王不是红的,铅灰色,熔锡一般,黏稠,晃亮,似乎还挟裹着一股迫人的寒力。老人厉厉地吼了声:"大鱼,拉绳子——"大鱼脆脆地应一声,藻绳就像弓弦一样拉直,弹得嘣嘣山响。藻王滚过来了,吞天吞地的势头横扫一切,藻绳像纤丝一样脆,轻轻一撞,断了。藻王滚动的速度很缓。但两只舢板却被这个庞大的怪物顶翻了,大浪一拍,弹起来,炸开,便有木头片子乱乱地飞起来。疙瘩爷没想到他们败得这么快,这么惨。人在藻王面前像一只小鱼那么软弱无力。疙瘩爷顿觉藻条子狠狠地抽打他,疼得他一暴一暴地叫。他感到身上肿起纵纵横横的肉棱子,鼻孔也涩涩发堵,一抠,挖出一团肉囊囊的海藻。他踩着水探头寻找着大鱼,满眼浑浑血红,只听见鹞鹰低低地贴着水皮儿嘶鸣。老人拼命扒拉着身旁的藻丝,疾疾往泥岬岛方向游移。老人此刻很想再与藻王拼一回,可他担心大鱼,这小子还年轻,不能毁了他,那样一来啥都是罪过了。他不能为索回藻王而造成新的不可饶恕的罪过。实际上,大鱼的邪命长着呢,他被浪头顶上泥岬岛的泥窝子里了。他没有恐惧,双手叉腰,威风凛凛地喊着:"快过来,疙瘩爷——"

"待着别动!"疙瘩爷吼了一声,心里踏实了。

疙瘩爷不再往岛上游,又折回来寻找藻王。他啥也看不见了,眼珠胀得像要炸裂。红藻与海流醉了似的摇舞,将他的身体撕扯得歪歪扭扭。耳鼓里灌满了吱吱的闹响。他喉咙里连连咕噜着,如念一道收魂咒。他忍住疼痛,迷迷瞪瞪地抓住一块木板,竟碰到板上的铁锚头了,掰下来,扯出绳头,朝水流方向狠狠甩出锚头。锚头溅起一团水花,没有抓住。疙瘩爷重新甩出去,这一次抓住藻王的尾巴了,绳子就绷直了。老人死死拖拽着,拖着,顺流而去。他的身上正被一层一层的红藻所包裹,裹得厚厚的,圆圆的,远看就像一团新生的藻王。实际上他还没挨着藻王,缠在他身上的是跟随藻王迁徙的海藻。疙瘩爷顿觉喉咙发紧,青色的嘴唇颤抖不已,脸色白了,喘息着,闭着眼,慢慢变得老泪长流:"红藻,别走啊,你们别走啊!"

红海藻大规模地走了,洇红了海,染红了天。

鸬鹰追逐着藻王,哀哀鸣叫着,远去了。

当天傍晚,鸬鹰飞回来了。

大鱼看见鸬鹰,跪在海滩上,哇地哭出声来。他再也看不见疙瘩爷了。村人看见飞来飞去的鸬鹰,都心里惶惶地发怵了。麦兰子望着鸬鹰,蕴起一脸的悲戚,啜啜地哭了:"爷爷,你在哪儿啊?"只有七奶奶没哭,七奶奶回到疙瘩爷住的院子,默默地望着半扇白纸门说:"门上有显影,他没死,快去找找吧。"

一连几天,麦兰子和大雄都在海上寻找疙瘩爷。

鸬鹰神神怪怪地旋着村庄上空飞,任千呼万唤也不落下来。有时呱呱地叫几声,那吓人的声音仿佛要告诉村人点什么,告诉点什么,可它说不出来,只能呜呜地叫几声。大鱼一声呼哨,鸬鹰落下来了,轻轻巧巧地落在了大鱼的肩头上,大鱼神神气气地肩扛鸬鹰在海滩上奔跑着。忽然,鸬鹰从大鱼的肩头飞开,凄厉地鸣叫一声,朝远处飞去。大鱼循着鸬鹰的方向望去,分外惊喜。

麦兰子和大雄搀着疙瘩爷回来了!

最初几天,海里缺了红藻照旧有鱼吃,工厂的钱财滚滚而来,村人的日子过得相当宽展、滋润。走的走了,来的来了,并没有怎样的惊奇,没有怎样的忧伤。可是,就在这个闰年初秋的一个黄昏,果然应验了疙瘩爷相信的魔咒,一个使人闻之生畏的神秘传说显现了。

黄昏时,海水平平缓缓地涨,涨至村口了,望一眼漂浮的菜叶、海带和死鱼，方显出这潮依然在涨。人们没有理会，静夜子时，夜气沉沉。这时的海上嗖嗖地蹿起白毛风，雾瘴瘴的海面荡起悠远古怪的声。眨眼工夫，几丈高的海浪头滚滚荡荡忽忽涌涌地奔小村压来了。在村委会值班的苗锁柱村长在喇叭里吼了一通，就慌慌地敲锣，让人们撤离。这回怕是真的来海啸了。他蒙了，挤挤撞撞的人群也蒙了。往哪儿逃？哪儿是安全岛？

为顶住海啸，七奶奶没慌，她竖起两扇白纸门。门上贴着老人新剪裁的门神：燃灯道人。门挺立着，可是海水却漫上来了。疙瘩爷和麦兰子硬把七奶奶拉走了。门神没能镇住海啸，但是，七奶奶还是给村人指了一个逃生的安全岛，村东的老坟地。疙瘩爷马上明白了，嘴对着鹞鹰嘟囔了一句，鹞鹰就飞起来了。当人们瞎撞，乱成一团的时候，夜天里骤然响彻了鹞鹰的号叫，鹞鹰疯狂地飞着，兜了好大一圈儿，就孤孤零零地朝村东老坟地飞去了。人们这才想起，海藻节聚群儿的老坟地是雪莲湾地势最高的地方。人们奔命似的拥向老坟地。坟地清冷寂静，凛光闪烁，各种树木依稀可辨，挤在老坟地的村人望着直逼脚下的泱泱祸水恸哭了。人们想起红海藻来了，对着大海说："红海藻，你快回家来吧！"然后一个个都流下泪了。

鹞鹰落在了老坟地的参天古树上，静静地瞧着疙瘩爷。

第二天早上，潮水退去了。人们返回家园。

世间的事常常不可诠释，村人在破译着什么，可是，人们无法弄懂，只能在劫后的海滩上感受大海深处的奥秘。

现场会

关于"大铁锅"的现场会说到就到了。

现场会是政府部门为推广某种经验或解决什么问题专门召开的一种会议。由于这场海啸,现场会推迟了一个礼拜。这天上午,风停雨住的大晴天,天气是无可挑剔的。县委宣传部肖部长来了,自然带来了一批领导。乡书记和乡长陪着。全县各地宣传干部、中小学校长和优秀少先队队员都来了。电视台录像机一到,对着大铁锅就录个没完。

七奶奶、疙瘩爷和麦兰子很早就到学校里候着。裴校长出出进进忙开了。七奶奶看见日光里的大铁锅,心里就格外神气。疙瘩爷一直蒙着,默默地不说话,他还不能适应眼前的环境,心被藻王裹走了。大铁锅放在学校操场的旗杆底下,周围缠着一圈儿红绸布,正面坠着一朵大红花。大铁锅运到学校,裴校长就组织孩子们清洗干净了。孩子们都以能够参加这样的劳动为荣。七奶奶踮脚儿看了半天锅底,擦得锃亮了。瞅着瞅着,七奶奶恍惚看见里边有七爷的人影,就白了脸。麦兰子看着奶奶要翻心,就拉着七奶奶躲开铁锅坐进教室。会前,田副乡长到操场上检查一下小乐队,又看了看大铁锅。他发现大铁锅周围站着几个少先队员,站得笔直,绷着小脸儿,手里攥着木头枪。田副乡长觉得不大对头,他叫来裴校长说:"咋整的,这几位往铁锅旁一站,跟过去上刑场似的。"裴校长眯眼一看就笑了。马上换来四位怀抱鲜花的女学生。田副乡长挺会平衡关系,会议由吕支书主持。吕支书在经济场上浪荡惯了,想通过这次现场会拉拉关系。会前吕支书让肖部长与七奶奶见了面。七奶奶呵呵笑着,一个劲儿往前推麦兰子,说:"俺老了,日后还望领导关照俺孙女。"肖部长不明白内情,笑着问:"孙女?"七奶奶忙解释:"重孙女,隔两辈儿了!"肖部长说:"这次您先讲,下回开会就让您重孙女讲。"麦兰子腼腆地说:"俺可不讲。"田副乡长怕七奶奶给肖部长出难题,而影响领导对他的看法,就将县教委人事股孙股长叫到七奶奶身边。孙股长悄声说:"七奶奶,现在确实没指标,麦兰子的事我会安排好的,裴校长已经给我推荐麦兰子好几回了。"七奶奶和麦兰子都笑着点头。

不一会儿大会就开始了。一切都是按田副乡长安排进行的,井井有条,忙而不乱。中午了,人们陆续往校外走。肖部长出了校门对教委的领导,乡里、村里的领导说:"这小学校也太破旧了,得抓紧翻盖。"说着拿手指了指渔民家的豪华小楼:"这样的反差,让人心里不舒服呢。我们学习七爷的英雄气概,不是停留在口头上,一定要付诸行动。"各级领导都跟着点头。都走了,七奶奶拽住田副乡长说:"你别拍拍屁股说走就走,这大铁锅咋办?"田副乡长怕去晚了肖部长有意见,没说出啥来就走了。七奶奶愣着眼,喘喘地沉了脸。裴校长过来跟七奶奶宽心说:"您老放心,我会照看的。让它跟国旗在一起,不是挺合适吗?"七奶奶还在生田副乡长的气,嘟囔说:"都他妈是势利鬼,用人朝前,不用人朝后,过河拆桥啊!"疙瘩爷插话说:"娘,俺说不让他们动吧?您就是不听俺的话。"麦兰子劝几句:"你们别跟孩子似的翻小肠啦。"裴校长为分开七奶奶的心,领着他们看了看校舍,看孩子们的决心书。一扇破旧掉土的山墙上,贴着孩子们关于大铁锅的作文。一片白纸,很像一扇宽大的白纸门。

由大铁锅牵线搭桥儿,都各忙各的事儿去了。

会后,田副乡长猛往肖部长那里跑,调回县城文化局当局长的事已有眉目。吕支书紧追着田副乡长巴结肖部长,看来他瞄着田副乡长的位置。吕支书在城里请肖部长吃饭,又结识了吕县长,虽说吕县长是个女人,可也是一家子,而且有了往来走动。苗村长见吕支书回村胡吹一通,也跟着高兴,心里暗暗祈祷,快将吕支书提拔走算了,村里就是他的天下了。七奶奶惦着麦兰子的事,也着急学校和建房款,干着急愣没辙,吕支书和田副乡长忙得不见人影儿。麦兰子又回酒店做活了,疙瘩爷又去守海了,撇下七奶奶一个在村巷里独来独往跑单帮了。

红极一时的大铁锅也没人提起了。大铁锅傻呆呆地卧在操场上。裴校长怕淘气的嘎孩子往里边屙屎屙尿，怕雨水积久了腐蚀铁锅，就找人将大铁锅倒扣过来，远看像卧着一只千年巨龟。雪莲湾的春天有刮不完的风。风很响地拍打着门窗。七奶奶探出头来看看街景儿，早晨竟和黄昏没啥两样。麦兰子围上红头巾走到门口，还嘱咐奶奶别出屋。七奶奶应一声，却被风闹得心浮气躁的，还是拄着拐杖出了家门。七奶奶往街口一站，就被风吹成土人儿了，白头发白身子。她要不说话，会被人看成是一扇白纸门。她听过路人说吕支书两口子正打架呢，她心里说，这兔崽子可露头了，就扑扑跌跌地往吕支书家去了。

　　吕支书的前妻跟七奶奶有二厘五的亲戚，那年得了尿毒症死的。那时七奶奶常来他家串门子，那闺女跟吕支书没少吃苦，这几年吕支书有权了，两层小楼住上了，她却没这福气给翠兰腾了地方。老天爷就是瞎了眼，好人未必有好报的。翠兰就占个模样好，人却贱得很，七奶奶不喜欢她。七奶奶知道吕支书前妻活着时，翠兰就跟吕支书勾搭上了。后来他媳妇死了，翠兰很快就嫁过来，村人才将这类作风问题看淡了。翠兰嫁过来对吕支书严加看管，他一出门翠兰就嘱咐："你在外边别跟野女人胡搞啊！"吕支书嘻嘻地笑："俺不跟别人，只跟你一人胡搞！"翠兰还是不踏实。起初，吕支书还是挺检点的，一心扑在村里工作上。前几年去南方考察，还去了趟泰国、韩国和新加坡，学会了跳舞，老毛病又犯了。在泰国看人妖表演，还跟人跃照了好多相片。他故意将照片向翠兰摆弄，翠兰看了看是袒胸露肚的女人就骂开了，吕支书递给他一份关于人妖的材料，知道是男扮女装才消了气。翠花说："妈呀，咋这么像？"吕支书说："经过手术的，你要想变男的也可以做。"翠兰使劲捶他肩膀："缺德的，俺才不变呢，你在外面再不老实就把你变喽。"吕支书笑起来。后来吕支书跟县城一位相好的小姐的合影照片被翠兰发现了，翠兰又打又闹，吕支书搪塞说："别闹了，你仔细看看，这不是人妖嘛！"翠兰还傻巴巴地笑，真给唬住了。多少回他都这么蒙过去了。

　　七奶奶一上楼就看见照片撕了一地。翠兰双手叉腰地骂："给俺胡扯八扯的，搭咕个小姐就美得你屁颠屁颠的，要不是俺亲眼见着，还骗俺是人妖呢！"然后两个人就厮打在一起。吕支书被人拉开了，坐在沙发上回嘴说："臭娘儿们,你是壶里插着烧火棍儿——胡搅啦?不想过,就吱声儿。"翠兰叉腰骂:"轰老娘走,招那小妖精过门儿,死了心吧,姑奶奶不好惹哩!"吕支书又站起来想打她,七奶奶举着拐杖指着他的脸说:"小吕子,大老爷们儿家熊老娘们儿,露脸啦?俺看你敢动翠兰!俺的拐杖不认人!"吕支书看见七奶奶,软下来:"唉,您跟着掺和啥呀!"七奶奶瞪了眼说:"俺咋就不能掺和?俺就管你!"翠兰见来了帮手就哭哭啼啼地跟七奶奶诉屈。七奶奶像娘家人似的好言相劝。吕支书说:"七奶奶,您别听她的,她那疯狗脾气见人就咬!"七奶奶知道清官难断家务事,劝了翠兰几句,就将吕支书叫到楼下的客厅里。她想劝劝吕支书别拈花惹草了,后来一想劝赌不劝嫖,劝是劝不住的,就扯住翻盖学校的话题不放。吕支书说了一堆官话,气得七奶奶倒憋气,骂道:"小吕子,别来这套,这些话留会上说,跟七奶奶说实的。俺看你小子是灶房里的菜锅油透啦!"吕支书无奈地说:"您老就是骂出大天十六点儿,也是一句话!"七奶奶问:"啥话?"吕支书说:"孙女穿着奶奶鞋,钱紧呗!"七奶奶说:"动你狗脑子,没别的招儿了吗?咱村这个先进那个第一的,钱呢?是不是都让你小子小眼儿流啦?"吕支书哭笑不得地说:"瞧您真敢捅词儿,俺有那胆子?"七奶奶严肃了,把拐杖狠狠往地上一戳吼道:"俺看你胆子大得敢上天!你不想辙,俺就住你这儿不走啦。"吕支书梗着脖子吸烟。过了一会儿,他的头脑轻快了许多,眼睛亮了一下:"哎,七奶奶,俺倒有个招儿,七奶奶兴许办得来。"七奶奶说:"啥招儿?损招儿吧!"吕支书眨眨眼睛说:"瞧您说的,咱村眼下的局面是被三角债拖住的。县食品公司欠咱村六十万,您德高望重,能讲故事,嘴皮子溜,而且能讹人,说不定能要回点儿来。这要回的钱拿出二十万建学校还成问题?"七奶奶摇头:"俺不是这意思,是说建学校。"吕支书说:"俺说话算话,要回钱就建学校!"七奶奶面带笑容地走了。吕支书客客气气地送七奶奶到门口。大风将村巷刮得很乱,七奶奶残弱的身影很快就被风尘遮住了。吕支书一直不敢轻视七奶奶,心里想,村里有这样一位老寿星是福还是祸呢?

　　七奶奶摇摇晃晃地走在风尘里。她看村巷的路像驼黄色的绳头,绳头摇来甩去没有尽头,仿佛一辈子也走不完。唉,路无尽,慢慢走吧。七奶奶想。

　　去城里要账的班子很快就搭起来了。

有七奶奶、村委会王会计和裴校长。一看有裴校长,麦兰子缠磨着七奶奶也要去,裴校长出面说情,七奶奶终于同意了,小组成员就又多了麦兰子。吕支书从冷冻厂调了一辆双排座汽车。疙瘩爷从海边赶来了,望着七奶奶上了车说:"娘,别着急上火的,身子骨当紧。兰子,你要多照顾你奶奶。"七奶奶嘱咐一句:"下雨的时候,你多往学校看看。"疙瘩爷应承着,鼻子就酸了。七奶奶挥了挥手说:"快回吧,快回吧。"就让司机将车开走了。一路上,七奶奶看这看那心情挺好。好久没出村了,到外头溜达溜达倒也挺好。裴校长与麦兰子说笑不止,七奶奶分明看见麦兰子的手放在裴校长手上,两只手攥得紧紧的。说说笑笑汽车就开进县城了。他们直接去了县食品公司。公司一把手陆经理不在。他们就掉头去了县政府招待所住下了。王会计和七奶奶躲在房间里歇着,裴校长带麦兰子逛街去了。

麦兰子和裴校长回到招待所,天色已晚。裴校长去服务台打了电话,陆经理媳妇说他好久不回家住了。他就猜想一个家庭该解体了。他忽然想起食品公司有他的同学。打电话从同学嘴里摸到了陆经理的底细。陆经理这阵子正躲债呢,晚上不回家住单位,回单位也是后半夜。七奶奶听了就说:"咱们后半夜去堵这家伙。"麦兰子说:"奶奶您的身体顶得住吗?"七奶奶瞪眼凶她:"顶不住也得顶,可着一头儿苦吧,哪有刀切豆腐两面光的事儿呢?"裴校长的确没别的好招儿,就让王会计在房间等,他领着七奶奶和麦兰子去了食品公司。七奶奶站在门口,裴校长问门卫得知陆经理还没回来呢。麦兰子和裴校长搀着七奶奶坐在门口的马路牙子上。后半夜天气凉了些,洒水车从路灯下开过去,路上就湿了一片。潮冷的气流灌得七奶奶一阵咳嗽,咳嗽声嘶哑而陈旧。七奶奶自叹说:"老了老了倒像花一样娇气了。"弯月悬在夜天里,如七奶奶的慈眉。裴校长和麦兰子肩挨肩坐着,七奶奶看见他们老往一处靠,霜打的秧子似的,就知道两个孩子困了。七奶奶怕他们冻着,就讲故事逗他们笑。笑得麦兰子捂肚子,歪在裴校长怀里半晌爬不起来。

夜里一点多钟,一辆小轿车驶来,停在食品公司门口,下来一位腆着大肚子的男人,轿车就很快开走了。七奶奶让麦兰子上去问问是不是陆经理,麦兰子颠儿颠儿地跑过去,笑着跟男人搭话:"请问,您是陆经理吗?"那男人显然喝醉了酒，晃晃悠悠地打着酒嗝儿。男人见了麦兰子眼睛亮了一下，点头说："宝贝儿，你可来啦。"就伸胳膊紧紧搂住麦兰子，又亲又啃。麦兰子吓得没了章程，一边挣脱一边喊救人。裴校长和七奶奶都惊了脸奔过来。裴校长醒了血性，晃晃地走过去，朝那男人的胖脑袋打了一拳，横头悻脸地骂："臭流氓！"七奶奶吓得咂舌头说："真败兴，遇着这么个狗东西！"那男人松开麦兰子与裴校长厮打在一起，裴校长的眼镜被打掉了，他弯下腰从地上摸眼镜。这时门口保安人员出来了，那男人凶势顿长，一挥手说："给他们都关起来，统统关起来！"就被人搀到楼上去了。裴校长、七奶奶和麦兰子跟保安人员解释半天也不顶用。七奶奶问："那个狗东西是不是陆经理？"保安人员说："是。"七奶奶浑身就软了，心叹要账的事怕是大风里点灯没啥指望了。裴校长生气地说："宁可账不要啦，咱也跟他没完！告他耍流氓，告他非法拘禁罪！"麦兰子委屈地哭了。七奶奶将麦兰子搂进怀里说："莫哭，咱不怕他们。这是共产党的天下，还没王法啦？"说着，她也淌了满脸老泪。裴校长看着她们哭心里难受，就劝几句。七奶奶说："俺不是怕，屈点也不算啥，就是怕这建校款要不回去了，对不住孩子们哩。"她越说裴校长越不落忍，他扭头冲外边吼："杂种，放俺们出去！"吼得喉结都颤了。一生气，七奶奶脑袋就蒙，又稀里糊涂地骂了几句吕支书。然后他们坐着麻袋包睡着了。

傍天亮儿，陆经理醒了酒，恍惚想起昨夜有啥事，就下楼来问保安。保安如实一说，他反倒将保安人员骂个狗血喷头："谁让你们随便扣人的？这可犯法呀！"保安人员说："是你的命令啊。"陆经理额头冒汗了，赶紧亲自去仓库，将七奶奶、裴校长和麦兰子接到办公室。陆经理从外貌上看出他们这三人都是普通老百姓，越发恐慌了。裴校长和麦兰子偏偏得理不饶人，口口声声要上告。陆经理问："你们晚上在门口干啥？"裴校长说："你甭管干啥，我们总没犯法吧？"裴校长加了一句："你还侮辱麦兰子姑娘！该当何罪？"七奶奶一直默不作声，按她宁折不弯的性子，会没完没了地跟陆经理干，换回人的尊严。可眼下她想要账的事呢，为了孩子们屈屈身子不丢人。她站起身没鼻子没脸地骂麦兰子："给你们脸啦？既然陆经理认错儿啦，你们犟啥？三年等个闰腊月，谁还用不着谁！"陆经理见两个年轻人被骂蔫了，就上前扶七奶奶坐下说:"还是老人家通情达理,谢谢啦!俺昨夜打发东北要账的喝了三席,醉啦醉啦。"七奶奶转了老脸说:"俺看陆经理不是糊涂人。其实,俺们是找你来的。"陆经理瞪圆了眼问:"找我有啥事吗?"七奶奶口才好,一口气滴水不漏地讲了要账建学校的经过。

陆经理感动得眼皮儿发湿,抓住七奶奶的手说:"七奶奶原来是白纸门家族的剪纸艺人啊,您家大铁锅的事迹我也知道,革命家庭啊!可亲可敬,这回您老人家为孩子们奔波,真是难得!谁家都有孩子,谁都有良心,就冲老太太,我就给您办。公司这阵确实没钱,俺就是东拆西借,先给你们凑足二十万,咋样?"七奶奶乐了,说了不少奉承话。裴校长和麦兰子眼睛亮了。陆经理叹息说:"欠你们村的款是有原因的,吕支书那小子为啥不敢找俺?他理亏着呢。他不按合同办事。他托领导,又送礼,又施美人计的,我老陆有二十八年党龄了,不吃他那套!"七奶奶附和说:"小吕子真不是个东西!"陆经理又说:"这么做本没道理,良心就是道理!容我两天,后天下午来公司办款!"七奶奶千恩万谢地说:"陆经理是明白人爽快!真是不打不成交哇!"陆经理一个劲儿留他们中午吃饭。七奶奶说:"不麻烦经理了。"说完就和裴校长、麦兰子回到招待所。一宿的折腾,七奶奶和麦兰子偎在床上就睡着了。吃午饭时,王会计问昨晚咋一宿没归?麦兰子刚要放怨气,就被七奶奶拦过去了,七奶奶说在门外等到天亮才见陆经理。她得维护陆经理的形象。她本想留王会计在城里等,这么多人花费太大,后来又怕陆经理那边出差头,又在城里待了两天,直到她带王会计办完款才回雪莲湾去了。

民间剪纸艺术家七奶奶,又以能要三角债出名了。没几天,七奶奶的新故事在雪莲湾传开了,而且越传越神。

牛毛雨下起来没完。夏至来了,一天比一天热了。七奶奶没事做的时候,就独自盘腿坐在炕头听雨。沙沙的雨声里,是七奶奶最爱回忆过去的一段光阴。她又想七爷了,想七爷的大铁锅了。然后对着雨叹一声,人生如梦转眼就是百年啊。回想的时候,七奶奶觉得整个人像踩在雾上,哪儿也看不见岸,四周啥声音也没有。倒是裴校长和麦兰子踩着两脚泥,很急地进门,一句话将七奶奶拽到严酷的现实中来了。麦兰子喘着气说:"奶奶不好啦,您给要回来的那二十万建校款，让吕支书买了别克汽车啦！"七奶奶有点耳背，像判官一样审麦兰子："你说啥？慢慢说。"麦兰子又学说了一遍。七奶奶问："别克是啥物件？教学用的？还是管咳嗽的？"麦兰子急得直跺脚："奶奶，净打岔，是一种小轿车。"七奶奶眨着老眼，脖子直了半晌，骂："这兔崽子，无法无天啦！他这叫啥支书？良心呢？他的良心抵不上一截狗杂碎！俺去找他论理！"裴校长望望外面说："奶奶别急，雨停了再说。"然后就叹息说翻盖学校又没影了。七奶奶生气地骂："小吕子啥钱都敢花呀！"裴校长说："前几天我见吕支书，他说施工建筑由他负责，我也答应啦，谁知他很快就变卦啦，偷偷买汽车了，奶奶的心血白费啦！"麦兰子说："吕支书好玩，他最急的是想换好车。"七奶奶说："咱去乡里县里告他！"裴校长说："告顶啥用？买车又没装自己腰包，犯哪家法？"麦兰子说："那也不能就这么完了！"七奶奶沮丧地坐回炕沿儿说："依你们说，咱的瘪子气就吃上啦？俺这把年纪，白白让这小子给涮啦？俺不服，俺一辈子就没服过谁！"然后她顶着雨悻悻地往外走。麦兰子忙拿出折叠花伞给七奶奶撑着。花布伞飘在雨中村巷里，就像太阳花一样好看。过路行人朝七奶奶搭话："给谁家剪门神去啊？"七奶奶沉着脸，应着："不剪门神。"人们又问："那您老在雨天里去做啥？"七奶奶没好气地说："去打架！"路人吓得吐着舌头走了。

  七奶奶先去了吕支书的家，吕支书媳妇翠兰见了七奶奶，前前后后听七奶奶一说，反倒向着自己男人，跟七奶奶吵了一架。七奶奶又气愤地去了村委会。说吕支书去城里引外资了。苗锁柱村长和两个支委正商量计划生育的事情。听说七奶奶要搜罗吕支书的黑材料，都吓得不吱声了。

十三咳

十三咳是雪莲湾的算命先生,因为在算卦之前总是先咳嗽十三声,故得名十三咳。傍晚时分,大雄走进麦兰子的海味酒家,怎么也没有想到,十三咳也正在酒家给人算命呢。这个时刻,吆五喝六的喊叫声彻底吞没了发天的涛声,但渔人悠远苍茫的号子仍在他脑里悠悠不绝。他扔下蟹筐,一屁股坐在椅子上,摆出一副赖样,吸溜吸溜鼻子,酒的辣气和饭菜的香气熏软了他。他再也不想动了。

麦兰子领来后厨师傅验过螃蟹,又派两伙计去老河口扛皮皮虾。麦兰子颠颠儿地忙完了,就拉大雄去后院洗澡。大雄累得懒得动,"嗯嗯"着不抬屁股,脸上表情恍若隔世。麦兰子想了想就说:"大蟹铺的算命先生十三咳在里屋吃饭呢,吃过就给你看相。"大雄立马清醒了,从椅上弹起来问麦兰子:"十三咳在哪儿啊?"麦兰子说:"在里屋给干娘算命呢。"大雄不信就逼麦兰子拉他见人。麦兰子怕干娘凶她,就蹑手蹑脚地带大雄轻轻来到后院,慢慢挑开一张门帘。果然瞧见骨瘦如柴的十三咳,老头戴一副老花镜,枯着一头白发神神道道地给干娘比画什么。大雄欢喜得忘了形,退回院里连连蹦了几蹦:"碰见十三咳,俺的福气!平日找都找不来的。"麦兰子见他高兴的样子,捂嘴哧哧笑:"你真信十三咳?"大雄瞪圆了眼:"十三咳,一介神人,有他的造化,世上啥事都是天撮地合的!"麦兰子见大雄诚惶诚恐的样子好笑,就说:"德行样儿的,快洗澡吧!"

大雄点点滴滴地看一遍麦兰子,灯影里的女人很魅人。麦兰子转身回屋,大雄心里喜滋滋的，颠颠儿跳到墙根的暗处，一坨肉呈"大"字摆在一堆蛤蜊皮上，闭了眼，舒舒服服晾瞟。过了一会儿，他很重地咳了一声，呼地跳起来，弯腰从墙根大缸里摘下铁勺子，舀出一瓢水，举至头顶哩哩啦啦地浇下。一连弄了十瓢子，就甩了铁瓢，从墙根抠一团细沙，咯吱咯吱在身上揉搓着，湿漉漉的扑嗒声响了很久。瞌睡了一天的星儿醒了，瞪着亮汪汪的眼睛，将细细斑斑的光，无声洒一院子。大雄膘壮壮的身子浴在星光里，显得肥硕壮美，隐隐的像一柱原始的无法雕琢的腌腌臜臜的暗红玉石，通体放着晕光。"大雄，接香胰子。"门口处荡来麦兰子脆脆的声音。接着，就有一块东西在夜空划一道弧光飞来。大雄寻不见人，却将东西啪地抓在手里，塞到鼻根处嗅嗅，喊："麦兰子，跟你一样香呢！"麦兰子探出脑袋回嘴："洗你的，少耍贫嘴！"大雄就将香胰子往脑袋和身上涂抹，又喊："麦兰子，给你哥搓澡来吧！"麦兰子尖声尖气地骂："没成色的，再胡诌，撕烂你的嘴！"大雄说一声："这小样儿的！"就很开心地笑，身上开满的大大小小的肥皂泡儿随着他的呼吸绽放或破灭。他独自揉搓着，心绪就好起来。渔村的生活，活泼地流动着，酒店养的一群鸽子飞上了夜空，传来一片翅膀扇动的声音。他望了望鸽子划过了夜空，忽然发现蚊虫下来了，便草草胡噜胡噜身子，穿上大裤衩子，惶惶逃回屋里。

"兰子，十三咳呢？"大雄坐在饭桌上问。麦兰子说："还在屋里给干娘算呢！"大雄说："盯紧点儿，可别坏了俺的好事！"麦兰子瞪他一眼，就给他端酒端菜。大雄展展身子吃喝起来。他该美美喝一顿了，在海上单枪匹马，老是跟别的渔船换饭吃，饥一顿饱一顿的。他咯吱咯吱地嚼着猪耳朵，大碗大碗灌烈性白酒，他太贪酒，喝独酒的时候更泥腿，一碗一碗下去，他就觉腹下胀胀的难受。耐不住，便颤嗦嗦地站起来，溜到后院墙根儿哗哗撒一泡酣畅淋漓的尿，又扑扑跌跌地走回来，继续喝。

"大雄，少喝点吧，越喝越憨，越喝越土鳖！"麦兰子满脸嗔怨地移过来，小心地将一盘红烧鱼放在桌上。

"屁话，哪路英雄好汉不是烈酒泡出来的？"大雄嚅着嘴巴说着，目光落在红烧鱼上，穿透一切的眼神在鱼身上扫来扫去。雪莲湾渔人吃红烧鱼是极讲究的，吃前要看看鱼大骨是否被炸断。断了，就断断吃不得的，谁吃了，不是海上翻船就是背万年时。时至今日，好些渔人不信了，大雄却偏偏很当回事儿的。不仅是吃鱼，出海前他还忌见青蛇从海滩爬过，忌遇上出殡，忌遇响雷。这些他都视为"恶鬼拦路"，一种不祥之兆。熬过三天才起锚。新船和新网下海时，忌外人走近或说话或撒尿，否则，日后网网空。他还忌闯入未满月的产妇房里，也忌猫腰从晾晒的女人衣裤下钻过，女高男低，会压掉男人一生的运气。有一回他钻了寡妇大秧歌晾晒的内裤，晦气得捶胸顿足，硬是将那花裤偷来撕烂，还不放心，又花钱请来十三咳给破了。他活得很累。仿佛被那陌生的神秘的看不见摸不着的东西死死缠住，无所依附地坠入黑洞。他看不见黑洞。他的壮美的日子像一株交错不清的树杈子架在黑洞上。喝着喝着，大雄就晕了。

麦兰子觉得大雄的笑里裹着一个黑洞洞的东西。人有千般好，总会有一样不好，跟裴校长比，大雄太野了，太没文化了。她扭头看见十三咳出来，没吱声。

十三咳是雪莲湾的算命先生。六十多岁，瘦瘦丁丁，干瘪了一身血肉，面孔发锈，头发焦黄。说话公鸭嗓，干涩的声音缠着梦一般虚幻的东西，那声音不知是干咳还是打嗝儿。麦兰子望着他羸弱的影子，很沉地叹了口气。她本来想喊大雄，再扭头看大雄早已喝得醉烂如泥了。大雄晕晕乎乎像个中弹的勇士趴在酒桌上睡去，倭瓜脸充满了笑意，嘴巴如煮熟的蛤蜊合不拢缝儿，流一线哈喇子，还不时念叨："兰子，俺的好兰子，小乖乖，快叫十三咳……"麦兰子就架他起来，一拖一拉地拽到另一间屋里。干娘的嘴角瘪了又瘪，瞅着大雄骂了一句："这个没出息的。"大雄就歪在酒店的床铺上睡了。

酒家卫生条件差，防疫站让麦兰子的酒店刷房子。刷房的日子是麦兰子最愉快的季节。她每天无忧无虑地跑到裴校长的学校图书室里翻杂志。每当她路过老河口的时候，总要朝海滩切切张望。走得近些，麦兰子终于认出了大雄。大雄坐在海滩跟渔民老六海下棋。他的老船大修了，闷得慌。麦兰子拉他去看书，他大字不识怕当着麦兰子丢丑，就躲躲闪闪往海边跑。"大雄，别下棋啦！"麦兰子远远地喊。大雄没表情，手指在棋盘上有滋有味地拨弄。"大雄，没出息的！"麦兰子气哼哼地大叫了。大雄扭头瞟麦兰子一眼，嘟囔道："咋，又叫俺跟你看书去？"麦兰子说："你学点字总比干闲篇儿强！"老六海见这阵势故意毁了棋说："麦兰子说得在理儿，你年轻，不比俺老棺材瓢子。"说着佝偻着老腰蔫蔫去了。大雄黑下脸凶她:"你看,你看给搅了,你出色啦!"麦兰子不服气地说:"是俺出色,还是你出色?"大雄说:"你口口声声学文化,有啥用?俺学了,又有屁用!还不是水里捞月白搭劲儿!"麦兰子气得抖抖地说:"吃石头屙硬屎,死顽固!往后俺再也不理你啦!"说完扭头就走。大雄急了,一番热肠子话从嘴里呛出:"哎,别生气,俺依你还不行吗?"麦兰子收脚扭脸,身子轻盈地甩一道彩线,笑了。大雄站起来呼出满口辛辣的酒气融在空气里,撇撇嘴,糊着黄白眼屎的眼仁明显地翻出个鄙夷来:"哼,你就是喝了裴校长的迷魂汤啦!整天看书看书的,还有啥想头?"麦兰子说有文化跟没文化就是不一样。大雄倔倔地说:"俺爹不识字,娘不识字,祖坟上还照样有好的气脉。"麦兰子说:"屁气脉。"大雄接下说:"你说,俺跟裴校长哪个更像男子汉?哪个更讨女人喜欢?"他的亮脑壳像一个酒罐子晃荡着。麦兰子脸蛋浸了娇羞的红晕,说:"大雄,你太狂啦!"

"不狂!"

"你门缝里瞧人。"

"没有。"

"你比不上裴校长。"

"你不是心里话!"

麦兰子不再回嘴,羞辱和恼恨憋红了脸,红晕蔓至脖根儿,红如花茎。她默默地走,大雄大大咧咧地跟着,一副满不在乎又臭又硬的样子。麦兰子隔了一步远都能感觉到他身上强悍的气息。她觉出他的一切都那么不可抗拒。"俺不能改变他就逃开他,若跟了他,粗盐调配过的日子简直不值得去过。"她想。当她扭头瞟见了大雄极坦荡极快活的脸,心里又充斥了抗拒里的等待。在幻想里排摆日子,图的就是个不可知的将来吗?她不会记恨人。她太纯净了,纯净得就像雪莲湾的一朵浪花,纯净得让大雄心疼。

他们走进学校,麦兰子又对大雄有说有笑了。大雄就知道她会笑的,这小样儿的在他的大掌心里攥着呢。裴校长出去了,麦兰子就领着大雄进了阅览室。铺铺排排的报纸和花花绿绿的杂志直晃大雄的眼睛,他心乱如麻,莫名地生出一股惧怕。麦兰子给他挑了一本娃娃书《看图识字》。大雄咧咧瓢似的嘴巴:"别逗啦!"麦兰子说:"谁逗你?你只配看这个。"大雄没再理她,翻弄美人封面。他漫不经心地翻弄着,像在选美,眼睛张大了,馋馋的目光在美人脸上反复纠缠,不一会儿眼神就虚了,身子就颤了。他迷醉地瞟了一眼麦兰子,麦兰子正手捧一本杂志看得专注而痴迷。大雄默默地看,看得心里发空,就赖模赖样地凑过去,坐在麦兰子身边。麦兰子鼻息温腻腻,像无数条面条鱼在他身上扫来扫去,撩起他一股抑制不住的渴望。他冷不丁探出葫芦头,在麦兰子粉腮上实实在在地亲了一口,一条粗壮的胳膊在麦兰子身上抠抠揉揉,麦兰子触电似的抖了一下,骂:"大雄,你老实点。太过分啦,也不看这是啥地方。"大雄笑说:"啥地方俺都稀罕你哩!"麦兰子噘起粉嘟嘟的嘴巴道:"谁让你稀罕?"大雄耍着贫嘴:"你让俺稀罕。"麦兰子说:"做梦变蝴蝶,想入非非。"大雄的大眼珠骨碌碌转动,扬扬自得地说:"你说对啦,有一回俺梦见咱俩结婚啦!还生下白白胖胖的娃。嘿嘿,你就教咱的娃学文化吧。俺就这德行,不学啦!"麦兰子生气地说:"不要脸的,谁跟你结婚?谁给你生娃?"大雄不急不恼:"俺早瞄好啦,你这个大腚能生好多娃的!俺出海挣大钱了,不怕罚,多来几个。"麦兰子恼羞成怒了,气得直想抓他脸:"你……给俺滚出去!"大雄笑呵呵地站起来,扑啦扑啦屁股:"你放俺走,俺就不陪啦!"说着嘴里兴之所来地哼着野野的渔歌子,摇摇摆摆地走了。"臭大雄——"麦兰子恨一声,将脸蛋埋进书里,埋进空洞的责怨里,恨恨地哭出一摊泪水。

不长时间,院里一阵车铃响。麦兰子看见裴校长回来了,径直奔阅览室来了。裴校长喜欢麦兰子,他默默地爱她,将爱压至心底。缄默的语言是最诚实的。他感觉到麦兰子也是爱他的,但还不成熟。他等待着成熟的季节。不成熟的东西,别拧,强拧下了,便永远失去了。裴校长精明地笑了,就看她一阵儿,然后从抽屉里捧出一样宝贝似的东西来。

麦兰子切切地望着他。校长端出的是一个红绸布裹着的《辞海》。校长递过精致的《辞海》说:"麦兰子,这是俺送你的。"麦兰子脸腾地红了。她知道拿红绸布裹的东西送姑娘便是爱情信物。她迟疑了一下,还是接了。她慌口慌心地说:"谢谢你,裴哥。"裴校长的目光与麦兰子热辣辣的目光碰了一下,便很快滑开了,羞羞怯怯地垂着头。麦兰子脑里竭力将大雄挤走,张大眼望着很体面很高深的裴校长。可大雄的影子却四面围挤她,挤得喘不上气来,就惶惶地喊:"裴大哥,你过来。"

裴校长愣了一下,就挪过来,规规矩矩地坐在麦兰子身边。麦兰子又叫他一声,心下兀自生出朦朦胧胧的念想。裴校长蒙着。麦兰子的目光醉了似的咬着他,散发着一种信号。她的脸蛋也红如鲜桃,急不可耐地等待成熟的男子汉去采摘,去吮吸。

裴校长却一动没动,惴惴的,嘴里像含着橄榄般口齿不清:"麦兰子,俺就盼你不断进步。可是,你到学校上班的事情还没个着落啊!官僚主义害人啊!"麦兰子淡淡地说:"啥都是命,这事儿你别往心里去。"裴校长的白脸沉静了,像一个吃斋念佛的小尼。麦兰子悒怔怔的心一点儿一点儿沉下,情绪加倍地黯然。她久久不说话。似乎啥话都已说尽。人有千般好,总会有一样不好。她说啥呢?她被自己从裴校长和大雄之间塑造幻想起来的那个男子汉形象痛苦着、诱惑着。大雄和裴校长合成一个男人该多好!麦兰子心乱了,就想哭,她强作一个苦笑,笑得很忸怩。裴校长定定地望着她。

麦兰子站起身,慢慢移到窗前。她的眼光很空洞地盯着远处……

头伏雨

雪莲湾人管入伏的第一场大雨叫头伏雨。有头伏雨浇倒墙之说。天黑下来，滂沱大雨下了一阵儿就停了。

麦兰子趁着不下雨去村口酒店取东西，七奶奶一个人在老宅里。七奶奶要烧一壶水，灶膛的火呛人，忍不住猛猛地咳嗽起来。她正揉眼睛，就听到门口有汽车喇叭响，不一会儿她就看见吕支书和翠兰提着一网兜水果进来。

吕支书笑呵呵地说："七奶奶还亲自下厨啊？"七奶奶冷着脸，坐在灶口没动："小吕子，你小子还真来啦！"她拿烧火棍子拦住他们说："咱先说明白，你把建校款买车啦！建学校咋办吧？"吕支书赔着笑脸说："七奶奶啊，您听俺说，是这样，最近有个外商谈判，没好车人家瞧不起，就……先买车啦！都是为了工作，至于建校嘛，俺想求您老再找陆经理要那部分欠款。咋样？七奶奶帮孩子就帮到底吧！"七奶奶寒了脸骂："小吕子，你拿俺老太婆当猴儿耍呀？"吕支书笑着说："您别多心，都是村里的事儿。"七奶奶轻轻一摇头："陆经理那儿没戏啦，他们也是空架子。亏你想得出，要款你咋不去？俺就一条，俺要的这笔款子不能挪用！"翠兰看僵住了，笑着脸劝七奶奶几句："七奶奶，您就给他个面子吧。"吕支书说："其实呢，买车也是村委会定的。"七奶奶从灶膛口站起来，横头悻脸地说："你那么霸道，村委会里的支委，哪个敢不听你的？小吕子，别耍聪明，你也是四十来岁的人啦，遇事得掂得出轻重缓急，啥是正道儿啥是歪路，你不知道？苦海无边，回头是岸哪！哪是井，哪是岸？你全看得见。"

吕支书强赔笑脸,心里很别扭,胡乱应了个景儿,就说还有事,放下那兜水果,拉着翠兰钻进轿车里走了。

吃完晚饭,雨又飘了起来。六月的雨凌乱如泥。七奶奶端坐在炕头吸烟听雨。这时儿子疙瘩爷悄悄进来了。知子莫如母,她知道他会来的。七奶奶也不去瞅儿子,面对窗外的黑暗,吧嗒着老烟袋。她身后是一扇被烟火熏黑了的土墙,细看,像立着那口大锅。疙瘩爷站在娘的土炕前,怯怯地坐下,悄悄掏出一个信袋说:"娘,儿子虽说在海边,可村里的事情都知晓。俺想隔岸观火,看来不行啦,俺跟您说,您是对的。俺也看着这些村干部来气,私下里就调查了吕支书的材料。是麦兰子帮俺整理的。您用吧!"七奶奶接过信袋,怔怔地望着儿子,眼睛湿了。疙瘩爷热热地喊了声:"娘!"七奶奶说:"儿啊,这才是咱麦家人,一个站着撒尿的爷们儿,就得活个男人样!俺到小吕子家去过了,俺给他家剪的钟馗已经脱落了,大门上白纸也被雨水冲了。他蹦跶不了几天了,他完了。"疙瘩爷静静地听着,半晌不语。他盯着娘的满头白发。白发不像白云,而像日子一样真实可靠。看久了,疙瘩爷有些陌生了。她是俺娘吗?俺有这么大本事的娘吗?娘的脸渐渐化了,化在一扇白纸门里去了。疙瘩爷猛地一哆嗦。

七奶奶的烟锅早已熄了,可烟袋杆仍在嘴里含着,手上端着。疙瘩爷又说了几句,七奶奶还是坐着不动,疙瘩爷独自扭身出去了。他冒着小雨,竟不知不觉地溜达到学校,在操场上的大铁锅前停下来。瞅久了,父亲的锅也脱形走相了。很像隆起的一片泥岸。咋会有这种感觉呢?多少年之后,疙瘩爷仍然不明白。

第二天上午,疙瘩爷出面与吕支书、苗村长谈了一回,两个人根本瞧不上疙瘩爷,你一个被罚守海的人,也有跟俺们村委谈话的资格?谈话时,他们把疙瘩爷羞辱了一番。疙瘩爷回来找娘。这叫啥天日?七奶奶脸上的表情变得复杂莫测了,她只说:"连生,沉住气。"疙瘩爷并不安慰,心绪糟得不知怎么打发日子了。七奶奶对疙瘩爷说:"娘是过来人,娘的话要好好记下,你的材料会有用的,物极必反!娘总信这老语。"于是,疙瘩爷就像领了圣旨似的心里倒嚼这句话。多少年了,娘一直是疙瘩爷的精神支柱。记得他刚刚被罚守海那阵,娘没怨他,只是给他讲自己调整心态的方法。娘说:"孩子,人一辈子总得走些沟沟坎坎的，挺过去就是好样的！"所以，多少年了，他都尽心尽力地守海。在他纯洁善良的灵魂里，曾经朦胧地认为：保护大海是他的天职。可是，无情的现实打醒了他，光守不行，村里昏官当道，大海都被糟蹋了。所以，他对现任班子失望了，他搜集他们的黑材料，是等待娘说的"物极必反"的那一天派上用场。今天娘说到"物极必反"的时候，七奶奶绝对想不到，村里横竖有一场灾。

头伏凉浇倒墙，头伏雨真大，砸在地上的水流像翻花一样。七奶奶喜欢听雨，可不愿听这种雨声。傍晚的时候，她和麦兰子都被雨声惊扰，看北风从檐前溜过，将房顶坠落的雨水扯斜了。

这时她们听到轰的一声响。不多时，就听见看船佬敲铜锣的声响。看船佬边跑边喊："学校塌啦，学校塌啦！都快来救人啊！"

七奶奶耳背，还是抢先听见了，她问麦兰子："听听喊啥呢？"麦兰子静心一听，脸就白了，话也带了哭腔："坏啦，学校出事儿啦。"七奶奶紧着下炕，祖孙俩拿了雨伞随村人往小学校跑。麦兰子惦念裴校长，干脆将奶奶扔了，自己疯疯跑去。七奶奶一手举伞，一手拄杖，扑扑跌跌地颠，颠几步摔一跤，她赶到学校时成了泥人。这当口学校的事故已有了结果。好在是放学了，只有三五个没带伞、雨衣的孩子在教室躲雨。老师们也走了，裴校长住校，而且还留下一位叫马振良的年轻老师谈心。马振良老师是五年级班主任，不知咋搞的，前一天，有女孩家长告马振良老师借重点辅导为名，单独帮助这个女生，讲解时对女生有流氓行为。裴校长让马振良老师写检查。正这时，他们听到很沉闷的声响，出来看见学校院墙倒了一片，泥流汹汹地卷进来，淹没了大铁锅，冲倒了旗杆,雨水和海水直抵那几间教室。裴校长和马振良老师看见躲雨的学生，急急地冲进去了。孩子们蒙了，呆傻不动。裴校长和马振良先拽出三个孩子，第二回冲进去，裴校长挟起一个孩子，马振良也抱了一个。裴校长眼看着房要倒了，就势从窗台滚出去，马振良和那个孩子就砸在废墟里了。裴校长和人们七手八脚地扒出孩子和马振良，两个人都死了。

大雨还是没有停的意思，泥流又冲倒学校后墙。麦兰子扑向泥泥水水的裴校长，扎在他怀里哭着。裴校长一搂她，哎哟叫了一声，左胳膊抬不起来，血水滴滴答答地流着。麦兰子捧起裴校长的胳膊说："你伤啦？"裴校长咬牙没说话，死盯着躺在门板上的马振良和孩子，骇然至极地尖叫一声，泪流不止。

七奶奶拄着拐杖站着，眼前一阵昏黑，晃悠晃悠，像个三条腿的怪物一样勉强挺着。不一会儿，七奶奶发现七爷的大铁锅从泥水里漂了起来，像一条舢板船，在操场的水面上逛荡。大铁锅明明是扣着的，啥时翻过来的？顺着大铁锅往远里看，就是那片泥岸了。过去埋着铁锅的泥岸，眼下泥岸上的黑泥冲下来了，流过的地方，黑了一片，像被鬼舌舔过一样。该死的泥流冲倒了教室。要是不挖锅，要是还有皂角树，泥流就不会下来了。"报应，都是报应哩！"七奶奶挺不住了，终于像泥一样瘫软在泥水里。

麦兰子和众人忙将七奶奶架起来，送回老宅。一路上，七奶奶不住地骂天骂地。其实，七奶奶心里骂的是吕支书。事故发生的时候，吕支书在乡政府打麻将。听到报告，吕支书也满身打抖了，各个吸着凉气。忙推了麻将，风风火火地奔出事现场来了。后来人们告诉七奶奶，吕支书赶到现场，小脸青着，屁也没放，拿脚狠狠踢了一下大铁锅："你呀，你呀！你呀！"

田副乡长当场用手机给县委肖部长打电话，说："铁锅带来了新的典型，活学活用，马振良老师就是一个新典型。"肖部长回话的声音很伤感："什么新典型？你们难道不感到痛心吗？我在现场会就说了，为啥还没盖新校舍？出典型是好，可眼下要紧的是安顿好死者后事，安排孩子们开学。我和县长马上就到！"乡里领导们也狠狠批评了吕支书。裴校长被领导们叫到车里，询问详细情况。

七奶奶已经懒得听那些虚话了。她被雨水淋病了，躺在热炕上浑身哆嗦。望着房顶，也忽然感觉自己被泥土埋了。掩埋她的泥土像节日礼花一样落下来。麦兰子和疙瘩爷为七奶奶请来了医生，打针吃药，第三天就好些了。这几天，裴校长和七奶奶操持办麦兰子教书的事儿。死去的马振良老师给麦兰子腾出了指标。算自然减员。七奶奶一板一眼地纠正："啥自然？就是减员。好像学校自然该塌似的。"麦兰子更会解释："泥流冲了学校是自然灾害，当然叫自然减员。"裴校长由马振良老师之死想起死去的妻子艾老师，眼睛慢慢红了。麦兰子只为自己工作有着落激动着，没有在意裴校长的表情，说："俺进校顶替死人的指标，听着挺吓人的。"裴校长茫然地望着麦兰子，尴尬地一笑。马振良老师之死，那些令人揪心的细节，现在回忆起来还是十分折磨人的。七奶奶瞪了麦兰子一眼："你说啥话？啥死了活的，你到学校教书就行了呗！"麦兰子既高兴又疑惑："难道这就成了？"裴校长说："还得等教委的批复呢，不过，你明天到学校报到就是啦。先顶编代课，然后转民办。"

　　七奶奶替麦兰子高兴，中午包饺子给她庆贺。吃完了饺子，裴校长陪麦兰子去村口酒店收拾东西。麦兰子的酒店转租给别人，她要告别这个小酒店了，一进酒店，裴校长就把门关死，窗帘也拉上了，扭头抱紧了麦兰子，舒畅地闭上了眼。麦兰子一屁股坐在沙发上，沉了脸说："俺就离开酒店了，心情不好。"裴校长问："你留恋酒店？"麦兰子眼圈儿红了，她对酒店还真有感情。裴校长说："兰子，你想啥哩？"麦兰子瞪他一眼，她心里竟然想起了大雄！为啥这个时候想这个家伙？她也想不明白。裴校长吸着一支烟。麦兰子觉得自己脸烫烫的，一摸有泪水在流。裴校长见她落泪了，就站起身揽住她的细腰，亲昵地问："你咋啦？我们结婚吧！"麦兰子扭头扑进裴校长的怀里，吻出一些细微的声响。

　　第二天早上，七奶奶很早做熟了饭，喊醒麦兰子去学校。吃完饭，麦兰子翻箱倒柜找合适的衣裳，当老师穿体形裤不妥，就由七奶奶参谋着换上一件套裙。色儿挺素净，麦兰子一穿显得高雅端庄，风韵动人。这件衣裳还是裴校长为她买的。七奶奶见她穿好，就等她化完淡妆，才送麦兰子去了学校。正巧赶上学生列队升国旗。七奶奶把麦兰子一交就想走，裴校长留七奶奶一起跟着升旗。七奶奶望一眼旗杆下的大铁锅，就欣欣走回来，拄着拐杖站在国旗下，听着国歌，望着五星红旗，她顿感自豪气涌动，老眼湿湿的了。仪式一完，孩子们就跑着说笑。七奶奶跟裴校长说："那些材料兰子给你看过了？"裴校长说："看过了，俺还重抄了一遍。"七奶奶接过材料，又让裴校长给她念了一遍。然后满意地点头，拄着拐杖发动群众去了。村里早就对吕支书憋着劲儿，学校出事，村人对吕支书意见更大了。这在材料上又得知一些新情况，比如吕支书贪污挪用公款的一些内情。

　　七奶奶颤着小脚儿把材料送到乡政府。田副乡长正忙调动，就溜边儿走了。

领导们对七奶奶好言相劝,终于将七奶奶劝回家里。不几日吕支书媳妇翠兰就堵着七奶奶老宅门口骂街了。她骂街走了嘴,使七奶奶知道那份材料已经落入吕支书手中。七奶奶糊涂了。真是官官相护哇!麦兰子劝太奶奶罢手。七奶奶不甘心,又把手头复印的材料送到县信访办公室。半个月过去仍没动静。七奶奶没辙了,身体几日好些,几日歹些,气得身体木了半边儿。人到了没有指望的份儿上就异想天开。那天她独自去泥岸转了转,真的转出绝招儿来了。

  那天早上,七奶奶让疙瘩爷套好一辆马车。马车套好,七奶奶却不让疙瘩爷和麦兰子沾边儿。疙瘩爷问七奶奶:"您老要做啥?"七奶奶说:"俺要拉着大铁锅去县政府门前静坐。"疙瘩爷担忧地说:"这行吗?"七奶奶说:"县太爷不见俺,可他们知道这锅,肖部长得见俺吧?"疙瘩爷心叹这招儿够绝的,也就没拦,背水一战不进则退了。他招呼村里几个男劳力跟随老太太去,帮助装锅卸锅。那些恨吕支书的村民自愿加盟,又拉了一车人。大锅装上了车,因为是倒扣着,远看像一只千年巨龟在乡道上爬行。七奶奶很神气地坐在铁锅上,挥着长烟袋坐镇,吸引得路人朝这边巴望,像看大戏一样专注。铁锅很像亘古不变的堡垒,谁也无法动摇它。七奶奶坐在铁锅上,罩着一层仙气。

  过了五道桥,忽然有一辆轿车停下来,车里走下田副乡长。田副乡长好奇地问七奶奶:"您拉着大铁锅干啥去?"七奶奶装成没事人似的笑笑:"小田呀,俺回娘家!"田副乡长已调县文化局当局长了,大铁锅对他不重要了,也就没过分走脑子,只随便问了一句:"回娘家还带铁锅?"七奶奶说:"可不,百里不同风,十里不同俗。娘家要这个。"田副乡长呵呵笑两声:"真逗!"七奶奶看见田副局长钻进轿车走了。七奶奶"呸"了一声,逗得后面车上人都笑。看见别人笑,七奶奶也笑出许多意味来。她忽然觉得自己和铁锅挺滑稽,像演戏,人的一世都像唱戏,实际上台好开戏难唱呢。进县城时都晌午了,人们嚷嚷着吃饭,七奶奶长烟杆一挥说:"不准吃饭,放妥锅,拉开架势再说,免得出啥闪失。"七奶奶的忧心是对的,大铁锅扣在县政府门前,七奶奶往锅底上一坐,拦截七奶奶的电话就打到县公安局。

  村里走了风声,吕支书知道了。

  公安局的人赶到现场,七奶奶正坐在锅底上啃面包。不一会儿街筒子就围满了人来观看。县政府办公室刘主任慌慌张张地问："你们这里哪位是领头？"七奶奶咳了一声说："俺是头儿。"刘主任问："老人家有啥要求？"七奶奶说："俺要见县长，告状！"刘主任劝几句不顶用，就跑回楼上禀报了。吕县长正午休，听到情况就找到肖部长。大铁锅是肖部长抓的典型，竟抓出娄子，使吕县长十分恼火。肖部长在吕县长面前埋怨几句田副局长和吕支书，就乖乖下楼与七奶奶对话。七奶奶端坐着，眼皮没抬，吧嗒着长烟袋，轻蔑地问："是你，当县长啦？肖县长可得给俺们做主！"肖部长尴尬地说："我还是肖部长。七奶奶有话好说嘛，您这是何苦？"七奶奶冷冷地说："你走，俺跟你没话！"肖部长笑着劝了劝，七奶奶耷拉着眼皮没回一句话。公安局的人急着喊："肖部长你别管了，我们把这干巴老太太带走。"七奶奶耳背，问身边的人："他说啥？"村人在七奶奶耳边嘀咕："要把您带走！"七奶奶黑了脸："敢，谁动俺，俺就死在铁锅前！"肖部长训了几句公安局的人："别再添乱了，你们知道这铁锅吗？知道七奶奶吗？你们的任务是保护七奶奶的安全。"他把公安局的人骂愣了，公安再瞅七奶奶觉得神了。最后时刻，吕县长还是出来了。看了看七奶奶手里的材料问："这都是真的？"七奶奶说："要有半句假话，吕县长你把俺老太婆放油锅里炸了。"吕县长吓得吸口凉气，拉住七奶奶的手说："老人家，请到楼上来，我把纪检的同志叫来现场办公！"七奶奶老脸松活了，站起来，挥挥长烟袋说："你们别动，在这儿待命！"她说完蹒跚蹒跚地跟吕县长走了。

日子终于睁开了眼睛。七奶奶的状告成了。

七奶奶是坐吕县长的轿车回雪莲湾的。拉铁锅的马车第二天才回到村里，大铁锅又送回学校。县纪委和检察院跟来了联合调查组，专门审查吕支书的案子。吕支书开始被隔离审查了，审两天就审出事儿来了，立案逮捕了。

村里来了乡政府的工作组，征求村民和支委们的意见，有几个党员提议说，疙瘩爷是老党员，为人正直，干脆把疙瘩爷请回来接替吕支书。七奶奶恢复了严肃的神情，阻拦说："俺整倒小吕子，是给村民除害，可没有私心杂念，俺儿疙瘩爷接村干部不合适！"人们望着七奶奶，还是夸奖疙瘩爷人品好。七奶奶无话了，一只手按住自己的额头，一边焦虑地思索着该如何对待这件事。

苗村长过去是吕支书的跟屁虫，也保不住了，村民代表大会就势把他的村长也给罢免了,村里的事务暂时让孙支委代管。可是,孙支委挺了两个月,每天都到七奶奶那里求援,自己还是挺不住了,大伙儿又推疙瘩爷出山。七奶奶望着村里的乱摊子,也就答应了。七奶奶知道儿子的品行,守海的人忠诚。这样,疙瘩爷被解除了惩罚,被村人敲锣打鼓地迎进了小村。疙瘩爷当了村支书。

夜里七奶奶又梦见了铁锅和泥岸。无边无际的大海,铁锅里的七爷拼命往泥岸划水,总也不拢岸。七奶奶站在泥岸上喊:"死鬼,看见俺了吗?俺脚下就是岸。"七爷远远地喊:"俺要上岸。"就被海水吞了。七奶奶一个激灵吓醒了。她感觉七爷想回家了。天不亮七奶奶就爬起来,拄着拐杖去学校看铁锅。铁锅是七爷的魂儿,麦家的光荣,她的脸面。多瞅几眼,能驱妖避邪,浑身的病兴许就好了。

一个礼拜天,裴校长带着麦兰子去城里买课本,学校里没人,回来的时候,看见有人将大铁锅给砸碎了。七奶奶听说后,当下腿一软,晕倒在地。醒来后,被麦兰子背着去学校操场看现场。也不知是咋弄的,大铁锅碎成三瓣儿。七奶奶想,吕支书恨铁锅,可他被关押。不是他,就是可恶的村人干的。若是早把铁锅埋进泥岸,也不会遭这个难。

七奶奶就拄着拐杖去了泥岸。无风无雨,海岸是少有的空旷。岸上扣着一些老龟似的旧船。七奶奶发现泥岸上的新土早已灰白。她坐在泥岗子上,才看到孩子们又重新栽了皂角树。岸上落满焦黄的叶片。明明有树,可在七奶奶眼里永远是裸露的了。

七奶奶迷迷瞪瞪地坐着,听到身后有人说话。她扭头去看,看不见人影,只有一些声音。问:"老人家,这儿是岸吗?"答:"是岸。"又问:"天外有天,岸外有岸吗?"答:"苦海无边,回头是岸。"

七奶奶愣了愣,忽然听到了哭声。无雨无风的傍晚,是谁在哭?为谁而哭?哭就哭吧,也许这哭,都是因为欢乐。哭的人知道而笑的人并不知道,这欢乐是多少痛苦换来的。

青色海螺壳

黄昏开始退潮了，黑色滩涂就从海里钻出来。浓郁的海腥气在大雄嘴里呼吸，晚风又将海腥气和他粗重的喘息一同吹向远处。

麦兰子坐在蹲锚眼的青石上，她望着大雄，望着泥黑色的海滩，像一幅被水舔卷后又贴在那里的旧画，小鬼蟹啪啪吐泡儿的声音令她格外迷醉。半个月亮挑在苍灰的桅顶上。天黑下来，一蓬红得耀眼的渔火燃起来，一群姑娘媳妇还在船边干活。雪莲湾的女人干活都围着头巾，头巾分红、黄、蓝和黑四种颜色。围头巾戴口罩的，大多是没出嫁的姑娘，她们怕海风把脸蛋儿吹黑了。她们与人交流只靠手势和眼睛。那些戴头巾不戴口罩的女人，都是媳妇，嘴巴很骚，不停地说笑。

大雄看见麦兰子过来了，就躲开那群女人，蹲在海滩拿一木棍在渔火堆里挑拨着，闪闪跳跳的火苗将麦兰子的脸蛋儿映红，黑发随便披散着。大雄今晚将俺约到海滩就是看渔火吗？麦兰子想，心情处于一种昂扬的状态中。如今她已经是一名教师了，可是教师本不是好当的，困难袭来的时候，也让她很吃力，多少有些紧张。

大雄率先说："兰子，你想啥呢？"

麦兰子说："你想啥呢？"

"俺啥也没想。"

"俺也没想啥。"

大雄翻翻眼皮说："没想头儿，不就是死了？"

"你才死了呢!"麦兰子瞪了他一眼。

大雄憨憨笑:"这小样儿的。"

麦兰子心里明镜儿似的,他等着什么。

大雄忽然愣掏一句:"麦兰子,你说,哥对你好不?"

麦兰子红脸了,点点头。

"听说你接了裴校长的东西?"

麦兰子心尖颤了。

大雄压根儿没把裴校长当回事,麦兰子跟那书生的爱情,只是沉在一种幻觉里,他觉得麦兰子就是自己的女人,都是命,没有人比命走得更远。他硬硬地说:"你也必须接俺一样东西。"麦兰子慌了:"大雄哥,你就别……"大雄弓着宽厚的脊梁,在水洼里洗了洗手,往身上胡乱抹了两把,就十分虔诚地从怀里掏出红绸布裹的青黛色的海螺壳。这是他爱情的信物,是女人生活的靠背。拥有它是一生的幸运,命运的赐福。雪莲湾多少代人都是拿海螺壳当信物的。"它是俺从大海里捞来的,雪莲湾最漂亮的海螺壳。"大雄递给麦兰子说。麦兰子缓缓接过来,眼底生出纯真的东西。麦兰子很喜欢它,说:"你说它代表个啥呢?"大雄说:"它说法可多啦。"麦兰子又复杂地笑了。麦兰子近乎体贴的举动,又挽回了他的张狂和自信。大雄赖赖地凑过来,拿大掌蛮横地将麦兰子拥在怀里。麦兰子没反感。大雄又继续深入了。这时麦兰子忽然问:"你还没说清海螺壳的含义呢!"她推开他的手。大雄神神怪怪地说:"其实,这是海神娘娘福佑你们女人的。它像个活菩萨,像个聚宝盆,大福大贵,吉兆呈祥。你们女人将永生永世不遭孽,不犯天条,恪守妇道,多子多孙,替男人留下几根子香火。"他说得很得意,喉管呼噜呼噜响着,自己都陶醉了。麦兰子却十分泄气地沉了脸,完完全全失去了刚才的圣洁和生动。她问:"你真心信它?"大雄依旧没看出眉眼高低来,拍着胸脯子说:"俺信,俺信哩!"麦兰子很伤感失望的样子,一腔愁恼无从发落,恨一声:"你真熊!"就很随便地将海螺壳甩在海滩上。她本想说这个海螺壳与别的海螺壳有啥两样。谁知海螺壳滚跳了一下,撞在蹲锚眼的青石上,啪一声碎了。碎了,不知怎么轻轻地就碎了。麦兰子的护身符碎了,麦兰子心里竟这般畅快,咯咯地笑,笑得前仰后合。大雄却惊颤了,塌了身架，当下膝一软，扑通跪下去，一片一片捡炸碎的海螺残片，喉咙里撕搅着失魂落魄的声音，喉结愚蠢地跳着："兰子，兰子，你可气死俺了……"他劈手夺过麦兰子手里的红绸布，摊平，细致地放上残片，密密麻麻的汗粒从他大脸上猝然跌落。

望着大雄苍白的脸，麦兰子就慌了。

大雄盯着麦兰子的脸，看了许久，看出陌生来，嘴里嗫嚅了一阵，又仰对苍天弄出很响的声音。

渔火快燃尽了，最后一线火舌忽地向空中燃去，大海滩就焦黑如炭了。

一个黄昏，海潮大片退去。泥塌子升腾着被日光蒸热的腥腻腻的气息。大雄手里牵着一条又凶又壮的大黄狗气势势地站在海滩上。海风刮得畅，蓝天又高又远，残阳的红晕浸泡着人和狗，投下重浊浑厚的影子。狗赞赏地瞟一眼强壮的大雄，人也便有了狗一样的忠诚。天暗一些了，潮就颠来了。大黄狗耳朵竖起来，箭一般朝海里一个黑黑的东西蹿去，一跳一跳，划一道道弯弧，割出一串声响。大雄的眼亮了，喜兴得扭歪了脸。他扑甩着大脚片子一蹶一蹶地跑过去了。大雄在海里捕一种独特的蚣鱼。他要用这种鱼血，为麦兰子免火。逮了蚣鱼，洒了血，大雄的悬心落至一半。他为麦兰子捧来了一碗童子尿。麦兰子哭笑不得，本不喝的，见他折腾来折腾去苦咧咧的样子，还是一咬牙喝了。喝完之后，她就从心里翻出苦辣辣的怨。大雄笑呵呵地说："灾破了，灾破啦！万般都是命，半点不由人！你日后做事得掂得出轻重呢！"麦兰子木着脸，泛着大雄读不懂的悲喜。她见大雄喜颠颠的样子，哭了，他越高兴她越哭。"莫哭，麦兰子，莫哭哩！俺都是为了你好，俺从没怨过你。"大雄怯怯地看着她说。

麦兰子深情地望了他一眼。大雄说："麦兰子，你破灾啦，笑笑才是。"麦兰子极不自然地一笑，大泪小泪仍长淌不止。她又想起裴校长，不知怎的，在大雄跟前就总能想起裴校长。她在裴校长跟前待久了，就想大雄。人心就是怪，怕俺会是个伶仃仃的尼姑命呢。麦兰子想着，眼皮就嘣嘣地跳了几下。

大雄偷眼看她一下，狠狠打了一个喷嚏。这时候打喷嚏是很不吉利的事情。

龙帆节

大肚子女人模样的舢板船，在疙瘩爷手里揉来揉去逛逛荡荡至黄昏，哼哼唧唧拱到蛤蟆滩。望着叠潮的海滩，疙瘩爷喷出嘴里烟头，"哧"一声，如灭一颗流星。潮水吞了半个滩，丢一片黄澄澄的月牙滩。疏疏朗朗的星子闪动一些无可捉摸的光芒，滩上就有星星点点的亮光在颤动，形成极清晰极稳定的画面，恬静，浩渺，苍阔。

疙瘩爷渐渐沉醉，瓮一样蹲在船头。海风一荡，透爽爽，醒脑浆子。他霍地站起身，弹去手里的大橹，甩落油脂麻花的蒜疙瘩对襟背心，嘭地跳进海水里。大脚片子刮刮拉拉撩得水响，连连蹦了几蹦，忘情地扑倒在滑腻腻的沙滩上闭上眼喘息。守海这么多年，浪上浪下抛来抛去的日子也没抖掉那身馊肉。

今天，身为村支书的疙瘩爷是来老河口找黄木匠的。刚走过来的时候，路过小学校工地检查一下施工进度，然后就呆呆地望着那片泥岸。那是曾经埋着父亲铁锅的泥岸。这一刻，疙瘩爷忽然想到海里看看。他特别想跟黄木匠坐一会儿。黄木匠在海边搭起两间黑泥屋，有时搭伙出远海，有时摇着自家小舢板优哉游哉地捞世界。赚项不多，却也活得滋润活泛。整日拽个酒葫芦比比画画，笑破天的铜锣嗓响个没完，在苍凉海天之间荡得很远很远。神仙过的日子啊！

疙瘩爷黑了脸相，那是心事灼黑的。守海的疙瘩爷有心事，当了官的疙瘩爷更有心事啊！一片片银珠玉玑似的水花在疙瘩爷身上扑扑咬咬。草叶、海带以及浅滩上泡肿的烂虾、死蟹、蜉蝣经过日头一天的暴晒，冒着腾腾臭气，又一股一股冲他的脑浆子。他似乎就爱嗅这种潮乎乎的沤腐味儿。

"疙瘩爷,是晾膘还是挺尸啊?啥时候了还泡不够?小心海鬼拉了去!"一艘小舢板缓缓拱来。船上荡出一阵憨笑。

疙瘩爷听出来是黄木匠,便骂:"谁,是老黄吧?咋呼啥?荡你的野魂去吧!"

黄木匠不回嘴,憨憨地笑。自从上次疙瘩爷拦截红藻王,黄木匠心里十分敬重他。他想这疙瘩爷再也回不来了。可是,海阎王偏偏不留他。他被汹涌的海水冲到了岛上。大雄和麦兰子上岛救下了疙瘩爷。海啸也将黄木匠的泥铺子掀塌了,海啸过后,大雄帮他重新搭了泥铺子。黄木匠荡在海滩兜螃蟹、捞梭鱼、打皮皮虾。他瞟了疙瘩爷一眼:"俺的大支书,咋有空找俺来啦?"

疙瘩爷叹了一声:"唉,快别提这个官了,俺唬了别人还能唬了你?真是赶鸭子上架呀!唉,还是你个老家伙活得自在啊!"

"你小子别得便宜卖乖,当官多过瘾啊!来,上来喝两盅烈酒吧!"黄木匠说。

疙瘩爷瞪他一眼:"俺不跟你喝!"

"告诉你,只要你一下海,你就不是支书了。你别狗眼看人低,咱老哥俩儿肩膀是平的。"黄木匠怪森森地笑,鱼鹰似的。

疙瘩爷道:"俺不是那个意思,你这臭球嘴!俺是说你小子喝酒贼鬼溜滑!"

黄木匠放下手里的椿木大橹,惊讶了:"咋,你老小子不了解俺吗?俺可是石磙子砸实的一个心眼儿!"

两个人笑到一块儿。他们愈斗嘴心愈近,渔人的生死缘分断断丢不下的。疙瘩爷躺在热嘟嘟的蛤蟆滩上,两眼盯着黄木匠,脸上还可以做出许多滑稽可笑的表情。他半痴半醉地问:"老哥,还记得龙帆节吗?"

黄木匠眼说:"唉,岂止记得,哪个渔人不念它?"

疙瘩爷鲤鱼打挺坐起,呆呆无话。脚板处溅起湿漉漉的扑嗒声……

龙帆节,雪莲湾独有的渔人心中的盛典,在渔人生命里泊定。世上先有蛤蟆滩后有龙帆节。有史为证,《雪莲湾海志》记有"光绪九年,大潮冲滩,围一圈沙地。是夜海寂,海上突来蛟蜃之气。蛟为龙,蜃为蛤蜊,吞云吐雾,时有形无声，时有声无形。有形无声为'蜃楼'，有声无形为'海市'也"。那当口，有老渔人亲眼瞧见那次吞天吞地的风暴潮拱出一片圆溜溜的泥滩。轰鸣声里，遥远的海面上荡来熙熙攘攘的人声，泛了红光，昏头昏脑的灯火在那里来来往往。慢慢地幻化出蛇躯、鹿角、马鬃、鼍尾、狗爪、鲤须、鱼鳞形状怪异的游蛇，腾云驾雾，兴雷布雨。渔人终于认出龙神。是龙，那是海龙神为雪莲湾渔人送来了福佑万事逢凶化吉的金滩滩。任大潮小潮的啃啃，蛤蟆滩依旧舒展自如地卧着，活脱脱有了生命。

每年当海风掠过，滩上便有浊气徐徐降落，缕缕清气款款升起。祖先立下了"龙帆节"。春日的破冰潮卷来，束闷了一冬的海龙挺了脊，摇身抖落了大块小块滑溜溜的亮甲，轰轰隆隆，龇牙咧嘴，一跳一跳地砸向漫漫长滩。破冰声极响，撕裂耳鼓，炸碎头颅，仿佛是遥远的海龙又将野蛮的洪荒年代一股脑推回来，把一切都碾碎，再重塑。这时节，蛤蟆滩拥拥塞塞地挤满渔人，远远瞧见，远处海面岛上挂着一只跃跃欲飞的笺扎纸糊的彩龙。七奶奶一声令下，滩上锣鼓便鲜亮亮地炸响，一艘一艘披红戴花的老帆船朝大海钻去。海妈子（海雾）几乎是眨眼间散去，日头在头顶上晃荡。人们便格外清晰地瞧见高高低低的大浪头。船身一跳一跳地颠，帆就一闪一闪地亮。最早抱回彩龙拢回蛤蟆滩的船便为胜者。老族长郑重地从渔人手里捧回彩龙，将金色的亮沙撒在渔人头上。船全部拢滩后，队里出钱在滩上摆几桌犒劳顶风咽浪的渔人。龙帆节一代一代传下来，慢慢形成风俗，苦难、艰辛和一生颠簸的渔人每每从这古老壮烈的礼仪中点燃心火，窥见糊涂烦淡日子里的太阳，顶日月艰难。疙瘩爷从小就膜拜这个礼仪，像打海狗一样，渴望在那大耸大跳的较量中争得渔人骁勇的尊严。20世纪60年代初，疙瘩爷曾连续三年在龙帆节里夺魁。遗憾的是三回都喝得醉烂如泥，人都散去了，他四仰八叉地躺在蛤蟆滩上，紧紧闭着眼，扭歪的大嘴吐出一摊沤馊酸臭味的混合物。一片惨淡，一片狼藉，圣洁的蛤蟆滩让他糟蹋得腌腌臜臜。拼死拼活挣来的好名声哇一声吐没了。

疙瘩爷丢七奶奶脸了。严格说是给七爷丢脸了！

夜潮爬上来了，呜呜溅溅地嘲弄着什么。别人都以为疙瘩爷回去了，黄木匠提着马灯寻他，拖死狗似的拖回他。黄木匠救了他一命。醒来了，疙瘩爷方知脏了滩,心里后悔不迭。然而第二年"文化大革命"开始,"龙帆节"被当成旧风陋习抹了去,自从没了"龙帆节",疙瘩爷心里就没抓没挠的空落。后来又分船单干了,疙瘩爷操持几次也没成,人心散如滩上沙子再也拢不回了。疙瘩爷每次出海都抓上一把蛤蟆滩的沙子,远远望那滩地,便是一个糊糊涂涂的窟窿固定在酸酸的眼眶里。人生就是陆续生出无数这样的窟窿再去一个个添补,也许一辈子也补不上。

黄木匠怅怅地望着黑不溜秋的海滩,去日的情景涌上脑海,很沉地叹口气道:"疙瘩兄弟,你这个当村干部的还不知道?改革开放了,龙帆节,没那景儿啦!如今都是各做各的梦,各赚各的钱,谁还愿犯那折腾?"

疙瘩爷迷迷瞪瞪地盯着黄木匠:"钱,这鸟钱啥玩意儿都替代啦?难道这世上真的没有比钱更他娘较劲儿的东西啦?要钱,连尊严都不要了吗?"

"别看你当了支书,怄那气也白搭!"

"不是怄气,龙帆节不该断!"

"这年头儿的龙帆节没啥劲啦!"

疙瘩爷顿时黑了脸,倔倔道:"没劲?搂娘儿们钻舱子来劲儿!臭渔花子就是没出息,赚多少钱也是贼人!祖宗传下的礼仪不是哄孩子玩的!渔人的魂儿都装里面啦!"

黄木匠缩缩脖儿笑道:"看你这劲儿,还真想再把龙帆节鼓捣起来哟?"

"对,不他娘来一回,死不瞑目!"

"你是大支书,村里人还不是听你招呼!"黄木匠愣了一下,"不过,你也就是跟俺夸夸海口,到动真格儿的时候你就不上心啦!俺还不知你们当官的啥心思?"

疙瘩爷瞪圆眼:"你信不过俺?"

"不是信不过,是你变了,你还有当年打海狗的劲头吗?"黄木匠虾着身说。

"你狗眼看人低,俺要是鼓捣成了呢?"

"俺甘当你疙瘩爷裆下一条狗!"黄木匠打赌似的说。

疙瘩爷双眼火球般燃烧,屈腿,从沙滩弹起,笨拙拙地奔向船,熊一样爬上去,抖抖水涝涝的身子,冲黄木匠喊:"上有星星下有大海,搞一回龙帆节,咱就敲定啦！"黄木匠瘟鸡一样"嗯嗯"着："俺等着吧！"就拿眼寻着蓝幽幽的海面。过了一会儿，黄木匠又嚷嚷道："干完活儿，到俺小铺里喝两盅，俺请你吃龙虾！"喊着便蛮横地摇起大橹，咿咿呀呀地入海去。

天高风凉，满天的星斗闪烁，总叫人感到无限的遥远。半拉子月亮游出云朵，映到水里就像一条昏头涨脑的娃娃鱼。风歇着，海流平平缓缓地涌，不时溅起白花花的水泡儿。疙瘩爷贼眼顺水泡溜过去，嘴里念叨："有戏！"便捻下橹，船一停，夜一遮，胆子就大。他"咕嘟"一个猛子扎进海里。远远地，黄木匠瞟一眼翻花的水泡，反反复复自语："这疙瘩爷，还猴儿似的麻溜哩！别看这鬼家伙吃了官饭，心里到谋得狠呢！还是一条好汉！"边说边抖抖搂搂地摘网。

渔人各精一路活儿，黄木匠除了造船，还能拿网兜蟹。疙瘩爷除了当海眼、打海狗，还精于潜水抠龙虾，他是出名的老水泥鳅，一次入海能憋好长好长时间。夏夜的雪莲湾海水表面热嘟嘟，底层凉扎扎。刚入海的疙瘩爷浑身汗毛凉津津地张开来，手脚慌得紧，过一会儿就清爽了。他调动多年钻海寻虾窝的经验，轻轻巧巧地摸，巴掌隐隐划拉着麻麻瘩瘩的海底，便有一绺绺的海草痒兮兮地搔他皮肉，奇形怪状的海鱼在他身旁钻来钻去。

疙瘩爷终于触到一个圆溜溜的洞穴，铁钳般的大掌插进去，狠歹歹一抠，便有一只肥硕的龙虾捏在手掌心里了。他梗脖换了口气，燕子叼食般将腥虾衔在嘴里，抠搜着钻动。疙瘩爷守海的时候每年秋天都抠上几筐。他又摸准一个洞穴，一抠，虾弹楞一下长箭般的硬须，扎进深泥里。他满腔子血涌至双手，蹶着，搅团团泥浪，沤腥气钻嗓子眼儿，呛得他鼻腔与肺部火辣辣的痛。无奈蹬腿急燎燎地上蹿。脑袋出水就长吐一口气，眼里惊惊咋咋地飞金星子。他眯眼闭嘴，又钻了下去，斜着身子呱唧呱唧地掏出那只大鬼虾，喜兴得拧歪了脸。他挺尸般躺在黛色水涛上喘息，隔了一层厚重的眼皮他依然能感觉到海水的温热。两只虾在他手掌里无力地挣扎。晒了一天的海水温温烫烫，像是躺在娘儿们怀里，渔民累一天，摆开四肢舒舒服服地晾膘也是个天大的乐趣。过了一会儿，他歪头瞄着了舢板，瞧见雾里泅出一团黄糊糊的浊光。零散的蟹灯飘忽忽地往滩上拢了。接下来便响起"噢嗨哟——噢嗨哟——噢嗨哟"的渔人拢滩的号子。疙瘩爷螃蟹似的爬上黄木匠的舢板,将虾塞进篓里。黄木匠说:"你老小子还行呢,走,回去喝两盅?"疙瘩爷笑着答应。

　　海雾盖下来,河道里的船就懒散散地打盹儿。风叼着夜海的腥味轻轻地拂渔人的衣衫,柔柔的。黄木匠泊定船,扛上一篓鲜虾急煎煎地朝老河口岸上的小铺子走去,疙瘩爷跟在身后走着。那悠远的古怪的声音在他身后的海滩上荡起。黄木匠的泥草铺子离蛤蟆滩不远。铺子墙壁是黑泥筑的,顶棚压一溜干透了骨的海草,隔雨结实,古朴美观。疙瘩爷就喜欢住这里,当了村干部还想住。黄木匠人缘好,他的孤独的小屋成了渔人聚群打哈凑趣的埝儿。小屋为黄木匠赚得人缘,又拢住了他悠闲的日子。过去几年,疙瘩爷是小泥屋的常客。老哥俩儿坐在小屋门口,一边下棋,一边有滋有味地喝酒。累乏了,呼噜震天入梦去,醒来又喝酒。灌得醉醺醺了,两个人扑到蛤蟆滩上晾膘摔跤。

　　进了小泥铺,黄木匠放下虾篓,抱一捆干爽的树枝点燃了灶膛。锅水滚开,汩汩作响。疙瘩爷光着后脊走进草屋,呵呵笑:"老哥,你有啥好酒哇?"黄木匠忙忙活活地往锅里撒面条,看也不看疙瘩爷。过了一会儿,黄木匠"扑嗒"一声扔下脏兮兮的蛇皮袋子:"满籽蟹,煮了下酒。"说着,咂巴着嘴坐在木墩上抽烟。疙瘩爷迟疑了一下说:"老哥,螃蟹你拎走,留着卖几个钱儿吧!大雄还要娶媳妇呢。今晚吃俺抠的龙虾下酒,嘿嘿嘿……"黄木匠怪怪异异地扭歪了脸相:"你这老小子,一码是一码,儿子娶媳妇缺着了找你村干部借!"疙瘩爷一绺一绺地捞出热腾腾的面条,朗声道:"老哥,说真格儿的,你家该气气派派地添一条闯远海的机帆船。"黄木匠厚嘴唇动了动,软声说:"唉,这辈子混得不咋样,黄土埋脖了,俺是造船世家,可连条像样的船都没弄上,丢人现眼啊!留个念想让儿子们去奔吧!"疙瘩爷说:"大雄不是干得不错吗?听说这小子发财了!"黄木匠淡淡地说:"那小子挣了多少钱,俺不管,俺老头子看不上他。"疙瘩爷说:"你得操持给他娶媳妇了!"黄木匠伤感地说:"这孩子的婚姻顺不了,顺不了!"疙瘩爷愣了愣说:"你这老东西,竟说丧气话,俺看大雄那孩子是条汉子,咱雪莲湾响当当的闯海硬汉!"黄木匠望着疙瘩爷说:"从眼巴前说,你们家的兰子,俺看着她跟大雄挺般配,可不知咋的,两个孩子就是没弄到一块去。听说兰子看上了裴校长,唉,没法啊!"疙瘩爷说:

"孩子们的婚姻大事，咱们当不了家呀！"他边说边往锅里叽噜噜倒虾，大虾小虾由青转红，美味就荡起来。他紧着吸溜吸溜鼻子，就嫩劲儿将虾捞起来，盛在蓝边大海碗里，说："来，喝酒，高度烧酒老白干！"

黄木匠给疙瘩爷满上酒，索索地剥着虾说："老弟啊，俺在蛤蟆滩跟你敲定的事儿，早忘了吧？"疙瘩爷赔着脸笑："不就是龙帆节的事嘛！记着呢！"黄木匠酒盅僵在嘴边，舌尖在酒盅的豁口处一卷一卷，叫道："记着就好，眨眼就到。"仰脖灌了一盅。疙瘩爷也喝了一杯，咂咂嘴："好酒，好酒！"黄木匠笑着说："别光刮风，不起浪，你这大支书说瞎话可让人笑话啊！"疙瘩爷道："俺疙瘩爷当村干部纯属老娘扶上去的，俺哪是这块料子？俺今生今世无他求，就想活个人样，比如来一回龙帆赛！俺琢磨几天啦，你人缘好能帮上忙！"黄木匠不错眼珠地盯着疙瘩爷，沉吟着说："俺担心一条儿，咱哥俩儿张罗张罗，拢住渔人，可别在你娘那儿撞一鼻子灰呀！"疙瘩爷想了想说："俺娘，不会吧？到时候还请俺娘出来发令呢！"黄木匠轻轻地摆手："俺不是别的意思，你装糊涂还是打哑谜？俺是说这帆，死人才打幡，咱们不是催七奶奶的命嘛……"疙瘩爷扭脸喷着酒气凶黄木匠："这球大点事，俺娘心眼宽，老人不忌讳，俺是琢磨那几桌宴席，那几桌席俺掏啦！"黄木匠红头涨脑地点头："那好，俺为老弟效犬马之劳！"疙瘩爷的酒盅与黄木匠的酒盅火辣辣地一碰，两个人一饮而尽。

喝到火候儿，两个人缥缥纱纱如腾云驾雾。疙瘩爷酒足饭饱，顿觉老胳膊老腿蓄满旺盛精力，浑身燥热。他迷迷瞪瞪地瞧见黄木匠脸颊上大汗小汗淌，便道："老哥，咱去蛤蟆滩吹吹风，凉快凉快？"黄木匠随着站起身，说："蛤蟆滩比个娘儿们还勾魂儿？"疙瘩爷说："照那么说吧！"说着就与黄木匠仄仄歪歪地走出泥屋。

黄木匠弯着老腰走，像鸡崽打鸣似的抻着脖子打一个悠长的响嗝。

疙瘩爷说："你没吃面汤还打嗝？"

黄木匠扭头喊："你别跟俺横，你这官身子还敢比试比试吗？"

疙瘩爷说："不敢是小姨子养的！"

两个人一句压一句，就到蛤蟆滩了。

潮爬了半个滩。遍滩青光流溢。紫莹莹的雾,大团大团地向老河口移去。两个汉子相继甩了上衣,站成马步,摆出柔道运动员的架势。黄木匠故意弄出畏葸样,分散疙瘩爷的注意力,就梗脖子低头扑了过去。疙瘩爷赤脚钻进沙窝里,不料被黄木匠撞个趔趄,立马扭身,莽里莽撞地就势拧倒了黄木匠。黄木匠的后脊率先触滩,"腾"地弹起,哼哧着立定。"比俺多一手儿!"疙瘩爷如疯牛一般,拿短粗有力的大腿别倒了黄木匠。他的身子也就势压在黄木匠身上,两个汉子骨碌碌虎楞楞地在滩上滚。上上下下,滚来滚去,滚出咯咯的笑声,也难定输赢。绵软的沙滩由两个老人尽情地扑腾。他们觉得皮肤擦得痒丝丝的,很舒服,心里也豁亮,谁输谁赢反而不那么重要了。不知怎么,两个人滚到海水里,粘上满身熔锡般的沙粒,黏稠晃亮。末了是黄木匠气力不足,被疙瘩爷占了上风。疙瘩爷像个怪物一样晃悠悠地站在水里,望着蛤蟆滩透明洁净,身子也觉得无比高大起来,连口鼻呼出的气息也染上了鲜嫩海藻的绿意生机。煞是过瘾,煞是畅快。他痛快淋漓地吼了一嗓子:"嘞嗨哟……嘞嗨哟……"

坦坦荡荡的雪莲湾,颤了,活了。

俄顷,两个人奔跑着扑向深海。当两个黑不溜秋的脑袋从水里扎出来,头顶上便是一轮皓月了。疙瘩爷好像被黄木匠的情绪所感染,叹息道:"嗨,原先俺觉得这蛤蟆滩秃了巴叽没啥意思。今儿个领悟了,这儿才是咱这路汉子真正的家哩!可是,这半年,俺离这儿远了,太远啦!"说着眼睛里汪了泪水。黄木匠使劲拍了一下疙瘩爷的肩膀:"别委屈,娘的,要笑笑个天破,要闹闹个地裂!蝇营狗苟的人在这地埝儿站不住……"疙瘩爷爬起来,扑扑跌跌蹚水往滩上奔,竟疯魔了一样笑着。黄木匠紧紧追着他。不远处,闪跳着一蓬渔火,亮得怵目。忽然,有一条长长的亮光一闪,形状像一条龙,一条海上飞龙!

疙瘩爷和黄木匠惊呆了!

"俺和疙瘩爷在蛤蟆滩瞧见海上飞龙啦!"黄木匠逢人便说。说得有鼻子有眼儿的。渔人纷纷找到村委会问个究竟。疙瘩爷闭口不答,也许是海市蜃楼吧?黄木匠却把事情诌得真真切切的。渔人私下里把这事传得沸沸腾腾,直到话头一夜被村人嚼得烂熟,传到七奶奶那里。七奶奶点点头说:"嗯,该搞一个龙帆节了。"疙瘩爷和黄木匠便大张旗鼓地操持起龙帆节来。疙瘩爷在没有让村支委讨论之前,他必须跟娘请示请示。七奶奶正在剪纸,她听了疙瘩爷想办"龙帆节"的想法之后,没有马上回答,仰着脸,拿着剪刀剪一张"海龟长寿图"。疙瘩爷以为七奶奶没听见,催促说:"娘,俺跟你说的龙帆节听见没有啊?"七奶奶心里想念龙帆节,但嘴上却说:"你爱搞啥搞啥,俺是不出门了!"自从儿子当了村干部,七奶奶变了个人,再也不愿掺和事儿了。疙瘩爷赔着笑脸说:"俺是想请您主持啊,到时候看您儿子上阵夺魁啊!"七奶奶望了疙瘩爷一眼说:"你们支委会先商量,商量好了,再跟俺说。"疙瘩爷笑了,放心落胆地走了。

开春儿,雁来了,渤海湾到了破冰期。黑坦坦的蛤蟆滩排一溜大大小小的船,滩上涌动着密匝匝的人头。裴校长、麦兰子、大鱼、大雄都来了。还招来了县文化局的田局长,他带着一些工作人员来收集民俗。这个时候。渔人不错眼珠儿地看着七奶奶亲手将她自己糊的纸龙交给疙瘩爷。疙瘩爷望了望纸龙,七奶奶用剪裁的纸花扎糊的龙,惟妙惟肖,活的一样。人们朝七奶奶鞠了一躬。疙瘩爷将手里的纸龙放在小舢板上。

舢板载着纸龙摇进海雾里,七奶奶才神神气气地下令:"咱雪连湾的龙帆节,正式开始啦!谁追着龙谁就有好福气呀!追吧!"她的声音刚落,一艘艘的船从蛤蟆滩出发,箭一般破冰追龙。疙瘩爷驾一艘老帆船,大橹划出嘎嘎的脆响,筋骨里蓄满了超人的力。但是,他身子有些糠了,最后冲刺的时候没斗过黄木匠。但是,黄木匠在接近小岛的时候,故意说船坏了等疙瘩爷。疙瘩爷累稀了,他没有看出黄木匠的用意,黄木匠暗暗在捧他疙瘩爷。最后是疙瘩爷奇迹般地捧回了纸龙,率先拢滩,得到了渔人们渴望的从七奶奶手中轻轻滑落的细沙。黄木匠紧紧地抱住了疙瘩爷。

疙瘩爷神神气气地举起双臂时,渔鼓炸响了。他望着蛤蟆滩,哭了。

海雾在海滩上凝着,潮似乎还打瞌儿,喊喊喳喳的潮音,宛如无数只老鼠在暗处磨牙。最近疙瘩爷一直在县里开会,会开得挺烦,刚回村里就摇摇晃晃地踏上了蛤蟆滩。他与过去的吕支书不一样,他跟海亲,决策村里的事情也有环境意识了。其实,这是黄木匠内心的用意。今天,疙瘩爷眼里的蛤蟆滩再也不是一个窟窿,这个窟窿又冷不丁钻进别的什么地方。风很爽,滩很静。在这无边无际的早晨，疙瘩爷忽然听到了蛤蟆滩发出的一种奇妙的声音。声音像渔歌，又不同渔歌，朦朦胧胧，亲亲热热，如一个老渔人吟唱万世不变的起船歌。他的魂被吸住了。

"唉，俺猜你准在这儿。"一个甜柔的声音传来，截断了疙瘩爷的思绪。疙瘩爷扭头瞧见春花腋下夹一小包喜盈盈地站在雾里。

春花是雪莲湾渔人无法接近的寡妇，快五十的人了，极有风韵。头发依然黑亮，面如莹玉，身段臃了些，一样粘老男人的眼睛。春花依稀记得，那一年的春天，她跟随被叫作"牛鬼蛇神"的爹发落到荒凉的雪莲湾。爹与一群"牛鬼蛇神"在滩涂晒盐运盐。年轻力壮的疙瘩爷根红苗正，派了个看押"牛鬼蛇神"的差使。水灵俊俏的春花常去盐场给爹送饭。她如错过了阳光的彩蝶在疙瘩爷眼里翩翩舞着。不知怎么，疙瘩爷喜欢上了春花，每次他都摇船送她过河道。她感激他，站在河坡上笑着朝他摇花头巾："连生哥，谢谢你哩！"他憨呆呆地看她纤弱的身影变得很薄，薄得飘飘忽忽。他恍惚间十分乐观地判断："她对俺是不是有意思哩？有，以后有奔头了。"心旌摇荡的甜蜜，搅乱了疙瘩爷的阶级界限，他对春花爹也就格外关照。可是，后来一想，他不能再思念春花，因为他家里有个妻子，还有了儿子呢。春花爹划一条松松散散的破船运盐，风急浪大的恶天里就有翻船的险情，疙瘩爷先是修修补补，后来操持为春花爹换一条新船。风声儿溜进村革委会主任耳朵里，他被以阶级立场不坚定为名送进学习班。春花哭了，看他几回也没见着。学习班结束他就被派到船上出远海打鱼了。那天他出海回村，蓦地听说春花爹运盐时船被浪掀翻，人扣在船下，漂上来时已泡成白胀胀的尸体。疙瘩爷把春花爹的尸体捞了上来，帮着春花发送了。春花感激疙瘩爷，她等了疙瘩爷两年，可是，疙瘩爷有女人，春花只好嫁给了村里的小木匠长奎。长奎是黄木匠的大徒弟。人间的事真是难料，春花婚后，疙瘩爷的女人病死了，儿子和儿媳也死了。谁知长奎也是个短命鬼，患肺痨死了，撇下春花一人。难道是上苍又给他们安排了一段美妙的姻缘？

疙瘩爷心里又有想法了。如今春花不是一般人物，村网厂厂长，女强人，她身上的东西诱惑了疙瘩爷，他注定要为她痴迷，而沉重，而把苦酒饮足。可是，在吕支书掌权那阵，春花瞧不上疙瘩爷，嫌他这个守海人窝囊。吕支书被告倒之后，疙瘩爷掌权还真干了几件漂亮的事，让春花服气。在龙帆节上，春花远远地望着抱回纸龙的疙瘩爷，感觉那个打海狗的汉子又回来了，她动心了。

疙瘩爷说："春花，这么早找俺有事？"

春花笑道："向大村长汇报工作呀！"

"别逗啦！"

"谁跟你逗，咯咯咯……"

疙瘩爷手里揉着一团细沙站起来，望着春花。她梳得油光光的发髻，在浑圆的肩头上颠颤。只有当她大声笑了，疙瘩爷才瞧见她狭长眼角处叠几丝细细的鱼尾纹。春花说："远天野地的，你跑这儿来抽哪根筋哪？"

疙瘩爷爱答不理地瞥她一眼说："你不懂，你不懂渔人的心！你知道脚下蛤蟆滩在俺心中的位置吗？"春花挖他一眼道："俺知道，麦村长就从这蛤蟆滩上起家的，听说还跟黄木匠一起看见海上飞龙了，又在龙帆节里抱回了纸龙！"疙瘩爷倔倔地不搭腔儿，心里美气，暗暗骂："这娘儿们对俺还真上心了。"春花说："这都有啥用？你们白纸门家族的人就是迷信，嗬，也倒好，把你从苦海里救了上来！"疙瘩爷扭脸凶她："啥，迷信？俺信这滩！"春花见他黑煞神似的脸相，一时兴味全无，缓兮兮地从怀里抖开一个包，端出一件黑绒的夹克衫："疙瘩哥，这是俺给你买的，你身份不同了，再破衣烂衫，人家会笑话！"说话时眼睛里有袪不净的羞。疙瘩爷大声武气地说："你的心意俺全领，可穿这么时髦的衣衫，俺不是脱离群众嘛！"春花掩口而笑，笑得咯咯的："你呀，思想不解放，这点你不如吕支书。"疙瘩爷撇着嘴巴说："吕支书的思想是解放，到后来咋样，还不是解放到监狱里啦？"春花盯着他的脸："你这人还是那么犟。俺可是跟你说真话，雪莲湾是沿海开放地区，老皇历要不得啦！有些人吃软不吃硬，有些人吃软又吃硬，给渔民做工作不能讲那些千篇一律的大道理，要审时度势，察言观色，抓住对方的心里弱点，给予安慰、关怀，以情感人，以理服人，才会收到意想不到的效果。这样，上下人事关系才能处得好！往后，俺教你吧！"疙瘩爷蔫蔫的像瘟鸡，叹道："这么复杂？俺可没啥能水，就有一颗血疙瘩心，蝇营狗苟的事俺不做。"春花将衣服塞在他手里："傻样儿，你说得对，对得起大伙儿，为官一任，造福一方。"疙瘩爷被春花的话所感染，顿时添了精神儿,响脆脆地道:"你这话说俺心里去啦,俺疙瘩爷天生泥腿人,不干是不干,干就一竿子插个漂亮!"

春花欢喜得忘了形:"你还会吹牛了?"疙瘩爷也便没了遮掩和约束,自由懒散得荒唐,抖开老年夹克衫,弯腰轻轻铺在沙滩上,两只毛糙糙的大手深深抠进沙里,沙沙响。然后一捧一捧地将细沙撒在衣服上,黄亮亮的沙子在他手中堆出一个颤颤的圆堆儿。春花看见了,挑起眉毛叫:"你这是干啥哩?"疙瘩爷理也不理,七缠八绕,系下牢牢的梅花扣儿。这扣儿是他与蛤蟆滩的情结。他神神怪怪地搭上肩,哼着歌扬长而去。走到麻麻瘩瘩的黑泥滩时,拧脖儿朝蛤蟆滩好一阵张望。

春花呆愣片刻,追一阵站一阵,拍手拍腿地咒:"哎,缺大德的,疯癫了不是?"

祭潮

雪莲湾每年来两次祭潮。

祭潮各个是满潮,满潮卷来的时候,是人们抢潮头鱼的季节。渔人巴望的不仅是潮头鱼,祭潮涌叠着他们的念想,他们把这看成是海龙神显圣的日子。泥黑色的滩涂上站满了提网背筐的男男女女。他们望望海,斗斗嘴儿,欢欢快快的样子。

祭潮涌来之前,滩上没有风。船搁浅了,缆绳松软,远远地晃着几日的乏累,孤孤零零地摆着。大雄光着膀子,赤脚踩在泥滩上,跟几个娘儿们斗嘴。他不时踩着泥,淤泥如蛤蜊皮子一样粗糙,在他脚周围浮浮泛泛,脆脆地吱扭着。

下课之后,麦兰子也来看热闹了。她悠闲地坐在舢板上,两条白嫩的腿放进水里摇来荡去。大雄壮美的身板子汗粒细密,油光光地泛着光泽,裸露的肌腱涌动咕咕的声响。他在雪莲湾女人们眼里就是一匹好看又好用的骡子。大秧歌过去是个寡妇,肉乎乎的身量和野野的辣劲儿确实像一条汉子。这会儿嫁给了老串子,听说老串子是个阳痿。大秧歌故意当着老串子的面儿同大雄挑逗似的发泄着委屈。老串子扭扭脸就装看不见,但那杆长烟袋哆嗦了。大雄今日格外兴奋,嘴里呼出辛辣的酒气,拿自信的目光玩弄着凑过来的女人。他也要发泄,他要让麦兰子真真切切地感受一下他在女人群里的地位。"多少女人稀罕俺,你小样儿的偏不知足呐。"大雄见了麦兰子就这样说。

大秧歌亮开嗓门子说:"大雄,你这家伙肚里长牙,心狠呢!"大雄就拧着眉头子笑:"俺咋狠呀,你是不是还心疼被俺扯碎的花裤衩子?嘿嘿嘿……"

大秧歌颠着一身软肉像扭秧歌似的凑过来了:"臭大雄,俺可从没想那个。俺亏的是对你那片心哩!哼,给你多少,也是杂烩汤里的豆腐,白搭!"大雄很美气地笑了,他说:"你整日口口声声对俺好,老串子大哥还不将醋罐子敲碎呀!"大秧歌撇撇肥厚的嘴巴:"他呀,毛嫩呢!他那本事就会给俺讲故事。"众人哄地笑了。老串子狠狠瞪了娘儿们一眼,不敢吱声。大雄笑得嘎嘎的,险些闪腰岔气儿。大雄瞟了麦兰子一眼说:"大秧歌,俺弄糊涂啦,你对俺这么好,可俺还是个光棍汉呢!也给你兄弟搭咕一个?"大秧歌嘴巴一翘一翘地说:"你小子说良心话,俺没给你介绍过吗?"大雄咧着嘴:"快别提了,你给俺介绍过你表妹,跟俺说是瓜子脸,贼漂亮。俺见面一看啊,瓜子脸是不假,可那尖尖儿他娘的朝上啊!没把俺吓个跟头!"众人笑了,麦兰子更是笑得不行。大秧歌说:"你别侮辱俺表妹啊!占了便宜又嚼舌头,你当面锣对面鼓,问麦兰子个应声,俺不出雪莲湾立马就给你狗×的领一大队姑娘来!"大雄得意地笑了。麦兰子急急甩过一句来:"大秧歌,俺是俺,他是他,你去给他领啊!"众人又笑。大秧歌说:"嘀,真是生姜脱不了辣气呢!俺真领啊,你就该哭鼻子啦!"麦兰子说:"你少扯上俺!鬼才会哭呢!"大雄笑笑,挠胡芦头,头皮唰唰直落。大秧歌不再理麦兰子,继续望着大雄:"你别小鬼吹气啦!多烈的大老爷们儿,也得让娘儿们治得服服帖帖。"大雄又摆出一副赖样子,拍着胸脯子说:"你们娘儿们家各个光头顶皮球,靠不住!想治老爷们儿?到头来是天上扭秧歌空欢喜!哈哈哈……"他咧开瓢似的大嘴笑着。

大秧歌气得瞪眼,舞着厚厚的大掌喊:"大芝、月琴、仙凤……你们听见了吗?大雄这狗娃蛋骂咱女人呢!咱就草鸡啦?"几个娘儿们伸脖跺脚地嚷:"不中,咱得制伏他!"大雄伸手在大秧歌肉滚滚的裤裆里抓一把说:"这样儿的还满张罗。"他的笑里裹着一个鬼洞洞的东西。大秧歌尖声细气地叫一声,扭身笨拙拙地朝大雄扑去:"来呀,姐们儿上啊!不揪下他那玩意儿才怪呢!"三个娘儿们齐齐应着呼啦啦围过来。大雄笑模笑样地躲躲闪闪,"呱唧呱唧"地踩得黑泥响。大秧歌扑了空,双手扎进黑泥里,嘴巴吻住了黑泥。滩上人又一阵笑。那三个娘儿们推推搡搡地拽住了大雄,大雄只轻轻一抢,娘儿们一个一个跌进泥里,溅起乌黑的泥片子。大雄缩头缩脑地笑。扑嗒嗒一下子,冷不丁有一团黑泥糊在他的脸上。这是大秧歌从他后面的突然袭击。他胡噜着脸,四个娘儿们就拉拉扯扯地将他按倒了。大秧歌把一只手伸进大雄的裤裆,狠狠捏了一把那物件。大雄疼得鬼叫了一声,这一声叫,让麦兰子心尖一颤。大秧歌把手从裤裆里抽出来,喊:"大雄,狗×的,你服不服?"

"就不服,就不服!"

大秧歌让几个娘儿们把大雄抬起来,喊起号子:"一呀,二呀……"

"啪叽"一声,大雄屁股凿地。

"服不服?"大秧歌喊。

"就不服,就不服!"

又一阵嘎嘎的笑声。

海滩旋转起来。老河口、房舍、老船、浅泓等景景物物都鲜亮起来。人群如蚁,慢慢拱动。人群里不知是谁字正腔圆地吼了一句:"祭潮来喽!"大秧歌和三个娘儿们就扔了大雄颠颠儿地钻进人群里。大雄泥塑一般地站起来,又打了一个响脆脆的酒嗝,扑扑跌跌地晃到水洼,勾头哗哗地撩水,很得意地啐一口黑泥:"这几个骚货!"说着,就有一个花手绢晃在眼前。一抬头,麦兰子正瞪着他:"瞧你个德行!"大雄接过手绢擦着脸,笑了:"兰子,你说这过瘾不过瘾?"麦兰子没有理睬他,顺着人群走了。大雄然后就瞪眼追着她好看的背影,目光一截一截地探到极遥远的海天交接处。

祭潮和发天是完全不同的两种景观。远海率先腾起的是有几分妖冶的紫雾,紫莹莹的雾气慢慢涸开来,一点一点地织成蘑菇形,一点点化开。渔人叫它"开雾"。开雾是很有说头儿的,那是海龙神吹出的仙气。

大雄惶惶凄凄地自语着,就看见"开雾"了。那里横七竖八地蹿着白光,雾瘴瘴的海面,嗖嗖地钻着白毛风。一会儿海面变得夜景似的灰暗,一高一矮起起伏伏的白光,牵着浪头子滚进幽深的天地。"黑泥水压滩涂,左脚拔来右脚污。祭潮源头窜白风,灾祸末头有死路。"大雄快捷地念叨着师傅老漂子常说的话,就在海滩上闷雷似的吼了一声:"今日里谁也别抢潮头鱼啦!有灾呢!"渔人跃跃欲试没人理他。"大雄准是叫娘儿们摔蒙了,撒呓挣呢!"有人说。说话间,高高低低的浪头子就折着跟头来了。大雄又吼了一通,可他的声音在海滩上如嘴呵出的气一样虚幻。渔人挤挤拥拥地朝浪头子迎去。大雄从船上抽出一柄大橹,抡得呼呼生风,玩命似的截住众人:"谁敢下海,俺就让他躺着回去!"他的大脑袋在雾气里闪着一片青光。人们愣了,十分茫然地瞪着大雄跟天色一样晦暗的脸。

"大雄,你狗×的闪开!"

"你别门神打灶神,瞎胡闹!"

"你狗×的活腻了吧?"

"走,别理他,他醉啦!"

人们七嘴八舌地骂大雄,就跟骂儿子一样随便。大雄身子抖了,肚里涌着一种无法言说的酸气。麦兰子和裴校长都来劝他,麦兰子喊:"大雄,你给俺回来!"

大雄直杵杵地挺着。

祭潮来了,潮头鱼来了。

人们蹦蹦跳跳地往前扑。

大雄的大橹抡过来:"狗×的,谁敢上!"

人们竟缩头缩脑地僵在那里。

抢潮头鱼的美事,最后还是让大雄给搅了!

后来疙瘩爷和黄木匠证实,大雄蒙对了。如果他不拦着,还不知哪个人丧命呢。今年的祭潮跟往年不一样,浪头是打着漩儿来的。人们扑上去就会失去平衡。据说,下里洼村淹死三个抢潮头鱼的渔民。唯独雪莲湾安然无恙。为这,在村民大会上,疙瘩爷好好表扬了一番大雄。

乱航

下午的雪莲湾显得很灰暗。过一会儿就下雨了。海滩上竖着稀稀落落的船影，雨帘子在桅尖上斜斜地挑着，迷迷闪闪，浅唱不止。海面上泛起一线飘飘荡荡的灰光。被水泡得肿胀的机帆船上有一罩子马灯，吱吱叫着。灯影里晃动着两张苍白而惴惴不安的脸。

"麦兰子，你回去吧，有你这份心意，我就知足啦！"裴校长感激地说。麦兰子焦急地说："你不让俺去，俺也不让你去。"裴校长面露难色，焦急地说："别说傻话啦，泥岬岛上有咱学校十多个学生，他们是上美术课，为写生才困在那里的。天都黑了，还下着雨，他们还没回来，我能不着急吗？"

"你一个书呆子，不会水，不会见风使舵，出了危险咋办？"麦兰子解释说。裴校长想了想，倔倔地说："反正我是去定了！"麦兰子看他一眼，喃喃地说："那，咱就一块走吧！不然，俺爷，俺太奶奶都会埋怨俺的。"裴校长心里热乎乎的，焦急地说："美术老师是刚毕业的，她又没有海上抢险经验，她和孩子们已经困在岛上一天了，晚上再不见吃的，会很危险的，你还是回吧！"麦兰子的大眼睛一忽一闪的，想了想说："哎，俺想了个好办法。"她兴奋地披上雨衣钻出舱子，扭头扔下一句："俺去叫大雄，俺们不回来，你别走！"裴校长讷讷地道："那合适吗？"麦兰子说："咋不合适，俺叫大雄去，就让他去吧！他是这里有名的海碰子！你答应俺不走！"裴校长紧张地点了点头。

麦兰子脸蛋一闪，拧着好看的腰肢扑进雨夜里。

裴校长就呆呆地盯着罩子马灯想心事，白蛾子撞得马灯叮当作响。舱外风声雨声齐鸣，他耳朵里灌满喤喤的声音。麦兰子的影子就在他眼前晃来晃去犹如一团朦胧的白影，白影由着性子晃，让他觉得遥远、虚幻，一点儿摸不着边沿儿。

不长时间，一种砰砰的声音就荡进舱来。裴校长猛抬头，看见大雄和麦兰子急头悻脸地来了，大雄身披红海藻制成的蓑衣，像个大水怪稳稳当当地站在船板上。裴校长心一热，说："大雄，谢谢你啦！"大雄撸了一把水涝涝的脑袋："别客套，都是自家人。"说着就甩着粗腿直奔舵楼子。

"嘟嘟"一阵响，机帆船跌跌宕宕地钻入夜海。走了一阵子，雨势渐大，绵绵密密的雨点子砸得船板扑扑响。风雨疯狂地抽打船盖，沥沥声细碎且急促，潮声越来越重浊。大雄不错眼珠儿地盯着黑幽幽的海面，忽然他眼神跳了一下，眼前有团黑疙瘩，驳驳杂杂，闪闪幽幽，很深很鬼的样子，迷离得如打碎的桅灯。

"乱航！乱航啦！"大雄闷闷地嘟哝了两句，船就哐啷啷一阵痉挛。他的手抖了。麦兰子耳灵，火火地喊："大雄，你喊啥哩？"她披上雨衣就轻盈地爬上船板。拧脖风刮得她一阵趔趄。大雄眼前又摇荡着那团纯粹的黑疙瘩。"狗×的！"大雄厉厉一声吼，猛打左舵。船拧了个急弯躲过一团黑乎乎的东西。是船，是乱航的船。大雄嘴巴张大，臭口臭嘴地骂了一句，心咕咚咚咚地跳着。

"大雄啊——"麦兰子一声吼。大雄急打弯儿，船一个趔趄，麦兰子双脚一刺溜，被甩入海里了。

麦兰子尖厉的哀叫和落水的响声是裴校长率先听到的。裴校长蜇了屁股似的弹出舱子，哑声哑气地喊了句："兰子，兰子——"一线灰光里，大浪推了麦兰子一下，又露出她黑淋淋的脑袋。她拼命地舞着双手挣扎着，呼叫了一声，在没顶的一刹那，强探头，向裴校长投去深情凄怆的一瞥，留下无尽的爱恋。

"兰子——"裴校长喊了一声，慌慌张张就跳下去了。他没有水力，舞着双手抓麦兰子，却被大浪拍蒙了，张着嘴巴喊大雄，一阵一阵满含腥涩的浪沫儿泼溅在他的头上，浑身麻木，两腿痉挛，身子忽悠忽悠地打着斜坠儿。这时大雄听着喊声了，甩了蓑衣，迅疾滚至船沿儿，沉了一下，顺手抓过躺在船板上的一杆长棍儿，嗖嗖甩过去，大吼："抓棍子——"木棍的一头恰巧落在麦兰子的头顶，麦兰子糊里颠盹像抓住救命稻草一样，死死攥定，一下一下探着头。大雄悠着劲儿拽过来，贴近船板。他一用力，挑了一下，划一道水涝涝的弧光，砰一声响，麦兰子被拽到船板上。

麦兰子哼了一声，颤颤悠悠地弓起身子，咸咸的海水淌了一片。

"兰子，趴着别动！"大雄又吼一句，就一甩木棍，无力地击着水，荡起一道淡淡的交错迷乱的影子。

"大雄，裴校长他——"麦兰子大声喊道。

刹那间，裴校长在海里没顶了。大雄慌了，屈腿，一个猛子扎进海里。海水黑泛泛的，颜色有些惨。大雄的手臂在水里东一抓西一甩地摸寻，不停地换气。他终于抓住一个肉乎乎的东西。他拼命地顶起来，忽悠悠露头时，见是裴校长，就竭力朝船的方向拽。一下，两下，三下……渐渐挨近船舷了，大雄的余光又蓦地看见神神怪怪的黑疙瘩。他一拱一拱地将裴校长推了上去，自己也猴急猴急地向船上爬。爬了半个身子，大雄就觉得黑疙瘩像海鬼似的朝他扑来。"轰！"一声脆响和一声肉质的暗响过后，大雄眼一黑，就啥也不知道了。

"大雄，大雄哥——"麦兰子和裴校长大声喊着。

麦兰子拼命拽上大雄，他浑身血糊糊的。她就慌口慌心地跪在他身边哭唤着。裴校长歪着头吐出一摊绿水之后，就慢慢清醒了。他睁开眼睛率先看见的是对面的黑疙瘩。那是一艘找不到航线乱跳乱钻的船。那船忽忽地打着斜，慢慢和他们的船并拢了。那船舱里探出黑脑袋："喂，伤着人没有？"

麦兰子带着哭腔应："伤人哩，伤人哩！"裴校长惶惶地扑向大雄千呼万唤。一个渔人晃悠着瘦高的身子凑过来，惊讶了："大雄，大雄……"大雄受伤的腿开始疼了，嘴巴一咧一咧。麦兰子找了个布条子，赶紧包扎伤口。过了一会儿，大雄忽然撩开涩涩的眼皮子，认出眼前的渔人大麻秆，骂："大麻秆，你娘的！咋驾的船？"大麻秆怯了声说："黑灯瞎火的，俺看不见哪！"大雄伸手摸一下右腿根黏答答的血，又吼："大麻秆，你狗×的，快拿铁丝给俺腿缠上！"大麻秆慌了。裴校长找来铁丝给他缠上了，铁丝勒进肉里的声音叫人心颤。大雄的眼一眨不眨，强撑着要站起来，"别起来，快回去上医院！"麦兰子说。大雄挺一下，歪歪咧咧地站了起来，又扑嗒嗒地栽倒了。裴校长说："快回，赶紧上医院！兰子你照顾大雄吧！"大雄蛮横地舞着大掌："大麻秆，你狗×的快点带裴校长去泥岬岛。"大麻秆支吾着:"这,黑天黑海的……"大雄火了:"你狗×的不去?那儿还有老师孩子们哪!"大麻秆急忙开船带裴校长走了。大雄仰天狂笑,一路笑得声音嘶哑,歇一阵,再胡乱笑一通,以解伤痛。

大雄的右腿骨折了。好在治疗及时,没有残。在打着牵引的病床上,大雄就昏昏沉沉地做着好梦。梦见自己发了大财,有钱有势,连喘气都比别人粗,梦见把麦兰子娶回家里。当他笑模笑样醒来的时候,正是挂满雨后彩虹的黎明。他摸了摸打着石膏的右腿,呆呆地瞧,分明是惊颤了一下,目光就蒙眬迟缓了。他的大喉结跳了跳,酸出泪来。麦兰子和裴校长守护在他身边。麦兰子眼里含着泪。大雄瞥了他们一眼,就伸了个劲道十足的懒腰,浑身骨骨节节仍旧一阵咯咯轻响。他又摆出一副无忧无虑力大无穷的赖样子。他越笑,麦兰子越是伤心。

大雄淡淡地说:"兰子,俺怎么啦?惹你这番哭?哭得俺怪心疼的。"

"天神哩,太不公平啦!"麦兰子说。

裴校长一脸悲戚:"受伤的,应该是我哩。"

大雄大声武气地说:"咳,世上啥事都是天撮地合的!"

麦兰子仰起泪珠点缀的脸,说:"大雄,你还疼吗?"

"不疼,俺是大船师后代,金刚不坏之身。"

麦兰子苦笑了:"你呀,还是那个赖样子。"

大雄舒筋展骨般地拍拍胸脯说:"照样一条好汉!"

裴校长心酸地点点头。

过午的日头白秋秋的,又懒又丑,高高地烧在天际,又将一束一束的光插在海滩上,灼一片焦黑。滩上疏疏生出青烟。海鲜的气息一层一层地裹人。大雄眯着眼呼吸着曾经那么熟悉的气息,如喝了烈酒。他被麦兰子搀扶着挪到海滩上,他说今天要练练这双腿。男人靠一双腿立地,腿是最受不得委屈的。一片翻飞的鸟儿,鸣叫着,滴滴答答落满老滩。涛声稀薄下来,唯有不远处的老河口依旧哇啦哇啦地浅唱,大雄挣脱了搀扶他的麦兰子和裴校长,朝大海好一阵张望。这是他住院以来第一次望海。

麦兰子和校长都默默地看着他。日影在他捂白的脸上贴了光,红亮亮的,如涂一层紫褐色的油光。额头上的血管和筋络一根一根清晰无比,又有一种征服大海的欲望在血管里汩汩涌动。他兀自嘿嘿嘿笑了。麦兰子算计着他好久没对着海笑了。大雄扑扑跌跌地朝一条灰不溜秋的舢板船走去。船空空的,两杆大橹斜斜地躺着,他勾下头,嗅到的湿湿的汗息和腥涩涩的臭鱼烂虾味儿。他长嘘一口气,又长吸一口气,就拿伤过的腿跺了一阵舢板,嘭嘭地响,心里就十分美气。还没有好彻底,疼出一身汗,脸色变青了。麦兰子和校长急匆匆地奔过来要帮他。大雄喝住他们:"别管,看俺的!"

"咚"一声,大雄一跃身,跳进舱里去了。他跌了一跤,躺着没动,呼嗒呼嗒喘息着,脸色就一点儿一点儿变回来,双颊又润了紫红,额头也青筋暴凸了。他咬了咬牙,身子一扭一拱,像个玩鹞子翻身的高跷艺人,轻轻巧巧地站了起来。麦兰子和裴校长都笑了。大雄又听见海上荡来圆润而清凉的声响。他的目光落在晒得发白的海堤上,海虫们吱吱吱叫得很清亮。空寂的大海滩上的脉脉络络全看得清楚。他的喉头痒了一下。就在这个时候,他想像先前那样野野地吼上几嗓子,要让狗×的海鬼知道,他大雄还硬生生地活着,无残无缺地活着。

大雄"噢噢嗬嗬"地吼了一通。

大雄又感觉自己顶天立地高大无比了。他扭头冲麦兰子喊:"兰子,去,给俺找张网来!"他指使麦兰子就像指使自己老婆一样。

麦兰子会意地朝不远处的锚地跑去。

少顷,当一张银网唰唰作响地抖在大雄手里的时候,他喜兴得扭歪了脸相。他用腿快捷地挑起缆绳,小舢板咿咿呀呀地溜进浅泓里。他缓缓蹲下身,蛮有劲地摇着大橹,小舢板让他揉得驯服了,在寥廓碧天下远去。

日头好像也随潮水退去,光亮弱浅起来,一群彩色海鸟纷乱地拍打着翅膀,鸣着嘹亮的哨音追逐着小舢板。小舢板载着大雄走向遥远走向辉煌。一甩一甩的水声在船头卷着,渐渐平息时,大雄就硬挺挺地站起来,双脚一蹬,甩了鞋,粗糙的大脚片子的趾头叉得很开,牢牢稳稳地抓着船板。低低的海风,催得小船尽在颤抖中,大雄依然纹丝不动。日光白炽炽的,将他强悍壮美的身影涂在船板上,如一只浴在阳光下的仙鹤。这时,他弯腰拽起这兜渔网。远远地,他扭头瞟了一眼麦兰子,肩胛骨凸出来,在皮下一耸一跳的,好像随时破皮而出。

他重重地"嗨"了声，就有一团银网从他手里飞出，嗖嗖生风，慢慢在空中拓展成一扇光环，圆圆的，亮亮的。光环轻轻向上一悠，就快捷、优美地下坠，哗哗沙沙地扣进水里。他沉吟片刻，就一点儿一点儿拽网绳。"哗"一声，银网水涝涝地爬上来。没有鱼，他是试网呢。没有鱼他同样欢心。他的额头汗珠肥硕晶莹，健壮的身子日照烂漫，额头生光，身上物件都活了。他双手不动不停地撒网，网网溜圆优美，日光在他舞动的银网下破破碎碎、闪闪跳跳。

"大雄哥，太棒了——"麦兰子兴奋地喊。

裴校长惊讶了："真是条汉子！"

"兰子，俺大雄行吧？"大雄自豪地笑了一声。

大雄哼着渔歌子逛逛荡荡地把船摇回来了。大雄不用搀扶，气势势地走下舢板，嘴里嚷嚷地嚼着一片海带，嚼成筋丝，品咂出无穷海味来。麦兰子赞叹地说："大雄，你真行！还跟往日一样壮！"裴校长默默地没有说话。大雄笑道："俺说过的，不算个啥。"裴校长拿一种复杂的目光看着他们，听着他们有滋有味地斗嘴儿，心里一片空落，身子也好像缩至无形。他越来越感到自己站在那里很无聊很没劲儿了。他悻悻地垂着两条酸乏的手臂，弄出一些细微的软弱的声响。

海滩愈加空寂，老船午睡正酣，四野一片茫白。麦兰子身穿白衣裙楚楚动人地站在两个男人之间，脸上润了红晕。她恍惚间觉得该是煞下心来驱散糊涂的时候了。"豆干饭，总闷着，就会烂的。"她想。麦兰子鼓了鼓勇气，缓缓地走到裴校长跟前，拿咄咄逼人的俏丽目光压着他："裴校长，你说，日后俺咋办哩？"

裴校长缩了缩肩胛，脸苦楚地扭皱着。

"你说话呀，哥。"

裴校长恋恋的目光在麦兰子脸上滑了一下，就很空洞地盯着远处，支吾地说："麦兰子，日后我们还是好朋友……"

"朋友？"

"是朋友。"

"俺问你，俺咋办？"

"你是他的人！"

麦兰子心尖颤了一下："为啥呢？"

裴校长蔫头耷脑地说："为我……"

麦兰子死盯着裴校长的白脸："为你？"

裴校长一叹："都是为我啊！"

"那俺是啥？"

裴校长如断了骨的伞蹲在地上。过了一会儿，他站起来转身走了。

麦兰子望着裴校长的背影伤感地叹了口气，一副失望的样子。

大雄没有用心听他们的谈话，淡淡漠漠又毫无顾忌，一副无所谓的神态。他垂着头，斜着肩膀子，拿脚一下一下砸滩上的蚂蚁，贮满了十分好听的声音。麦兰子像团热雾一样移到大雄跟前，圆腚在白裙里鼓鼓荡荡地柔韧着。"大雄，俺问你话呢！"她轻声慢语地说。大雄挺挺直立，甩过头来，目光很倔地射向她。麦兰子的目光飘动着热辣辣的纯情："大雄，你说往后俺咋办哩？"

大雄倔倔地说："还用问吗，你是俺的人！"

"你不怕俺飞喽？"

"你飞不了！"

"你不怕俺变心？"

"你变不了！"

四只眼睛醉在一起。

挂旗

新校舍落成的那天，村委会小楼也落成了。

疙瘩爷是在霞色融满海滩时，由黄木匠等众多渔人簇拥着气势势地搬进村委会小楼的。他的办公室在二楼东侧，站在走廊里就能看见高高低低的村舍、老河口和老船。遗憾的是蛤蟆滩被井楼子遮住了。他便将蛤蟆滩的细沙铺在窗台的水泥板上，周围呈圆形摆满花花绿绿的盆景。望着晃眼的细沙，疙瘩爷心里不空。雪莲湾村是乡里的一个大渔村。四千多口子人，五百多条船，开放几年来又哗啦啦建起船厂、网厂、养殖场和塑料厂几个村办企业。村里的经济在全乡举足轻重。这大多是在吕支书时代创下的。自从吕支书出事，疙瘩爷走马上任，就有乡领导连连找他谈话。

何乡长跟疙瘩爷关系近，语重心长地对他说："你疙瘩爷论魄力，比不上吕支书，但论人品，你远远高于他。但是，既有好的人品又有开拓精神，是考验你的地方！我们唯一不放心的是，你脑瓜骨不能死板，统抓全盘，搞活经济，不是打海狗，不是打鱼抠虾，这得需要上上下下的周旋，动心眼使计谋！"疙瘩爷听了血管胀胀的，心里惶惶不安了："何乡长，俺疙瘩爷野惯了，吃苦受罪咱不怕，就怕辜负了领导和村里老少爷们儿一片心哪！这次又让俺支书村长一肩挑，压力真是很大呀！"何乡长拍着他肉乎乎的肩膀说："干吧，慢慢就适应啦！哎，你心里有啥大的计划没有？"疙瘩爷突然有一种芒刺在背的感觉，沉吟半晌，摸出兜里小本本说："俺想在这两年里干几件利国利民的大事儿，铺一条石渣路，村里户户通自来水……还有，村里缺一个大型冷库，引资建一座大型冷库！至于平时嘛，上边咋招呼，俺咋干。"何乡长点点头说："这一亩三分地可就交给你了，你要像当年守海那样，保护海藻那样，站好这班岗！"

疙瘩爷不懂官场，自从七奶奶退出"参政"，疙瘩爷着实慌了一阵，后来春花闯进了他生活，他从脑子到服饰就由春花操纵了。那个女人不简单哪！他穿上了那件崭新的夹克衫，左胸前小口袋上卡了一支钢笔，腕上换了一块全自动金狮表。过去秃亮的和尚头也密匝匝地留起村人望而生畏的背头，而且梳理得极妥帖，看上去很像一位满腹经纶的沉稳可靠的大干部。春花常敲打他："你是一村之长，要摆出威严样儿，还屁屁溜溜的，还咋管人？其实，说官话是为人民服务的，私话就是统治人的，官儿当的顺顺溜溜，村人治得服服帖帖，就成功啦！"疙瘩爷听这话别扭，细嚼也在理儿，人前人后都拿你"开涮"成何体统？他竭力在村人面前树立尊严的桅帆，走到哪儿都是"村长、支书"地叫，他就努力适应着。可是，当黄木匠叫他"麦支书"的时候，刚舒展的心就搅起一阵愧来，浑身鼓鼓涌涌的不自在，五脏六腑错了位似的。

日子一天天熬下去，村路和自来水工程耗去疙瘩爷好多精力，有了成果，那种无可奈何的感觉一点点逝去。但是，再也唤不回闯海的那种火辣辣的情感了，喜一程悲一程，糖葫芦式的航程，酸酸涩涩的事，一个跟着一个来折腾他。他太忙了，琐碎的事落在他头上，几个厂的大事也得他拍板儿。更让他挠头的是上上下下、左左右右的人际关系。每日里都有乡里、县里的小轿车或是城市宾馆饭店的豪华面包车到这里做客拉虾拉蟹，理直气壮地占便宜。上边来人嘴里抹蜜，等你去城里他们拿眼瞅都不瞅。疙瘩爷要发火了，春花劝他说，这些人谁也不能怠慢，不知哪块云彩有雨，况且惹了谁，都够你这小村干部受的。金钱、交易充斥了角角落落，像脏兮兮的污水明明暗暗地漫延，包围了蛤蟆滩。疙瘩爷心中的蛤蟆滩还能洁身多久？那块支撑他生命的金滩会不会沉落？疙瘩爷困惑茫然，痛苦极了。春花说："你必须在心里抹掉蛤蟆滩，否则路子越走越窄！"黄木匠也隔三岔五撂几句过来："疙瘩兄弟，你要在渔人心中站脚，千万不能忘掉蛤蟆滩！没有蛤蟆滩就没了咱的魂儿！"

疙瘩爷宛如一艘在海流子里打转儿的老船，找不到拢岸的地埝儿。不久，春花咒语般的预言就应验了。吕支书在的时候，每年要拿公款请老河口水闸的几个人吃喝一顿,并且送些贵重礼品,村里人意见很大。疙瘩爷跟吕支书不一样,他花公款向来精打细算,每隔半年就将村里账目丁丁卯卯地公布一次。水闸掌管雪莲湾等七个村子养虾池的供水,谁掌握了水闸就等于控制了虾产量。疙瘩爷曾拍着胸脯的四两肉儿向村人吹嘘:"俺绝不糟蹋公款去巴结他们!真是活人惯的,哪个小庙的和尚都迷人!"村人啧啧赞叹,后来疙瘩爷也没想到会栽了,栽个透心凉。人走背运顺风顺水也会窝进臭泥滩。疙瘩爷的话传过去,闸长孙胖子哼一声。六个村都当水神爷敬他,唯有疙瘩爷不尿他。他也就不尿雪莲湾村,春日里邻村都孵化虾苗了,雪莲湾的滩涂一片片的虾池子还傻呆呆的晾屁股哩。

虾农急赤白脸地找疙瘩爷。疙瘩爷急头涨脑地找孙胖子评理:"你们为啥不给俺村虾池子上水?"孙胖子鼻音重浊:"机器坏啦!""狗×的,俺说机器没坏,是你小子良心坏啦!"疙瘩爷火辣辣地拢不住火儿。孙胖子坐在沙发上,脸上平静得像一个吃斋念佛的老尼,喃喃道:"大村长,别发火嘛,俺也不知咋的,轮到你们村就玩不转啦。"疙瘩爷听出孙胖子话里套话,就十分张狂地撕破这一层:"别给俺玩花活,就你那点勾当,狗吃柳条屙笊篱,肚里那点儿!横竖一大老爷们,下贱不下贱?"孙胖子笑着说:"别管俺下贱不下贱,现官不如现管,没水!"

"没良心的东西,黑心的玩意儿!看俺撕不烂你!"疙瘩爷阴着脸,恶血呼呼撞头,浑身的血像破冰潮撞得头要裂心要炸。他霍地扑过去,老鹰抓鸡似的拽住孙胖子的宽脖领,厉声吼:"你立马给俺村放水!"孙胖子脸吓得纸白,四肢胡乱踢腾,嘴里喊着:"快来人,收拾收拾这老东西!""啪"一声,进来两个虎虎实实的汉子七拧八拽将疙瘩爷拖出去,推推搡搡关进一间黑屋子里。

疙瘩爷泼了性子,舞着双拳骂:"孙胖子,俺×你八辈祖宗!"他像一只孤独的狼,用脑袋撞大门,一下一下地撞,头都流血了。孙胖子怕出了人命,就让人把他放了。他自己也不知道是怎么灰溜溜地逃离大闸的。他知道大闸由水利局统管,乡里管不着这块。黄昏了,他懵里懵懂地来到虾池。这一片方方正正的虾池是由滩涂改造的,大虾养殖在雪莲湾占很大一块。眼前虾池如一张张干渴饥饿的嘴,嗷嗷待哺。他愧对虾池,愧对村民。他沮丧地蹲在池埝上,脸灰灰的,如蒙上了烟雾抹了油垢,再也不见昔日的光亮。不知啥时候,村里虾农急燎燎火爆爆地围了他:"麦村长,给水吗?"疙瘩爷摇摇头。"走,揍扁那帮龟儿子!"虾农闹闹嚷嚷地举锨抄铲。疙瘩爷霍地站起身吼道:"给俺多召集点人,走,揍扁那帮龟儿子!"虾农回村召集村民去了。过了两个钟头,人们越聚越多。疙瘩爷使劲一挥手:"走啊,老少爷们儿!出了事俺兜着!"人们扛着家伙嚷着。

"都给俺站住!"一个老女人的声音。

疙瘩爷抬头望去,看见娘阴眉沉脸地站在那里。七奶奶的身后站着麦兰子。注定是麦兰子听到消息把娘叫来的。"连生啊,你白活这么大岁数啊!你眼下是村干部,不是守海人。有啥问题解决啥问题,穷横能解决问题啦?你杀人又管啥用?"

疙瘩爷软了,喊了声:"娘!"

"天无绝人之路,回去,跟村委们商量着办!跟春花商量着办!"七奶奶说完就转身走了。

疙瘩爷示意人们都回去,人们心里没底,都不走。

疙瘩爷蹲下身想了一阵,尽管他当了村干部,但是自己终究没单独撑起雪莲湾的门面。他苦苦地想七猜八,将过去全部封严的坛坛罐罐在心里摔碎,酸甜苦辣搅成一锅粥。人存在这世上,死要面子活受罪哩!疙瘩爷想完了,忽然抬脸望了一眼众人,狠狠心说:"俺服了,明早上俺保你们虾池见水!"说完黑着脸,喘喘而去。

路过老河口时,十分清晰地听见了蛤蟆滩上的潮音,他佝偻着老腰走,竭力不朝那方向看,越板越不好受,丝丝苦涩中夹着扯肠绞肚的滋味。

不大时辰,他竟鬼使神差地来到春花的家。春花都是在厂里食堂吃了晚饭才回家。她见疙瘩爷没精打采地挪进屋,便问:"吃饭了吗?"疙瘩爷一屁股坐在沙发上怒气冲天:"哼,吃气都吃个饱了!娘的,整天嚷嚷经济大合唱,到节骨眼儿上给你下绊子!"春花问清事情的根根梢梢之后,忍俊不禁地笑了:"你呀,俺说你肚里装个蛤蟆滩,路子越走越窄。你这个大村长只配玩船,没法子玩人,一个噘嘴骡子只卖个驴钱。"疙瘩爷戚戚地看着她:"你说咋办吧,俺是烧高香也找不到庙门了。"春花嗔怨道:"你呀,遇事掂不出轻重,这屁大的事告哪儿也没用,冤家宜解不宜结。弄点好烟好酒送过去,盅对盅喝一回,明儿就见水啦。"疙瘩爷瞪圆了蛤蟆眼:"俺的海口都吹出去了,传出去了,这张老脸还咋搁在世上?不如剜下来丢给狗吃!"春花急得拍拍手:"俺的天神哩,甘蔗哪有两头甜的?面子能值几个钱?丢卒保车,是当官的谋略。该送的送,该搂的搂,人走哪儿香哪儿,干起事儿来也就呼风唤雨。"疙瘩爷心烦地摆摆手:"别磨叨啦,你替俺去办,花多少钱俺掏。"春花"噗儿"一声笑岔了气:"大傻帽儿,土鳖虫。"疙瘩爷正色道:"就这么定啦,你呀,快变成一个投机分子啦!"春花不再与他斗嘴,麻溜溜系上围裙,到厨房里鼓鼓捣捣地做了一碗香喷喷的鸡蛋肉丝面,端过来说:"橱里有酒有花生豆,你慢慢吃喝着,俺得走啦。"疙瘩爷望一眼精明强干的娘儿们,又瞪起那双湿漉漉火一样燃烧的眼睛,笑了。

春花也极灿烂地赏他一个笑扭身走了。疙瘩爷悒怔怔地呆愣片刻,才狼吞虎咽地把汤吸溜个精光,然后就皱着脸吸闷烟。他忽然想起上任那天,乡长的一席贴心话,又有春花的教导在心里泛滥重复,犹如堕进五里雾中。也许是他多年的海上生涯隔断了与世态苍生的亲缘,也许是他成了一个孤独的落伍者,如果这样,他疙瘩爷占着茅坑不屙屎不就是雪莲弯村的罪人嘛!人存在这世上,总归要做些违心的事。疙瘩爷想。石英钟滴滴答答地响,疙瘩爷便迷迷糊糊睡着了,鼾声里冰糖葫芦似的生出一串噩梦。梦里蛤蟆滩上有一群水鬼敲敲打打锣鼓响,群魔乱舞,乱糟糟一拨一拨不断弦儿。"来人,把那鬼东西赶走!娘的,雪莲湾人还没死绝呢!"疙瘩爷抖抖吼一通,自己把自己炸醒了。醒来的时候他发现自己没有躺在沙发上,而是睡在绵软宽松的席梦思床上,旁边躺着温润滑腻的娘儿们的身子。朦胧的月辉将娘儿们圆润的额头映一层细瓷般的光泽,两只眼睛墨线一样叠合在一起。起起伏伏的胸脯,香香气气的热浪,撩疙瘩爷魂魄。可是,不是时候,昔日暴烈的感情巨潮不知为什么变得呆滞,娘儿们身子也变得空乏没味儿了。他回想梦里的鬼跳滩,心里陡然生出惶惑。他木然地吸了一根烟,天便一点点吐白。他捅了春花一下,春花眼不睁悠长的一声叫:"人说宰相肚里能撑船,这点屁事就烧得你这样!告诉你,这会儿虾池见水啦!心放肚里,再睡个回笼觉吧!"疙瘩爷怔了,心里翻着浪说不清啥滋味,脸像动画片里的木偶。他败了，看似败在孙胖子脚下，不如说是败在娘儿们手里。确切说是败给了世俗。他苦着脸相，颤巍巍地穿上衣服，哧溜下床。春花说："别美得屁颠喽，告你说孙胖子那还没完，得抽空把他请家里你跟他喝一喝。"疙瘩爷倔倔地道："那龟儿子,俺不跟他喝！"春花正色道："往后换水卡壳儿，别再找俺！"疙瘩爷哼了一声，仄仄歪歪地边提鞋边往外走，如得了大赦一样，扭身去了。虾池换水的时节，春花把孙胖子用面包车接到家里，盘盘碟碟一应海味，酒是小茅台董酒。疙瘩爷朝春花瞪眼使性子，气哭了她。他软了，娘儿们家跑前跑后磨破嘴皮子还不是为了他吗？疙瘩爷只有打碎门牙往肚里咽，扯下老脸当腚卖，为百姓为集体，不丢人。他竭力这样劝慰自己，举盅与孙胖子共饮。

疙瘩爷脸上摆着空空的笑："老弟，往后老哥的事得周全啊！"

"嘿嘿嘿，没说的！"孙胖子擂胸脯子。

疙瘩爷心里骂："整个一个下三烂！"

孙胖子沾了酒，便看不出眉眼高低，涎着脸笑："大村长，大厂长，啥空喝你们的喜酒啊？"

春花故意装傻充愣："你问官大的。"

疙瘩爷憨笑里添了点内容："快啦快啦……"他机械地说着，便接二连三地喝酒，眯眼幻化出黄木匠，以致险些说走了嘴。春花忙岔开话头儿，可疙瘩爷心里别别扭扭不快活，很快就醉了。这回醉酒里，疙瘩爷忽然洋气地骂起自己来，骂着骂着便倒头大睡。他和衣而睡，喉咙里呼噜呼噜嘶叫着，两脚像发瘟的鸡胡乱踢蹬，双手颤颤地抓挠着胸脯，手指深深抠进肉里。春花没有动他，她好像觉得这是渔人从大海走向陆地的跨越，蛤蟆滩必须经过的阵痛和洗礼。一个全新的疙瘩爷就要诞生了！春花没有睡，默默陪着他，小心把攥着，几滴泪怅怅地滚出眼眶子……

第二天，雪莲湾的虾池子果然来水了。

疙瘩爷有了人生的第一次"行贿"。从心理上接受"行贿"，后面的事情就顺了。于是，疙瘩爷就十分乖巧地与驻扎在雪莲湾地盘上的渔政处、海产品收购站、财政所、信用社等部门的头头脑脑相处得亲亲热热。只要他的村民利益不受损害，他委屈点不算个啥。可是，清静下来，总觉得别扭，似乎尊严受损。容不得思考什么，春花进一步指点迷津，使疙瘩爷豁然梳理清楚了村里、乡里、县里重要人物的根根脉脉，遇事就在心里一阵掂量，在一股股势力一层层网络里狭路挺进。钻进去竟也像守海一样奥妙无穷哩！他忽然在研究人上犯瘾了，只是这瘾如大烟鬼似的，烟瘾愈犯愈苦恼，蝇营狗苟的折寿。疙瘩爷那身千层浪抖不掉的馊肉，立马耗去许多，人也爽利干练了。大海和蛤蟆滩离他越来越遥远了，但他村干部的位子越来越稳固了。天外有天，滩外有滩，人心是活的，不能老拴在一个地埝上。疙瘩爷惝惝地走在海滩上，村人依旧那么敬他："忙啊，麦支书！"他就应一声。村人不阴不阳地笑一笑，让他摸不着深浅。他忽然觉得常与他见面的渔人变得陌生了，连情同手足的黄木匠也变了样儿。黄木匠见了他，再也没有拍拍打打的嬉笑，目光是回避的、复杂的、躲躲闪闪的。疙瘩爷有时猜想这些家伙背地里对他一定说三道四。疙瘩爷总想帮黄木匠干点什么，心里才畅快些。他欠黄木匠什么呢？他也说不清。黄木匠没有求他，老人的二儿子在城里打工，跟儿子大雄苦扎苦累，终于攒足了钱，自家造了一艘双桅机帆船。

　　黄木匠的新船挂旗的那天，派儿子大雄到村委会请疙瘩爷。疙瘩爷正忙忙碌碌接待县里文明村评选小组的领导。尽管他眼角眉梢都是笑，仍旧掩盖不住雪莲湾的三个窟窿，计划生育、打狗、平坟。这是渔村很扎手的难题。渔人肥了，手头有票子，多儿多孙多福寿的旧观念敢拿钱买，不怕罚；养狗是渔人一大嗜好，哪朝哪代村里也没断过狗叫；至于坟就更难了，渔人一代一代有好多葬身大海，在海滩坨地上筑起的墓庐里有的是一个帽子、一双鞋或一件衣裳。那是后人的念想。这三大项又是评比"文明村"的硬指标，尽管雪莲湾产值利润高，可哪一年也没挂上"文明村"的牌子。在吕支书手里一直没能"文明"起来的雪莲湾，能在疙瘩爷手里"文明"起来吗？各级领导纷纷向疙瘩爷发出诘问与探询。疙瘩爷勾着头，不敢面对两层脸，一层是领导，一层是村人。他任领导一句一句"撸"，不敢回答。他如老牛掉进枯井里，有劲儿使不出。其实，他满可以让村里"文明"起来，举手之劳，枯井就会破碎，井是纸的。然而这层纸，又是如磐石沉甸甸压心哩。疙瘩爷被无端卷进这股巨潮里。县乡领导被副村长领着吃午饭去了，他仍旧像土拨鼠一样望着烟灰缸里升腾的烟雾发呆。

大雄在外等半天了，见人走光了，他怯了声叫："疙瘩爷，俺爹叫你呢。"疙瘩爷扭头看见大雄问："有事啊，大雄？"大雄平时说话都是大咧咧的，武声武气的，可是他就要娶麦兰子当媳妇了，得在麦兰子的爷爷面前规矩点。他咧嘴笑了笑，说："俺家造了艘双桅船，今儿个挂旗！"疙瘩爷"哦"一声，拍拍脑门说："你爹跟俺说过的，咱们走。"疙瘩爷站起身跟大雄走了。

雪莲湾渔人往船桅尖上挂旗是很讲究的，无论新船旧船易主就要挂旗，红殷殷的小三角旗都要由船主最亲近、最敬重的人往桅杆上挂旗，然后再由众人一起缓缓竖起桅杆。几十个小三角旗挂好后，还要挂一面红红的国旗。

挂旗这天要好酒好菜吃喝一顿。疙瘩爷认为黄木匠请他来助威，他也就张罗招呼客人入座喝酒。疙瘩爷的那只鹞鹰立在窗台上张望着。他摸了摸鹞鹰，自从自己当了村干部，这只鹰由黄木匠替他管着。麦兰子过来忙乎着炒菜，疙瘩爷端坐在八仙桌旁，与黄木匠各占一面。一条狼一样威武的大黄狗在他身边蹭来蹭去，像猫一样没有声息。黄木匠给黄狗起名叫"桩子"，他摸着狗脖子，笑着对疙瘩爷说："这条狗多壮啊！是大雄从城里买来的。"疙瘩爷没看狗，叹息一声没说话。他知道狗的用途，等黄木匠和大雄爷俩出海了，这狗是给他们看家的。疙瘩爷一听就知是黄木匠的主意。疙瘩爷埋怨道："唉，你们就是不听俺的话，眼下上头号召打狗呢，咱们两家马上由朋友变亲戚了，俺这村干部得一碗水端平，怎好让这条狗留呢？赶紧卖了吧！"黄木匠轻轻摇头："这上边也是，渔村自古养狗，这打啥子狗呢？"大雄大模大样地说："这狗兰子也喜欢，跟俺更亲。俺可不打，俺也不卖！"疙瘩爷瞪了大雄一眼："你小子生反骨啦？"眼看着气氛僵了，黄木匠赶紧圆场。疙瘩爷端着酒盅细细斟酌，脸上结了一层灰气。黄木匠长叹一口气，倦慵慵失望样儿地说："俺的大村长，咋总撂脸子？嫌俺酒嘎咕咋的？俺看往后想打个溜须也沾不上边儿啦！"疙瘩爷瞪大了酱麻色的眼睛，笑道："别胡扯啦，俺这个蹩脚官儿早想扔啦，可又身不由己，你少损俺行不行？"黄木匠撇撇嘴巴咂了一盅酒，笑道："嘀，你小子还得便宜卖乖。不干，不干还当渔花子？"疙瘩爷夹了一口菜，嚷嚷地说：

"这年头的村干部,难当哩!"黄木匠道:"咋难,也难不到挨饿的光景吧?"疙瘩爷点头:"那是,两码事儿。"黄木匠又说:"老弟,你这辈子够折腾啦!凡事可得搂着点平稳,别再横生些节外枝杈……"他说着深眼眶子潮了。疙瘩爷一把攥住黄木匠的手,抖抖说:"老哥,人活一世难得一知己呀!"黄木匠摇头:"俺算啥,咱俩还是当年的缘分。"疙瘩爷说:"老哥,俺想你啊,俺离蛤蟆滩越来越远啦!"

"蛤蟆滩?"黄木匠叹一声,"别提它啦!"

疙瘩爷急切切地说:"老哥,俺愧对蛤蟆滩哩!你能不能给俺讲讲渔人哥们儿在蛤蟆滩上的故事?新的,有趣儿的。"

黄木匠摇头:"蛤蟆滩再也没故事啦!"

疙瘩爷惊颤了一下,丢了魂似的。

黄木匠说:"你遇事常到蛤蟆滩那块地垅上走走,走走就好哩。"他的古道热肠又暖过来了。疙瘩爷听见蛤蟆滩就有了笑模样,不回嘴,一时竟忠厚无比了。他忽然滋生了一个想法,吃过饭到蛤蟆滩上走走。是该去看看。

疙瘩爷在黄木匠的陪同下,走到海滩上来了。远远的,他们就看见黄木匠的新船了。疙瘩爷知道渔人有了自己船的心情,便贺道:"老哥,恭喜啦,哪天俺让人免了官,跟你搭伙出海,还要俺不?"黄木匠蹶跶蹶跶地点头:"哪有不要之理呀?咱俩是老东旧伙,没多时咱们就是亲戚了,俺还怕你不尿俺这壶哩!"然后就笑。鹞鹰在他们头顶上飞,大雄和黄狗"桩子"也颠颠儿地跟在后面。

晚秋时节枣核天,早晚凉晌午热。毒毒的日头将海滩照得发黑,像燃烧后铺下的一片灰烬。海水与海滩交接面上泛着一线飘飘荡荡的灰光,使泊在那里的船罩上纵纵横横的晕光,若有若无含混不清。走得近一些时,疙瘩爷看见了黄木匠那艘灰不溜秋的双桅船。他看出这是一艘新船,木头白茬上重刷了一层灰漆和桐油,在日光下泛着白花花的光泽。光反照到人脸上像锅里卤过的虾一样呈着酱紫色。登上老船,疙瘩爷又嗅到了很浓很浓的桐油味,他深深吸了一口,要吸到肺叶里去,仿佛吸到了曾经那么熟悉亲切的生活原本的气息。黄木匠拿拳头砰砰地敲打着船板:"红松料儿,满可以闯荡几年!"疙瘩爷说:"好船,好船,肯定禁得住浪颠啊!"黄木匠颤巍巍从怀里抖出两面小三角旗,递给疙瘩爷:"这是你老弟的差使啊。"说着便让大雄放松桅。疙瘩爷接了旗有些受宠若惊,手掌上仿佛燃着一蓬渔火,咿咿嘎嘎倒下一根大桅,又一阵咿咿嘎嘎响,两条大桅躺下来,疙瘩爷神气庄重地将两面三角旗系在桅顶,嘴里念叨着:"你们爷俩日后行船,满舱满舵顺风顺水呀。"黄木匠响脆脆地应着,恰好合了潮的韵律。黄狗"桩子"也随人抬头望旗,欢欢快快地叫着……

"麦支书,麦支书……"

疙瘩爷的视线从旗移至海滩,看见村委会办公室的四喜在叫他。他原想挂完旗跟黄木匠到蛤蟆滩舒展舒展。见四喜找他就烦声烦气地问:"又咋啦,评议小组下午不是走吗?"

四喜说:"又来一拨儿。"

"哪儿的?"

"说是考察冷库。"

"好吧,俺就去。"疙瘩爷摇摇晃晃地走了。

村北有一片暄虚虚、光秃秃的碱窝窝地。疙瘩爷说就将冷库建在那里。他领着县里派来的技术人员去勘测。碱地的北边是一片方圆十几里的大草滩。密密匝匝的铁秆芦苇漫漫懒懒地铺开去。芦叶转成青白色,顶端胀胀地孕起芦花,清风里纷纷扬扬舞起一片白。芦荡里隔三岔五亮出水汪子,落叶、腐草、烂鱼、蜉蝣浮在水汪里,经火爆爆日头的蒸晒,腾着沤沤馊馊的臭气。疙瘩爷先将三位技术人员领进草滩。他还有更远大的设想,建完冷库,他将投资在茫茫草滩里开发人工养蟹基地。河水与海水杂交精养的螃蟹,既有海蟹的鲜嫩又有河蟹的幽香。他要同行家合计合计,既不破坏芦苇资源,又要规规整整地挖出蟹池。眼下关键的关键是怎样确定道路的位置。这条道疙瘩爷将它比喻成网上的纲绳,纲举目张。

一条银蟒一样的渠,一条看泊老人踩白了的蛇一样的小路,弯弯曲曲朝深处钻去。疙瘩爷望着草滩,踌躇满志地昂着头,走到深处时已是热汗涔涔,浑身水涝涝了。三个肩扛标杆尺的城里人更是走不惯脚下的羊肠路,走走停停,喘喘吸吸,被疙瘩爷甩在了后边。远远地,疙瘩爷喊:"伙计们,这儿有一口老井——"三位技术员忙急煎煎摇晃晃地挪过去。一个歪斜松散的草铺子旁,有口黑洞洞的井眼,井口有缸口粗,疏疏地冒着凉气。疙瘩爷螃蟹似的趴在井口,将脑袋伸进去,黑幽幽得看不见水位,便吼了一通。湿漉漉地就从井底弹回来。一位戴眼镜的技术员说:"这口井是个极好的坐标点,横的,也包括纵的。就看井底深度和水底标本……"说着又咕咕叽叽与那两个人唠起专业话。

疙瘩爷怔怔地看着,从兜里摸出村里待客用的中华牌香烟,笑呵呵地递过去:"先歇歇,你们辛苦啦!"他怕再碰上孙胖子一类人,仰人鼻息也认了。三个人和和气气地向他一笑接过烟。疙瘩爷心里说:"在外面做大事的人,不全像孙胖子,到底好人多哩。"三个人吸罢烟就撅着屁股趴在井口往里下吊绳,摇几摇,那个角尺就掉水里了。"眼镜"慌了:"哎哟,这可咋办哩?"疙瘩爷嘿嘿笑了:"王同志,别急,俺能把尺捞上来。"三个人瞪大眼睛:"麦村长,别开玩笑啦,这么深的水扎凉啊,不行!"疙瘩爷麻溜溜地抖掉灰汁衫和白背心,仅剩一条大裤衩子了,粗门大嗓道:"给俺拴条绳子,俺当年在海里抠龙虾啥阵势,你们都没见过。"说着将粗麻绳绕绕缠缠系在腰间,就一点儿一点儿朝井下溜。"眼镜"脸上微微发青,嘶着嗓子喊:"喂,麦村长,您老如果真没事,就从井底带一块标本上来!"疙瘩爷像个大水怪,扬脸问:"啥,俺不懂,这井下还有本?"井上人笑了:"不是本,是井底的泥!我们化验用。"疙瘩爷眯眼一笑,笔管条直地朝水面扎去。疙瘩爷没想到老井里的水贼凉贼凉,如无数小刀子扎进骨头节里。他昏头昏脑如水泥鳅往深处钻,耳骨咻咻叫响。井不很深,他很快抓住了角尺,也像龙虾一样衔嘴里,抽回右手,腕部一拧,五指一收,闪电般地支开两腿挺起身,调动一手一肘,抓挠着井侧的硬壁,叽叽噜噜地蹿出水面。

水面炸开花骨朵般的水泡。他长长吐出一口气,笨拙拙地爬出井口,骂:"这水真他娘的凉啊!"说着放下井尺和黑泥。三个技术员惊叹了。疙瘩爷疯了似的哗哗啦啦踩倒一片芦苇,四仰八叉躺上去。他身上响起苇秆脆脆的沙沙声,明显与躺在蛤蟆滩上不一个味儿。他眯着眼,三个技术员晃来晃去的影子他依然能感觉到。慢慢地,他身子就被日头暖过来,再睁眼时,哗哗摆动的芦苇叶一片辉煌，分外扎眼。苇楂鸟啾啾叫成一团。远远近近耀着一片跌宕起伏的晕光。光线穿过苇丛，斑斑点点地泼在地上，像是一层漾着金光的古铜钱。用不了多久，这片古老贫瘠的蛮荒地带就会摇身变成屙金生银的宝地了。疙瘩爷望着高远的天空十分乐观地想。遗憾的是，躺在这里听不见蛤蟆滩的涛声，然后屏了气细细听，久违的渔歌来了，很单纯很欢快地飘来了。

逃跑

亮瓦瓦的蟹灯斜斜地挑在桅杆上，船影就钩钩弯弯地晃了。大雄的海货就全出了手，天也黑实了。他看着人群散尽，唯有紧绷绷的锚绳泛着长长的一线乏累。大雄也累坏了，倒在甲板上，一个"大"字朝天写，摸出腰里的酒瓶子，猛灌几口，浑身就热了。他扭歪着脸子，口水长淌，露一口参差不齐的黄牙板子呼呼喘息。越是醉眼蒙眬，越是瞅见麦兰子影影绰绰地朝他笑，楚楚动人。他肚子咕咕叫了，感到一种饥饿和空凉。他刚才是眼巴眼望地瞧见渔人，大摇大摆地回家钻娘儿们的热被窝去了，丢下他在空滩上吹口哨儿。折腾来折腾去像条被卷上海滩的干鱼。大雄伸着脖子唱起了野歌来。

大雄没唱完，就听见身后有人偷笑。"没成色的，吼得乌烟瘴气的！咯咯咯……"大雄头也没抬，就知道是麦兰子来了。见麦兰子来了，大雄不敢晾膘儿了，腾地跳起来，哗啦哗啦地收拾筐子里的网梭子。

"大雄哥，咋不唱啦？"麦兰子将挽着的柳条篮子放在船板上。篮子里有几把梭子、棒槌、细针线包儿和一把豁牙掉齿的木梳子。梳子一边挤着两个油花花的纸包儿。大雄瞟一眼她的篮子说："麦兰子，你这开酒店的，这又去哪儿补网啊？"

麦兰子拍了他后膀子一下："傻蛋，俺是等你呀！"

"等俺？别逗啦！"

麦兰子一噘嘴巴："谁逗你啦，不知好赖！"

"你等俺做啥？"大雄拧了她的屁股一下。

"就是看看你。"麦兰子说，胸脯子一起一伏的。沉吟一会儿，她又说："大雄，你是个大个儿混蛋，人家半宿拉夜地等你，你这么没心肝哪？"她一下子给大雄骂愣了。大雄软声问："你是有啥事儿吧，看把你给急的！"

麦兰子说："俺有话跟你说！"

"说吧，俺又没堵你嘴！"

"不，到舱里说。"麦兰子拽起一个篮子，腾地钻进舱里去了。大雄哈咻哈咻地将筐子抱进舱里来。麦兰子点燃了舱里的蟹灯，又悄悄地关上了舱门，然后从篮子里慢慢掏出那个油花花的大纸包儿，软了声说："大雄哥，俺给你送饭来啦！俺们饭店做的，你爱吃的猪耳朵，馒头，还有老酒。"

大雄胸膛一热："兰子，你真是的。"

"快吃吧，还牛呢，也就是俺惦记你！"

大雄"嘿嘿"大笑，蹲下身子，狼狼虎虎地吃喝起来。他一边大口嚼着油光光的猪耳朵，一边囔囔地说："真香，还挺热乎呢！"麦兰子点点滴滴地看他，放开嗓儿笑着。大雄吃得红头涨脑，脑门子冒汗儿了。他的吃相像一个不谙世事混沌未开的孩子。麦兰子看着看着，眼睛有些迷离。大雄吃完了，抹着油嘴说："兰子，你真好！俺没看错你，日后给俺当个好媳妇！"麦兰子见他古道热肠来了，就顺势挪过来，正正经经地说："哥，除了裴校长，还有人向俺求亲哪！"大雄拿火柴棍儿剔着黄牙板笑道："敢？打折他的腿，全雪莲湾都知道，你是俺的人！"麦兰子虎起脸蛋子，狠狠捶了大雄一拳："你个傻样儿的，那你咋不向俺们麦家提亲啊？"大雄装傻充愣地说："你这话说的，你爷爷当村干部，你七奶奶是咱村的神仙，俺哪敢啊？"麦兰子差点气哭了："你个傻样吧，你没胆儿谁信啊？"她撒娇使性儿地扑进大雄怀里，血一下子涌上了大雄的脑袋。

隔了几天，这天晚上小酒店里没人，麦兰子又来找大雄。她见了大雄又打又笑，像鱼精般野得抓拿不住了。大雄仿佛嗅到了生活的原本气息，与麦兰子话儿赶话儿地讨乐子。麦兰子呢，心疼他，又贫着嘴借机会故意刺刺他出气。麦兰子说："大雄，你脑壳亮得像灯泡儿。"她拍着大雄的冬瓜头，自由散漫得荒唐。

大雄眨眨眼，见屋里没人，伸出大掌探进麦兰子裆子里拧了一下奶子说：

"稀罕吗？傻妹子，稀罕送你拿被窝照亮儿去！"

麦兰子摘开他的手，笑咧咧地骂道："谁稀罕？给俺一脚当泡儿踩，怕是比猪尿泡还响亮呢！嘻嘻……"

大雄喜欢麦兰子插科打诨的赖模样。

麦兰子既好奇又木讷地噘着嘴巴，大眼睛一忽一闪的，勾得大雄坐不牢稳。他的脚气又犯了，就当着麦兰子的面跷起短棒似的二郎腿，一边胡吹海侃，一边咮啦咮啦抠脚丫缝里的黑泥，泥片从脚缝间唰唰下落。麦兰子吸溜吸溜鼻子凑过来骂道："臭脚丫子还玩得够狼虎。"大雄板起脸来正儿八经地显摆着自个的学问："兰子，知道不，俺这脚气可是千金难买哩！性命性命没性就没命，脚气脚气没脚气就没力气。俺闯海流子就凭这玩意儿撑着！"麦兰子拿手板住大雄的肩膀，脸蛋子埋进他的臂弯里："真的？不是唬俺吧？"大雄得意地笑了。他心里很美气地品咂着征服女人的快乐。泥屋真好，麦兰子真好，连出去办事久久不归的老爹也是好的了。老爹没回来，任大雄和麦兰子胡折腾到了天黑。麦兰子斜一眼他，白眼显显地翻出个醋意来。大雄对麦兰子的宠护和对她的轻视，使麦兰子心里窝一股鸟儿火，她总是想找巴回来。麦兰子眨眨大眼说："敢不敢跟姑奶奶摔跤？"

"好男不跟女斗！"他说。

"狗娃蛋，草鸡啦？"

"生就的眉毛，长就的相，横竖一大老爷们儿还怕你丫头片子？"

"那就走哇！"

"走就走！"

天色灰黑，潮没退也没涨。平平缓缓，呜呜溅溅。海滩上的细泥塌子大片大片铺开去，疏疏地蒸腾着秋阳下来的热气。麦兰子摆开架势说："丑话说前头，俺赢了你给俺买东西。"大雄的两条腿弯成两张弓，裆里能遛狗。他笑着应："你真赢了俺买东西是小事一桩。俺赢了你呢？"麦兰子吃不准就问："你说咋办就咋办。"他一吐舌头乐了。两个人将四只胳膊绞在一起，撕撕扯扯，狼狼虎虎。小泥屋的窗里扫出一轮光团，使他们彼此都能看清对方的狼狈样子。大雄拧住了她的胳膊，不忍心摔她。麦兰子身上扑来的暖烘烘的气息缠磨着他，使他有泛不尽的醉意。他只顾品咂着滋味,就被麦兰子很容易地拽倒摔在软泥上。麦兰子为此感到振奋,嗨嗨地叫着。他嘎嘎笑着,身子一下一下砸着,闷如沉雷。他感觉很舒服。他们口碰口胸贴胸地拥在一起撒娇撒欢儿,欢喜得不亦乐乎。麦兰子摔累了,扔下他,双手叉腰威风凛凛地站着,喘息着说:"你服不服?给俺买东西吧!"他不回话,躺在热乎乎荡着腥馊味的海滩上,望着夜天弹出的几颗星星,他的眼睛就幽幽闪闪,很神很鬼的样子。麦兰子有些慌:"哥,摔疼了吗?"她俯下身子,脚一滑,她的身子扑倒在他身上,脸颊恰好扎在他的胡楂儿上。他不自觉地将麦兰子抱紧了。麦兰子幸福地闭上眼睛,品味着真正的男子汉酣畅淋漓的爱抚。身体的语言是最高级的,他们都没说明。他抱着麦兰子就势一滚,骨碌碌卷离那片光团。扑啦啦惊飞一群滩上觅食的红雀。他的脸颊与麦兰子的脸颊贴在一起。他强烈地感受到了女人丰满的胸乳。他伸着微微颤抖的手,索索地抚摸着她光滑的湿渍的脊背、丰腴的腰和鼓鼓的臀。麦兰子温顺得像羔羊。赶海的男人扑向女人时犹如不愿回头的枪弹。他晕晕乎乎地说:"麦兰子,俺跟你在一起真痛快!你呢?"

麦兰子刮他的鼻子:"没成色的!挨刀货!"

大雄抱起麦兰子的身子,扑扑跌跌奔进海里。两个人稀里哗啦洗上一阵,就勾肩搭背地钻进大雄的船里了。大雄关死舱门儿,他摸黑儿脱下精湿的衣裳,拧干晾在木橛儿上。一线月光挤进舱子,麦兰子嫌舱里闷,抓住大蒲扇往怀里扇风。大雄偷眼看见被月光照见的麦兰子的肥硕抹胸,白背心半遮住两团鼓绷绷的奶子,随着蒲扇的摇动,颠颤,就像两只花猫脑袋活泼泼地往外拱。大雄板不住了,抱住麦兰子。麦兰子一扭身,一撒娇,娇模娇样,叫他惬意得骨头都酥痒了。他魂全丢了,完全陷入无法无天的混账状态。麦兰子浑身泥软,终于第一回如愿以偿地醉过去了。他调理麦兰子做出种种动作来。算是真正当了一回爷们儿,干完他又有点后怕。他们还没结婚呢,后来一想,开开荤就开开荤,干她一家伙就刹车,谁家锅底没点儿黑呢?他自己说服自己赖模赖样地笑了。麦兰子穿着花裤衩子点亮蟹灯。他摘了灯罩子,往里哈几口气,又将油烟子熏黄的灯罩用帕子擦亮,鲜亮的光映得她脸蛋子一片虹彩。

不多时辰,渔民呼喊的声音荡进舱里来了。

麦兰子就吐了一下舌头，颠颠儿地走了。大雄闭眼咂巴着刚才的滋味儿。他累乏了。不一会儿便一歪脑袋入梦去。每天晚上他都吃个贼饱，这会儿滴水没进，刚才又淘空了，睡着了也是搜肠刮肚地难受。夜半的时候，他被一巴掌拍醒了。睁眼就看见麦兰子挎着柳条篮子笑模悠悠地站在舱里。他胸膛一热坐起来。麦兰子刚从酒店来，她换了一件鲜亮得打眼的红褂子。艳艳的，粉团似的脸像跟船走的月盘子。她坐在床头，放下篮子，掏出一包油光光热腾腾的猪耳朵，一瓶散白酒和两块馒头。还是那个篮子，又是他最爱吃的猪耳朵，大雄猛抓住麦兰子的胳膊，哽咽了喉咙："兰子，你真好！"

麦兰子头发乱乱的，蓝头巾也歪脑勺去了，她亲昵地剜他一眼："别滑么吊嘴的啦！趁热吃吧，你们男人都是喂不亲的狼！"

大雄吸溜一声鼻子，心里憋出泪来了："兰子，俺的兰子啊！"

麦兰子说："你是啥意思吧？"

"这情儿千金难买呀！"

"你知道就行！"麦兰子眼红了。

大雄捧起猪耳朵，大口大口咬着，腮帮子鼓成两个紫球。他问："兰子，这么晚了，你七奶奶能放你出来？"

麦兰子将脑袋倚在他肩头，动情地说："奶奶审了俺半天，俺说到酒店去啦！她睡了，俺也困了。不知咋的，俺躺着竟烙饼，咋也睡不着。俺想你，就知道你个懒样儿的就不会找吃的。俺知道你有胃病，又往死里喝酒，空一宿肚子，胃非穿孔不可……"

大雄吃不下去了，顿了顿，说不出话来。

麦兰子恨不得割下自己一块肉给他下酒。她给他斟上酒："愣啥？喝，喝呀！"

大雄忽然看见麦兰子胳膊上的血了，问："这是咋弄的？"

"俺刚才路过老河口，黑灯瞎火碰上锚头了，扎的！"麦兰子满不在乎地说。

大雄眼里转泪花儿了："兰子，咱们结婚吧……"

麦兰子一笑，点点头。

大雄眼里泪水就流下来了，木着脸咕咚咕咚灌酒。晃了晃，空了，一口气儿一瓶酒就剩底儿了。他醉醺醺地将酒瓶倒转，从瓶口流出一条透明的细线。流线歪歪扭扭地写成了三个字："麦兰子"。他疯魔似的笑几声，便扑倒在床上睡了。麦兰子呻吟般地发出一声叹息，用被子给他盖好，悄悄离开了。

麦兰子拿定了十月二日双秋吉日举行大婚礼。大雄还算满意。那美日子他就在舌尖上吊着盼着。他待不住，就驾着自家的新船出海了。麦兰子放心不下，就让黄木匠跟了去，怕累着黄木匠，还雇了一个小工给他们爷俩儿打下手。大雄在疯疯癫癫的海里，十分稳健地撒网收鱼，身不摇，心不怯，令众多渔人惊叹咂舌，夸他天生一副闯海的料子。如果有了异样的话，就是他多了心眼，多了情分。散不去磨不光的海上孤寂，很强地燃起他思恋的焦躁。他就不出远海，隔三岔五能回来看看麦兰子。同时，他还从银行里支出自己挣来的两万元票子，粉刷房屋，购置七七八八的现代化家具。三间红砖瓦房被粉刷一新，七七八八的也已置齐，积攒也如流水般耗去了。只要麦兰子高兴就够了！

大雄拍了半天脑门儿，才忆起自己还没找十三咳看看他与麦兰子的命相。该死的，连这个竟忘了！他风风快快起了床，跑到麦兰子住的家里，死乞白赖地向麦兰子讨要生辰属相。麦兰子气哼哼不说，终究耐不住他的缠磨还是说了。麦兰子已经辞了学校的差使，这一阵就在家陪七奶奶待着。她辞职的原因有两个：一个是自己要嫁给大雄了，总在裴校长眼底晃，怕裴校长心里难过；二是上边分下来应届师范毕业生了，她没有课了。裴校长还是舍不得她走，可是，麦兰子执意要走，她没跟疙瘩爷说，连七奶奶都没告诉，自己就私做主张了。多亏小酒店没租出去，大雄帮麦兰子重新把酒店拾掇好，准备在婚礼之后开张。这个时候，麦兰子把自己的生日时辰告诉了大雄，大雄担心麦兰子诓言痴语地哄他，就又向七奶奶探询，七奶奶眯着眼一说，丁丁卯卯吻合了，他颠着脚摇摇晃晃地去找十三咳了。其实，他心里挺服七奶奶，皆因麦兰子是七奶奶的重孙女，不能找七奶奶给掐算，只好找十三咳，瞅一眼十三咳心里就能落个踏实。为了显示自己的心诚，他竟走了四里路来到大蟹铺。大蟹铺同样是渔村，却终日有一缕一缕清气款款升腾。大蟹铺出神仙呢。大雄又找到了十三咳生存的依据。遗憾的是十三咳竟那么不解人意，偏偏犯了哮喘病去城里住院了。大雄无可奈何地回来了。一见到俊眉俊眼水灵灵的麦兰子，他便生出一个旺旺的贪梦！

大雄大喜的日子终于盼来了。

天没完全亮，大雄一骨碌爬起来，穿上板板挺挺的毛料西装，配一条猩红色拉链领带，胸前别一朵热烈的大红花。他倚在床边探身在大衣柜镜里照了照。他没细瞧自己，倒是从镜子里看见花花绿绿明明亮亮的新房。新式组合家具、酒橱书柜、五色吊灯、名牌彩电冰箱和千姿百态的盆景在彩灯下显得柔和恬静，舒展明朗。麦兰子还没有过门儿，这里就流动着渔家惬意的温暖气息。

大雄呆呆地望了好长一阵儿，轻轻走出来。四野灰黑，凉津津的露水悄悄落着。雾气很重，很快将他鼠灰色的西装打湿。他一扭一摇地进了不远处的林子，在一排渔人墓庐里穿行。他先后找到了自己的娘和师傅老漂子的坟，跪下，一五一十地将今日里的喜事诉说一遍，让他们分享吧。大雄从墓庐那里回到家，天色已亮。七奶奶、老爹、老六海、大秧歌、疙瘩爷都叽叽喳喳地围满院子，城里打工的弟弟二雄也回来了。他们操持着拿船迎亲的事了。"大雄，黑灯瞎火的你荡啥野魂去啦？"大秧歌没轻没重地说。大雄说："俺去林子坟地里，跟俺娘说一声。"往下没人接话茬儿，各个眼睛一酸。黄木匠眼睛潮了。老六海是婚礼的主操，他笑咧咧地说："走，都去老河口！"人们就簇拥着大雄来到老河口。

海滩隐在晨雾里。老河口河堤上高高低低的房舍冒起白烟，弥散出热热的鱼饭香。湿润的海风吹来吹去，海面只有一片灰亮的微光，微光罩住灰青色蜗牛似的老船。船底荡着十分细小的汩汩声。灰青色老船披红戴花，那就是大雄的喜船。大雄被一群人簇拥着站在船下，不错眼珠地望着青光流溢的河堤。锣鼓队、鞭炮手和陪新娘的女人也都瞄着河堤上老六海的手势。

最先映入大雄眼眶里的是一片红盖头，新鲜的红色像在燃烧。春花扶着蒙了盖头的麦兰子缓缓朝喜船走来。老六海的大掌一摇，锣鼓声和鞭炮声就在滩上炸响了。大雄咧着瓢儿似的大嘴笑了。他风光成熊了。老六海比比画画地将麦兰子她们引到老船，举行填箱谢娘仪式。老六海知道大雄对每一环节都很当回事儿，也就十分细心。陪嫁的大箱子抬来了，春花、七奶奶和麦兰子在箱子两头站着。老六海喊："填箱喽——"于是，就有新亲往箱里填东西。七奶奶轻轻拍手唱："妞啦，你总要生日头寄生天，你转换门风学好伊。妞啦，投着伊亲娘十只指头一板生,俺肚里格脂油一块生,投着伊刁爷伊吃闷烟末孵灶沿,又勿有啥三声四句出人前。妞啦……"她唱得嘴角泛白沫了。年轻人没有人能听得懂这些词。麦兰子很忸怩地摇一下身子,就夜莺般地唱起七奶奶教的"谢娘歌":"好娘啦,你养俺小小女妞啥用头,养俺小小女妞黄杨梭子勿替娘,伊亲娘小海里厢横抱三年哪肯长……"来来去去唱了几个回合才登船了。

　　大雄手攥红绸布拉着麦兰子上船。喜船哐哐喷着黑烟子,沿泥岬岛绕了一圈儿东天就泛红了。日头很快弹出了海面。老六海指挥着紧溜下船去新房。新娘出喜船时忌见日头忌着地,怕惹怒天神地神。娘家人背着麦兰子朝村里走,后边哩哩啦啦一溜儿迎亲长队。到村口大路上,遭遇一辆披红戴花接新娘的面包车。大雄愤愤骂了一句:"狗×的,丧气!"老六海立马悟出什么。雪莲湾风俗里有出嫁者忌遇出嫁者一条,这叫"喜冲喜",会损及新娘的寿命,此时双方应以"换花"禳除。

　　老六海喝一声派人截了那辆喜车。大雄摘下麦兰子胸前的红花,扑扑摇摇地奔过去,将花往车窗一塞:"喜冲喜啦,换花!"那车里新娘说:"俺不信这个。"大雄的脸顽固坚硬如岩石:"你不信,俺信!"新娘一噘嘴巴:"就不换!"大雄的拐杖插进车胎缝隙里:"不换就别走!"新娘瞪红了眼:"土鳖虫,你赖人啦!"车里陪新娘的人赶紧好言相劝:"大喜的日子,讨个吉利吧!"新娘不情愿地递出红绸花来。大雄抓过花就扭身回来,庄重地给麦兰子戴上,他心里就熨帖了许多。

　　一方世界一方天,各有其民俗,各有其运道。大雄的婚礼诸事井井然,完完全全合了大雄的意思。拜天地后喝的"合欢酒",也是很讲究的,酒席中的六荤六素十二道菜应该没有鸭和葱。因为"鸭"与"押"同义,怕以后蹲大狱;吃葱怕吃掉好运。吃喜酒时还忌空盘相叠,以免重婚,红烧鱼条条鱼骨完好。大雄都查了一遍,喜不自禁,再也不忧以外的事了。晚上闹夜还有几桌。裴校长前来祝贺。麦兰子和大雄对裴校长格外热情,点烟敬酒。

　　裴校长憨态可掬地笑着。

　　大雄在忙乱中竟看见了算命先生十三咳。

　　十三咳不请自到,他迈着轻飘飘的步子,精瘦花白的脑袋无力地在肩上晃荡,看见大雄就眯起一双小米黄眼,在彩灯中骨碌碌转动。十三咳双手抱拳:"大雄啊,恭喜恭喜哩!"

大雄脸上铺满笑意亲亲热热地将十三咳让进里屋。十三咳一边吸着喜烟一边摇头兴叹:"俺来晚啦!昨天刚出院,听说你找过俺。俺赶个尾声,不卜算,委实是道喜哩!"

大雄欣欣地凑近十三咳甩上一沓票子,随随便便地笑道:"哎,您老人家既然来了,就卜上一卦,也给俺助助兴呢。"

十三咳见了钱,眼里绿幽幽闪光,晕晕乎乎连连咳了十三声,表明他有一番更妙的神功已运筹好了。大雄马上告知他和麦兰子的生辰属相。十三咳眯上眼,嘴里念叨着:"生生肖肖相相克,白马畏青牛,猪猴不到头,龙虎两相斗……"他脸上的瘦皮惊跳了一下。

大雄久久盯着十三咳,心里哐咚哐咚跳着。他巴心巴肝地等着。

十三咳哀哀唏唏地叹着气,睁眼在大雄强悍的身上搜刮一遍,看出陌生来,脸像落层霜,挂着一层惊颤,讷讷道:"老朽该死啊,俺不该卜这卦……"

大雄露出惊骇的目光:"俺不怕,你给俺实话实说!"

十三咳战战兢兢地说:"你,你们……相克……真的相克呢!"

"谁克谁?"大雄问。

"她克你。"

大雄沉了一下,又问:"几年?"

"多则五年少则三年。"

大雄一动不动,脸发青,表情恍若隔世。过了一会儿,他才狠狠舒出一口辣气,自顾自说:"三年就三年,五年就五年,得到这样的女人,俺他娘的认啦!"他扭头走了。

走至门口,大雄正矮身往外钻,身后又荡起十三咳漏风跑气的哑嗓儿:"哎,错啦错啦,你回来。"

大雄脸色难看,望了望十三咳,反身蹽回来。十三咳笑了嘴,精精明明地说:"不,不是她克你,是,是你克她!"

"啊?狗×的!"大雄猛吸一口凉气,身架塌了。

十三咳深不可测地笑笑，嘴片片咂得很响："大雄，你是刚强不倒汉，人好心好命好，结天缘人缘地缘。你只能克她。走着桃花运呢！"

大雄胸口窝像有一团沉重的东西死死压着，半世悲酸俱到眼底来。他旋风般地扑过去，抓住十三咳的脖领，恶摇着，像是将他精了一世的骨架摇碎："你说，你给俺再说一遍！"

十三咳疑疑惑惑地支吾："你这是咋啦，俺没说别的，是你克她！难道你克她不比他克你好吗？"

大雄野野地吼："好你娘个屁，你再给俺算一遍！"

十三咳软在那里，一时空气发紧，人心似绷住了的弓。十三咳战战兢兢地说了些囫囵联翩的话，如念一道收魂咒。重新卜算，没变了，还是他克麦兰子。

"狗×的，完了！"大雄怪怪异异地扭歪了脸，脚底如踩高跷似的连连退缩，源源击来的是些亘古不见的东西。他像被抽了筋骨，第一次丢了自信，他撑了几十年强悍壮美的身架竟空空的。他轰轰然旋转着身子，搅乱倾斜的一瓦屋顶很沉重地扑倒下来。

"大雄，你怎么啦？"

"大雄，你醒醒！俺没说啥呀？"十三咳惶惶地抱住他呻唤着。

过了许久，大雄终于撩开干涩沉重的眼皮："哎，俺再往后错一个时辰，再算算怎样。"这个时辰是裴校长的，大雄一直记着。十三咳沉吟片刻说："哎呀，这回行啦！原来你刚才哄俺呢！"

大雄愣了许久，趴在地上没动，呆呆地看，似乎昔日看不见的一切全都裸进眼里。他说自己啥都完了，完了。麦兰子和裴校长的生辰八字怪配的怪配的。

大雄孩子般地哭了，大滴大滴的泪水顺着他脖子胸沟爬着。他过一会儿，强撑着站起来。一句话也没说，甚至也没看十三咳一眼，晃晃着走了。他沉着脸穿过闹闹笑笑的人群，从饭桌上拽来了满脸疑惑的裴校长。他喊来了麦兰子，麦兰子不知道发生了什么，她感到大雄的脸有些怪。大雄从怀里摸出那张属于自己的结婚证书，撕下自己的照片。然后拿大掌蛮横地掰开裴校长的手指擦了一下印色，往结婚证书上一按。他将自己的名字轻轻画掉，就抬头说："裴校长，麦兰子是你的人啦！兰子是个好姑娘，跟了你，是你狗×的福气！日后你要好生待她!你答应俺,答应俺!"大雄眼眶子湿湿地亮起来。

裴校长慌了:"这是为啥?"他一点儿思想准备都没有。

麦兰子以为大雄又犯怪了,骂一句:"大雄,你疯了?"

"俺没疯,疯了倒好受啦!"大雄悲观地说,"兰子,十三咳说了,你不该是俺的女人,你跟裴校长命相挺般配的!"

麦兰子声嘶力竭地吼:"大雄,你真是噘嘴骡子,只配卖个驴钱!"她也支撑不住了,拿手捂住脸蛋,身子慢慢蜷下去,喉咙里挤出一串凄凄的呜咽。

大雄甩下胸前的红花,身子像得了红痨疯一样胡抖了。他扭头朝新房和麦兰子好一阵张望,甩了一串泪颗子,鼻根处涌一股热辣辣的酸涩味儿。他牙齿咬住嘴唇,倔倔地一拧身,扑扑跌跌地栽进暮色里。他的身子越来越小,末了变成一粒豆点,连一个金秋时节的难忘背影都没留下来。黑黑的豆点跌落又跃起,跃起又跌落,和夜的颜色融为一体,无声无息简简单单地消失了……

大雄走了,惨惨烈烈地走了。

活套儿

日头很沉重地掉下去了。

疙瘩爷昏昏沉沉地一头扎进二楼宿舍没了声息。他头发涨，身发冷，像是病了。近来的工作，不知怎么老是蹩手蹩脚的。傍天黑时，他晕晕乎乎发起烧来。春花不在家，麦兰子领着村医赶到村委会。医生说是风寒，打了针也留了药。夜里疙瘩爷出了一身汗，稀稀落落的汗毛活泼地张开来，搅得他浑身不自在。脑里影影绰绰的人和事竟稀粥一样糊涂了。夜里迷糊几回，做些奇奇怪怪的梦。天亮时，他清醒过来，就有一种深切的孤独感袭来。他支棱着耳朵听见外面淅淅沥沥的落雨声。

静下心来听雨，疙瘩爷的眼前就浮现春花年轻时袅袅婷婷的身影。她身上带着草蓼花洁白纯净的颜色，散发着淡淡的幽香。运盐河的老船上，他最喜欢闻这股幽香，可是，春花变了，她被世俗包裹了，身上再也没有这样的香味了。

雨停的时候，疙瘩爷影影绰绰地做了一个梦。他独自冒着雨扑扑跌跌地走上蛤蟆滩。退潮了。疙瘩爷默默地蹲在滩上，如一块古老石碑，一动不动，他恍惚间觉得滩活了，像硕大无朋的海龟载他在大海里游动。散散落落的沙粒卵石也好像变成有了生命的东西，团团簇簇拥戴着他。尽管他一直避着蛤蟆滩，滩并不冷淡他。他顿觉眼窝里有湿漉漉的东西一颗一颗渗出来。过了好久好久，他呼噜呼噜说了几句话，然后从兜里抖抖地摸出一枚五分硬币，在手掌心里攥出滑腻腻的老汗。他默默地在心里说："假如这枚硬币抛下去，国徽朝上，俺就豁出去干一场，就算合了海龙神的旨意；要是麦穗朝上，俺就等等再说……"

银亮亮的钱币抛向空中,忽忽悠悠坠落,"吧唧"贴在滩上。他定定瞧是负有重大使命的"国徽"。

"太棒啦,俺的天神哩!"疙瘩爷鱼打挺般弹起,压根儿不愿多想。他急头横脑拧屁股下床,敲开隔壁村委会办公室的门,叫道:"四喜,快给俺起来!"

"深更半夜的,您撒啥吃挣啊?"四喜说。

"闭上你的臭嘴,带上双筒枪!"

"干啥?"

"打狗!"

四喜懒洋洋地斜着身子挪出屋,嚷嚷道:"俺不敢,人家还不把俺骂个狗血喷头!"

疙瘩爷气势势地抖抖身子:"谁敢?俺跟着!"

四喜翻翻眼:"就咱俩?"

疙瘩爷说:"春栓和大鱼的枪还有没有?"

四喜说:"有哇,昨天俺们还去泊里打兔子哪!"

疙瘩爷挥挥手:"去,叫他们也来,晚上给你们开高补助!"

四喜颠颠儿地去了,不一会儿叫来俩扛枪的小伙子。大鱼愿意追随疙瘩爷,他恶狠狠地说:"只要不让俺打大雄家的黄狗,谁家的狗俺都敢崩!"说着举枪瞄了瞄。疙瘩爷马上下了命令:两个人一拨儿挨家逐户突击打狗。

夜气浮来浮去,村巷极有层次地昏黑。蛤蜊的腥气和夜的寒气悠悠弥散,升入空中,随风朝村外漫漫泛泛地荡过去。不大时辰,静夜,便溅起犬叫和噼里啪啦的脚步声,空气里随着恐怖的枪声又充斥了浓烈的狗的血腥。

疙瘩爷黑着脸凶凶地走家串户,不可逆转地在村舍摇头摆尾的狗的脑袋里,贮存一颗一颗的枪子。有人沉默,有人大骂,有人哀叹。疙瘩爷尽量不看村人的脸,害怕酝酿许久的勇气泯灭掉。可是,他怅怅的眼神不时向天望一下,他一定很痛苦,但他决不当着村人的面表现出来。

疙瘩爷不知不觉到了黄木匠家门前。他仿佛看见黄木匠温和的笑眼陡变厉厉凶光,他怔住了。大鱼悄悄溜了,就剩下他和四喜。一种孤单和恐慌,使他忍不住把眼睛闭起来。四喜却不管不顾地用枪托敲门。敲着敲着,有些哆嗦了。

他害怕碰上大雄。

　　实际上，这阵大雄不在家。大雄在婚礼逃跑之后，就悄悄回过一趟家。黄木匠心里很难过，不知道天不怕地不怕的儿子大雄，为啥不敢娶麦兰子？黄木匠只好守着黄狗过日子了，黯然神伤地活在自己的孤独之中。黄木匠惴惴地打开门，见是疙瘩爷和四喜，就笑着说："大疙瘩，深更半夜的犯啥怪呢？"疙瘩爷冷着脸不说话。疙瘩爷看见黄木匠大门是关着的，里面还守着白纸门的"规矩"。左扇门上贴着七奶奶用白纸剪裁的门神"钟馗"，白纸完好无损，右扇门没了，八年前跟随老伴下葬后，一直就那么空着。看着半扇空门，疙瘩爷很伤感。四喜大咧咧道："上级有令，打狗！"他的脚跐住门槛，就有大黄狗"桩子"哧哧蹿过来，伸出长长的舌头，凶凶地看四喜，嗷嗷地扑咬起来。黄木匠"喝"了"桩子"一句，将疙瘩爷和四喜往屋里让，疙瘩爷不进屋，站在那里看着"桩子"，眼里闪出阴鸷凶烈的光，心里惶惶地发颤。"桩子"好像认出疙瘩爷，不再咬叫，蔫蔫儿地嗅他肥大的裤角，嗅到了同类的血腥，便慌慌地摇尾巴。

　　这条肥硕高大的黄狗的确像狼，黄黄的鬃毛在夜色中泛出金色光泽。黄木匠嘟囔了一句："大支书，这狗非打不可吗？"疙瘩爷只好顺着黄木匠的腔调悠下去："老哥，上级指示一律打狗，俺知道'桩子'在你老哥心中的位子，可也没办法，谁也破不了这个规。"黄木匠眼眶一抖，话里有了愤怒："啥规矩，还不是你疙瘩爷一句话！"疙瘩爷想骂他一句，自从大雄逃婚之后，疙瘩爷再也没有登过黄木匠的家门。不管大雄怎样想，客观上伤害了麦兰子，就等于伤害了七奶奶，伤害了疙瘩爷。疙瘩爷不看黄木匠，心沉沉地坠，仰脸望天。夜色朦胧，月亮被天狗啃出豁边，这时村西传来阵阵枪声和瘆人的狗叫，满世界都是闹响和血腥。看来那一拨儿干上了。这是雪莲湾有史以来的最大规模的对狗的清剿。黄木匠直杵杵地站着，不知如何是好。疙瘩爷咬了咬牙，鼓起蛤蟆眼道："四喜，你来吧！"然后倒背着手，哆嗦着肩膀走了。

　　疙瘩爷摇摇晃晃地走到大街上，双腿沉沉，索性蹲在门口不远的蛤蜊皮子堆上听那声响。"砰——"枪声脆脆炸响，接下便是黄木匠剧烈的咳嗽声和骂声："疙瘩爷，你拿俺开刀，你小子没良心啊，你小子的良心顶不上一截狗杂碎儿！"

　　疙瘩爷木然地站着，"嗖"一声，从眼前闪过一个黄糊糊的东西，正疑惑间，四喜喘喘地跑过来:"村长,都怪俺,一枪没撂准!大黄狗还活着。"疙瘩爷厉厉地吼:"他娘的,追!"他跟着四喜踢踢踏踏地追受了伤哀叫的"桩子"。拐了村口,"桩子"叽叽噜噜地朝海滩狂奔。疙瘩爷喘喘追着,抬眼看见"桩子"在老河口北侧的海滩上蔫蔫地兜着圈儿。他猛然想起这儿是大雄双桅船的停泊地,狗仗人势,"桩子"显然在寻找主人大雄。然而,空空荡荡,只有苍黑沉默的大海滩。

四喜瞄准又朝"桩子"放了一枪,枪子钻进"桩子"脚下的黑泥里,咕嘟嘟冒泡儿。"桩子"像是被枪声激醒了,抬头愣了片刻,就在四喜再次瞄准时,嗷地嘶嚎一声,箭一般朝西海滩逃了。疙瘩爷跟着四喜又追。追了一阵,疙瘩爷脑袋"轰"一震,他又真真切切看见了蛤蟆滩。蛤蟆滩的细沙在夜光下精灵般闪亮,不再空幻虚飘,潮音像一阵阵远古的呓语,凄凄切切又美美妙妙。"桩子"逃离了他的视线,他被蛤蟆滩的景儿攫住了魂。"桩子"也似通了人性一样,颓然卧倒在蛤蟆滩上,不再吠哮,喷着咿咿唔唔的汪汪声,默默地流血,誓死不屈地向他们示威。疙瘩爷蓦地发现"桩子"卧在蛤蟆滩上,脸上浮了愤怒的神色。"桩子"在他眼里不再是一条狗,仿佛是一介神物了。四喜恨恨骂一句"狗×的!"就举枪瞄准"桩子"。"桩子"不颤不怯,呆呆地望着人。疙瘩爷的大手按下烫烫的枪筒,叹了口气说:"别打啦!"

"为啥?"四喜惑然。

"这是蛤蟆滩。"

"那就更得打狗×的!"

"脏了滩,咱俩都是罪人。"

"您想得太多啦!"

"不,一介神物,有它的造化,怕是这狗,也他娘的成神啦!"疙瘩爷看着"桩子"。

"桩子"像个刺猬一样鬃毛唰唰地张开来,一个硕大幽灵似的。

疙瘩爷呆呆地看狗,狗也戚戚地盯着他。他想起了大冰海里的海狗。

四喜弯腰拾一海螺壳,砸向"桩子","桩子"依然不动。四喜没辙了,疙瘩爷解下缠在腰间的海藻绳,网一小圈儿,拴了个活套儿,递给四喜。这是雪莲湾杀狗的土法儿,活套儿放在地上,套儿里放块骨肉或饽饽。人唤狗,狗低头一吃,一抻绳子就套住狗脖儿,然后将狗吊在歪脖老树上,从水缸里舀一瓢凉水往狗嘴里灌,哏喽一下子噎死狗,再扒皮开膛。四喜现在找不到诱饵,便手攥着绳套悄悄绕到背后,站定呼哧哧将绳套甩过去,不偏不倚地套住了"桩子"脖颈。

"桩子"受了侵扰,炸尸般跳起来,疯癫着往海里窜。

四喜斜着身子拽,拽不住,身子哧溜溜在沙滩上滑。疙瘩爷跑过去,死死拽住绳。"砰"一声绳断了,"桩子"骨碌碌滚进海水里。夜海上跳荡着紫色,像跳动的鬼火,被呜呜溅溅的海水簇拥着渐渐消失。

疙瘩爷软兮兮地跌在沙滩上,眉头竖了个肉疙瘩。

四喜手里的枪朝海面上喷出一股一股的火苗子……

芒刺

黎明到来之前，天光最暗的时候，七奶奶从那半扇白纸门里走出来了。

村里打狗的日子里，七奶奶却另有心事，怎么也睡不着了。走着走着，竟然鬼使神差地溜达到大鱼家门前。小院围了一圈篱笆，篱笆经过雨淋日晒变黑了，刚补上的篱笆却是崭新的，在晨光里闪闪放光。七奶奶有了一个新发现，这让老人的心一阵猛跳。大鱼家没有白纸门，而且门下也没有"门槛儿"，雪莲湾的风俗就是说这个家庭要出事了。回到家的时候，七奶奶跟麦兰子说了，让她赶紧去说服大鱼。麦兰子也愣愣的，心想，大鱼今年是本命年，为啥没有设个"门槛儿"？七奶奶心里不免涌上一丝悲凉："出事儿，招灾哩！"麦兰子反驳说："奶奶您别咒人家。"七奶奶絮絮叨叨地说："你别不信，民间老话，本命年就是个坎儿，坎儿横在那儿，本命年里多灾多难，日子过得分外小心才成！"麦兰子又说："大鱼是娘带过来的，他们不信白纸门。"七奶奶似乎没听见麦兰子的话，又出了门，朝大鱼家缓缓走着。到了大鱼家门前，天彻底亮了。大鱼家的门是由旧船板改装的，使用了槐木，显得很粗糙，再说了，"槐"的那半面有个"鬼"，家里容易招鬼。两扇门板上似乎都长出了坚硬、耀眼的芒刺。芒是多年生的草本植物，生在山地和田野之间，一条条的叶子，黄褐色的果子长着小毛毛。刺则是尖锐像针一样的东西。芒和刺混在一起，被太阳的光环罩住了。七奶奶眯眼望着那被太阳笼罩的芒刺，束手无策。

大鱼家的门"吱"的一声响，打开了。

到了中午，来了一辆警车，把大鱼抓走了。

后来听疙瘩爷说，大鱼与人合伙贩私盐了！

哑 静

哑静，顾名思义，静得跟哑巴似的，形容异常安静。

打狗之后，雪莲湾夜里哑静了。

疙瘩爷站在村委会小楼上望着沉寂的海湾，心里就慌得紧。实际上，他怕静，怕村人的沉默，怕独自一人想事情。几天来他往七奶奶那里跑得格外勤。他看见娘就觉得自己有了很厚实的根基。他觉得黑了脸，就要快刀斩乱麻般地治理计划生育和平坟。这两项工作牵扯面大，弄不好会犯众怒，在吕支书时期就一直没有管理好，成为疙瘩爷接手后的一个隐患。可他已没了退路。他带领小分队老鹰抓小鸡似的将一个个孕妇装上汽车运城里强行做绝育手术或做"人流"。逃到外地亲戚家的孕妇，也派人"抠"回来，不照办的没收出海捕捞证，甚至强收特产税。他带头，村委会班子成员齐抓共管，一个月的工夫就利利落落地拿下来了。平坟，这项指标疙瘩爷很为难，觉得最"扎手"，而且还有七奶奶的阻挠。但还是得平，不能因这项而前功尽弃。他忽然变得沉稳起来，对村人也要像对官场一样，得讲点谋略，把肚里直肠子弄几道弯儿。他在心里掂量来掂量去，苦苦思索后的老脸上露出一线喜气。他要在村里建一座"蛤蟆滩祭园"，将故人遗物请进"祭园"，先人故者也将魂灵驻足这里。这样村人心里会好受些。疙瘩爷理解尊重村民的感情。这成熟的思索使疙瘩爷觉出自己变得很狡猾了。他恨自己的狡猾。尽管渔人心中梗梗的难以接受，毕竟还是接受了。豪华肃穆的祭园以最快速度呼啦啦拔地而起，随之升起的一种惊天地泣鬼神的光圈罩着小村。迁坟那天，疙瘩爷亲自为先人请来鼓乐班子，用呜里哇啦的喜调冲淡戚戚的悲哭。飘飘洒洒的纸钱雪片一样在雪莲湾舞着，一天孝白，一脸悲戚，一腔怨怒。但人脸都是默默地，默默地。乐声却是那样悲凉、凝重、幽远。

疙瘩爷成功了。雪莲湾终于破天荒地在疙瘩爷手里"文明"起来。庆功、授奖和介绍经验使疙瘩爷晕头转向了。初秋，在县三级干部会上他被县委、县政府授予县劳动模范称号。烈火般燃烧的大红花笑在他胸前时，竟烧得老脸紫红紫红的。这种异样的感觉与他在龙帆节夺魁的感觉形成十分鲜明的对比。散会的时候，春花带厂里小汽车到城里接回了疙瘩爷。春花这时才觉得疙瘩爷地地道道爬上了能与她为伍的档次。她深情地望着他，目光一片柔情："咱们办了吧。"疙瘩爷抿嘴而乐，俨然一个涵养很深的大干部。

几天之后，疙瘩爷与春花举行了一个俭朴的婚礼。最高兴的当属老娘七奶奶了，还有孙女麦兰子。春花厂里的外地亲戚来了许多人，疙瘩爷这边的官方要人亲戚朋友都呼啦啦地来祝贺了。疙瘩爷嘻嘻哈哈出出进进忙个不停。闹闹嚷嚷一整天，终于圆满结束了。他得到了她，那梦中诱人的蓼花香便消失了。忽然，疙瘩爷心里不安起来，他这才想起婚礼上黄木匠没来，大雄也没来。他托麦兰子给他们爷俩带过口信的，这是为啥？难道黄木匠还记恨着打狗的事情？还是自己冷淡了黄木匠和众多渔民哥们儿。

疙瘩爷青着脸嘴里嘟囔这事儿的时候，春花走过来问："哪儿不舒服吗？"疙瘩爷把心中苦闷一说，春花不以为然，为这点事弄了个半红脸。夜里，疙瘩爷还没鼻子没脸地朝春花使性子："春花，你不该怠慢黄木匠他们！"春花俏丽的目光咄咄逼人："咋，黄木匠他们又不是我气走的，是他们自己走的，就凭黄木匠，跟俺怄气，值得吗？"疙瘩爷黑着脸相道："那是过去与俺出生入死的哥们儿，俺不能……"春花生气地说："不来也好，你看黄木匠脏了吧唧的熊样儿，今天能上大席面？你不嫌丢人，俺脸上还挂不住呢！"疙瘩爷眼睛被什么死死钩住，直愣愣地瞪着她的脸："你还觍脸子显摆啥？狗咬吕洞宾，不识好赖人哪！黄木匠跟孙胖子比，哪个亲？你别看那些有地位的家伙，那是用得着咱，等你啥也不是了，就都撩竿子啦！还是老哥们儿差不了大样儿……"

春花急赤白脸地说："黄木匠帮你干啥啦？吃你喝你，遇正事儿也不给你捧场！那次打狗，他还不是照样不给你面子吗？"疙瘩爷惑然地问："这不算事儿，你别瞎诌！"春花说："俺瞎诌，你打狗，就他家没打，偷着掖着躲着，弄得村里人对你说三道四，说你偏心眼儿。"疙瘩爷脑里映出蛤蟆滩打狗的情景，惊讶了："咋，'桩子'是俺看见四喜毙死在海里的。"春花撇撇嘴："得了吧，不信你去看，村里人知道你跟黄木匠好，没人敢向你告状。你还口口声声一碗水端平呢。"疙瘩爷瞪眼凶她说："这档事儿，不用你操这份咸萝卜心。"春花拉灯睡觉，没了声音。疙瘩爷听着春花的鼾声，睁牛眼一夜未眠。

第二天早上，疙瘩爷去黄木匠家。家里没人，黄木匠和大雄爷俩在海边刷船。

疙瘩爷把脸贴近大门侧耳听了一会儿，果然听见"桩子"汪汪地叫。邪了！大黄狗"桩子"竟然活着？疙瘩爷吓了一跳，迷迷瞪瞪地往回走，"桩子"影子重重叠叠地晃动。那天夜里，他明明看见"桩子"受了伤，还看见四喜在蛤蟆滩把黄狗"桩子"给毙了。邪了，此时他觉得邪气扑脸，想着腿脚就颤抖起来。他没想到一条狗会把他的精神击垮。疙瘩爷绊绊磕磕地回到村委会，一上午什么都干不下去。

门开了，船厂副厂长刘栓来找他说："村长，船厂急缺木料。"疙瘩爷点点头："俺知道啦。"疙瘩爷对船厂的事情很上心，缺料的事他不能不管。他给春花拨了电话，春花满口应下。春花这娘儿们家要成精了，黄木匠家的大黄狗"桩子"偷偷拴在屋里，她是咋晓得的呢？她跟黄狗"桩子"不是一样的神吗？这娘儿们不再是沐浴在红雨里的女人了，她很复杂，是她诱使疙瘩爷一步步远离大海，像风筝一样飘荡着，他不知道自己最后将落在哪一块地埝上。娘儿们家一次又一次充当了他的人生导师。他好像是越来越离不开她了。疙瘩爷放下电话时，忽然想起刚才忘记告诉春花，自己真的看见黄木匠的黄狗"桩子"了。他重新给春花拨了电话："春花啊，你是咋知道'桩子'还活着？"春花说："全村除了你，都知道。"疙瘩爷叹了一声："唉，俺看见了，这一来，俺倒不知咋弄啦！"

"咋弄，让四喜重新干掉它呗！不然，村里人咋看你？"春花响脆脆地说。

"咋整哩？"疙瘩爷还是很为难，因打狗伤了黄木匠，还有机会弥补，可是"桩子"还是狗吗？它的命也太大了。

疙瘩爷停顿了一下，马上转了话题。他忽然想起什么，问，"冷库贷款的事你再催催，嗯？"

春花马上回话："俺们今天去找建行桑行长，快敲定下来。他也有事求咱们。"疙瘩爷重锤定音："好吧，咱们这就去！"他放下电话，就带一名副村长和春花急煎煎地赶到城里。桑行长宗宗件件地摆出信贷紧张的实例，不看僧面看佛面还是把两百万贷款当场拍了。但他有件小小事情，也请疙瘩爷帮忙。他的小舅子在城里开公司，手头压住一批桐油，请船厂进一些，疙瘩爷跟桑行长去那公司看过货，也就拍了板。余下的事就由春花出头办了。疙瘩爷是主大事的。

疙瘩爷回村的时候，他仍旧费心劳神地想那条神秘的黄狗。"桩子"的影子已深深地刻在他的脑海里，幽灵似的纠缠着他。狗将他推进进退维谷的尴尬境地。他一遍遍地在心里问："桩子"真的成神了吗？

疙瘩爷想找黄木匠谈一谈，好好谈一谈。但是，他心里没底了，再谈打狗的事，黄木匠会给他面子吗？

深秋的海滩，堆满麻麻的蛤蜊皮子，显得灰头土脸的。早潮哗哗退着，天阴沉着脸。花骨朵般的墨云直抵桅尖，压得老船闷闷得喘不过气来。疙瘩爷深一脚浅一脚地走在海滩上，瞪眼往船上寻。疙瘩爷早上还趴在被窝里吧嗒烟时，老六海就敲他的门来了。老六海是受黄木匠之托，请疙瘩爷到海滩的船上。他问老六海黄木匠有啥事？老六海笑着说："黄木匠的双桅船修好了，爷俩儿这回要出一趟远海，想请你过去。"出海还要像挂旗那样吗？疙瘩爷嘀咕着，抬了头见四面暝色突地透亮。

远远地，疙瘩爷就看见油光光的双桅船。吸烟的黄木匠蹲在船板上，大雄满脸喜气地站在船板上，手指像捻佛珠的僧人捻着吊网浮子。大雄回来了。大雄逃婚之后，去了一趟城里，然后又回到了海边，开始了鱼贩子生涯，着实挣足了厚厚的票子。贩不动海鲜的季节，他就驾船出海打鱼。他出走的日子里，听说麦兰子一直在哭。麦兰子喜欢裴校长，但没有嫁给裴校长，她生大雄的气，她还是在等大雄。大雄怕啊，他不敢见自己心爱的女人。他要是能够带个女人回来就好了，那样会让麦兰子死了心，重新考虑跟裴校长的婚事。大雄逃离雪莲湾的最初日子，他觉得自己的出逃在雪莲湾出名了。不光是麦兰子，雪莲湾人都会有失落感,雪莲湾丢了一条闯海的好汉,那一定会是很寂寞的,他们的日子会咋过呢?一天傍晚,大雄从城里偷偷跑回来了,他想麦兰子,想爹,想大秧歌,想村人啊!大雄躲在村口的井楼子后面观察来来往往的村人。他希望能够看见麦兰子的身影,忽然,他看见麦兰子了,并不是像他在城里想象的那样,她比原先还漂亮了,额头冒着亮光,她挽着七奶奶缓缓地走在村街上,表情安详沉静。过往行人亲热地跟七奶奶和麦兰子打着招呼。麦兰子跟七奶奶龇牙一笑,笑得很甜,腰肢还扭了扭。渐渐地,她和七奶奶的身影被升起的炊烟遮住了。大雄怔怔地望着,使劲揉了揉眼窝。潮涨潮落,日出日落,小村一如既往地运行着,并没有因为缺了一个大雄而改变什么,看来这世界没谁都行。大雄心里十分悲凉,伤感地落了眼泪。走吧,走吧,挣你的钱去吧,你以为你是个人物了,狗屁!雪莲湾没有你大雄会更好,别自作多情了!

鹞鹰立在黄木匠的肩头,看见疙瘩爷来了,就呼啦一声飞到疙瘩爷的肩上。疙瘩爷亲昵地抚着鹞鹰,心叹这小家伙还算有良心。大黄狗"桩子"蹲在黄木匠身边,人和狗的影子长而怪拙。他们见疙瘩爷来了,久久不说话。疙瘩爷惶惶的,率先打破这吓人的沉默:"老哥,船修好啦?"黄木匠不经意地"嗯"一声,灭了烟,款款站起身,咔溜溜从腰里甩出绳套,一抻,"桩子"像打鸣儿鸡似的嗷地伸直脖子。疙瘩爷看呆了。黄木匠皱巴巴的海螺脸上没有任何表情,他哆哆嗦嗦地将绳头挂上桅杆,"吱吱"拽起。"桩子"绝望地哀号,四肢乱蹬。黄木匠的脑袋梦游似的寻着"桩子"的眼睛,愣了好长一会儿,才正过脸大声武气地吼:"大雄,端瓢水来!"大雄仰着泪珠点缀的凶脸,扭头盯了爹一眼,便"嗖"一声拔出腰间的鱼刀,疯疯冲过去,一刀捅进"桩子"喉咙,腥血咕嘟嘟喷溅到他的脸上、手上和头发上。"桩子"彻底断了气。黄木匠把脸扭向一边,深黑的眼骨窝里甩落两颗清亮亮的东西。疙瘩爷怔怔地站着,隔了很久很久,才热热地喊了一声:"老哥呀——"

黄木匠颤颤地说:"大支书,你老哥给你拖后腿了。这下好了,俺要让全雪莲湾的人都看看,咱哥俩儿的交情。"

疙瘩爷愣愣地站着,激动不已,说不出话来。

黄木匠颤抖着嘴唇说:"疙瘩兄弟,这年月当村干部不易呀!老哥在海上想你，疼你！你知道老哥是红脖汉子，不糊涂就行啦！俺看哪，咱蛤蟆滩的地埝上交情和义气永远不会断尽……"

"老哥——"疙瘩爷震颤了，泪珠子正从他的眼窝里一颗颗渗出来。

轰隆隆一阵闷响，柴油机冒一股黑烟，双桅船一点儿一点儿朝大海移去。双帆舒舒展展地升起来，在日影里一闪一闪地亮。疙瘩爷远远地呼喊："老哥，顺风顺水，满船满舱……"

船上没有丝毫回声。

疙瘩爷久久地呆愣着：这日子，这世道，谁能说明白，活活是一本糊涂账。

双桅船消失了。

一连几天，疙瘩爷感动了，这是黄木匠爷俩儿对他至高无上的尊敬。再过多少年，疙瘩爷和黄木匠都不在这个世上了，唯一能留下的就是老哥俩儿的交情。可是，桅杆上血糊糊的"桩子"总在他眼前晃荡，他眼皮突突地跳。他有一种不祥的感觉，却不知来自什么地方。

一天夜里，海上滚着响雷。大雄背着黄木匠水鬼似的从渔政船上爬下来，身体几乎散了架。他们的船出事了！这正应验了疙瘩爷的预感。双桅船在敦敦涨涨的夜潮里沉没了。黄木匠和大雄被渔政船搭救上来，在黑幽幽的海面上再也没有了双桅船的影子。疙瘩爷得知凶信儿时，还头戴安全帽在冷库建筑工地上摸爬滚打。基础工程得连轴转，秋去冬来了，地冻天寒就啥都误了。疙瘩爷干事就有一股马不停蹄的雄风。可当他听到恶信，呆傻了。他眼直着，手交叉着哆嗦，像被一柱大浪砸昏。好在黄木匠和大雄还活着。过了好长时辰，疙瘩爷晃晃悠悠地站起身，没走两步，又像散了架似的歪坐在地上。四喜用吉普车将疙瘩爷拉回村里，径直去了黄木匠家。

保险公司办理渔船补偿款遇到了难题，疙瘩爷出面替黄木匠说情。疙瘩爷和春花的面子挺大，保险公司的人很快办了款子。忙忙碌碌的几天过去，疙瘩爷心里涩涩地空落，他想找黄木匠到蛤蟆滩走一走。一个有星有月的夜里，疙瘩爷竟不知不觉地溜达到了蛤蟆滩。黄木匠在那里等他。他蹲在滩上瞥见了一轮破损的圆月。月的光亮很足，穿透浓浓的夜雾，将满滩映得耀眼。几只舢板老龟一样在水边起伏。渔火在不远处招摇晃动，星星点点地慢慢织成龙形，向蛤蟆滩游移。疙瘩爷看呆了，不是幻觉，真真切切的海上飞龙。两个老人激动着。疙瘩爷不明白上苍会在这个时候赏给他一次机会，是福是祸？这条朦朦胧胧亦真亦幻的游龙，与蛤蟆滩紧紧勾连着。飞龙和蛤蟆滩给了他许许多多看得见摸得着的东西，也给了他许多空空幻幻的东西。那是啥？他在苦苦追求，追求的结果，又总是失去的太多太多……

海风激来，爽透透的。疙瘩爷欠欠身子，惶惶然，惑惑然。他又把目光收回滩上，盯着滩想得极多，多了也就混乱、糊涂。夜深一些了，潮大了。大浪漫滩，滩就哗哗颠动，将他的神思弄得忽前忽后地错落。他忽然看见满世界都像潮一样涌动，无数挤挤拥拥的人在蛤蟆滩上跑过来跑过去，追求寻觅自己的归宿。不知不觉间，扑扑咬咬的海浪头逼到他的脚下了，他也一动不动。

黄木匠好久没说话。

疙瘩爷感觉黄木匠有心事，很重的心事。

两个人就这么坐了一个晚上。

疙瘩爷心头的疑惑，是大雄给解开的。那天大雄来找疙瘩爷。大雄说："俺的船在海里没顶的时候，俺爹忽然喊了一句话，他说刷船的桐油不对劲儿。俺到船厂去啦，带上刷船剩下的桐油，到城里一化验那是假桐油，叫米糠油，是用稻子、黄豆、谷子榨出的食用油，揉了少量桐油。俺爹听说厂里进货单上写着你的大名。他怕您窝囊，就压着俺，不让说，您说，这鸟油能刷船吗？"

疙瘩爷眼直了，脸傻了："天哪，有这样的事？"

大雄抖抖手里的字条，"俺有化验单！俺要告他们！"

"大雄，事情俺要查的，你先别声张，好吗？"疙瘩爷心生疑惑。他望见水汪映出自己的脸，黑乎乎显得那么远，那么迷离，夜鬼似的。他浑身打骨头里冷，冷得喘不过气来。大雄不依不饶地说开了："俺爹哪点对不住你？俺爹帮你操持龙帆节，村里村外护着你。你当了村干部俺爹乐得整天唱，可他从没求你办一桩事。他就盼你当个堂堂正正的村干部！你呢，不管村里老少爷们愿意不愿意，干下踢寡妇门刨绝户坟的损事儿，你的良心在哪？你有私心，你想揽权保官。你为了讨好春花，为了得到那娘儿们，谁的话也听不进去！如今你啥都得到啦，名誉、地位、女人和金钱。"他停顿了一下，望了望疙瘩爷的脸，

"这是你的造化，与俺无关，可你不该见利忘义，购进假桐油……"

疙瘩爷震惊了。

疙瘩爷胸脯突突颤着，霍地摆出骂天骂地的架势，黑旋风般扑过去，揪住大雄的衣领恶摇着，吼："你给俺说明白,俺得了啥回扣？"他视名声比命重要。

大雄昂然站着，冷气逼人，如一根傲立的冰柱。他眼里闪过一道奇异的波光，拧身甩开疙瘩爷，走了。

疙瘩爷厉声吼："你小子，给俺说个丁卯来——"

大雄像团冷雾飘走了。

"这都是哪儿跟哪儿啊？"疙瘩爷不堪承受这瞬间的撞击和刺激，像个精神失常的人，两眼迷迷瞪瞪。"扑"一声倒在沙滩上，面朝大海跪着，一双青筋凸跳的大手，插进了沙子里。然后他的双手拍打沙滩，像驴打蹄一跳一跳的。他的声音飘忽，被啸啸潮音吞了。海雾里洇出一团淡淡的昏黄的影子，疙瘩爷熟悉的影子。影子从大海里飘来,像骤然竖起一堵高墙，遮住他的视线。渐渐地，幻化出一张张渔人的脸。他垂头避开那些脸软软地躺倒在沙滩上，心里忽地生出原始生命般的蛮力。他像个石碌子硌棱棱地在沙滩上滚起来，喉咙口撕搅一种异样的声音。他在跟影子摔跤，又像是跟黄木匠摔跤。滚过来滚过去，任他使尽全身的气力也挣不脱那团影子……

大雄远远地瞧着疙瘩爷。其实，大雄说了一堆臭话之后，没走。他后悔自己说多了，疙瘩爷毕竟是麦兰子的爷爷，也是爹最好的朋友。他远远地望着阵痛中折腾的疙瘩爷，心里一阵难受。

夜已深去，涨潮了，大雄将昏迷在滩上的疙瘩爷背回家。

厌气

第二天上午，疙瘩爷感到头皮一阵麻胀，慢慢撩开厚重的眼皮，拿眼紧盯春花，断断续续地说："你过来……俺问你一句话。"春花惶惶惑惑地移近他："有啥话就说吧。"

疙瘩爷眼神里噙着一种慑人的威严："俺问你的事，你要是撒谎，俺恨你一辈子！"春花愣了一下："俺不撒谎，你说吧。"

疙瘩爷头一拧，老脸苦楚地扭皱着："你说，桑行长小舅子的那批桐油，你接了回扣没有？"

春花僵在那里，脸颊顿时火一般烫热："气死俺了，别人俺不管，你还不了解俺吗，俺是图那几个钱的人吗？"

疙瘩爷舒了一口气，又问："那倒是，真的没有？"

春花胸脯子鼓胀着，杏子脸绷得很紧："你呀，你这么信不过俺，往后俺再也不管你的破事儿啦！"

疙瘩爷挣扎着坐起来，多了心眼儿，也多了情分："春花，俺信你！不过，俺也得给你提个醒儿，往后干经济千万别把新鞋往狗屎上踩，坏了名声，又断了前程。"

春花不解地问："到底又出啥事儿啦？"

疙瘩爷哀叹一声，说："你帮俺们购进的桐油是假的，海上出事儿啦！"

春花脸白了，吓得咂舌头打冷子："假的？俺的天神哩！这怎么可能呢？"

疙瘩爷胸里映出一个错乱的世界："这叫啥事儿，俺也是认假不认真，老糊涂了哇！"春花说："这咋能全怪你？"疙瘩爷又说："你给工商局通个电话，那狗×的破公司也该关门啦！唉，人啊，为了几个钱，血变冷啦，心变黑啦！毁了几条船，幸亏没出人命！"春花瞪圆了眼："那不得罪了桑行长吗？"疙瘩爷大巴掌一挥："事儿都到这份上，俺六亲不认！"春花迟迟疑疑不动身，讷讷道："俺看你还是三思而行，冷库就该上主体工程了……"疙瘩爷瞪眼凶她："俺不能一棵树上吊死人，山不转水转！"春花跺脚了："你呀你，渔花子的倔劲儿又上来啦！"疙瘩爷火了："莫不是你心里有鬼吧？"春花噎住了，悻悻而去。疙瘩爷颓然倒在床上，心里蜂蜇虫咬着，一种说不出的苦痛。

这世界搞不清了……

潮涨潮落，日子照旧过。日子一天一天熬下去，疙瘩爷的身体日渐垮下来。好像那场感冒一直也没好利索，但还是忙忙碌碌。人精瘦了，脸蜡黄，糊里颠盹，蔫头耷脑，腰酸腿疼，深黑眼骨窝里老是糊着黄白色的眼屎。春花惴惴地看他失神无气的模样，心里慌得紧。她每天晚上给他熬一锅酸酸涩涩的草药，死乞白赖往疙瘩爷嘴里灌。好言劝他："喝吧，中药没副作用，针锥子剃头能去了根儿。"疙瘩爷忽然觉得娘儿们家又可爱了许多，好歹将药咽下，喉咙里便呛出一串难听的呃呃声，呃一会儿，便稀里哗啦呕出一摊绿色黏液。春花十分耐心地给他擦。吃了几服药，也没见疙瘩爷身体有啥起色。春花犯难了，有时偷偷抹泪珠子。

邪事就跟着来了。春花和疙瘩爷睡觉的时候，总是听见房间里有响动，搅得两个人都睡不着觉。不像是老鼠，啥响？都说不上来。春花犹豫了一下说："请你娘给看看吧！"疙瘩爷没反对，他挺信服娘。这天七奶奶颤颤地来了。七奶奶一闻屋里的气息，胸有成竹地说："房里有厌气了，这得下一个镇宅符了。"春花愣着问："娘，厌气是啥？"七奶奶冷静地说："厌气就是宅妖的气息。"七奶奶熟悉的镇宅符有四种：五岳镇宅符、镇宅妖符、镇宅四角符和镇宅八位金刚符。她选了镇宅妖符。七奶奶认为宅内有神也有妖，此宅妖或为"厌气"，或为某种不明其因的响动，或为幻影等等。元代《湖海新闻夷坚续志》里的"天师诛怪"便记载了一个天师用符克制宅中"厌气"的故事："贾平章母两国夫人，房中有厌气，有一道人让其请黄绢三尺，磨浓墨，方秉笔起，只图一盘大鸟圈，见黑中一点，通明如玉，有金书正一祖师讳字，方知为天师亲降也。"七奶奶这次施符的方法是：用白芷、白面和青石，朱砂一钱，雌黄一钱五，草心七根，天月德方水土各一升，和泥涂在响声之处，书其符贴在泥上，能止怪响。这一切做完之后，房间里果真就没了怪响。春花惊叹不已，疙瘩爷得意地说："俺娘能治厌气，俺娘真神啊！"

新的龙帆节又来了。

镇了房间之妖，疙瘩爷身体忽然奇迹般好起来，苍黄的脸上润了老红，眼神里有了光泽。他与七奶奶一合计，彩龙还用春花扎的那只，再裱一层七奶奶剪的花花绿绿的彩龙就成了。船也一律用带橹把的，那样争先恐后的味儿才足。前一天晚上，疙瘩爷神神气气地在村委会大喇叭里讲了一通龙帆节的安排。

第二天是大晴天，火爆爆的日头悬着，破冰的大浪颠着，满世界辉煌热烈，节日的气氛十分浓重。疙瘩爷和春花很早就来到蛤蟆滩。滩还是那块滩，在今日的疙瘩爷眼里就多了内容。他好像看到了一种阵痛里再生的晕光，灿烂着苍凉而绮丽的人生。万象生生灭灭，恩恩怨怨，反反复复，唯蛤蟆滩不变，流连、怨诉、嗟叹并不由人意。他相信雪莲湾日后必得流传的故事，当从这块地埝得到明鉴，寻到发源。

疙瘩爷深深地感动了。

腥 风

　　灰不呲咧的海雾，大团大团游移。

　　整个雪莲湾一下子就被雾帘子盖住了。人和船的影子在苍灰的天穹下显得阴沉暗淡。黏塌塌的腥风袭来。喷溅到高处的浪沫子，乱乱地抖落到船板上来了。大鱼驾着那条破旧的双桅机帆船在黄昏的海面上漂荡着，熬得船上的几条汉子歪歪斜斜地打盹儿。大鱼手搬舵轮，将黑刺猬似的脑袋探出来，嘴里"咯吱咯吱"地嚼着干鱼片，嘟嘟囔囔地吼一句："狗×的，这日神爷也钻娘儿们被窝啦！"他将觑成一线的目光探到远处，看见大片泥黑色的海滩像一张弄皱了的淌满泪水的老脸。

　　"嗨嗨嗨……"大鱼也学着大雄的样子抖抖地吼了一通，脸由铁青转成紫红，额头和鼻子蒙了一层厚厚的油烟和灰尘，鲶鱼眼显得干涩。他胸脯子像船板一样宽厚，很壮很野。他的嘴巴里发出很响的咂巴声。他的吼声炸醒了打盹儿的汉子们，他们闹闹嚷嚷有滋有味地甩起毛边扑克算命。光着葫芦头的小个子小池子嚷得最凶。他们在找乐子。

　　"开机，大鱼！"船主老包头喊。舵楼子"突突"地蹿起一股子黑烟。跟娘儿们放屁似的，风早就鼓不动帆了。大鱼早想开机又不敢。老包头怕费柴油，油价猛涨，狗×的算计得精鬼透了，使唤起伙计们贼狠。大鱼狠狠瞪了老包头一眼，心里骂：呸！鬼过了头就是傻蛋。老包头坐在毛扎扎的网堆上吸烟。瘪塌塌的身子虾似的弯着，如一块风干的老木。长脸干皱皱的，呈着菜色。他若是搂着钱匣子数票子的时候，小眼放光，眉毛和鼻子缩在一起就像一块干柿饼。他一脑袋搂钱的招子，精得他活到五十一岁还没能留下一个传宗接代的香火。他不能留下自己的种儿，结了两回婚还是那德行。前个老婆病死了，就一门心思赚钱，买了这条大船，开了捕捞证，钱财滚滚而来。他到底有多少钱谁也不知道。他的钱从来不存银行，怕露富。就是怪，人有了钱就风光体面了。他从人贩子手里悄悄买来了一个如花似玉的大姑娘珍子。老东西艳福不浅呢！他的兄弟老庆武孩子一窝，就将小三石锁过继给了他。老婆年轻水灵，儿子也有了，大把票子花不完，人世就是这般说不出来的奇妙。

湿渍渍的老帆呱嗒呱嗒地响了，老包头扭扭头就臭口臭嘴地骂开了："小池子，你娘的，还不落帆！"

小池子激灵一下子，扔下扑克牌，颠儿颠儿地凑到双桅下，解开绳头。两只大帆扑嗒嗒掉下来。像两块白皮膏药贴在船板上。老包头得意地笑一声，沾沾自喜自己的威势。

大鱼闯海手艺高，老包头唯独跟他很少发脾气。老包头心里明镜儿似的，大鱼因贩私盐蹲了两年大狱，去年出了大狱。刚出狱的时候，大鱼想回雪莲湾，可是疙瘩爷不要他，疙瘩爷怎么就黑上了他？他没偷没抢，仅仅是贩私盐啊！在贩盐的团伙里，他是个从犯。大鱼不回村还有一点原因，他承受不住村人的嘲弄和耻笑，特别害怕见到疙瘩爷。大鱼无奈投奔了老包头。老包头更晓得这小子心劲儿盛，不好对付。老包头得笼络他，对他特殊地优待。当初就讲好的，除了每月的工钱，在海上跟伙计们吃；到了岸上，就随船主一起吃，抽空还得帮珍子弄弄虾苗孵化池子。老包头给大鱼的活儿排得满满的，恨不得从骨子里榨出油来。老包头算计来算计去，就忽略了一条致命伤，珍子比大鱼长两岁，一来二去两个人亲亲热热有说有笑，冷不丁打翻了老包头搂在怀里的醋罐子。老包头对珍子好一顿教训，管得她服服帖帖。他拿大鱼没办法，恨他气他又舍不得解雇他。那可是他的一棵摇钱树。这小子在雪莲湾敢跟大雄叫板，他还敢跟疙瘩爷拦截藻王。虾群蟹群鱼群走向都在他眼里。大风里，他硬是敢张罗着撒网，网网有货。杂种，这世界在他手里也太容易啦，啥号人都混碗饭吃！老包头不服气，其实嘴上不服气心里也得服。

老包头的一杆长烟袋探进暗处，烟袋锅一红一黑，喷香喷香。他在这条船上就是土皇帝，打屁逆风香十里。他闷着头，伙计们荤素夹杂的笑话他一概不睬。他就想珍子了。想着想着，他周身难受地躁动了，抬眼望望黑乎乎的天景儿，叹一声："唉，快到家啦！"他的眼光如暗夜老鼠的眼光。

　　大鱼听见了老包头美滋滋的一叹，就知道老鬼这会儿想回家干啥。他厌恶老包头，恨不得把他扔海里喂王八，因为这会儿他也想珍子呢。他跟疙瘩爷守过海，刚刚到了找媳妇的年龄，又入了大狱。大狱里都是清一色的"和尚"，想女人想得发疯，他出狱后接触的第一个女人就是珍子了。珍子脸蛋嫩嫩的，眼睛亮亮的，奶子硕硕的，腰肢柳柳的，嗓音甜甜的，隔老远就能醉倒一溜儿男子汉。他觉得珍子不该是老包头的女人，一船的汉子哪个不比那老鬼强？特别是当他瞧见珍子对老包头还蛮不错的样子，他心里就酸。酸就酸点吧，能酸起来说明自己还是个男人。他总爱干活儿时偷偷瞧珍子，远远地她就像一团火烧得他心往外蹦。她的目光与他火辣辣的目光一碰，撞出火花来烤红了她的脸。她从不表明什么，默默地给他缝缝洗洗，没人的时候，她与他说说笑笑忘记他曾是个犯人，她的眼睛一忽闪一忽闪的。大鱼赖模赖样地问她为啥嫁个糟老头子。她久久不语，眼忽地就湿了。他忙岔开话头儿说珍子你远天远地的想家了吧？她就哭了。他心里难受，忽然冒出一句违犯"监规"的话来："你干脆跟老东西离了回家吧。"她说她不敢。他没话了。她说喜欢这个鬼地方。大鱼听不出个深浅来，瘟头瘟脑地暗骂她见钱眼开。日子久了，他方明白她的心思。他终于捅破了这层纸说："你喜欢俺吗？"珍子看他一眼，使劲摇了头。大鱼明白了：狗×的，等俺赚足了钱用八抬大轿把你抬进俺们雪莲湾。于是他们俩的美日子活在盼望里。珍子在他眼里终日罩着清凌凌的仙气，举手投足都能撩起他十足的渴望。

　　"点灯点灯，到家啦！"老包头喊。

　　大鱼斜了老包头一眼，一脸的轻蔑："呸！老球毛，你等着吧！你搂着的娘儿们迟早是俺屋里的！"舵轮被他大掌攥得嘎嘎山响。

　　老船缩头缩脑地进了老河口，拢岸的船铺铺排排，已有好长一溜儿了。岸上人山人海闹闹嚷嚷，纷纷被拢岸渔船的鲜腥诱下来，将老包头的船围得严严实实，讨价还价的鱼贩子们穿着大水靴咕叽咕叽地踩上船来。

老包头将烟袋往腰里一别，双手叉腰神神气气地站在船头叫着："都下去，都下去！谁让你们上船的？真是哈巴狗咬月亮不知天高！"他舞着干瘦的长胳膊，将鱼贩子们轰下船去。他手里有硬货，鱼贩子得求他。他不慌不忙地跳下船，晃着瘦瘦丁丁的麻秆身子到别的船上探听海货的价码去了。船上的伙计们见老包头不在冲大鱼骂骂咧咧不住嘴："这老鬼，八成是找娘儿们搅骚肉去了吧？"

　　大鱼喷出嘴里的嚼成碎渣的干鱼骨："呸！老东西才不会呢！鲜货不卖个好价钱，他才不回家呢！"有个汉子骂："狗×的，还不得折腾到半夜？"小池子笑咧咧地道："咋，想娘儿们啦？别急，春夜长，够你折腾的！"那汉子拿大掌狠狠劲拍了一下小池子的葫芦头。汉子们就咧嘴笑了。大鱼心里烦，骂道："瞎饿饿啥？快把舱里的蟹筐鱼筐抬出来，别见了娘儿们腿软！"伙计们没人敢回嘴，蔫蔫儿地干活儿去了。

　　这时候大鱼能嗅到身上湿湿的汗臭味。他长出一口气，很想吼上一嗓子。他又拿眼在滩上的人群里搜刮着。他的目光碰到老河口岸上麦兰子开的小酒店，灰暗的瞳仁亮了一下。"嘿！"他慌口慌心地哼一声。跳下船来，踩着稀汤薄水的黑泥滩，朝老河口走了。

　　老包头蹶跶蹶跶地爬上老船的时候，伙计们都将一筐筐的海货搬到船板上来了。老包头一手搂着钱匣子，一手比画着跟鱼贩子讨价还价。终于成交了，他就伸着脖子嘶着嗓子唤："大鱼，过秤！"没人吱声，汉子们袖手愣着。"大鱼，大鱼！"老包头又喊得张狂了。

　　大鱼这时候跟麦兰子唠上了。大鱼问："兰子姐，你跟大雄哥的婚事咋样啦？"

　　麦兰子无奈地一笑，说："俺们就要结婚了。"

　　"俺看你俩是天生的一对。祝贺你们！"大鱼说着，见她没反应，很快将话题引到了白纸门上，"俺梦见你太奶奶糊的白纸门了，挺神的。等俺回家过日子的时候，也一定请七奶奶给俺剪钟馗，给俺糊白纸门，镇镇邪气。"

　　麦兰子笑了："好啊，奶奶听了一定很高兴。大鱼，你出狱了，咋还不回家？"

　　大鱼讷讷地说："俺这种人回家干啥？先跟着老包头，在外面挣点钱吧。"

麦兰子疑惑不解："你体力这么好，咱村这么多渔船，跟谁干不弄碗饭吃？"

大鱼心里想着珍子，但又没说出口。实际上，是珍子把他拴在了老包头的渔船上了。

大鱼朝麦兰子一摆手，晃荡着走了。此时此刻，杂乱的海滩上，珍子迈着轻盈的步子走过来了。大鱼远远就看见珍子了。他瞧见珍子领着过继儿子石锁站在酒店门口的灯影里朝船上望呢。珍子体态丰盈，臀部也变得好看，被海风染就的红扑扑的极鲜嫩的一张脸，在灯光下显得圣洁而生动。大鱼送给她的那条红纱巾松散在她的脖子上，被风一掀一掀的，像一只在她肩头上扑棱着的大鸟。她在雪莲湾没有一个亲人，她诚心诚意地熬日子，就是等大鱼的。这个汉子注定走不出她的心了。要不是大鱼，她就答应娘派人将她接回去，回故乡。故乡的汉子多着哩，为啥偏偏舍不得大鱼？女人就是这么个贱东西。她会等到啥年月？老包头有钱有势会轻易放过她吗？明天的日子没有征兆，只有活在盼望里。

"珍子——"大鱼喊了一句。

"大鱼——"珍子眼睛亮了，骨头酥软软，心里怦怦的没了节律。大鱼感到她的甜甜软软的声音不是出自喉咙，而是打心眼儿里蹦出来的。看见珍子，大鱼的心咚咚跳了，阔阔的肩膀在暗中颤抖了。珍子往石锁手里塞了一块钱让他买糖豆吃支开了。珍子说："你可回来啦，我每天都来看你的船！"大鱼笑模笑样地说："唉，咋能说俺的船，应该说是老包头的船！你们的船。俺穷，可俺有换金换银的力气，俺也会有船的！"他的脸色由红转青。珍子就爱听他说这样有志气的话。珍子躲躲闪闪地将大鱼拉到酒店后身的暗处，亲昵地说："傻样的，别嚷嚷，让人瞧见咋办？那老东西的醋劲大着呢！"大鱼攥紧拳头摇着身子，浑身骨节嘎嘎直响："哼，老不死的，早晚俺跟他亮相！俺渔人怕他啥？大不了卷铺盖走人！你是俺的人！"珍子埋下眼，脸蛋子晦暗下来："俺可受够啦！俺宁愿陪着一个犯人过流浪日子，也不愿跟他老棺材瓢子享福！"

大鱼沉闷的心窝一热，真纯的东西从他眼底溢出。他一把抱紧了珍子的身子，大掌迷醉地在她身上摸揉着，周身的血液呼噜涌至喉部，咽不下吐不出，面孔脱了常色。珍子柔婉的肩膀一耸一耸地抖了，哽咽着说："大鱼哥，我真不愿离开你哩……"大鱼说："那，等这次工钱发下来，咱就跟老东西摊牌，免得藏藏掖掖，担惊受怕的！往后俺永远对你好！"他的心劲儿一下子鼓了起来，笃笃定定旁若无人了。她的手抖抖地揉着他的胸脯子，似乎是将一颗破碎的心全揉进去。沉吟一会儿，珍子喃喃地说："我……怕……怕……咱斗不过……老东西！他兄弟……是村长，上上下下……都有人呢！"她嘴里像含着橄榄般口齿不清了。大鱼两眼红起，喉咙里传出锐锐的一吼："怕？怕啥？他狗×的坑得你还不够吗？路是通的，海是公的，咱啥也不怕！"珍子看着他脸上豪气顿生，她也就壮了胆儿，肚里有一番大的作为已经运筹好了，她感到男人像山一样可靠了。强悍的男人就是女人生活的靠背。

"婶娘，婶娘……"石锁喊珍子了。

大鱼一把推开珍子："小狗×的喊你呢，老家伙也该叫俺啦！去吧！"珍子细软的小手恋恋不舍地从他大掌里抽出。

大鱼扑进河堤的人群里。到了船上，老包头扭脸看见了爬上船的大鱼，眼眶子抖抖地钣出火气："狗×的，你死哪去啦？"大鱼没理他，跟这老家伙没啥道理好讲，为了珍子他忍了。

"小池子你回家，让大鱼收拾！"老包头下了船，抱着钱匣子喜颠颠地走了。

大鱼收拾完，天黑了。他出海拢滩都住在舱里。船舱里很乱，梭子、丝网、拖兜、竹罩等渔具散散乱乱地堆在那里。他斜躺在油脂麻花的破被垛上，肚里就咕咕叫唤了。老杂毛，准是按着珍子干那事呢。他在心里反反复复骂着老东西，就听见舱顶响起脚步声，接下就听"扑"一声响，舱门开了。率先拥进桅灯光扇里的是一双精精巧巧的女人的脚，女人苗条娟秀的身子也一点儿一点儿移下来。舱底陡地粉亮了。是珍子。大鱼满脸惊喜地弹起身子迎上去。"大鱼，你饿坏了吧？"珍子说。"珍子，老东西为啥舍得派你来啦？"大鱼问。珍子脸红了说自己来红了。大鱼嘿嘿笑了："俺就料到，老东西吃了俩月的男宝就不会轻易放你出来！就该憋憋老家伙！"珍子咯咯笑了。她慢慢将篮子放在桌上，取出一碗白米饭和一碗粉条炖肉，外加一块猪耳朵。她说："快吃吧！"大鱼确实饿了，蹲下身子，狼吞虎咽地吃起来。珍子提醒他："喝酒吧，这么好的猪耳朵。"大鱼油嘴张张合合，热热的肉块子在嘴里打滚儿，奔向喉头，嘴里吱溜的滚烫声十分清晰。他嚷嚷道："不喝酒，先吃肉。"他红脸膛上呈现了一种原始的亢奋。晶亮的白米饭糊了他一嘴，嘴巴老是喷喷哑响。珍子就爱看他吃饭时候憨头憨脑的样子："你呀，跟哪辈子没吃过似的，别撑破肚皮呢！"大鱼没说话只顾吃，像个饿鬼哑客。珍子在舱里坐久了，就嗅到大鱼身上荡出来的汗馊气和涩腥味。她就站起来说："俺去饭店给你打桶热水来，你好生洗洗，浑身汗馊啦！"大鱼看见女人十分体贴的举动，撩起热辣辣的情感，他不无得意地望她一眼。珍子屁股一撅钻出舱子。

　　大鱼十分美气地乐了，他一生的乐事都满满地装在舱子里。装进这个春情缱绻的夜晚。真正是一人一个运道，憨人也有憨福气，世上万物都是阴阳相合，生生不息地流转。该转运了，他想。在这破破烂烂的小舱子里，他连连做好梦，梦见自己发大财，有钱有势，很风光地带珍子回雪莲湾举办火爆热闹的大婚礼，让疙瘩爷和乡亲们高看他。吃完了饭，他又补了半斤酒。他就喜欢这样。大鱼噼里啪啦甩下衣服，剩一条从监狱里带出来的灰裤衩子。大鱼粗壮圆滚的身板子在灯影里勃勃地涌动着纵纵横横的肉棱子。她从他身上感到男人的力量。大鱼喊："珍子，给俺搓背。"珍子支吾说："我听见响动了，怕是来人啦！"大鱼胡噜着水涝涝的脑袋，大大咧咧一副无所谓的神态："怕啥？老东西来了咱就跟他亮相！"珍子慌了神："老鬼不会来，我怕是别人瞧见，不好！"大鱼火了："来，叫你来你就来！"珍子怯怯地听了一下动静，就到大鱼身边，拿一块香胰子在他后背上来来回回抹一阵。大鱼就咔哧咔哧挠头皮，满意地咧开瓢似的大嘴巴。果然给说着了，舱板响着细碎且急促的脚步声，接下舱门就被拍响了。珍子心提起来，凑到舱口贼贼地巡视着。"婶娘，婶娘……"石锁拍着舱门叫唤着呢。珍子放下心，开了舱门抱他进来。"你娘那狗娃蛋，你跑来添啥乱！"大鱼用巴掌狠劲拍一下石锁的脑壳骂道。石锁咧咧嘴说："是俺爹让来的！"珍子问："叫你来干啥？"石锁摇头晃脑地说："爹说让俺看看你们干啥，回去告诉他。"珍子脸红了。大鱼骂着："这老东西！醋葫芦总拽着呢！"珍子问石锁："你爹干啥呢？"石锁说："俺爹……大白鹅来家找他，俺爹就让俺出来找你的！"珍子啥都明白了，她知道大白鹅看中老包头的钱，支珍子出来就会跟她干上了。珍子骂着就要往外走:"这老色鬼,回去跟他算账!"大鱼一把拉住珍子:"哎,老东西捅漏了天,关你屁事,让他们胡折腾去好啦!"他的黑眼珠子灵活地转了转,俯下身子对石锁说:"你回去在堂屋喊大白鹅挂破鞋!"石锁摇头:"俺不敢!"大鱼说:"大白鹅欺负你爹,你得帮你爹,你得帮你爹呀!你喊了,叔叔给你做海螺玩!"石锁又问道:"你不骗俺?"大鱼说:"俺不骗你!"石锁猴似的爬出舱子蹦蹦跳跳地跑了。珍子拿手指亲昵地戳了一下大鱼的脑门子:"鬼的你!"大鱼嘲弄般得意地笑了。他们很开心,边聊边洗澡。大鱼的话也甜软了,均是许诺。春夜里一股奇妙的热气钻进舱里来了,他们共同呼吸着,就有一种东西在他们身上乱窜乱拱,拱到哪里哪里就舒坦得要命。珍子觉得自己中春天的邪了。春风染了满舱的鲜活。叫人笑催人野。大鱼点点滴滴看她一遍,发现她比先前漂亮秀丽了,鹅卵脸绯红,就像两块太阳落在脸蛋上。珍子这月刚刚来红,失血过多脸色有些苍白。他却一把抱住她,有点闯红灯的劲头。紧紧地,他们口碰口胸贴胸拥在一起倒在床上撒欢儿,欢喜得忘了形。他们都几乎抓拿不住自己了,大鱼不住地拿大掌降得女人像羔羊。珍子像羊羔一样忘情地叫着,脸上的表情非常生动。醉人的春夜会使无忧无虑的光棍汉子扑向女人时犹如不愿回头的枪弹,啥也不能成其障碍了……

　　刮过来的风,腥风,大鱼闻到了一股血的味道。

盐 岛

满打满算，老船拢滩已有半个月了。大鱼每天起来，就去老包头的虾苗孵化场干活儿，清池子换水的苦活累活他全揽下。他是疼珍子，那老东西使唤起珍子照旧狠歹歹的。跟大鱼一起干活儿，苦扎苦累珍子也快活。很早很早，他们就双双到孵化场了。有一天早上，大鱼和珍子恩恩爱爱厮守一起的样子被大白鹅瞧见了。珍子有些慌。大鱼却满不在乎，他不怕谁，从没提防过人，更不怕别人背地里说三道四。他就是要信马由缰无忧无虑无法无天地活着，谁还敢把他开除地球吗？他本来就是个没有尊严的小人物。大白鹅不敢跟大鱼斗嘴儿，就在老包头那里串门的时候，阴阳怪气地给珍子话听，恨得珍子咬牙根儿，埋怨大鱼那夜不让她回家捉奸，她忍着。她整天都愿泡在孵化场，忙忙碌碌的，心吊在舌尖上盼着明天的好日子。大鱼就揣着女人家的厚望东按葫芦西按瓢地忙。孵化场的事弄妥了，老包头就带大鱼去烟台运虾种。那天早上雾开了，海风刮得畅。白秋秋的老帆落下来的时候，老包头朝滩上送行的珍子和石锁挥手告别。

"快回吧，回吧！啥时又多了情分呢！"老包头喊着。大鱼故意摆出淡淡漠漠的样子，其实他心里明镜似的，珍子在为他送行。珍子恋恋地挥着手。大鱼朝他笑一下，就钻进了舵楼。珍子眼圈一红一红地汪了泪，眼泪在眼眶里滚着，不淌下来，大鱼的身影就在她的泪眼里晶晶莹莹地颤动。老包头十分敏感地发现女人眼里有了泪，以为是被他感动的，于是他鼻子一酸，也感动起来，鼻音瓮瓮地喊："快回吧娘俩儿，俺没几天就回来的。"他一直疑惑自己是不是又添了男人的魅力?

老船当嘟嘟一阵痉挛,喷着黑烟颠离老河口,将女人扔下,将那条好长好深的老河口扔下,任其蜿蜒,任其吼唱。等到珍子和石锁小到看不见的程度,老包头才扭回头蹲在船头吸烟。天照旧阴着,呜呜溅溅的涛声,跟娘儿们哭似的,忧伤且悠荡,断断续续远远近近地叠着。大鱼叹一声,朝海里啐一口痰,骂:"狗×的,招灾呢!"

老包头迷信得很,他就怕在船上胡诌白咧一些不吉利的话。他扭头骂大鱼:"兔崽子,嘴巴痒了塞裆里,不准你说这不吉利的混账话!"他骂着心也虚了,灭了烟袋,摸出一块砖大小的半导体收音机,贴在耳根找天气预报。大鱼没理老包头,一手操舵一边吸着自卷的旱烟,神情十分悠闲。一路顺风顺水的,老船平平安安到了烟台。大鱼的咒语不灵了,老包头训他几句,又换回了船家的全部自信。论闯海,大鱼的确不服他。老包头身体不好,早年是看大队部的,有时写些标语喊喊喇叭,分船单干了,他才闯海的。装了龙虾种,老船就马不停蹄地朝回赶。老包头的小算盘早打好了,他不会让大鱼闲一会儿。老船悠悠荡荡地驶出胶州湾的时候,大鱼觉得海真的不对劲儿了。

平缓的海面忽地涌起一片黄雾。漫漫的黄烟遮得海天惨淡丑陋,像患下黄疸病似的。老包头说:"狗×的,小黄龙又造孽啦!"大鱼知道黄龙吐黄雾后就卷黄龙潮的。碰上黄龙潮,渔船纷纷拢到不远处的盐岛躲一躲。大鱼说:"当家的,是不是到盐岛上避一避?"老包头生气地瞪大鱼一眼:"你他娘给俺闭嘴!不敢在黄雾里行船,就甭他娘的吃海上饭!瞄一眼黄屁就草鸡啦?"他有些粗暴了。大鱼气得胸脯子抖抖的,骂道:"俺他娘为你想,船是你的,这关俺卵事儿?"老包头不服他:"就给俺驾船闯,俺不是傻子!"大鱼"呸"了一声没再回嘴。大鱼是闯黄龙潮的好手。他知道黄龙潮在海面上涌起的浪头并不很大,淫威来自海底,一股一股纵横交错的海流子吞掉渔船击断帆桅。它在渔人眼里一直是谜一样的灾难。

天暗了,海浊了。冷飕飕的贼风钻来窜去的,密密麻麻的海鸟飞起来,海底的轰鸣之声可闻,如铆船钉的声音一声声从大海的腹中传来,搅乱了行船的规律。老船就在疯疯的浪头上胡抖了。老包头脸色发青,有一种不祥之感。他想拢了岛,可是又不甘心,正犹豫间,大鱼面对大海放开嗓疯笑,笑出威武强悍来了。老包头觉得大鱼在嘲笑他。不能在狗×的大鱼手里栽了,往后就更管不住他了,是祸是险也得闯过去。大鱼又激他:"喂,咋样东家?心比天高,命比纸薄呢!服软儿吧?"老包头咬着牙帮子说:"呸,牛的你!你别仰脖,不给俺闯过去,俺就不给你开支!"大鱼说:"掉海里喂王八就别怪俺啦!落帆!"老包头摇摇晃晃地移到双桅前落了帆。他望一眼海流子区,吓得咂舌头打冷子,心里念叨着菩萨保佑。大鱼愣了一下神,煞下心来闯海流子了。他心里装着珍子,一想珍子就不会有啥难了。他一生中没有体验过比爱情更美好、更强烈的情感。

大海在老包头眼里变成一个神秘的精灵,脚下的老船像个没有灵性的棺椁吃水很浅地跳荡着,拐嗒拐嗒地翻卷。黄雾和海流子死死围困着他们,苍穹沉重地压在老船上。老包头慌了,当下腿一软。"狗×的,你快回舱里!会被甩下去的!"大鱼咆哮似的吼着。老包头眼前只有哗哗奔涌的水帘子,根本看不见舱门子。船板滑溜溜的,他小心翼翼地抓着船帮,侧着身子,一步挨一步地朝舱楼子挪去。"哗"一个大浪,老船嘎嘎裂响着跌进波涛里。

"大鱼,大鱼,救命啊——"老包头喊了一声滚进海里。

大鱼惊颤了一下,钻出舵楼子,循着老包头的喊声张望。他愣了一下神,环顾四周没有船,脑壳嗖地打了一个闪。淹死老鬼恰好给俺腾地方,珍子就可以光明正大地跟俺大鱼成家了。活该,老鬼,你总有算计不到的地方。他幸灾乐祸地想,船身一扭,他抱紧了桅杆。老包头舞着胳膊,黑脑袋"咕嘟"一下探出水面,没喊出一声,又被一排大浪盖下去了。大鱼震颤了一下,忽然觉得无数浪头子像藏在暗处的脸,向他发出嘲弄和蔑视的讽笑。俺大鱼夺你老婆也要夺得光明正大,这等夺法简直是卑鄙小人。

"狗×的,俺救你!"大鱼喊一声,就像个灵巧的泥鳅扎进滚滚滔滔的海里。大海就像疯了似的摇舞,大鱼的身子被海水撕得歪歪扭扭。他的耳鼓灌满了吱吱的闹响。海藻的霉涩味儿涌进他的鼻腔和肺部,火辣辣地疼。海流子像无数银色链条哗哗啦啦抽打着他的身体,火赤燎疼。他的两条胳膊东一甩西一抓地划拉着老包头。"狗×的太贪心啦,钱赚得还不够吗?水浸的鬼,该招海神报应啦!"大鱼心里骂着。流动的水汽掀出恐怖的声音,凉凉的海水在他周围颤颤涌涌。他伸手触摸到一片麻麻瘩瘩的海藻,狠命一扯,碰到温乎乎的蠕动的东西。是老包头,他被海藻缠住了,还在一蹬一蹬,无力挣扎,嘴里咕嘟嘟地灌着海水,脖子伸得长长的。老包头毕竟是个渔人,有点水力,否则这阵儿早淹死了。大鱼拼命撕拽着老包头身上的海藻,胳膊被海藻划出一道道的血口子,被海水蜇得惊惊颤颤。他十分吃力地托起老包头的身子往老船方向游。老包头糊里颠盹的脑袋在海面上探了一下,又无力地耷拉下来,喉咙呼噜呼噜撕搅着声音。

老船被狂浪颠出老远。几只海鸥在他们头顶凄惶地叫着,天空一派浊黄。大鱼探出头长出一口气,拽着老包头频频游动,海风将他粗重的喘息一同吹向远处。大鱼连拉带拽地将滴里当啷的老包头拖上船板,麻溜地塞进舱子。舱里水渍渍的,老包头跌得鼻青脸肿,撩开死青的眼皮看大鱼一眼,就一歪头,吐出一摊腌腌臜臜的臭水和没能消化完的食物,熏人。大鱼闪闪跌跌地扑进舵楼子。机器响了,老船一颠一颠地驶向盐岛。

黄雾绕来缠去,浪头子互相挤压,打着漩儿,大旋涡套着小旋涡,狂跳着,奔涌着,越来越急。大鱼知道船在涡形的浪头上行进,最要紧的是要看风势,万万不能让船打横儿,船一打横儿,一浪盖住就会翻的。大鱼既勇敢又乖巧地让船划出斜线,这样才慢慢靠近了盐岛。船拢到盐岛凹岬里,大鱼水涝涝的身子像一摊烂泥扑在舵把上喘息,喃喃道:"可他娘累稀啦!"歇了一阵子,他歪着脑袋看盐岛奇形怪状的盐垛,疙疙瘩瘩,晶晶亮亮,晃人眼睛。这是先人留下的海盐,早已风化得铁板一块不能用了。小时候,大鱼和另外两个孩子跟随疙瘩爷来过盐岛。大鱼还带回一个大盐块,水晶一样透明。传说人在盐岛待上十天,回来就变成一个腌过的咸人,吃饭从此不吃咸菜。

盐岛一片浑蒙,风吹在盐垛上溅起一道道白烟。风头子经盐垛遮遮拦拦之后,吹到船上软多了。但是船身依旧像驴打蹄一跳一跳的。大鱼将舵把一推,磕磕碰碰地回舱里,见老包头仍旧癞蛤蟆似的躺在舱底板上,老脸如同刻了粗糙螺纹的树根,干黄干黄的。大鱼袖着手嘿嘿地笑了。老包头知道大鱼嘲弄他,一生气喉咙就痒了,连连咳起来,咳嗽的声音十分难听,痰音咝咝作响,最后一声几乎是声嘶力竭了："你……狗×的！"大鱼不气不恼，笑道："别傲，大海不尿你！差点包脚布做孝帽一步登天啦！"老包头闷着嘴不搭声。"俺知道你的心思哩！其实你最疼这船，又不肯在俺面前低头！你狗眼看人低！"大鱼说。老包头二目圆睁："你……"他的行径被人窥透了，不免惶惶，两腿像发瘟的鸡一样乱蹬。大鱼见他没了咒念，就摆出一副得意的样子气他。老包头直杵杵地傻挺着，骂道："没大没小啦？俺是船主，你给俺做饭去！"大鱼歪着头，一脸的轻蔑："早饭是俺做的,这顿该轮到你啦！"老包头急赤白脸地骂："反啦？你个没有改造好的家伙！"大鱼胸膛里的火苗子一蹿一蹿地,叫道："咱他妈也是人啦！酒不醉心醉，活一天就得活出个人样儿来！"老包头第一回碰上大鱼这样撅他，口口声声一句话："你胡来，俺扣你的工钱！"大鱼摆出随随便便满不在乎的样儿，没深没浅地说："你还蒙在鼓里哪！你个不会打鸣儿的老公鸡！连你的老婆都是俺的人，工钱不给俺，怕是珍子不答应吧？"老包头的心尖子被戳疼了，虾着身子跳起来，仄仄歪歪地扑向大鱼，吼道："你个没点灯日下的东西，珍子是俺的女人，你敢动她一指头，俺跟你没完！"大鱼抡起大掌狠狠拍在老包头的天灵盖上，"扑"一声，老包头软瘫下来。大鱼吼："告诉你，咱们打开窗子说亮话吧！回去，咱就鱼走水鸟飞天两清啦！你敢刁难珍子俺就……"老包头吓得连连退缩着："你想怎么样？"大鱼说："珍子跟你离婚，俺带她走！"老包头绝望地舞着双手，连连叫着："不，不，不……"他嗫嚅着嘴巴，又仰头呵罗呵罗地弄出哭声，两行老泪下来了。大鱼怪模怪样地瞧他一眼，很开心。老包头的身子往上一欠一欠，就跪在大鱼脚下哀求："大兄弟，俺多给你开工钱，俺给你盖一所房子，只要你放过珍子。俺老朽了，讨个女人不易哩！"大鱼的脑袋像触电似的麻涨起来，定定心，他闷雷似的吼一句："俺答应过珍子，俺得对得起她！谁也不能阻挡俺们的好日子！你说不动俺，你狗×的眼泪不值钱！"说完扭身走出舱子。他走路时双脚落地很重，透一股狠气。

老包头怕啥有啥，战战兢兢的日子也拢不住了。就躲在舱里娘儿们似的哀哀唏唏哭一场，声音很低很凄，十分难听。大鱼立在呼啦呼啦抖动的老帆底下，感到自己顶天立地高大无比了，目光一截一截地探到远处，更加坚定和不可逆转了。他倔倔地冲着大海吼了一句："狗×的，日后有好戏看哪！"

他们在盐岛窝了一夜。

第二天早上黄雾退去，老天依旧不开脸。老包头听天气预报说两天以后有风暴潮，就逼大鱼马上开船抢在风暴潮到来之前赶回去。大鱼没再顶嘴，十分乖顺地驾船离开盐岛。他想珍子了，也便归心似箭。开船之前，大鱼咕嘟咕嘟仰脖灌了一通老酒。他在舵楼子里耐不住憋闷，通身酒热醺炙，敞开衣襟，两片衣襟一掀一掀，亮着油渍渍的胸沟儿。老包头皱着眉头子吸闷烟，烟袋吸得咝咝有声。他的脑袋像个空坛子，老脸上凝着一如既往的怨愤和万事操劳的忧郁。他不时瞟一眼舵楼里的大鱼，就想将那狗×的脑壳敲碎。遗憾的是他没这个能力，在海上，他还得依靠大鱼，老包头自顾自说："奶奶的，忍啦！"

大鱼不急不躁稳稳当当地驾船。两条酸乏的手臂弄出一些细微的声响，嘴里哼着野歌，火辣辣的眼睛里透出一股悠远的神往。日子久了，他与老包头尿不到一壶里，就干脆带上珍子跑吧，老娘死后，雪莲湾已经没有他什么人了，宁早别晚，夜长梦多。一想女人，再长的海路也短了。老船荡至黄昏，他们已远远地看见海岸线了。起风了，很硬的风头子摧得大海尽在颤抖中，大浪翻着花样涌向海堤。犬牙交错的浪头子，咬瘪了海面上的万物。嗡嗡的声音从远处荡来。帆和船的影子很模糊了，风暴潮的气息在黄昏的海面上幽幽行走，大海狂躁不安地骚动了。一个神秘的声音很快变成焦干哑闷的雷声，沉沉地滚来滚去。大鱼嗅到了一股浓郁的风暴潮的气息，贼风又将他粗重的喘息吹向大海。他探出脑袋，看见天空飞舞着各种海鸟。他手臂一抡，在空中割出一串冷飕飕的声音："狗×的，风暴潮来啦！"

老包头早就被眼前的景儿吓呆了。他惧怕风暴潮，可它像是专门跟他作对似的提前扑来。他怕大鱼慌了阵脚，半天不愿承认这个可怕的现实，见大鱼一语道破，他才惊惊骇骇地骂天了："真他娘倒霉，早不来晚不来，偏偏……气象预报有个屁准，纯粹是他娘的大腿上号脉！"大鱼没理老包头，但刚才悠闲的神态渐渐变得严峻起来，"噗"一声，喷出嘴里的烟头。老包头喊："大鱼，能拢滩吗？"大鱼骂道："这屁话管蛋用？前不着岸后不挨岛的，往哪儿拢？只有闯狗×的！"老包头慌手慌脚地朝舵楼子挪来："今天的风暴潮邪性，俺看这回是凶多吉少啊。"

　　风暴潮就是海啸,雪莲湾几年少有。春天的雪莲湾最容易逼来风暴潮。眨眼的工夫,海天就浑蒙一片了,哗哗的每一个大浪,拍在船舷上,总要激起几丈高的水柱。海面好像整片团团陷落下去,深深的,黑黑的,极像一个恐怖的潭。满天大大小小的浪沫子朝老船落下,纷纷如雨。老包头浑身被浇个精湿,他哆哆嗦嗦地甩着两条短腿,朝舱子里钻。大鱼朝他吼:"落帆,快落帆啊!"话音没落,船就颠进死路了,栽进旋涡了。水底有一股巨大的吸力,将船生生拽进去。船身打横了,帆只起反作用了。老包头听见大鱼吼了,试试探探不敢钻出舱子,害怕跟闯黄龙潮似的被甩进海里。大鱼火了,骂一句:"胆小鬼!"就滚出舵楼子,跟跟跄跄地奔向双桅。被海水浸湿的绳子滑溜溜的,解不开,老帆怎么也落不下来。大鱼喊:"快,快扔斧头过来!"老包头吃力地扔过太平斧。大鱼抄过太平斧,唰地抡起来,老帆扑嗒嗒地掉下来了。帆一落,老船的处境好多了,大鱼松口气,哈腰跑回舵楼子。他驾船闯出一个旋涡,竭力将船体顺过来。老船在疯癫的海里跌跌宕宕地跳跃。水帘子从四面八方砸来,使大鱼不论把眼睛往哪圪塝看都会感到水妖朝他狞笑。大鱼不知道,老船是怎么糊里糊涂地卷到老河口东侧的拦潮坝底下的。他探着水涝涝的脑袋,忽然被轰的一声巨响惊呆了。

　　他看见了,拦潮坝被贼暴暴的浪头子撕开一个很大的豁口,海水哇哇吼唱着钻出豁口,直泻而下。他还瞧见豁口两头在"扑啦啦"地塌落破碎,轰轰隆隆的声响惊心动魄,哪怕十里外都能听到。大鱼的心提到了嗓子眼儿。他知道豁口再塌下去,再堵就不那么容易了。那样下去,海水就会洗劫一切。河口东侧的十几个村庄,碱厂、盐场,几千亩虾池子就会变成汪洋。他心窝里憋出冷汗来了。他的脑袋里打了个闪,就吼一了句:"奶奶的,闯球的!"

　　老包头蹶跶蹶跶地钻出舱子,急头横脑地叫道:"大鱼,停船!打铁烤煳卵子也不看个火候!"

　　大鱼轻蔑地看一眼神色惶恐的老包头,骂道:"这会儿草鸡了,那还是人吗?"老包头又吼:"你狗×的跳下去堵口子啊!俺还要船呢!"

　　"呸!你能堵住?"大鱼骂。

"那也不能冲！俺的船……"

"狗×的，啥时候了还船船的？"

"你别胡整！"

大鱼铆足了劲儿瞪着一双血眼闯坝了。

老包头知道大鱼的性子，就哭哭啼啼地说软话儿："大鱼，俺求求你，不为你我着想，也该想想珍子吧？"大鱼心尖抖了一下，骂道："临阵躲逃，还他娘有脸见珍子？你怕死抱上轮胎逃吧，没人强求你！"

老包头像断了骨的伞，瘪了，慌慌张张地抱紧圆鼓鼓的轮胎，咕咕噜噜地滚下船去了。

老船箭一般朝豁口冲去了。

"孬种！"大鱼轻蔑地骂着，死死盯住豁口，大掌左左右右调动着舵把儿。老船断断续续地发出碎响。大鱼的牙帮子咬得咯咯响，眉头处胀出一个肉疙瘩。他脑里一片空茫，全身心凝在豁口处。他啥也看不见了，唯有黑洞洞的豁口。"砰"一声闷闷的巨响，老船不偏不倚地卡在豁口上了。一排浪头拍击着歪歪转转的老船，黑黑耸出一截的舵楼子被一柱大浪击成木片片，炸出老高。

海天一派阴沉。大鱼耷拉着脑袋，血糊糊的胸脯子抵在舵把上。好长时间，他才被浪头拍醒了。他想喊，却喊不出来，舞着双手搏击着浪头。又过了一刻钟，海堤上涌来了黑压压抢险的人群。疙瘩爷带着村民来了。由于大鱼为抢险争取了时间，老船两头的流泥很快被堵上了。人们拖起血糊糊的大鱼，喊："大鱼，大鱼，你醒醒啊！你小子真是个好样的！"大鱼撩开紫青的眼皮，呼噜着喉咙说："去，去找找……老包头！"人们晃着跳跳的马灯寻来寻去，才在泥坝下找到了老包头。

满海的阴霾渐渐散了，遥遥的天际，扯开一角麻白。老包头一头扎在泥坎子下，身体随着浪头一掀一掀地，死了。

日子

麦兰子跟大雄结婚以后,她才慢慢品出啥叫日子。

日子顺顺溜溜地过去,熬疲了人,磨倦了神儿,春日来了好些天,麦兰子也没觉出来。这天她不经意地瞧见后院石碾旁的那株石榴树了,泥黑色的枝杈上泛了绿芽儿,她心下便朦朦胧胧生出那个只有春天才有的念想来。她巴望着日子快抖出点波澜来,乏味的日子,简直不值得去过,委实活受罪。

麦兰子心里藏着那个美妙的快意,捷步来到雪莲湾老河口的时候,夜色便随着老帆湿漉漉地掉下来了。海风刮得畅,她的心情开阔得像一片退潮的海滩。海雾很厚,扑脸儿地折腾。糊里颠盹的老河口的颜色就叠着鱼鳞状的皱褶一层层地黯然。一线很强的灰光泛起来,她眼睛被刺痛了,余后就看见一艘艘机帆船、蛤蜊船、铁壳船和小舢板不断弦儿地颠进河道。岸上的人群被船上荡起的鲜腥诱下河坡,鲜活声里充盈着交易的欢畅。麦兰子切切地张望好一阵,终于寻到了男人大雄的那艘老旧的单桅蛤蟆船。

"大雄,德行样儿的。"麦兰子喊。

嗨哟嗨哟,拉船号子声,吞掉了麦兰子的呼叫。她索性扑扑跌跌地朝老船奔去,远远地瞧见大雄膘乎乎的身子在桅灯影里晃来晃去,屁股一撅一撅地收网。光亮涂在他的脑袋上,放出通红的豪光来。

麦兰子的眼睛盯住男人身穿的由她纤手织就的酱色毛衣。毛衣织小了,紧箍箍的有点斜,显得别扭和滑稽。男人出海的日子里,她忙完酒店的生意,静下心来就想那件毛衣。男人的影子却很淡很虚了。走得近些,麦兰子脚下就呱唧呱唧泥水响，脚心凉凉的。她隐隐看见男人毛衣上沾满海草，乌一块白一块，她的脸色便很沉很幽地撂下来。她双眼空茫，柔婉的双肩也在暗中一抽一抽地抖了。她自己也弄不明白今天是怎么了。男人麻溜地将网揉成一团，扔在船板上，便坐下来吸烟，悠闲地吐着烟圈儿，吹吹嘘嘘与凑来讨价儿的鱼贩子胡诌。

"这位大哥，货呢？"是个女贩子。

大雄说："面条鱼，满籽蟹。"

女贩子跳上船，瞪眼撅腚扒拉两筐货，叹道："俺的天神哩，多好的面条鱼。大哥算是撞上财神啦！"

大雄懒懒地斜躺下来，一只脚跷在船舷上。颤颤的如一柄橹把。女贩子显然相中了货，浑身马上软了，蹲下身子，拿女人的气息撩他："大哥，给个价，面条鱼俺包啦！"

大雄把烟头喷水里，大模大样地说："走吧，俺的价儿贼高，大妹子你包不起！"说着晃手指头。

"二十块一斤？"女贩子愣一下。

"不，两百块。"大雄板紧脸。

"想头顶插扇子，出风头哇？"

"你不要，算俺老虎吃蚊子白张嘴！"大雄眯着眼说。他的海货是留给麦兰子酒店的，不想卖又想斗嘴儿。

女贩子嘻嘻笑了："别诓妹子啦，大哥，天不早啦！"

大雄拍拍屁股爬起来："你不要，俺走啦！"

麦兰子淹在人群里呆立着，既生气又好奇。

女贩子火了，耍了泼劲："天底下有你这号人吗？包脚布做孝帽一杠子上天，想赚棺材本是不？"

大雄憨笑："别火啊，买卖不成仁义在。"

"屁，白眼狼戴草帽变不了人儿！"

"驴×的，你嘴巴干净点。"大雄显然耐性不足。

女贩子更是泼天野骂："你个挨千刀挨万剐的，喂鲨鱼的土鳖虫！"大雄赖赖地咧着嘴巴，胸脯子一抽一抽，呼呼喘浊气。

麦兰子吃不住劲了，有一股气在肚里翻，涌到眼底就是泪。大雄骂骂咧咧舞着大巴掌朝女贩子扑去。几个围观的渔人呼啦啦拦住了大雄。"好男不跟女斗嘛！"渔人劝大雄。大雄望着被人拽走的女贩子，昂着脸笑，怪怪异异的。

麦兰子直杵杵地傻挺着，来时的那缕快意消失了，仿佛沉重地背着啥包袱。不知为啥？麦兰子的脑子闪了一下裴校长。好长时间没跟裴校长联系了。大雄狠狠啐了一口痰，心静如水，好像什么也没有发生过一样。在城里混过就是不一样，他不再信十三咳了。他自从跟麦兰子结了婚，感觉真好，将麦兰子搂在怀里很踏实。麦兰子在跟大雄结婚前提了一个条件：不准再信鬼信邪！大雄答应了。可是，大雄这次又算计错了！麦兰子成为大雄的妻子之后，她就感觉大雄身上还缺了点什么。

大雄弯腰颤巍巍地把网推进舱里，锁好，便矮身走至筐前，青筋突跳的大手抠紧筐沿儿，身板子咯吱咯吱一阵轻响，左臂一横一滑，身子一扭一耸，沉甸甸的鱼筐抛上了肩。姿态充满壮美。唯有筐子里哗哗啦啦的稀汤薄水，损伤了极好的画面。他走到船头，又扭回头冲一个年轻渔人喊："四喜，给哥哥看着那筐螃蟹。"四喜应声没落，他便甩着大脚片子，哼哧哼哧踩上了湿渍渍的河滩。他与麦兰子擦肩而过。麦兰子没吱声儿，扑面而来的一股腥臊味儿。她翻心了，呃呃地一阵呕，吐一口黄黄的黏液才清爽一些。她定定心，碎步挪上船，融在灰白的灯影里。"大雄嫂，你来啦？八成想雄哥了吧？"四喜叫道。麦兰子不愿听"大雄嫂"三个字，愠怒道："四喜，日后不准再这样叫俺，俺是俺，他是他，喊俺麦兰子吧。"四喜不阴不阳地笑："咋，看不起俺雄哥啦？嫁鸡随鸡，嫁狗随狗，嫁给老船海上走！"麦兰子瞪他一眼："瞧你那副熊样儿！"说着弯腰一点儿一点儿拽起沉沉的蟹筐。螃蟹蠕动的沙沙声立时染了一船的活气。四喜搭手扶麦兰子下船，伸手拧了一把她圆滚滚的屁股："嘿嘿，去跟雄哥炕头嚼舌头去吧！"麦兰子骂："挨刀的，没成色的货！"骂着竟咯咯笑了，猴急猴急地淹在暗夜里。身后的桅灯陆陆续续灭了……

大雄喝完酒四仰八叉一个"大"字写在炕上，百事不想，怪模怪样地瞅着麦兰子笑，死乞白赖地拉麦兰子。隔着灯光看女人，恍恍然，似乎有些异样。她红扑扑的脸活泼、纯净，黑亮妥帖的黑发在头顶挽了个丹凤朝阳。翡翠色紧身袄将腰绷得纤纤巧巧，气息生动。麦兰子想要告诉大雄一些村里的事，大雄就是不听，三下两下就把麦兰子的衣裳脱光了，自己笑着爬了上去。等事情完了，麦兰子一边给大雄擦额头上的汗，一边念叨着说："听爷爷说，村里乡里要搞一个旱船会。他特意嘱咐，让咱俩也报名呢！"大雄毫不在意地说："你爷这人有毛病吧？搞了龙帆节还不过瘾啊？旱船会有多少年不搞了，你爷爷有病吧？"麦兰子说："你才有病呢，俺爷说了，这叫物质文明和精神文明一起抓。你要不干，俺可找别人配对了，到时候你可别吃醋。"大雄有点结巴了："这，这还，还，还男女配对？"

麦兰子瞪圆了眼睛："你真不知道，还是装糊涂？小时候俺们都看过舞旱船的。"大雄眨巴着眼睛，脑子还是想不通。

舞旱船，是民间花会的一种。雪莲湾从很早年月便衍生风俗，尤其以旱船著称。旱船是花会的一种形式，每年的节日这里都有吹吹打打热热闹闹的旱船赛。一个个俊俏俏的女人坐在彩绸扎成的船形的一蓬莲花上，翩翩起舞，手里彩绸舞来摇去。后边跟着一个个手擎船浆的艄公摇橹，旁边三三两两龇牙咧嘴的阔公子钻来钻去朝旱船女滑稽地飞眉斗眼儿，逗得观众哈哈大笑。渔人的日子是酒伴着愁和险闯过来的，劳顿是劳顿些，可将鱼虾捐出去，即可财大气粗，舞起旱船来也就滋润活泛。雪莲湾旱船会有它的独特之处，祖上传下的规矩，旱船女和艄公成对，或为合法夫妻，或为旱船女的心上人。世上万物皆分阴阳，阴阳相合，天地流转。当年七奶奶和七爷舞一条绿旱船着实风光了一阵子。七奶奶老了，不再舞船，却成了名师。村里生就木木呆呆忸忸怩怩的姑娘媳妇，经她点化，一个一个舞起旱船来便灵活美气了。麦兰子十岁就跟七奶奶舞旱船，技艺高超。

麦兰子非常有人缘，连小酒店也沾了光，不到十张桌面的小饭店整日红红火火的。来来往往的汉子们钻进酒店，丑公子般在她身边蹭来蹭去的。偶尔也来些像裴校长那样干干净净的"文化人"。望着"文化人"斯斯文文的样子，麦兰子心底泛起一股抑制不住的渴望。她没能嫁给裴校长，心中的渴望一直欠缺着,眼下日子富足了,她就巴望丈夫大雄能成个"文化人"。那样大雄的身上就有了裴校长的魅力。她做梦都想这事。

大雄醉眼里的娘儿们比先前又秀丽了许多。渔人有船,有烈酒,有票子,有女人,还图啥呢?麦兰子心情抑郁,很不松爽,生气地挣脱男人,从柜里拎出一只碎蓝花布包,娴静地坐在灯下摆出要穿针引线的样子。"大雄,你就情愿当一辈子渔花子吗?"过了许久她说。大雄几乎是香香甜甜地睡去了,鼾声缓缓挤出来。麦兰子很沉地叹息一声,抖开一面红绸布,拿剪刀唰唰裁去豁边,零零碎碎的布条子呈各种形状,纷纷飘落,沾在她胸脯和腿上。然后她就认认真真一线一线地缝着。

麦兰子学七奶奶的样子在做一条红旱船。满打满算离旱船会的日子也不到半个月了。她和大雄就想舞一条红旱船。红能避邪呢!实际上,旱船的颜色由每对夫妻自定,她不知怎的,她就喜爱绿红两种色调。奶奶和爷爷的那条绿旱船没有了。七奶奶给她扎了这条红旱船。麦兰子展展身子,依旧缝着。大炕上的男人睡出了细汁,翻翻身子,冒起汗馊气。"水,兰子,水……"他晕晕乎乎地呻吟着。兰子瞟见男人干裂的厚嘴唇上爆开一层白皮,就站起身,端来一瓢凉开水,手捏男人耳朵拽醒他:"没出息的,灌吧!"大雄翻一下眼珠子,哼一声,咕咚咕咚喝下去,很沉地嘘了口气。

"你驴×的,咋还不睡?"大雄瓮声说。

"俺在缝旱船。"麦兰子说。

大雄翻了个身,沉沉睡去。

五月的雪莲湾是一个让人没法说清楚的季节。麦兰子掰着手指头算计的那个日子说来就来了。海啸刚过,天蓝蓝的,风柔柔的,天气是无可挑剔的。麦兰子喊七奶奶也来看旱船会,七奶奶的剪纸也派上了用场,七奶奶剪的小狗小马小蝴蝶什么的,分别贴在了旱船的木头上。七奶奶皱巴巴的老脸浓缩着复杂的内容。麦兰子兴奋地说:"奶奶,快点走啊!"而后,大雄就笑咧咧地追过来,两个人分别搀扶着七奶奶喜颠颠地去了。

赶到老河口东侧十里长滩的时候,那里已是人山人海了。蛤蜊皮子颜色的海滩铺着欢喜无尽的光泽,老河口、老船、古树、房舍、河汊等景景物物,都鲜亮了。鼓乐队艄公队一排一排，花花绿绿、齐齐整整。旱船会的词儿也换成"雪莲湾渔民艺术节"，招来各级的头头脑脑、记者、商人，七七八八身份各异的人，说明再也不是渔人的自娱自乐了。何乡长手执的长角海螺号鸣嘟嘟地响彻之后，锣鼓吹吹打打、鲜鲜亮亮地炸开，一拨拨的旱船女踩着大秧歌的鼓点，仙女下凡般地晃出来。忽悠悠一片白，忽悠悠一片红，忽悠悠一片绿，忽悠悠一片蓝，染了一湾的火爆，摇得大海滩都耀耀烨烨地颠动了。

麦兰子脸红红的，充满了喜气，脖根儿红了，嫩如花茎。她很卖力地舞着红旱船，缀几星蝴蝶斑的鼻尖渗出许多细小晶亮的汗珠儿。大雄是个聪明人，他看别人一眼，自己也神神气气地舞桨了，没了拘束和遮盖，大模大样地与女人配合默契。起初，他们这抹红埋在花海里，不显山露水的。等过了一段时间，这一对便在观众眼里燃起一蓬艳火来。麦兰子模样好舞姿也优美，腰肢灵活地一扭一扭，脚尖蜻蜓点水般乖巧弹跳，白藕般的胳膊呈弧状，东一甩西一摆的。她艳红的小嘴巴熟蛤蜊般张开一些，唇纹明晰，如两瓣肥硕热烈的鱼舌。仿佛有无尽的魅力都沉埋在那里了。她扯去了人们的视线，惹一拉溜儿观众咂舌赞叹。

"绝啦，这才叫炉火纯青啊！"

"这娘儿们全盖啦！"

"和七奶奶当年一个样儿。"

"嘿嘿，她那傻爷们儿差劲儿。"

"咋个熊法？"

"懒驴子上磨瞎绕腾。"

人们的瞎话飘进麦兰子耳朵里的时候，也让大雄听见了。他不气不恼，咧开瓢儿似的大嘴，嘎嘎笑，仄仄歪歪如舞醉棍。麦兰子依旧喜盈盈的，只是拿孤傲的目光压着旁人的目光。男人的葫芦头变得小小的，摇来晃去的蛮像回事。大雄也觉得自己与麦兰子是天撮地合的一对儿，没啥不般配的。麦兰子也自信红旱船永远像个"情结"，维系着他们从头走到尾的。不知啥时候鼓乐改调了，换上一曲古老的《步步紧》。急雨似的梅花十六点儿，催得旱船女和艄公子，身贴身，脚插脚，快速叠碎步，前走走，后退退，左三步右三步，踢踢踏踏，洋洋洒洒，旱船伴着曲点舞，乐不尽花不尽，旱船会地地道道地走向高潮。麦兰子身子拧着活，步子也灵。大雄瞪眼鼓腮，头四下晃，肚里凝一口真气，一步压一步追着麦兰子舞得急，头上汗珠子一颗一颗地甩落。小两口似舞似醉地踩着"梅花点"，惹一群人里三层外三层地围观。一个身着西装，白白净净瘦高瘦高的客人问乡长那对舞船的是谁。何乡长说："是大雄两口子。"客人在小本子上记记画画一阵子，嘴里发出很响很脆的咂巴声。

白秋秋的日头爬上正头顶时，旱船会散了。麦兰子跟何乡长在老船根下咬了一阵耳朵。大雄抱着红旱船醋味很足地使劲儿干咳，麦兰子急煎煎地走过去，瞪了男人一眼，接过红旱船，与大雄默默走上河堤。麦兰子双腿有点软颤，但她心里珍藏的那个很沉重的很神圣的念想又顽强地钻出来，竟使她忽略了男人身上涌起的汗馊味儿。她终于说："大雄，俺有当紧事跟你说。"

大雄像头倦驴，吸溜一声鼻子。

"大麦铺小学缺个老师。"

"俺是那块料吗？"

"你是高中生，有指望熬到吃皇粮！"

"傻媳妇，吃皇粮有啥好？"

麦兰子火了："咋不好？土鳖虫，不争气！"

"老师，这个孩子王能挣几个钱？"大雄真的为难了，"你说，你麦兰子也在裴校长那儿代过课。文化人的瘾该过足了吧？还让俺当老师，亏你说得出口，你愣把俺当鸭子赶上架是吧？"

麦兰子婚后变了个人，再也不跟大雄打打闹闹了。她说话的声音也变得细了："咱有钱了，有车，有房，不缺钱！再说，俺的小酒店也能养活你！"

大雄撇撇嘴："让娘儿们家养活，还叫爷们儿吗？"

麦兰子呼哧呼哧喘了，声音变得严厉了："大雄，俺送你当'文化人'是抬举你，你倒狗咬月亮不知天高！"

大雄剜她一眼，道："你螃蟹吐沫儿，白搭劲儿！"

"你到底干不干？"

大雄说："不干！"

麦兰子收住脚,气抖抖地将红旱船往脚下一戳,倦慵慵的失望样儿,很复杂的泪十分泄气地圈在眼窝里。她关上心扉,一切欲望留待热血慢慢溶解。日影里的红旱船晒得黑黢黢的,贮满了她的愁绪。

大雄走了,摇摇晃晃的身影变得很丑,日光被踩成无数碎片。

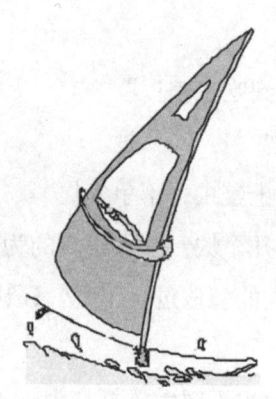

犯人村

海啸过去了。雪莲湾和沿线几个村受灾,老河口两侧堤坝冲毁,六百亩虾池被冲毁,盐场被淹,经济损失近一百五十万元,村庄、碱厂和虾池基本无损……大鱼成了雪莲湾抗灾的英雄。他一下子出名了,电视台、报纸记者纷纷来采访他。他是个好典型,特别是从大狱里出来的人就更有意义了。那天,大鱼和珍子操办完老包头的丧礼,就被劳改队劳教科的秦科长叫去了。秦科长在劳改队办公室接见了大鱼。秦科长原是五队队长,大鱼劳改时就在他手下,他对大鱼蛮好的,让大鱼当犯人组长。大鱼驾船堵豁口子的壮举让他格外激动了好几天。秦科长让大鱼在劳改队演讲。

劳改队离老河口仅有五里地。大鱼搭运盐船回去的。他走到河堤的时候,天就黑了。风暴潮退去后,老天就开了脸。他仰看天空黑得干净,四周的景景物物也很鲜亮。大鱼心情很好,他双手叉腰在老河口的大堤上默默站了一会儿。暝色悄然四合,海滩苍苍,航道如漠野。不知怎的,老包头的影子在脑里闪来闪去的。"奶奶的,想那老鬼干啥?"他咕噜了一下喉咙,就欣欣走下河坡。他竭力用珍子的影子挤掉老包头的鬼影。他哼着歌子,扑扑跌跌到珍子那里来了,他想把好消息告诉珍子,也让她高兴高兴。远远地,他就听见珍子屋里晃动着三个人影,而且传出女人狠狠虎虎的咒骂声。大鱼愣住了。

"大白鹅跟俺说啦!你个浪货,他大伯活着的时候,你就偷汉子!"

"你个老母鸡也想叼人?"珍子回嘴。

大鱼马上听出是石锁妈花轱辘的声音。花轱辘仰仗着男人庆武是村干部,在村里骂起人来又臭又损。她高高大大肥肥胖胖的，伴着一身馊肉，身子扭来扭去，大而圆的屁股在裤里满满当当地柔韧着。她晃着大掌叫道："俺大伯留下的家当，都得由石锁继承！"

"俺也有一份儿的，你别张狂！"

"你个贱货，独吞了俺大伯的钱财！"

"你血口喷人。"

"俺大伯是响当当的万元户，全村谁不知道？"

花轱辘又骂了。

"那老鬼，从没跟俺交底儿！"

"你放屁！你个白眼狼戴草帽变不了人儿！"

大鱼脑袋轰地一响，一兜火气在胸里窝着。他隔着窗子看着花轱辘张狂的样子，恨不得扑上去给她两耳刮子。他胸脯抖了抖，手握成拳头嘎嘎响了。花轱辘又骂："不交钱，俺就让你们日子过不安稳！"

珍子一肚子委屈，哭了。

"哭啥，屈了你啦？"

"屈啦，就是屈啦！"

花轱辘撇撇嘴巴，说："哼，屈你啦？俺还给你们留面子呢！"

珍子讷讷地问："俺们没做过黑心事！"

花轱辘鬼声鬼气地说："小婶，你放明白点。你爱大鱼，大鱼也爱你。可有人看见，大鱼在闯豁口子的时候，故意把俺大伯推下水淹死的！他的胆子也太大了，他为了娶你去杀人，屁英雄，杀人犯！俺要告上去，不判他个死刑，也给他弄个无期！你就眼睁睁看大鱼二进宫吗？你就再也得不到他啦！民不举，官不究，只要你们把俺大伯的钱交出来，大鱼还当他的英雄，你呢，尽管去做英雄太太……"

珍子捂耳摇头，失张失智地叫："不，不，不……大鱼不是那样的人！"

大鱼再也听不下去了。他一阵恶血撞头，想哭想骂想杀人。他疯子一般扑进屋里，黑旋风似的抓住花轱辘的头发，凶猛地恶摇着，像要把她掐折、捏碎："你狗×的说，俺杀人了吗？是老包头自己跳下去的，你再他娘胡诌一句，俺灭你全家！"他眼睛红得要滴血了。

花轱辘吓白了脸，身子狂抖不止。

"大鱼，大鱼，你不能……"珍子摇着大鱼。

大鱼松了手。

"俺要告你！"花轱辘披头散发像个夜鬼，拽上吓呆的石锁，灰溜溜地逃了。

大鱼颓然跌坐在椅子上。他闷着嘴，喉管里咕噜咕噜响着。他很懊恼，老包头死了，本来他可以无忧无虑地娶珍子成家了，谁知又生出意外枝杈。"奶奶的！"他愤愤地嘟哝了一句。珍子仰起泪珠点缀的脸，怯着眼神儿说："大鱼，别生气，她是啥人你不知道吗？让她嚼舌头去吧！咱别理她！"

大鱼来来去去随秦科长到全省劳改分队跑了月把光景。走到哪儿都受到热情招待。人们都高看他一眼，与过去仰人鼻息过日子的感觉大不一样了。大鱼地地道道地品到了做人上人的滋味儿，心里开始弥漫一种复杂的情感了。他说不清那是什么，只是十分自信地觉得自己行了，真的行了。宣讲完了，秦科长把大鱼带进总队长的办公室。那里坐着总队长和乡里的头头脑脑。在这个烟气腾腾又极庄严的气氛里，双方领导解开了秦科长留给大鱼的谜。原来他们让大鱼去西海湾的犯人村里当村长。

犯人村是一个奇特而神秘的村庄。由劳改释放犯自愿组成的村子，是司法部门寄予厚望的试点。好多不愿意回家的犯人，都可以在这里生活。村长和村民都是犯人。行政上由乡政府和劳改队共管。一切都是新的，无章可循，所以村长的人选极为重要。村长的官儿虽不大，但对大鱼来说是人生的一个天大机会。官不是马上就当的，大鱼是牵头负责人，试用考验一段。大鱼知道领导们是向着自己，客气几句就答应了。秦科长又把大鱼领进自己的办公室说："大鱼，你是俺推荐上去的，日后犯人村的具体工作也由我代管！别的话，俺啥也不说啦！就嘱咐你一点，你要禁得住考验！不能让俺和信任你的领导坐蜡！懂吗？"大鱼憨头憨脑地点头答应。秦科长拿很复杂的目光在大鱼脸上纠缠好久，又说："大鱼，人这一辈子好运不常有，有了就别放过去！我担心一样，现在对你已有了说法了。我相信你，了解你，可并不是哪位领导都这样。你一定要好自为之，千万千万！"他的脸相极平淡，表情也平平，却在平淡中镇住了大鱼。大鱼心尖颤了一下子，讷讷地问："秦科长，你说对俺的说法指的啥？"秦科长说你自己琢磨吧，就走了。大鱼心里如哗地撒了把扎人的蒺藜，脑袋轰地一响，就想起珍子了。是不是花轱辘那套说辞神神鬼鬼地张扬出来呢？他隐隐地生出一股惧怕。

大鱼怕过谁呀？可是，这次他怕了。

大鱼怔了一会儿，就风风火火走出劳改队大楼。天色灰乌乌的，就要黑了脸相。大鱼搭上运盐船回到老河口时，天就黑了。他糊里糊涂地登上了拦潮大坝。大坝黑蟒似的弯弯曲曲往暗处钻去，湿润的海风吹来吹去，坝下荡着十分狂烈的潮音。不远处有模糊的帆影和跳跳闪闪的渔火，嗨哟嗨哟的拢滩号子相撞又跌落海里。一群落在坝上的海鸟被大鱼咚咚的脚步声惊扰，纷乱地拍打着翅膀钻进夜空。大鱼忽然有种去看一看"豁口"的想法，就朝那边走去了。

远远地大鱼忽然瞧见他闯豁口的地方晃动着两高一矮的人影。三个人鼓捣着什么，就跪在堤坝上了。一蓬火纸点燃，火苗子一明一暗地往上蹿，映得大堤恍恍惚惚。女人家嘤嘤的哭泣声就像一架木制纺车不停地摇动。大鱼紧走几步，近一些他才看清是珍子、花轱辘和石锁在为老包头烧火纸呢。冥冥暮色悄然笼罩着十里长堤，女人假模假式的哭声使大鱼浑身起鸡皮疙瘩。大鱼猛然想起她们是为老包头过"七天"呢。雪莲湾的人死了七天都要家人烧火纸哭一番。大鱼觉得花轱辘的哭相挺好笑，就不动声色地躲在暗处瞧着。

珍子的脸被火映红，脸上没挤出一滴泪，只是装装样子。花轱辘却哭得豪情满怀："他大伯呀你死得好冤呀你的钱呀都啊啊啊叫那不要脸的勾搭野汉子呀呀呀吃了独食啊啊啊你哩去了阎罗殿待在阴曹地府里也要追他们的魂啊啊啊……"尽管她故意咬字吐词含混不清，大鱼还是听出来了。骚货，还在为钱咬仗呢！他心里骂。石锁跪在堤上觉得挺好玩，没哭，而戏耍似的拿一树棍在火纸堆里拨拨挑挑。花轱辘狠狠拍了一下他的天灵盖骂道："没心肝的，哭哇！哭你爹，你爹他……"石锁哇的一声被拍哭了。珍子知道花轱辘是骂给她听的，她就把哭声弄响一些。过了一会儿，火纸烧光了，留下一片漆黑。他们三个都站起来下了大堤走了。大鱼看见珍子的身影一点儿一点儿远去。他总想喊她，几次努力，又都缩回去了。大鱼瓮一样蹲在大堤上朝珍子他们走过的小路张望了很久。他在心里等待她又在行动上抗拒她。他不晓得是啥玩意儿在作祟，莫名生出惧怕来。老包头在的时候他啥也没怕过，他死了反倒怕起来。他想把握自己，把握爱情，又把握不住了。人世原来就是一个永远猜不透的谜，猜透了也就寡味了。他摆出一副半痴半癫的样子在"豁口"的地方来回溜达。豁口改变了他的地位和命运。有了地位，人立时就变得体面了。日子就是这般熬人，许多事，不喜欢，反感，违心，怕，还得应付下去，多年媳妇熬成婆。他心里又觉得挺宽慰。

过了好长时间，大鱼站起身走了。

大鱼的脚步声在海滩上脆脆地响着。他来到小泥铺时，老河口的船已铺铺排排地挤满了。自从老包头死了老船被毁，他依旧没回家，就住在小泥铺里。大鱼的被褥都在豁口里泡汤了，现在用的都是珍子新做的。大鱼撞开泥铺的门，一头栽进黑洞洞的屋子里，没去点蟹灯，而是斜斜着身子在被垛上想事情。他忘记了很多不该忘记的事情，又忆起了许多不该想起的事情。他闷闷地躺着，一支一支抽闷烟，心中涌起一阵悲怆。

"这泥铺谁住呢？"

"大鱼那狗×的！"

"俺可听说那小子早就跟老包头媳妇珍子有勾搭！"

"可不，听说没几天就该结婚喽！"

"老包头真会腾地方呀！"

"腾地方？你懂个蛋！"

"咋着？"

"哼，大鱼那小子一箭双雕啦！"

"你是说……"

"快别说啦，咱跟着瞎掺和啥？"

"大鱼不是那样的人吧？"

"哼，劳改队出来的家伙有啥准儿！"

大鱼不断听到糟蹋自己的话，很恼怒，身子抖抖地，一瞬间心里有恶物泛起。他想冲出去将那些扯嘴的家伙纷纷打趴在地。可一想起秦科长的嘱咐，又很泄气地塌了身架儿。小不忍则乱大谋呢。他又慢慢将心静住。他又想珍子了，想起女人的万般好处，心便乱了。在夜深人静的时候，大鱼偷偷转到珍子的窗前，怅怅地、眷眷地凝视着珍子的倩影，很沉地叹了口气……

守候了很久，大鱼才回去睡了。

第二天早上，大鱼背上简单的行李卷儿登上了运盐船。他没跟珍子搭上话，就不辞而别了。他怕珍子掩饰不住，就干脆先瞒着她，让她先糊涂着好了，等他站稳脚跟，就堂堂皇皇气气派派地接她走，让她惊讶，让她笑。

大鱼到了劳改总队，由秦科长领着去乡里报到之后，就与秦科长去西海滩的犯人村了。西海滩是雪莲湾西北部最荒凉的一片洼塌子，一片滩涂连着一片苇泊。几年前一些从劳改队出来的刑满释放犯不愿回家，偷偷摸摸委在这里混日子。渐渐地，人越聚越多，他们开滩涂，养鱼，养虾，造船，出海，晒盐……形成规模了。乡政府派人赶不走他们，干脆顺坡下驴，与劳改队共建犯人村。原来的村长不是犯人，上级搞试点，急需一个蹲过大狱的人当村长。大鱼歪打正着，糊里糊涂地走马上任了。

秦科长张张罗罗召集了村民跟大鱼见面，望着村民，大鱼很潇洒地讲了一通。秦科长一走，那群家伙就把大鱼围了。大海滩上的空气立时变得紧张了。大鱼早有思想准备，虽然他与他们不是同一劳改支队出来的，但他清楚犯人的古怪的心理。他们仇恨人，尤其是他们的头儿。大鱼摆出一副满不在乎力大无穷的样子看着他们。人们闹闹喳喳地吼开了："你狗×的只会堵豁口子，堵了大坝，再堵娘儿们的豁口，你有啥本事当俺们的头儿？"大鱼忍着没动声色。又有个光葫芦头晃动着嘎嘎作响的拳头叫："你小子降住俺的拳头，俺日后给你当孙子都行；降不住，就卷铺盖滚人！"村民们闹闹嚷嚷地哄着："对，大头说得好！"大鱼顿觉身子在哄闹里丢了分量。他有些懊恼，吼了声："狗×的，俺让你清醒清醒。"他的声音很重，在大海滩上粗野沉闷地滚动，他伸出一只脚，避开"葫芦头"的拳头，轻轻一钩，就将"葫芦头"钩倒了，四仰八叉地跌在海滩的黑泥里。"葫芦头"呼噜着喉咙说："狗×的，俺服啦！俺认你当头儿。"

"是骡子是马拉出来遛遛，出水才看两脚泥呢！"大鱼喊了一句。果然给他说着了，出海、养虾、晒盐宗宗件件的活路，大鱼样样拿得起，而且一竿子插个漂亮。村民们服了,就像当时老包头船上的伙计们一样都高看他一眼。日子不长,他在犯人村就站稳了脚跟。等上边的一纸任命下来,大鱼就盖房子娶亲。

一提珍子,他就觉得自己一下子被劈成了两个人。有些日子,大鱼眼神虚虚的,整日无精打采。那天上午,秦科长和乡里的司法助理来村里指导工作,秦科长看出大鱼有些异样,就拿目光仔仔细细研究他的脸,似乎寻找什么。大鱼有些慌,被看得心里阵阵发空。秦科长问:"大鱼,是不是身体不舒服?"大鱼摇摇头。"是有啥心理负担?有啥想法就讲出来,闷在肚里会生病的!"大鱼的目光与秦科长的目光碰了一下,又陡地滑开了。他能说啥呢?说要娶珍子?那不是给秦科长添乱吗?那时谁愿意坐这根大蜡?他陪着秦科长他们到盐场考察工作,在村口竟碰上了珍子。

远远地,大鱼就看见她了。珍子,珍子吗?她怎么来啦?大鱼的心乱了,走路的脚步极为仓皇。她怎么变得这般狼狈?她的头发凌乱,惨白的脸瘦瘦的,呈着菜色。她好像哭过,弄糟的眼影和熊猫一样黑了两个大圆圈。纤弱的腰脚一摇一摆地朝大鱼走来。珍子远远地喊:"大鱼,大鱼——"大鱼朝珍子使眼色装没听见。秦科长也认识珍子,就收住脚捅大鱼:"哎,老包头家的喊你呐!"大鱼小声骂:"骚货,不理她!"他说话时,珍子已喘喘地堵在大鱼前面了。珍子不马上说话,而是一眼一眼地看大鱼。大鱼脸色变青了,出壳的游魂就被这不和谐的沉默驱到别的地方去了。

珍子终于委屈地哭了,扑向大鱼:"大鱼,俺等不了啦!俺好想你哟!俺们没做亏心事,不怕鬼叫门!俺不稀罕你这个村长了,俺只要你!"

秦科长在一旁愣住了。

大鱼见秦科长脸上的表情,心里烦躁不安,像是失去什么似的狂躁起来:"你滚,你个骚货!老鬼活着的时候你勾搭俺。他死了,你还缠磨俺!俺……"他轻轻一抢,就将珍子推倒了。

珍子像被雷击一样呆了片刻,她嗷地叫了一声。大鱼晃了几晃,险些栽倒,额头冒起汗珠子。

秦科长急了说:"大鱼,你怎能这样?"他就奔过去扶起珍子。

珍子抹着嘴角的血,气得说不出话来。

秦科长耐心地说："老包头家，你不要自讨没趣啦，不要影响大鱼的进步！你和花轱辘成天跟他过不去，又何必呢？回去吧！"

珍子嘴角的血像小红蛇一样爬出来，她疯了似的骂："大鱼，你不是人！"然后眼一黑，轰轰然旋转着搅乱倾斜的一片蓝天很沉重地扑倒下来。

大鱼派两个村民将珍子送走，就躲进屋里哭了。他好久好久没有这样哭过了。夜里等"葫芦头"睡熟了，他便悄悄爬起来，骑上一辆摩托车去了老河口。他蹲在珍子的窗根下，弓着脊赎罪似的背那苍穹。他不敢进去，怕露马脚。他心里念叨着眼就亮了，仿佛外在的荣光都聚到眼底来了。他沉入一个久久不醒的老梦里去了。

日子久了，山也会塌的。

半月之后，正式任命大鱼为犯人村村长的一纸批文终于下来了。小小犯人村都沸腾了。村民们喜欢大鱼。大鱼得到喜讯时，正在盐场里干活儿。他欢欢乐乐地朝村委会跑去了，他要亲眼看一看批文，瞅一眼心里就能落个踏实。村里的一切安排妥当，大鱼去劳改队找秦科长了。大鱼又吭哧吭哧挠头皮了，闷了半天才说："俺请你喝喜酒！"秦科长瞪大一双眼："你要结婚啦？新娘是谁呀？"

"珍子。"

"啊，老包头家？"秦科长先是一愣，继而就跟大鱼火了，"你小子，成心跟领导摆迷魂阵咋的？告诉你，你真要跟珍子结婚，花轱辘的咒语可就应验啦！领导还会重新审查你的！"大鱼一本正经地说："俺没做亏心事，都是花轱辘胡诌的！"秦科长说："俺知道，俺信任你！可俺顶不过社会舆论哪！"大鱼心一下子凉了，胸口窝里像有一团东西死死压着："那，你说咋办？"秦科长说："天下女人多得是，凭你大鱼在雪莲湾搞不到对象？"大鱼连连摇头："不，不，俺不能没有珍子，俺答应过她的！求求您，给俺做主吧！"大鱼扑通一声给秦科长跪下了。秦科长惶惶惑惑地扶起大鱼："好吧，俺给你兜着，不过这件事先跟头头沟通一下。"大鱼说："求求您啦，成全俺们吧！"秦科长点点头。大鱼乐了。

大鱼走出劳改队大楼，天已经黑了，他走在河堤上心情好极了。他在雾气里走着，胸膛里涌出一种思恋的焦躁，浑身热血沸腾了。他想极坦荡极快活地吼一嗓子渔歌。他张了张嘴巴却吼不出词来，憋得眼里涌出泪来。他定定神儿，不由自主地吼了一通"噢嘿噢嘿"的拢船号子。老河口颤抖了，雪莲湾颤抖了。他的吼声就像一个涌动着顽强生命力的怪物发出的悠长的恢弘的钝吼，传出远远的。他走着，好像看见珍子的笑脸了，她咻咻笑，脸蛋成柔柔情情的月亮。他试想着当把喜讯告诉她时她高兴的样子。大鱼一路走得风快，不多时辰就看见老河口了。老河口上浮着大大小小的蟹灯，明明暗暗、闪闪跳跳一片红火。他又看见跟珍子约会的小酒铺了，不由得心里一热。他在书本里读到这样一句名言，好像是警告他的，"沉浸在爱情里的每个女人都曾是天使，当她爱上一个男人的时候，她便折断翅膀坠落变成了凡人，所以无论如何都不要辜负爱你的女人，因为她已经没有翅膀飞回原来的天堂"。大鱼默默对自己说："珍子，俺大鱼不会辜负你的，俺所有的过失都会补偿给你！俺让你幸福！"大鱼这样想着，脚步快捷起来，不长时间就怀揣着厚望站在珍子的屋前了。他很沉静地喊："珍子，珍子——"

屋里黄乎乎的灯影有些虚幻。没人吱声，又叫了半天也没见珍子出来，他心一沉。再喊，蹦出石锁来。

大鱼问石锁："你婶娘呢？"

石锁歪歪一头扑进大鱼怀里，"哇"一声哭了。

大鱼浑身打了个哆嗦，使劲摇着石锁头："咋啦？她咋啦？"石锁抽抽咽咽地说："婶娘，她跳海啦！"

大鱼当下腿一软，立时塌了身架，深黑的眼眶子一抖，稠稠地淌下泪来。他蒙了片刻，就像一头怪兽，嘶吼着，跌跌撞撞地奔向海堤……

夜深的时候，小池子将大鱼拖回来。

小池子悲悲怆怆地向他诉说一切……

那天珍子从犯人村回来，就病了。大鱼哪里知道她怀上了，她肚里有了大鱼的根脉，不几天她就流产了。小池子招呼着将她抬到乡医院的时候人都昏死过去了。医生将她抢救过来，她嘴角垂下一滴血，像吊着一滴残忍的记忆，她只是清醒地说了一句话："俺的天神哩！村里村外谁都骂俺，戳俺脊梁骨。俺不怕，可俺没承想，那么多作践俺的话，竟是打大鱼嘴里传出来的！万般都是命哟……"然后，她就狠狠哭出一摊泪水。泪流干了，她再也不吃不喝不说话了。

一个飘着小雨的暗夜，珍子偷偷溜出医院，悄然登上了拦潮大坝。她就在大鱼堵住的"豁口"处站住了。她抬起苍白的脸，怔怔地凝望着给大鱼带来荣光又给她带来灾难的豁口子，眼底生出恨来。她爱这个世界却恨这个豁口，此刻支撑她心灵大坝的支柱断裂、崩塌了。她忽然像泼妇一样跌坐下来，身子慢慢蜷下去。喉咙口挤出一串短促的呜咽。她忽然拿双手疯一般挖着泥土，一下两下三下……直到十个手指露出血糊糊的骨头来，大坝依然不可一世地卧着，像一条黑蟒。"豁口"再也不会在她面前出现。她绝望了。她一闭眼，滚下了大坝，融入大海。她被捞海的渔人救了，再次将她送回医院。遗憾的是，她的情感、她的血肉、她的爱恋以及她的体温都葬进"豁口"里，捞上来的，再也不是敢爱敢恨美丽迷人的少妇珍子。她坐在医院的床上，脸色苍白，目光呆滞，像个坐化的尼僧。

"珍子……"大鱼"扑通"一声跪在她面前。

珍子一声不响，冷冷看他一眼。

"珍子，俺是大鱼，接你来啦！"

珍子的心思好像跟这里不搭界，脸上没有任何表情。医生对她说："你看呐，谁来啦？"珍子忽然举动古怪地抱起脑袋，疯疯癫癫地喃喃着："俺的孩子，俺要孩子……俺要孩子……"

"珍子，俺是大鱼！"

珍子目光呆滞："不，你不是大鱼，你是鬼！"

大鱼扑过去，紧紧抱住珍子，哭了："珍子，为啥这样啊？"珍子没有表情。完了，完了，啥都完了。大鱼将满是泪水的脸埋在阔大的巴掌里，埋在往事的记忆里。昔日的一切美好，都被残酷的现实葬掉了。

红蛇

麦兰子心里单一的积痛有些麻木，麻木久了，便趋于平静。家庭能平静终归是好的。潮涨潮落，日子平稳过。大雄出海拢滩，回家就觉出女人的异样。麦兰子一下子变得沉静，让大雄悚悚生出些恐惧来了。大雄不明白麦兰子那么向往"文化"，她的思维好像还没走出学校。这棵树非把麦兰子吊死不可了。

一晃儿就是夏天了，大雄再次出远海回来，修船的日子里，大雄心里很躁地渴望有一方另外的天地了，但他惶惶的不说出口，豆干饭闷着。大雄本不是这种性格，就是受了那怪圈的蛊惑，不情愿而又服服帖帖地钻进里面去了。大雄终于说："兰子，这次出海俺一直琢磨教书的事，俺也理解你，注定你当老师，为了俺你才离开学校的，俺对不住你。既然这样，俺愿做老师试试。"麦兰子先乐了，把肩头矮下来，香喷喷的头搁在大雄宽厚的肩上，竟嘤嘤地哭了。她的哭声如夜莺轻唱。大雄知道她为啥哭。麦兰子说："俺早料到有这一天。"

大雄的身子往上一欠一欠地，觉得自己猛然高大了许多。夫贵妻荣嘛，他是女人的指望。他幸福而踌躇满志地闭上眼，似要把未来日子详详细细地排摆排摆。麦兰子就拉着七奶奶去找何乡长了。七奶奶亲自出马，何乡长当然十分重视，于是麦兰子又逼何乡长领她去了县城教委主任家。半月之后的一个早晨，乡长派乡文教助理将大雄任大麦铺小学教师的一纸批文送来。"俺的天神哩，他终于从一个渔花子变成文化人啦！这年月只要你认真去做事，就没有做不成的事！"麦兰子想。

大雄拿到批文怔怔怔、痴呆呆好一阵子。他啥话也没跟麦兰子说，便独自去了船厂。大雄把自己的渔船租给了四喜，才去了麦兰子的小酒店。小酒店里瓦亮瓦亮的，一堆一堆的渔人叽叽嘎嘎地喝酒。他从偏门扁身绕过去，看见麦兰子端来酒、菜和饺子。麦兰子喜眉喜眼地说："给你发脚，茴香海贝馅的饺子。"大雄佯装文化人城府很深的样子说话，呷酒，吃饺子。麦兰子却十分喜欢男人假模假式的模样，她觉得男人开始脱俗了。屋里燥热，几杯酒下肚，大雄就大汗小汗地淌了，那股总也散不尽的腥臊气又将麦兰子呛得好一阵呕。她说："大雄，你出海累，俺店里忙，老也没在一起好好睡觉啦！你喝完酒先回家，在后院水缸边好生洗个澡，俺们早早儿睡。"大雄咏咏笑了，心下蓦地生出男人阳壮壮的念想。

大雄吃喝完了，就磨磨蹭蹭地回了家，在后院石槐树下酣畅淋漓地撒了一线长尿。而后便噼里啪啦脱去短裤和背心，摸摸索索地爬上老树下的石碾。

石碾是破残的，经一天日晒，热嘟嘟痒兮兮的。大雄躺上去望着满天醒着的星儿，念叨着只有自己才明白的话。海边大如苍蝇的蚊虫唤醒他，给他赤条条的身上留下密密麻麻的绛紫色的肉包。他顿觉浑身奇痒无比，跳起来，一蹦一蹦兔子似的跑到房檐下，抱来干干爽爽的辣蓼草，点燃，熏一大块地方，驱了蚊虫又能照亮儿，大雄用葫芦瓢从缸里挖出清水来，哗地扣在头上，然后张开大巴掌，在身上揉揉搓搓。辣蓼草脆脆地吱嘎着，如闪闪跳跳的渔火，将他健壮的骨架涂一层暗红的油彩。他再扣一瓢水的时候，忽然觉得有一条凉凉的、滑腻腻的东西从他后脊上滑落，"吧唧"一声摔在石碾上，一闪，便没了踪影。大雄愣怔的时候，麦兰子拿围裙"呼嗒"着浓烟挪过来。麦兰子让大雄趴在石碾上，拿毛巾抹上肥皂，狠巴巴地给他搓背，揉得他骨节一阵轻响。大雄舒舒服服地等着。麦兰子边搓边说："雄，明儿你就是喝墨水的文化人啦！"

"嗯……"大雄说。

"记住，树争一张皮，人争一口气，好好干！"

大雄又嗯了一声。

"记住，别像抱着猪头找不到庙门儿似的，神气点。说话办事就得有点文化人的样子。"麦兰子眼睛盯着他的后脑勺说。

"嗯。"

辣蓼草一会儿就燃尽了，蚊虫袭来了。

来来去去月把光景，大雄就不再天天跑家了，其实大麦铺村离雪莲湾也只有十八里地。开始上班时校长让大雄管些后勤，兼教体育，而后就正正规规地接班了。他是四年级班主任。这是北边三个村子的联办小学，一个班就有五十多人。每次回家来，麦兰子总爱听大雄吹吹嘘嘘地讲学校里杂七杂八的故事。她笑成小虾，眼底生出无限温情。她觉得自己男人还是挺精到挺有前程的。她一点点发现大雄真的变了，很粗很硬的头发也留下来，油光锃亮。紫红的脸膛捂白了些，人也瘦得恰到好处。一入秋，西装一套一套地更换，说话也变得咬文嚼字了，言语间躲躲闪闪，很含蓄很幽默的。他说业余学函授课程，得好多好多钱。麦兰子干脆把几份大额折子甩给他，让他自己掂掇着花吧。她酒店生意忙，顾不上照顾他。他一个爷们儿家在外混碗笔墨饭，也够难为他了。秋天的日子里，麦兰子精神好极了，店里店外家里家外的事都压在她的肩上，不停歇地忙乎也不觉得累。她肚里装着一个红旱船般大的希望。酒店里雇来的伙计们背地里喊喊喳喳地议论："瞧，老板娘都风光成仙啦！"麦兰子终于找到了女人生活的靠背，仿佛一下子搂定了日月的甜美，不管别人说啥，她都赏回一个很沉实的笑。

一个黄昏，七奶奶独坐在后院的石碾上剪门神。灰灰的摇动的炊烟，在她佝偻蜷缩的身子四周盘盘绕绕，在她心头晃出无数虚幻。黄腾腾的烟雾里有枯枝坠落的响声和啥东西在里面蠕爬的沙沙声音。她麻木的神经被那熟悉的"沙沙"声撩得一哆嗦。她惴惴地抬头循着声音的来处，蓦地瞧见粗粗糙糙的老树枝上蠕爬着一条红蛇。蛇头血红血红，一卷一卷地画了个圆圈儿，窸窸窣窣溜下树干，钻进树根里去了。

七奶奶浑身猛一麻胀，干瘪瘪的身架软塌在石碾上。瞬间，她甩了剪刀，爬到石碾一侧的缸洞处，惶惶地寻着什么。没有寻到缸底的红蛇，坏了，红蛇丢了！七奶奶手一软，瘫软在树根下，双手疯了似的抠扒红蛇，喉咙里撕搅着哀呼："红蛇，俺们的红蛇，回来吧，回来吧……"她跪着，手机械地扒着树根，凄凄叫着。

麦兰子将酒店的事排摆妥当，就回家拿东西。进了院子，她隐隐听见七奶奶的嘶喊，奔到后院："奶奶，您咋啦？神神怪怪的！"七奶奶的声气和脸相，比逝去的黄昏还黯，她悲戚戚地说："兰子，不好啦，出事儿了，不知哪个造了孽，犯了天条，招灾引祸呀！"麦兰子依旧一脸疑惑："奶奶，到底咋啦？"七奶奶抖抖道："红蛇，红蛇又钻进地里啦！"麦兰子也惊颤了一下，脸苍白许多，定定心说："奶奶，大雄已经不出海啦，就别供那红蛇，别信歪信斜的啦！"七奶奶理也不理麦兰子，依旧霍霍地扒着土。麦兰子无可奈何地望着她苦苦的身影，想了半天才明白。大雄那夜里洗澡，将红蛇弄出水缸来的。她实在理不清红蛇在雪莲湾世代人心目中的玄奥，但知道对于人过八十的七奶奶不是一件小事。她可以不信，可奶奶不能轻轻松松放红蛇走的。

七奶奶几十年来总是向她凄凄地复述那个可怕的黄昏。

雪莲湾人是信红蛇的，就像舞旱船一样悠久，谁也不能把红蛇从渔人生活里挑出来。红蛇被他们供成实实在在的海神。传说这里古时叫鲲鹏国，鲲鹏国蜿蜒着一条曲曲弯弯的红沙带，沙带上生满大大小小的红海蛇。鲲鹏这种凶恶的怪鸟，蔑视红蛇，常常把红蛇踩在脚下或充当饰物，衍成沿海岛图腾氏族意识。怪鸟淫威，海湾灾祸不断。一日里，成千上万的红蛇死死缠死鲲鹏鸟，然后，红蛇腾云驾雾，兴雷布雨，吉兆呈祥，古人关于龙的臆想也便源于此。渔人为寻个吉人天相，供奉红蛇。红蛇能镇妖除邪，保佑海上漂泊的人平平安安。红蛇好像善解人意，不咬人，无毒，成年累月蜷缩在水缸底下默默度日。七奶奶信奉红蛇是有理由的，她惧怕红蛇盘在老树上画圈儿也是有依据的。那也是一个秋日的黄昏，她同样坐在石碾上为兰子爹纳鞋底儿，她被同样的"沙沙"声扯起视线，惶惶地瞧见红如血滴的蛇头，极神秘地画了一个圆圈，便"唛唛"地钻进树根里去了。她多少年也没弄明白红蛇是怎么从水缸里爬出来的。她跪在树根下扒了三天三夜，也没将红蛇找回来。可是，就在那个吞天吞地的大潮里，村里十条强壮的男人被大海吞噬了性命。其中就有麦兰子爹。麦兰子便是七奶奶心里的旱船。这一年麦兰子开始跟七奶奶学舞旱船。那一年她十岁，红蛇的故事从那时就紧紧缠磨着她。其实红蛇对于她并不那么重要，她是心疼七奶奶。七奶奶找红蛇都找疯了。"大慈大悲的红蛇，救苦救难的红蛇，有求必应的红蛇，快回来吧，为啥还要让七奶奶受苦受难受熬煎？"麦兰子心不忍再看，转了脸，泪就淌下来。

七奶奶着魔入咒般地扒着树根。天说黑就黑了。

轰轰隆隆的旱天雷滚来滚去。麦兰子硬是把七奶奶拖回屋里。然后，大雨点子噼噼啪啪地砸下来。麦兰子躺在屋里一夜没睡。一闭眼就有一盘红蛇，在石榴树上盘着，如一棵早落的红松果在树上卧着。俄顷，红蛇就消失了，幻化成很大很大的红旱船。她被娘牵着手，在海滩扑扑跌跌地走。天永远像个红旱船，七奶奶孤孤单单的身影裹在船里，耐着性子走不到尽头。渐渐地，红旱船变成绿旱船。麦兰子被绿旱船牵到了童年那个绿蒙蒙的世界里去了。

麦兰子原本是喜欢绿旱船的。

"兰子，你愿意舞旱船吗？"七奶奶问。

"奶奶，俺愿意，愿意。"麦兰子拍手叫着，显然像个孩子。麦兰子跟七奶奶学舞旱船，她当时身架蛮高的，偏瘦些，营养不良，一个小柴火丫头。七奶奶放下手里的剪子，打墙上摘下那只蒙了灰尘的绿旱船。七奶奶轻轻掸去绿绸缎上的灰尘，然后来到后院。七奶奶先舞一阵子，麦兰子再将宽松绵软的绿旱船固定在腰上，学着奶奶的样子舞。摇臂，挪步，拧腰，一环一节都由七奶奶手把手教。七奶奶将绿旱船固定在酸愁的眼眶里，把舞旱船的关关节节、点点滴滴说个透彻。麦兰子每日像白天落地的绿蝙蝠在后院扑腾，不长日子，她便能扭得很像样子了。麦兰子读不懂七奶奶的心事，只能从她一声声的长叹里，品悟出日月的艰辛和悠长。七奶奶说："兰子，舞旱船的女人命苦哩。"麦兰子平添一些豪气："奶奶，俺不怕苦。"七奶奶的声气和脸相依旧很灰暗，周身笼着浓浓的仙气。七奶奶的表情如同埋入黄昏的石榴树让麦兰子感到莫名其妙的忧伤。七奶奶久久才说："兰子，你还小，还不懂人间世理。"麦兰子怔怔地看着七奶奶。第二年雪莲湾旱船会到了，村里姐妹们拉七奶奶舞旱船，奶奶死活不舞，推出麦兰子。麦兰子噘着嘴巴说："俺不害臊，就是没有小艄公。"七奶奶说："你在学校里挑一个你喜欢的男孩子，还不容易吗？"麦兰子眼一亮，马上想起同班的小蛤头。她喜欢小蛤头，皆因小蛤头全班学习最棒。小蛤头常常帮她。很快，麦兰子把小蛤头领进家，由七奶奶手把手教他舞船桨。小蛤头与麦兰子同岁，精瘦精瘦，小脸蛋黑里透红，一双黑高高的笑眼弯弯的，一株小高粱似的，亲热人恬静人。麦兰子与小蛤头一起写作业，一起舞旱船，一起光着脚丫吧唧吧唧地在海滩上抠小蟹。那个旱船会上，麦兰子和小蛤头热暴暴地舞着绿旱船，引得观众一片喝彩声。麦兰子和小蛤头一炮打响，学校里搞啥活动都端出他们的节目，春节花会进城，也带上他们。麦兰子少女的所有向往和幸福都装进绿旱船里了。然而好景不长，那个黑沉沉的暗夜，小蛤头死了。他是死在去医院的途中，到医院才诊出他吃了腐烂变质的蛤蜊中毒而亡的。麦兰子的心碎了，悲伤至极。她再也无心上学，如点了穴似的呆滞，两眼空茫地盯着绿旱船，盯久了，就神神怪怪地独自舞着，忽哭忽笑，疯疯癫癫，口里反复喃喃着："小蛤头，舞船来，舞船来……"任七奶奶咋劝也劝不住。夜里，麦兰子竟跌跌撞撞地跑出去，像个天不收地不留的鬼魂。她看见小蛤头摇着绿旱船走了，夜空全是无边无际的绿影，幽灵般飘游，摇曳，闪跳。她呼喊着"小蛤头"跌倒，又爬起。七奶奶在后面追她，她跌倒一回，七奶奶的心就揪紧一次。七奶奶急赤火燎地拽回麦兰子，拿小绳把她拴在屋里。麦兰子依然冲着绿旱船傻愣着。"毁啦，俺的兰子不能这么毁啦！天神哩！"七奶奶惶惶叨叨着，眼前又闪着红蛇头画的圆圈儿。七奶奶一想起折磨纠缠她的"圆圈"，心里就打一个结，解也解不开。七奶奶得一日一日为麦兰子喊魂，呼叫得舌尖长满疮，嗞嗞啦啦地疼。七奶奶的目光与麦兰子的目光碰了一下，便滑开了。七奶奶就循着那目光在泥墙上的绿旱船上定住了。第二天早上，麦兰子与七奶奶几乎同时醒过来，麦兰子惊讶了。

绿旱船丢失了。丢啦！是那般突然。

麦兰子急眼问七奶奶："俺的绿旱船呢？"

七奶奶也很吃惊："怪啦，一宿，咋就丢了？"

麦兰子跳起来："俺要绿旱船。"

七奶奶将麦兰子紧紧揽在怀里，哽咽道："兰子，丢就丢了，七奶奶再给你做新的。"

麦兰子一头扎在七奶奶怀里，狠狠哭出一摊泪水。她好些天没这样哭过了。没隔几天，七奶奶将一条鲜艳的红旱船挂在了老墙上。

麦兰子看也不看红旱船，她不喜欢。散不去磨不灭的苦痛，又很强地燃起了她思恋的焦躁。后来一些日子，七奶奶舞着红旱船给麦兰子看。麦兰子冷冷地瞟着红旱船，拿淡漠的目光玩弄着红殷殷的晕光。她的喉咙动了动，费力地咽着唾沫。日子久了，红旱船就在她眼前，腿脚和手臂一阵麻痒。那天七奶奶不在家，麦兰子竟悄悄舞起红旱船。她的身子依然轻盈秀美，双脚顺着旱船会的节奏一下一下弹跳着，心绪终于慢慢辽阔起来。这个长夜里，麦兰子做了无数个梦，不知为啥，小蛤头不在梦中，绿旱船也不在梦里。她忽然觉得前头有一条红旱船像个昏头昏脑的月亮，在高远的云彩里一涌一涌地游……

麦兰子望着红旱船，迷迷糊糊天就亮了，一切又回到眼里，但她一直弄不明白绿旱船为啥顷刻之间就没了。

心 虚

海又是闹灾的样子。

老天阴沉沉的,爽人的光亮滑进看不清爽的地方去了。大鱼抬起酸乏的手臂,抹了一下脑门的汗珠子,身体就一点点发软。他眼一黑,身子晃了几晃。"奶奶的!"他骂自己。人不能这么简简单单地完蛋,尽管活着不易。他已经没有退路了,俺一定要治好珍子的病。几天折腾,大鱼又在秦科长的劝说下回村了。天气预报说这几天来风暴潮,西海滩急需筑坝,犯人村的财产不能泡汤。眼见着大坝立起来了,大鱼松了口气。

大鱼呆呆地站起来。坝顶上响起空洞沉闷的打桩声音的时候,他心里一震。渔火燃起来了,满天都闪闪耀耀地颤动着。大鱼朝村里走着,雾越来越浓,夜天沉沉茫茫的,不时响起雷声。雷声不很响亮,却是滚动的,一阵复一阵,久久不息。大鱼狠狠地朝暗处吐出一口痰:"狗×的,风暴潮不会过夜啦!"

果然给大鱼说着了,他对灾难的预感总是很准的。夜半,大鱼正睡着,就听见几声脆生生的响雷,跟着就起贼风了。闪电刺得大鱼睁不开眼睛,懵里懵懂地吼一句:"发天啦!快起来。"大鱼仿佛成了村民的主心骨儿,他们在惊慌的奔跑中不由自主地向大鱼靠拢,他们簇拥着大鱼朝拦潮大坝奔去。大鱼站在高处,指挥着人们往草袋子里装石头和沙土。大鱼望一眼疯狂嚣叫的浪头子,不由得打了一个寒噤,像是屁股缝长草,有些慌,目光也就浊了。他顿觉脑袋瓜一阵酥麻,一阵疼痛。大浪掀出重浊的闹响,在癫狂里嘲弄着他的狼狈。他自己也不知怎么了,今天见到大浪会心中发虚。大鱼听见了嘎嘎的木桩的断裂声,他惊骇得张大了嘴巴。

大鱼心乱了,死死盯着大坝。在大鱼的印象里,大坝出了豁子,最好拿船堵。这时,"轰"一声响,大坝的一截儿不可逆转地崩塌了。声音很响,如旱天雷在大海滩上滚动,铺天盖地滚至远远的。之后,上蹿下跳的海水就龇牙咧嘴地冲下来了。大鱼强作镇定地吼了句:"狗×的,俺去闯坝!来人,推船!"说着,他跳到船上,钻进舵楼里。

"小心,大鱼!"人们满怀信心地期待着他。大鱼的船打着斜线冲进浪里,颤着碎响,一颠一颠地朝豁口子冲去。久违了,大鱼又看见豁口了。他的目光咬着豁口,握舵把的手像得了鸡爪风一样胡抖了。往事如烟散去,又如潮涌来。他心乱如麻,莫名地生出一股惧怕来。豁口如一张虎口嘲弄着他。他驾船的精气被什么吸走了,再看啥东西都是黑洞洞的一片了。他感到从没有像今天这样脆弱,无所依附,鬼在跟他摆迷魂阵呢。老船就要挨近豁口子了。

大鱼心虚了,人怕的是心虚。当年大雄闯豁口的时候,心火多旺啊!而且没有那么多想法,心虚来自欲望。在这一刻,大鱼的欲望太多了,他想重新当一回英雄。如果再次立功,给秦队长看,给珍子看,秦队长就会同意他跟珍子的婚事,就会同意他给珍子治病,那样雪莲湾人对他的看法就会变了。他的想法还有很多、很多。怎么就一下子冒出那么多的想法?

老船变成了没有灵性的棺椁,头重脚轻,东倒西歪。"轰"一声响,老船在没有接近豁口处撞坝,船被击碎,木板、绳头和帆片漫天弥散。大鱼都被甩进大浪里。大鱼的身子被豁口一侧迅猛的水流卷走。这一刻,大鱼彻底失望了。他盼着自己快一点儿被浪头子卷走算了。可是,海水没能卷走他,他被窝窝囊囊地卡在一堆草袋子中间。他被人拖上来的时候,竟然像狼一样哭出了声:"啊,啊——"

就在海浪头卷上十里长滩的时候,人们纷纷爬上最高的泥岗子上避难。他们眼巴巴地望着疯狂嚣叫的海浪头淹没了一切,人们心里发怵,就心酸,就叹息,就落泪了。

黎明到来的时候,风潮退去了。

太阳像朵花,开在海里头。

麻麻瘩瘩的海滩上，空无一人。忽然，一个面孔惨白披头散发的女人，摇摇晃晃地在海滩上奔跑。她是珍子。她穿着鲜亮得打眼的红褂子，像一朵开野了的红蓼花，可可依人，纯美无比。她迎着大海笑着，跑着，笑得很狂，跑得很野。她身后有一个光葫芦头的渔娃追着哭喊："婶娘，婶娘——"

翡翠手镯

扑嗒嗒的风箱声又响了。

麦兰子是被风箱声吵醒的。她起床后便利利索索地爬起来,准备到小酒店营业。她捷步闯进七奶奶屋里,七奶奶不在。这时候有一种"嚓嚓嚓嚓"的声响移过来。她迅疾来到后院,惊人的一幕显现了。她看见七奶奶枯着一头白发,哆哆嗦嗦地抠石榴树下的泥土。树影不知不觉地移着,七奶奶灰色的肩头凝着早霞的光亮,又圆又白的头顶,雪花似的颤动着什么。七奶奶的枯手一下一下剜着雨水浸过的湿土,味道很足的地气疏疏地升起来,绕到七奶奶头上去,渐渐化在日光中了。

"七奶奶。"麦兰子轻声叫着。

七奶奶像是变了一个人,老脸很怪,任麦兰子的呼叫在耳朵里飘进飘出,也没回一声。麦兰子看见的是一张老皱的走火入魔的脸,脸上汗豆很白,一粒一粒含在皱沟里,在日光下闪闪烁烁的。麦兰子愣愣地站着,望着七奶奶专注痴迷的样子,沮丧地叹口气,怅怅地走了。七奶奶神情木然地重复那个令人费解而愚钝的动作。七奶奶是圣人喝盐卤,明白人办糊涂事,还是家里真的要有灾祸降临?大雄,你这个屁样的,还不快回来一趟。她一想,心便缩紧了。过了好几天,为了这条小红蛇,七奶奶依旧神神鬼鬼地在老树下折腾着,树根四周凹着大坑,裸着七缠八钻的树根,红蛇依然没有影子。七奶奶喘得紧了。

一个夜里,大雄回家了。他喝了烈酒似的摇晃着进了房,身上脸上的雪花没去扫,壮凛凛的身架塌了,膝头一软,跪下了:"兰子,完啦!"

麦兰子骇然吸口凉气："这是咋啦？"

大雄泥软泥软地瘫在灯影里，像一头猪，再也没了人民教师的体面和风光。他含含糊糊地说："钱，钱都他娘的输了。"麦兰子心颤了，抖抖地像要倒下去。她没问输了多少钱，钱不比这档事本身重要。大雄反倒沉不住气了，绝望的声音一截一截地挤出来："十二万，那俩存折都光啦！兰子，俺不是人，对不住你。"麦兰子方寸也乱了，脸上挂着紫青的悔悟，像落一层霜。是悔不该送男人去学校？还是悔不该把"折子"全甩给他？她沉默了。

大雄最怕女人的沉默，血呼噜噜涌到喉头，咽不下吐不出，憋出廉价的泪珠来："俺在学校里待着憋屈，就让马大棒拉去赌啦！俺就是想开开心，谁知一玩就他奶奶的搂不住啦！"麦兰子黑钻钻的眼睛似要将男人穿透："你，你还觍脸子显摆呢？这回，你可是六粒骰子掷五点，出色啦！"然后她走到男人眼前，将散了架的男人拽起来。大雄的目光是胆怯的，回避的，躲躲闪闪的。麦兰子说："你知道，俺最容不得撒谎的人，只有你大雄才能把俺糊弄到这个份上。"圈在她眼里的泪，终于扑嗒嗒地掉下来。大雄也流泪了，嘴巴掂量着字说："俺不是人，是畜生，没脸活着啦！俺死前啥都掏给你吧，你的小酒店，俺也押上，输啦。"麦兰子心尖一哆嗦，问："你……输给谁啦？"大雄说："马大棒。"麦兰子瘫坐下来，剧烈的震颤传导到四肢，又一股脑流到汗涔涔的脚心里。

七奶奶颤颤地走出屋子，囿着的袄袖滑了下去，她不祥的预感还是应验了。

"俺真的不想活啦！"大雄狠狠吐出一口气，脸相便平静了，混如鱼目的眼睛绝望地盯着麦兰子的脸。麦兰子久久不语，缓缓把恐怖的目光，从黑暗的角落里扯回，仔细研究起大雄的脸，似乎在寻找什么，看得大雄心里阵阵发空。"俺不是吓唬你，俺再也没脸活在这个家里了！"大雄眼神虚虚的，鼻根处涌出一股辛辣的酸水。麦兰子不再看大雄，目光移至挂在墙上的红旱船上。淡淡的红绸晃在灯影里，红绸上的纹纹路路依然全看得清楚。她眼里全是红颜色。

屋里一时很静很静。窗外下雨了，海风尖尖地呼啸。麦兰子眼里的红旱船还是忠厚牢靠的，让她委实不解。她时时念想不可知的将来，的的确确有个说不清看不见的东西在等她。她看着大雄，脸相松爽一些说："大雄，俺有哪点对不住你吗？"大雄摇头："是俺作孽，对不住你。""输了十二万，加上酒店，还有别的地方没有擦屁股吗？"大雄说："就这还不够戗吗？"麦兰子问："就为钱你才去死吗？"大雄哀哀叹着："俺没脸见人。"麦兰子苦笑了，说："你还有救，这时候，竟然还想着脸面。"大雄垂头不语。麦兰子冷冷地说："你走吧，走吧……"大雄猝然抬头："去哪儿？"麦兰子说："还是那条道儿，把失了的脸面赚回来！"大雄愕然地瞪圆了眼："这……能……成……吗？"麦兰子说："给你带上钱，去东北佳木斯俺姨那儿，再学两年吧。俺姨能办……"大雄的脸很湿嘴很干，迟迟疑疑地点头。大雄没有想到女人麦兰子在这个时候，会有这样的魄力。这个时候，只有点头，只有继续往前走，眼前刚强的女人才彻底属于他。他应了声，表白道："俺日后改，不改还是人吗？""有你这句话就行，钱，俺还能再赚。"麦兰子说。

　　大雄走出来了。他嘴里喷着哈气，喉咙里火辣辣地咕噜着，他款款走上蛤蟆船。他弓着驼背坐在船板上，用粉笔头在船板上没来由地画着圈圈儿。圈圈儿好似麦兰子画成，逼他乖乖钻进去画地为牢。"麦兰子，你吃苦受累的，图个啥哩？万般都是命，半点不由人！"大雄想。他长长舒口气，胸中涌起很沉的落寞与空凉。海风贴着船板干巴巴地游走，夹着缕缕腥气，扑在大雄的脸上。他眯起眼，定定坐着，恍惚如一块巨石。人真怪，一合眼，麦兰子便舞着红旱船影影绰绰地晃悠。女人身上的万般好处俱涌了来，透着醉人的气息。连大海也变了味道，画了去刚才的嗔怨。"大雄啊大雄，有麦兰子这样的娘儿们跟了你，是你的福气！"他咒着，蓦地睁开眼，怔了一下。

　　麦兰子在船下不远处站着。

　　"兰子，你……"大雄慌慌地站起身。

　　麦兰子正在拿沉静的眼光研究着男人，痛苦在恨铁不成钢的缺憾里。红格子围巾裹着她极鲜活红润的一张脸，映照得大雄缩小至无形。大雄蔫头耷脑地走下船时，麦兰子说："你晚走两天吧，咱去城里舞旱船，马上就得去的。"

　　"俺没那份心情，舞不起来。"大雄懒散地说。

　　"屈了你啦？"

　　"屁话，俺有啥屈的。"

"见不起人啦？"

大雄哼哧不语。

"你呀！这个旱船会是县农业银行搞的。何乡长说银行非要看咱俩的表演不可！银行拿花会宣传储蓄。"麦兰子眼睛灵活地转了转，"说不定，俺养虾的时候，还能贷咱一些款子呢！"

大雄瞅了女人一眼："想得倒美！"

"你一个爷们儿家遇点难，连舞船的勇气都没啦，去了佳木斯也学不来啥！"麦兰子恼怒了。

大雄咬咬牙："俺去！"

麦兰子心里一喜。仿佛昔日看不见的一切，重新找了回来。

过了几天，麦兰子接到了东北佳木斯老姨的来信。老姨是那里师范学校的头头，给大雄办好了自费读书的手续。看来大雄得走了。该做的麦兰子都做了，他该走了，一切都是天造地就的事。天还不很亮，大雄带着背包就要上路了。他和麦兰子来到后院，远远看见七奶奶蹲在白皑皑的树根下鼓鼓捣捣地抠红蛇，七奶奶的双手冻得跟煮过的一样。七奶奶自从大雄败家之后更为痴迷，连她一生最爱的剪纸也放下了，除了起早贪黑地抠红蛇，仿佛再也没有别的事儿了。仿佛是在进行一场生死攸关的斗争。老人的每根神经都有感觉，万分确切地觉察到，她在挽救一个灵魂。一个已经沉沦的灵魂。她枯小的身子淹在白雪里，晃着微弱的白光。大雄和麦兰子同时刹住脚，怔怔地呆望着她。七奶奶不为世间一切困扰，依旧不扭头，专注痴情，连眼珠子也不转动了。雪片在她的手里，碎了，散了，铺排出的嚓沙嚓沙的声响，传到极遥远极陌生的地方。

"俺对不住七奶奶啊。俺还是条汉子吗？"大雄哑了声说，眼骨窝里爬出湿漉漉的东西。麦兰子很镇静，说："你走吧，见了老姨，就说家里很好。"大雄点点头，就很沉地叹口气，拧转身子走出院子。麦兰子款款跟在后面，冷冷的街上就晃着两个人影。街上塑着一个很高很大的雪菩萨，静静地看着他们。

烈风吹打着大雄的眼睛。

天暖和了，麦兰子就包下了西海滩防潮坝后面的一片虾池，成为地地道道的养虾女。清虾池、灌水、跑贷款，活儿像陀螺一样追人，她就得苦扎苦累地转着，男人是她的念想。男人总是希望，走就是希望。

这些日子，七奶奶依旧抠她的红蛇，帮不上麦兰子。麦兰子看着七奶奶可怜，现在怨七奶奶恨七奶奶，渐渐忽略了七奶奶的存在。酒店易主，一个叫大芳的小工看麦兰子可怜就留下来替她照顾疯癫了的老太太。麦兰子白日忙着往城里跑贷款，几次折腾，邝主任还算够意思，贷她两万多。她订了虾苗买了饵料，每天夜里回家就装上小本子，去乡里学校听专家讲授养虾知识。回家已是子夜，就囫囵着身子躺一会儿，天不亮，五更鸡荡开锐锐一声尖叫，她便去虾池子干活儿了。

大雄这回走后，四喜便来得勤了。每次来，四喜都学着大雄大大咧咧的样子甩给麦兰子很多很多钱："嫂子，把租船款收好了。"

麦兰子数数钱，惊讶了："五千，这么多？"

四喜拍拍胸脯："俺这阵子赚得多！"

"啧啧，你真能干！"

"雄哥可比俺还能干！"

"咋，想他啦？"

四喜扮个鬼脸："你不想他吗？"

"小子，你又欠捶啦？"

四喜嬉笑："嫂子，兄弟不是说你，雄哥远天野地抽筋儿，你就不疼他吗？"

"俺不疼他？不疼他，谁撑着这个家？"

四喜一脸正经："雄哥不愿干的事，你别逼他啦！"

"滚，少出馊主意！"

"快让他回来吧！"

"回来干啥？土拨鼠似的海里钻？"

"哼，有人想钻还钻不来呢！这年头雪莲湾只出你这么一个傻瓜，只抓芝麻不抓西瓜！"四喜讽刺说。

"再胡诌，俺扇你！"

四喜缩缩闭了嘴。

麦兰子倒不依不饶地说："四喜，你赚你的钱，大雄上他的学，人各有志，你千万别去信勾他的痒痒肉儿啦！"

四喜垂头一叹："唉，种下苍耳收蒺藜，都是命！"

麦兰子问："你说啥？"

"俺说命。"

四喜瞪了麦兰子一眼走了，麦兰子身子软了一下。他每来一回，她的身子就软一次，使她有了一种不好的预感。那天麦兰子去了村委会，把一肚子的委屈讲给疙瘩爷。疙瘩爷劝她说："别听别人瞎嚷嚷，俺看啊，别人是瞎说。你做得对，爷爷支持你！有钱了，就得追求精神文明。"疙瘩爷怎么劝也劝不到麦兰子心里去，麦兰子噘着嘴巴。疙瘩爷忽然想起什么来，说："哎，兰子，你妹妹翎子来电话了。"麦兰子问："她有啥事儿吗？"疙瘩爷摇头说："眼看明年就高考了，这孩子还进了课外小组，还当了组长，研究啥民俗，说还要带着几个老师孩子来村里，看你七奶奶剪纸，考察白纸门的历史。你给她回电话，说说她，好好复习功课，考上大学给咱麦家争光！"麦兰子心里有了一点儿安慰："要是有文化呀，将来还得翎子！她啥时候来呀？"疙瘩爷还在生气："来啥来？俺给挡回去啦！"麦兰子急了："爷，你看你！翎子研究民俗文化有啥不好？"疙瘩爷气得跺了脚："你还宠着她，还有她七奶奶。你们要警告她，眼下不是个时候啊！"麦兰子想了想，点点头说："好吧，俺劝劝她，让她高考过后再研究啥民俗！"疙瘩爷笑了："这就对喽！"麦兰子看见春花来了，就笑着跟疙瘩爷告别了。

麦兰子要在天黑之前赶回家，给七奶奶送点饭，然后还要去看新来的虾苗。那天黄昏，麦兰子往虾池子送饵料，路上碰见大芝娘。大芝娘也是与她七奶奶齐名的旱船女，对麦家娘俩着实不服气。大芝娘见了麦兰子就亮开嗓门说："听说你们大雄成仙了呀！"麦兰子故意气她："成仙，岂止成仙，俺们大雄还要吃皇粮呢！"大芝娘于泼辣中透出尖酸："吃的皇粮本呀，怕是拿母鸡下蛋换的！咯咯咯……"麦兰子斜她一眼说："你眼气啦？"大芝娘故意往她心尖子上戳："可有人看见你家大雄先生又出海打鱼呢！"麦兰子怒了："你放屁，俺大雄在吃笔墨饭儿！"大芝娘一扭一扭地"咯咯"笑着："吃笔墨饭？怕是吃屁也赶不上热乎的！"她嘲弄般地一伸舌头走了。麦兰子狠狠地啐了她一口：

"呸，骚货！"然后怏怏地走了。

天黑回家的时候，麦兰子在老河口摔了一跤。她很利落地爬起来，扑啦扑啦身上的土屑，又往回赶。到家的灯下，她才发觉自己戴了多年的翡翠手镯碎了。那是七奶奶在她与大雄结婚时给她的。是她的护身符，碎了，还剩半边卡在她的手腕上。碎了，她不知为什么就碎了。

七奶奶扒了一天的红蛇，晚上蜷缩双腿，愣愣地望着孙女儿，像个守护神。

麦兰子说："奶奶，手镯碎了。"

七奶奶依然怅怅地望着麦兰子。那意思像是在说，俺的傻闺女，红蛇没了，手镯自然会碎的。

然后，麦兰子嘤嘤地哭了。

三蛤四卤

虾荒到，累断腰。这时节，苍茫阔大的滩涂上，拥满了背筐提篓的姑娘媳妇和爷们汉子。他们在捡卤虫和兰蛤。海边的生活和劳动是平静的，但麦兰子很清楚，对于每个家庭来说，每一天的节奏都充满了忙乱和紧张。这不，她又背着柳条筐，手里一盏明晃晃的虾灯，扑甩着大脚片子，咚咚咚咚踩响了海滩。

泥滩、村舍和船桅罩在晨雾里，腥风洒下星星点点的露珠儿，湿漉漉，咸滋滋的。麦兰子手里的那盏灯晃荡着，如豆的火光，一闪一闪，如磷火，照亮了秋夜的一大片地方。她用手将散落在额前的几缕秀发向后一甩，愁苦就被甩在脑后了。不长时间，她走上了海涂。黑黢黢的泥滩一片连一片，瞧不见一棵树，抓不到一丝草。一块一块浅泓，像草原里的"淖儿"，汪着蓝幽幽的海水。这是盐池子，水浅浅的，水皮儿上卧一层翡翠鸟、水鸭和海鸥。鸟翅是绿的，鸭嘴是红的，海鸥是白色的，远远看去如铺满荷叶，开遍睡莲的池塘。

大虾的天然饵料卤虫就生在盐池里。麦兰子每天早上都来这里捡卤虫。卤虫像小乌虾，麻灰灰的，密密麻麻地钻在盐水里。她是捉卤虫能手，一个早上就能攒下几日的饵料。她白嫩的手掌裂开一道道的口子。盐水涩涩地蜇进血口里，钻心地疼呢。不，这不算个啥，比起男人在学校里背书还省劲儿哩！

麦兰子看着天还很暗，就用一根树杈将灯挑起来。橙黄的灯光，如一粒闪闪跳跳的星子，引一群飞蛾和蚊虫围它狂欢、献媚。盐沟淙淙流水，忽浓忽淡的蓝雾，卤虫蠕动的沙沙声，使空旷的滩涂变成一个童话世界。不用多长时间，卤虫就将筐子塞得满满实实。沁凉的露水，潮湿的地气，森冷的海风，合成特有的秋寒。麦兰子不怕冷，她直起身子，甩掉粘在手上的泥沙和盐渣儿，打腰间摸出一条素花毛巾，擦着脸上汗水，然后抱着筐子挪上一个黑乎乎的泥岗子。天还早，麦兰子还想再捞一筐。麦兰子捧着虾灯独坐在窝棚门口的土墩上，静静地朝虾池一阵张望。蓝幽幽的水面上浮着几丝嫩绿的海草，一只只大虾吐着泡泡儿。如无数喁喁的嘴，朝她殷勤地倾诉着什么。每每听到这醉人的扑扑声，麦兰子心头就阵阵发痒。卤虫，瓷瓷实实两筐够用两天的。这会儿还缺兰蛤了。"三蛤四卤"的喂养方法是她从夜校里听来的。

该去逮兰蛤了。捉兰蛤可不像捞卤虫容易。无论是海滩上还是泥礁底下，必有海水终日哗哗流过。兰蛤同人一样精，是认活水的。弯腰撅腚在海水里摸，累得腰酸腿疼，也抠不上多少。所有的虾农都知晓，渤海湾雾抬岛上有取不尽的兰蛤。不过，那是个凶地方，姑娘媳妇没人敢去，唯有几个海汉子敢从那鬼地方钻来晃去，弄不好就伤着回来。

麦兰子忽然想去那地方试一试了，她啥都想试一次。她放下虾灯，她的手掌烤得生出一层白盐。她急忙从兜里掏出一盒蜜油，一点儿一点儿涂在手臂上，交叉摩揉着，又弯头在手背上哈哈气儿，最后又小心翼翼地装进兜里。这是大雄给她买来的。这对于她是十分重要的。她站起身，看看灰灰的天儿。默默地朝雾抬岛方向急煎煎地赶了去。

雾抬岛还裹在雾里，它的上方，隐隐浮着一条淡淡的紫色长带。雾抬岛不是啥真正的岛，而是一片洼地塌子。洼地上耸几排石岗，如一道一道金灿灿的天然屏障。这是雪莲湾唯一有石的地方。这里是肉坠儿似的凸出去的一块，斜对着老河口，整日白浪滔滔，烟雾缭绕。远远望去，就像浓雾抬着的小岛。人们就叫"雾抬岛"。干潮的时候，有齐腰深的海水，水面上和石缝里浮着杂七杂八的藻类。鱼虾上来觅食，浅水里有许多兰蛤，一抓一把，可怕的是这里常有吞人的大鱼出没，涨潮也没规律，发天的时候，轰轰嚣叫的海水溜着豁口朝洼地上喷吐，况且老河口与狼牙嘴之间的海沟与它相通。潮水灌满这块洼地，才朝北滚去的。抢潮头鱼的时候，这儿淹死过几个人，怪瘆人的。麦兰子高挽着裤腿儿，赤脚在海滩上赶，泥软的水滩在她脚下吱吱叫着，脚掌发痒。潮水泛着白沫嘶嘶朝岸上淹着，浪头子扑在脚跟上，一卷一卷的水花，溅她一身，凉津津的。泥滩越来越难走，乌黑的烂泥掺和着石碴儿和蛤蜊皮子，又黏又滑又扎脚。她干脆轻跑起来，她脚一点地，刚挨泥皮儿就过去了，不挨扎又快捷，不长时间，就到雾抬岛了。

海水浑浊，浪头不大，偌大的水塌子呈着虚伪的平静。麦兰子把虾灯放礁石上，背着筐子跳进凉冰冰的海水里。水凉啊，冰透皮肤，进而渗进肉里骨里。海水漫过大腿的时候，她把牙咬得咯咯响，弯腰伸手在石缝里抠兰蛤，每抠一个都需要力气，需要耐心。兰蛤真多，一划拉就是一把。她一捧一捧地往筐子里甩。兰蛤属于贝类，小指甲盖般大。她捡了多半筐的时候有些吃不住劲儿，脸绷得红红的，手指头麻木了，黑眼珠里的火花也黯然失色。她有些沮丧了。

麦兰子吃力地挺起身，重重地叹口气，将冻木的手指含在嘴里哈气儿，也不顶事。她索性爬上礁石，从上衣口袋里摸出火柴，再次点着了虾灯。不是照亮，是当火盆用。她双手紧紧捂着灯罩子，好半天，手指才慢慢复苏了。这时，她的双腿又不听使唤了，如灌了铅般沉重。灯里的火苗太微弱了。天大亮了，海也醒了。阴森、恐怖、喧嚣的雾抬岛上，开始浮上斑斑点点的红霞，但雾仍没散尽。麦兰子望着半筐鲜活的兰蛤，心里喜滋滋的。但她还不肯就这么回去。远远地来了，又赶上干潮，很不容易的。于是，她活动活动手脚，"扑通"一声，又跳进水里。她的脚还没立稳当，觉得腿肚子就遭了火辣辣的一击，像一块烧红的烙铁扣在腿上一样，扯心撕肺地痛。她呀地惨叫了一声，浑身一阵痉挛，拼命往岸上爬。爬呀爬……她爬上岸来时，就发现左腿肚子被戳了一个不大不小的窟窿，殷红的血浆，咕嘟嘟涌出来。她赶紧从上衣扯下一块布条儿，一圈一圈缠在腿肚子上。

她惶惶地朝水里张望，淡红的海水里，裸露一条带有梅花点子的鱼背。她听说这里的大鱼能自由上滩下水，能一口吞了人。她有些后怕了。

痛和冷两个恶魔侵扰着麦兰子，她再也不能待在这里了。她必须在涨潮前走出雾抬岛。她吃力地背上筐子，勒紧绑在腿上的布带子，斜斜地蹚过去。她为自己吃惊，她也弄不清自己是怎么涉过那片水塌子的，也许是伤口还麻木着。当她摇摇晃晃站定泥岸时，却当下腿一软，眼一黑，一屁股跌坐下来，咸涩的海水再次渗进伤口，剧烈的疼痛，使她难以忍受。她一动不动地蜷缩在一片泥坨上，腹部狠狠压住大腿，闭紧眼，牙帮咬得吱吱脆响，泪就断了线似的涌下来了。

泥坨上印了一摊血和一摊汗。海滩很静，海水和滩涂被阳光涂成赤铜色。蛤蜊、蛏子和鬼蟹在洼地里噼啪有声地吸气，一只一只蟛蜞和跳潮鱼在水面蹦跳着，窥探着沙滩上可怜的麦兰子，也同时警告她大潮就要来了。麦兰子想起男人和红旱船，就有一股热力从心底拱出，在她骨子里胡乱钻动。她挣扎着，奇迹般地站了起来，背上筐子，倔倔地搅动着红溜溜的日光走了。走很远一截儿，她跌倒了，再爬起，又跌倒，又爬起……

大潮呜呜溅溅地追来了。

麦兰子躺在家里的炕头上，就动不了。见麦兰子这个样子，七奶奶急得团团转，后来拄着拐杖请来了村医，给麦兰子受伤的腿上药包扎。村医给她伤口撒了一些消炎止痛的粉末。撒入粉末的一刹那，麦兰子几乎疼晕过去。包扎好以后，感觉立刻好多了。这时，七奶奶才出去找她的红蛇去了。麦兰子就给大雄写了一封长信，她让四喜帮她发走了。

那天下雨，麦兰子再也躺不住了。她轻轻下炕，拽出一把雨伞，晃到门口时，嘭地炸开一蓬伞花，她纤巧的倩影顶着那蓬幽幽的花伞融进秋天的雨雾里。她走在海滩上就像一只小绵羊，小心地移。养伤的几天里，她连连做着好梦，一回回梦见男人拿了毕业证回家的风光，一回回梦见自己发了大财，连喘气都比别人粗。清风细雨，簌簌响，围成一片，鼓荡着她酿成长久的渴望。她掐手算着，大雄还有一天就会接到她的信了。她知道信走七天。雨丝凉凉的，潇潇洒来，染了她一脸的风尘，泛着俗人读不懂的悲喜。她走进秋天的梦境里去了。雨停了，海滩发出一阵远古的呓语，如梦似幻。麦兰子望一眼红乎乎的日头，再看脚下黏塌塌的泥滩，醒醒得叫人发腻，连气流也变得黏塌塌了。她来到虾池旁的时候，瞧见满池的虾都醒着，扑扑探头，吞着浮在水面上的饵料。

灰乌乌的茅草窝棚，如一只大鱼卧在堤上。一层油毡被夜风吹落，一半搭在檐上，一半吻着湿地。麦兰子心一紧，急急奔去。远远地，她就听见从窝棚里荡出的呼噜呼噜的很响很沉的鼾声，鼾声一截一截地往极远极陌生的地方延伸。不知怎的，麦兰子对这鼾声那么熟悉，像是男人嘴里兴致所来哼着的那支渔歌子。她紧走几步，站在窝棚下，轻轻盖好油毡蹑足进了棚子。她发现四喜仄着身子睡着，浑身被雨水打湿，水涝涝的没了人样。麦兰子心里一热，伸手摇着他："四喜，醒醒，别淋病喽。"他依旧睡着，他嘴中喷出的气息，温温痒痒，像面条鱼在她背上爬来爬去。

"四喜，醒醒咧——"

"呼噜呼噜……"

"四喜，日头照腚啦！"

"呼噜呼噜……"

"四喜……"

麦兰子蓦地看见他那只酱色的粗手，紧紧攥着一封展开的信。信皱巴巴的湿了水渍，一块一块，像是泪水濡过。麦兰子愣了，疾手抓起信，裸入眼睛的是她的歪歪扭扭的笔迹："亲爱的雄……"麦兰子的脑壳轰然一炸，像一只狂躁的母狗，扳过男人黑瘦黑瘦流一线哈喇子的脸。啊，是大雄。怎么就是他？原来男人狠狠地欺骗了自己。看来夫妻"恩情"二字不管多么生动，却是人间最靠不住的东西。

"天杀的，这辈子为啥偏偏碰上你？"

麦兰子脑壳如炸开的桐油果，身子一软，轰轰然旋着倾斜的一瓦窝顶很沉重地扑倒下来。大雄醒了，被眼前的景儿惊得慌口慌心，"扑通"跪地，抱起那一团绵软，哭了："兰子，兰子……"

大雄哭得很惨。

麦兰子一连几日不吃不喝，哭得昏昏沉沉。她被男人骗了，大雄这次回来压根儿就没走，他跟四喜出海了，偷偷住在船上。她像抽走了身上的所有精血，再也爬不起来了。她的一双红肿无光的眼睛，呆望着沉默的红旱船，多少个日日夜夜的美好都变得很轻很贱了。她多想挽住昔日那美好，可终不能够，不能。七奶奶抖抖地挪进屋来，晃出老态。七奶奶干瘦干瘦的，脸黄得难看，如一朵被风吹落了的干菊花。七奶奶的老旧阴丹士林蓝布大襟袄，被溜进的风撩起，如一面蓝旱船忽闪忽闪。麦兰子的目光与七奶奶的目光一碰，就滑开了。

"兰子。"七奶奶终于说话了。

麦兰子心一喜："哎，奶奶。"

七奶奶坐下来。

"奶奶，您老熬过来了啦？"

"嗯。"七奶奶缓缓地说。

"奶奶，俺心疼您哩，看红蛇把您老折腾的。"

七奶奶的目光忽又浊了。

麦兰子异样地望着七奶奶。

"日子久了，海也会枯的。"七奶奶说着就一阵干咳，"奶奶盼你成气候，干成事，会有出头日子的！"

麦兰子拿眼在七奶奶的身上搜刮一遍。

七奶奶的脸就像一扇白纸门："兰子，奶奶总想跟你说一件事，可俺一直没有跟你说，这番折腾过去了，俺的兰子真的长大了，该告诉你了。"

"七奶奶，啥事儿？"

"你还记得咱家的绿旱船吗？"

麦兰子点点头。

"你知道绿旱船咋就没了吗？"

麦兰子摇摇头。

七奶奶狠歹歹地说："那天夜里，在你睡着的时候，俺烧了它。"

麦兰子一时蒙了，满脸的空洞。

七奶奶就蹶跶蹶跶地走了。

麦兰子深情唤一声："奶奶——"

这一瞬间，她啥都明白了，明白了。七奶奶凭啥劲头寻找红蛇？是信念。自己凭啥走到今天？原来是奶奶在暗中给了她一种信念啊！

收虾的季节到了。麦兰子自从跟七奶奶说了话，精神就奇迹般地好起来。她跟大雄苦扎苦累地将肥鲜鲜的大虾交售到外贸收购站，换回九万元的票子。他们比先前更富有了。收虾的季节她们多了个帮手，大雄的弟弟二雄回来了。二雄的木匠手艺比大雄强，黄木匠的造船厂倒闭之后，二雄就跑到城里打工，在一家木器厂当了工人。

大雄怀里揣着票子，风光成熊了，狂癫癫地喊："老师，嘿嘿，文化人儿，嘿嘿，去他娘的吧！"他每次提到"文化人"这个词的时候，脑子里总是浮现裴校长的影子。麦兰子听见了大雄的狂叫，如五雷轰顶，抖抖地，静下脸瞅大雄。她的脸相惨白，但表情平平。每一次她都以平淡中的力量镇住男人。这回不灵验了，大雄如灌了烈酒的笨熊，摇摇摆摆地叫道："去，去个驴×的！"麦兰子的心一点儿一点儿下沉，慢慢走到男人跟前，不说话，也不看他。大雄不懂她的心思，有些害怕了。麦兰子挥手一巴掌将大雄打蔫了，打蒙了，打醒了。就这一巴掌啊。男人瘫在地上，将脑壳缩到肩胛里去了。

后来不长日子，七奶奶终于找到红蛇了。七奶奶静静地坐在那株石榴树下睡着了。麦兰子走过来的时候，她的身子靠在石榴树根上，眼睛墨线一样叠合在一起，脸上的老皱也舒展开了，挂着富态很满足安详的笑。麦兰子不懂七奶奶今天为啥这般模样，扭头的时候，她忽然发觉七奶奶的一旁有个洗脸盆，盆里游动着一条小红蛇。

麦兰子蹲下来，伸手抚摸着小红蛇。红蛇，红蛇啊，你这神神鬼鬼的家伙去哪了？又怎么钻出来了呢？

养虾的钱收回来了，大雄也被疙瘩爷领回家来。麦兰子看见大雄已经没有气了，她将男人输去的小酒店买了回来。开了酒店心里还是老样子。那日，她听爷爷说乡文化站要招人，而且能转长期合同。她心里那个憋了很久的念想又活脱脱地往外钻了。她想了几天，跟疙瘩爷合计合计，去报了名。何乡长说原本要经过严格考试的，既然麦兰子来了，乡里巴不得的，考试就免啦！麦兰子执意不干："考，一定要考，俺考上了才来。"临考试的前一天夜里，有人看见麦兰子携着红旱船去了西海滩渔人的墓庐。

夜很沉很幽，涛声很响很重。轰轰隆隆的声音如旱天雷在大海滩上沉甸甸地滚动，铺天盖地至远远的。麦兰子就裹在这种声音里，默立在爹娘的坟头旁。她一把火点燃了红旱船。由于一面陡坡，红旱船燃烧着，如一个做工精细的花圈，弹跳着滚动。火苗子伸伸缩缩，又像红鸟撑开一双火红的翅膀，隐在夜里自由自在地远去了。

葬掉了，一段日子的美好都被壮丽地葬掉了！

麦兰子忽然跪下去了,将被火光映红的脸埋在手掌里,埋在往事的记忆里,嘤嘤地哭起来……

妹妹麦翎子啥时候来的,麦兰子真的不知道。麦翎子把麦兰子搀了起来,哽咽着说:"姐,你这是为啥哩?"

麦兰子没有回头,等红旱船的火苗彻底熄灭了,麦兰子才回过神来,一把抱住麦翎子哭了。麦翎子跟着哭,她高考落榜了,跟姐姐一样的伤心呢!

麦兰子和麦翎子姐俩儿离开墓庐,走上老河口的时候,那遥远的沉闷的声音仍悠悠不绝。麦兰子爽气许多,就在这个时候,她忽然想唱一支渔歌子,让黑沉沉的雪莲湾知道,她还醒着。麦翎子受到了感染,跟着唱了起来。

第二天,乡文化站考试的时候,人们蓦然发现麦兰子舞出一条蓝旱船。蓝莹莹的旱船搅动了一瓦蓝天。

蟹 乱

今年春脖儿短，立春过去没几天就暖和起来。春日里的雪莲湾雨水多得屋檐吊线线，一直到黄木匠的造船厂重新开工，天景儿才晴得豁亮了。但是村巷里和海滩上仍弥漫着一层白气。

大雄躺在床上睡回笼觉的样子，让麦兰子好一阵窃笑。她值夜班回到家，倚在门口最先看见的是男人浑圆健壮的脖子，红红的，睡出细汗。麦兰子的脸上就红红地泛起了好看的霞色。麦兰子亲昵地喊一声："日头照腚啦，起呀！没出息的货！"大雄哼了一声，翻翻身，又不动了。麦兰子走过去用光光的脸蛋贴近他，拿手揪住大雄的耳朵，就彻底将他拽醒了。大雄揉揉干涩的眼窝儿，便看见麦兰子的笑脸。她的衣扣没系全，两只鼓绷绷的奶子顶住了他的胸脯，就像两只狮子狗活脱脱地往外拱。大雄朝她圆滚滚的屁股拧了一把："俺的官员老婆，又想干那事儿啦？"麦兰子噘起嘴巴说："要说你没出息吧，你还不爱听，人家文化人哪像你们打鱼的这样，干这事儿特神圣，先洗呀涮啊，然后——"大雄一把搂住麦兰子的脖子："然后咋着？你咋哑巴了，说呀！"麦兰子嗔怨地瞪了他一眼："没情调，不跟你说了！"大雄的赖样又上来了，使劲往床上拽她的胳膊。麦兰子竭力挣脱着，她不喜欢大雄野里野气的模样，便岔开话头说："别扯了，爹不是在海边开了个造船厂吗？今天开工，快起来！咱去晚了，爹该骂大街啦！"大雄拉着麦兰子的手说："来得及，你听俺给你讲个故事，非把你逗笑不可，你一笑，俺就起床！"大雄点燃了一支烟吸着。

麦兰子坐下来拿手指漫不经心地捋着黑黑的头发，说："讲吧，俺听着呢。"

大雄脸上的肌肉动了动，说："屎壳郎与蚊子小姐搞对象，某一天，屎壳郎问蚊子小姐是啥职业？蚊子小姐羞答答地说，俺是护士！给人打针的，你是干啥的？屎壳郎小声说，俺们是同行，你是西医俺是中医，捏药丸子的。"麦兰子笑了，笑得前仰后合："你个缺德的！"大雄开始噼里啪啦穿衣裳。他想这日子多好，自己算是转运了，家里外面都幸福。老婆麦兰子还摇身一变成了乡政府的招聘干部。麦兰子舞个蓝旱船，考上了乡文化站，可是，何乡长听说这女子文笔不错，所以不让她在文化站，而是让麦兰子当上了乡政府报道员。虽说乡报道员不算啥官位，但整日在乡政府晃来晃去大小也算个文化人。特别是她撰写的关于乡里引进外资的报道在市报上发表后，引起了不小的反响。大雄觉得自己老婆行了，能把这么大的一个乡镇大事小情诉诸笔端，够牛的。这原是一双开饭店、养虾的手啊！

麦兰子烧了红旱船之后，就知道一切得靠自己了。大雄天生是一块闯海的料子，她知道大雄从心底里喜欢自己，自己也爱他。麦兰子在大雄身上不断检讨自己，不能再逼大雄了，差一点儿把幸福家庭给毁了！麦兰子写稿时戴的那副金丝眼镜是男人给她买的。现在麦兰子写稿时一直戴着这副眼镜。大雄眼里有了喜欢的女人影，话就没完没了。麦兰子截住他的话说："俺疙瘩爷叫俺给你爹捎口信呢。"大雄问："啥事？他老人家又馋酒了吧？这老哥俩儿就是一辈子的酒友！"麦兰子瞪她一眼："你别老是酒儿酒儿的，跟你说啊，俺不在家的时候不准喝酒啊！"大雄赖着笑道："那就等你回家再喝。"麦兰子说："回家也不能喝。说正经的，俺爷说，黄木匠重开造船厂是好事，可是，厂址选的可能不大对路子！那可是大名鼎鼎的蛤蟆滩啊！"大雄愣了愣问："咋不对路子啦？蛤蟆滩又咋了？不搞龙帆节蛤蟆滩不也是闲着吗？俺爹重开造船厂完全是为了咱们！你爷当着村干部，可不能不管啊！"麦兰子瞥了大雄一眼，生气了。大雄见麦兰子生气了，心里格外快活，趴在炕沿笑得像吃奶。

麦兰子说："俺可要去海边船厂啦。"

"等等，咱两口子一块去呀！"大雄说，"不知内情的，还以为你当官了，把俺给踹了呢！"

麦兰子问："你的摩托车呢？"

大雄说:"四喜借走了,你驮着俺。"

麦兰子生气了:"俺驮不动,你贼沉的。"

"那俺驮你!谁让咱当不成文化人呢!"大雄说着,赖模赖样里生出许多甜蜜。他麻利地穿好衣服,洗个脸,背着手大模大样地走到门口,推出自行车,把大脸扭向麦兰子:"夫人,请吧!"麦兰子等大雄双腿骑上去,就毫不客气地坐到后架上。大雄突然感到她的身子很轻,像一团棉花。

自行车出了村巷路不好走了,就颠颠起来。麦兰子紧紧抓着大雄的后腰。麦兰子发现海滩一片驳杂,泥路上的蛤蜊皮子铺出一派气势浑然的灰青。雨后的潮气慢慢淡了,她能看见老河口东侧蛤蟆滩上黄木匠的造船厂了。造船厂像一座土堡挺在那里,有点像日本鬼子的炮楼。这儿离埋七爷铁锅的泥岸只有三里地。

麦兰子让大雄在离船厂不远的蛤蟆滩停下来,愣愣地望着蛤蟆滩,望见黄木匠蹲在木板旁吸烟。大雄外出打工的弟弟二雄也被黄木匠叫回来了。二雄见了麦兰子,咧咧嘴巴:"大嫂来啦?"麦兰子跟二雄笑着点头。麦兰子觉得黄家人都齐了,心里替老人宽慰。她知道黄大雄家祖上并不是打鱼的,是造船的。刚过门的时候,黄木匠跟她讲过,过去黄家先人从中原逃荒到雪莲湾,先人造船的时候,还有过像麦家祖先一样惊天动地的故事呢!

日子很久远了,那时黄木匠还小。爹娘叫黄木匠小柱子。黄家先人成了赫赫有名的黄大船师,跟先人造船的小柱子随着一天一天长大,手艺很精到了。大船师的故事遍地走。爹总是谆谆告诫,黄家船同人一样正。爹戴毡帽头造船的样子,他永远忘不了。爹的心野着呢,发誓黄家船一定要闯进白令海。爹没说大话,他是要用先人的光辉来照耀他的余生,照耀黄家后人的风光日子。大船师赢得了渔人的拥戴。就在大船师五十四岁那年的初秋,雪莲湾发生了一场蟹乱,小柱子娘被吞了。那年是个燥秋,气候特别反常,天气闷热,雾大,天和海被雾爪子搅浑了,一会儿黏住,一会儿撕开。一天夜里,天景红红的,像烧着了一样。从远海和老河道里荡来一股奇怪的嗡嗡声。眨眼的工夫,大蟹群就忽忽涌涌漫漫泛泛张牙舞爪地爬上陆地。海蟹河蟹都有。喊喊喳喳的响声整齐而尖厉。人们给闹醒了。纷纷提着马灯出来看,都目瞪口呆了。

满街筒子都蠕爬着大大小小的螃蟹,青青的一片连一片,没了下脚的地方。有的螃蟹还爬上了房顶。人们从没见过这阵势,吓坏了。螃蟹越聚越多,大的驮小的,呈宝塔形一摞四五个爬上房顶。立时有老旧的泥铺子轰然倒塌下来。村里老人说是闹蟹乱了,让家家户户打碎了灯。入乡随俗,爹也将灯打碎,家里黑黑的了,娘不敢出屋。后来泥屋也顶不住了,嘎嘎裂响着。渔人家都纷纷卷上铺盖和粮食去了船上,开到很远的岛上躲避一时。大船师造船的,家里却没船。爹带他们娘俩儿到了造船厂的木垛上。爹拿木板来回扫蟹,扫开一块空场儿。一家人就在木垛里窝着,煮螃蟹吃。那天还不算黑,娘独自回村到老房里给柱子取衣裳,在海滩上试试探探地走,一色青螃蟹,分不清哪儿是岸哪儿是水,一失脚踩空了,掉进了海沟里。娘被卷走了,头上爬满螃蟹。她在没顶的一刹那,探了一下头,留下对人世无尽的依恋。爹和小柱子拼命寻娘,也只在五天后蟹乱退去,才找回娘泡烂了的尸体。爹跪在娘的尸体旁边,捶胸顿足地哭着。"俺要是有条船,你就不会死的!"埋了娘,爹就对柱子说:"咱爷俩给你娘造一条船,雪莲湾最好最好的船!"小柱子声泪俱下:"给娘造船!"于是,爷俩拉开架势干了。满打满算月把光景,大船就造成了。五寸厚的红松板子做成,没上漆,白光光的茬子,木纹细如银丝,蚕茧般环绕,没一星疤点,没一丝裂痕,就像一座淡黄色的金屋。龙骨各雕一龙一凤,取"龙凤呈祥"的意思。最后大船"合茬儿"那天,他觉得爹的老脸很怪。老人定定地望着大船,手抖抖地抚摸着船舷,眼眶子一抖,流下老泪来。"爹,合茬儿吧!"小柱子端着鸡血碗说。祖上规矩,合铆是要洒鸡血的。老人"嗯"一声,看也不看儿子一眼,抄起一把板斧,将左手一截手指插入茬缝,斧头一砍,老人的手指就掉了,又一凿,血淋淋的手指就揳进茬缝里去了。爹扯下一条子布裹了手指根儿,说:"柱儿,灌胶!""爹——"小柱子惊呆了。随后一杆大桅威风凛凛地竖了起来,带着老人沉甸甸的心思遥遥指天。从此之后,爹将红腰带和毡帽头给了小柱子,再也不造船了。

黄木匠怎么也不会想到,这艘大船日后会招来大祸呢。黄家来雪莲湾的日子浅,压根儿就不知道这儿的海霸孟天贡有烧船祭祖的习俗。孟天贡鱼肉乡民,跺一脚,雪莲湾颤三颤呢。可他对大船师却格外敬重。那天孟天贡将船师爷俩请到府上,摊牌说:"俺孟天贡看中你们的船啦!俺想重金买过,还望大船师赏脸!"黄大船师问:"孟老爷也想出海打鱼吗?"孟天贡微微摇头一笑:"俺孟家要烧船祭祖!"黄大船师顿时黑了脸相,道:"俺那船千金不卖!"孟天贡一惊:"为何?"黄大船师说:"那是为柱儿他娘做的!"孟天贡压住火气说:"那俺请你们爷俩为俺造一艘,要同那艘一模一样!"黄大船师站起身,凛然道:"俺黄家船是闯海的,不是当纸烧的!你还是另请高明吧。"说完拂袖而去。孟天贡啪地一拍桌子:"他妈的,别敬酒不吃吃罚酒!"黄大船师把孟天贡撅了,立时在雪莲湾传开了,无不赞叹大船师的浩然正气。那天夜里,孟府家丁横眉竖眼地闯进黄家,将鼓鼓的一条钱褡一甩:"孟老爷说啦!念你是大船师,才给你网开一面,给你钱!要不就是干抢,你啥招儿没有!还是知趣吧!"说完就有百十号人的家丁船工嗨哟嗨哟地喊着号子把大船拖走了。

　　祭祖的那天晚上,天阴得好沉。雾浓浓的,偏就散不去,人身上的汗毛孔都让湿腾腾的水雾堵个严实,汗都憋着,一身的黏。孟家老坟场围着黑压压的人。除了披麻戴孝的孟家人,就是被迫赶来陪祭的村人。金屋般漂亮壮美的大船上,挂满了各式各样的纸人、纸马和灯笼。孟天贡一身缟素,面皮惨白。他手捧着写有祖先生辰八字的黄表文书,叩头、磕拜、祈唱之后,鼓乐班子就配合上了。鲜鲜亮亮的鼓乐夹杂清脆尖厉的短喇叭,哇儿哇儿嘟啊嘟啊地响个不停。船上洒了煤油,孟天贡手里的城隍牒就点着了,接着"轰"一声,船头的雕龙画凤的龙骨先燃烧起来。孟家人纷纷跪下磕头。就在这当日,有人一声长吼:"天理不容!天理不容——"人们看见一个老汉扬手甩着纸钱,跌跌撞撞地朝大船扑去。纷纷扬扬的纸钱漫天弥散。老汉爬上船板,端端正正地坐在舵楼旁,闭上双眼,像坐化的高僧一样。闪跳的火苗儿映红一张庄重威严的老脸。在场的人马上认出是黄大船师,都惊得咂舌头打冷子。"爹,爹——"小柱子凄凄地哭叫着,被人拽住了。人们刚省过神儿来的时候,忽忽蹿蹿的大火苗子就将大船师涌盖了。好一个顶天立地的汉子!

　　"天神哪——"村人齐齐跪地。

　　后半夜,电闪雷鸣,雨水倾泼。小柱子泪人儿似的在那里站了一夜。天亮时不远处海神庙的老僧劝小柱子的时候,惊异地发现燃烧过的灰烬里有亮晶晶的白粒子。"啊，舍利子！"老僧惊叹，这是几代高僧坐化也很难烧出的圣物，居然出自黄大船师身上。奇哉，怪哉！老僧跪下了。再扭头看，被雨水冲走的大船师骨灰和船灰，流向海里了，呈一道弯弯曲曲灰蓝灰蓝的带子。蓝带起起伏伏地伸向泥岬岛方向，钻向很深很幽的远海。"海脉，福佑渔人的海脉！沿这条脉线出海，定能顺风顺水发财发人！"老僧连连叹道。不长时间，这景观在村里传开，村里男男女女老老少少都来了，在海滩上跪了黑乎乎的一片。从此，黄大船师的故事遍地走。渔人的虔诚终于有了依托。

那头吆喝祭船神了，麦兰子才醒过神儿来。她与大雄脚跟脚来到造船厂前，看着黄木匠、二雄和新雇来的木匠往泥坡搬木料。蛤蟆滩的泥是墨绿色的，升腾着泥腥气。蛤蟆滩与海亲吻的地方是墨绿色的。这个时候，大雄对麦兰子说："俺不愿爹再造船了，一个整日跟木头打交道的家族会有啥出息呢？"麦兰子反驳他说："干啥干好了，都算有出息呢！等俺在乡里混不下去了，也回来跟爹造船！"大雄教训她说："好生做你乡里的事，遇事掂得出轻重，熬个一官半职的，俺才高兴，造船的事你甭管！"其实，大雄也知道造船越发没有大的赚头了。一挂响鞭过后，三根香火已经燃到梗子上了，船火还没正式点着。麦兰子看着急，就弯腰往灶口里吹风。她说："这些天雨水不断，木头太湿。"大雄说："你懂个，要的就是焐着黑烟冲冲邪气。"黄木匠没吭声，他将多皱的脸探进灶口吸进一口烟来咂巴咂巴，鼓鼓嘴巴才吐到空中去。

"黄老哥，你又出啥花招儿呢？弄得乌烟瘴气的，跟鬼子进庄放信号似的。嘿嘿嘿——"村支书疙瘩爷笑悠悠地走过来。麦兰子凑上去说："爷爷，爹说这是驱邪呢！"

"哪来那么多邪？"疙瘩爷笑着吸烟。大雄朝疙瘩爷一点头算是打了招呼。

疙瘩爷说："兰子啊，大雄，你们正好都在，俺有事找你们呢。"

麦兰子和大雄跟着疙瘩爷走到蛤蟆滩的一块泥岗子上。

麦兰子说："爷，你有啥事啊？"

疙瘩爷笑了笑说："先跟兰子说，评小康村的事儿！"

"咱村没引进外资，自然评不上。"麦兰子说。

"那都是土政策，县里瞎定的！再说，咱们在引进外资啊！"

麦兰子望着疙瘩爷的脸说："你看乡里范书记蹲点儿的大刘庄，他们有的指标没咱村完成得好，可人家萝卜小长在了辈儿上，有了跟德商合资的仪器厂，知名度就上来了。范书记带村干部去海外溜达两回啦！"

疙瘩爷不服："呸！都是你给他们胡吹的。"

"那是范书记叫俺写的。"麦兰子嘟嚷着。

疙瘩爷日日冒冒地说："咱村还是何乡长蹲点儿的地方呢，你就不该写篇文章吹吹？俺可听说过些天乡里组织各村支书去国外考察，没外资的村子不让去！你说这不是搞形式主义嘛！孩子，你也写写咱村吧！"

大雄听着没劲，就低头踢着滩上的泥。麦兰子为难地说："咱不能写假报道，出了事咋办？"

疙瘩爷说："这年头哪有那么多真的，有多少假合资你知道吗？登记领照然后把外资打进来，验完资美元又抽回去啦！干赚个优惠条件，再坐上一辆特批好汽车！够精吧？"

麦兰子没再反驳。

"你在乡里见多识广，也给咱村领个外商来。真的假的都行，只要宣传出去，假的也是真的啦！没听有人说嘛，这年头流言有根有据，越来越像新闻；新闻捕风捉影，随意夸大，越来越像流言。你帮俺吹一回，你爷俺也可以出国转转啦！到时候，俺把大雄也带上开开眼！"疙瘩爷笑了，老人不放声笑，只在嗓子眼里憋着打嗝儿。

"爷，您得承认，咱村在乡里是后进村。"麦兰子说着，心里很伤感。疙瘩爷怎么变得这样了？他过去可是硬铮铮的汉子啊！

"咱是纯渔业村，俺不服欺世盗名的先进村。范书记大权独揽，何乡长走背时，弄得咱村跟着吃瘪子。"疙瘩爷说，"兰子，你见多识广，给咱想想变小康的招子。"

麦兰子为难了，说："引外资不是吹糖人儿！"

大雄用屁股顶了顶麦兰子："瞧你那样儿，听咱爷的，让你弄就弄，啥不是人弄出来的？"麦兰子瞪了大雄一眼说："你跟着瞎饹饹啥？没你的事儿。"

疙瘩爷笑道："谁说没大雄的事儿？村里有了外资工厂，俺就让你当厂长!"

大雄抓着头皮嘿嘿笑了:"那可好。"

麦兰子怔怔地站着,她身后的蛤蟆滩显出少有的空旷与浩瀚。浓烟在她眼前盘盘绕绕,慢慢散淡了。造船厂传来黄木匠他们吱吱拉锯的声音。麦兰子望着蛤蟆滩,感觉有种说不清的东西在她眼前缓慢而惊诧地流动着。她像是得了某种暗示,说:"爷,俺还真有个想法。"

疙瘩爷笑了,急着问:"啥想法,快说说看。"麦兰子想了想说:"俺在报纸上见过一条消息,而且还有人到咱乡里问过。就是搞钢铁,不是建钢厂,是拆船!有这说法,爷爷出国就有借口啦!"大雄笑了:"俺爹造船,你还来个拆船!"疙瘩爷眼睛亮了:"你说,你说!"麦兰子也笑了:"你先弄个假外资,当上小康村,出国转转再说嘛!"疙瘩爷笑烂了脸,使劲拍拍大雄的肩膀说:"大雄,你看你看,到底是文化人,脑瓜活!你想不出来吧?"大雄咧嘴笑着。疙瘩爷说:"就这样,随便拉个外商给他们看看!你爷好有话说。"麦兰子心里很矛盾,还是应着头皮答应了。疙瘩爷乐不可支,满口答应:"那是,回头俺跟何乡长说说,让你回村帮助俺抓小康村建设,弄出点眉目再回乡里。这样,大雄你们两口子也好天天见面了!"麦兰子瞪了大雄一眼:"冲他?俺还不来呢。"她说话的时候,大雄把一颗脑袋伸过来,亮脑门上的青筋勃勃地涌动着。

护身符

　　海滩上没有固定的雀巢。涨潮的时候，浑浊的海水抹平海雀觅食的泥滩，群雀就快捷地钻进碧天里去。画面有些凄凉。麦翎子和菊子坐在蛤蟆滩的泥岗子上，默默地谁也不说话。金凤远嫁了，金凤是在一片喜庆的鞭炮声里钻进了迎亲的彩车。麦翎子和菊子为金凤送行，当时麦翎子已没有足够的理智挡住满脸的泪水，彩车在麦翎子的泪眼里颤动着消失。透过薄雾麦翎子看到了河口西侧泥岗子上的祠堂。这是雪莲湾唯一留下来的麦家的祠堂。在日头没有出来的时候遥望祠堂，显得朦胧而神秘，灰色瓦脊像招魂的帆影或谣曲，黄白的纸门紧紧关着，锁住麦氏家族灰飞烟灭的历史。"麦家祠堂里有神奇的东西。"七奶奶这样说，姐姐麦兰子也这样说。多少年之后，麦翎子始终弄不明白，祠堂里有什么东西？祠堂是空的，麦翎子去过。

　　麦翎子面朝大海沉思着。

　　麦家祠堂在她们的西北方。海滩阴沉的光线压迫着麦翎子的目光。麦翎子是扭着脖子观望着，压根儿就忽略了菊子的存在，直到菊子小声吟诵那首诗，麦翎子才回过头来，继续望着久久神往的东南方。

　　县城和省城都在雪莲湾的东南方。那是城市的方向。

　　麦翎子忆起来了，菊子吟诵的诗名叫《彩色的鸟，在哪里飞翔？》。麦翎子抬起头看菊子，无法看到她的整个脸相，只见她的头发被海风吹得像一堆烂渔网，鼻梁上的小雀斑间含了泪珠儿。麦翎子也情不自禁地跟她吟诵这首诗。在县城的校园里，麦翎子、菊子和金凤是最好的朋友，她们在同一村庄里长大，同一班读书，连麦翎子穿的裙子都是金凤姐统一制作的，裙摆处绣上美丽的红雀，十分惹眼。她们一起读汪国真的诗，看琼瑶、岑凯伦的小说，一起谈人生谈理想，发誓一定上大学进城市，绝不在乡村草草率率地嫁人。谁知，她们高考落榜了。疙瘩爷对麦翎子说："就留在咱雪莲湾吧，你姐姐没考上大学，现在不是很好吗？"麦翎子听不进去爷爷的话。麦翎子仍不死心，刚出校门那阵子，三个女孩再次发誓，复课重考大学。

可是，半个月之后，麦翎子、菊子和金凤复课的希望都破灭了，原因十分复杂，而且她们三人各有各的难处，所有誓言的意义都荡然无存，化作了风尘。在一个月黑风高的夜里，她们姐妹三个喝了酒在夜滩上站了整整一宿，拥在一起抱头哭了。菊子伤感地说："咱们活得这样窝囊还不如跳进海里算了。"在菊子眼里最浪漫的解脱方式莫过于跳海了。醉眼蒙眬的金凤点头认可，她们在海边探出脑袋，几乎都从幽蓝的海水里看到各自的面容和影子。在关键时刻，麦翎子率先醒酒了，水面映着她们三个水月般的脸蛋。麦翎子说："俺们不能死，俺们凭啥要死？"菊子和金凤以为麦翎子被自己姣好的面容感动了。其实，麦翎子看见水里有一扇门，一扇白纸门。

不知是幻觉，还是真实的景象？麦翎子分明看见，水影里的白纸门上有七奶奶画的"护身符"。这是一种抵御鬼魅伤害、保护人身安全的符。此图是七奶奶用朱笔绘制的，画面为一人形，左手持大刀，右手持三叉戟。图下有一黄字。此人就是护身的神将，七奶奶说他是黄神。黄神有两大职能：一是主管死人的名籍，招魂招魄，所以在丧葬中常常请黄神出马；二是能够护身避邪。所以，七奶奶在护身符中画上了黄神的尊容，象征黄神在此，百鬼回避。

麦翎子她们三个人被这道"护身符"救了！

村里人都说麦翎子是她们三个人中最漂亮的。麦翎子的美丽不是大海所能承接的，麦翎子是活给知识的，活给城市的，雪莲湾不属于她。麦翎子用尽力气将菊子和金凤拽回来，三个人纠缠扭打在一起。"咱们不能死！"麦翎子声嘶力竭地喊，狠狠地打了她们两巴掌。一种头晕目眩的争打一直持续到拂晓时分。天亮了，都醒酒了，她们没再制造苍白的誓言。谁也没说话，很狼狈地各自回家了。

后来的一些日子，麦翎子和菊子常常见面，金凤总是躲着她们。麦翎子找金凤时她总是放不下手中织网的梭子。总是少言寡语。她的脸有些怪，麦翎子不知道她的心思，发现她比先前黑了许多。腊月定亲，开春儿就结婚了。丈夫是十里铺一位开小拖车的农民。四间新房一个大院，没小姑子，婆婆公公年岁不大。麦翎子说："金凤姐这辈子就完啦！"菊子叹口气说："哪家姑娘日子不是这般过？围着灶台转，生儿育女，伺候老人，守妇道尽义务，给子女盖房子说媳妇找婆家，累死拉倒！"说着就苦笑。麦翎子烦得捂起耳朵叫："别说啦！俺不听，俺不听！"菊子说："不说也这样，女人家心比天高命比纸薄呢。"麦翎子生气地摇着菊子的肩膀说："你也没骨气了吗？"菊子脸色晦暗地说："不说啦，留口唾沫暖暖自己心窝儿吧！"闷了一阵子，麦翎子皱着眉头将乌黑的头发梢咬在嘴里调整思绪。夜里想出千条道，白天照旧原路行。麦翎子与菊子后来达成了共识，人穷志短，得赚钱，有钱就能上大学闯都市。村舍的炊烟在麦翎子的视线里积成蘑菇状，几只红雀快捷地从蘑菇烟里钻出来，又盲目地加入海鸥的队伍钻进云彩里去了。

麦翎子坐在蛤蟆滩的泥岗子上，风越来越硬了。

麦翎子和菊子久久不说话。菊子心里盘算家里虾酱坊的活计吧。没话的时候，麦翎子又不由自主地眺望远处的麦家祠堂，它以一种很威严的姿势伫立了很多年。麦翎子从小就惧怕它，这种现象使麦翎子对麦氏家族有了浓厚兴趣，这种情感越深就越激发麦翎子远离家族。祠堂能诠释麦翎子的命运。

这个时候，大鱼注视麦翎子她们已经很久了。

大鱼的亮脑袋在早晨的雾气里闪着一片青光，那张方脸真的像一条海鲶鱼的头，两簇络腮胡翻卷在耳鬓下，两个黑洞洞的鼻孔非常外露。还有那双鱼一样的眼睛，竟然散发着蓝光，冷飕飕的蓝光。自从那次堵豁口失败以后他的眼睛就放蓝光了。那天上午，麦翎子和菊子去大鱼的书屋借书。大鱼望了麦翎子一眼，却给了麦翎子一个从没有过的惊吓。这惊吓不是因为大鱼的长相，而是望见了大鱼的一双眼睛。这是一双鲶鱼眼，蓝色的。只要望见这双眼睛，麦翎子就浑身发冷，冷得浑身打寒噤。她永远不知道这是为什么？望久了，她就像掉进了冰窖里。大鱼殷勤地跟她说了好多话，麦翎子已经听不见了，更不用说在大鱼的书屋借书的事了。据麦翎子后来回忆说，当时她耳鸣了，她的心冷缩得厉害以致呼吸都感到有些困难了。这是怎么了？冷吗？非常的冷！她嘴里默念着："这是咋了？咋了？"她甚至惊呼着菊子的名字。她匆匆忙忙地逃开了大鱼。

大鱼显然被麦翎子的举动弄得手足无措。他不知道麦翎子为什么这样害怕他。大鱼懵懵懂懂地怀揣着一种慌恐而亢奋的神秘感喊道："你跑个啥，俺又吃不了你！"麦翎子头也没回地跑了，菊子茫然失措地追着她。

大鱼失魂落魄地望着麦翎子。与其说是麦翎子对大鱼产生了好奇心，还不如说是麦翎子深深地吸引了大鱼。

大鱼发觉麦翎子长得很像一个人，像谁呢？像珍子，她俨然就是死去的珍子。

自从珍子疯了以后，大鱼闯豁口失败，就灰溜溜地离开了犯人村，尽管疙瘩爷瞧不上他，他还得回到雪莲湾，他无处可去。他再也没有脸面待在犯人村了，珍子疯了，村长也当不成了。他把珍子送到了九龙山精神病院，为了给珍子治病，大鱼急着挣钱。黄木匠造船厂开张的时候，黄木匠叫大鱼过去上班，大鱼不会木匠，没有去。大鱼在村口租了三间瓦房，每间搞一摊儿，卖书租书、象棋、军棋和台球，还真挣了一些钱。半年之后，钱是挣了一些，可是，珍子突然在医院死去了。大鱼掩埋了珍子的尸体，跪在她的坟头说："珍子，俺对不住你，如果有来世，俺愿跟你续前缘啊！"他的精神垮了，痛苦的鱼眼凹陷了。大鱼忘不掉珍子，男人得到爱情只需一瞬，忘掉爱情却需要一生。

也许没有人注意，自从麦翎子走进大鱼的视野，大鱼的精神才慢慢恢复了。麦翎子见了大鱼浑身冷，不知为啥，越冷她就越想见他，大鱼的眼睛里究竟有啥呢？麦翎子好奇地想。大鱼见了麦翎子就感觉珍子还活着，他的精神就有了依靠。慢慢地，麦翎子和菊子还是来到大鱼的书屋，在那里借书看。男青年们借金庸、梁羽生的武侠书，在一片血淋淋的厮杀中得到了极大享受。麦翎子去借书大鱼从不收钱。麦翎子和菊子跟大鱼还学会了下围棋。真该谢谢他，村里若是没有了大鱼，那漫漫长夜又该去怎么打发呢？村里这些高考"漏儿"都成了大鱼书屋的常客。大鱼越发深沉了，他很少跟麦翎子说话，麦翎子看书或是下棋,他总是在不远处冷冷地瞧着麦翎子,泥塑木雕一般。麦翎子的目光与大鱼的目光相撞的时候,大鱼的眼睛火辣辣地亮着,传递到麦翎子眼里的目光竟然是冰冷的呢?真是读不懂他的眼睛,她与他对视的情形是很吓人的。总之,大鱼走进麦翎子的生活纯属偶然。

"菊子,那不是大鱼吗?"麦翎子对菊子说。

菊子扭头看见了大鱼,说:"大鱼做啥呢?"麦翎子说:"大鱼正在看着俺们。"菊子不耐烦地说:"无聊,太无聊了。"麦翎子远远地瞧见大鱼抬手抹了抹眼睛,卖书生涯给了他一双迎风落泪眼。大鱼扭过脸来了,不动声色地看着她们。大鱼嘴里不停地打着口哨,菊子说:"翎子,听说大鱼进过监狱,还当过闯海的英雄,这号人都活得劲劲儿的,咱跑这儿发啥愁?"菊子的一句话真将麦翎子的心说宽了。

麦翎子看见大鱼朝她这边走来。远远地,大鱼饶有兴味地笑了笑,避开大鱼的蓝眼睛,麦翎子方觉得大鱼没啥好怕的,拿他调剂调剂日子吧。菊子脸上现出很复杂的意味说:"大鱼朝你笑呢。俺感觉大鱼喜欢你,真的!"麦翎子一迭声地反驳:"死丫头,屁话,俺才不要他喜欢呢!那样俺麦翎子比金凤姐混得还惨!"麦翎子是这样说说,但内心的阴郁之气没有了,就朗朗笑起来。菊子也跟着笑,朝大鱼摆摆手。大鱼已经走到麦翎子脚下的河堤了。麦翎子还是对大鱼的眼睛感兴趣,盯着他的眼睛,身体渐渐凉了。菊子说:"大鱼哥,大清早的跑这儿荡啥野魂?"

"俺来看看你们。"大鱼说,"你们这几天咋没到书屋去?"

菊子歪着脖子说:"说清楚,是看俺还是想看麦翎子?"

麦翎子横了菊子一眼。

大鱼尴尬地说:"这会儿,你俩还闹心吧?"

"俺们来蛤蟆滩看日出,谁说闹心?"麦翎子说。

大鱼说:"别辩解,越描越黑!俺是说金凤可惜呀!"

菊子说:"你快别提金凤啦。"

"是啊,再说,你俩差不多又要哭啦!"大鱼幸灾乐祸地笑着。

"黑馍泡白菜,各取心头爱,金凤有金凤的道理。"麦翎子故意挺起胸脯,拿话堵噎大鱼。

大鱼脸色就沉下来。他在想怎样说话，他揣摩着麦翎子的心理说："翎子，菊子，你们听着，你们是咱雪莲湾有文化的人，咱村的希望，人生关键处只有几步，可得挺住，城里和乡下活法就是不一样。丹麦思想家克尔凯郭尔说，人是精神。凡是精神都要忍受痛苦或被嘲弄。精神就是自我，自我需要超越！咱渔村不是你们精神驻足的地埝啊！快回学校去，复课！重新考大学！你们要是没有出息，俺大鱼剜了眼珠当泡踩！"

大鱼说完扭头就走了。

麦翎子望着大鱼的背影怔住了。大鱼的话有道理，却没有新意，有点装腔作势。走远了，菊子的话如铁锚戳着了麦翎子的痛处："大鱼说得多好！俺看出来了，他喜欢你，你不能让他失望！"麦翎子没有回话，她比姐姐麦兰子内心清高，又委实没有清高的资本，麦翎子痛恨自己的无能和浅薄，但麦翎子自信自己能崇高起来。麦翎子爱面子，腿软心跳，嘴皮子永远是硬的，麦翎子寒了脸骂菊子："菊子，你少来教训俺，你看着大鱼好，就嫁给他得啦！"菊子气得抖抖的说不出话来，末了说了句："麦翎子，俺恨你！"就哭着扭身跑了。麦翎子呆呆地站在蛤蟆滩上，心情坏透了。

回到村里，麦翎子靠住村口一棵老树，深深叹了口气。老树佝偻着，枝枝杈杈，苦苦挣扎着伸向迷乱的天空，落日在树枝间闪烁，照在麦翎子半面脸上，脸颊一半是热的，一半是凉的。麦翎子同落日一样孤独。村头愈加空寂，几只麻雀在地上觅食。这时，她听见黄木匠的造船厂传来"咚咚"的铆船钉的声音。

缩地符

麦兰子回到乡政府大院,已经是下午四点钟了。县里要来妇联查计划生育,乡政府礼堂布置展览,麦兰子没进宿舍就让范书记打发去小礼堂刷糨糊。黑沿子乡是沿海地区,经济发达,计划生育却老拖后腿,县里每年开春儿都要突击检查,麦兰子自然得跟踪报道。她每天就住在乡政府大院,晚上还要接电话。值班的头头聚在一起打麻将,散了伙,才叫上麦兰子陪他们喝酒啃烧鸡,麦兰子起初还忸怩着,后来也耐不住乡里头头的纠缠,时不时就陪着笑一笑。早上起来她还要打水扫地,这些麦兰子都不怕,让她头疼的是乡政府人际关系的错综复杂。范书记和何乡长两个人明和暗不和。弄得底下人左右为难。范书记土生土长,根基很厚,五十多岁了说话办事依然十分果断,用他的话就,俺当一天书记就一天说了算。何乡长才不到四十岁,是部队转业来的,做事务实,为人严谨。疙瘩爷跟何乡长关系好,麦兰子知道她能留在乡政府是爷爷找何乡长使的劲儿,这样,麦兰子还没走进这个大院就已将范书记得罪了。看来"文化人"并不好当的。

麦兰子帮着妇女主任布置完展室,天就快黑了。何乡长叫麦兰子到她办公室去一趟。麦兰子从宿舍探了探头,没看见范书记,才放心落胆地去了。何乡长见了麦兰子直截了当地说:"刚才你爷爷来了电话,要求你回村帮助工作。我想不能叫帮助工作,你就代我去蹲点儿,尽快让你们雪莲湾村变小康!"麦兰子笑笑说:"说变小康就变小康?俺有那么大本事吗?"何乡长说:"你们村其实底子不弱,有船队,个体企业也不少啊,比如春花的网厂,就是没规模,缺少外资。你就配合村委会抓抓外向型经济,往外奔吧!"麦兰子支吾说:"俺刚熬到乡里,想当文化人,怎好又回去?那样还不如让俺回文化站呢!"何乡长摇摇手说:"目光短浅,你以为我让你写一辈子报道稿?不,你在村里干出点名堂来,乡领导会重用你的!妇女干部非常缺啊!还有,你要知道,你们村对我很重要!"麦兰子只得答应下来。她懂何乡长的心思,乡镇干部走马灯似的换来换去,有点政绩自然有功劳。当领导都会这一手,麦兰子认了,她甚至料定这一切都是何乡长与疙瘩爷暗地谋划好的,情知拗不过,唯有顺坡下驴往前走了。

晚上范书记和何乡长回家了,乡团支书小郑召集几位乡政府的年轻人在宿舍喝酒,为麦兰子送行。老虎不在猴子称王。一伙年轻人搅得乡政府大院像鬼子进庄。喝得红头涨脸的麦兰子对小郑说:"小老弟,你帮俺个忙!"小郑晃着半瓶子老酒,说:"麦兰子,你把酒喝了,让俺干啥都成!"麦兰子满嘴喷着酒气说:"你大包大揽的,知道是啥事哟?"小郑说:"你们雪莲湾村那点屁事呗!俺心里装着呢!"麦兰子说:"帮俺找个关系,引个外商来!你外头不是有同学吗?"小郑说:"那得碰着机会。"麦兰子急了:"不能拖,半个月就得出结果!晚了黄花菜都凉啦!"小郑说:"领个外商来好办,就是项目不准成不成!"麦兰子说:"当红娘的还管生孩子?成不成,不管,只要来个外商就没你事儿啦!"小郑笑了:"那现成!我同学在县开放办公室,说这几天就来几个日本客商考察县针织厂。"麦兰子嘿嘿笑着说:"拉那日本客商来俺村转转!不过,没有别国的商人吗?"小郑朝她眨着眼睛说:"还挑哪,就这还没影儿呢!"麦兰子解释说:"俺没啥,俺村不是在抗日时有个惨案嘛!俺太爷爷的大铁锅——"小郑马上明白了,麦兰子是抗日英雄的后代。小郑说:"这会儿没人记这个仇啦!"麦兰子说:"俺村就是怪,俺麦家,还有几家至今还抵制日货呢!"小郑说:"这就傻了,眼下是全球经济一体化,好多日本货里都有咱中国工人的血汗。比如本田汽车,那是广州产的。东芝电器,大连产的。快别闹了,活活是一本糊涂账!谁让咱穷呢!"麦兰子说:"日商就日商吧,有个说头就行!"她的兴奋全写在了润了酒晕的脸上。小郑说:"弄成了得给我提成!"麦兰子说:"那行,俺爷说话算话,可得快点,又该评小康村啦!"小郑明白了什么,你是帮疙瘩爷唱戏呢!麦兰子举起酒杯,说:"不提那个,喝酒!"几个小伙子跟着起哄:"喝!你们的好事弄成了,别忘了请我们喝酒啊!"麦兰子听了这话心里便浸出一股怪味。

麦兰子回到村里心里别扭了几天,本来到乡里成了文化人,可是,派回村里又成了村民。不过,她牢记着何乡长的话,自己兴许还有些前途呢,就感觉到自己是得好好干一场了。村里落后,她在外面做事也不光彩。而且她的处境也很不妙,范书记把她看成何乡长的人,而何乡长的蹲点村要是工作上不去她就又把何乡长得罪了。两边不是人,恐怕还得泥里翻跟头继续烧窑了。麦兰子与疙瘩爷合计半天,首先成立了海光工商联公司,又将村委会班子调整了一番。疙瘩爷发现麦兰子还真有一套,没白在外面干事,对麦兰子就更加信任,也从手中分出些权力给她。麦兰子的心思就野了。

日本商人说来就来。日商小林先生起初对渔村不感兴趣,后来经小郑同学的多次劝说,小林先生勉强答应转一转,时间定在春天的一个上午由村里派人去接。疙瘩爷不愿意去接,他急需外资进入,可他讨厌日商,梗着脖子对麦兰子说:"你这孩子忘本了,咋跟日商掺和?"麦兰子硬了脸说:"就这还是求来的呢,要饭吃还挑食?您就将就着点吧!"疙瘩爷沉沉一叹,派车把小林先生接了来。陪客人的活儿自然落在了麦兰子的身上。

这个春天的上午雨水不断。麦兰子陪小林先生在村里考察,觉得天空罩着巨大的长脚蜘蛛网。何乡长也赶来了,疙瘩爷忙忙颠颠乐得不行,团支书小郑像看大戏似的觉着好笑,唯有麦兰子冷静,暗地里提醒小郑千万别跟何乡长说漏了。小林先生是假洋鬼子,本是北京人,中国名儿叫王勇,后来去了日本成了日商代理。那天傍晚,当着七奶奶的面,麦兰子跟疙瘩爷说来日商,疙瘩爷满脸的不高兴,七奶奶的拐杖狠狠地戳地,骂麦兰子胡来!麦兰子赶紧解释说:"其实小林是中国人!北京人。"疙瘩爷和七奶奶的脸才算晴了。麦兰子也恨日本人,听七奶奶讲大铁锅故事的时候,骂小日本鬼子骂得狠着呢。除了太爷爷的"大铁锅",她还想起了涉及黄家的一件事情。说起来那是1943年的往事。驻扎在雪莲湾的日军都知道这块地方出美女,一个杀气腾腾的黄昏,清乡的日本鬼子就奔着花姑娘来了。村里有模样的女人脸上都抹了黑,纷纷登船去海上躲避。当时的黄木匠手执红缨枪是抗日小民兵，佝偻着腰站在蛤蟆滩的土窑上点火放烟报消息。黄木匠的姑姑黄贵荣没有来得及跑，被三个日本鬼子堵在了墙角。黄贵荣穿着紧身粗布花袄，后边瞅去极美，腰肢细细的，屁股圆圆的，诱发日本鬼子无尽的美好想象。黄贵荣一路小跑，跑到一个死胡同里走投无路了，她猛一回头，三个日本鬼子当下就吓瘫在地上了。原来黄贵荣满脸麻子，嘴角斜吊，一只眼睛烂了流脓。三个鬼子里有一个叫田夫的小队长心脏不好，当场吓死过去。后来村人看见田夫的尸体断定是吓破了苦胆。另外两个鬼子扔下武器狼狈逃窜，回了据点的炮楼子。这事在雪莲湾传开，既可笑又解恨。丰玉宁联合县政府还专门为黄贵荣下了一个文件："向抗日女英雄黄贵荣学习，不费一枪一弹，击毙日本兵一名，击退日本兵两名，缴获武器三支。"不几日，日伪军回来报仇，将黄贵荣吊在树上示众，叫狼狗咬黄贵荣的脸，活活折腾死了这位抗日女英雄，这不算完，日本鬼子将没能逃掉的五十多位村里老少，赶到了神秘莫测的蛤蟆滩，一把火活活烧死。黄贵荣痉挛着血糊糊的身子断气时还最后嘟哝一句打倒日本帝国主义呢。村人非常敬佩黄贵荣。抗战胜利后，人们在蛤蟆滩上立了一块碑石。

　　麦兰子知道这一层，当着黄木匠和疙瘩爷的面儿就骂几句日本人。骂归骂，她对小林先生挺照顾。小林先生来到蛤蟆滩视察泥疗场地时，麦兰子为他打伞遮雨。小林先生望着蛤蟆滩久久不语。蛤蟆滩的样子很模糊，潮音和鸥鸟的叫声也轻微地梦一般地模糊着，疙瘩爷十分认真地向小林先生介绍这里的投资环境和优惠政策。小林先生依旧没有表情。麦兰子有些沉不住气了，问道："小林先生，你看这块地搞泥疗好吧？"疙瘩爷跟着说："这里水电设施齐全，周围的芦荡打雁也能吸引旅游者。"小林先生还是没话，做高深的思考状。麦兰子心里骂了句："这狗×的还玩深沉呢！"小林先生嗅到一股很浓郁的泥腥气了，那是霉潮的气息在早春的季节里幽幽行走。一望无际的蛤蟆滩，好开阔啊，好地方。小林先生终于拿日文嘟囔了一句，然后掏出手帕擤擤鼻孔。麦兰子没有听懂，故意像个翻译似的附和说："何乡长，小林先生对这地方十分满意。"何乡长与疙瘩爷对望一眼笑起来。蛤蟆滩的泥滩由于雨水浸泡软得很，何乡长笑着说："小林先生别走啦！"于是小林先生就不走了。小林先生心中正巴不得呢。小林先生掉头时，麦兰子怅怅地打量着他的背影，嗅到他身上腻人的香水味，目光是失望的，心里也来气："你个骗吃骗喝的假洋鬼子，不就有几个臭钱嘛，别以为别人都是傻蛋，俺不忍心揭穿你就是了。"小林先生扭头望见不远处黄木匠的造船厂，抬手指了指。疙瘩爷马上明白了，就带一行人朝造船厂跟前走。

疙瘩爷边走边对小林先生说："这是雪莲湾黄家的造船厂，有年头了，黄家造的船在这一带很有名呢。"麦兰子见小林先生眼没亮，心里骂这家伙八成耳朵里塞驴毛了。疙瘩爷又介绍了一番，她看出小林先生对泥疗兴趣不大，兴许歪打正着从造船厂上成了呢。小林先生抬脚甩了甩泥巴，在造船厂前站定了。

雨小多了，几只鹚鹰在造船厂顶上鹤立着。麦兰子将造船厂旁边的大木船指给小林先生看。小林先生赞叹了一番。麦兰子又拿出一个土烧茶壶给小林先生看。小林先生接过来，仔细端详，终于说了一句："很好，这是什么物质烧成的呢？"麦兰子踢了踢脚下的黑泥说："就拿它烧成的。"小林先生竖起眼睛，来兴趣了。他弯腰抓了一团黑泥，放在鼻前嗅了嗅，一张冰冷的小白脸有了笑模样。他将那团泥悄悄裹在手帕里装起来，然后拿手指弹弹精致的泥壶，发出悦耳的空音儿。麦兰子没有理会小林先生，她瞅着升到空中的黑烟，攥紧的心上下滑动着。

这个时候，不远处传来毛驴哎哎的叫声，麦兰子扭脸看见疙瘩爷牵着毛驴驮泥回来了。两个盛满黑泥的麻袋搭在驴背上，如两块模糊的白膏药贴在苍灰的空中。疙瘩爷佝偻着水蛇腰引着毛驴走，脚下的稀泥被踏得噗噗直响。疙瘩爷牵驴的动作非常娴熟。麦兰子望着爷爷心腔一热，鼻子就酸了。爷爷咋知道小林先生要骑毛驴呢？

小林先生真的来兴致了。麦兰子帮爷爷卸完泥袋，小林先生就说："我想坐驴去深泥滩看看，一定是有味道的。"麦兰子沉着脸，心里骂这杂种拿俺们穷人寻开心呢。疙瘩爷拿手捅捅她后腰，小声说："忍着点，人家这阵是爷，巴结都来不及呢。"麦兰子满脸强撑起笑来说："小林先生想骑驴走一趟吗？"小林点了点头，然后笑着，笑得温和，嘴角和眼角都弯着。

麦兰子就将毛驴牵过来，换上疙瘩爷穿过的水靴将小林先生扶上驴去。毛驴很老实,小林先生骑上毛驴欢喜地望海。疙瘩爷说:"俺带客人去吧。"麦兰子没理疙瘩爷,看看苍灰的天,又看看空旷的蛤蟆滩。疙瘩爷吆喝一声驴,就牵着驴摇摇摆摆朝深滩里走了。小林先生骑在驴背上,嘴里打着口哨,欢喜得忘了形。麦兰子望着他们走远了,神情很木讷。她觉得心里有什么东西揪着难受。

麻麻细雨洒了一天。

冬天偎在家里歇着,进了四五月就出门走动,雪莲湾人的习惯。乡政府组织的去美国考察参观团四月底就出发。疙瘩爷和麦兰子将村里与日商合资开发泥疗的意向书报到乡里,何乡长说:"尽管是意向,这也是雪莲湾村发展经济的新成果!"范书记却说:"意向不是合同书,等落实了才能算有了合资。"这一句话,让疙瘩爷和麦兰子白忙活一场,眼巴巴看着别人去海外风光潇洒。麦兰子倒没有怎样的难过,她为此撰写了一篇报道发在市委党报上,赚了三十五元的稿费呢。市委有个领导还夸奖她有思路,深化农村改革就要解放思想。这话由何乡长传过来,麦兰子又痛痛快快地美了一回。来了兴致的麦兰子问疙瘩爷:"爷爷,您出国第一件想干的是啥?"疙瘩爷喷着酒气说:"别提出国啦,听着俺就闹心!"麦兰子笑说:"俺是打比方,说嘛!咱爷俩又不是外人。"疙瘩爷确实喝高了,他甚至忘记身边的孙女麦兰子,所以酒后吐了真言,支吾说:"俺出国他妈的第一件事就是想开开眼,坐坐飞机,听说那玩意儿舒坦哩!到了大赌场也弄一把,也算没白活一回……"麦兰子笑得一嘴的饭都喷了出来。第二天疙瘩爷醒了酒,忆起了昨夜的酒话,一迭声地朝麦兰子解释说:"兰子,昨晚你爷俺喝多了,喝多了,俺要带着春花去,你爷操持出国考察,完全是想解放思想发展咱村办经济嘛!"麦兰子昨晚觉得爷爷挺可爱,这么一解释她倒有些尴尬了。她便正了脸说:"爷爷,昨晚您也是这么说的,是这么说的。"

蛇有蛇道鼠有鼠路。就在乡里出国考察团走后的第十天,麦兰子从县里回来为疙瘩爷圆了出国梦。县里有家个体公司专门组织出国参观团,是到新加坡、马来西亚、泰国和香港地区。收费标准高一些。麦兰子一说,疙瘩爷就打熬不住了,皱着眉头笑说:"咱去,这机会不能放过去!"麦兰子说:"村里有这笔花销吗?"疙瘩爷一梗脖子说:"村里这么多企业,还能没钱?剩下的,让春花的网厂提留一笔钱!"说着眼睛就红红的。疙瘩爷那样子好像不出国明天就不活了。麦兰子说:"爷,你做主吧,俺该做的都做了。"疙瘩爷说:"这叫啥话?你也去,村主任老毕也去!"然后他胖胖的身子就快活地哆嗦起来,麦兰子望着爷爷的胖身子,跟着笑了。爷爷从海上回村,越发胖了。

说走就走,出国机票转到手里才用了七天。临行前,疙瘩爷悄悄找到七奶奶给卜了一卦,看看这次乘飞机有啥闪失没有。七奶奶折腾了一阵子说是大顺。尽管是大顺,七奶奶还是惦着他们。所以就画了两道"缩地符",用剪刀剪成白纸,分别贴在疙瘩爷和麦兰子家的白纸门上。门符是从古代的门神演变而来的,《护宅神历卷》中的各种护宅符中,就有很多神像。这是门符从门神脱胎的痕迹。

"缩地符"是道士常用的神行术。这里要神行的不是人,而是地,意思是让疙瘩爷和麦兰子的漫漫长途化作咫尺。施这个巫术的程序是:第一项是取土,要取出发地雪莲湾和目的地两头之土,那边的土取不来,七奶奶就用海水代替,书写"千里一步"四字,是七奶奶给下达的指令。第二项,在地上书"万里"二字,用左右脚踏之,这是让人与之交感,以取得"万里一步"的法能,最后就要焚"缩地符"一道。七奶奶做这一切的时候,疙瘩爷没有参加,麦兰子守候着七奶奶,但对这事儿也含糊,话说回来,这必定是七奶奶的一片心意。

也许是七奶奶的"缩地符"起了作用,疙瘩爷、麦兰子和毕主任的东南亚几国之行果然挺顺的,而且显得路途短了不少。他们开了眼界,疙瘩爷想干的事也干成了。

麦兰子回来给大雄买了几件香港衣裳和一只枣木烟斗,还给妹妹麦翎子买真丝纱巾,给七奶奶买了缅甸玉手镯。七奶奶给她的玉手镯碎了,她要给她买一个。大雄见了大烟斗喜欢得不行,抱住麦兰子的脖子又是亲又是啃。麦兰子不由得浑身酥痒,亲昵地拍了拍大雄的肩膀。大雄搂着麦兰子的后腰说:"俺媳妇,从海外回来新鲜了,说话也洋气啦,脸蛋儿也白净了,眼神也亮堂了。"然后就在麦兰子身上揉搓着。麦兰子咬住他的脖子说:"你真坏!俺咬死你!"咬得大雄咧着嘴直喊姑奶奶。

麦兰子与大雄抱成一团在床上滚动起来。那个枣木烟斗不知不觉间掉到地上了。这些天大雄还真想她了,见了她两腿打战失了章程,脱掉衣裳趴在麦兰子白白的身上鼓捣起来,弄得麦兰子摇头晃脑地叫唤。

醉蟹

春季捕捞期结束的最初几天,麦翎子悄悄躲在屋里读完了《红楼梦》。

疙瘩爷见麦翎子不出屋,吃饭又少,脸蛋又白又瘦的,以为麦翎子跟家人怄气呢,就说:"翎子,咱们家族从来与书无缘,怎么偏偏来你这么一个爱书如命的丫头?你能读到高中就不赖啦。你姐姐不也是高中毕业嘛,还不照样在乡里挑梁拿事儿。"麦翎了不看疙瘩爷一眼,继续读书。七奶奶走过来嗔怨说:"俺看你是读书读懒了身子。"爷爷和七奶奶的话在麦翎子耳里飘进飘出。她不在乎。

快到响午了,麦翎子看书都忘记了吃饭。七奶奶端着一碗米饭和一盘子醉蟹走过来了,把碗和盘子往麦翎子跟前一放:"吃,读书能顶饭吃啊?"麦翎子看见了醉蟹。往事就涌到眼前来了。其实,从严格意义上讲,麦家在雪莲湾不是一个地道的渔民世家。尽管麦翎子的爸爸是个闯海高手,但仍不能扭转麦家的整体形象。七奶奶自豪地说:"雪莲湾吃醉蟹是麦氏家族创造的。"

翻开麦氏家谱的血脉卷就有这样的记载,乾隆八年是秋,蟹乱村灭,房倒屋塌,匪蟹没顶,麦家老祖携族人逃难,误入蛮荒地带,水尽粮绝,濒临灭族。是夜四更天,斜风裹来一场细雨,匪蟹爬来,其声嗡嗡成韵,四野阵阵鲜气。族人大惊。老祖食欲引逗而出,望着眼前铺出的青蟹,吼了句:"拿酒来。"族人抬来成化年间出窑的黑釉大酒瓮。老祖别出心裁将螃蟹装进酒瓮,拿老酒浸透泡熟,族人就很鲜美地吃起来。醉蟹拯救了麦氏家族,使雪莲湾麦家人丁兴旺,支脉广布。吃醉蟹是麦氏家族的传统,慢慢地,雪莲湾人都吃起来,现在还通过外贸部门出口到海外。七奶奶自豪地说:"就像龙帆节一样,以麦家为核心的醉蟹节流传好多年头了。"麦翎子依稀记得,前些年过节,都由麦氏家族德高望重的七奶奶将螃蟹倒进酒瓮里,浸泡七天七夜,然后由七奶奶将醉蟹装进无数小瓦罐里,零零散散地埋进村头的土堡。过节的时候,村里男女老少拿锹在土堡里挖罐子,谁挖到谁吃,七奶奶管找醉蟹叫找福,讨的是来年的好运气。由于醉蟹节的特殊意义,就在老河口西侧的泥岗子上筑造了麦家祠堂。祠堂背靠老河口劈出来的没有规则的土崖,前面是奔放的大海,它的两侧是平缓狭长的海滩。七奶奶说:"当初建祠堂是风水先生相中的,祠堂是麦家的骄傲,也是村人虔诚的依托。"百年祠堂被人膜拜和祭祀而衍成古老礼仪,于是它存在的意义伴随时光早已让文化将它从实物中异化出来,记录和昭示着麦氏家族的荣光,醉蟹节没了,麦家祠堂也被闲置冷落了。疙瘩爷委实不解,吃醉蟹的强悍家族怎么说败就败了呢?而且麦氏家族出现的明显特征是阴盛阳衰。

  麦翎子高考分数段进了省外贸学院的自费段,如果能拿出几万块钱,麦翎子这会儿早坐在了省城的大学课堂。麦翎子去哪儿找那么多钱?面对着七奶奶的白纸门,爷爷不能伸手。但是,麦翎子看出来了,疙瘩爷想让她跟姐姐一样,在乡里给麦翎子谋一份工作。谁知麦翎子心高着呢,小小雪莲湾压根儿不在她眼里。麦翎子不明白疙瘩爷为什么如此反对她继续上学、厌恶她看书。如果仅仅因为麦氏家族历史的"寒食日",那疙瘩爷就太不应该了。分数段下来不久,麦兰子曾操持着在家族和亲戚中间为麦翎子上大学集资,大雄姐夫第一个响应。疙瘩爷知道后脸色十分难看,没鼻子没脸地将麦兰子骂了一顿:"胡来,一个姑娘家上啥大学?上了又管啥用?"麦兰子被疙瘩爷给骂愣了。有了钱就能改变麦翎子的命运,钱可真是好东西哩,麦翎子在心里埋怨疙瘩爷。她试图拉拢七奶奶站在自己这一边,可是,七奶奶在麦翎子上学的问题上,观点跟疙瘩爷是一致的。

  疙瘩爷总想跟麦翎子说说话。那件几乎褪成灰黑颜色的青布夹袄常年懒散地披在疙瘩爷身上,脸上蒙了一层厚厚的油烟和尘土。听说爷爷近来在村里工作中遇到了一些麻烦,人瘦了一圈。麦翎子觉得爷爷老了,也该退位给年轻人了。疙瘩爷望一眼麦翎子就佝偻腰咳嗽起来,麦翎子赶忙上去给疙瘩爷捶背疙瘩爷不咳了，稳了心说："翎子，爷跟你商量个事儿。"麦翎子知道爷爷没好事情跟她商量。但是老头的心病不讲出来，就会引发出一串更坏的病来。麦翎子点头说："俺听着哩。"疙瘩爷的眼皮索索抖着说："咱雪莲湾有句土话，富不串邻，贫不串亲，你姐说的集资上学的事，让爷给拦啦！"麦翎子说："俺知道，俺压根儿就没指望能成，您又想着这事啦？"疙瘩爷好像没听麦翎子回话，接着唠叨："你可别怪罪爷爷啊，那样一来，不成，丢人；成了，咱麦家也全都没脸面了。"麦翎子烦了，没好气儿地回嘴说："您就快别提脸面了，俺看你和姐姐根本不讲脸面。你们都变了！你们在村里乡里当着干部，俺沾不上你们一点儿光！"疙瘩爷继续缓慢迟钝地说："翎子，这阵儿你心里难受，爷知道，等你稳稳心，爷爷给你在乡里找个差使吧！"麦翎子倔倔地说："俺不干，俺可不是兰子姐。"疙瘩爷恼了："你这孩子，还那么任性。这也不干，那也不干，你到底想干啥？你兰子姐咋啦？她刚毕业的时候，就在村口开了一个小酒店。一点点来嘛！"麦翎子迟疑了一下问："爷，俺倒要听听，您到底想让俺干啥？"疙瘩爷咳了一声说："俺看啊，给你开个醉蟹铺挺好，你七奶奶教你做醉蟹的法子还记得吗？"麦翎子心里一下就火了，强压着火气，嘴上只好说："记得，咋不记得？"

　　七奶奶在麦氏家族里做的醉蟹是最好吃的。七奶奶做醉蟹的程序跟爷爷不一样，她先往大缸里撒上螃蟹，随后倒进米酒。掺上少许盐粒、海带和大蒜等作料。麦翎子最爱吃七奶奶做的醉蟹。疙瘩爷拖着很沉重的鼻音说："翎子，踏踏实实跟奶奶做醉蟹吧！你听见啦？等你干了一阵子，爷爷再想着提拔你！"麦翎子的心情陡然变糟了，噘着嘴巴不说话。疙瘩爷吼了句："没耳性，你爷跟你说话呢！"麦翎子大声说："俺不是拿您村长不当干部，俺就是不做醉蟹！俺也不让您提拔！"疙瘩爷竖起眉毛吼："你是金枝玉叶咋的，怕闪了腰？"麦翎子倔倔地犟："人家在心里起了咒嘛，俺要复课，俺要挣钱，俺要上大学！"疙瘩爷气得抖了："大学，大学钩住你的痒痒肉啦？你是那里的虫吗？再给你一年，俺看也是瞎子点灯白费蜡。再说啦，上了大学又咋样？知识越多越背时！"麦翎子锥起眼睛盯着疙瘩爷说："这可不像一个支书说的话，求你就给俺一年！一年俺就让你们见分晓！"疙瘩爷摇头："一年？等到啥年头？莫黄了大麦老了秧,连婆家都找不出去啦!"麦翎子摇着疙瘩爷的肩头说:"嫁不出去更好,留在家里陪七奶奶!"疙瘩爷的脸松活了,叹道:"唉,真拿你没办法,念书念邪啦!"麦翎子显出雀跃欢欣的样子喊:"爷,麦翎子不会给麦家丢脸的,俺要自己挣钱供自己上学。"疙瘩爷眉梢挂忧,说:"这年头钱越发不好赚啦!你个丫头能挣钱?到时候别把自己也赔进去!"麦翎子正想挣钱的路子呢,想都想疯了。麦翎子自信地说:"俺能挣。"疙瘩爷苦笑了一声:"俺这几天琢磨呀,过了今年的寒食日,就将咱家的祠堂改成醉蟹铺子!让你七奶奶帮你做醉蟹,挣了钱咋说咋有理呀。"麦翎子听着疙瘩爷的大实话,心里沉下去就没了底儿。疙瘩爷的一竿子又支远了,明眼人都晓得,疙瘩爷身上已经没有当年的果敢了。麦翎子强迫自己朝疙瘩爷笑笑,淡淡的一股苦涩浸漫到麦翎子的心头。疙瘩爷十分疲惫地从麦翎子房间走出去,春日的柳絮飘得正紧,透过疙瘩爷背影看纷扬飞舞的柳絮使眼前一切变得生疏而枯竭了。

麦翎子看不清明天。

吃罢晚饭夜晚就沉了下来,麦翎子本想找本书看,菊子找麦翎子来了。菊子那次被麦翎子气哭之后,没几天就与麦翎子和好如初了。她心眼儿好耳根软。时常遇事找麦翎子拿主意,在学校时就离不开麦翎子。菊子说:"大鱼哥找俺有事。实际上,他是想见你哩!"麦翎子噘着嘴巴说:"大鱼是俺啥人?说调俺就调俺?一边待着去!"菊子望着任性的翎子,眼神儿似乎没个着落,软声软语:"翎子姐,俺再也不会因大鱼跟你吵啦!不值得!反正话儿俺给你带到啦。"说完菊子跟风一样刮出去。

麦翎子的心扑扑跳荡了,蒙着头追出来,搂住菊子的脖子,上赶着套近乎说:"俺的臭菊子,你也牛啦!"说着麦翎子拿双手胳肢她的腋窝,菊子往肚里咽着气笑起来。菊子也反过身来拿双手胳肢麦翎子。她们两个人就拥成一团笑疯了。天上月亮很好,月光拱过黑泥老棚残破的暗影,洒在麦翎子的脸上肩上,她们制造的欢乐一定会引发月亮多种善意的猜想。疙瘩爷沉闷地咳了两声,喊:"翎子,去叫你姐夫大雄过来!你也别去疯跑,回头俺有事情说。"麦翎子响脆脆地"哎"了声。菊子知趣地吐了吐舌头说:"俺先走了,大鱼可是真找你呢!去不去由你!"菊子嫩闪闪的腰肢一晃就没了踪影。

不一会儿，疙瘩爷进来了，麦兰子回来了。她没有在乡政府上班，她是乡里下派到雪莲湾村的工作组成员。麦兰子看了一眼坐在炕头吸烟的疙瘩爷，就把麦翎子拉到堂屋说："翎子，俺跟你说个事儿。眼下你也没法去复课，俺给你找个工作吧。"麦翎子望着姐姐的脸说："你也给俺找工作？爷爷让俺跟七奶奶做醉蟹呢。"麦兰子极神秘地说："嗨，做醉蟹有啥出息，俺给你找的工作还有机会进城呢！村里好多姑娘巴结还巴结不上呢。你的朋友菊子她娘，求人说情都没说下来呢。"麦翎子好奇地瞪圆了眼睛问："啥工作？"麦兰子很有兴致地说："乡里的服装厂你知道吧？厂长张士臣你知道吧？张士臣想找个条件好的女秘书，月工资一千八百块，他相中了你，上赶着求俺找你说。"麦翎子心头猝然一激灵："钱倒不少，姐。可俺不想干。"麦兰子愣了愣问："为啥？姐姐还给你亏吃？"麦翎子抿紧嘴巴说："俺听说张士臣是个情种。一见好看的姑娘，便走火入魔。听说咱村的小翠不就让他整出孩子了吗？小翠的事还没了，又寻新目标啦。俺才没那么贱呢。"麦兰子说："小翠的事怨不得别人，是她自己作践自己。你就不一样啦，张士臣在乡里最尊重何乡长，何乡长是咱爷的朋友，你是咱爷的孙女，俺的妹妹，俗话说打狗还要看主人呢。张士臣不会为难你的。"麦翎子冷下脸来直愣愣地看着麦兰子："姐，你面子那么大？"麦兰子剜了麦翎子一眼说："就是，别放过这机会！"麦翎子说："屁机会，机会使人变成鬼！"麦兰子不高兴地说："你咋这样不明事理？张厂长说啦，你跟他干一阵儿，他就在县城设办事处，叫你进城呢。"麦翎子拧转身子说："这样进城，俺情愿待在家里，俺可不是穿金戴银的命。"麦兰子生气地说："俺知道你一门心思想上大学，现在上不了，总不能一棵树上吊死！翎子，实际点吧，别梦里变蝴蝶想入非非啦！"麦兰子黑钻钻的眼睛仿佛要穿透麦翎子。麦翎子躲开姐姐的目光说："姐，俺不稀罕张士臣这个人，就别提他啦！"麦兰子火气很大，说："你呀，真是死狗扶不上墙！"麦翎子不爱听了，拿手指着麦兰子恼怒的脸说："你才是死狗呢！"麦兰子说："嗔着啦？至于吗？俺以后再也不管你的事啦！不识抬举！"麦翎子双手捂着耳朵，尖声尖气地吼道："俺的事不要你们管！不要你们管！"麦兰子也火辣辣地吼："你闹啥？你还有理啦？"然后甩手进屋去了。麦翎子浑身的气涌到眼睛里，直杵杵地挺在堂屋。看啥都灰蒙蒙的。夜风荡进堂屋将灶口的草灰吹起来,呛得麦翎子一阵咳嗽。麦翎子头痛欲裂,两手狠狠掐住太阳穴,强令自己打起精神。麦翎子在自己的世界游荡太久,没有谁能改变麦翎子。一切得靠自己,麦翎子要做的事肯定能做成。麦翎子想,自己给自己打气,然后对自己遐想的东南方做短暂而专注地眺望。

过了两天,疙瘩爷把麦翎子叫进屋里。

麦翎子进屋不坐,倚着门框站着。

麦翎子看见七奶奶、大雄、麦兰子和疙瘩爷都在。

七奶奶佝偻腰盘坐的身影很模糊,她的脸像在锅里卤过的虾一样,泛着酱紫色,眼眶里总是糊着白白的眼屎。老人不知在给谁家剪门神。疙瘩爷多皱的脸很平淡,也没有表情,却在平淡中镇住了麦翎子,他"吭吭"地咳了两声才说:"还有七天,就是咱麦家的寒食日,今晚上咱们把祠堂拾掇拾掇。你们听见啦?"大雄鳖一样蹲在地上吸闷烟,不吭声。麦翎子偷眼打量一下呼呼喘气的麦兰子说:"寒食日是咱整个麦氏家族的事!为啥四爷那头不来人。年年都是咱们家出人出力?没道理嘛!"

"混账,良心就是道理!"疙瘩爷教训麦翎子说。

麦兰子说:"别惹爷爷生气,走吧!"

麦翎子没再说啥,默默走出去了。

在麦翎子眼里,夜里的祠堂像一个廉价的古董。

麦翎子的日子活在盼望里。

春天的雨水冲洗村里村外的万物,使书屋的墙壁渐渐发白变厌。最终显示出泥墙的原有本色,散发出青涩的泥土气味。麦翎子坐在大鱼书屋门口,书屋的门上糊上了白纸,还贴着一张七奶奶剪的"穆桂英"门神像。坐在那里,麦翎子能望见老河口东一撮西一片的老船,河滩上深深的泥岬里汪着水好像藏着想不透的故事,令她神往。大鱼坐在书屋门口的一把椅子上,也陪麦翎子朝老河口张望。不知为啥,大鱼今天换了新衣裳,板板正正,像相亲似的,他半个身子探出门口,不一会儿崭新的蓝上衣就被雨水打湿了。麦翎子收回目光,望着大鱼一张一张的鼻孔说:"大鱼哥,没见外面下雨嘛!"大鱼感激地望麦翎子一眼,没言语,掏出一支烟来吸。他吸烟很深,两腮内缩,丝丝缕缕吸进丹田去。菊子不在场,麦翎子不敢看大鱼的眼睛,看了他的蓝眼睛,她浑身就打寒噤。

麦翎子来书屋大半天了,除了看书,就抬头看老河口落雨。邻室打台球的噼啪声传了过来。麦翎子不知道大鱼找她有啥事。麦翎子来了,大鱼又迟迟不开口,只是点点滴滴看她。大鱼眼睛亮了,天下竟然有这样相像的人?麦翎子的眉啊眼啊,鼻子、嘴巴,哪儿都像珍子,甚至连说话的语气都像。自从见到麦翎子的第一天,他就好像见到了珍子。她不就是珍子的转世吗?

麦翎子疑心四周都是坑,稍不留心就掉进去。生活为啥给她挖出那么多的坑呢?唯有沙沙的落雨声,让麦翎子感到亲切。慢慢地,麦翎子就不理会大鱼了,十分悠闲地翻弄书架里的书。大鱼吸完一支烟,脸上豪气顿生,挺挺腰,表明他有一件事情在心里运筹好了。大鱼说:"翎子,你过来。"麦翎子捧着一本《读者》缓缓走至大鱼跟前,心里想,大鱼啊大鱼,你千万别强制向俺搬弄哲人的思想。大鱼微笑着说:"翎子,俺想吃你亲手做的醉蟹。能满足你大鱼哥的要求吗?"麦翎子舒了一口气说:"那现成,明天就给你做。"麦翎子眼不拙,她看得出来,他叫自己来绝不仅仅是谈醉蟹。

大鱼笑了一下,一副极卑贱的苦笑,眼睛里散发着冷气。忽然,他猛地朝麦翎子跟前凑了凑,冷不防一把抓住了麦翎子的手,呼吸急促地说:"珍子!"麦翎子并不知道珍子是谁?她一阵慌乱,手里的《读者》哗啦一声掉地上了。

大鱼乱了性子,他的手劲真大,像手铐死死地扣住了麦翎子的手腕子。"大鱼哥,你要干啥?"麦翎子当下就慌了,小胳膊血管暴胀,不住地哆嗦起来。大鱼浑身颤抖着,双手紧紧地攥着麦翎子的胳膊。大鱼的这双手比他的蓝眼睛更可怕。

麦翎子的脸变得煞白,急切地说:"大鱼哥,请你放尊重些,你放开俺,再不放手,俺可喊人啦!"大鱼终于放开了手,额头淌了汗,他乞乞缩缩地说:"翎子,别误解俺,俺刚才看错人了,俺把你当成珍子了。"

"珍子?珍子是谁?"麦翎子躲避着他的眼神问。大鱼没有正面回答她,闭了一会儿眼睛,慢慢才恢复了常态。大鱼说:"翎子,俺的好妹妹,求你答应俺一件事。"麦翎子噢了一声,脸色依然阴沉:"说吧,只要俺能做的就成。"

说话时，麦翎子翩然一转身将手背了过去。大鱼忽然尖声尖气地笑了："你这孩子真逗。"然后他不情愿地欠欠身说："翎子，俺的好妹妹，你知道俺求你的事情是啥吗？"麦翎子愣着不语。大鱼哈哈一笑："是求你赶紧回学校复课！你老这样没着没落的，非误了前程不可！"他喷着很浓的鼻息，浑身透着一股沤馊气。麦翎子哑然失笑了，去复课好像不是你该求俺的事。大鱼愣了一下，从怀里摸出一个纸包来说："这是两万块钱，是俺的书屋挣的，送给你，当作你的助学金吧！"麦翎子的身子僵了样地呆住。这种颇为惊喜的尴尬局面，对麦翎子来说是始料未及的。麦翎子连连推托着，支吾道："大鱼哥，不，俺不要这钱，谢谢你了大鱼哥！"大鱼瞪得大大的眼睛闪出骇光，唯恐麦翎子眨眼之间从他眼前跑掉。

大鱼又要抓麦翎子的手，麦翎子退了一步躲开了。

麦翎子倒背着手，有些尴尬地站在那里说："这是你的血汗钱，俺说啥也不能拿。"大鱼洞开心意地说："翎子，你怀疑俺的诚意吗？你担心俺大鱼会在你身上有所图吗？老实告诉你，这笔钱原是给一个人治病的，这个人死了，所以这钱就没用了。"大鱼说着眼睛就汪了泪。

麦翎子跟着伤感起来，过了一会儿，她讷讷地问："啊，是这样？这个人是谁？能让俺知道吗？"大鱼终于把他跟珍子的故事说了。麦翎子听直了眼睛，眼泪流了一脸，俺的天神哩，为啥总是有情人不能成为眷属呢？雪莲湾也有这样的爱情绝唱啊！又想回来，既然大雄真的爱过，就不会追求自己了。

过了一会儿，大鱼淡淡地说："俺留着这笔钱，是想捐给希望工程的，俺自从见了你，俺就改变了主意，给了你，让你上学，正对路子。因为你长得像珍子，俺觉得……你跟麦家人不一样，你将来有大出息！"麦翎子使劲摇着脑袋说："你看走眼了，俺没有你说的那么优秀哩！"大鱼连连说："俺虽说不像你爹老漂子，不是海眼，可俺也经过大风大浪了，俺看人从没走过眼！"大鱼的脸在麦翎子的视线里晶晶莹莹地颤动。麦翎子说："大鱼哥，你的情义，俺麦翎子领了，钱还是你自己留着吧，你赚点钱不易哩。别老想着捐这个给那个的。你得成家过日子啊！虽说珍子姐没了，可你也要想开点，还得往前奔啊！"大鱼感激地望着麦翎子，麦翎子轻轻垂下了头。大鱼将装钱的纸包托在左手掌上,怏怏地垂着脑袋自语:"唉,人就是贱东西,想要这钱的,俺不给,俺想给的,人家又不要。那就留着吧!"随后他就望着书架愣神。麦翎子强迫自己笑得好一些,说:"大鱼哥,今天俺才真正了解了你。"大鱼沉默不语,呼出的热气暖化着潮湿阴凉的小书屋。静伫良久,麦翎子甚至能听到大鱼怦怦心跳的声音。麦翎子待不安稳了,总是胡想一气。大鱼的牙齿嘬得咝咝响,说:"翎子,好妹妹,听哥这一回,算俺借给你的,等你大学毕业挣了钱,再还俺,这样总行吧?"麦翎子淡淡地摆摆手说:"大鱼哥,别提这事儿啦,别把俺逼出病来!再逼俺,俺可就再也不登你这门槛儿啦!"大鱼叹一声,彻底怯场了,蔫蔫儿地收起钱来。趁大鱼犯呆的空儿,麦翎子真想悄悄溜掉算了。可是两腿就是不听使唤。不管咋说,烦人的大鱼今日添了某种魅力,给麦翎子平淡的日子注入了一种盲目、无所适从的兴奋。

麦翎子直把话问到大鱼脸上:"大鱼哥,开书屋挺来钱吗?"大鱼说:"就图书而言,单卖单租赚项不大,俺这里是中转站,兼营批发,海上来的书都要经俺过手,往海上去的书呢,俺也过手!"麦翎子笑说:"人鱼哥的能耐大啦,真看不出来呢。"大鱼这时倒牛气了,说:"蛇有蛇道鼠有鼠路,这年头干啥都赚钱。"大鱼的眼睛亮起来:"搞书、做书商的学问大着哩,而且超凡脱俗,职业高雅。"麦翎子知道大鱼在引她上套儿呢。麦翎子的好奇心竟然被强烈地引逗起来,说:"大鱼哥,你看,俺能搞书吗?"大鱼露出一脸的欢喜说:"能,而且俺保你尽快赚到钱!你就屈屈才,先跟俺大鱼干吧,等将来翅膀硬了,你再独挑一摊儿。咋样?"麦翎子笑笑说:"好倒是好,可是俺哪儿是做买卖的料儿?"

"试试呗。"大鱼说,"俺当哥的,绝不亏待你,不出仨月你就会走进教室,腰里揣着硬杠杠的票子上学是啥感觉?"大鱼神采飞扬,带着深厚的情分。

麦翎子就是太直,凡是深厚的情分说破就浅了薄了。麦翎子说:"希望俺们合作不带任何感情色彩。俺要靠自己的能力!你答应俺了,俺才来跟你卖书。"大鱼连连点头。形势急转直下,大鱼终于得到麦翎子的应允,他很快乐,是多少钱也买不来的那种快乐。麦翎子脆脆地应一声,满脸灿烂地笑了,冒雨跑回家去。

深海矿物泥

第二天上午,疙瘩爷召集村委会,让麦兰子给支委们传达海外参观考察经验,特别是要讲一讲国外旅游区开发泥疗的情况。麦兰子回来后就写了一份汇报材料,准备向乡政府汇报。现在她一开口就说自己原本不愿出这次国。疙瘩爷和毕主任连连摆手,疙瘩爷忙打断她说:"你这笔杆子不去,俺们回来说个啥?"麦兰子笑笑说:"俺是乡里工作组,理应将机会让给其他支委。好在路子蹚开了,日后大伙儿轮着转转,解放思想,收获不小啊!"然后她就很世故地笑了,支委们跟着笑。

疙瘩爷愣了愣,心里骂麦兰子得便宜卖乖呢。他知道支委和群众对他们这次公款出国意见纷纷,麦兰子当众买好儿是有自己用意的。想想麦兰子与自己的关系,疙瘩爷又没气了,同时感叹这闺女官道上准有前途。麦兰子见疙瘩爷脸色不好,就补了几句:"本来这次活动安排了半个月,麦支书急着回来引资上企业,当然也为节省开支,俺们就提前四天回来了。"疙瘩爷脸一热,心里就顺畅了。麦兰子毕竟是个伶俐人,要讲起理来,一句跟一句,句句都站得住。她圆着场说完就进入正题,总结参观学习经验。麦兰子的汇报材料使支委们服了气,但人们对疙瘩爷依然有股暗劲儿。有个支委问疙瘩爷说:"疙瘩爷,你说外国哪儿好?"疙瘩爷兴致很浓地说:"哪好?俺看哪儿都好,重要一点,就是城市和农村分不出来,咱社会主义新农村也要城市化嘛!不过,俺没看出资本主义有啥不好来!"麦兰子打断疙瘩爷的话头说:"你别放毒啊,得长咱自己的志气。"疙瘩爷就赶忙把话拿了回来。散会时大伙儿鼓掌,各拍各的心事。

几天来，麦兰子闲下来的时候，心里有一种不祥的预感。果然给她料着了，乡政府出国考察团一回来，村里就有人将疙瘩爷等人出国挥霍公款的事告到范书记那里，而且牵扯到了请日商小林的内幕。范书记当天晚上召开党委会研究处理这个问题。何乡长在会上说："小康村可以出国考察，那些没达标的村也可以出去走走嘛，不见外面世界咋引来外资呢？我们应该审查一下乡党委的土政策合不合理？"范书记满脸不高兴地说："雪莲湾村的出国渠道不正常。更主要的是假引外资，找借口出国旅游，欺骗领导，不处理是说不过去的！"何乡长又辩解说："上次小林先生来雪莲湾，我也去了，怎能说作假呢？"范书记真正的心劲儿本是对何乡长来的。乡里率团出国考察期间，他们两个人就因谁住套间闹了意见。范书记大声说："雪莲湾是何乡长的试点，何乡长护着，心情可以理解嘛，不过，你听小郑说说吧。"团支书小郑脸腾地红了，支吾着说了引资的情况，当场就把麦兰子给出卖了。何乡长马上意识到小郑要抱范书记这条粗腿了。以前小郑在范书记与何乡长之间游荡，这回还是被范书记拉过去了。小郑说话时目光躲躲闪闪不敢看何乡长。何乡长怔住，心里埋怨麦兰子太冒失没头脑。下次乡里换届，副乡长的候选人就只有麦兰子和小郑，派麦兰子回去抓小康村建设，就是给她捞资本的机会，没想到这女子不争气，跟着疙瘩爷一起出国，结果惹了一身麻烦。

由于何乡长顶着，对麦兰子和疙瘩爷的处理决定最终没有形成。但看势头，麦兰子在乡政府怕留不住了。第二天早上，何乡长骑车去村里找麦兰子和疙瘩爷，他狠狠地训了他们一顿。麦兰子脸白了，身架发软。疙瘩爷呆愣着，眼前像盯着一个怪物。愣一会儿，疙瘩爷又不服气地嚷嚷："俺们出国，没啥错！出国考察还不是为了发展村里经济？"何乡长心口上窝着火说："你还犟啥？屈了你了？多想想兰子吧。"疙瘩爷就蔫下来，忙将不是往自己身上揽了些。他要保麦兰子，兰子在乡里起点这么好，不能把孩子的政治前途白白断送了。

麦兰子觉得小郑落井下石太不够哥们儿了，一兜火气冲头，狠狠地骂了他两句。疙瘩爷堵噎她说："这孩子，你骂街管屁用，得沉住气！"何乡长望着疙瘩爷说："老范是冲我来的，只要兰子主动找他谈谈心、认个错儿，留在乡里还是有希望的。他范书记也需要吹鼓手哇！"麦兰子倔倔地一抖手说："他给俺小鞋儿穿,俺才不找他呢!"疙瘩爷瞪她一眼说:"你这孩子,你听何乡长把话说完。"何乡长转过脸来说:"兰子,当着范书记的面,你把责任往我和疙瘩爷身上推,关键时骂我们几句也无妨,老范认这手儿。留着青山在,不怕没柴烧嘛!"麦兰子顿觉有火球样的东西堵在喉口,眼睛忽地湿了,望着何乡长说:"何乡长,你的心意俺领了,可俺不能当势利小人!俺不能丢了人的尊严!大不了俺回雪莲湾继续开酒店!俺真干了违心的事,七奶奶不饶俺哩,就是奶奶不骂俺,俺也没脸面对自家的白纸门呢!"疙瘩爷瞪了麦兰子一眼说:"你又犯牛脾气,到范书记那儿随便编点啥都行,总能把荒唐事圆满了。听话,啊?"麦兰子没说话,眼神儿似乎没个着落。尽管乡政府大院遍地都是坑,稍不留心就掉进去,她还是不愿离开。想七奶奶的嘱咐,熬个一官半职才对得起祖宗,祖先的眼睛盯着你呢!这时的麦兰子脑袋就轰轰地响了,哇地暴叫了一声,风一样刮出去,到村委会值班室给小郑挂了电话,没鼻子没脸地训了他几句。小郑那边连说:"你听我解释,你听我解释啊。"话音没落,她兀自将电话挂了。

　　麦兰子没精打采地朝自家宅院走,许多人的脸像灯盏一样晃晃悠悠地悬在眼前。她鞋也没脱,就躺在炕上望着天棚走神儿。她全然不知自己失误在哪里,她只想这样躺着不动,永远面对着自家的白纸门。几只鸟在房顶觅食,周围一片寂静。她一会儿想找范书记,一会儿又不想去,就这样折腾到掌灯时分。七奶奶也不知给谁家剪门神去了,大雄从海滩上回来的时候,天已经黑了。大雄身上带来的鱼腥气呛得麦兰子咳嗽起来。大雄心里一紧,急忙说:"俺到卫生间洗个澡。"麦兰子捂着嘴巴嘟囔:"你没帮别人家淘厕所吧?咋这么臭呢?"大雄苦笑一声:"俺淘哪家子厕所?俺看是你当官当娇了身子。"说着就出去了。

　　七奶奶回来了。七奶奶没有怎么说话,就悄悄回了自己的房间。这些天,七奶奶很少跟麦兰子说话,七奶奶的话都跟麦翎子说了。七奶奶的身后跟来了乡党委办公室孙主任。孙主任告诉麦兰子说:"兰子,俺到雪莲湾办事,顺便带来范书记的口信,范书记要你到他办公室去一下。"麦兰子淡淡地说:"俺知道啦。"她领孙主任在老河口海鲜酒家吃了饭,就一同去了乡政府。麦兰子知道范书记主动找她,事情就不妙,她想有啥算啥吧,总不能丢了人格。范书记没在办公室,走进范书记的宿舍,见范书记正在灯下喝酒。一包油光光的猪蹄、一盘煮熟的梭子蟹和一盘五香花生米。范书记见麦兰子进来,就把宿舍的门敞开了。范书记眼皮没抬,依旧拿着猪蹄啃得津津有味,鼻音嚷嚷地说:"麦兰子来啦,坐吧。你吃一点儿吧?"麦兰子坐在范书记对面,有些怯场:"您吃,俺吃过了。"范书记拽下毛巾正要擦手,这时食堂老师傅端来一盘面条鱼炒鸡蛋。麦兰子知道范书记支使下人不当回事,比何乡长能摆谱儿呢。

范书记语气平和地说:"小麦啊,你写的出国学习材料我看过啦,挺有水平嘛!其实,乡里这个考察团应该带上你,开了眼界才有好文章,下笔才有神哩!"麦兰子用怯懦恍惚的眼神看着范书记,不知如何答话。范书记又说道:"麦兰子同志,你和小郑都年轻,特别是妇女干部非常缺,好好干,大有前途啊,我们都老啦!今天叫你来,是因为我这人爱才,不愿看你犯错误!其实呢,你这个姑娘是个泼辣人,有水平也很能干,就是没让你爷爷麦老邪和何乡长他们用好!"范书记一向管疙瘩爷叫"麦老邪"。麦兰子静静地听着,没有回话。范书记又说:"你为啥这么优秀呢?我终于找着原因了。因为你是麦家的后代。你七奶奶可是民间剪纸艺术家啊,她老人家剪的门神,贴在门上,驱妖镇邪,弘扬正气。你身上有你奶奶的东西,你爷爷就少了。你爷爷能替代吕支书,当上支书,还不是你七奶奶的功劳吗?"麦兰子点着头,无论谁夸奖七奶奶,麦兰子都从心底里高兴。因为麦兰子心中崇拜着七奶奶。

过了一会儿,范书记还是盯住疙瘩爷和何乡长不放:"何乡长也不知咋想的,麦老邪是你爷,爷儿俩搅和在一起干工作能好吗?引资那件事,我知道是何乡长搞的!责任不在你,也不在你爷,他眼看着自己的试点变不成小康村,心里急呀!可咋急也不能弄虚作假,我们党这方面的教训还少吗?"麦兰子没想到范书记一天到晚傻吃憨睡的样子,拢人倒是有一套。她不敢听下去了,袖口里捏指头的把戏她不会做。范书记仿佛看出了麦兰子的心思,说:"小麦哇,何乡长对你不错,这我知道,但是干工作不能感情用事。明天,县委组织部来考察乡领导班子,要搞个座谈,单独找到你的时候,你就把引外资的事说说,你最有说服力,最有发言权嘛!"麦兰子心跳加速,壮着胆争执说:"引资是俺干的,与何乡长无关!"范书记不高兴地说:"你还护着他!"麦兰子说:"这是真的。"范书记沉脸阴眉地说:"难道我刚才的话白给你说了吗?说你年轻真是年轻，遇事掂不出轻重！"麦兰子本想按范书记的点拨给何乡长添几句违心话。这一刻她却将这个念头掐灭了。她痛苦地站起身，说："范书记，您要是没别的事，俺先走了。"范书记抬起头说："小麦哇，回去好好想想！最好跟你七奶奶商量一下，让她给你出个主意。那老人家神啊！"然后又腾出双手啃猪蹄，吃离了眼，喷喷咂咂如同伤风擤鼻子。

麦兰子轻轻走进自己的宿舍，呆呆地坐着。她已经听到口信，上级考察何乡长，是要搜罗他的黑材料把他调走。小郑宿舍里打牌的说笑声顺窗子溜进来。春日的夜风面条鱼似的在她脸上拂来拂去。春夜里的新月，黄圆圆，天晴得爽透，满天繁星闪烁。麦兰子的心情却不爽，她趴在自己写报道的办公桌上轻轻地哭了。但她马上就坐直身子，在镜子里盯住自己的脸说："麦兰子，你真没出息，省几滴猫尿吧！"然后站起身，将几本书装进书包，推上车子走出乡政府大院。拐出门口她停住了，扭头朝乡政府大院好一阵张望，眼泪就下来了。别了，这个地方再也不属于俺了，文化人本是不好当的，自己回来再进这个院儿恐怕是最后一次取行李了。

麦兰子骑着自行车摇来晃去的，一时真的没了主意。以往，她六神无主的时候，就找七奶奶讨教。今天范书记让她找七奶奶，她却来了逆反心理，她偏偏不去跟七奶奶说乡里这些烂事。这世界太肮脏了，还是让七奶奶心里净一点儿吧！她不知不觉竟骑到蛤蟆滩上来了。

泥岗子多了一些，地势竟有些苍茫沙丘的气象。她在暗夜里看见黄木匠土堡模样的造船厂，心腔就热了。顺着造船厂的白茬船往上瞅，天像是在斑驳地脱落。往下看，看见马灯挑在船桅上，光亮晕化了似的融去，黄木匠和疙瘩爷正坐在窗口吸烟。两个老人有好多的话要说。麦兰子朝他们走去了。

麦兰子终于没能镇住邪气，使自己陷入被动境地。世间事常常不可诠释，就像这片奇妙的蛤蟆滩。她望着疙瘩爷和黄木匠的背影，默默地站着。毛驴的长嘶将沉默又拖延了很久。麦兰子望着脏兮兮辱眼的造船厂说："爷，爹，你们都在啊！"疙瘩爷没说话，黄木匠嗯了一声。从这层亲戚论，疙瘩爷还是黄木匠的长辈，但老哥俩儿说好的，照旧以兄弟相称。麦兰子对着黄木匠说："爹，明儿俺也来造船吧！"黄木匠泥塑木雕般地不动，两只枯手机械地拾掇着散落的木板。疙瘩爷望了麦兰子一眼,沉沉一叹。麦兰子又说:"爷,俺该回家啦!回来后俺就不走啦!"疙瘩爷还是没有说话。似乎他听不懂麦兰子的话。麦兰子往疙瘩爷身后走了几步,又说了句:"爷,俺遇着难处了,俺咋办哩?"疙瘩爷和黄木匠这才对望了一眼。在麦兰子眼里,疙瘩爷和黄木匠虽说对她都一样亲,可是这两个老人已经不是一个境界了。黄木匠长长叹息了一声,他的叹息将她的意志逼住了。疙瘩爷抬手指了指蛤蟆滩,意思是说蛤蟆滩里有答案。麦兰子默默地站起身,仄仄歪歪地朝蛤蟆滩的深处走去。生她养她的蛤蟆滩会告诉她什么吗?倒春寒的夜气无声地流动,蛤蟆滩在黛蓝色的夜里宽余地睡着。天光愈暗,蛤蟆滩的黑白线越加明晰。那熟悉的看不清的白气又升起来了,清虚超拔又欲念横溢。麦兰子抓起一把黑泥揉搓着,仿佛听到一种浮出地表的声音,连连呼唤着"孩子,孩子,你可不能手软啊!"麦兰子的脸上就像刮过一阵风,心里是一线尖锐而清晰的痛楚。

这一刻,麦兰子忽地有了主意。

她的目光刀一样朝远海砍去。

"杂种,这世界上谁都能混饭吃!"她想。

黄木匠哼起了渔歌儿。

麦兰子朝村庄走去。

一时不知该怎么收场的危机,被麦兰子的几句话搪塞过去了。早上醒来,麦兰子感到从未有过的平静,昨天的惊骇竟一点儿也记不得了。她到了乡政府,组织部领导找她考察何乡长,麦兰子当着范书记的面儿就说了说引资的内幕,有意将何乡长出卖了。说这些的时候,她感觉眼皮嘣嘣地跳了几下。范书记笑了,麦兰子又能在乡政府留下来了。她到底还是把何乡长卖了!有谁知道,麦兰子从蛤蟆滩得到了某种暗示:应该妥协!退一步可以进两步啊!她万幸啊,万幸没有回家找七奶奶,面对着七奶奶的白纸门,她注定不会这样选择的。她要恪守白纸门的坦荡、正直和傲骨。这一切,蛤蟆滩上没有了,连在龙帆节上的感觉都没有。爷爷不也是从蛤蟆滩起家的吗?

麦兰子激动过后,她觉得对不住何乡长,不敢看何乡长温和的眼神。何乡长倒笑呵呵地对她依然如故。何乡长平静地说:"兰子,别的都不重要,你应该回村里去接着干一场。"麦兰子也想对何乡长说尽天下好话，可她一句话也想不起来，只默默地点点头走了。

疙瘩爷挨了个处分，仍旧掌管着雪莲湾村一切事务。疙瘩爷有些灰心，麦兰子却鼓励他说："咱爷儿俩不能就这么栽喽，只有干出点名堂来，才对得起何乡长啊！"疙瘩爷咬咬牙说："孩子，你这辈子可别忘了何乡长啊！这是个好人哩！"麦兰子心中凄然。疙瘩爷大声说："俺挖地三尺，也要将写匿名信的家伙揪出来！告状的人太可恶啦！"麦兰子摇摇头说："爷，小家子气，这场戏唱过就过去了。你赚了出国赚了舒坦，还不够吗？当务之急是干出点名堂来，变后进村为先进村，兴许能为何乡长扳回一局！日后群众心里服了气，就没人背后捅刀子！"疙瘩爷想想也对，说："你说咋干？范书记给你透了点底没有？"麦兰子说："还是引外资，上企业！这里的名堂还不够多啊？"疙瘩爷咧咧嘴说："你别跟俺三吹六哨的，站着说话不腰疼！"麦兰子急得红了眼："这回得动真格儿的，俺想解铃还须系铃人，哪跌倒哪爬起来！俺去北京找那个小林先生！即便他那儿没戏，也让他帮咱介绍几个外商！"麦兰子扭头看黑坦坦的海滩，疯狂地放纵着想象。

七奶奶说过，春末夏初的季节干事十有八成，麦兰子的心劲儿恰好与这季节合拍。春末一个多雾的早晨，麦兰子和大雄搭乘一辆个体中巴去了北京。她按照小林先生名片的地址找到了亚运村A座公寓，一打听才知道小林先生因房租涨价刚般走了。麦兰子心凉了半截儿，无精打采地在北京街头逛荡，走累了就坐在立交桥边摆弄小林先生的名片，看见上面的手机号，她眼一亮："咱再给小林先生打手机试试。"小林先生很快就回话了。小林刚从日本回来，说开泥疗的事那头大老板没通过。麦兰子不甘心，赶紧说："别的合作就没了吗？"小林先生在电话里忽地想到了什么，忙说："老实说我对你们雪莲湾村很感兴趣，我拿来蛤蟆滩上一块泥，当时觉得很像深海矿物泥，就想带回来化验，可事情杂乱就耽误了。"麦兰子不知道深海矿物泥有啥用，但还是问："你是不是说，如果俺们蛤蟆滩是这种泥，就有合作可能啦？"小林先生说："如果是这样，就太有可能啦！这种泥俗称黑金，是金贵的美容珍品！"麦兰子想象着黑泥涂在脸上会有多恶心，但是，国外都是个挣钱的营生，说明有市场潜力。她催小林先生抓紧化验。小林先生拍了一下脑门说："丢了,怕是找不到了呢。"麦兰子说："明早咱通电话,如果真的没有了,俺们回家再取一块泥来。"大雄也插了一句："小林啊,咱们做生意是双赢,你可别让俺们拿热脸贴你的冷屁股啊!"麦兰子瞪了大雄一眼。小林先生笑了笑："哪能呢,这你放心,我是有诚意的。"小林先生有些尴尬了,说晚上请他们夫妇吃饭。麦兰子满口谢绝,她和大雄在街上小摊儿吃了晚饭,就钻进末流小旅店睡了一夜。睡觉的时候,大雄总是担心小林先生这里没戏。麦兰子眼前忽地冒出一条蓝旱船,红旱船烧了,还有蓝旱船,如果蓝旱船没了,将来她还会拥有一条紫旱船。前面总有希望等候着她。

第二天小林先生说那块泥果然找不到了。麦兰子二话没说,放下电话就上火车赶回雪莲湾。化验结果出来了,果然是深海矿物泥。连专家都惊奇,蛤蟆滩不是深海,为何含深海矿物质呢?也许,七奶奶能破开这个谜。麦兰子开心地笑了,又觉得这一笑没笑好,嘴角有一种拉不开扯不动的感觉。小林先生也欢喜不尽,忙向日本总部大老板田夫雄成汇报,化验材料也电传过去。总部当下拍板投资开发雪莲湾蛤蟆滩深海矿物泥。小林先生与麦兰子合计一下,又找专家评估,设备投资不是很大,一条净化处理线和一艘小型挖泥船就行。小林先生却没有跟麦兰子兜底儿,把投资困难说得挺大,为的是在最后签协议时占大股。麦兰子不懂企业不懂股份,她的任务就是变尽法子使劲儿将"鬼子"引进村。村里有了外资就会奔小康,奔了小康她便有了政绩,有了政绩就能升官。不仅是自己的政绩,而且还牵涉到爷爷和何乡长的政绩,看似复杂,道理就这么简单。

日本人办事效率之高是麦兰子和疙瘩爷始料不及的。第一次考察谈判人员就来了六个,两位地道的日本人,四位北京分公司的雇员。管企业的马副县长来了,范书记和何乡长也都来陪着。县里乡里头头们说几句官话表示支持,陪吃陪喝,谈判桌上的实质问题就全落在麦兰子和疙瘩爷身上。麦兰子怕日后落埋怨,也想溜边走。她对疙瘩爷说:"爷爷,俺是乡里派的工作组,把'鬼子'引进庄就由你们对付啦!"疙瘩爷咧着嘴巴说:"你可不能看热闹,你打一枪就撤,俺可收拾不了日本人!想起你太爷爷的死,俺一见日本人就来气!"麦兰子板了脸说:"当年,日本鬼子是侵略者,俺们恨。可今天是投资来了,你得正确对待。爷爷,俺可告诉你,小不忍则乱大谋,气走了日商,俺再也不管村里的事啦!"疙瘩爷心里没底,拉着麦兰子去找何乡长。麦兰子心理平衡一些,总算替何乡长挽回了一点儿面子。

　　下午谈判,麦兰子想躲却没能躲开,她代表村里跟日商周旋。小林先生将股份分成压得很低,三七分成占股,日方七中方三。村里出厂地出资源出水电设施,日方出设备包销售。工人从当地招聘,双方各派管理人员,日方暂时派小林先生代管,中方由疙瘩爷出面。企业定名为蓝渤美容品有限公司,合同有效期八年。

红雀

春季阴郁而冗长的雨天，七奶奶常常靠着被垛打瞌睡。老人身旁有一个纸糊的笸箩，里面有剪刀、针线和糨糊。这是七奶奶剪纸专用笸箩。白纸和红纸都是麦兰子从城里买来的。七奶奶困倦的时候，就再也不管笸箩和纸。她打瞌睡的时候，脑袋一啄一啄地碰着了手里攥着的烟袋杆子，斜斜地挂出一线老涎来了。

麦翎子推门站在七奶奶面前的时候，七奶奶还在嘟囔着说梦话，七奶奶说："唉，真不是人过的日子，上边咋不下来新精神呢？"七奶奶时常将日子的无奈说成是上边没下来新精神，麦翎子觉得好笑，看来奶奶真的老了。麦翎子故意将脸蛋贴近七奶奶耳朵旁，冷不防大声喊："奶奶，上边下来新精神啦！"七奶奶吓了一跳，立马就激清醒过来，瞪了眼骂："鬼丫头，净干没溜儿的事，新精神在哪儿呢？"然后抹抹嘴角继续叼起老烟袋。麦翎子说："奶奶，俺找着工作啦！俺能挣钱啦！这还不是新精神吗？"七奶奶坐直了身子说："啥工作？跟奶奶说说。"麦翎子说："到大鱼那里搞书。"七奶奶当下就火了，说："你呀，又发蠢气哩，书能挣钱？你别让大鱼给涮喽！再说了，大鱼是蹲过大狱的人，有邪气哩。"七奶奶一通煞风景的话，使麦翎子心里阵阵发寒。鱼虾能赚钱，书也能赚钱，麦翎子不怀疑，麦翎子拒绝麦兰子去给张士臣当秘书，却投奔了村人看不起的大鱼，人们将咋样看待麦家呢？怎么看待麦翎子呢？在大鱼那里，麦翎子将扮演一个啥角色呢？

这个时候，麦兰子撑着雨伞甩着脚上的泥进屋来了。没等麦翎子说话，七奶奶急切地说："兰子，你来得正好。叫你姐说说，翎子要跟大鱼做事，说是卖书挣钱。"麦翎子圆着场说："开始俺也烦大鱼，尤其他的蓝眼睛，真让俺受不了。后来到书屋，觉得他心眼儿挺好的。尤其是他跟珍子的爱情悲剧，让俺同情，让俺感动。"麦兰子静静地听着，没有马上表态。她在乡政府学了一样东西，就是领导艺术。沉默也是领导艺术的一种。麦翎子继续说："是大鱼请俺去的，他要资助俺上学，俺不应，才说起这档事的。俺想啊，一天到晚抱着书傻吃憨睡的，不如去挣钱，俺用自己挣的钱复课读书多硬气。"麦兰子半晌不语，脸色十分难看。七奶奶长长一叹，说："翎子啊，你还年轻，你看几成？大鱼为啥入狱？是他家没请俺的白纸门。门板上显现出宪章图案，这让俺想到虎头牢啊！"麦兰子终于开口了："奶奶，这不算啥，大鱼家的事情跟咱麦家没有多大关系。大鱼走背运，不等于翎子也跟着倒霉。俺生这个气，翎子越来越不懂事啦。非要跟大鱼搅和，就等于白白浪费青春。你不怕，俺们跟你丢不起人！大鱼是个啥东西？你知道吗？"麦翎子说："你知道他啥？"麦兰子气哼哼地说："俺跟大鱼是同学，俺不比你了解他？"麦翎子觉得麦兰子话里夹枪带棒的不受听，说："姐，亏你还是乡干部呢，你说他是啥东西？说好了是渔民，说惨了不就是个有过劣迹的书贩子嘛！俺知道你们是势利眼，你看不上他也就罢了，说话别带个人成见！"

麦翎子偏偏不是人云亦云的性子，她有这种逆反心理，别人越反对她越想尝试。如此一来，麦翎子的犹豫倒被挤对跑了。麦翎子生气地喊："俺的事不用你们管，俺就是要跟大鱼干。"麦兰子气哼哼地说："翎子，今天张士臣厂长又来找俺，让俺问你最后一遍，你不干，菊子可就去啦！菊子多有心计，多有头脑，使暗劲儿呢。哪像你，硬是穿新鞋往屎堆上踩，损了名誉，坏了前程！张士臣也有毛病，可人家是正牌农民企业家！干得好，张厂长能亏待咱家吗？奶奶你说是不是？"七奶奶显然受了麦兰子的迷惑，板了脸说："你麦兰子姐还能给你亏吃？去服装厂干，不去就跟俺做醉蟹，要不奶奶教你剪纸，俺这阵儿正愁剪纸没有传人呢！不然，就把你锁在屋里看闲书！"麦翎子浑身生出一阵可怕的战栗，不甘示弱地犟开了："俺死也不去服装厂给那家伙当秘书，屁秘书，他是找小妍。没听村人说啥，服装厂女工有话柄，不脱裤就解雇，不解雇就脱裤！"七奶奶呾呾嘴不悦地说："啊？兰子，张士臣那里是这样的地方，俺们可不去！那不把翎子给糟蹋啦？"麦兰子气得浑身抖了，吼："别听她瞎说，退一万步讲，张士臣真是那样的人，由俺和爷爷给镇着，他也不敢动翎子。翎子是找借口，俺看她是疯啦！"麦翎子说："俺没疯，疯了倒好啦！"她们争吵到这里，屋里的空气一时僵住了。

麦兰子被麦翎子气得不行，仍是不依不饶地说："翎子，你别臭美啊！"麦翎子大声说："你别给张士臣拉皮条，他给了你多少好处？"麦兰子被噎得气哭了，扭头就走，边走边嘟囔："俺跑深海矿物泥项目都累坏了，回家干啥？回家就是一肚子气！"她连伞都没带，晃晃着跑进雨幕里。七奶奶喊："兰子，给你带把伞啊！"麦兰子头也没回，也没应声。七奶奶瞪了麦翎子一眼骂："咋能对你兰子姐这样说话？快，给她送伞去！"麦翎子僵着一动不动。七奶奶"唉"了一声，下炕抓起油纸伞，摇摇摆摆地要追。麦翎子拦住奶奶，自己接过伞追出去了。七奶奶心内浸出一股说不清的怪味儿，如同复杂感伤的春雨使她心乱如麻，久久不能自拔。

雨中空寂的院落使人昏昏欲睡。

麦翎子悄悄坐在屋檐下看书，一个姿势读到天黑。傍晚时雨天苍凉的意味更加浓郁，空中飘动着淡淡的岚气与黑泥滩的颜色融合了。白纸门上的剪纸"钟馗""穆桂英"图案，在雨水的冲洗中渐渐脱落。这时院里有音乐声响起，细听，是毛宁唱的《涛声依旧》。一些书，一点儿音乐，再加上少许湿润的空气和清凉的雨丝，麦翎子便有了写一首诗的冲动。麦翎子迅疾拿起圆珠笔，在课文的间隙里写了第一句："雨中黄昏如此可疑，翻书的声音如此美丽……"麦翎子写不下去了，没词了。这时候麦翎子想到了菊子，两三天没见到她了，麦翎子要找菊子共同完成这首诗。

麦翎子擎着雨伞朝村西的菊子家走。一个平庸无奈的黄昏，由于心中美妙的诗，使麦翎子心绪辽阔起来，甚至忘记了刚才与姐姐、七奶奶争吵的苦恼。麦翎子看村巷，看海滩，看帆影也换了味道，等将来麦翎子闯进都市了，麦翎子也要写文章歌唱赞美它。家乡原本是美丽的。正因为它太美丽了，麦翎子要执拗地离开它。

麦翎子猜想菊子在雨天里也在看书呢。菊子是后娘，后娘使她使得太狠，菊子不愿在家待，有空就去大鱼那里看书下棋。远远地，麦翎子听见她家院里传来嘭嘭的声音，好像船厂里铆船钉的声音。站在院门口，麦翎子可劲儿喊了两句："菊子，菊子——""哎——俺在虾酱坊呢。"菊子的声音十分微弱而疲惫。麦翎子径直奔虾酱坊去了。菊子后娘探出脑袋问："翎子，找菊子干啥？"麦翎子兴奋地说："俺来灵感了，想与菊子合写一首诗，肯定会很棒的。"菊子后娘顿时雷公似的一脸怒容，说："这雨天还不嫌湿啊？还想着湿？啥湿啥干的，吃饱撑的。菊子在做活，别去钩她痒痒肉啦！"

麦翎子横了菊子后娘一眼，没搭理她，急急地推开了虾酱坊的门。一股说不出的腥臊气味袭来，令人窒息，屋内全是清一色的大缸，菊子摇动着吊线的木棍击打着刚放进缸里的虾头，她浑身大汗淋漓，素花小褂都精湿了，煞白煞白的脸扭曲得变了形。见麦翎子进来，菊子吃力地扶着缸沿儿站起来，不好意思地说："翎子姐，你来了。"麦翎子第一次走进菊子家的虾酱坊，就这一回，那种难堪的画面就永远揳进麦翎子的记忆里了。麦翎子撩起遮在菊子半面脸的几绺凌乱湿润的头发，难受地说："菊子，你就整天在这儿干活？"菊子的眼窝红了。"苦命的妹子！"麦翎子紧紧抱住菊子哆嗦的身子哭了。"诗，这里哪他娘的有诗啊？"麦翎子彻底失望了。菊子好像有些心焦，故意用笑脸劝麦翎子："翎子姐，你说过的，挣钱就得吃苦的，俺认命啦！"麦翎子使劲摇着她的肩膀问："那他们呢！你爹你哥你嫂子呢？他们为啥不干？"菊子抬手指了指说："他们在屋里玩纸牌。俺又不会玩儿。干点是点儿。"麦翎子甩一长腔喊："你窝囊，你熊，你不会看书吗？你这样软弱，日后人家会骑你脖子屙屎屙尿啦！"菊子觉得日子委屈，又哭起来，柔婉的双肩一耸一耸的。过了一会儿，菊子抬起头来忽地想起什么似的说："翎子姐，俺不会在虾酱坊做太久了，俺找到工作啦！"麦翎子猛然想起姐姐麦兰子说的话，暗暗抽了口冷气问："告诉俺，是不是给张士臣厂长当秘书？"菊子惊讶了，问："你都知道了？俺这两天正要找你商量呢！你说俺去吗？"麦翎子沉吟良久说："你让俺说真话还是说假话？"菊子说："当然是要真话。"麦翎子直截了当地说："张士臣通过俺姐找俺好几回了，俺没答应。俺也不同意你去，他是哪号人你还不知道吗？

跟他干还不如这虾酱房呢！"菊子望着麦翎子说："干一阵先看看，寻件事情做，就能离开这鬼地方，这个家俺真的不愿意待了。实在不行，俺就想外出打工。"麦翎子说："那不是挪了狼窝又入虎口嘛！"菊子笑笑说："翎子姐，有那么厉害吗？俺见过张厂长了，他人不错，挺同情咱的处境。也挺爱惜人才！"麦翎子说："那不是同情是怜悯。怜悯的滋味好受吗？"菊子丧气地说："怜悯就怜悯吧。有怜悯总比没有强！"

"怜悯是蜂，它酿蜜，也蜇人。"麦翎子脱口说了一句有哲理的话。

菊子说："翎子，这话像大鱼说的。"

麦翎子恳求说："你甭管谁说的，俺来找你，咱们一起跟大鱼干吧。"

"不，大鱼喜欢的是你！他不喜欢俺！"菊子摇头。

麦翎子生气地说："挣的是钱，别跟感情挂钩。张士臣给了你个甜枣吃是不？"

菊子说："任你去说。"

"要知道，虫蛀了的枣子格外甜！"

"或许就是一线希望。"菊子固执起来，泪眼哀哀地望着麦翎子。

天空雨丝如线，她们一无所有。生活将麦翎子写一首小诗的心境都收回了。麦翎子心里骂："滚吧，苍天老日！滚吧，诗！"

麦翎子和菊子手拉手走到蛤蟆滩上来了。

"这里的红雀真多啊。"麦翎子急忙换了个话题。她注意到落在老滩上觅食的红雀长得像粉团儿似的，觅食的样子呈一种少女的娇姿媚态，嘴和脚趾是一种红蓼花染过的颜色。她们没有说话，沉浸在红雀的梦想里。

隔了几天，麦翎子正式到大鱼那里上班了。大鱼带麦翎子来到海滩。远处不断颠来拢滩的渔船，荡来湿漉漉的扑嗒声，逆着阳光看海，像一条银白色的链条哗哗抖动。大鱼告诉麦翎子："运书的船来啦！"麦翎子向船那边张望着。过了一会儿，大鱼忽然朝远处的渔船摇手喊了几嗓子："哎，在这儿哪——"

红雀受了惊扰，"呼啦"一下飞上天空。麦翎子仰脸盯着红雀，像海滩盛开的一片红蓼花，迷离得如打碎的梦。红雀这种海鸟，唯雪莲湾独有，红红的羽毛，青色的嘴巴，专吃泥滩上的小虾米。麦翎子寻着便惊喜地发现，有两只弱小的红雀迅速离群，朝东南方向飞去了。麦翎子久久地注视着那两只红雀，红雀带着麦翎子的心思遥遥飞远。

　　大鱼观察着麦翎子的表情。他今天胳膊受伤了，动一下就疼得不行。麦翎子让大鱼歇着。大鱼无奈地对麦翎子说："翎子，到船上卸书吧。"麦翎子扭转头看见一艘旧船，咣啷啷一阵痉挛停下来。一个光着脊梁的渔人甩出一条长长的跷板。跷板颤颤地搭在船舷上。光脊梁渔人说："大鱼，共二十包。"大鱼点了点头，让麦翎子上船取书。麦翎子毫不犹豫，肩扛一捆手提一包往船下搬书，干得很麻利。大鱼很欣赏地望着麦翎子，觉得珍子来了，珍子干活的时候，非常爱唱电视剧《渴望》里的歌："谁能与我同醉，相知年年岁岁。"麦翎子没有唱，可她呼出的气息像在唱歌。

　　春末夏初黄昏分外长，日头很迟缓地磨蹭下去，在远海上滚了滚才不见的。远处传来圆润清凉的拢滩号子，时疾时缓。书堆上废纸飘起来，像白蝙蝠在头顶盘旋。红雀似乎飞得无力了，慢悠悠絮样恋着天空。麦翎子浑身软散如泥地斜靠着书垛，似睡非睡，似醒非醒。当麦翎子睁开眼睛发现大鱼不见了。四周苍灰，看不真切，偶尔听到鸟叫又看不到鸟。这个时候麦翎子就想金凤和菊子了。麦翎子掐算金凤结婚有两个月了，她在忙啥呢？在婆家过得顺心吗？说不定这会儿肚里怀了小崽儿了。麦翎子情不自禁地朝十里铺方向瞅，为瞬间的幻想激动不已。那么，菊子呢？菊子已经到张士臣那里上班了。菊子刚上班那天到家里找麦翎子，麦翎子关了白纸门不见她。她的影子在麦翎子窗前晃来晃去好一阵子，她以为麦翎子不在家，就蔫蔫儿地走了。菊子刚一去上班，村里就有风雨闲话了。她真行，心理承受力够强的。这会儿该野成六月花朵了。散了，这帮姐妹再也拢不到一起来了。想当初她们在学校里怀着对城市的美好遐想，为此设计的人生道路多么可笑，麦翎子竭力躲闪着那个记忆，眼窝里潮潮地想落泪。星星闪出来，很幽秘很高远，难揣度呢，就像她们姐妹的命运。星光里麦翎子看着漫天飞舞着妖冶的红蛾子，倾听鬼蟹拱泥打挺儿的噗噗声。麦翎子饿了，肚里也有了这种声音。麦翎子埋怨大鱼将她一人扔在这里。他干啥去了？"该死的大鱼！"麦翎子心里骂。

　　马灯的光亮白耀耀地移过来。

麦翎子喊:"大鱼,你死哪儿去啦?"

两个小伙子笑说:"翎子,大鱼在酒店等你哩。"

"这书咋办?"麦翎子问。

一个小伙子说:"大鱼叫俺们哥俩儿拉回去。"

麦翎子说:"啥为凭据?"

一个小伙子笑了:"这丫头。对大鱼挺忠心哩!"

近了,麦翎子认识这两条汉子,都是雪莲湾村的。麦翎子就站起来,朝他们摆摆手,快捷地朝河堤走去。麦翎子进了两家脏了吧唧的酒店也没找到大鱼,心里捂着怨气,就去岳海酒楼最后一试。麦翎子知道岳海酒楼是雪莲湾最高档的饭店,大鱼喜欢在外面儿摆谱儿,平时自己吃饭弄点方便面凑合,来了客人就要摆阔,他怕别人瞧不起。果然给麦翎子猜透了,远远地她就看见大鱼坐在酒楼一楼的彩灯下。麦翎子进了酒楼,大鱼朝女老板大掌一挥说:"老板点菜!"麦翎子心里很不美气,坐在大鱼对面很别扭,就说:"大鱼哥,有客人来吗?"大鱼制造一些笑意铺在脸上说:"你就是客!今天你受累啦,老哥犒劳你还不应该吗?"老板娘笑说:"大鱼真有福气,搭了这么个好伙计。"麦翎子没说话,感觉四周朝麦翎子投来异样的目光。又有人朝大鱼打招呼:"大鱼鸟枪换炮啦!疙瘩爷的孙女给你小子打工,够牛的啊!大鱼,艳福不浅哪!"大鱼得意地点着头,他见麦翎子不高兴,就扭脸凶他们说:"瞎咧咧个啥?翎子在俺这儿帮几天忙,她还要考大学呢!都闭上你们的臭嘴!"人们呵呵地笑了。大鱼的话使麦翎子心头热乎乎的,满足了她的虚荣。老板娘拿着菜单走过来笑道:"翎子姑娘长得洋气,比她姐姐还俊,她压根儿就不像咱乡下人,大鱼你留不住,早晚得飞!"大鱼不能自持,欢喜得忘了形,说:"这就对喽!翎子要是不远走高飞,就对不起俺大鱼!翎子是不?"麦翎子眼神里含着怨尤不说话。老板娘朝大鱼眨眼说:"你别小鬼吹气儿啦!这是你的心里话吗?"大鱼就笑:"就是心里话!你个俗人咋懂?"然后就笑,自由散漫得荒唐。人们朝麦翎子这里指指戳戳,议论得有声有色。

大鱼点了一应海货,鸡蛋炒面条鱼是麦翎子最爱吃的。大鱼怎么知道?菜很快就上齐了,开吃之前,大鱼盼着能在灯光里看见麦翎子的笑容。麦翎子有些心焦。她终究没个笑模样，拿起筷子默默地吃起来。大鱼边吃边说："翎子，这两天见到菊子了吗？"麦翎子喝着饮料摇摇头。大鱼洋洋洒洒地说："唉，对于整个人生来说，真正和最后的失败是屈服。命运就好比一头黄牛，永远被信念的绳索拴住鼻孔……"麦翎子喉咙一堵就咳嗽起来，她知道这都是大鱼从《读者》杂志卷首语中背下来的，她连声说："求求你，别说啦！让俺吃饭还是吃你的思想？"大鱼不好意思地笑笑，不说话了。这样静静的多好，喝一口冰镇饮料，麦翎子感觉凉爽极了，煞一溜糊涂呢。由于麦翎子正对门口坐着，听见门口嗡嗡的声音便下意识地抬起头望，人群里出现了菊子。

　　菊子桃红色慌乱的身影一闪就消失了。麦翎子脱口而出："菊子来啦。"大鱼说："你看错人了吧？"麦翎子说："俺看错天看错地，也绝不会看错菊子哩。"大鱼说："让老板娘把她叫过来，当了厂长助理也别忘了老同学呀！"麦翎子阻拦说："别去叫她，她看见咱们啦，好像故意躲着俺。"大鱼喀嚓喀嚓嚼着大蒜说："不会，就说俺给她留着她要的书呢。"他正说着老板娘过来了，大鱼说："把菊子叫过来。"老板娘转身走了，她很快就将菊子领来了。"翎子姐，大鱼哥！"菊子倦慵慵地站在麦翎子面前。麦翎子发现菊子化妆了，脸蛋施了很厚的脂粉，淡眉也描粗了，眼圈乌黑。虽然妆着重了，仍能使人看出她的漂亮秀丽。她穿着鲜亮得打眼的红裙子，可可依人标标致致的样子。麦翎子见她这副模样，心里很复杂。麦翎子站起身来说："哦，菊子真漂亮！"大鱼说："菊子坐，翎子夸了你，俺就不重复啦！"菊子很规矩地坐在麦翎子身边不自然地笑着，说："就你们两个人吗？"麦翎子无暇回应，因为麦翎子这才发觉菊子脖颈上有了一些变化。金项链的光亮刺疼了麦翎子的眼睛。麦翎子不由得惊讶地叫了声："妈呀，前前后后才几天，你就穿金戴银啦！"说完之后麦翎子就后悔了。

　　菊子脸红了，摸摸脖子说："你说这项链吧？"

　　菊子解释说："这是厂里发给俺的，厂长说公关用。"

　　"发的？每个职工都有份吗？"麦翎子问。

　　"公关部和厂长助理才有。"菊子说。

　　大鱼笑了笑说："菊子算是跌进福窝儿里啦。"

　　菊子说："别寒碜俺啦，那是翎子姐不喜去的地方，才轮上俺呢！"

麦翎子说:"别这样说,俺福浅怕架不住呢。"

菊子沉了脸:"翎子姐,你别刻薄妹子行不?"

麦翎子久久瞧着菊子,发现她鼻梁上密实俏皮的小雀斑都被胭脂盖住了。麦翎子最喜欢她的小雀斑哩。麦翎子望着,终究看出陌生来。菊子被麦翎子看得心里紧紧的。菊子拉起麦翎子的手说:"翎子姐,俺为你选了一件藕荷色的衣裳,是俺们厂生产的,过几天送给你!"

麦翎子说:"你穿吧,俺整天捣腾书,没用场呢。"

大鱼说:"翎子,看姐妹儿情义就得收下。"

菊子说:"翎子姐,放心,俺没忘了考学。"

"路是自己走的,那就看你自己啦!"麦翎子说。

"翎子姐,整天喝酒,俺的胃都喝坏了。"菊子说。

麦翎子说·"嘴长在你身上,不喝!"

"厂长说,喝酒就是工作。"菊子说。

麦翎子刚要说话,雅间过来一个人说:"菊子,厂长叫你过去呢。"

菊子站起身,笑一笑,走了。

大鱼说:"菊子,悠着点儿,别犯错误!"

"你别忘了到书屋取书。"麦翎子叮嘱了一句。

菊子脆声声地应了,钻进了雅间。

雅间的门为麦翎子虚掩着,截住了麦翎子对菊子深情的凝望。那里传出酒杯碰撞的声响和粗俗的说笑声。麦翎子在心里说:菊子啊,你知不知道麦翎子心里在落泪?你还能回来吗?一本书可不可以救你?算了,自己在大鱼手下混难道不可怜吗?也许,该救的恰恰是俺麦翎子自己呢。之后麦翎子就不吃饭了,脸色有些难看。大鱼见她的样子,笑了笑说:"翎子,俺给你讲个故事,咋样?"麦翎子满不在乎地望着他,点了点头。大鱼有滋有味地说:"猫把老鼠追到墙角的洞里说,小样儿的,俺不信你不出来。果然没出来,接着洞里传出两声狗叫。猫吓得闻声而逃,见猫吓跑了,老鼠十分得意地晃出来,道,娘的,这年头不会一门外语还真他娘难混!"麦翎子捂着嘴巴笑了。

「倒楣」

日子美好如初。日商将一套韩国淘汰下来的旧机器运到蛤蟆滩时,蛤蟆滩上土建工程几乎完工了。疙瘩爷借着村里放电影的空当,将与日商合资的事情跟村民们讲了。村人觉得拿泥美容就荒唐可笑,别说三七分成,就是一九分成也是白捡的,不就是泥吗?雪莲湾蛤蟆滩最不穷的就是泥了。村民鼓掌赞许村委会的眼光和魄力。疙瘩爷气气派派地在人群中穿行,从众人的眼光里搜刮着久久渴望的东西,招摇得很。不久前,乡里把对他的处分撤销了,春风得意。因出国的事,疙瘩爷跟媳妇春花闹了一些意见,两个人分居了一阵儿,眼下春花重新接纳了他。疙瘩爷十分得意的时候,麦兰子却感觉不妙,她从村人的冷漠里感到某种潜伏的危机。她觉得这世界说乱就会乱,人都变得不像原来的人了。

麦兰子的预感很快就应验了。开工前的第一场风波是由蛤蟆滩七爷爷的石碑引起的。自从七爷的"大铁锅"被挖掘出来,在小学校裴校长那里被人砸碎,怕七奶奶伤心,疙瘩爷让人在这里立了一块石碑。几年过去了,小小纪念碑几乎被村人遗忘了,那天小林先生视察工地看见那石碑,也没细瞅,就下令将它挪到了老河口的河堤上。消息也不知是怎么传开的,一下子传到了七奶奶那里,七奶奶拄着拐杖就气呼呼地找疙瘩爷。疙瘩爷见到娘,听说石碑被拆了,自然要站在娘这边说话,他觉得日商财大气粗忘乎所以,简直是拿他这个村长不当干部。疙瘩爷想率先找到麦兰子,麦兰子不在,他就直接找到小林先生质问:"小林啊,为啥要把俺爹的石碑搬走?"小林先生一时愣住了,他早把石碑的事情忘记了，拍了半天脑门还糊涂着。疙瘩爷把小林先生拉到了蛤蟆滩现场，小林先生这才想起来了。小林先生解释说："石碑那块地要建车库的。"疙瘩爷涨成一张猴腔脸说："你听着，就是车库挪地方，也不能挪石碑！"小林先生断不透里边的玄奥，问："为什么？"疙瘩爷说："因为你是日商！"小林先生又蒙着问："日商怎么了？"疙瘩爷说："那是一块啥碑，你狗×的知道不？"他拽着小林先生走到河堤上看碑。疙瘩爷把七奶奶常讲的"大铁锅"的故事草草讲了一遍。小林先生听完，蹲下身细瞅一会儿石碑，顿时额头冒汗了，慌张地说："原来是这样，我当时不知道。不知者不怪嘛！"疙瘩爷缓和了口气说："俺娘有意见，群众也有意见呢，将来对企业也不利，快挪回去吧！"小林先生瞅瞅石碑又望望蛤蟆滩，悚悚地生出惧怕来，他想自己不能软，这些农民胆子大得能操纵天，第一次较量就软了，日后他们会得寸进尺，弄不好会侵吞公司利益的。小林先生硬硬地说："既然搬了，就不能再搬回去！我想啊，把石碑再安置个地方。"疙瘩爷火了，三说两说就与小林先生大声吵起来。在工地上干活的大雄瞧见了，他想上去狠狠地揍小林先生一顿。后来一想，不妥。小林先生眼下是麦兰子眼里的红人，把他揍了，麦兰子不会轻饶了他的。大雄急急地跑到筹建处，给媳妇麦兰子打了电话。麦兰子正在乡政府开一个会，听说后心里急得很，飞快地回到雪莲湾蛤蟆滩。

　　黄昏的蛤蟆滩被雾搅得模糊了，像裹了一层厚厚的老帆布。麦兰子先听到的是疙瘩爷粗野的吼叫声，这声音像是在她脑壳上扎了一道铁链。她问清了底细，心里就来气，劝了劝小林先生，然后将疙瘩爷拉到河坡的泥坝后面说："爷，你又发扬抗日传统了吧？日商怎么说得罪就得罪呢？你因一块石碑将外资搅黄了，咋向乡里交代？咋跟雪莲湾老百姓交代？您要这样胡来，俺就再也不管村里的事儿啦！"疙瘩爷见麦兰子挺强硬，嘟囔着说："这他妈的假洋鬼子狗眼看人低，俺不说啥，你七奶奶不依，老百姓也看不过眼哪！咱麦家人骨头也太软啦！"麦兰子咧着嘴说："您老真蠢，简直蠢到家啦！搞经济可不是斗气儿！俺不也是麦家人吗？"疙瘩爷不服气："搞合资得相互尊重，俺就情愿做奴才吗？"麦兰子摆摆手说："咱不争论，你静下心来想想，想通了给小林先生把话拿回来，忍一忍，不丢人哩。"疙瘩爷闷闷地不再言语。可是，那边的大雄又双手叉腰地跟小林先生闹了起来。麦兰子急三火四地将大雄拉开来，本来是想请大雄给小林先生当帮手的，没承想大雄倒将小林先生熊了一顿。大雄不敢跟麦兰子闹，满肚子的怨气只好往小林先生身上泄了。他跟小林吵架的时候，有点像闯海拢滩，唾沫星子飞溅，引了工地上不少人围观。小林先生脸寡白，气得浑身抖抖的："不讲理，不讲理，这都是什么水平啊？"麦兰子听见吵闹忙赶过来，看着眼前赖模赖样的大雄，猛地来了气："大雄，给你脸啦？回去！"大雄瞪着眼睛挪开了。这就是自己的丈夫吗？他咋还这么野？叫她麦兰子说什么呢？她喝住了大雄，默默呆愣了一会儿，然后当着众人说："大雄，你过来。"大雄看见女人眼神斜斜的，透出很怪的亮光，心里发虚，悻悻地挪过来。麦兰子很平静地站在大雄身边说："这儿关你啥事？你骂小林先生不对，人家是客，去道个歉！"

大雄梗着脖子说："俺不去！他咋不跟俺道歉呢？"

"人家是客，去！"麦兰子恶狠狠地说，望了他一眼。

麦兰子的眼神着实让大雄的心停跳了一下，怕，慢慢挪着身子，挪几步，看看麦兰子，又往小林先生跟前挪几步，再看看脸色阴沉的疙瘩爷，他终于服软了，讷讷道："小林先生，俺对不住啦！"说完哼了一声，摇摇晃晃地走了。

大雄走到麦兰子身边，大雄停住脚步，甩了一句："俺可告诉你媳妇，俺不吃这憋子气了，俺不在这儿干了，俺走！俺也要当老板！"说完就走了。

麦兰子没有理睬大雄，望着小林先生说："小林先生，日后咱是一锅水里舀瓢子，免不了磕碰，大度点，往前看吧！"

小林先生尴尬地笑笑说："没什么，没什么。"

麦兰子很沉地叹了口气。

在蛤蟆滩沙地与泥地交接的地方，几只受惊的海鸟湿漉漉地腾空而起，落在电线杆上噪叫。麦兰子走上了蛤蟆滩，她注视着蛤蟆滩，透过黄木匠的造船厂，还能看见麦家祠堂。船厂很热闹，暖着冷秋天气。一晃就是秋天，蛤蟆滩的颜色变得格外深重。麦兰子眼里的蛤蟆滩已经完全变了去日的模样，高大的白茬船和泥龙般的生产线就像一张恼怒的人脸。她站在那里几乎闻不到一丝昔日打鼻子的鲜气。矿物泥销路之好是村人没有料到的。有了效益，麦兰子才让疙瘩爷将情况报上去，后进村眨眼之间就小康了。小康村挂匾那天村里着实热闹了一场。麦兰子又写了一篇报道，在报纸电台轰了出去，县里和外地来参观取经的人很多。问到她雪莲湾有何经验？麦兰子说："主要是开发新的资源。"疙瘩爷不以为然，他说："主要是眼睛向外，多出国走走。"参观的人如获至宝，回去就张罗着出国考察。麦兰子瞪疙瘩爷一眼说："爷，您又出幺蛾子，害人不浅呢！"疙瘩爷拖着很重的鼻音说："等矿物泥厂年终分红，咱们组个团，带上何乡长，再他娘的去外国转转！看看人家英国是咋弄的？为啥人家玩得那么硬？"麦兰子见疙瘩爷又抓拿不住自己了，提醒他说："还是管管自己的事吧，还提出国呢！上回差点把你撸喽！"疙瘩爷嘿嘿笑道："兰子，你细想想，没有上次的出国引资，咱能搞成合资矿物泥吗？咱能摇身一变，当上小康村吗？"麦兰子沉下心想，这一步步的折腾，鼻子就酸了："咱这是一脚踢屁上啦！爷爷，小康离咱还远着哩，水能载舟也能覆舟，还是夹着尾巴做人吧！"疙瘩爷龇着一对马牙说："翎子不听俺的，你个丫头片子也教训俺！回头俺让七奶奶吓唬吓唬你们俩！"麦兰子笑了，她不置可否地看着疙瘩爷。现在她想离开雪莲湾村的心思愈发强烈，该回乡政府了。

　　这天闲下来的时候，麦兰子默默地来到黄木匠的造船厂。黄木匠五次三番地催麦兰子给他的船厂揽活，麦兰子被矿物泥厂忙坏了，哪里还顾得上公公的造船厂？任黄木匠怎么说，她就是不应承。她孤零零地站到天黑，船厂的人都走光了，黄木匠说到家里拿点东西就走了，临走的时候，黄木匠说："兰子，你先给看守船厂，回头俺叫大雄来替你。"黄木匠默默地走了。麦兰子就钻进泥铺子里看书，沾了开发矿物泥的光，这里也有了电灯，书翻到一半，她就听见肚子咕咕叫了。这时麦兰子听见咚咚的脚步声响过来，麦兰子一猜就是丈夫大雄，故意拿书盖住脸，斜靠着被垛装睡觉。大雄进屋来，大声武气地喊她两句，把盖在她脸上的书掀掉，坐在她身边喘粗气。麦兰子没好气地骂："你总是愣头巴脑的，就没个温柔劲儿。"大雄噘着嘴巴赌气说："海里泡着去找温柔。"麦兰子没用正眼看他。

　　天一擦黑儿，大雄从海上回家，一进家门就钻进浴室洗澡去了。他草草胡噜一阵子出来，麦兰子也去洗澡了。她在矿物泥厂忙活了一天，也该好好洗洗睡上一个舒坦觉儿。麦兰子进了浴室不长时间，大雄就猛然听见麦兰子尖声累气地吼了："大雄，咋搞的？腥不拉叽的！"大雄慌手慌脚地闯进浴室，一推门迎头飞来他那条泥泥水水的灯笼裤，扣在脑袋上，堵得他一阵翻胃。他抓掉裤子，看见麦兰子的脸白惨惨的，勾头俯在瓷盆里呕吐，稀里哗啦地吐出食物和绿色黏液。"兰子，兰子！"他喊。麦兰子扭头凶他："多腥啊，跟你没沾上好光！"她捂着肚子晃回屋里。大雄痴眉呆眼地望着她，悔青了肠子。她再没搭理他，洗了把脸就蒙头睡了。巴心巴肝盼来的销魂之夜，又活活给糟蹋了。他一宿没敢碰她。他睡不安稳，他的身子一欠一欠地望着熟睡的麦兰子抛出一弯撩人魂魄的曲线。一弯曲线便是一弯风情，实在皎洁得很。一股难挨的欲望从他心底拱出来，在他骨子里乱乱钻动。他呆呆地望着，费劲咽了口唾沫，嗓子干巴巴地疼了，很馋的目光跟着就蒙眬迟缓了。他不敢动她。她是干部，她是文化人。他觉得他与她之间横着一堵墙。墙的那一头无比宁静，墙的这一头云啊浪啊雨啊都在男人的身上压着。他觉得自己真蠢，简直窝囊透了。

　　后来的一些日子，大雄不敢回家洗澡了。这天老船拢滩，海货出了手，大雄扑嗒嗒地将老帆落下来，便瓮一般蹲在船板上吸烟，等着人群散尽，盼着日头早点垂下去。快到秋尾了，夜气凉凉的，黄昏的大海滩又闷又燥，雾稠得伸手就抓一把水来。大雄身上的汗毛孔让湿腾腾的热雾堵个严实，汗都憋着，一身的黏。他浑身像抱刺猬不自在。脚下滩上腐草、烂鱼、死蟹、蜉蝣经过火爆日头的蒸晒，腾着腥腥馊馊的臭气。他捏着鼻子大口大口吸烟，窝着的那颗脑袋在黄昏气里闪着一片青光，整个脑袋变成一个七窍生烟的香炉子。"大雄，回家吧，一个人在这儿荡啥野魂？"渔人们大大咧咧往家赶。大雄恨一声："滚吧，快钻娘儿们热被窝去吧！"他发狠地吸一口烟，紧锁眉头，死死闭住两眼不看他们。渔人们急煎煎地往家赶，海滩也一层一层地黯然。王八蛋才不想回家，他巴不得快快看见麦兰子，可他不比他们！娘儿们是文化人！在海上他整日想女人想得胡说八道，果真回来了，却两腿打战，没了章程。他要等人们走了，天黑了，到井楼子底下好好冲洗冲洗。他怕人瞧见，看不起他，一个大老爷们，却要这般活。明知窝囊，也得骑葫芦过河充大蛋，人就得走哪步说哪步话了！他想。

天总算是黑实了。滩上溜着小风儿,卷走热气,扯来丝丝寒凉。大雄打了个寒噤,贼似的瞟了村头的井楼子一眼,水声稀了。他站起身伸了懒腰,手提一只木桶,里边放一块"乌利斯"进口香皂,肩搭一条不成颜色的毛巾,躲躲闪闪地奔井楼子来了。井楼子旁边的杉木杆子挑着一个灯泡儿,照亮秋夜一大片地方。他很懊恼,悄悄躲在阴影里,看着一个娘儿们灌满最后一桶水,又目送她扭着大腚吱吱呀呀远去,才蹑着手脚踏到电灯下,摸来抓去也找不到灯线。后来干脆一手抓杆一脚踏住井楼的石墙,壁虎似的攀上去。一点儿一点儿将热热的灯泡拧出一截儿,这片地方就黑了。黑幕一遮,大雄便自由散漫地荒唐,溜下来,稀里哗啦脱了衣裤,仅剩一条灰不溜秋的大裤衩子,露出一身发达的肌肉,一伸胳膊,骨骨节节一阵轻响,他蹦到水管旁,哗哗地将木桶灌满水,举至头顶,稀汤寡水地洒下来。冷不丁一淋,好一个透心凉。

　　"哇——"大雄咧开大嘴可嗓子叫一声。他的叫声沉冷、悠长带着穿透人心肺的颤抖。他每洒一桶,就叫一声,胸脯子和脖子上鼓起的肉疙瘩,一惊一乍地索索颤抖。他努力适应井水的寒凉,这个凉法跟闯海流子不一样,凉得浑身汗毛都活泼泼地炸开来,杀得上下不自在。他浑身哆嗦着,牙齿打战,冬瓜头像冻裂的瓦罐子脆脆地吱扭着,双腿像瘟鸡一般胡乱踢腾。忽然,他听见身后不远处荡来砰砰桶响和沙沙脚步声。他一激灵,拎桶抱衣蔫蔫躲进井楼后边的阴影里,缩头缩脑地巴望。

　　当那人挑着水走了,大雄冷得哆嗦成一团,左腿抽起筋儿来了。他小时候就有抽筋的毛病。大腿一抽就牵扯得脑袋、臂、胸口统统难受起来。他用手支住地,慢慢坐在一块砖头上,使劲揉腿肚子。他晃晃悠悠,又往头上倒了一桶水。闷着喉管"哇"一声,就揉揉搓搓地打起香皂来。他打得很内行,从手指缝到胳膊根儿都涂一层白白的香皂沫子。搓了一阵儿,不那么冷了,浑身就坦坦然然了。他搓得很仔细,头、胸、背、腋窝、屁股、大腿和脚丫子都洗了个遍。他胡噜着脑袋,香皂打狠了,那玩意儿流进眼里,蜇得慌。他赶紧将头扎进水桶里涮净。井楼西边的电线杆上的灯被人扯亮了。他躲不及了,只好硬着头皮对付了。他故意拿姿摆势地轻轻搓洗,大大方方的样子像个健美运动员。

　　"哟,那不是大雄吗?家有浴室,跑这洗来啦?"

"练啥功夫呐？别落一身病啊！"

挑水的汉子逗他。大雄的把戏被人窥透了，心里不免惶惶。他竭力掩饰着自己，又骨节弄得嘎巴响："浴室的水温了吧唧，哪像这凉水浴舒坦哪！真他妈来劲儿！"

"别唬人啦，八成是你的文化人不准你进屋啦！"一个挑水的汉子笑道。

"她敢？到家她得乖乖儿伺候咱！她小样的敢调歪，老子废了换新的！"大雄说着仰天打了个喷嚏。

"哈哈哈哈。"汉子笑了。

大雄也假模假式地跟着笑，连自己都有些别扭，就强忍着将笑噎成咳嗽。他终于扳回了这局面。汉子开始眼热他了："大雄这辈子算是活值啦！腰里有硬货，还讨了个当干部的娘儿们，你狗×的也是井里放糖，甜头大家尝尝啊！"

"滚！"大雄东一甩西一抹地擦完身子，穿衣拎桶，扑甩着两条腿，哆哆嗦嗦地走了，牙板子的磕打声急促且细碎。唉！螃蟹吐沫儿又断爪儿，个人知道个人吧！福也享啦，罪也遭啦！他想着，便悻悻而去。

回到家里，麦兰子没再嫌他。大雄更得意了。夜里干完那事，他就有些吃不住劲儿了。浑身鼓鼓涌涌睡不安稳。额头和拳头撞得床围子嗵嗵响，乍冷乍热地病倒了。麦兰子醒来看着他，小心把攥着，问："大雄，你咋啦？"大雄说："准是得伤寒病啦！""俺去叫医生！"麦兰子说。大雄拦下她："不用，吃片药就能挺过去！"他伸出胳膊往床头橱里摸药，蓦地抓出一瓶避孕药，黑下脸问："你吃这个做啥？俺爹盼孙子眼都该盼瞎啦！"麦兰子慌口慌心地说："大雄，等俺在乡政府站稳脚跟了，再给你生孩子，俺一定给你生个胖小子！"大雄疑惑地望着她。就在这一刻，大雄想，自己再也不能这样混下去了！

第二天中午，麦兰子下班回来，提着一兜水果和罐头笑盈盈地来到床前看他。大雄冷着脸蛋子倔倔地不看她。她伏在他头上，很动情地湿了眼眶，哽咽道："大雄，俺知道你咋病啦！你倒回家呀，你不该去井楼子遭那份罪！俺又没逼你，这是何苦呢？"

大雄说："就你那架势也让俺受不了！"

麦兰子听了这话反添心酸，沉吟片刻，说："俺是不是太自私了呢？是不是忽略了你的存在，伤害了你的自尊？"

"你自个琢磨去吧！"他冷冷地说。

麦兰子动了情说："往后你出海拢滩，也大模大样回家来！"

"你不嫌俺腥啦？"

"你毕竟是俺男人！"

"兰子，俺总算没白疼你。"大雄被感动了，快活起来。

大雄靠近麦兰子说："兰子，俺跟你商量个事儿！"

麦兰子淡淡地说："说吧，俺听着呢！"

大雄说："俺想出去闯闯。"

麦兰子挪开了盖在脸上的书："你？去哪儿？"

大雄说："当然是城里。"

麦兰子问："你爹同意吗？"

"俺爹总算是松了口儿，他要俺出去揽些造船的活计。"大雄嘿嘿一笑，"笑话，城里哪有造船的活计啊？俺是想在城里开个木匠铺。"

麦兰子问："你为啥要走？是不是因为俺在蛤蟆滩逼你给小林道歉？伤了你的自尊啦？"

大雄嘿嘿一笑，笑声带着无奈："那没啥，是俺老婆让俺做的，俺愿意。至于说，自尊啦，受辱啦，那都不算啥。男人受辱的唯一办法就是忽视它，不能忽视它的时候就藐视它，连藐视它的资格都没有的时候，那就只能受辱了。现在俺终于明白了，男人啊，男人没有自己的事业，只有受辱的份了。"

麦兰子惊愕了，几乎不相信自己的耳朵。这是她的大雄说的话吗？不是烧红旱船的时候了，这一次他真的往心里去了，他还可以救药。

大雄不敢看麦兰子的眼睛。这些天，大雄变了，本来可以成为一个出色的渔民，不幸的是，他娶了麦兰子当媳妇，他知道得太多了，思考得太多了，因此才有了旁人不能理解的苦恼："兰子，俺只是想，女人都进步了，俺大雄也是好强的人，俺不能拖你后腿啊！自从你到乡里以后，给村里干了多少事儿啊？可是，俺几乎成了家里的闲人。爹的造船厂俺不愿干，那营生的确是秋后的蚂蚱，蹦不了几天。俺要从此改变自己的生活。至少，不要让俺的媳妇小看俺大雄！经过这几年的折腾，你的大雄已经明白了，男人只能成功！俺走了，这一回不是你逼的，是俺自愿走的，请你相信俺！俺一定干出点样来！"

麦兰子感动了，望着大雄落泪了："大雄哥！"她一头扎进男人的怀里。

大雄走了，他压根儿就没沿海岸线走。大雄背离大海闯县城了。站在县城的高楼下，他第一次觉得自己很小很小。天下真大，人真多，人窝子里抢食儿吃真不易。他想，就生出一个在城里开个家具铺儿的念头。他要赚大钱，赚城里人的钱。他的灵性确实远远超过父辈了。他知道父亲是横竖走不出那老船了。为在城里站脚，他学会了给人干小活儿，说小话儿，装孙子，仰人鼻息过日子。请客送礼的学问和城里头头脑脑的勾当，他全知晓了。开始他还像个蹩脚戏子似的说些蠢笨话。慢慢就乖巧了，精鬼了。用书上的话说，他要完成人格"转型"。他要从农业人格转到商业人格上去。计量局局长的小舅子结婚，叫他去打沙发。打完了，他死活不收钱，只求局长把新盖大楼的办公家具业务给他。局长一个电话，第一笔大生意就做成了，他给局长送了回扣。慢慢地，他的天地大了，尝了甜头，懂了许多他从来不知道的东西。他租好了场地，拉开架势准备与国泰家具城较量一番的时候，却突然改变了主意。

人总爱远离仙人掌，而愿意让玫瑰扎个刺。大雄命运的转变跟麦兰子有关。那天麦兰子跟小林先生到城里办事，顺便到家具城看大雄，在酒桌上，大雄结识了小林先生的朋友，珠海腾龙贸易公司经理白剑雄。麦兰子和小林先生回村之后，大雄与白剑雄铁了起来。大雄请白剑雄喝酒，大雄说："咱俩都有雄字，有雄字的男人都是英雄，俺们应该携手干点大事！"白剑雄爽朗地笑了，一边喝酒一边同大雄说起南方拆船生意的兴隆。他留心了，句句都记心里了。他想赚大钱，家具铺的小打小闹又不在他眼里了。起初，他还以为是拆木船，仄了耳细听，方知是拆旧货轮，再卖钢铁。这是劳力密集型企业，在北方海湾还是个"缺儿"。他动心了，他知道钢材紧张，劳力又廉价，从南方高薪聘个技术员就可以回雪莲湾干了。他忽然觉得这招儿比上一招儿灵，自己挣了大钱，还可以与村联办，肥水内流，落个光宗耀祖的好名声。他上赶着向白剑雄套近乎，不出几日，他就拿着挣来的几十万块钱闯南方了。在广州，大雄竟然认识了雪莲湾海霸孟天贡的后代孟金元。老乡见老乡，两眼泪汪汪，两个人握手商定，在老家雪莲湾开发合作。

就在黄木匠到处寻儿子的时候，大雄神神气气地带着南凤儿回到雪莲湾。酒肉穿肠过，昨日的疙瘩不朝心里搁。大雄白胖白胖的变了个人，走上海堤的时候，他脸相红红的放出豪光来了，洋溢着居高临下不可动摇的自豪感。他先到了乡政府，他要让自己心爱的女人看看他。麦兰子几乎不敢认他了，他怎么说变就变了？大雄外出闯荡的日子，每天都给麦兰子通电话，大雄干了什么麦兰子都知晓，可是，大雄的穿戴打扮，大雄的气质变化，是麦兰子看不见的。

大雄和麦兰子一起回家，他们心里喜，哼着渔歌子，欣欣地奔造船厂去了。他想把好事情尽快告诉爹和二雄，让他们也高兴高兴。黄木匠见了大雄很高兴，丢了很久的儿子总算是回来了。当大雄跟爹正正经经地商量将造船厂改拆船厂的时候，黄木匠炸了："你敢！给俺老老实实造船！丧门星，你爹还没死呐！"大雄不恼，心劲十足地跟老人讲拆船的生意经。几乎是对牛弹琴，他越说，黄木匠的脸子板得越紧："你还是给俺干点托底的事儿吧！你小子中了钱的邪啦！你爷你爹造船就光为赚钱吗？这是咱黄家的造化！"大雄倔倔地弹："啥造化，俺看是秋后蚂蚱！您老到外边走走，人们捞钱都捞疯啦！往后，有钱就有造化！就有尊严！您那套儿吃不开啦！"黄木匠火了，骂："你爷是一代大船师，雪莲湾人谁不敬他！牛槽里又多出驴脸来啦，你也咒你爷啦！"大雄嘴里夹枪带棒地嘟囔："俺爷空背一个好名声，自个儿毁了自个儿，不值当的！"大杂种变了，变成一条欺师灭祖的狼了，罪孽哟！黄木匠气得抖抖地说不出话来。二雄看不过眼，扶爹坐在木板垛上，扭脸凶大雄："大哥，你太过分啦，怎能这样来气爹？"大雄被噎住了。

他是黄家人，与海霸孟天贡家的世仇在心里种下了。可是，这回出去闯荡，还真听说了孟家后人孟金元在香港成了大亨。他们不断在内地投资，兴建学校等义举，使他十分感动和自愧。日子久了，孟家又发达了，而黄家船却大势已去。大雄叹一声说："此一时彼一时，啥叫仇人，商品大潮里，仇人能变朋友，朋友能成仇人！如果……"黄木匠听不下去了，抄起一条木板朝大雄打来。"混账，连仇人你都忘啦！"大雄身不躲，眼不眨。二雄挥手一拦，木板斜斜地拍在大雄的左肩上，碎成两截儿。大雄给爹跪下了，眼圈一红："爹，你老想不通，俺不怪你！忠孝不能两全，俺就着这魔入这咒啦！死活也要将拆船厂鼓捣起来！咱黄家的振兴只能走这一条路了！"说着，他就泪流满面了。黄木匠一跺脚，"滚！"就昏了过去。

二雄将爹背走之后，大雄拿毛巾擦净肩头的血迹，去找麦兰子，麦兰子带着大雄去找村支书疙瘩爷。疙瘩爷巴不得呢，上头号召上企业上规模，光有了个矿物泥厂还不够，还要上新项目。大雄终于起来了，疙瘩爷从心底高兴，毕竟他还是麦家的女婿哩。可他又担心，投资几千万，他得好好咂摸一番。大雄腻歪疙瘩爷哼哼唧唧的样子。念头起了，就再也放不下了，像是有人逼他似的。他让麦兰子带他连夜去找何乡长。何乡长与大雄投性子，火爆干脆，夜里就带大雄找疙瘩爷做工作。有乡长兜底儿，疙瘩爷当场就拍了板，分了工。大雄以个人承包形式筹建村办企业"拆船厂"。疙瘩爷发愁找不到那么多的投资，大雄和何乡长说他们去贷款去拆借去集资。该着大雄走运，碰着何乡长这样办实事的头儿。何乡长批条子成车成车往城里送海货，他还陪着大雄去找审计局局长，审计局局长又陪他俩找银行行长和信用社头头。半公半私明来暗去折腾了好些日子，拆船厂就有眉目了。不久，他就买来旧轮船，拉开架势轰轰烈烈地干开了。一切都像梦，想都来不及。白剑雄到来了，报废的货轮"玛丽娜号"也被拖轮拖来了，还带来了女技术员江雪敏。拆船厂说开工就开工了。拆船厂把黄木匠的造船厂挤到了西海滩的角落里。大雄再也不是仰人鼻息的土木匠了，他成了农民企业家，雪莲湾人都得怵他三分。傲气嘛，也随身价长出来了，但他是傲在骨子里。他始终警醒着，他虽然西装革履，兜里揣着钱和烫金的名片，可他没忘记他是乡下土木匠、闯海的渔花子。村里村外想搬掉他挤垮他的大有人在。他得疏通所有渠道，尽管有何乡长给他撑腰，他也得往远里想，治厂玩人，真的假的实的虚的都得有。他逢人便说："此一时，彼一时，干事业真难呐！"日子像流水一样，抓都抓不住，想干啥而干不了那才叫亏呢。

落霜的秋日分外地长，日头很迟缓地磨蹭出来，而后像灯笼似的悬着。麦兰子就在一个秋日接到了回乡政府的通知。走前，她去了蛤蟆滩的矿物泥厂，见了疙瘩爷，也见了小林先生。麦兰子在雪莲湾村蹲点正式结束了，小林先生设宴为麦兰子饯行，疙瘩爷作陪。麦兰子急着回去，因为她得知范书记有病住院,得买些东西探望一下。又想着疙瘩爷和小林先生自从石碑事件之后闹僵了,给他们捏合捏合,对以后合作有利。权衡一下子,她还是留下来了。酒桌上麦兰子没让疙瘩爷多喝,怕他舌头贱好话说臭了,麦兰子却与小林先生喝得醉迷呵眼。小林先生望着麦兰子说:"我们是冲你麦兰子,才来这儿合资的!"麦兰子连说:"别冲俺,冲俺疙瘩爷吧!"疙瘩爷哼了一声,心里骂:"你嘴巴挺甜,你是冲钱来的!"想想签了八年合同,疙瘩爷心里就发寒,这八年抗战的日子委实不好过。疙瘩爷每时每刻都想将日本人赶走,独吞矿物泥厂这块肥肉,反正小康村已经当上了。麦兰子猜出疙瘩爷心里想啥,知道他的红眼病犯了,与村人一样烧红了眼。日本人拿蛤蟆滩的泥一把一把地换钱,村里分得太少。没出三个月,村人就嚷嚷着重新划分股份,狗×的日本人的钱也赚得太容易了!风声溜进了麦兰子的耳朵里,她对疙瘩爷说:"爷爷,俺走后不管群众咋闹,你得把根留住。"疙瘩爷的眼睛却眨动得让人不可捉摸:"留住,留住——"喝完酒,麦兰子就红头涨脸地骑车回了乡政府。

　　刚过晌午,乡政府大院空荡荡的。地上只印着稀稀落落的树影。麦兰子好久没进这个大院了,今天推车走着,心里踏实又美气,仿佛自己就是这里的主人。她心情特别好,就哼哼唧唧唱起来:"村里有个姑娘叫小芳,长得好看又善良——"团书记小郑刚好晾晒棉被,看见麦兰子就打招呼:"回来啦!"麦兰子笑着应一声。这一阵子,麦兰子在乡里挺红,而小郑却没什么长进,小郑从心底里不快活,但表面上对麦兰子还是套近乎:"兰子,晚上过来打扑克!"麦兰子也笑说:"好哇,多日不见你还好吧?"小郑拿巴掌拍打着棉被说:"人走时运马走膘,你可真有福气!"麦兰子说:"俺一天到晚傻吃憨睡的,福从何来哟?"小郑凑过来神秘地说:"其实呀,你与日商合资,最早是我牵的线,也不给我提成!"麦兰子一想他对何乡长的态度,脸一下阴住了:"谁让你骨头软顶不住一片天呢!自找的!"小郑仍旧笑嘻嘻地说:"八成都让疙瘩爷吃回扣了吧?分你多少?"麦兰子的脸说变就变:"你少嚷嚷这个,俺可没得啥提成!"小郑说:"得了就得了,没人跟你借!谁不知引资的幕后勾当多着呢!"麦兰子啪一声支好车子说:"你小子再胡咧咧,俺可撕烂你的嘴!"小郑抱着被扭头就走,龇了龇牙说:"别生气啊,逗你呢!"就钻进宿舍里去了。麦兰子气得青了脸,腿关节走风嗖嗖地疼,后来进屋一想,跟小郑生气不值得,便斜靠在被垛上眯着眼睡着了。眯了一会儿,麦兰子脑子轰地一震。她想起了乡党委的范书记,急忙跑去办公室,问清了范书记住院地点和房号,关上门,推车去了乡政府对门的信用社,将自己存折里的两万块钱支出来,装进一个信封里,骑着自行车去了乡医院。

范书记得的是肺结核,会传染的,乡里领导和各企业经理厂长们来时都把东西放外屋,送红包的人才能进里屋。范书记的老婆就在外屋值班。范书记轻易不放人进来,麦兰子是送红包来的,自然进了里屋病房。范书记刚输完液眯眼静躺,听见麦兰子的声音就说:"是小麦吧?"麦兰子轻轻进了病房,亲热地喊了一声:"范书记,您好些了吗?"范书记耷着眼皮笑笑说:"好些了,你咋知道了?"然后就把麦兰子介绍给老伴儿。范书记的老伴说:"我们老范爱才,总念叨你写得好,是咱乡里的女秀才。"麦兰子谦虚地说:"多亏范书记的培养,有啥事您只管吩咐。"范书记忽然抬起头来问:"村里矿物泥厂怎么样?"麦兰子说:"效益挺好,当年投资当年收回啊。"范书记眨了眨眼睛说:"我接到了村里有人写来的反映信,说矿物厂股份分配不合理,告你和疙瘩爷出卖集体利益!"麦兰子一颗心揪得紧紧的,沉吟一会儿说:"范书记,说实的,现在看来俺村得的是少啦,有些亏。可是当初并没有人说亏,谁知道这臭泥能卖钱呢?弄成了,谁都想吃一嘴,那样工作就没法干啦!"范书记呵呵地笑了:"瞧你,又沉不住气啦!乡党委会给你们撑腰的!"范书记喝了一口茶水说:"小麦啊,你们家大雄的拆船厂搞得咋样啊?"麦兰子说:"也挺好,大雄一直说,多亏范书记的支持啊!"范书记笑了:"你们夫妻都是能人啊!"

过了一会儿,麦兰子心里丢不开矿物泥厂,嘟囔道:"范书记,俺担心矿物泥厂要出事!村民对日商情绪很大呢!"范书记说:"这与大形势有关,目前中日关系挺紧张。问题是有的,情绪也是有的,但是,我们搞改革,搞开放,不能像小孩子一样翻小肠。整个国家都在摸索,何况我们?听你爷爷说,上次因为你七爷的石碑问题,麦老邪跟小林争吵起来,是你从中做了大量工作。你很有眼光嘛!我心里有数,你的工作是很有成绩的,还要在基层好好锻炼。"麦兰子听范书记的口气还要让她坚守基层,就急着说:"范书记,俺想回乡政府锻炼！跟老百姓直接打交道真难，左不是右不是，烦死啦！"范书记截断她的话说："不能这样讲，老百姓是水，我们是鱼，鱼儿离不开水！这种说法好像过时了，但我们乡政府也要转变职能，多为下边提供服务！农业税马上就要免了，乡里也要精简机构。"麦兰子对这话不感兴趣，只惦记着下个月的换届选举。她使着劲儿往内情里透，问道："乡里下步的宣传重点是啥哩？"范书记说："马上进入乡镇级换届选举啦！要配合县人大做好宣传！让老百姓知道啥叫民主与权利！记住啦？"麦兰子点点头，沉默了一会儿，范书记开始喝水吃药，麦兰子将那个信封放在床头柜上，说了几句好好养病的话就起身告辞。范书记瞟了一眼信封的厚度，皱着的脸皮放开了："小麦唯，好好干吧，日后是你们年轻人的天下，我们老啦！这次换届乡党委将重点举荐你呀！"麦兰子终于从范书记嘴里讨了底，心里有说不出的踏实和宽慰。这是从何乡长的对头嘴里说出来的，何乡长那里就更没问题了。一些日子里，麦兰子的心被喜悦胀得满满的。想着自己要当副乡长了，就要由招聘干部转为正式国家干部，变农业户口为非农业户口，这显然比"文化人"还"文化人"啊！一生中有啥事还比这事重要呢？

可是，乡选举结果出来了，麦兰子瞠目结舌，政绩平庸的小郑很神秘地杀了出来，当选为副乡长，麦兰子落选了。

麦兰子当下就傻了，浑身软软的像要瘫倒。她躲进宿舍狠狠地哭了一场。她猜想准是范书记跟她玩袖口里捏指头的把戏呢。"这老家伙毒哇！"为了这个事情，麦兰子先后给范书记送过几次红包，合起来有十万块，难道小郑比自己送的钱还多吗？麦兰子晚上没有吃饭，泥塑木雕般地呆坐着。选举结束后，范书记找她谈过心，说的啥话她全记不得了。何乡长十分失望和气愤："这是暗箱操作的结果！"然后劝她想开点，可麦兰子弄不明白范书记收了钱咋不办事呢？好多人来劝她，越劝麦兰子越觉得委屈。

疙瘩爷和大雄来乡政府看她了，麦兰子好像认不得他们了。生活挤对出一些非分的念头，她真想投靠日本人经商算了。小林先生很欣赏她，几次劝她加盟过来。疙瘩爷劝她说："兰子，这年头的事千万别较真儿，你知道小郑是啥来头吗？小郑对象的舅舅是县组织部孙部长，懂吗？选举是做了工作的，还不懂这些？咱认命吧，认命吧！"麦兰子啥都明白了，一句话也没说，觉得脸上烫烫的，一摸才知道泪水在流。疙瘩爷又说："孩子，咱麦家在村里还是有基础的，要不就回村里干吧，俺退位，爷爷辅佐着你干！"麦兰子还是没说话，这样的话只能让她更加伤感。

这时，黄木匠知道麦兰子落选了。他跪在造船厂，正一遍一遍地诅咒上苍："老天爷，你有眼吗？你眼瞎了吗？你不晓得俺的儿媳处世的艰难吗？你咋就不开眼呢？"烤木胶的炉火，渐渐委顿下去了。

七奶奶望着白纸门，委实断不透哪里来的邪气。

在选举之前，七奶奶是经过一番推算的，推算的时候，麦家的门楣就显出异样。门上楣的横木受损了，咋就能成呢？麦兰子在选举中失利之后，七奶奶的脑子里便出现了"倒霉"一词。麦翎子高考落榜的时候，七奶奶脑子里也出现过这个词。古书上讲到"倒霉"这个词的由来，跟门庭连着。"科举甚难得，取者，门首竖旗杆一根，不中则撤去，谓之倒霉。""倒霉"是多么不走运的事。《资治通鉴》记载："生男勿喜女勿悲，君今看女作门楣。"随着民间对"门楣"的理解，门楣同功名求取、门第荣耀紧紧相连了。七奶奶知道，门上楣和门框上端的横木，具有支撑门户的作用，又是挂匾、署门额的地方。如果谁家门楣硕大，则门户壮观。门楣的破损或倒塌，也是不顺心不随意，不走运不吉利的。七奶奶对疙瘩爷说："等兰子回来，咱得把门楣修修了。"疙瘩爷望了望耷拉着的门楣，满口答应着："'倒霉'了，是得修了，是得修了！"

疙瘩爷和大雄回村了，麦兰子觉得内心无法收拾，就关在宿舍里赌气，谁也不想见。那天傍晚，七奶奶来了。七奶奶说："咱家的门楣坏了，你爷爷他们正修呢，回家散散心吧，看看修门楣。"然后拉住麦兰子的胳膊，七奶奶的手劲很大，像一只手铐卡紧了她的手腕子，拉着她就往外走。坐车的路上，七奶奶再也没有跟她说上一句话。

回到家草草吃些饭，黄木匠就把新做的门楣送来了。七奶奶操持安装门楣。麦兰子喝醉了酒回家独自到房间去了，她根本不关心门楣，她走到大衣柜的镜子前，静静地望着自己，直到望得陌生了。眼巴眼盼的日子就这鬼样子？大雄进来了。他坐在麦兰子身边说："你又喝酒啦？喝成这样！"麦兰子一把将大雄搂进怀里，狠狠地抓揉着，嘴里喃喃道："你是谁？"大雄愕然地说："俺是大雄，你丈夫！你喝多啦！"大雄没说完就叫了一声，肩头让她抓出血条子。麦兰子抓他一把问一句："你说，你舅舅是谁？"大雄一咧嘴说："俺舅舅叫王有，早死啦！"麦兰子又抓了大雄一把说："你爹是谁？是啥官？"大雄咧着嘴说："俺爹是造船的，不是官！"说着说着心就疼了，眼泪就落下来了。麦兰子坐在那里流泪，不说话，嘴巴闭得紧紧的。后来麦兰子眼一直，连打几个酒嗝，酒气和冤气一块喷出来了。大雄替她收拾干净，麦兰子多少清醒一些，将大雄揽在怀里，又是亲又是啃，嘴里连说："这样挺好！这样挺好！"然后她就把大雄狠狠地压在了身下。

麦兰子家的门楣修好之后，蛤蟆滩的太极图案却被矿物泥厂涂改得面目全非。麦兰子注意到蛤蟆滩上所有房屋看上去都是歪斜的，所有人都像影子一样。从她出生到今天，像一个梦，从操持矿物泥厂到今天，也像一场梦。这些梦是由许多人共同完成的。麦兰子走在蛤蟆滩上，感到人世的奇妙。

何乡长被调走了，麦兰子更加伤感。麦兰子几次要辞职去日商公司，都被何乡长劝住了。何乡长说："你别因为我走你就走，范书记还是比较欣赏你的，我走后你兴许就有出头之日了。"麦兰子和疙瘩爷在为何乡长饯行的酒桌上都喝多了，三人又哭又笑到深夜。冬天县委党校搞青年干部培训，范书记就让麦兰子去了，还说了好多鼓励的话。去党校之前麦兰子又回到蛤蟆滩。蛤蟆滩在她眼前越发像个谜了。她望着远处的海浪，就悄悄走过来了。麦兰子来到了大雄的拆船厂，大雄又不知从哪儿买来一艘退役客轮，正研究着咋拆掉这个庞然大物。麦兰子来了，走到大雄眼前说："你送俺去县城吧！"大雄亲昵地笑了笑说："好啊，万般都是命，你想开了就好。"麦兰子听着上心，就朗笑起来。

腊月底，正是忙年的关口，村里出事了。

矿物泥厂被迫停产，同时激起了一场纠纷。传到麦兰子耳朵里时，事情已到了十分严重的地步。起初事情并不大，并且牵扯到了麦兰子。跟麦兰子非常好的同学蓉蓉在包装车间做工。蓉蓉是好打扮的新媳妇，在城里文了眉，但脸上皮肤粗糙，想弄点包装好的矿物泥回家做美容。下班后没人了，她偷偷装了几袋，又让伙伴儿帮她多装些。她们出车间的时候，被日方经理助理大岛启和发现了。大岛是地道的日本人，抓管理比假洋鬼子小林先生还要严格。好多小工受不了走了，留下来的对大岛恨得不行。大岛先生从蓉蓉和伙伴儿身上翻出了矿物泥，说每人要罚款五百元。同伴吓得哆嗦了。蓉蓉却满不在乎。蓉蓉跟疙瘩爷是亲戚，原先对小林先生挪石碑还窝着一股气，这次又撞上了大岛，当下就闹起来。蓉蓉骂街不解气，知道大岛听不懂，就拿出雪莲湾泼妇打架常用的招数，钩起头，牤牛一样朝大岛身上撞去，同时伸出手抓挠大岛的脸。大岛躲不及和蓉蓉抱在一起。大岛无意中抡了抡胳膊，就将蓉蓉碰倒在地。她刚怀了孕，送到医院包扎好脑袋，孩子就流产了。

"日本商人殴打中国女工！"传到村里、乡里的话就是这样的。蓉蓉的本家和婆家是村里大户，而且蓉蓉的老太爷是被日本鬼子烧死在蛤蟆滩上的。两个家族就炸了，没去找疙瘩爷，忽忽涌涌几十口子气势汹汹地去矿物泥厂找大岛。大岛意外地慌了神，小林先生出国办事去了。这可咋办？小林在国外把电话打到了疙瘩爷那里。疙瘩爷哼哼唧唧不置可否，他早就盼着矿物泥厂出点事儿呢，当面糊弄几句小林，背地里还为两家人出主意。他知道自己人早已掌握了生产矿物泥的技术和销路，日本人滚蛋才好呢。那两家人受了疙瘩爷的支使，堵在厂门口静坐，要求交出大岛。

小林先生怕停产，赶紧从国外赶回来，一进雪莲湾就忙去医院看望了蓉蓉，又连夜与蓉蓉的父亲谈判，开口就问："你们要多少钱？"蓉蓉的父亲骂了一声："不要你们日本人的臭钱！"小林先生没辙了，只好去派出所报了案，请求公断。乡派出所的人一来，就被疙瘩爷叫去大喝了一顿，而且当事人蓉蓉按照父亲旨意一口咬定大岛打人。事情就僵住了。村里许多人跟着瞎起哄，将矿物泥厂搅得像抗日战场。疙瘩爷在村里放出口风说："日本人见好就收吧，卷铺盖滚人吧！"小林先生在县城还有针织厂，跟主抓工业的副县长混得很熟，眼看着不行了，就将此事捅到县里。县里领导很重视，认为这关系今后全县的声誉。马副县长、外经办主任当即来到乡政府。何乡长走后，乡长还空着缺儿，处理此事的重任就落在了范书记身上了。前两天范书记曾派主抓乡镇企业的副乡长小郑前去处理。疙瘩爷本来瞅着小郑就来气，小郑到了村里哼哈不动，两说三说就给顶了回来。没办法，只有范书记亲自出马去平息这场纠纷。但是，范书记的权力在机关大院畅行无阻,面对着老百姓则手足无措了。劝说不灵,抓走这几十口人又没道理。马副县长来到静坐的老百姓中间,苦口婆心地讲干了唾沫也无济于事。范书记丢了面子,没鼻子没脸地训斥疙瘩爷:"你这村支书是干啥吃的?你不想干说话!"疙瘩爷眼瞅着祸及自身了,忙去说和。却不知闹到这个份上他也失控了,连自己的臣民都不听使唤。到底是范书记有统抓全盘的能力,在最关键时刻,他忽地想到了在党校学习的麦兰子。范书记对小郑副乡长说:"快去城里把麦兰子接来,这丫头兴许有办法!"小郑心里充满妒意地说:"她一个乡报道员有啥办法?"范书记急赤白脸地说:"啰唆啥?叫你去就去!"小郑急忙乘车赶往县城。

麦兰子听郑副乡长前前后后一说,呆愣了很久不说话。她知道早晚会有这一天的,蓉蓉的事只是一个导火索罢了。

麦兰子回到村里天都黑了。年根儿的村夜很燥,冻酥了的蛤蟆滩在麦兰子脚下脆脆地响着。矿物泥厂没了机器声,只有扭头时她才能看见大雄的拆船厂,在暗夜里机器轰鸣。走到厂区的那头,麦兰子远远地就瞧见小林先生孤独地站在那里,久久地凝望蛤蟆滩。她猜想蛤蟆滩在小林先生眼里肯定是神秘而恐怖的,小林先生此刻肯定没有那天骑毛驴逛景儿的感觉了。麦兰子没去惊动小林先生,扭转身款款朝厂房走去。到了办公楼前,麦兰子看见许多人来回走动。看见麦兰子回来了,小郑跑过来急着说:"麦兰子,下了车你去哪儿啦?马副县长和范书记等急啦!"麦兰子没理睬她,直接去了办公室。楼道穿堂里,麦兰子看见两个家族的几十口人拥挤着坐着。疙瘩爷率先截住麦兰子说:"兰子,这回你胳膊肘可别往外扭啦!坚持最后一下,日本人就滚啦,咱就不用八年抗战啦!咱村就彻底富喽——"麦兰子没好气地说:"爷爷,亏你活这么大岁数,你头脑蠢得可笑,当初都有合同的,况且上级会不管吗?赶紧撤兵,恢复生产!"疙瘩爷脸沉下来说:"你个汉奸,有本事你整,俺是没招儿!"麦兰子哼一声,去办公室单独与范书记谈一会儿,出来就问疙瘩爷:"蓉蓉在哪儿?"疙瘩爷说:"蓉蓉在乡医院养伤呢。"谁也猜不透麦兰子要干什么,只见她钻进汽车去了乡医院。在病房里,麦兰子安慰了蓉蓉几句,麦兰子好久没见到蓉蓉了。蓉蓉跟麦兰子叫表姐,她进矿物泥厂就是麦兰子一手安排的。看见表姐来了,蓉蓉娇模娇样的劲儿又上来了，刚往她肩头一依，就被麦兰喝住了："看着俺的眼睛。"麦兰子表情平静地盯着蓉蓉，盯得蓉蓉心里发毛。她镇住了蓉蓉。麦兰子冷冷地问："你如实跟俺说，你偷泥了吗？"蓉蓉嘻嘻笑着不答。麦兰子火了："俺问你话呢！"蓉蓉理屈似的点了点头。麦兰子又问："大岛先生打你了吗？你别跟俺撒谎啊！"蓉蓉支支吾吾说："没有打，是，是碰倒的。"麦兰子说："一会儿你家人来了，你也这样说。"蓉蓉惊讶地望着麦兰子。

麦兰子对蓉蓉说："外面的事你知道吗？"蓉蓉委屈地哭了："俺知道，俺不愿意他们闹，这样一来，俺日后咋出去上班？"麦兰子央告说："你知道么，俺从党校回来就为这事儿，县里乡里领导都惊动啦！这不算啥，你想，咱村里好不容易有个合资企业，停产一天损失多大？更主要是闹不出啥名堂来，日商不是好惹的！他们是赶不跑的！"蓉蓉喃喃地说："兰子姐，你说咋办哩？"麦兰子说："最好是你和那个伙伴，跟俺去厂里，如实说，劝家里人回去！"蓉蓉又耸着肩膀哭起来："那，俺的孩子就白死了吗？"麦兰子拥着蓉蓉没好气地说："说啥都没用啦，谁让你偷泥呢！俺早就跟你说矿物泥是唬人的，涂在脸上就是个黑，屁事不顶哩！自作自受，走吧！"

麦兰子将蓉蓉和那个伙伴带到厂办公室楼道里，让两个人一个一个地说。还没说完话，静坐的族人就泄了劲，蔫头耷脑，一拨儿一拨儿地往外走。危机就这样化解了。

疙瘩爷脸上难看地变着颜色。

范书记紧紧抓住麦兰子的手说："小麦，你可真行啊！"

疙瘩爷插嘴说："领导说行，也不提拔重用！"

范书记笑了："你这个爷爷，替孙女着急了吧？"

疙瘩爷嘿嘿笑着。麦兰子说："去叫小林先生吧，这还不算完！"

小林先生笑得十分好看，望着麦兰子激动地说："我猜就得请你出山啦！你这个女人不简单啊！"麦兰子还是那句话："咱是一锅水里舀瓢子，免不了磕碰，大度点，往前看吧！刚才你一个人在蛤蟆滩上发愁了吧？"小林先生十分潇洒地脱下皮大衣说："愁啥？其实我才没往心里去呢！我站在那儿设计，如何扩大再生产，到时候，你婆家那个造船厂恐怕就得挪窝儿喽！"小林先生很有风度地朗笑起来,得意自己的话说得正是时候。

麦兰子没笑,暗暗骂:"这个唯利是图的杂种!"

第二年开春儿,麦兰子被提拔为副乡长。

这时节,黄木匠的造船厂真的被拆掉了。

蛤蟆滩完全丢了模样,凌乱不堪。这令麦兰子惶惶不安。她一回回拷问自己:"麦兰子啊麦兰子,你想看怎样的蛤蟆滩呢?"

寒食日

疙瘩爷推门的声音惊动了几只正在啃书的老鼠。这些老鼠总是在傍天黑时偷偷钻进书垛，天亮前逃出来。麦翎子放进的灭鼠药几乎颗粒没动，书却被啃坏了不少。

麦翎子往城里打了两个电话，催促一个叫赖汉之的书商尽快把货提走。疙瘩爷推门进来，麦翎子以为是大鱼回来了，扭脸看见爷爷阴眉沉脸地站在麦翎子面前。麦翎子就说："爷爷，您坐哩！"疙瘩爷佝偻着腰，腰间夹着一捆计划生育宣传材料。他没说话，晃着胳膊在书屋里转了转，脸色铁青。麦翎子站在疙瘩爷身后惴惴地问："爷，您有事吗？"疙瘩爷挺挺直立，目光很倔地射向麦翎子，终于说："翎子，你就是不听话，你看你姐，你姐夫，都成事儿啦！就你这玩意儿真能来钱？"麦翎子松了口气，捂嘴咪咪笑："爷爷，这比打鱼挣钱。不过这活儿，赖汉子干不了好汉子不愿干。"疙瘩爷老脸阴住说："这么说，你也是个赖汉子啦？你也学得油嘴滑舌啦？不像话！俺就知道守着大鱼不学好！"

"爷爷，大鱼哥是个好人！别因为他当年打您一枪，就总耿耿于怀！"麦翎子替大鱼争辩说。她知道村里人对大鱼的偏见是根深蒂固的。实际上，麦翎子觉得大家对大鱼有隔膜，深深的隔膜。有一次，大鱼求助麦翎子牵线，他要跟疙瘩爷谈谈心。疙瘩爷一听就火了："俺不跟他谈！这小子指不定又要耍啥花招啦！"麦翎子被噎了回来。

"翎子啊，你还不该醒悟吗？凭咱麦家在雪莲湾的势力，你真用得着给大鱼打工？说出去你爷这老脸往哪儿搁？还不如丢给狗吃！"疙瘩爷苦口婆心地劝说。

麦翎子噘着嘴巴说："爷，俺真不明白，过去你对大鱼不是挺好吗？大鱼咋得罪您啦？"疙瘩爷张开没牙漏风的瘪嘴说："俺孙女跟他这样人待在一起，就是得罪俺了！"麦翎子不说话了。疙瘩爷叹息了一声："自从你姐姐落选之后，这几日俺做了好多噩梦，俺就想起你这儿，俺总觉得与书打交道悬乎！咱祖上的教训你都忘了吗？"疙瘩爷深凹的老眼里就有了一束寒光。

麦翎子猛然想起麦氏家族的"寒食日"，今年还有三天就到了。麦翎子记得每年的"寒食日"前夕，七奶奶和疙瘩爷都害起心病来，像得了夜游症似的，天天晚上在海边和村头转悠。在漆黑的夜里，疙瘩爷搀着七奶奶提着马灯到海边祠堂，为祖先点上一炷香火，默默祈祷家门的兴旺。疙瘩爷委实理不清人世的玄奥，麦家都是正直勤劳的本分人，咋就那么不顺呢？儿子儿媳都去世了，留下两个千金小姐，连一根子麦家香火都没能留下。没有指望的时候，疙瘩爷就坐在祠堂门口十分痴迷地朝村路上张望，他估摸自己那颗跳不了几年的心，也能望出一条振兴家族的路来。去年麦兰子竞争副乡长，就是给疙瘩爷一个希望。疙瘩爷同时还指望着麦翎子有出息。可是，麦翎子比兰子还让他伤感。七奶奶的法术不灵了，他时常跑风水先生十三咳家里串门子，想讨个吉利问个路子。十三咳说："时下你家会出一个吃笔墨饭的，麦家往后得指望这个人。"疙瘩爷说："你别挤对俺了。"心上窝着一股气走了。麦翎子没再跟疙瘩爷吵，她心疼疙瘩爷，她扶疙瘩爷慢慢坐下来，疙瘩爷一落座发现屁股底下是书，赶紧挪开，闷闷地蹲在地上吸烟。

大鱼回来了，大鱼想跟疙瘩爷说点自己的事情，疙瘩爷叹一声站起身来，踩着碎步，悻悻而去。爷爷走出门口，大鱼对麦翎子说："刚才给城里书商赖汉之打通了电话。他来取书。赖汉之说夜里还要去海上拉一批书。你知道的，二怀那杂种拿俺一把，这运书的事俺想让你爷帮帮忙，钱不少给，不知你爷赏不赏脸？"麦翎子想想说："别求他啦，刚才看他对你那态度。他和俺姐压根儿就瞧不起你！"大鱼沉默了。过了一会儿，麦翎子给大鱼出了个主意："黄木匠的造船厂停工了，你求黄木匠吧。"大鱼笑了："对呀，还是黄木匠人好。"

大鱼摆出一副嬉皮笑脸的赖模样，伸了一个劲道十足的懒腰。大鱼说："老赖那家伙总是踩着钟点来，你去买两个盒饭。准备装车，夜里俺跟黄木匠一起出海。"麦翎子怔了怔没再说啥，去老河口的小酒店买了两个盒饭端回来。大鱼吃饭时的姿势很丑，嘴巴老是喷喷唖响，白米饭粒沾得鼻头都是，因为他边吃边不断擤鼻子。麦翎子指指他鼻子说："瞧你这狼虎劲儿。"大鱼拿大掌在脸上揩了一把。

这时候旁边那间阅览室陆陆续续有人来了。大鱼说："翎子，快去求黄木匠备船吧，咱肥水不外流。"麦翎子应一声走了。她走在漆黑的村巷里。感觉有红雀在头顶上飞翔，不时画出一道道亮线。尽管有夜风低低地吹着，麦翎子仍感觉到夏初的燥热了。院里一片驳杂，麦翎子进院抬头率先看见灯影里姐姐家的白纸门，门楣刚刚修好，门楣和门板都糊上跟祠堂门一样的粉莲纸。七奶奶说祖上传下来的规矩，过"寒食日"要提前糊上白草纸。看见白白的门板，还有门板上的钟馗图案，麦翎子心里像压着沉沉的东西堵得慌。麦翎子竭力不看这些，径直奔黄木匠的屋里去了。兰子姐和大雄都不在家，黄木匠盘腿坐在八仙桌前就着花生米喝闷酒呢。屋檐下的鹧鹰咕咕地鸣叫着。这可是疙瘩爷的鹧鹰哩。

麦翎子将一包热热的猪头肉放在桌上："黄大伯，这是大鱼孝敬您的。"黄木匠的老脸泛着红红的酒晕说："还是大鱼好，这孩子好吧？"麦翎子笑了笑："好。"黄木匠然后就撕一块肉，鼓嘴大嚼而笑。灯影里的黄木匠猪肝色的老脸沁出油汗来，索性敞开衣襟，露出黑扎扎的胸毛。麦翎子抓起炕上的一把芭蕉扇子给黄木匠扇着风，说："大鱼让俺来找您有事儿，他说给你找个挣钱的活儿成不？"黄木匠眯起眼，晃晃瘦削的肩膀说："船比鱼都多，还挣个鸟钱！"麦翎子笑说："不是打鱼，是拿船到海那边运点货。"黄木匠瞪起眼问："啥货？"麦翎子说："是书，夜里走明早上就能回！"黄木匠哼一声说："运书？那来回还不够柴油钱呢！"麦翎子说："能挣一千块呢。"黄木匠摇摇头说："别听大鱼瞎白话，俺了解他，他涮你行涮俺还毛嫩呢！"麦翎子认真地说："您不答应？"黄木匠喝了一口酒，笑道："翎子，你还当真啦？俺能不去？大鱼这孩子的忙俺是要帮的。"麦翎子笑了："这就好。"黄木匠抹了抹油嘴说："俺去海边弄船，你先找大鱼等着。"说着弯着腰走出了院子。黄木匠打了一个口哨，躲在屋檐下的那只鹞鹰飞出来跟着他走了。

这时候月亮出来了，月亮像一条昏头昏脑的娃娃鱼在云彩里游动。麦翎子抬脸望着月盘子，感觉月亮的背面一定很冷。快到书屋时，麦翎子碰到墙角一个编织得粗糙的蜘蛛网。细密的网丝黏在麦翎子的面颊上，痒兮兮的。麦翎子拿手胡噜着脸颊进了书屋，发现大鱼正趴在桌上写日记。自从大鱼出狱后一直写日记，他是这个小村唯一写日记的人。麦翎子发觉书桌上又多了一本余秋雨著的《文化苦旅》。麦翎子悄悄走到大鱼身后，轻轻将摘落下来的蜘蛛网抹在大鱼的后背上。大鱼十分专注地写着，鼻孔一张一合，脑袋上流下汗水，写不下去的时候，他就边吸烟边作虔诚的默想。麦翎子看着他如何往笔记本上搬弄思想。麦翎子的目光移到本上，十分欣喜地读到这样一段话：

"我是一棵孤立的树，独自地自我封闭着，自我挣扎着。指向天空，却不曾投下一些阴影，只有雪莲湾的红雀在我的枝上筑巢。"

大鱼实在想不出词来，就又从抽屉里翻出书来抄了两句。然后默念一遍："生命至尊之神，教我与美德认识，教我与至善结缘，救我于浮华、虚荣之中，让一切无聊下贱的东西脱离于我，让我的心神得以安宁，让我的德行更加纯净，让福祉和幸运伴我始终——"他双眼微微一闭，随之呼出一口气，现出俗人读不懂的高雅乐趣。

在大鱼身边站久了，麦翎子时常闻到一股怪味。是鱼腥味吗？麦翎子觉得不是。那是啥味道呢？麦翎子受不住了，就转过身来说："不得了啊不得了，大鱼哥有这么好的文采呢。"大鱼哆嗦了一下，忙用纸将那本书盖上，笑呵呵地说："中国字真是奥妙无穷，拼拼凑凑就来思想。人不能没思想哩。"麦翎子想，俺不忍心戳破你的花招儿就是了，抄别人的东西那叫思想？同时麦翎子又为大鱼的治学精神感动了，她觉得大鱼经历了与珍子的生死恋情之后，将人生悟得挺透，会悟，等于会活。麦翎子夸得大鱼又乱了性子，他津津有味地给麦翎子念他的日记。

麦翎子赶紧转了话题："大鱼哥，书商老赖取书来了吗？"大鱼说："你去找黄木匠的空儿，那家伙就将书拉走了。喂，黄木匠同意了吗？"麦翎子说：

"俺们是亲戚,他能不答应?"大鱼笑了。麦翎子想起什么来说:"听你将老赖说得挺神,真想见识见识。"大鱼说:"下回再说,那家伙俗不可耐,没啥文化。就胆子大,这年头胆子大的都发啦!那家伙活得滋润,看不出哪天他能倒运。"麦翎子说:"你别咒人家,要不有人说同行是冤家呢!"大鱼笑了:"你看俺是小肚鸡肠的人吗?"麦翎子忍不住抿着嘴笑。大鱼又说:"不过人心难测,不算计人家,人家就把你算计了。就说老赖吧,表面跟俺哥们儿哥们儿的,可他背地与二怀坑俺!全当别人是傻子!那头是俺的关系户。将二怀换成黄木匠是对的。"麦翎子始终理不清大鱼进书发书的线索及因果关系,麦翎子也不想费那个神,还留点脑筋复习功课呢。大鱼急问:"黄木匠在哪儿等?"麦翎子说:"他在船上等你呢。不过,他跟你好,也跟俺是亲戚,你可别难为他。不然俺姐饶不了俺。"大鱼气色平和地说:"放心吧,他是你亲戚也是俺亲戚。"麦翎子心中着实不悦,说:"少套近乎啊!"她害怕大鱼对自己有想法,就时常在玩笑中敲打他。大鱼不自在地笑说:"玩笑,别往歪里想!"麦翎子不依不饶:"俺看你毛病都添全啦。"大鱼没理会麦翎子的话,悄悄将桌上的笔记本收起来说:"翎子,晚上你多盯一会儿,过一会儿啊,犯人村来几个老朋友来拿书!书都堆这儿了。"麦翎子点着头。大鱼走到门口,忽然想起什么说:"明天早上找三栓他们卸书,然后给你三天假,你家该过寒食日了,前两天多吃点东西,没事的时候复习复习功课,千万别再看杂书啦!啊?"麦翎子听着心里挺舒服。啥时候大鱼也多了心思多了情分。大鱼朝海滩走去了,走路的声音懒散而拖沓。麦翎子站在书屋门口目送着大鱼,大鱼在暗处又回头看了麦翎子一眼。

　　大鱼走在海滩上,黑不溜秋的河岸犹如一群卧倒的老牛,远远地弓起了脊背,挑着无数三角旗的桅杆遥遥指向夜天,小旗哗哗的抖动声老远就能听到。

　　寒食日的这天早晨,七奶奶躲在屋里空着肚子数钱。麦翎子透过门缝儿看见七奶奶数钱的姿势很滑稽。七奶奶枯着满头白发,一条腿挨地一条腿搭在炕沿儿,虾着身,戴着缠着胶布的老花镜,一张一张地数钱。实际上,七奶奶暗中操作着麦兰子,麦兰子在乡里村里挑梁拿事也就够了。七奶奶专心给人家剪纸门神,糊白纸门也能挣钱了。那天傍晚,七奶奶偷偷跟麦翎子说:"奶奶攒钱,为啥?"麦翎子轻轻摇头。七奶奶抬手使劲点了一下麦翎子的额头:"供你读大学！"麦翎子搂着七奶奶亲着："还是俺奶奶对俺好！"今天，麦翎子看着七奶奶数完钱，呆坐着抽烟，抬脸望着白纸门，不由得抬起袖衫擦擦眼睛。她就这么恪守着心事，熬着。缩了又缩的老脸好像浓缩了满世界的辛酸和愁怨。麦翎子边系袄扣子边推门进去，望着七奶奶的脸说："奶奶，啥时去祠堂？"七奶奶咳了一声说："听你爷招呼。"麦翎子仄楞着身子，举着酸乏的手臂梳理着头发，屋里只有麦翎子梳头的声音。太阳的光亮照进屋来。白分分的晃眼，麦翎子长长的黑瀑似的头发在阳光里气息生动。对着镜子，麦翎子终于在太阳光里看见了自己的笑容，两颊上隐隐现出一双酒靥，两排整齐的白牙一闪一闪。那天，麦兰子说麦翎子书念多了，身子不板腰肢柔软，连脸也俊气了。麦翎子说："那叫气质，读书和文盲气质就是不一样嘛！"麦翎子觉得跟书打交道的大鱼完全从渔人群里分化出来了。尽管有些假模假式。

  太阳挑起一竿子高了，悬在高处的窗格子上晃荡，可是，疙瘩爷和姐姐都没过来。倒是跑来四爷的孙子小全。小全说四爷的脑血栓又犯了去不了祠堂，四爷让疙瘩爷和麦兰子召集族人。七奶奶说："俺听见了。"她枯黄的脸上平平静静。七奶奶对麦翎子说："翎子，你先去祠堂收拾收拾，俺去召集人，俺们过后就到。"七奶奶披着那件几乎褪成灰黑颜色的大襟袄出去了。七奶奶刚刚走到门口，就有邻居的五婶子堵住了她。七奶奶问："五婶子有啥事？"五婶子笑悠悠地说："俺是给翎子提亲来了。"麦翎子在一旁听见就烦了，觉得五婶的笑里裹着一个鬼洞洞的阴谋。回村后提亲的一拨一拨地来，麦翎子全撅回去了。麦翎子疑心提亲是对她能力的一种巨大羞辱。麦翎子站在堂屋冷冷地看着五婶，五婶缠人的目光在麦翎子身上反复游移。七奶奶对媒婆十分尊尚，说："五婶子谢谢你啦！今日是俺家寒食日，不兴提亲。改日你再来吧。"五婶子夸了麦翎子几句就随七奶奶出了院子。

  麦翎子望着她们陷入一种哀伤。难道俺麦翎子命妥了，左右脱不出老村了吗？

  在寒食日里，麦家人空着肚子像往常一样对先人进行祭拜。最后一个礼仪是换白纸门。麦翎子发现七奶奶剪的门神像是魏徵。魏徵门神替代了过去的钟馗。麦翎子疑惑地问七奶奶："奶奶，魏徵为啥当上了门神？"七奶奶神秘地眨着眼说:"这呀源于《西游记》的故事。《西游记》第十回书,魏徵与唐太宗下棋,盹睡中梦斩泾河龙王。这可惹了祸,老龙号泣纠缠,鬼祟门外抛砖,弄得太宗皇帝夜不安枕,大病了一场。秦琼、尉迟恭守宫门,后来又画像贴于门上。前门绝了鬼祟,后宰门又来了事儿,太宗皇帝说,夜里后门砖瓦乱响。有人便进奏说,前门不安是敬德、叔宝护卫,后门不安,该着魏徵护卫。所以魏徵奉旨,手提宝剑,侍卫后门,一夜无事。"七奶奶讲得麦翎子直眨眼睛。

麦翎子从祠堂回到大鱼的书屋,书屋关了门,听说大鱼发烧住院了。麦翎子听说大鱼默默地跟着她"寒食"。整整一天,大鱼也滴食未进。大鱼身体垮下来怕是由于绝食引起的。"大鱼呀大鱼,俺家寒食日有你啥事儿?"麦翎子既生气又心疼。大鱼真让麦翎子猜不透了,再也猜不透了。只有他笔记本里的"思想"们才有能力去道破真情吧。麦翎子要见大鱼,麦翎子恨不能马上飞到医院去。

麦翎子闷了一会儿,就凑在灯影里拿剪刀将一张红油纸裁得标标致致,虽说没有七奶奶剪的好看,但是,一只红纸鹤渐渐成型的时候,还蛮像样子。灯影里的红纸鹤是一副翩然欲飞的样子,剪纸鹤的方法是麦翎子跟七奶奶学的,七奶奶说红纸鹤是吉祥物祛病免灾福佑平安的。麦翎子将红纸鹤装进信袋里,然后去了乡医院。

刚刚输完液的大鱼靠着被垛写日记。麦翎子进来,大鱼就急急将日记本收起来,望着她笑着。他的面色渐渐润了红。麦翎子坐在大鱼床头,嗔怨道:"你个家伙说病就病,说好就好,别吓俺成不成?"大鱼依旧赖模赖样地笑着说:"没事儿的,黑天海里运书着凉了,发高烧了。"麦翎子看出大鱼轻松的笑里藏着沉重。麦翎子目光慵慵没心思笑:"大鱼哥,多养些日子吧,啥有命当紧?"大鱼咳了咳说:"言重了,好人无长寿,俺大鱼要祸害一千年哪!"他又大大咧咧地笑了。望着大鱼,麦翎子心里涌起异样的复杂的情感,麦翎子从兜里掏出信袋,拿出刚刚剪好的红纸鹤说:"大鱼哥,这是俺给你剪的。"大鱼眼睛亮起来,双手接过红纸鹤,愉快、温暖和激动,眼窝潮潮的了,久久才说了句:"谢谢你,翎子。"麦翎子知道它的含意哩。麦翎子红了脸补了一句:"它不仅能祛病免灾,还能给你带来好运呢。"大鱼摆摆手说:"别解释,说破了就寡味儿了。"他将纸鹤移到眼底来,饶有兴味地瞧着,努力把红纸鹤看懂,看人世情义和悲欢。护士进来送药才将大鱼惊动，他小心翼翼将红纸鹤放进贴身的衣兜里。

大鱼出院后，麦翎子就由上午班改到下午。黄昏到来的时候，天空就积了些云朵，湿湿的阴气聚在屋顶长久不肯消散，使苍灰的村巷有了一种远古的味道。傍天黑儿，老天彻底阴实了，气流沉闷燥热，麦翎子就再也懒得看书了，浑身黏黏的不舒服。正来例假的麦翎子就怕阴天，阴天时候浑身软懒酸疼。雨点子是在打雷之前到来的，很快雨就下大了，书屋前的过道被躲雨的村人踩成了稀泥。麦翎子担心大鱼了，心想大鱼刚刚出院，可别挨浇跌碰的。

麦翎子正找雨伞准备接他，就听屋外门口哧溜打滑的声响。麦翎子推开门，就看见大鱼的三马车跌在泥水里了，人和书都水涝涝的。麦翎子紧着上去拉拽大鱼，一推，推不动，大鱼就压在三马车斗里。幸亏来了躲雨的人帮忙，麦翎子才吃力地拽出大鱼，扶着大鱼摇摇晃晃地进了书屋。麦翎子将大鱼放在书垛上，回头将三马车扶起来，回来的时候，她听见扑通一声，大鱼一屁股坐在地上了。麦翎子又来扶大鱼，大鱼咧咧嘴往后挣着身子说："别，别，是俺故意挪下来的。要不将书洇湿了就坏啦。"麦翎子拿毛巾擦大鱼脸上的泥水，感觉自身也精湿了。麦翎子埋怨他说："送书用得着你吗？净帮倒忙。"大鱼嘟囔："四喜不知干啥去了，你要复习，自然俺是闲人。"麦翎子望着狼狈的大鱼叹口气说："你赶紧换衣服吧！"麦翎子将干衣服送给他，就躲在书垛后边整理书。麦翎子将大鱼屁股洇湿的几本书仔细摊平摆妥，借着灯光看，她发现这些薄本书印刷质量极差，标题也极腻味人，什么《艳窟神功》《曼娜罗曼史》《偷情季节》等等。麦翎子翻弄几页，发觉里面净是性描写，麦翎子合上书页顿觉耳热心跳了。这些书的署名是香港夏飞。怎么会是这样？

麦翎子十分气愤地将这些湿书拢到一起，抱到刚换完衣服的大鱼跟前，狠狠地一摔说："大鱼，你看看，这是啥书？你原来挣黑钱呢！俺算是看错了你，还优秀书屋呢，屁！"大鱼被麦翎子骂糊涂了，系袄扣的手停在半空说："咋啦？你又脸酸嘴硬，翻脸就不认人啦？"麦翎子重复说："你贩黄书！"大鱼被骂愣了，抓起一本翻了翻，脸上肌肉突突地跳了，骂道："他奶奶的，准是老赖干的。"麦翎子疑惑了："你真不知道？"大鱼说："俺大鱼多挣多花少挣少花，从没干过违背良心的事！你是知道的，俺住院时候让老赖直接找黄木匠拉书。

俺真的不知道啊！"麦翎子想起来了，那天老赖与黄木匠来书屋卸书，临走老赖叮嘱麦翎子这些书不要拆包，直接全部运城里，能把过去积压书都搭出去呢。麦翎子相信了大鱼，但她很紧张，问："咋办哩？大鱼？"大鱼更是不肯屈尊俯就，说："给他狗×的捅出去！不能饶了他！"麦翎子慌了，软声说："那俺们说得清吗？你与老赖一直是合作伙伴儿。"大鱼的目光委顿空洞，久久说不出话来。过了很长时间，麦翎子沉不住气了："你哑巴啦？到底咋办呢？"大鱼自顾自说："得尽快处理掉，不然俺苦苦经营的形象就完啦！你快去给老赖打电话，就说这批书限他今晚拉走，这笔款俺大鱼分文不取！不然俺就一把火烧了它！"麦翎子依然不满意，说："那么多黄书流向社会，你想过后果吗？你洁身自好，就不管别人了吗？"大鱼说："你就别生乱了，就按俺说的做！"麦翎子生气了，一甩手说："俺不管！"大鱼脸色严厉了："翎子，别任性了！你是俺的雇员，让你咋做就咋做！天塌了由俺顶着！"麦翎子就是不服软地说："你没权利逼俺做犯法的事！吃不了你这碗饭，俺立马辞职！"大鱼呆坐着，一脸晦气，慢慢地，他眼圈红了，迈着摔疼了的双腿，细麻苍蝇似的围着麦翎子转来转去。大鱼几乎是用哀求的口气说："翎子妹妹，俺大鱼求你啦！俺没别的法子，将书毁了，咱们挣的钱全搭进去都不够哇！交出去，公安来整俺们，审查你仨月，咱受得了吗？你受得了吗？只要你上大学走了，俺大鱼死猪不怕开水烫了，啥也不怕啦！"麦翎子垂下酸乏的手臂，脑里叠映着高考的日子。麦翎子再也不能失去这个季节，管他黄书黑书呢，麦翎子没说话，抓了把雨伞，晃晃着跑进黑暗的雨幕里。

麦翎子本来身子不适，又在泥泞里奔跑了一程，回到书屋已是瘫软如泥了。在村委会，麦翎子给老赖打通了电话，事情比她想象的还要糟。老赖说根本无法取书，也不知是哪儿走漏了风声，公安局、文化局出版科和工商局的人正查他呢。他说明天有可能对大鱼的"优秀书屋"进行突袭联查，晚上千万将黄书转移藏妥，等过风头就有钱赚了。回到书屋，麦翎子把情况跟大鱼一说，大鱼眯眼坐着，腮帮上有一棱肉噗噗弹跳着。麦翎子的心怦怦直跳，一绺头发在她嘴里咬断了。大鱼如热锅蚂蚁，在地上来回走动。他忽然骂了一句："老赖，你大爷！"麦翎子说："骂街有屁用，想招儿呀！"麦翎子说话声音戗人跟吵架似的。大鱼只顾咔哧咔哧挠头皮，两眼贼贼地巡视着四周，说："要么将书藏在你家小棚子里？"麦翎子开始配合了："你家和俺家都不安全！"大鱼说："藏外面又雨淋。"在幻象里寻求生存的招子图的就是那个不可知的理想。在这提心吊胆濒临绝望的一瞬间，麦翎子脑里闪现了自家那破败的祠堂。麦翎子说出想法之后，大鱼笑了："这真是个好主意哩！"后来的事实证明，麦翎子选择对了。麦翎子一直为自己偶然的妙想沾沾自喜。夜里雨势小下来，麦翎子召集四喜和几位小伙子分别将书用塑料袋包起来，悄悄运进麦家祠堂。

最后锁门的时候，麦翎子看见了祠堂的白纸门了。七奶奶在白纸门板上张贴了门神"魏徵"。在家里，魏徵当门神，通常要去做后门将军的。因为前门通常是双扇，贴配对成双的门神，如神荼、郁垒、秦叔宝和尉迟敬德，后门往往单扉，魏徵图案是单幅，贴上正好。麦家祠堂是单幅门，七奶奶选择了魏徵。魏徵被称为"独坐"，图案也是《西游记》描写魏徵守门的打扮：熟绢青巾抹额，锦袍玉带垂腰，兜风氅袖采霜飘，压赛垒、荼神貌。脚踏乌靴坐折，手持利刃凶骁。圆睁两眼四边瞧，仿佛在吼："哪个邪神敢到？"

望了半天魏徵的纸像，麦翎子有点胆寒了。魏徵是镇邪的门神，他们把黄书放进来就已经是邪了，岂能保佑他们？那不是自投罗网吗？麦翎子已经走投无路了，她朝魏徵门神烧了三炷香火，祈求魏徵显灵保佑他们平安无事。后半夜回到家里，麦翎子连湿漉漉的衣服都脱不下来，脑袋疼得厉害，低头看见湿渍渍的两个裤腿被殷红的血水浸透了，看见血当下就吓昏了。七奶奶听见麦翎子的惊叫，才慢慢走进来，把麦翎子摇醒了。七奶奶帮她脱掉湿湿的衣裳，麦翎子见了七奶奶好像有了根，她想给七奶奶跪下，说出自己在祠堂干的事情，可是，一想不行，七奶奶的白纸门是良心和正义的最高尺度，不会跟他们妥协的。七奶奶对她依旧慈祥地笑着。麦翎子害怕奶奶的笑，最后心颤了，麦翎子跑出去，到了黑暗的祠堂继续跪在魏徵像前忏悔说："魏徵门神，俺是麦翎子，俺做错了事情，您就别怪罪俺了，俺以后要痛改前非，俺永远行善积德——"麦翎子回来时，继续朝七奶奶跪着，没多久就身子一歪睡着了。七奶奶疑惑地望着她，慢慢将她弯曲的身子放平展。麦翎子在梦里喃喃地说："俺要上大学，俺要上大学！"

这件事情没有败露。书商老赖取书的那个夜晚，麦翎子和大鱼在饭馆里喝醉了酒。老赖酒量真大，满杯满瓶地喝白酒一下子将麦翎子灌醉了。大鱼也喝了一斤开外，边喝边荤素夹杂地唱野歌，唱得麦翎子心里一动一动地不好意思。老赖的手机频繁地响，响得大鱼都烦了。一抡胳膊，把酒桌上的瓶子扫下去了。老赖讪皮讪脸地笑："这狗东西真喝多啦！"麦翎子劝大鱼："别喝了，别喝了！"大鱼悠长了声腔说："俺没高。"麦翎子知道他心里积着怨恨。老赖从手提包里掏出一沓钞票递给大鱼说："大鱼，这些钱算是这回合作的酬劳！一万五千块，翎子给他点点，好哥们儿明算账嘛！"

大鱼拿起钱在眼前晃了一圈儿，喉咙里发出噢呵噢呵的怪声。忽然，他将钱往桌面一摔，变了脸："你小看俺大鱼啦！"

老赖惊讶了："你嫌少？"

大鱼扯着嗓子吼："俺不拿这鬼钱！花了这钱，俺大鱼损寿，钱都归你，喝，喝酒！"他颤颤抖抖地端起白瓷海碗与老赖一碰。

老赖笑脸变得尴尬了，劝说："你不拿钱，兄弟不喝这酒！"

大鱼憋了口气，晃晃脑袋说："你不喝，俺喝！"说着就将半碗酒干了。

麦翎子担心地望着大鱼，"你，别喝了——"

大鱼不理睬麦翎子，红着眼睛说："老赖啊，俺今天要跟你多说几句，你知道吗？为了护着你这破书，麦翎子吃了多大苦？吃苦还不算，她夜里朝着魏徵门神跪了整整一宿，是她七奶奶保佑了你，不，是七奶奶的门神保佑了你。别的不说，这是犯天条的事儿啊！俺有一句话，你小子记着，这回就这么着了，没有下回了，往后你小子再捣腾这鬼书，俺废了你！"大鱼说着，将酒碗啪地扣在自己的脑袋上，碗碎五片，酒水糅合血水顺着面孔流下来，流到脖根处，大鱼依然瞪大眼睛挺着，没去擦血，一副无所顾忌的样子。

老赖被镇住了。

麦翎子惊得不敢喘气。

麦翎子放下筷子，扑过去喊："大鱼哥——"她急忙用餐巾纸擦着大鱼脸上的血。

老赖眼神抖了，哆嗦着说："大鱼，别这样啊，我知道你狠，下回我不弄了，不弄啦!"

大鱼说:"你听见俺的话啦?这就好!"然后就将一线血酒舔进嘴里咂巴着说:"记住,你老哥横竖一身,没儿没女没老婆,可俺大鱼从不负天下人!"

老赖哆嗦着站起来,收起钱说:"他喝多了,快送回去包扎包扎!"然后扭身要走。

麦翎子双手叉腰堵住老赖,说:"赖经理,钱还是留下好!他不要俺还要呢!俺们付出了,就该拿这钱!"

老赖扔下钱,悻悻而去。

麦翎子找来汽车把大鱼送到乡卫生所包扎。包扎完了,大鱼说到书屋看看。麦翎子搀扶着大鱼回到了书屋。麦翎子发现大鱼的脑袋肿了,膀子脱了形,走了相,鱼眼也蒙眬了,蓬头鬼一样狰狞。麦翎子一边拿温水擦着他的脑袋一边哭出了声说:"你哩,哪有作践自己的?往后再别喝酒了。"大鱼感觉到麦翎子对自己的疼爱,心里暖酥酥的,眼前马上幻化出珍子的模样。珍子当年就是这样疼爱他的。他幸福地闭上眼睛,想把这种幻觉永久地留住。

麦翎子不知道大鱼在想什么,但她心里却漾动着一种情感,这便是从此敬佩大鱼的骨气!这年月,有骨气的男人不多了!

麦翎子怀着激动的心情迎来了酷热的六月。日子太快了,有些让人抓拿不住。麦翎子在九月一日的早晨去书屋与大鱼告别。

大鱼很早就起来等麦翎子呢。麦翎子看见大鱼的办公桌上摆着红纸包,这是麦翎子最后一个月的工资。大鱼今日心情挺好,脸上的阴郁之气没有了,整个脸相变得柔和生动,只有脑顶上的疤痕还没褪色。大鱼递给麦翎子一千元红包之后,笑笑说:"说走就走啦,心里挺不是滋味儿的。"眼里的泪花就扑闪开了。

麦翎子鼻子酸了,尽量不看他的眼睛说:"再见啦。大鱼哥!等俺高考完了就来看你!"她说着脸颊一片火热,眼皮儿湿了。

大鱼将脸久久埋在大掌里,没话了。

麦翎子扭转身说:"大鱼哥,多保重,俺走啦!"

大鱼说:"你等等!"然后从日记本里摸出一张存折给麦翎子,"翎子,这是俺为你存上的五万块钱,是你的奖金,拿走吧!"

麦翎子怔怔地呆愣着，没去接。麦翎子在大鱼醒酒之后就将那笔钱给他了。她分析这个存款里有老赖弄黄书的钱，问："是不是有那笔钱？"

大鱼摇头说："不对，那是一万五，这是五万！两码事，这是干净的钱！"

麦翎子想了想问："你给俺这么高的奖金？要是别人你会给吗？"

大鱼被问愣了，不动声色地瞅着麦翎子。麦翎子又碰着他的蓝眼睛了，她的身体开始发冷，冷得抖抖的："俺不要这钱。"

过了许久，大鱼说："你要不拿，俺先替你存着，户头是你麦翎子，谁也支不出来的！俺大鱼对于别人是挺抠儿的，因为你不一样！"

麦翎子问："俺为啥不一样？"

大鱼笑了笑说："因为你叫麦翎子！"

麦翎子笑了，说："这不是理由，俺七奶奶说过，外财不富穷人命，该俺的少一分不行，不该俺得的得到是祸！这几千块的工资够俺复课用的了。"

麦翎子转了身，朝大鱼摆摆手。

大鱼笑着嘟囔："这个丫头片子！"就呵呵笑了，麦翎子终于在太阳光里看到了大鱼的笑容，他笑起来的时候还真的像鱼。

大鱼望着她的背影，想了很久，自己是不是爱上她了？麦翎子感激他，但在情感上是冷漠的。尽管这样，也不能改变大鱼的决心，只能坚定他的决心。他顺应着她的精神状态爱做啥做啥，都由她去做好了，她要远离雪莲湾那是她的事。大鱼的热情是自愿的，是灵魂的需求，或许是向珍子赎他的罪吗？他怀着一种特殊的、敬重的、热烈的心情爱着麦翎子。麦翎子接受不接受这种情感毫无关系，爱她不是为自己，而是为了珍子。这样一想，大鱼心中生出一种从未经历过的欢乐和宁静，一种心平气和热爱一切的心情。

麦翎子带着书屋的气息走了。走在村巷里，麦翎子搜寻着天上的红雀，只有雪莲湾才有的红雀。日光温暖而饱满地涌进她的每一个汗毛孔，让她陡增了劲势。麦翎子不看村人的脸，更不管别人的目光。别人的赞赏和挖苦，都无碍于她。

这一次是麦兰子送她，姐姐本来找好了一辆汽车，可是早晨汽车发动机坏了。姐姐只好推着自行车走，后车架上捆着麦翎子的铺盖卷、脸盆牙缸牙刷什么的。麦翎子跟在姐姐身后默默地走,出了村口就听不见大海的涛声了,麦翎子才将行李背在身上,坐在自行车的后座上。麦兰子骑车时有些晃悠,她自从到了乡里,人已经有了官气,这是麦翎子很少跟姐姐沟通的原因。麦翎子看见麦兰子肩头颠动着刺眼的光泽。麦翎子说她想唱歌,麦兰子说不准唱。麦翎子不明白,在一个这么美好的时刻为啥独独不准她歌唱?

麦翎子高考回村不久,在服装厂门口见到了菊子。

菊子变了,变得时髦了。麦翎子与菊子相见依然是亲亲热热的。菊子身穿质地很好的白色连衣裙,在麦翎子眼前就像一团虚幻的白影。三伏天气,大海都被热天蒸得鼓鼓涌涌哈欠连天。她们在傍晚时分边说边笑来到老河口的蛤蟆滩,海风在耳边呼哨,浑身爽气许多。刚刚退潮,老河口水流得慢了,在苍黄的落霞里显得清瘦凝重。她们赤脚踩在暄软的泥滩里感到异常舒服。日头随着潮水退去老远,光亮浅弱起来。她们走累了,不由得找了一块高高的泥岗子坐下来。

红雀又露面了,滴滴答答落满老滩觅食。红雀褐色脚杆浅浅地插进泥里,小爪子用力扒着冒泡的水窝儿盲目地啄着小虾。由于雀群的提示,麦翎子环顾四周,竟有趣地发现自己和菊子又坐在了原来的泥岗子上。麦翎子转了一圈又回来了,一种淡淡的失落感缭绕在麦翎子的心间。麦翎子记得好久没看到落日了,高考前的每天时光都是那么紧迫。菊子问麦翎子:"你考得咋样?"麦翎子说:"行,考个本科没啥问题。"菊子眼睛红了:"俺相信,真羡慕你!"麦翎子问:"你呢?你咋样?"菊子不知怎么就带着自嘲的意味笑起来:"你就别问俺了,俺啥都忘了,就多个酒量,女子无才便是德啊。翎子姐,俺多句嘴你别不爱听,俺们的最终目标不是进城工作生活吗?告诉你,俺过几天就进城工作啦!这不比上大学更直接吗?说好多大学生都找不到称心的工作呢。"

麦翎子呆呆地望着菊子,觉得菊子可怜,也觉得她幸福。啥都不想的人最幸福,因为她从不失望。麦翎子淡淡一笑说:"那得先祝贺你哩。"菊子得意地笑着:"翎子,还要告诉你一个秘密,俺进城后就结婚。"她说话时从皮挎包里掏出精致漂亮的白色化妆盒不停地描眉涂口红。麦翎子好奇地瞪大眼睛问:"菊子,你有心上人啦?咋早不告诉俺?"菊子淡淡地说:"你认识的,就俺们厂长。"

麦翎子简直不敢相信自己的耳朵，讷讷地说："张士臣？你，你成了第三者？"菊子拿手拽着自己编的那种很流行的排骨辫，咯咯笑起来说："你别说得那么难听，啥第三者第四者的，反正他真心爱俺，俺也喜欢他，俺们是爱情！他在城里为俺买了房，买了车。房产在俺的名下，给他前妻两百万算协议离婚。你个书呆子，傻姐姐，是张士臣上赶着追的俺。"菊子说话声优美动听像唱歌似的。

麦翎子觉得她的声音是那么陌生，甚至有些恐怖。麦翎子望着她的眼睛说："菊子，你想过没有？张士臣比你大二十多岁呀，你想过以后的日子吗？"菊子说："啥都想了，你还老观念呢，如今城里姑娘傍大款，专找岁数大的，男人四十一朵花，四十多岁男人有种成熟美，有钱有事业，还知道疼人！有啥不好？俺劝你大学毕业后也跟俺学！"

麦翎子摇头："俺学不来，俺可没有穿金戴银的命！"菊子哪里知道，最初张士臣看中的是俺麦翎子啊！俺不愿，才轮到了你哩！她听菊子说话像听天书一样，委实失去与她谈话的兴趣。前前后后才两年的事，新生活将单纯老实的菊子冶炼成这般模样，日子太可怕了。麦翎子还想挽回点什么似的说："菊子，刚才你在跟俺开玩笑。是吧？"菊子拧眉拧眼地说："翎子姐，没开玩笑，这都是真的。等你大学毕业，分到县城，俺们又可以常见面啦，是不？"麦翎子无言以对，怔怔地看着菊子，越看心里越难受，一种很复杂的滋味自心底浸漫开来。实际上，经历高考的麦翎子也悄悄变着，前些日子，麦翎子听见菊子的话会劈头盖脸骂她一顿。现在不会了，各人有各人的活法，谁也别强求谁。这个时候，麦翎子心里难受，鼻子酸酸的要哭，为了挺住，麦翎子忽地想起金凤出嫁那天菊子吟诵的诗，《彩色的鸟，在哪里飞翔？》。麦翎子说："菊子，还记得那首诗吗？"菊子不屑地摇头说："俺再也不记得那酸了吧唧的歪诗啦！想想当初多么可笑。"麦翎子说："当初可笑？"菊子说："可笑！"就一头扑在麦翎子怀里笑了。麦翎子抱着菊子陪她最后笑一回，笑着笑着麦翎子的眼泪就扑簌簌掉下来。她心里一疼，狂放地大笑，让菊子一点儿摸不着头脑。她的笑声惊扰了觅食的红雀，红雀在黄昏时归巢了，翅膀扇动的"呱嗒"声分外地响，与村头暖融融的炊烟、淡淡的饭香交融在一起。麦翎子凝望雀群，瞧见了远处卧在泥岗子上的麦家祠堂，祠堂恰巧遮掩了不甘寂寞的落日。

菊子站起身说："翎子姐，咱们走吧。你还没看大鱼吧？"

麦翎子说："没有，俺要去麦家祠堂看看，好久没去了。"

菊子说："祠堂有啥？那俺先走啦！"

"你走吧。"麦翎子说。

菊子走了几步，回头叮嘱道："翎子,说好了，俺结婚时你给俺当伴娘啊？"

菊子喊一声就消失在河堤上了。

"当伴娘？俺这样儿的人能当伴娘吗？"麦翎子自嘲地想。

麦翎子拿钥匙打开祠堂的门，她怔怔地望了一阵儿魏徵门神像。雨水将白纸神像冲坏了一些，但是，她看魏徵门神还是威武无比。往里走去，麦翎子发现里边堆着好些书，细瞧还是那些乌七八糟的东西。麦翎子知道这阵子大鱼身体不好不进书了。这是哪儿来的书？后来想起来了，高考的时候，麦兰子姐姐告诉她，四喜辞了村里的差事，跟疙瘩爷租了麦家祠堂，四喜与老赖就勾搭上了，红红火火地当了书贩子。四喜家里缺钱，媳妇生了三胎，刚刚被乡里罚了款。他没文化，越没文化的人胆子越大。从这个角度说，麦翎子恨大鱼，是大鱼把老实憨厚的四喜害了，不仅让四喜走了邪，还让麦翎子的前途潜伏了某种不确定性。从前的好多规矩都不管用了，这世界说乱就乱，究竟什么地方出了毛病？四喜想过没有，这样干下去非惹出大祸不可。麦翎子怕得一身冷汗都湿漉漉了，万一败露，不仅搭进神圣的麦家祠堂，就连麦翎子和大鱼都跟着一勺烩了。自己就是上了大学也会被抓回来的。怎么办？怎么办？麦翎子用怯懦而恍惚的眼神寻找着，魂儿都搅散了。麦翎子慌里慌张地锁好白纸门，惴惴不安地退出祠堂，想去找大鱼讨个主意。

麦翎子急急忙忙地走下羊肠小道，在土坡底下猛抬头，竟看见大鱼坐在那里看海。望海的时候，他的面孔冷得像一块冰坨子，拿心拿血都暖不过来。大鱼没有发现麦翎子。他专注而痴迷地看海。大鱼的脸枯皱着，梭子形伤疤横在额头，眼骨窝像两口深潭。他病了，好像是心病，身体好一阵歹一阵，有生以来第一次这么疲乏，只想坐着不动，永远面对着这片海湾。麦翎子站在不远处望着大鱼，发现大鱼的手里攥着一条红头巾，那是珍子的红头巾。另一只手里拿着一张照片，谁的照片看不清。麦翎子悄悄走近大鱼，大鱼望海太专注了，根本没有发现麦翎子的到来。近了，麦翎子看清了，照片是她麦翎子的，照片上还叠着她给大鱼剪的红纸鹤。麦翎子脑袋轰地一响。

大鱼听见背后有响动，慢慢转回头，看见了麦翎子，急忙收起了头巾、照片和红纸鹤，有些慌乱地说："翎子，你回来了？考的咋样？"

麦翎子装作没看见照片，"俺刚回来，就被菊子拉到海边来了。俺正要看你去哪！"

大鱼眼眶子一抖，落下泪来说："翎子，你一定能成功！闯世界去吧，祝福你！俺真眼热啊，俺非常高看你们有追求的人，更喜欢你们有知识的人。有文化的人是有福的！"大鱼说着，眼睛就亮了。

麦翎子想跟大鱼说说四喜租麦家祠堂藏书的事情，可是，大鱼的话题总是不往上面扯。大鱼见了麦翎子好像有说不完的话："翎子，俺有好多话要跟你说，可是，见了你又是狗咬刺猬不知咋张嘴了。这么说吧，这怕是俺们的最后一面啦！"

麦翎子惊愕了，"为啥？大鱼哥？"

大鱼伤感地说："珍子没了，你又走了，俺就是有钱，还有啥活头？"

麦翎子再也抑制不住满脸的泪水，啜泣着地说："大鱼哥，你不能这样，珍子希望你活得好！俺呢，也希望你生活幸福！老天有眼呢，你是大好人……你应该幸福！你会找到像珍子那样的好女人的！"

大鱼轻轻摇着头说："不可能了，俺心里明白。俺再也走不出雪莲湾，雪莲湾除了你麦翎子，没有人真正了解俺！更没有人看得起俺！在你上学之前，在俺离开这个世界之前，俺有个请求，你能答应吗？"

麦翎子心里一热，点了点头。大鱼哽咽着说："翎子，俺对你没有非分之想，俺只是觉得你好，不仅仅因为你长得像珍子。俺把你当成自己的妹妹就知足了。你不知道，俺一直将自己当成你们麦家人。你知道，俺跟你姐是同学，年轻时暗恋过你姐，那是俺一生中最美好的时光，后来俺见到了珍子，因为珍子长得像你姐。你，你跟当时的你姐又太像了，俺简直分不开。你姐媚俗了，俺不愿看见你再重复你姐的路。俺每次见到你，就想起过去的美好，俺愿你飞，愿你幸福！你别误解俺，千万别误解俺！"他说话时精神恍惚，他的精神垮了。

麦翎子明了一切,明白了大鱼为啥偷偷过麦家的寒食日。这个时候,她却很感激他了。

麦翎子被郑州大学录取了。

马上就要开学了。麦翎子临行前,大鱼把那个存折给了麦翎子。麦翎子死活不要。大鱼的眼睛将她冰冻了一样。避开钱的问题,有一件事好像让麦翎子放心不下,就是四喜租用麦家祠堂。租祠堂没什么,根源还在四喜跟老赖勾搭在一起倒黑书、贩黄书。在魏徵门神眼皮底下干坏事,早晚像炸弹一样引爆的。大鱼似乎看出麦翎子的担心,他说了声:"你放心吧,俺来处理这件事情!"麦翎子还是有些担心:"四喜能听你的?"

"他不听也得听!"大鱼的鱼眼里闪过一束寒光,两个黑黑的鼻孔像网眼似的张了张。

当天夜里,麦家的祠堂燃起了通天大火。祠堂轰然倒塌之后,顷刻间化为灰烬。雪莲湾人望着红红的大火愣是呆傻了似的张望着——

一大早儿,麦家人都来看毁灭了的祠堂。七奶奶极为伤感,连祠堂的白纸门都化为灰烬了。疙瘩爷带来了警察勘察现场。麦兰子和麦翎子也匆匆赶来。麦兰子惊讶地惊叫:"为啥?难道是天火吗?"麦翎子没有说话,她默默地转着看着,心里啥都明白了。当天下午,就有一个外地打工的小伙子被抓走了。

麦翎子要走了,望着一扇白纸门。

麦翎子很喜欢民俗学研究,家乡的白纸门、七奶奶的门神和符咒文化,非常让她痴迷,但也让她困惑。显然它涉及民俗事象的信仰部分,具体形态复杂多姿。不管这种民俗现象对于雪莲湾渔民生活是好事还是坏事,但它的出现,它的延续,是有道理的。要从文化角度和国民心态上思考探究。七奶奶的意思是:"白纸门有镇邪的作用,也有映照灵魂和清理灵魂的功能。为了捍卫道德的纯洁性,人们必须同邪恶做斗争。"麦翎子理解的"清理灵魂"是指这样一种精神状态:生活疲沓了,日子不尽如人意了,甚至是思想停滞了,就借白纸门的威力,把这一阵子堆积在灵魂里的垃圾统统清理出去。麦翎子就想,自己灵魂里的垃圾是啥呢?奔忙中的疙瘩爷、麦兰子和大雄,他们能够清理灵魂里的垃圾吗?

看来，大鱼会的，她感觉大鱼比别人活得明白。

从大鱼对白纸门的抵触情绪里，就证明了这一点。果然让麦翎子猜着了。大鱼就是这样。一个闷热的傍晚，麦翎子在姐姐家睡了，忽然她看见楼前一张脸在路灯下望着她。是大鱼哥？大鱼在房前望着麦翎子。麦翎子只好走出来了，大鱼就轻轻一甩头，悄悄离开了，像个幽灵一样神速。麦翎子鬼使神差似的跟着大鱼到海边去了。怕有蚊虫叮咬，大鱼提前从黄木匠的泥铺里偷出了一捆艾草点燃了。没有蚊虫的叮咬，大鱼就可以望着麦翎子的眼睛说话了："翎子，俺总想跟你单独待一会儿，说说话。"

"说吧！"麦翎子依然不敢看大鱼的鲶鱼眼。

大鱼很激动。过去对麦翎子的思念，躺在床上辗转难眠，那疯狂的想象把越发妩媚的麦翎子呈现在他眼前，让他的蓝眼睛海一样膨胀。一想到离麦翎子这么近，甚至闻到了她身上的气息，他全身一阵颤抖。

"大鱼哥，这么晚了，你要找俺说什吗？"麦翎子笑着问。

麦翎子的朝气、青春和充实的生活像一股清风迎着他吹过来。不由得使大鱼痛苦和哀伤。麦翎子就要走了，大鱼心里在进行一种痛苦的活动。想的东西太多了，又没有地方倾诉，就更加使他痛苦。痛苦的时候，他的灵魂正在发生一种极其重大的变化，他的内心生活仿佛放在摇摆不定的天平上。只要一面稍加一点儿力量，就会使天平往这边或那边歪过去。他得承认，起初自己对麦翎子有了爱情，但这是"柏拉图"式的、纯粹精神上的、不涉及肉体恋爱的单相思。这样的爱情不妨碍他对珍子的怀念，反而越发鼓舞他投入新的生活。可是，大鱼的新生活在哪里？娘死了，珍子死了，连麦翎子也离他而去了。大鱼成了精神流浪汉。他想有个用武之地。雪莲湾泥岬岛的开发，村里向社会招聘人才，想来想去，大鱼主动找到了疙瘩爷，他请求村里重用他。疙瘩爷再也不是过去的疙瘩爷了，他冷冷地说："俺们招聘的是人才，你是个啥？"大鱼鼓起勇气说："俺是人才！"他给疙瘩爷背了几句格言。疙瘩爷摇了摇头："你不是！就你背的这几句，咱雪莲湾用不上。"大鱼失望了。后来，大鱼又求黄木匠跟麦兰子和大雄说情，遭到了更加严厉的拒绝。在村人的眼里，他们把他还当成一个贩私盐、作风不正的异类。大鱼要干出点名堂来证明给他们看，他又去了犯人村。

可是，犯人村关于他跟珍子的绯闻传得丑陋不堪。大鱼自卑地退了回来。大鱼哭了。他哭的时候竟然用双手狠狠地掐住了自己的脖子："大鱼，你是个没用的人，你去死吧！"大鱼背的那些格言，欺骗不了村人，更欺骗不了自己。他这才明白过来，自己对雪莲湾的憎恶，特别是对疙瘩爷、麦兰子和大雄的憎恶，其实就是对自身的憎恶。这种解剖自己的自卑心情，使他痛苦不堪。一天，大鱼把自家的白纸门扯个稀烂。还用脚在七奶奶剪好的钟馗门神像上踏了踏。随后就把自己的那些藏书一把火烧了！做完这些之后，大鱼心里格外舒服。可是，过了片刻，大鱼就胆战心惊了，他的头脑里珍子已不复存在，无论怎么追忆都不能复原珍子的模样，麦翎子的身影也不见了。这使他既惊奇又害怕。

"大鱼哥，你说话呀。不然，俺可回去睡觉了！俺明天就走了！"麦翎子耍起了小姐脾气。

大鱼从夜海里收回冷硬的目光，终于咧了咧嘴说："翎子，刚才的一刹那，俺看见了另一个海，俺成了另一个人。如果俺说的话，你听了不高兴，或是伤害了你，请你原谅，你就像你爷爷、你姐姐一样，把俺当成疯子算了！"

"你，你怎么这样说话？"麦翎子有些恼怒了。

大鱼显然受了刺激，说："你的情绪很对头，过去，你们麦家人除了你，对俺都有成见。今天和俺谈话之后，你也会的！你会恨俺的！"

麦翎子瞪圆了眼睛："那你为啥还要说？"

大鱼用脚狠狠踢了一下船板说："告诉你一个坏消息，俺把俺家的白纸门撕了，砸了！俺把那些藏书也烧了！因为俺大鱼不再相信白纸门，不再相信人，不再相信书，更不相信人的相亲相爱。俺的经历你知道，俺读的书你也知道。你是读书人，你知道书里有许多聪明、渊博的知识，可是，它们没有回答俺的问题：当今社会某些人为啥歧视另一些人？就拿你们麦家人来说吧，你们凭啥歧视俺？凭权力？凭你七奶奶的白纸门？俺他妈想不明白，想不明白啊，麦翎子，俺想请你这个麦家最高学历的人，对这个问题给俺个解释！也让俺开开眼啊！"

麦翎子气得浑身颤抖了："大鱼，闭上你的臭嘴！俺爷俺姐，他们在村里乡里当官，可能得罪你，你对他们说三道四，俺可以理解，可是，你，你不能侮辱白纸门!"

"你跟你们麦家人一样,你也看不起俺。"大鱼用大胆的、响亮的、仿佛叫嚷般的嗓音说:"你们麦家人维护白纸门的态度,就像鹞鹰嗜血!鲜血让人恶心,让人讨厌,然而鹰却喜欢吃。你们麦家人口口声声给村人做贡献,可是它的内幕是啥呢?你爷爷再也不是村人尊敬的滚冰王了,他用公款旅游,你姐姐不顾一切往上爬,你姐夫大雄仰仗你们麦家的势力,打着开发的幌子,破坏着俺们雪莲湾美丽的环境。当然了,雪莲湾人对白纸门的崇拜,对它的敬仰,虽然是愚昧的,但也有内心的理想。包括俺大鱼,都有这样的想法。乡亲们喜欢它,信仰白纸门,维护这种迷信,这都没错。错就错在,你们麦家人利用了乡亲们的这种心理,显然从中获取了力量。但是,却没有把这种力量用在该用的地方,在它的笼罩下,雪莲湾更加专制,更加愚昧!"

"你胡说!胡说!白纸门不是俺们麦家的专利,雪莲湾历来就有。只不过是俺七奶奶给弄大了,社会对你不公,你对社会有看法,发泄在白纸门上合理吗?"麦翎子对大鱼的话惊讶了。她觉得不无道理,尽管大鱼对她有恩,但是,她麦翎子毕竟是麦家人,绝不允许他侮辱麦家人。

大鱼抬头望了望天,觉得这里太压抑了,总想飞走,他多么希望自己能像鹞鹰一样长一双翅膀飞离雪莲湾啊!大鱼忽然眼前一黑,说话的声音忽然变软了:"刚才俺说的气话里,伤害了一个无辜、让俺尊敬的老人,那便是你的七奶奶。想想俺自己,想想俺的生活,想一想俺们每一天都做啥事?俺就知道,是怎样在触怒满心仁爱的七奶奶,俺们在怎样亵渎白纸门?俺的灵魂不敢面对白纸门,因为俺的灵魂里有极其肮脏的东西!比如说,俺对待珍子,是多么无情、自私!比如,俺对待你们麦家祠堂,俺一把火烧了它。眼睁睁看着一个打工的外地民工顶了罪。俺为啥没敢站出来?俺他妈懦弱啊!俺战胜不了自己了,俺再也不是堵豁口的英雄大鱼了!你爷爷,你姐姐,还有该死的大雄,他们看不起俺是对的!认识了你麦翎子,原本想俺能够得到拯救。谁知,俺错了,俺认命了,俺永远不能得到宽恕,俺不可能有出路,不可能得到拯救,俺有一种预感,整个雪莲湾注定要灭亡的,灭亡!"大鱼吼着,痛苦得难以忍受,竟用双手抱着脑袋,想把它从肩头拔下来在地上摔个粉碎。

"要灭亡,你自己去灭亡吧!你以为你是谁?你是罗丹?你是尼采?你是托尔斯泰?你是上帝?你啥也不是!俺再也不想见到你!"麦翎子使劲吼了一通,倔倔地走了。

大鱼一动没动。这是他预料之中的。

走了几步,麦翎子忽然停住脚,回望了大鱼一眼,挺起胸脯,张开肺部,久久地用力呼吸着雪莲湾的海风来平息愤怒。

黑暗中,大鱼再一次鸟瞰海水,心痛如割,深知摆在自己眼前的将是一场诀别。他与麦翎子的诀别!

第二天上午,日头升到房顶了,房顶的红雀渐渐稠密起来,满眼一片碎红。麦翎子看见姐夫大雄来了,大雄给麦翎子塞了一个红包:"这是一万块钱,你姐俺俩的一点儿心意,留着到学校用吧!"麦翎子接了钱,道了谢。大雄继续说:"翎子,好好学,你姐夫的拆船厂急需人才啊!将来回来给俺们挑大梁!"麦翎子笑了笑,意思是说,"俺既然走出去了,还回来吗?"她背起行李和大书包就往外走。麦兰子和七奶奶回来了。麦兰子让大雄的汽车送麦翎子去汽车站。大雄嗯了一声站起来。麦翎子搂着七奶奶亲了又亲,眼里终于潮湿起来:"奶奶,祝您长寿啊!"七奶奶笑着点头,双手抓着麦翎子的肩膀:"让奶奶再瞧瞧。"麦翎子甜甜地笑了。麦兰子想了想说:"不早了,大雄送你去县城火车站吧。"麦翎子说:"好啊!再见姐姐!不,再见麦乡长!"麦兰子瞪了她一眼:"到了那里,常给家里打电话。"麦翎子应了一声,上了姐夫大雄的别克汽车。

汽车缓缓驶离了小村,拐下河堤的一刹那,麦翎子透过蒙眬的泪眼,望见海滩上织网的村姑,她们的花头巾在轻风中弯曲颤动,淌着汗水的胳膊在晃动。她还瞥见了白蘑菇似的小书屋,永远叫她动情和依恋的雪莲湾啊!她心腔一热,眼泪就下来了。"大鱼哥啊,你干啥呢?尽管发生了昨天的不愉快,俺也应该好好感激你哩!俺麦翎子走后,你应该振作起来,你应该得到幸福!"麦翎子心里默默说着。人这一生,终究要结识很多人,只是有些被忘记了,有些,却被刻进骨头里了。大鱼恐怕就属于后者吧?

其实,此时此刻,大鱼默默地追踪着麦翎子的身影,躲在黄木匠的泥铺外偷偷向村路张望着——

快到县城的时候,天都黑下来了。快到火车站时,大雄的手机响了,是合作伙伴白剑雄打来的。大雄说:"翎子,俺有急事。把你放到车站姐夫就不陪你了。"麦翎子背起行李毫不犹豫地下了车,走到汽车如流的街道上,麦翎子发觉自己有一种从没有过的轻松,夜色渐渐浓稠起来,夜风将麦翎子的长发高高吹扬起来。不远处,城市的灯影涂抹出浓浓的韵味,城市的噪声又在夜光的搅拌中浮起,五花八门的商店、饭店、发廊都十分清晰地走到麦翎子眼前来了。她眼睛一热。

麦翎子双唇颤动。可城市听不见她倾诉。

其实,麦翎子要去的那个城市还很遥远,要坐上一天一夜的火车。可是,麦翎子是从雪莲湾来的,渔民的后代,渔民从不把遥远看成遥远……

柴门草户

禁捕期还没来，船就稀了。

天将黑未黑，坦坦荡荡的雪莲湾润着无边的黛蓝。嗨哟嗨哟的拢船号子悠悠不绝，缠得懒懒的红日头在远滩上一滚一滚的。日光在水波里一阵阵弯曲、模糊，最后在遥遥悠长的钝吼声里恹恹地跌落下去了。于是，天就黑定了。逼出一溜儿桅灯幽幽地睁了眼。黄木匠佝偻着老腰，颤巍巍地捉一盏桅灯，在泥岗子上站了很久了。吼风了，风头子赶寸劲儿扑打得老人两眼生疼。

海风阵阵，褐灰色老浊的浪头子呜呜溅溅邪法儿地涌。雾浓浓的，抓来挠去也翻不出啥个花样来，黏在黄木匠周围扑脸儿地折腾。透过桅灯洇出的一扇光团，他切切地盯住远海。远海苍灰，看不真切。海流像脐带似的在他眼前飘飘悠悠忽隐忽现，使老人感到大海的原始和神秘。黄木匠浑浊了的目光一截一截地探远，渐渐就影影绰绰地瞧见了西海滩明晃晃的灯塔和一座座的老坟。坟顶渐渐塌陷，细看，恍惚就是抛了锚的大船，老人将桅灯举过头顶，划一道亮线，牵着老人沉甸甸的心思遥遥走远。他呆定定地朝大船坟好一阵子张望，很沉地叹口气。他总觉得要出啥事。滩上人都散尽，显得哑静了。

驴槽子模样的舢板船摇来了。

"二雄，二雄！"黄木匠眼眶子抖抖地叫起来。儿子二雄的驴槽子船一拱一拱地拢滩了，像被浪头咬瘪了，飘忽的划水声泣泣诉诉地拂来。小船顶了滩，露出二雄青光光的葫芦头。二雄一蹶一蹶地收拾好木匠家什，放出那漏风跑气的破锣嗓儿："爹，您五迷三道的干啥来啦？"

黄木匠黑下脸："揽住造船的大活儿啦？"

"揽个屁，人家不认咱黄家船！"

"零散活儿也没有？"

二雄叹一声，骂："他奶奶的，船都稀了，还挣个鸟钱！"

黄木匠痴眉呆眼地愣住了。他的脸色灰灰的，像是脸皮被人撕了去。揽不到大活，还不如守海心里清静。他慢慢跌坐在泥岗上拴锚绳的木橛上，木橛也潮潮的。桅灯歪在老人脚下。老人将烟斗伸进烟口袋里抠着，装满烟锅叼嘴里发狠地猛吸一口，紧锁眉头，死死闭住两眼啥也不想看，嘴里嘟囔着："你哥那吃人饭不屙人屎的混犊子，都是他鼓动着造船！船厂开了，他又没影儿啦！非要搞啥拆船厂！有他小子哭的那天！"二雄望了望海说："爹，俺就是不去拆船厂，您这儿没活，俺可还回城里打工了。"

黄木匠没有吭声。他走到一艘倒扣着的木船上坐下来，煞下腰勾下头，啥也不看。老人闭住眼，黑红的老脸上沉默着一团神圣的慈祥。本来该是拧出花来的风光日子，咋就这么别扭呢？人们疯了，世道变了，海也捉摸不透了。黄木匠一想起造船就激动，可是眼下没这个景。因为海坏了，近海没有鱼蟹了，木船的市场就不行了。跟他学造船的两个儿子，大雄和二雄也都另谋生路了！

这时的西北天呼啦啦扯来一块墨云，将天空遮得严严实实，野滩像是沉进三更天。天也不遂人愿，年景怕指望不上了。黄木匠最初是喜欢大儿子大雄的，在他身上没少花心血。老人承认大雄的造船手艺远远超过老子了。大雄超过老子的不仅仅是木匠活，而且大雄的闯海技艺，是黄木匠一辈子都学不来的。不知为啥，那狗杂种惑了本性，飘飘然入了邪门。在媳妇麦兰子进了乡政府之后，自己也不安分了，由麦兰子搭桥牵线，当上了拆船厂厂长，与村里联营，成了村办企业。眼看着造船厂没了帮手，还是二雄心疼爹，从城里回来了，跟爹干些零散的木匠活儿。黄木匠是放不下老脸去揽活儿。二雄在沿线渔村揽来了活儿他就去干。造了一辈子船了，黄木匠不少钱花，满可以海吃海喝，优哉游哉地打发日子了。都七十多岁的人了，死了还能带了去？就这轻贱劳顿命，不造黄家船他心里就难受。看着爹的样子，二雄说："爹，你老别这样！活儿还是有的……"

黄木匠缓缓抬了头："啥活儿？是造船吧？"

二雄嘿嘿笑着，没回嘴，一时竟忠厚起来。

黄木匠似乎从儿子的傻样上寻到了自信的依据，急赤白脸地追问："快说，你个兔崽子，逗你爹来啦？"

二雄吭哧半天说："不是造船，是……咱村老曹家造一口棺材……"

"造棺材？不干，不体面！"黄木匠没有精神儿。

"爹，啥体面不体面，赚钱就行呗！"二雄说。

"混账，丢俺黄家的脸！"黄木匠早喘成一块儿了。

"咔啦"一个响雷，在头顶嘭嘭炸开，沉闷的老滩就变得不安分了。黄木匠颇懂一些天象，有雨，夜里还将卷一回大潮。老人在麻麻瘩瘩的黑泥滩上走了一阵儿，忽地想起什么事来，就收了脚，扭头喊二雄。二雄颠儿颠儿地紧跟上来，黄木匠一脸晦气，骂了一句："你哥那混犊子，又……唉！"老人说了半截儿话，又将那股怨气吞回肚里，涌到肠子里的咕咕声也能听到，二雄追问："爹，俺哥又咋啦？"黄木匠叹一声，嘴角撇了又撇说："那杂种，专门跟俺作对，要操持啥拆船厂，还配了个城里的女秘书！弄得麦兰子跟他吵架，咱黄家的脸，都让他丢尽啦！"二雄顿时黑了脸相，骂一句："官不大，谱不小，他要敢对不住兰子大嫂，看俺撕不烂他！"他呼呼喘粗气。黄木匠扭头朝老河口的海塌子怅怅张望一阵儿，说："兰子是咱黄家的好媳妇，好强啊！没有老麦家给咱托着，咱黄家在雪莲湾能有今天的威风？"二雄听着点头。黄木匠说："天不好，咱们回家吧！"二雄醒过神儿来，想着媳妇葛翠花还找他有事，就跟着爹走了。

满天的豆儿雨下野了。

黄木匠回到自家大瓦房，他不住正房，宁可让宽敞明亮的房间空着，还住那间残破的小耳房里。他说："还是住俺那柴门草户舒服。""柴门草户"与高门大户、朱门彤扉相反衬的。这是社会等级的标志，是贫贱者的标志。这样的门脸，不起楼，不列戟，门左无阀，门右无阅，平头百姓以此为居，以此为乐。比如在《晋书儒林传》里面，就有这样的记载："清贞守道，抗志柴门"。柴门，被作为一种符号，代表着品行情操，高风亮节。黄木匠就有这样高尚的品行。

黄木匠换去精湿的衣服，弓腰撅腚地抱来干苇草，蹲在灶台旁煮小米粥。

这时候，就依稀听见海上起潮了，老脸就阴住，从窗里探出头去，愣是呆傻了似的朝远海好一阵张望。吞天吞地的大潮整整吼了一宿。黄木匠一宿没合眼皮，拧着眉头子，心小把儿攥着，不动声色地听潮儿。有年头儿了，一闹大潮老人就怕祖上老坟被连锅端去。黄家老坟的荣耀说头多了，不仅仅是坟哩。天一擦亮儿，老人就跟贼撵似的，慌慌失失地去西海滩上看坟。潮是退了，远远瞧见坟头被咬了个黑洞洞的豁子。唉，这鬼日子又犯啥忌了？挤对出五花八门的邪路事，活活叫人不安生。他急三火四地去了村东头的二雄家。"二雄，二雄！你给俺出来！"

二雄像头倦驴，懒洋洋地蹭出门来，边穿袄边嘟囔："爹，您老又是犯啥神经啊？"

"祖坟叫潮冲塌啦，咱得添坟去！"

"这不，又赶乱！空坟头有啥好添的？"

黄木匠火了，骂："混账，不准瞎咧咧！"

"行行行，俺不咧咧啦！你也别生气，气个好歹，俺去哪找人见人爱的老爹呀！"二雄打着长长的哈欠。黄木匠瞪他一眼："兔崽子，少给俺贫！去，叫你哥来！"

二雄强忍着一肚子的气，尽量用平和的语气说："哎，人家大厂长牛哄哄的，能来添坟？"

"不来？他敢，俺撕不烂他！"

二雄仰脸打了个喷嚏，颠颠儿去了。

黄木匠叹了一声，悻悻地回了自己的柴门草户。

船王

半夜里,风暴潮袭击雪莲湾的时候,大雄正在捧着一本《拆船工艺》的书看着。媳妇麦兰子正在伏案写一份材料。听见风声,听见潮吼,麦兰子就盯住大雄:"好像是风暴潮来了,你们厂里没啥事儿吧?"大雄脸上积满厚厚的乌云,披上衣服急煎煎地跑下小楼,然后就急急上楼说:"兰子,天不好,俺得去厂里看看。"然后就下楼走了。到了拆船厂,大雄叫起保卫科和办公室人员:"带上盒子和苫布,都去码头!"别人问都问不及,匆匆涌涌地奔海滩去了。

雷电撒野,潮水倾泼。天变黄了,变浑了,潮水呜呜地漫上大堤。狂风将滩上的老船和泥铺子摧残得七扭八歪,一些拉绳嘣嘣地断了,有几片窝棚顶呼啦啦飞上了天。闪电一明一灭,在大雄威严赤红的罗汉脸上映出不祥的兆头,他蹙着眉头,脸子寡白,悬胆鼻一抽一抽地,大眼骨碌乱转。他不说话,只埋头急急地走。旁边有工人问他:"黄厂长,俺们去哪儿?"大雄没好气地骂:"兔崽子,不知道码头上泊着咱厂新买来的'玛丽娜号'货轮吗?"那工人不服气地犟:"咱是拆船厂,还怕浪头咬碎了吗?那倒省了拆啦!"大雄扭脸瞪了那工人一眼:"你懂个鸟儿,这船还有四个月的适航期,俺还得给它派上用场!"工人懂了,他知道黄大雄厂长满脑袋都是搂钱的招子。"玛丽娜号"在雪莲湾拢滩以来,白剑雄几次催大雄开工,可是,大雄看见资料了。这艘旧货轮还有四个月的适航期,他就在这四个月里琢磨开了。他要运一次货物,再他娘的赚一回运费。说不定趟开路子,将来开远洋运输。听说香港大船王董浩云和包玉刚就是这么发家的。他让技术员江雪敏赶紧收集这两位船王的相关资料,大雄要当雪莲湾第一个船王。

　　海疯了，潮就邪性。高楼一样笨壮的"玛丽娜号"愣是被摧得歪歪扭扭地走了相，像驴打蹄一忾一忾的。大雄指挥众人吃力地爬上船去，自己的腰像针扎似的疼了一下。狗×的，怕是腰椎间盘突出的老病又犯了。他抓住舷梯栏杆，倚了一会儿，就有高高的浪头爬上来拍湿了他的衣服。满是泥腥气的海水哗哗地流，在他眼前结成一片宽阔薄亮的水帘子。一道道雷闪劈天裂地，他借着闪电的光亮，瞧见盈盈的满舱水了。

　　"去几个人到舱里淘水，来几个扯苫布！"大雄忍着疼痛，胡噜胡噜水涝涝的脑袋喊。

　　人们照他的吩咐去干了，一时间，满船板子激起噼噼啪啪的声响。大雄将腰眼儿狠狠顶住铁栏杆，直杵杵地挺了片刻，缓过劲儿来，就晃着手电吆喝着，指挥人们盖苫布。他用一双青筋突跳的大手抠紧一捆没打开的苫布，左臂一横一滑，身子一扭一耸，沉沉的苫布团子抛上了肩，一点儿一点儿站起来，腰板骨咯嘣咯嘣一阵轻响。他一咬牙，"哇——"的一声吼，就将苫布团子抛向舱顶上拧铁丝的小伙子。

　　"黄厂长，俺们干吧，你坐镇就够啦！"小伙子不落忍地喊。

　　一阵紧忙活，七八顶苫布就像狗皮膏药贴在迎潮的"玛丽娜号"船体上。潮水被遮遮拦拦的，软多了。大雄咧开瓢儿似的嘴巴笑了，人们从他的笑里还能看出当年闯海的痕迹。他忘了腰疼，又闪闪跌跌地钻进舱子里淘水去了。舱水很凉。他望着舱里没脚脖子的浊水，心里就急。这船就要运水泥了，眼下的残水得尽快清尽。他像一只硕大笨拙的老熊，抓起一个脏兮兮的破盆子，哐叽哐叽地向舱外淘水。这场面忽然让他想起他与麦兰子婚后的情景。他买了雪莲湾首部私家轿车，轿车被水淹了，他撅着屁股淘水。今天也是淘水，他淘得昏天黑地了，忽地腰骨一响，双膝一软，就跌水里了，惶惶地疼出满头冷汗。"黄厂长，你快歇歇吧！"工人们围过来，慢慢将他拖起来。大雄喘喘地坐在一个油桶上，吼："甭管俺，死不了，快淘快淘，淘完点上渔火，烤干每个舱子！"他就坐着，跟吵架似的嚷，嚷出去心里就能落个踏实。后来，他不嚷了，冻得哆嗦成一团了。工人们感动了，都淘疯了。舱水清尽，炭火在舱里点燃的时候，天快亮了。大雄将工人们打发回去休息，并说每人加奖金。他只留下两个人看守炭火。工人们要背他走，他笑着摆摆手，意思是烤烤火，他胳膊呈弧状，虾着身，木木地烤火，很快就暖遍全身了，觉得腰也好受了，就又挪到空油桶上坐着吸烟，目光也从舱口里探出去。

风暴潮退去了，海滩一片驳杂，满目凄惶，鸥鸟呱呱叫着又滴滴答答满老滩。天光粉淡，涛声稀薄下来。黎明的海滩在大雄眼里拉出一条飘飘忽忽的蓝带子，仅一闪，就带着远离母体的阵痛和眷恋不可逆转地消失了……

村舍摇出炊烟来。

大雄就是这样一回回不动声色地回望家园。

这个时候，大雄看见江雪敏朝他走过来了。建厂的时候，大雄从珠海高薪聘来了女技术员江雪敏。她是珠海腾龙贸易公司经理白剑雄的表妹，船舶技校毕业的，一个三十多岁的独身女人。她脾气很怪，却生得很美。鹅蛋脸，大眼睛，弯眉毛，高乳圆臀，气质洒脱，有点像俄罗斯女人。不知怎的，她对大雄挺好。他闹不清她是啥心思，有日子了，他看见她就心慌。这个洋女人跟麦兰子不是一个味道。她在他眼里终日罩着清凌凌的仙气，举手投足都撩起他十足的渴望。有时他很自卑，是她一个迷人的微笑又使他恢复了信心，她的倩影每时每刻都灿烂着他奔忙苦乏的日子。他觉得一下子年轻了许多。他整夜整夜泡在她的宿舍里跟她学技术，她不烦他，她似乎感受到了北方男子汉的魅力。建厂那阵儿，她就来了，她跟他野泥岗子上鏖战，总是默默地干，没啥怨言。大雄忘不了，一天夜里他病了，在工地的草棚子里发高烧，都劝他去乡卫生站。工地离不开他，他咬牙挺着，腰病又来赶乱，他就跪着研究图纸，满身淌汗。麦兰子不在身边，就是在身边，这个娘儿们眼下比他大雄还忙。江雪敏既当技术员又是女秘书，日夜守护他照料他。那年除夕夜，大雄离不开工地，她为他包馄饨。他端着馄饨碗，定定地瞧着这个南方妹子，眼眶子一抖，就落下泪来，和着泪，一口馄饨一口冷风地灌进肚里，江雪敏一咧嘴巴，大雄就豪迈地笑了。

大雄委实弄不明白，自己真是个情种，自己是怎么喜欢上这个南方妹子的？心里不能跟麦兰子说的话，跟这个女人可以尽情地说。她反过来点拨他的时候，让他大雄开了天窗一样。这也许就是所谓的红颜知己吧？有时候，他陷入一种憧憬什么的状态中。今天他才懂了,好女人能够刺激男人的野心,同时还能抚平男人心中的伤痕。他默默地问自己:你小子是不是爱上这个南方女人了?不行啊,这是一个可怕的信号:麦兰子不好惹啊,麦家在雪莲湾的势力是他抗不过去的。再说了,他还爱着麦兰子。

江雪敏将一件棉大衣披在他身上,就扭过头来。

江雪敏十分娴静地站在他身后,一个甜蜜爽人的角色。

大雄憨憨笑着。

江雪敏嗔怨道:"你这是丢了西瓜捡芝麻!"

大雄问:"出啥事儿啦?"

"昨夜里,厂里的钢板被盗啦!"她说。

大雄没惊没怒,问:"丢了多少?"

"北边那一垛都丢啦!"江雪敏说。

"他奶奶的!"大雄静水似的心骤然疯跳了,霍地站起来,"祸起萧墙,准他妈窝里人干的!"

"你就那么自信?"她说。

"当然,偷风不偷雨,现场一看,俺就能猜个八九不离十!"大雄说着,非常吃力地走下船来。江雪敏悄悄跟在他身后,轻轻地问:"报案吗?"

大雄没有说话,脸色晦暗。走着走着,他伸开双臂,打了个哈欠。凉凉的带有泥腥味儿的海风灌进他喉咙里去了。日头出来得很慢,浅淡的光晕涂在他的脸上。大雄脸上的晦气很快就被不远处虾池子旁荡来的海风拂去了。他站定,朝那边望望,一片一片的虾池都被风暴潮冲坏了。疙瘩爷陪着乡里干部视察灾情。有的虾农在跟疙瘩爷哭诉。大雄心里一紧,脸色异常僵硬,没有来由地笑了笑。江雪敏观察着大雄的表情,一时摸不着头脑,问:"人家遭了灾,你还笑!"大雄胸有成竹地说:"俺会让他们由哭变笑的!"她疑疑惑惑地望着他。黄大雄继续说:"俺们拆船厂为全村的所有虾农都上了保险,他们还不知道,老是对俺们的拆船厂说三道四,这回该尝到甜头儿啦!"她也笑了,轻轻地说:"你还不快去告诉他们?"大雄城府很深地说,"不,这不是时候,先让他们哭个够吧!"她笑着骂他:"你整个一个蔫儿坏!"大雄嘿嘿地笑着。疙瘩爷扭头问了问拆船厂的情况，大雄说："没问题，麦支书。"疙瘩爷扭头继续跟虾农说话。大雄和江雪敏一路飞快地走了。远远地，他们就看见工厂和前面的那块空地了。空地的西侧，就是黄木匠的造船厂。大雄心里一热。他太熟悉这片土地了，造船拆船都在这块地埝上折腾，显然造船大势已去，拆船方兴未艾。泼了霞色的泥滩上的根根脉脉，他似乎都看得见。那里叠印着他家几代船师的足印。空气里充斥着的陌生的铁锈味儿，冲走了蛮荒的鲜气。

工厂的横空出世，搅乱了渔人古朴沉静的日子。它吸来了雪莲湾许多姑娘小伙子们的魂儿。他们在这里劳动，恋爱……

大雄默默地看着，跟丢了魂似的。来来往往下夜班的工人们与他擦肩而过，恭敬地朝他打招呼。他回应着，大步进厂，他朝被盗地点走去。他沿白色石灰线默默溜达一阵儿，问了问情况，就独自回宿舍去了。他呆呆地斜靠在床上吸烟，似乎有一个破案计划在他心里运筹好了。门一响，二雄虎虎地进来。他笑笑说："二弟，有事吗？"他笑得憨态可掬。

二雄冷着脸子，气哼哼地说："大哥，是爹叫俺来找你的！俺先问你一句，这阵子你总也不回家，俺、爹还有嫂子在你眼里是不是都死光啦？"

大雄倦倦的，脸色蜡黄，额头冒汗了："二雄，啥话，吃错药了啊？"

二雄沉着脸子看他："第一，爹说了，你得常回家看看！"

"还有呢？"大雄问。

二雄说："爹叫你回去添坟！"

大雄说："第一件事儿，俺做不到，俺新上了'玛丽娜号'货轮，要搞远洋运输。至于添坟嘛，俺在货轮上累了一宿，厂里又被盗，实在脱不开身。俺派个工人随你去，替俺尽了孝心，行吗？"

二雄火了："你跟俺耍大老板气派呢？你回家自己跟爹说！"

"俺就让你说！"大雄硬硬地说。

"俺想揍你！"二雄就要动手了。

大雄派头十足地站起身，一拍桌子，吼道："在俺的工厂，不准你犯浑！你要是敢动手，俺照样让保安抓走你，你信不信？"

不知怎的，在关键时刻，大雄的威势竟让二雄发怵了。在哥的面前，他竟忽地感觉自己是个小角色。二雄忽地打了个转儿,"呸!"一声,摔了门,悻悻而去。

二雄气哼哼地走出楼道口时,日头爬高了。他夹在出出进进的工人中间,平常极了,没人留意他。二雄想,这工厂办公楼下的地基,过去曾是黄家造船竖旗杆的地方。变化真快啊,现在一点儿过去的模样都没有了。

二雄的眉心竖起几道直直的棱子,伸着干丝瓜似的脖子,狠狠唾了口:"呸!骑葫芦过河充大蛋呢!"

红腰带

黄木匠翻箱倒柜找两样东西：红腰带和毡帽头。

那是从先人手里传下来的，摆开阵势造船的时候，他都带着。老人常年束着那条红布条子腰带，带儿上的红已褪尽，成了黑腻腻的布条子。灰乌乌的毡帽头，风化了似的，仿佛抓一把就要灰散。

日子久远了，那时黄木匠还小。爹娘叫他小柱子。中原家乡发大水，爹用独轮车推着他跟随族人逃荒。在这次迫不得已的大迁徙中，他们伴随老祖走了八十八天，大水卷走了一半族人的生命。他们蒙头蒙脑地走进冀东平原的一片无边无际的大草泊里了。像遇了鬼打墙，老祖实在走不动了，这个威震中原的木匠世家就这么完了吗？老祖不甘心呢。黄昏的时候，老祖泥塑木雕般地呆坐着，周围跪着三支儿族人。小柱子不知出啥事，他随爹娘朝老祖跪着。他们都盼望老祖能在最后一刻，给他们指出一条生路。然而无论怎样磕头、磕拜和祈唱，老祖也不睁一下眼。老祖寡白的脸像一团揉皱的火纸，十分清晰地显出一条红涨透熟的血脉，血脉风干了似的绷紧。在夕阳落下的最后一刻，老祖缓缓伸出枯手从身边的纸盒子里拿出三个毡帽头和常年系在老祖腰间的已断成三截的红腰带。老祖干的嘴角嚅动了一会儿，族人们跪着，对天盟誓：从此以后，不管走到哪里，凡有这两样物件的，就是族人的血脉！发誓要一代一代传下去，老祖一声长吼，就直挺挺地倒下去了。族人们大哭，匍匐在地，轮着去吻老祖血脉的印痕。黎明到来的时候，三支人奔三个方向去了。小柱子跟着爹娘，携着吉祥的毡帽头和红腰带，一步一步向南走了。在遮天蔽日的芦苇荡里，他们像野兽一样瞎撞,独轮车上仅有一把老锯、一把刨子和一把板斧。昏天黑地挣扎了七天七夜,他们终于听到潮音了。从此,他们这支儿就在雪莲湾安营扎寨了。

造船!黄家的槽子船威震雪莲湾了。

爹成了赫赫有名的黄大船师,跟爹造船的小柱子随着一天一天长大,手艺也很精到了。大船师的故事遍地走。爹总是谆谆告诫,黄家船同人一样正。爹戴毡帽造船的样子,他永远忘不了。爹的心野着呢,发誓黄家船一定要闯进白令海。那是从先人手里传下来的,过去摆开阵势造船的时候,黄木匠都带着。老人常年束着那条经布条子腰带,带上的红已褪尽,成了黑腻腻布条子,但这是避邪的好物件。在民间习俗中,强调红的作用,于是民俗中就有了一个名目:"偷红"。灰乌乌的毡帽头,风化了似的,仿佛抓一把就要灰散,可老人一直戴着它。他藏着毡帽头,帽檐儿里零零散散地插一溜儿自己卷的喇叭筒烟。烟是土黄色的,烧纸裹的。天热了,老人就将毡帽挂在白茬儿木板上,高高地晃荡着。即使老人去撒尿了,儿子和徒弟们见了毡帽会说:"爹在呢!师傅呢!"于是他们的活儿就细了。在许多个平平常常的黄昏,黄木匠回到村口总是要默立一阵子,像是歇脚,又像是表示点什么。老人头顶洒满霞辉的毡帽头,就引来老老少少村人的敬意。"黄大船师回来啦!"村人叫着,端出蓝色花纹的粗瓷大碗忙不迭地向老人敬酒。

红腰带和毡帽头都找出来的时候,黄木匠发出哑哑的咳嗽声,激动得心里鼓鼓涌涌,老脸放出豪光来。老人哆哆嗦嗦地系上红腰带,又拿鸡毛掸子扫去毡帽上的灰尘,就很庄严地戴在秃顶的头上了,颤颤地颠出耳房。黄木匠直杵杵地站在门口的歪脖子老槐树下,等着回来添坟的儿子们。秋熟的日子很缓。狗叫了两声,钻了。猪又"嗷嗷"嚎起来,漫来一股发酵饲料的酸涩味儿,花母鸡咯咯叫着在老人脚下钻来钻去。日光洒下来,透过被风摇动的树伞,漏一地碎碎的影儿,老人眼迷离了,有点头晕,慢慢扶着满是疖疤的树干,坐下来。来来往往的村人,见黄木匠的样子很想笑一笑,觉得老人挺滑稽挺好玩儿的。

"黄木匠,又去造船呐?"

"不,去岛上添坟!"黄木匠很虔诚地说。

"嘻嘻嘻,这年头天都塌啦,还添坟呢,真好玩儿!"那人晃晃着走了,好像在嘲弄着老人日子的狼狈。

"呸！狗娘养的！"黄木匠雷公似的一脸怒容。看着老人冷了脸子，来往的村人再也没人搭理他了。这世道，黄木匠觉得连骂句街也累得很。于是，老人闷下来，煞下腰，低下头，啥也不看啥也不说了。

黄木匠闭住眼，喘息阵阵发紧，抬起衫袖擦擦眼睛，又怨起两个儿子来：这二杂种不争气，大杂种一门心思想赚大钱。钱都把人逼疯了！

"爹，你老进屋歇着吧！俺去添坟！"二雄推着车子站在门口。

黄木匠心凉了半截儿，愣眼问："看见你哥啦？"

二雄怨气十足地说："您老就别指望他啦！俺看他比疙瘩爷还忙。"黄木匠缓缓站起身来，叹一声说："二雄，带上两把锹，咱们走！"二雄乖乖地去了。他们走到村口，碰见了麦兰子。

麦兰子从一辆汽车里走下来问："爹，二雄，你们这是干啥去啊？"

黄木匠望了望麦兰子，没有来得及张嘴，二雄抢先说："昨夜祖坟被冲坏了，俺们这是去添坟。"

"大雄咋没来？"麦兰子问。

黄木匠叹道："二雄叫他了，他说忙，忙就忙吧！"

麦兰子想了想说："那俺跟你们去！"

黄木匠心腔一热，连连摆手说："不用了，你也忙啊！俺爷俩能行。"

"俺一定得去，就算替大雄尽孝。"麦兰子说。

黄木匠感动了，眼眶立即红了，泪水往里聚着。老人慢慢把眼闭上，庄重地叮嘱一句："二雄，走你爷留下的脉线！记住啦？"

"记住啦。"二雄说。

黄木匠神神怪怪地唤道："家脉血脉海脉，脉脉相通——"

之后，黄木匠不说话了，静听一种声音。

沉船

天不开脸儿,焐雨呢。一连好几天了,雨也不麻溜儿地飘下来,空气黏黏糊糊的,将村里村外的景景物物遮得惨淡丑陋。大雄从城里办事回来的时候,天就黑了。他在厂食堂里吃饭时,厂里同志反映,需要旧钢板的用户几次来电催货,逾期对方按合同罚款,而且公安局和乡派出所的人对偷盗还没查出眉目来。大雄吃不下饭了,怏怏的,脸上很愁。查不出来,那些狗×的贼胆子就更壮了。

大雄悒怔怔地吸了一阵烟,问厂里人:"保险公司的补偿款项弄好了没有?"厂里人说:"弄好了,就等你见疙瘩爷了。"大雄站起身,脸色跟天气一样晦暗,说:"让保险公司的两位同志跟俺走!"他吃了半截子饭就去村里了。大雄径直走到村里的那棵歪脖子老树下,狠狠地敲起那口生了锈的大钟。他敲得狠重,像铆船钉似的,小村里立时充满了哐哐当当的闹响。两位保险公司的同志不知道,疙瘩爷给村里定了个规矩,一般事情都用"喇叭",不是极特殊的事儿不能敲钟,钟声一响,村里就出大事了。

果然,街巷里马上就骚动起来。

村人们好奇地一拨儿一拨儿往老树下拥来。大雄拉亮树旁电线杆的街灯,村人的脸相就很清晰地进入他的视线了。疙瘩爷慌慌地奔了来。春花和麦兰子听见钟声也来了。大雄将疙瘩爷拉到一边悄悄咬了一阵耳朵,疙瘩爷知道是咋回事儿才松了口气,然后舞着胳膊地喊:"不是坏事,天大的好事儿,每家男人都得来,不来的轮不上啊!"有一袋烟的时间,人们就渐渐齐了,连一些孩子也在人群里钻来钻去。大雄不动声色地望着黑压压的人群,很厚的人脸一层层叠着,都满脸疑惑地巴望着。疙瘩爷说:"今儿个是拆船厂里的事,俺就退二线,由黄厂长讲!"疙瘩爷话音没落,下边就"嗡嗡"起来,他们猜定是厂里丢钢的事,不然咋会有"大盖帽"压阵呢。村人分不清"大盖帽"是哪一路。大雄走到灯下最亮处的小桌旁,站定,久久地望着众人,半晌不说话。他越不说话,人群里就越静,静得怕人。大雄的目光落在蹲在旮旯里吸烟的爹和二雄身上,但是,目光很快滑了过去,眼窝儿却是一热。面对村里父老乡亲,大雄想把心里话点点滴滴都说个透彻,机会终于来了。然而,他却狗咬刺猬不知咋张嘴了。迟疑了半晌,他才说:"父老乡亲们哪,拆船厂是咱集体的企业,为了工厂的兴旺发达,你们做出了牺牲,有的为厂集资,有的让地基,有的出人出力,俺代表工厂向你们道谢啦!"他说着朝村人深深地鞠了一躬,眼眶子红了,"有人说集体都分啦,哪儿来的集体企业?有人说村办企业劳民伤财,只肥了厂长和村干部,这种情况在别处有,俺们雪莲湾没有!是爷们儿的都拍拍胸脯子的四两肉,走进拆船厂看看吧,厂是公的,路是通的,账面儿敞开着!俺愿接受你们的监督!厂子刚刚开张,底子薄,可俺们没忘村民。搞集体事业就是要井里放糖,甜头儿大家尝。现在俺宣布,工厂为村里办成的第一件事就是为全村所有财产保了险。几天前,一场风暴潮冲毁了咱村三千亩没收上来的虾池子,保险公司做了认真调查,现在当众履行赔偿手续,点到谁家,谁家男人上台领钱!"

人群里掌声响成一片,欢声雷动了。

麦兰子望着大雄,心里格外高兴。她想这家伙变了,一个闯海的粗人,竟也知道树立自己的威信了。

疙瘩爷上来,轻声提醒大雄:"丢钢的事你也提一提,这样俺好处理。"

大雄摇摇头,脸上堆满笑。然后,就由保险公司的人点名,大雄让疙瘩爷给村民递钱。

"何东贵,一万八千元。"

何东贵老汉摇晃着走上来,直给大雄鞠躬:"俺的天神菩萨哟!咱庄户人不认保险,虾池冲啦!俺真想上吊啦!"老人的脸上大泪小泪地淌着。疙瘩爷将钱递给老人,老人还给疙瘩爷鞠了一躬。大雄走上去将老人扶下去。然后一位一位不断弦儿地喊下去。当保险公司同志喊到"赵四喜,二万五!"时,一时竟冷着场子没人上来。再喊,是赵四喜的媳妇大霞怯怯地走上台来。大雄问:"四喜兄弟呢?请你叫他来!"大霞脸子寡白,支支吾吾地说:"他跟俺一块儿来的,这会儿不知钻哪儿去啦!"她知道男人怕见大雄,因为跟老赖勾结弄黄书,被大雄狠狠地骂过。麦家祠堂被大鱼放火烧掉之后,四喜真的断了这件龌龊的营生。大雄字正腔圆地吼了一句:"四喜,俺再喊一遍,不上来就免啦!"大霞都是哭腔儿了:"别别,求求您!"正在僵住的空儿,人群里荡起四喜漏风跑气的破锣嗓儿:"哎,来啦,俺解手去啦!"其实,大雄早看见四喜在人群里窝着呢。赵四喜晃着油光光的葫芦头走上来,脸上的粉刺疙瘩一跳一跳的,满脸羞红,头抬不起来,眼睛躲躲闪闪地不敢看大雄。大雄温和地笑道:"别跟见不得人似的,抬头看着俺,这是给你的钱,真正属于你的钱!"他故意拿话刺他,他感到四喜接钱的手抖得厉害。大雄心里念四喜的好处,在麦兰子逼着大雄当"文化人"那阵儿,多亏了四喜给他与麦兰子之间沟通。大雄没再说什么,四喜下去后,大雄跟大霞嘀咕了几句。钱发完之后,天上就隆隆地滚着响雷,要下雨了。人们散去,大雄走到支书疙瘩爷跟前,说:"疙瘩爷,跟俺去四喜家!"疙瘩爷恍然悟出了什么,拍拍大雄的肩膀子:"走!"他们一进四喜的家门,只见两口子吵着扭打成一团了。见到大雄和疙瘩爷,四喜双膝一软,跪下去声泪俱下:"大雄哥,俺不是人,俺偷厂里钢板啦,不过,俺不是主犯,求你……日后俺再也不干了!"大雄昂首威严地喝道:"你狗×的听着,快去派出所投案自首,就说俺不知道,方可从宽!"四喜点着头,他望着窗外雨点子砸下来了,哆嗦着说:"外面下雨啦,明天俺就……"大雄大骂了:"去,下刀子也得给俺去!"四喜拽上雨衣缩头缩脑地溜出门去。大霞呜呜地哭了……

　　案子破了,人们对大雄刮目相看,连挺傲气的江雪敏都服了。

　　大雄却得意地说:"这是小儿科,真正大的谋略还在后头呢。"他将"玛丽娜号"运输水泥的生财之道跟她说了。江雪敏连连赞叹。这船还剩四个月的适航期,满可以当驳轮,况且她知道珠海的水泥行情猛涨,南北方差价极大。她说她表兄白剑雄的公司在北方购买了七千吨水泥,正愁要不上火车皮呢。她执意把船租给白剑雄。江雪敏一个直拨电话过去，白剑雄就来了。大雄跟疙瘩爷合计合计，就与白剑雄拍板订了合同。让大雄没有想到的是，一向不干涉大雄厂里事情的麦兰子，这次却投了反对票。大雄望着麦兰子问："你说不行？"麦兰子说："俺看悬乎，你还是请十三咳给掐算掐算吧！"大雄狠狠地瞪了麦兰子一眼："你看你，自从俺大雄娶了你，俺早就不信十三咳的啦！"麦兰子提醒说："那就让俺七奶奶给测一测，不能莽撞啊！"大雄笑了："七奶奶弄门神行，这么大的商务活动，她能说出个啥三五六？"麦兰子没话了。大雄要让麦兰子对自己决策有信心："这个事情，纯粹吃白食儿，租船费六十八万，货到付款。"麦兰子依旧沉着脸。大雄马上联想到江雪敏，麦兰子是不是吃醋了？他赶紧解释说："俺跟江雪敏是工作关系，她——"麦兰子挥了挥手："别跟俺提她，她跟你是啥关系，俺心里有数。"大雄被噎住了。

　　大雄从烟台打捞局租来"永全号"拖轮，又从厂里挑选了十八名壮汉押船。一切摆弄妥当，就要起锚了。趁这引子，江雪敏还可以回家看看，又不用花路费。一连几天，她都很快活。她又想起珠江岸边的那个小村了，那是她的家乡。澄碧的珠江水，嫣红的木棉树，绿色的芭蕉园。她折腾了三年的船舶技术学校就在珠江拐弯处蕉门水道旁的那片沙洲上。遗憾的是她家穷，母亲早逝，父亲体弱多病。她是长女，弟妹还在上学。她学的拆船专业，拆船厂又少，毕业了又分配不出去。她特别爱看苏联电影《莫斯科不相信眼泪》。表兄白剑雄帮了她，使她有机会在雪莲湾的地塄上施展才华。连她自己都很惊讶的是，她竟深深地爱上了这个北方汉子大雄。他真诚，他强悍，他粗犷，他有谋略，还有一些只能意会不能言传的东西，拨动了她深埋心底的爱的琴弦。有时候，她心里也鼓鼓涌涌不落实，第三者的滋味儿难以言状。可是，新潮女性的感情闸门一旦打开，就关也关不住了。她不知道自己将来会怎么样，现在活得开心就成。她对自己将来的要求很简单，先赚钱，再谋划未来的生活。一个成熟的女人必须懂得爱，尽管在上学的时候，她也曾被爱折伤。

　　大雄真心对江雪敏好，女人是感觉得到的，江雪敏感觉到了，麦兰子也感觉到了。大雄想一定要拢住明天日子的甜美。好多人劝他，离那个妖精远一点儿，南方人靠得住吗？你与麦兰子的小日子过得劲儿劲儿的何必呢？人们不知道他心里苦。劝归劝，他酒醉心明，自有主见。甘蔗没有两头甜的，人就是走哪步说哪步话了。

第二天早上，"玛丽娜号"就要启程了。大雄和江雪敏往码头走。大雄在厂门口碰见熟人唠嗑。江雪敏先走一截儿路，就被黄木匠叫住了。黄木匠形如枯槁，执杖而立，老脸上皱皱的皮肉噗噗弹跳，活活有股威势。没说话，浑身就如得了鸡爪风一样地抖了抖。给老祖添坟的时候，老人感觉出儿子身边有妖了。他是来替麦兰子除妖的。好男不跟女斗，黄木匠自有一套路数。"闺女，你过来，俺有话说……"黄木匠很温和。江雪敏不认识黄木匠，不悦地瞥他一眼："老头，你要干什么？"虽说她满脸不高兴，还是缓缓走过去了。黄木匠感受到一股香腻腻的妖气了，就闭上眼，把愤懑深深埋进心里。他缓缓说："闺女，你是城里人吧？"

江雪敏很迷惑地嗯了一声。

"你是技术员，跟大雄好上了，是吧？"

江雪敏寡寡地瞅他，恼了："你……"

"闺女，你看中大雄啥啦？瞧他那狗都不啃的猪腰子脸，还有……"黄木匠说。

江雪敏觉得眼前的老爷子肯定是疯子，抑或是神经病，她也就没恼："大爷，你老真是咸吃萝卜淡操心！跟你有关系吗？"

"不，那狗×的不是人，是畜生！你上当啦，上当啦！俺都是为你好！"黄木匠强压住憋在肚里的那团鸟儿火。

江雪敏忽然咯咯笑了："我不认识你，你怎么对我这么好？"

"俺们乡下人对谁都好！都好！"黄木匠宽厚地说。

江雪敏一脸的轻蔑："我要不领情呢？"

"那就是你的糊涂啦！你还年轻，别糟在黄大雄手里！他都是结了婚的人了，靠不住的，你快走吧，别回来！闺女，你要是缺钱，俺接济你一些！走吧！走吧！"黄木匠的喉结很费力地上下滑动。

江雪敏愣了。

大雄赶来了，远远站定，怯怯的一声没吭。

江雪敏不耐烦地说："我爱大雄，关你屁事！"说完腰肢一扭一扭地走了。
　　"等麦兰子来厂里抓你的脸，你就不会这样说了！"黄木匠差点背过气去。青天白日啊，好好的姑娘，咋就叫大杂种调理到这份儿上？世风沉落，黄木匠的一番好心都被当成驴肝肺了。黄木匠的眼窝子里酸出泪来了。
　　"雪敏，你给俺站住！"大雄终于发话了。
　　江雪敏悒怔怔地扭过头来。
　　"爹——"大雄挪过去喊着，并扭头朝惊在那里的江雪敏吼了句："过来，给爹道歉！"
　　江雪敏迟迟疑疑。她蒙了。这是他爹？哪有爹这么损儿子的？
　　大雄软了声劝她："不知不怪，来呀，他是俺爹……"
　　黄木匠喘成一团了，脸青青的。
　　"你过来呀！"大雄眼睛凶了。
　　江雪敏挪着碎步过来。挪几步，看看大雄，又挪几步，挪到黄木匠跟前，怯怯地说："爹，我不知道是您，我不对啦。"
　　"爹，您老别想得太多！好生安度晚年吧！世上啥事都有其产生发展的道理。您瞧着，你儿子在雪莲湾很快就成人物啦！"大雄一板一眼地说，目光落在爹的毡帽头上。
　　"呸！教训你老子来啦？滚！"黄木匠的拐杖"当当"戳地，吼道，"俺咋碰着你这么个畜生！你别叫俺爹！"他觉得儿子的眼睛太阴太阴，怕是啥都干得出来。
　　"爹，别生气，俺走啦！"
　　大雄拉着江雪敏惴惴地走了。
　　黄木匠的眼闭着，他不愿看这对狗男女了。他心上一剜一剜地难受。大雄他们走出老远了，他才蓦地睁开眼，简直天旋地转了。码头荡出长鸣的汽笛，声音重浊浑厚，如旱天雷在雪莲湾沉甸甸地滚动，铺天盖地滚至远远的。黄木匠的耳膜震疼了，但他惊异地发现，起航的"玛丽娜号"没有走脉线。祖宗留下的"脉线"竟然不走，狗×的，找灾呢！不遭报应才怪呢！黄木匠咒着，又为儿子捏把汗，耳朵里又嗡嗡响了。他就是这天开始耳鸣的，同时感到底气一天不如一天了……

果然给黄木匠咒着了，大雄率"玛丽娜号"抵达南海桂山锚地时，就像老牛掉进枯井里，挪不了窝儿了。深秋的冷海，失去了恬淡碧蓝，剩下一抹暗紫，一抹黑青。或浓溢着夕阳的血色。"玛丽娜号"抛锚在远离港口的海面上，船板渗水，船上七千吨水泥不但将废掉，而且货轮也可能沉没。随船的农民汉子，在森凉的海风里瑟瑟发抖、抱怨、哀呼。夕阳西下，断肠人在天涯。船主大雄心头涌动着一个恶兆：货轮困进一个可怕的陷阱里了。狗×的，俺总是倒霉，船王不是那么好当的。大雄每天都给麦兰子通一个电话，电话里只是问些村里乡里的情况，对自己的困境只字不提。他想起出发前麦兰子的警告，不由得猛打一个寒噤。麦兰子对他说："你的这个举动，震动全乡，一个男人就得有股子闯劲。但是，市场是无情的，俺可听说水泥行情有变啊！"大雄毫不在乎地说："水泥价儿变不变，跟俺无关，俺的大船收的运费！俺试一试，说不定要当船王啦！"麦兰子见他得意的样子，不再说了。麦兰子预料挺准，这不，货轮困在锚地了。"永全号"拖轮经不起遥遥无期的海上漂泊，返船渤海。"玛丽娜号"从此变成一艘死船。大雄一面派人寻找白剑雄，一面与江雪敏商量。请求处理水泥，以抵船费。他真的翻了"财船"。这时，江雪敏告诉他，就在"玛丽娜号"在海上漂泊的日子，广东的水泥行情陡变。广西水泥大量涌入广东市场，市场价格直线下跌。十八天过去，行情没有一丝好转的苗头。白剑雄也急如热锅上的蚂蚁。大雄又向他发出最后通牒：两天内如不进港卸货，大雄就处理水泥。

白剑雄急如热锅蚂蚁，眼里憋出了血。

大雄看见一艘蓝色拖轮鸣着响笛朝货轮驶来，靠近货轮，舱门打开，走下了白剑雄。白经理潇洒地甩动一下乌亮的长发，跳上货轮，兴冲冲地喊道："黄老兄，真是天无绝人之路哇！嘿，嘿，嘿……"愁眉不展的大雄，眼一亮，急不可耐地迎过去："你可来啦，快进港吧！眼看一天冷一天，伙计们都熬不住啦！"

"这……唉，实在委屈你们啦，我一定多付船费的。好在八十里外的白湖港要扩建旅游度假村，需要大量水泥，价码挺高的！"白剑雄急急地说，"今晚就可用蓝琼号拖轮把水泥拖到白湖港，咋样啊？"

大雄沉吟片刻，问："那得用几天时间卸完货？回去用的拖轮由你负责！因为'永全号'返航了，完全是由于你们一拖再拖造成的！"

白剑雄狡黠地一笑，爽快地说："那是那是。回去的拖轮我已租好，只是得等几天。至于卸货时间嘛，三五天就完！"

大雄眼神里掠过一丝悲戚，倔倔地说："不行，时间太长啦！俺们损失太大！"

"哎，要不这么办吧！你留下三五个人，让其余人先乘车走。路费由我负担，这样总可以了吧？至于那头卸货，我再雇人！"

"只好这样啦。"大雄说着，又好像想起什么，问，"近来海上天气不好，是不是明天起锚？"

白剑雄说："咳，放心吧，这是近海。再说呢，这几日白天压根儿就租不到拖轮！"

"你……那你付多少钱？"大雄最担心的就是钱。钱成了他的心病。

白剑雄嘎巴响脆地说："另付五万元奖给你和你的弟兄。这些天，你们受苦啦，你们北方汉子够意思！"

"说话算数？"

"当然！"

"好，马上起锚！"大雄咬了咬牙，一挥手喊。

五条归心似箭的北方汉子跳上了白剑雄的拖轮，即将踏上返回雪莲湾的旅途。江雪敏上岸回家去看了看。拖轮送他们上岸后，当即返回。于是，"玛丽娜号"又死而复活了。拖轮牵动庞大的"玛丽娜号"，朝南海湾疾驶而去，在狂跳的海浪中挣扎着前进。大雄的心悬了起来，忙把头探出舱门子，扯起亮亮嗓子冲拖轮吼道："喂，小师傅，俺看这天儿有点悬乎，还是找个岛避避风儿吧！"拖轮上的人没有回话，灯也刷地灭了。拖轮不但没转向，而且速度加快了。大雄疑惑地望着拖轮，愤愤地骂一句："这狗×的，耳朵里塞驴毛了？"他走出船舱，望了望舱里五个打麻将的汉子。过了一会儿，狂风像一只被打伤的怪兽，嘶吼着，在浪尖上飞蹿。货轮上的水泥袋子，哗哗嘎嘎地碎响，接着就有船舷钢板的断裂声。大雄心颤了，忙用脚踢了几下中舱的门子，大吼："别他奶奶的玩啦！船要翻了！"他的话音没落，就听前边拖轮"轰"的一声巨响，小驾驶员哇的一声暴叫，身子划了一道弧光，坠落在海水里了。没等大雄弄清怎么回事，"玛丽娜号"就轰然一响，如一颗水雷在舱底爆炸。货轮顷刻间摇晃，震颤，倾斜，嘎嘎裂响着，朝幽深莫测的海底坠滑下去……

"他奶奶的，触礁啦！"大雄明白过来，大声嘶吼着。

船舱里的汉子们惊恐地叫骂着，挤在舱门口，乱成一锅粥了。刚挤出两个汉子，舱门就被扣在海水里，冒出无数开花水泡。

硕大的货轮，载着七千吨水泥下沉。大雄一点儿一点儿下沉了，和两个汉子栽进了滚滚荡荡的大海。他被大浪盖蒙了，连喝了几口海水。他竭力探出黑刺猬头来，望着下沉的货轮哭号了："老天爷啊，这是咋回事啊？"他浑身冰凉，太阳穴一蹦一蹦，大嘴难受地一张一合，身子也随波浪下坠。他忽然觉得胳膊被什么碰撞一下，伸手一抓，一个光溜溜的轮胎救生圈。猛抬头，才发现是自己的工人赵奎。救生圈是他推过来的，他舞动着双手喊："兄弟，你要活着，厂子还指望你呀！我……我水性好……"他没说完，一个大浪就把他推出几丈远，不见人影儿了。大雄狂喊："兄弟——"苦涩的海水灌进喉咙，他拼命地抓那个轮胎。轮胎泥鳅似的钻上钻下，黑浪头一下子将他涌盖了……

大雄凭借在雪莲湾闯海的经验，终于在黑森森的海面上游到了岛上。一上岛就蒙了，自己的脑袋扎在一个沙窝子里。光光的轮胎卡在他的大腿上，疼，饿，冷，是他最突出的感觉。麻灰灰的天，就要亮了。他咬牙，吃力地向滩上爬了爬，看见泡得肿胀的双腿，他挣扎着站起来，倔倔地走了几步，就跌倒了，爬起，又跌倒，后来他就一点儿一点儿爬着，浊黄的沙滩上甩出一行汪着血水的拖痕。拐了一个礁盘，他隐约所见呼呼的喘息声，猛抬头，看见一条汉子泥塑木雕般跪在沙滩上，黑黑地耸出一截儿，像一个舵楼子。

大雄撕心扯肺地喊了一声："海螺子——"

"黄厂长！黄厂长啊！"海螺子哭喊。

两条汉子紧紧抱在一起，恸哭了。

揭秘

夕阳滚坡的时候,大雄在海街的商店里买了一捆火纸。他腋下夹着火纸往前走,海螺子和江雪敏默默地跟在身后。

珠海的海街是很怪的,一头撞山,一头通海,街衢两翼的巨榕,一棵一棵齐齐排去,状貌奇特。绿幽幽的树伞,被落霞映得叶片辉煌,照得大雄眼睛都迷离了。他脑里又影影绰绰地叠映出"玛丽娜号"和死去的几个兄弟的影子,他的心就沉下去了。这场海难已有定论:意外触礁。他们首先租用潜水员将舱子里的三具尸体和浮在海面的赵奎的尸体打捞起来,火化装进骨灰盒,由白剑雄携带去了北方,并领取运输保险和货物保险金。白剑雄经济上没受多大损失,保险公司赔偿了他。可是,大雄经受的打击太大了,腰病又犯了,就先留下来治病,并等待白剑雄回来领取租船费,再用这笔钱打捞"玛丽娜号"。大雄觉得这是弱肉强食的商品社会,要想完成农业人格到商业人格的转型,首先得成为一个有力量的人,既要有闯海的心狠手辣,又得舍得付出代价。做啥事都要付出代价,做事越大,代价就越大!不能给自己留后路。他这样给自己宽心、打气。

大雄他们三人一同登上了祭海崖。立陡立陡的祭海崖,在黄昏的海滩上凄然默立。这里是珠海人祭海的地方。大雄怔怔地站着,目光一截一截地探到极远的地方。久久地,天黑下来时才将视线扯回。然后,他款款跪在祭石上。海螺子和江雪敏也悄悄跪在一边。大雄没有说话,脸色阴郁,目光悲戚,罗汉脸扭曲得走了形。他粗重的喘息声很响,像来自地狱里的哀声。他抖抖地抓起那捆火纸，抖开，掏出打火机点燃。风头子太硬，点着的火纸闪跳了几下，又灭了。他扭转身，拿自己宽厚的身板子挡住风，点燃了所有火纸。黄黄的火苗子花蛇般忽忽蹿动，一片一片的纸灰漫天弥散。在烛火的光焰里，他们的灵魂似乎得到了极大安慰。

海潮哀乐般地鸣响着。

祭火渐渐烧尽，最后一缕火苗被风打灭之后，他们三个人就都默默地坐在石板上，都僵着不说话。海螺子知道大雄跟江雪敏的关系，知趣地躲开了。大雄眼眶子湿湿地亮起来，睁开疲累的双眼，不动声色地望着江雪敏寡白的脸蛋儿。他觉得江雪敏在这些天的日子里，同样经受了折磨，她有些异样，简直变了一个人。过去她爱说爱笑的，如今木木的，话少得吓人，眼神躲躲闪闪的，罩着不同往日的困倦和茫然。他终于问："雪敏，你咋老也不说话？"

江雪敏压住心惊，缓缓地说："唉，我说什么呢？你活着回来，我就知足了……"

大雄挪过去，攥住她的手说："不，你的眼睛和神态告诉了俺，你心里有难言之苦！"

江雪敏惶惶地怯着眼神儿说："不，不，我没什么……"

大雄吼了："你呀，像是被鬼吸进迷魂阵啦！俺需要你，工厂需要你，这儿还有那么多后事需要办！你这个样子，真叫俺担心！"

江雪敏两颗黑宝石般的眼睛汪了泪，扭头扎进大雄的怀里嘤嘤哭了："不，不，你不要说啦！也许你压根儿就不该认识我！我是你命运的克星！"大雄见她说话了，能流泪了，心里宽松起来："这还行，你真不像话了，雪敏啊，你还年轻，你把生活看得太浪漫啦！你还涉世未深呐！俺不怨你，天不助俺，俺也不是孬种！雪莲湾人就有这股劲儿，哪跌倒从哪儿爬起来，在经济大世界里闯荡，难免卷进旋涡儿。人生如行船，有浪上也有浪下！"

江雪敏抬起沾满泪水的脸蛋儿望着他，喃喃地说："你的命运是人生正剧，有悲也有喜哩！"她浑身一阵燥热，一阵冰凉，身子也抖得厉害。

大雄见她的样子就满脸疑惑，他这精明的汉子，眼里不揉沙子，眼睛就是秤。他使劲捏住她的胳膊，急头涨脸地问："雪敏，告诉俺，这场海难是不是一场阴谋?"江雪敏惊诧地望他一眼,撩开散落在额前的几绺秀发,苍白而憔悴的脑门沁出冷汗来了,她没回话。大雄把几天来郁积在心中的话都嚷了出来:"俺在想,为啥夜里起锚?为啥突然触礁?拖轮司机阿青为啥活着?这里肯定他妈有鬼!你告诉俺,快告诉俺!"

江雪敏淡淡地说:"你呀,别疑神疑鬼的啦!别往坏里想,想多了就会丢魂儿,想多了,就是自找苦吃!"

大雄被激怒了:"你,你跟俺也不说实话吗?"他一下子觉得面前的女人陌生了,迷离了,"真没想到你变了,跟俺也有二心啦!哼!"大雄一甩手,满脸晦气地走了。

江雪敏追上来,凄凄地喊:"大雄——"

一天晚上,市中心的极乐酒吧的雅室里,有一桌丰盛的宴席。餐桌旁坐着五个人:大雄、江雪敏、海螺子、白剑雄和他的秘书。大雄阴着脸子坐在那里,一双眼直勾勾地瞪着白剑雄。他疑心太重了。他和海螺子暗暗做了一些调查,但人生地不熟的,抠不到真打实凿的证据,也是杂烩汤里的豆腐,白搭。眼下当务之急是索取船费,打捞沉船。白剑雄掐灭手里的烟头,率先打破了僵局:"大雄兄,我们这一杯酒应献给海难中死去的弟兄!"他举起了酒杯,还是一脸的帅气。

大雄端起酒杯站起身。

众人起立,缓缓将杯中酒洒在地上了。

浓浓的酒气充斥了雅室。

白剑雄又分别给众人倒满酒,然后端起酒杯,把脸扭向大雄说:"你们二位兄弟大难不死,必有后福哇!我敬你们一杯!"

大雄一屁股坐在椅子上,冷冷地说:"后福,福从何来呀?你领取了水泥保险金,弄个刀切豆腐两面光。俺呢,俺他妈回去咋向村里父老交代?又咋向死难者的家属交代?"

白剑雄怔了一下说:"唉,天有不测风云呐!发生这场海难,谁不痛心呢?"

大雄忽地倒了一碗酒,咕咚咕咚地喝干,吧地把酒碗蹾在桌上,从牙缝里挤出一句话:"白剑雄,请你马上交出船费,往后咱鱼走水,鸟飞天,两清啦!"白剑雄脸色紫一块青一块,尴尬地挥了挥手,秘书放下筷子走过来。

白剑雄说:"按租船合同规定,你跟黄厂长把账结了!"然后冲秘书使了个眼色,又对大雄说:"黄厂长,我还有事,先走一步啦!咱后会有期。"说完奔出屋子。

江雪敏木然地坐在那里。大雄望着那张填有六十五万元的支票,浑身颤抖了。"钱,钱,钱!"他心中像蛇咬,如油煎,热辣辣,哭不出喊不响。他攥着支票,噢嘀噢嘀地笑了,这笑比哭还凄惨。他晃了晃身子,抓起酒瓶子吹了喇叭。海螺子一把抱住大雄,大叫:"黄大哥,别喝啦,别喝啦!"

半瓶酒下肚,大雄脸涨成了紫茄子,嘴里呼噜呼噜地搅着一个声音:"螺子……俺……俺他妈……一定要把'玛丽娜号'捞起来!捞起来……哈哈哈……"

江雪敏站起身劝慰道:"大雄,别喝了,别喝啦!"

大雄牛眼一瞪,喷着浓浓的酒气骂道:"滚,滚!你们南方人,都是算计人的鬼,都是喂不亲的狼,俺再也不想见到你们!"他胳膊一抡,碗和酒杯稀里哗啦滚到地上。他趴在桌上骂骂咧咧地哽咽起来。

江雪敏气呼呼地僵在那里,久久才说道:"大雄,我没做过对不起你的事!"然后就有委屈的泪圈在她的眼窝里。

海螺子劝道:"江小姐,对不起,他醉了。"

第二天,大雄醒过酒来的时候,都是中午了。他一骨碌爬起来,看见妻子麦兰子来了。麦兰子眼睛红了:"你呀,你呀,真是个噘嘴骡子只配卖个驴钱啊!"自从听说男人在珠海栽了,她几天都没合眼,她惦念大雄。尽管有江雪敏这个女人横着,她依然自信,就像当年大雄对她的自信一样,这个家伙好奇心强,往前走几步还会回头的。大雄看见麦兰子,哽咽了:"兰子,兰子,俺该听你的!"这些天,大雄忙得直飞,一闲下来,他就想麦兰子,他这才体味到,到了关键时刻,还得是老夫妻哩。男人为女人承受世界,女人为世界承受男人啊!麦兰子说:"现在啥也别说了,俺相信你,在哪儿跌到就在哪儿爬起来!"大雄感动了,一把抱住了女人:"兰子,俺会的!"他眼里有了泪水,泪水在眼睛里噙着噙着，就扑簌簌地滚落下来。麦兰子抬起手掌，一点儿一点儿擦去他脸上的泪水。实际上，麦兰子知道大雄困住了，她是给他送钱来的，她让爷爷从厂里借了些钱。大雄带麦兰子在珠海海滨玩了两天。

送走了麦兰子，他带上海螺子去银行办了汇款，留下十八万元，去了南海打捞公司。偏偏就那么别扭，公司职员说，两个打捞队都腾不开手，四艘打捞船配合海军的潜艇执行一项军事任务，一个月后才能回来。捞船的事一竿子又支远了。大雄蔫头耷脑地回到旅店，不断弦儿地吸烟。这时候，海螺子又来添乱，他说海港通知尽快捞船。海港清理航道，十天之内不打捞上来，误了外轮进港，海港将加倍罚款。大雄唉声叹气，急成热锅上的蚂蚁了。当天夜里，大雄单身闯进打捞公司谷经理的家，带了好多礼品。在经理家他还旁敲侧击地把话说透了，能尽快捞船，他任拿"干"的。经理媳妇眉开眼笑，而谷经理仍旧哼哼哈哈地说些忙啊难啊的混账话。大雄忍着，脸上堆满空空的笑。他走南闯北练就的那套说辞，最后还是将谷经理打动了。谷经理送他出来时说，三天之后听回话儿。大雄度日如年地等了三天。趁着热乎劲儿，他又去了。这次又是"大出血"，才请动了一个打捞队。

开始打捞"玛丽娜号"了。大雄乘一艘汽艇来到遇难海域。日头高高地悬着，映得苍蓝的海水发白。幽幽闪闪的白光，迷离得如打碎的梦。迷蒙的海面凝重深邃，盖着"玛丽娜号"的庞大躯体。打捞队的负责人告诉他，船体下滑不算很深，卡在一扇巨型礁盘上。四天之内就可打捞上来，再用一天的时间铲除船上板结的水泥块，两天修补船底被暗礁撞出的三个洞穴，八天之后就可以租拖轮起航了。

大雄心里有了根，就放心落胆地回珠海市了。

在旅店里，大雄发现江雪敏在等他。她很娴静地坐着，人瘦了，弄糟的眼影像熊猫似的黑了圆圈儿，像是哭过。看见大雄，她还是笑了。大雄望着她说："雪敏，这几天操持着捞船，抽不出身来看你！那天晚上俺醉迷呵眼的，说了好多混账话，你千万别往心里去啊！俺只是心里憋屈，并没有怪你！"江雪敏盯住他的脸看了许久说："我从不记恨人，你心里难受，我理解。"大雄心一热，但还是理智地控制住了自己："雪敏，船就要捞起来啦，俺得回去了！你有啥想法吗？"江雪敏叹了一声，没有说话。大雄说："你还是跟俺走吧！俺们雪莲湾需要你！"他圆溜溜的眼睛透出一种真诚。然而，江雪敏淡淡漠漠的样子，使他感到一种卑微的苍凉，他说："雪敏，是不是俺这粗人伤了你的心？"

江雪敏轻轻地摇头。

过了好久，她苍白的脸色才一点点变回来，双颊渐渐润了红，说："大雄，俺爹病啦，你们先走一步吧！俺爹的病好了，俺就去的，一定！"她一脸酸愁，大雄看不准她心里的深浅，他想，原来的江雪敏还会回来吗？江雪敏沉吟好长一阵儿，就转了话题："大雄，俺今天找你来，还有一件事情呐！"江雪敏这阵子被表兄白剑雄拉去搞公关，不管乐意不乐意，寻件事情做，也许能把心分开。她说："这阵子白剑雄正跟港商孟金元做橡胶生意。你知道孟先生是谁吗？他是香港光复贸易公司董事长，也是你的同乡！"大雄的头皮一下子绷紧了，说："俺知道啦，他是孟天贡的孙子，海霸的后代。"江雪敏问："你们认识吗？"大雄的脸相焦黑如炭："俺们原来不认识，上次白剑雄给俺介绍过。俺两家有世仇！"江雪敏一脸疑惑。大雄就将世仇的根根梢梢给她讲了一遍，然后问："是孟金元派你来找俺的吗？"

江雪敏十分惊诧地点点头说："原来如此，要不他们一提到你，他那么感兴趣呢！不过，过去的事就让它过去吧！孟先生在南海湾投资建厂，资助贫困地区，有好多的义举呢！我觉得他是个有良心的炎黄子孙！你不妨见见他，有利无害！"

大雄也早就听说这些了，但他不是屈尊俯就的人。他大声说："他孟金元在这里如何如何，俺不管！他这样盛气凌人地叫俺去看他，逼俺向他摇尾乞怜办不到！尽管俺在难处，俺们穷，可俺们大船师家族就是有穷骨气！再说啦，过去是他孟家欠了俺黄家的血债，无论从哪头说，他得先看俺！"江雪敏说："你误会了，孟先生在大富豪酒店备好了丰盛的席宴，要郑重宴请你！"大雄倔倔地说："狗×的，他在拿气势压俺，跟俺摆阔，让俺低头，没门儿！"江雪敏为难了，劝道："大雄，命便是机缘。你们的疙瘩爷，还有你老婆，他们不都在为开放引资奔波吗？现在机会来了，这对雪莲湾的改革开放，也许是个机会！忍了吧！"大雄一板一眼地说："俺的话，你如实转给他，是朋友骂不散，是仇人不聚头！"江雪敏苦笑一下，蔫蔫地走了。果然给大雄说着了，第二天一早儿，江雪敏就领着孟金元和女秘书来到大雄栖身的小旅店。江雪敏介绍完后，孟金元紧紧抓住大雄的手，心悦诚服地说："黄先生，咱故乡有句土话，不是冤家不聚头，聚头一笑泯恩仇哇！我佩服你的骨气和胆识。你是我心目中的农民英雄！江小姐什么都跟我讲啦！看见你，我就感到咱的雪莲湾有希望啦！"大雄一副不卑不亢的样子，笑道："咱雪莲湾笑迎天下客哩！"他说话的时候，细细打量着孟金元先生。

孟先生长得并不像巨富阔佬那般臃肿、肥硕。地道一个矮小精干的中年人，腮帮深陷，下巴翘着，脸相黑了些，还是很润展，很有神采的。孟先生眼窝里忽地泪珠闪闪，叹道："世界真是太小了，人总有见面的时候。我爹娘在香港去世的弥留之际，总是含泪思念故乡的日子。叶落归根嘛，他们都想将骨灰移到故乡去，并希望我再买一艘你们造的漂亮的黄家船。祭祖哇！可是，在你们黄家大船师面前，我说不出口哇，我爷欠下黄大船师的太多太多啦！"大雄听着，胸膛里风起云涌。孟先生心神不定地瞟了大雄一眼，又说："我说句心里话，不论啥年月，黄大船师都是咱雪莲湾顶天立地的汉子！我的祖辈太霸道了，欠下故乡人民的债太多啦！我就想，有一天回故乡，还了父母遗愿，更替先人赎罪！不知黄先生和政府赏不赏脸呢！"大雄蒙了，万万想不到海霸的后代有这样胸怀，他活活冤枉了一个好人，心里歉歉的。他抖抖地说："实不相瞒，俺听说过你的爱国义举！但耳听为虚，眼见为实。俺欢迎你回去看看故土，俺想，只要你是诚心诚意的，俺想政府更会敬你如宾！"

孟先生泪流满面了，喃喃道："来日方长啊，好席不怕晚啊——"

大雄大模大样地笑了。

八天之后。"玛丽娜号"死而复活。船驶离桂山锚地的时候，大雄发现江雪敏独身一人久久地站在祭海崖上，粉红色的衣裳被风一掀一掀的，像一只被折断翅膀的大鸟……

立冬了，"玛丽娜号"重新在雪莲湾拢滩。封海了，大雄和海螺子从码头的冰面上爬上岸的时候，天色已晚。冰缝儿里的潮音断断续续，潮声涌来又退远。小村沉沉睡了，鸡不啼，狗不吠，唯有冷飕飕的海风，点点疏星和一盘残月陪伴着他们。到了去村里和厂里的交叉路口,两个人默默地分了手。大雄站定了,朝小村一阵深沉地张望,他想不能惊动爹和麦兰子,就扭身朝厂里徐徐走去。厂里那边很静。他抬起头来,怅怅地望着夜天闪闪烁烁的星子,正一点儿一点儿被墨云吞没,走到厂门口时,就零零星星地飘起雪花来了。望着沉静的工厂,大雄就啥都明白了。他打了个寒噤,膝下软软的,像要塌了身架儿。他强撑着疲累的身子,慢慢蹲在门口吸烟,浓浓的烟雾呛得他一阵咳嗽。大雄吸溜一声鼻子,心里酸出泪来,心里狠狠地说:"大难不死的黄大雄回来了,俺他娘不会垮的,明天就开工!"

后半夜了,雪片子密密实实大朵大朵地扬下来,稠得天空没有缝隙。大雄踩着雪朝村巷里走,觉得胸闷,心里涌起很深的孤独与空凉。当他瞧见自家房舍的时候,特别想搂着麦兰子好好睡一觉。一切一切或许都要结束了,他也许最终也挪不了这个窝儿。一股说不出来的温暖和甜蜜,刹那间涌上心头,使他忍不住鼻子一酸,几乎要哭了。麦兰子是他一生最爱的女人,是他永远的依靠啊!他在门口站了,抬手敲门,又怔住,这样迟迟疑疑地试了好多回,垂下酸乏的手臂,不能惊动女人。她睡得正香啊!他很沉地叹了口气。他在自家门前六神无主地圪蹴一阵儿,还是悄然走开了。去哪儿?他说不上来,地地道道成了一个孤魂了……

没隔几天,开工的消息传开去,工人们陆陆续续回厂里来了。大雄将村支书疙瘩爷叫到厂里,又组织召开了一个班组长会议,对厂里的生产钉钉铆铆说透了,就马不停蹄地去跑钱了。拆借的同时又亲自去业户催收欠账。"玛丽娜号"被雇来的十台重型拖车拖上岸来,待安装新式炸药,定型炸断,才能拉回厂里,轧制铸造各种钢板。正忙着,有人将一纸上告信捅到县里。不几天,由县工商局、公安局、乡镇企业局等单位组成的联合调查组就来了,主要是调查"玛丽娜号"沉船一案。拆船厂的空气一下子变得紧张了。跑钱还没个着落,又添这么一块病。整天价连轴转地谈话,跟羊屙屎似的拖着,弄得大雄挪不了窝儿,简直快把人逼疯了。有人告他犯了玩忽职守罪和受贿罪。到处传言他拿了白剑雄的大笔好处费,不惜冒险从桂山锚地起航。那天上午,厂里出了事,来人到办公室叫他。审查组组长不让他去,大雄三说两说就跟他们翻了脸:"俺两袖清风,苍天作证！俺不怕背后捅刀子！没问题就没问题！俺非要找个屎盆子往自己脑袋上扣吗？"审查组组长火了："大雄，你态度不好！有没有问题不该由你下结论！"大雄红头涨脸地吼道："如果说俺有问题，那就是一个！错就错在，俺他妈不该活着回来！俺犯法，你们抓俺蹲大狱；没犯法，都给俺滚人！"说完，他气呼呼地下楼去了。

生产的的确确碰上了大难题。原来是海难遇难家属听说大雄回来了，被人撺掇着，几户老老少少又来厂里要条件，厂保卫人员不让进，就都爬上"玛丽娜号"死泡。船上的炸药都安好了，重型拖车也雇来了，就是无法开工。大雄找到了疙瘩爷，疙瘩爷派村干部们轮番做工作也没说通。乡里的范书记下乡路过，也来了，现场办公，人们就是不挪窝儿。解铃还须系铃人，这事只有等大雄回来了。

一辆别克汽车缓缓驶来。大雄从车上下来了，远远地，他就看见一疙瘩一块扯闲篇打扑克的工人，也看见了货轮上哭哭啼啼的家属们，除了老人、妇女就是孩子。他爬上船梯的时候，腰眼儿又针扎似的疼了。他竭力保持镇静，默默无语。船上破例静下来。望着失去亲人的老少和寡妇，他能说啥呢？尽管事故后事都办完了，可他们不知足呐。从情理儿上，他欠他们的，他该好好照顾他们，好言相劝，再不行就给他们磕头，一家一家给老人下跪。他看见赵奎的瞎娘了。这可是他救命恩人的娘啊。老人枯着头上白发，脸黄得像一朵干菊花。她怀里抱着孙子，身边坐着儿媳。大雄看着这一家子，眼里转着泪花花。他真想给老人跪下。久久地，久久地，他在老人跟前站定，双腿一软一软的。后来一转念，他不能，不能啊！这样大的场面，揣着各种心思的人都在盯着他。他不是以个人身份出现的，他是厂长，代表着工厂的利益。他一跪，工厂的形象就完了，那样不止一家，那几家也会提出一堆各式各样的问题。他们的要求不一样，有人胃口很大很大，工厂承受不住。俺能对他们瞪着眼撒谎吗？能欺骗他们吗？左也不是，右也不是，他六神无主地默默在人群里走，看着他们，看得他们心里阵阵发空。

一切都僵持着，不能等了，不能等了，狭路相逢勇者胜。他要抓住家属们游移不定猜测他等待他的短暂时机，尽快解决危机。一刹那，大雄眼一闭，手一挥，厉声吼道："都给俺下船，谁胡搅蛮缠，就拖谁！拖不走的，俺陪着他，点炸药开工！"

人群轰然大乱。

家属们蒙了。他们没思想准备，估摸黄大雄会说软话，会许下什么大愿。他们想不到这狗×的会来这一手。他们哭号大骂了。也就在这当口，村干部和工人们纷纷将他们扶下来。不走的，就叽里咕噜地硬拖下来。

大雄最后一个走下货轮。他身子抖着，心里在流血，扭歪的脸上泪水盈盈。他无力地一挥手。

"轰"一声巨响，"玛丽娜号"在阵痛中解体了。

本该是一个喜庆的日子，然而却是这样姗姗来迟、悲悲戚戚。大雄很快成为众矢之的，"呼啦"一下子被愤怒的家属们包围了。他望着一张张层层叠叠的脸相，心碎了。他再也狠不起来了。人狠嘛，不是毛病，关键是咋个狠法，摆出去得叫人佩服。从这理儿推一推，软一软也不丢人，他想，就不由自主地给家属们跪下了，声泪俱下："老少爷们，婶娘姐妹，俺大雄向你们谢罪！你们失去亲人的痛苦，俺知道。可你们这么闹，死去的兄弟们的魂灵都不会安生啊！你们知道吗，赵奎被海浪卷走留下的最后一句话是啥吗？他把救生圈推给俺喊'大哥，你要活着，俺水性好，厂子还指望你呀！'俺们工厂这会儿底子薄，但俺敢对天神起誓，厂子挺过难关，俺绝不会忘记你们！俺今天给你们跪，就是让咱渔花子永远不给人下跪！俺们雪莲湾人不能再穷下去了，俺们富有了，把外出打工的乡亲们都请回来！"大雄没说完，赵奎娘就嗷嗷哭了，拉着孙子和儿媳，拧着小脚走了。

众人立时蔫下来。之后，人们都怯怯地散去了。

疙瘩爷走过来扶起大雄，激动地说："大雄啊，你今天给我上了一课。真有你的！"

大雄满脸凄楚地说："别逗啦，疙瘩爷！好赖人都让俺得罪遍啦！在村人面前丢尽了脸面……可是，等工厂有了效益，所有荣耀都贴您脸上了！"

疙瘩爷想了想说："不，你把俺弄醒了，俺他娘忽然觉得自己活得硬气了一回。"

大雄一笑:"笑话,您老当年打海狗,全村人谁比您硬气?"

疙瘩爷苦笑:"这日子,让人活不出个爷们儿样儿来。俺老了,老了,俺该放心地歇着了!"

大雄摸不着头脑地说:"唉,您这话是啥意思啊?"

疙瘩爷沉吟片刻,道:"你老大不小了,自己琢磨去!"

大雄满脸疑惑地望着疙瘩爷,忽然冷笑了一声。

疙瘩爷拍了拍大雄的肩膀,心情很沉重。

县里的调查越来越深入。晚上他给江雪敏打了电话,让她千万别回来,免得跟着陷入调查的困局。县检察院办案人员去珠海取证的时候,江雪敏依旧没有躲过去,她哭了一回又一回。大雄走后,她的日子熬得苦焦。她思恋大雄,又不敢跟他来。果然如大雄怀疑的,她爹病重是假,她的心病是真。正是关于"玛丽娜号"沉没的秘密,幽灵般折磨着她。江雪敏心里暗暗想,她一定要搞清楚海难的真相,为了大雄,也为了自己。海难发生的第二天夜里,她在表兄白剑雄家里偷听到了白剑雄与拖轮司机阿青的密谈。

这是一个阴谋,一场骗局。

江雪敏惊愕了。白剑雄眼看水泥窝在手里卖不出,压住资金不说,船板渗水大批水泥板结报废。就在大雄向他发出最后通牒的时候,白剑雄横下心来,买通了拖轮司机阿青,致使"玛丽娜号"撞礁沉没,骗取了巨额保险金。她恨表兄,又没有勇气告发。然而,她又觉得对不起大雄,她无颜跟他回北方。可是,她的事业,她的爱,都在北方啊!怎么办?怎么办?一个成熟的女人必然是宽容的,尽管宽容的时候也许在流泪。江雪敏可以宽容一切,可她不能宽容罪恶。当她接到大雄电话的一刹那,她毅然擦干了眼泪,勇敢地站了出来。白剑雄和阿青落网了。沉船内幕由江雪敏给揭秘了!揭秘的人是痛苦的,揭秘的人也是痛快的。她解脱了,但心情仍很沉重,表兄对她是有恩的呀。

到年根儿了,江雪敏急不可待地回北方来了。与此同时,县检察院办案人员回来证实大雄是清白的。大雄终于解脱了。

在被解体的"玛丽娜号"旁边,大雄见一位穿裘皮大衣的女人朝他走来。他又看见了那双黑宝石般的眼睛。这是一双怎样的眼睛啊?使他感到缠绵亲近，又遥远痛楚。她终于熬过来了，他忘情地迎上去，紧紧地拉住她："你来啦，你来啦，俺就料到你爹的病一定会好，你一定会来的！"江雪敏撩起散落在额前的一绺秀发，向后一甩，仿佛昨夜的噩梦也一下子甩走了。她嘤嘤地哭了："我来得太迟了！太迟了！"大雄也眼泪汪汪的了："不迟，不迟！"她缓缓抬起手来，抹去他眼窝里的泪痕，喃喃道："你不该流泪，我也不该流泪！人生相信抗争，但不相信眼泪！"大雄鼻子发酸："你说得好，不过，俺再也不会拿一条死船闯海啦！"江雪敏觉得他多了胆识，又问："这会儿厂里咋样？"大雄叹一声："就是钱紧，资金周转不开！"她咯咯笑了："告诉你，资金送上门儿来啦！香港孟金元先生和我一起来的！"大雄眼睛一亮："哦？太棒啦，天无绝人之路，快带俺去见孟先生！"

　　江雪敏拿拳头亲昵地往他后脊一捶："下飞机倒火车，你就不问问人家累不累？"她笑了，笑出许多个意味来。

烧船祭祖

黄木匠病了一场,天暖和了,甩开了这档子窝心事儿,黄木匠的病才好了,喘气就顺畅多了。他能下炕了,慢悠悠蹭出他的"柴门草户",蹲在向阳的老墙根儿下晒暖儿。大雄没出啥事儿便是了,见了他,老人的气仍不打一处来。老人心底鼓涌了很久的念想,又在这很寡幽的日子里拱出来了。黄木匠想将村西头的老宅拆掉,让二雄挑头在老宅处建起黄家造船铺子。一不造船了,二不守海了,黄木匠浑身就闲得难受。黄木匠感觉自己日子不多了,看来老人是死不瞑目了。他找二雄一商量,小两口子都不干。二雄早眼热那些大把大把捞钱的渔人了。他神神气气地对老爷子说:"爹,咱不能一棵树上吊死人!俺租了条旧船发财去!"黄木匠气得抖抖的:"出息的,祖宗的手艺和名声都让你们给丢尽啦。"黄木匠叹一声,心神儿便蔫了。唉,二杂种也指望不上了。

忽然有一天,大雄和疙瘩爷钻进黄木匠的草房。黄木匠猜想儿子有事求他来了。大雄闷了一会儿果然开口了:"爹,俺给您老报喜来啦!"

"哼,俺有啥喜?怕是你狗×的又调歪啦!"黄木匠扭脸不看儿子,转了脸望着疙瘩爷。黄木匠尽管对疙瘩爷有看法,但在关键时刻,他宁可信他而不相信儿子。

疙瘩爷一笑,僵僵的。实际上,他是欺骗老朋友来的。当大雄把引资的事情一说,疙瘩爷也很兴奋,这次比日本人的矿物泥厂规模还大。但是,欺骗黄木匠,疙瘩爷起初没答应,可是,大雄和麦兰子轮番求他。他只好硬着头皮来了,他不敢看黄木匠的眼睛,胡乱点着头:"是呀,老哥,请你出山啊!"

"又给俺出啥幺蛾子啦？"黄木匠问。

大雄说："是造黄家船！"

"政府出资造一艘漂漂亮亮的黄家船！"疙瘩爷又补充说。

黄木匠立时将咳嗽噎成笑了："这可是真的？"

"那还有假！"疙瘩爷说着笑了，"这事儿还惊动了乡里的范书记了。"

黄木匠昏花的老眼里立时充了神儿，连连发出喜气的浩叹："啊，苍天有眼，政府开明，俺黄家船本是雪莲湾船行正宗，按说就不该衰败的嘛！"黄木匠将脸笑成大菊花了。

"让孩子们多干，您老把把关儿就行啦！"疙瘩爷假模假式地说着。

黄木匠拧屁股下炕来："俺行，还顶一气呢！啥时开工啊？"他急得浑身痒痒的了。

"当然是越快越好啦！"大雄说。

黄木匠命令说："去，叫二雄从海上回来！"

"好啦！"大雄憨憨地笑了。

当天下午，大雄就随渔政船将海上捞蛤蜊的二雄叫了回来。大雄装出很诡秘的样子对弟弟说："告诉你，这可是个秘密，千万别跟爹说，是港商孟金元先生点名要的黄家船！"二雄咂咂舌尖哼了声："妈呀，这不造孽嘛！他要咱黄家船是祭祖，你没忘记过去的仇啊？爹还不气死！俺不干，俺也告诉爹，这不是明明拿咱家的土儿，给咱黄家难看嘛！"大雄淡淡地笑笑："傻兄弟，你说的不假！从祖宗那仇上看，俺他妈恨不得一刀捅了姓孟的！细想来，那又管啥用呢？世道变啦！说法也变啦！孟先生首先向俺道歉了，他恨他爷的霸道！但他爹临终前又留下遗嘱，让他回故乡买条黄家船祭祖！这一条满足他了，他就可以痛痛快快地签约向咱的拆船厂投资，还提供旧船，而且还帮乡政府开发沿海滩涂，开发泥岬岛……算算利弊，有啥划不来呢？再说，俺黄家也赚了孟家的钱！说是经济复仇也说得上来！兄弟，干吧，日子看远了，俺他妈不亏！"大雄说得脸放豪光。二雄想了想，说："他奶奶的，干！只好委屈爹啦！"大雄说："政府出面，爹已经答应了，日后万一知道了，劝劝也就是了。"

三角旗杆一竖，造船就开工了。

死气沉沉的大海滩被尖厉的电锯声带进了喜颠颠的日子。大海发出一阵远古的呓语，木垛上落满了海鸟，叫得十分好听。老阳斜斜地挑着，弯弯钩钩地晃荡。海浪头变得无棱无角的柔顺。早上是黄木匠独自来这儿选场子的。这场地界是海脉的源头。他将三角旗竖起来了，二雄来了，大雄也来了。大雄厂里还来了几个木匠。大雄厂长亲自上阵，让港商孟先生格外高兴。言多有失，两代人谁也没跟谁打招呼，都按原来的样子默默地干活儿。二雄和大雄拿电锯破一截木板子，黄木匠腰扎红带子，头戴毡帽头，蹶跶蹶跶刨船板子。老人额头汗粒儿淡白，累了，枯瘦的手像鸡爪一样，合不拢也伸不展了，老腰像灌了铅一样沉沉的。老爷子挺挺腰，喘一阵子，再干，几乎是干疯了。再苦再累，老人心里喜呀。两三年没碰着造大船的活路了，这回可揽着了，而且是给政府干。告慰先祖，黄家船重整旗鼓的好日子来了。老人想，手里的活路就格外精细。大雄多年没摸木匠活了，他的心思也不在这儿，老人喘歇的空儿，扭头就瞧见大雄鳖样地蹲着，安一块切斜了的木板子。黄木匠气得腿杆子发颤了，吼："你这欺师灭祖的孽种，糊弄政府有罪呢？把那块板子换下来！"

　　大雄没回嘴，赶紧换板子。

　　二雄扭头嘿嘿地乐。黄木匠又凶他："二雄，你也算着，不准丢咱黄家手艺！"

　　二雄大咧咧地犟："咳，好歹比画上就算啦，外观气派些就中，反正早晚还不是……"没等二雄溜出"烧"字来，大雄瞪他一眼："二雄，别惹爹生气啦！爹说得对！黄家船向来是响当当的！"

　　"哎，这还说句人话！"黄木匠说。

　　二雄明白了，一副摇头咂嘴地装样子。

　　黄木匠渐渐气色平和了，说："日后咱爷仨造船的日子不多啦！你爹有个感觉，这也许是你爹最后一件营生，咱们得造一艘最好的黄家船，也对得起祖宗，也不负政府的器重！记住啦？"

　　"记住啦！"大雄和二雄一块儿答。

　　黄木匠抹抹汗珠子，才放心落胆地躲在一边歇着去了，走前，将毡帽头摘下来挂在旗杆的横杈上。那是给两个杂种看的，老人走了，魂儿还在呢。老人散架似的坐在一块泥岗子上看海。看着看着就迷糊着了。老人又梦着先前的事儿了，老坟，海脉……醒来了他的脸上仍挂着荣光。他害怕好梦会跑了，顺着梦尾一步一步往梦头追去。可就在老人打盹儿的空儿，两个杂种又偷工减料了。紧追慢赶月把光景，大白茬船都有模有样了，日光一照，遍体闪光，气派辉煌。安好龙骨，末了合铆安楔的时候，黄木匠才看出破绽来了，龙骨竟是泡沫塑料做的。"杂种！"老人顿时黑了脸相。大雄厂里有事被叫走了，老人就叫二雄将一棵红松圆木抬上船板。二雄心疼得不住眨眼儿。也不敢泄露天机。老人要将圆木做龙骨，在龙骨上雕一龙凤，这不是浪费好材料吗？二雄的锐气挫下去了，他不敢多说话。黄木匠图个便当，自个干了。天越发热了，老人就光着瘦瘦的脊梁干活儿。日影里，老人戴着毡帽头。一手扶凿子，一手抡斧头，雕龙雕凤。他弓曲着身子，投映在船板上的影子很弱很丑。灰白的毡帽头凝着光泽，又圆又白的，庄严而神圣地颠动着什么。他的枯手一下一下剜着，味道很足的木香疏疏升起来，渐渐化在日光中了。活儿干完了，大雄很满意，疙瘩爷来验收，孟金元也来看了，都是一片赞叹。四万工钱也拿到手了，黄木匠很知足了。就在验收的当天夜里，黄木匠终于挺不住了，病倒了。但他病得很踏实。

　　没隔几天，孟金元烧船祭祖的日子就到了。大雄和二雄见老爷子病在耳房里也就不忧啥了。那个祭祖的傍晚，大雄指挥着工人将大船运到了孟家坟场。夜幕降临了，孟家坟里摆着那艘大船，引来了好多乡亲们观看。一溜小汽车缓缓驶过来，孟金元先生披麻戴孝地下了车，他由村里没出五服的族人陪着，在坟地里站定了。大雄和乡里、村里、厂里的头头脑脑，一个也没露面儿。只有村里一些爱看热闹的歇船渔人和蹦蹦跳跳的孩崽子们来了。没了过去祭祖的神秘和庄严，人们都像是看乐子。

　　此刻，黄木匠正躺在小耳房里发烧，烧得要死要活。天黑下来，老人清醒些了，依稀听见窗外街上踢踢踏踏的脚步声和说话声："走，去孟家坟地看看热闹儿，孟家祭祖又烧黄家船啦！""烧船？烧俺黄家船？"黄木匠一听就炸了，昔日咂不透的一切全裸进眼里。狗×的，俺活了这把年纪给骗了，被两个欺师灭祖的杂种骗了，被自己的好友疙瘩爷给骗了，骗得好惨，还有何脸面去见列祖列宗？黄木匠这一怒，似乎神神怪怪地凝了最后一口真气，诈尸般挺起身来，从门后抄一把木匠斧，五迷呵眼、扑扑跌跌地奔孟家坟去了。

天好阴，风跟着，云跟着，雷跟着。黄木匠晃晃悠悠地走着，忽地泛起一个悲壮的呆想。只要船还没烧，他就像当年的祖先一样，摆出那样的豪气，将船劈碎，或是坐在烈焰里高僧一样坐化。那么，不仅证实了黄家人代代不息的尊严，也好给村人再留下一个神圣的念想。七十来年了，也不过就是春秋之隔，啥事都像梦。苍天有眼啊，黄木匠风风火火地赶到孟家坟时，孟家后人还在摆搭仪式，没有烧船呢。船前只燃着一些香火，周遭儿是墙一样的人脸。黄木匠抡着大斧，闯了进去，闷雷似的吼一声："姓孟的，俺黄家与你们势不两立，这船俺劈了当柴烧也不卖你！"吼着，老人抡圆了板斧，砍在船舷上，嘭嘭嘭嘭响着，木片四溅。

孟金元惊呆了。疙瘩爷惊颤了。

黄木匠头昂着，嘴大张，再也喊不出话来，喉咙里有一团火球样的东西喷了出来，腥腥的，是血。周围的人惊讶了一下，哄地笑了。人们当小丑一样打量他了。

"这黄木匠，准是疯啦！"

"钱也赚啦，还搅个啥劲呢？"

疙瘩爷最担心的问题还是出现了。孟金元失望地望了望疙瘩爷。大雄不在现场，二雄木木地站着。疙瘩爷让二雄拦住黄木匠，二雄狠狠地瞪了疙瘩爷一眼，死死不动。

"快去拦住这老家伙！"疙瘩爷又向身旁的一个小伙子下了命令。这个小伙子冲了过去，紧紧拖住黄木匠，夺下他手里的板斧，生拉硬拽地将老人拖出来。黄木匠又骂开了："没血性的东西，你们的良心呢？"他那个神圣的念想全被扑灭了。

黄木匠发现散在四方，远远近近向他射来的那些鄙夷的目光。他怎么能容得村人像盯怪物一样盯他呢？俺是黄木匠，黄大船师的后代，俺也是一代大船师啊！

黄木匠在村人的嘲笑声里天旋地转了。老人的精气神儿像叫这阵势吸个精光，"呕"出一口浓浓的血痰，塌坝一样地垮倒了。

疙瘩爷愣住了，急忙扑了过去，抱起黄木匠喊："老哥，老哥，你这是为哪般啊？"

黄木匠缓缓睁开眼睛，望见了疙瘩爷，一字一句地说："你呀，大疙瘩，你咋变成这般模样哩？为了钱，就可以不要脸面吗？谁塌腰你也不该塌腰啊！滚，从今往后，俺死也不跟你做哥们儿，俺没你这个兄弟——"

疙瘩爷脸红了，连连说："老哥，你听俺解释，你听俺——"

黄木匠剧烈咳嗽一阵，晕过去了。

一直跟随爹的二雄将昏迷不醒的老人背走了。

黄木匠被背走不久，大船点燃了。

夜里起风了，风声阵阵。大雄、二雄、麦兰子和二雄媳妇都孝顺地守着老人，疙瘩爷和七奶奶都在。七奶奶的劝慰，让黄木匠心里舒缓了一些，七奶奶当面狠狠地骂了疙瘩爷一通："你呀你，咋能欺骗黄木匠呢？他可是你的救命恩人啊！"疙瘩爷沉着脸不语，心里愧愧的。七奶奶转了脸又来安慰黄木匠："大雄他爹，像你这么有骨气有尊严的人没有了！你想开些吧，见怪不怪吧，风气不就这样了吗？"黄木匠分明感受到了七奶奶的博爱之心。他慢慢撩开沉沉的眼皮子，双目无光，却仍在心里大骂两个杂种，骂老友疙瘩爷。医生走后，七奶奶和疙瘩爷也相继离开了。过了好一会儿，黄木匠像是睡着了。大雄看看老爷子的脸，号号脉，觉得没啥事儿就让二雄两口子先回去睡了，大雄麦兰子默默地守护着。夜半时，麦兰子回房间拿点东西，大雄也困了，往炕上一偎，迷迷糊糊地睡着了。等他睁眼醒来，看见爹的床上空空的没了人影儿。大雄慌了，急急地喊来麦兰子。大雄和麦兰子提着桅灯，满院子寻来找去，也不见人。大雄脸相苦苦的，"吭吭"地说："爹会不会去祖坟上？"于是，他和麦兰子急煎煎地往海滩赶。借着灯亮儿，麦兰子发现滩上远远近近叠着一串脚坏印子，心里阵阵发寒。一低头，寻到了那条黑腻腻的红腰带，大雄不由得惊颤了："爹在呢！爹呀——您老咋想不开呢？"说着，眼眶子就湿了。大雄感到不妙，惴惴地凑过来，抓过红腰带，眼眶子一抖，愧疚的泪眼凝视海滩，款款朝古老脉线的源头走来。就到造船的那片场子了，他们蓦地看见灯影里有一条歪歪扭扭的拖痕，心都提到喉咙口了。又寻十几步远，他们看见滩上黑黑地耸立一团黑影子。麦兰子惊讶地说:"那是爹,是爹呀。"大雄凄凄地喊:"爹,爹——"

黄木匠面朝远处的老坟,静静地跪着,双眼墨线一样叠合在一起,抬头纹开了,脸都起灰了,嘴里流着一线哈喇子。他的双手死死抠入泥滩,膝盖前烧掉半截儿的毡帽头,被海风打灭了,疏疏地冒着黑烟子。大雄轻轻一碰老爹,老人就"噗"一下倒下了。黄木匠混如鱼目的眼睛大睁着直视苍天。他跪下去,抱住冰凉僵硬的老人,哭了。

"咔嚓"一声响雷,海滩上大雨如注。

大雄把死去的黄木匠背了回来。

黄木匠的葬礼过后,疙瘩爷一连好多天都不说话,然后就大病了一场,整天说胡话。紧接着又一个致命的打击袭击了疙瘩爷。

女人春花死了!

春花的死很突然,她是死在雪莲湾海滨浴场里的。那天她的厂子有南方客户来,她喝了酒,陪同客人到浴场游泳,一个大浪将气垫子掀翻了,春花被盖在底下,几口咸咸的海水就将她灌蒙了。疙瘩爷的天塌了,他几乎天天守候在海滨浴场。见他这种状态,乡里范书记早就想把疙瘩爷的村支书换成大雄。这下子可有了借口,将疙瘩爷说换就换了。村里的这场权力更迭,七奶奶没有干涉,因为老太太知道儿子没有那份力了,再说,接班的是麦兰子的男人,是她重孙女女婿哩!

疙瘩爷早已厌倦了,厌倦了自己所做的一切。他觉得黄木匠和春花之死把他的魂带走了。过了半年,疙瘩爷痛苦的心强健了许多,心想,就是天塌下来,也得按塌下来处理,煎熬不顶用,日子总得过吧?过是过,他不愿待在村里了,一天午后,他让麦兰子把他的行李背到海边的泥铺子去了。还是守海好啊!还是打海狗好啊!因为黄木匠的造船厂被矿物泥厂占了,疙瘩爷重新搭了泥铺子。疙瘩爷又重新守海了,守了海,他憋屈的心立马顺畅了。疙瘩爷今天守海多了一层内容,兼顾照看海滨浴场。雪莲湾如今人气旺了,县旅游局在这里投资开了个海滨浴场。每年夏天都有不少游客到这里游泳。老人捞一些海带、海鱼和海螺,闲下来的时候,就怔怔地望着春花被淹死的海面出神,黯然神伤地活在自己的孤独之中。

那天上午，大雄、疙瘩爷和范书记要跟随孟金元先生去香港考察。孟先生对大雄的表现十分满意，他不仅叹服大雄的胆识，而且从他身上看到一股力量。孟先生不仅向拆船厂投了资，而且还要在雪莲湾的泥岬岛上建一个大型炼钢厂。大雄和范书记这次赴香港是引进外资开发雪莲湾泥岬岛。

爹的死，让大雄沉默了好几天。他独自去爹的坟头坐着，久久地坐着。麦兰子把他拉了回来。大雄满脸是疲惫和倦意。麦兰子发现他的眼睛里，萦绕着瞬间的恍惚，还伴有一刹那闪过的苦痛。麦兰子开导了他一个晚上，大雄心境渐渐开阔了。是哩，不论结果是悲是喜，他总算在这个世界上拼了一回。有了这样的认识，就不会抱怨，不会玩世不恭，就会珍重生活，给自身注入一股强大的力量。

第二天，大雄他们默默地钻进轿车，走了。

红红的轿车在弯弯曲曲的乡道上背离大海而去。大雄慢慢扭回头，只见村口的天景儿极为壮丽。再扭头看海，忽然他眼睛一亮，看见了海市蜃楼的景观。波涛汹涌的海水簇拥着孤独的泥岬岛，它的上空像是竖着两扇大门，那是大海的门，那是雪莲湾的门。门上糊着七奶奶剪的门神。左扇门神是"钟馗"，右扇门神是"穆桂英"。雾气一点点地散淡了，但是，两扇大门却静静地矗立着，像两道天门。大雄激动地说："你们看海市蜃楼啊！快看，快看！"人们纷纷扭头望去。

两扇巨大的白纸门缓缓消失了。这时候，便有一只白色的小精灵从门缝里飞出来，大雄看不清那是啥东西，只有一声响动，颤颤地，就化进海天里去了——

过了一道门，又是一道门。

熬鹰

雪莲湾开发了一片海滨浴场，能够游泳了。麦兰子和七奶奶极为好奇，她们看见了碧蓝的海水，却没有注意到海边夏日哀丧的黄昏。生命这东西有时真开不得玩笑。麦兰子坚信自己的某些细节是未来生命隐含性的征兆。后来疙瘩爷的悲剧证明，老人退位来到海滩是一个天大的错误。

七奶奶感觉海滩很怪，劝麦兰子别陪疙瘩爷，可是麦兰子没有听七奶奶的叮嘱。七奶奶见到麦兰子回来了，对着刚刚换了纸的白纸门说："孩子，别到海滩上洗澡，那里有鬼气。"麦兰子就是不听，她如今是副乡长了，她可以尊重白纸门的风俗，可她不能迷信。麦兰子朝海滨浴场跑去了。

夏日的海滩上，最先吸引麦兰子的是疙瘩爷以及这只鹞鹰。这块海滩行人稀少，疙瘩爷满脸皱纹、神色郁闷。鹞鹰在空中打了一个旋儿，就落在疙瘩爷的肩头上，十分警觉地环顾四周。云彩压得很低，太阳也显得跟地面很近了。疙瘩爷手擎着一个短而粗的烟斗望着海滩吸烟。灰不溜秋的鹞鹰已经老迈了，鹰背上的皮毛几乎磨掉了，嘴巴显得平平的，唯有那双频频转动的眼睛显得依旧贼亮，仿佛在躁动中寻找着什么。

麦兰子惊奇无比惊叫了一声："怎么会是这样的啊？"也许是她的声音惊动了疙瘩爷，疙瘩爷扭头的时候，麦兰子发现疙瘩爷的眼睛浑浊，像是废了的，这让麦兰子吃了一惊。疙瘩爷多皱的脸上像是一张旧网。麦兰子不顾七奶奶的阻拦陪爷爷，是她疼爱老人，她不愿爷爷守海，他毕竟是当过村支书的人啊！麦兰子忽然发现，疙瘩爷的下巴上啥时候留起了胡须，一束飘飘欲仙的胡须。

尽管唇上和鼻凹里吹满了海风的灰,却不能遮盖疙瘩爷的魔力。海风吹得越紧,他的容光越加焕发,胡须愈加飘逸。麦兰子上前亲热地喊了声:"爷。"疙瘩爷没有表情,好像是没有听见麦兰子的声音。

疙瘩爷瘦了,伸长两只干瘦的胳膊打了个长长的哈欠,疙瘩爷双手回拢的时候,仿佛抓了一把清新的空气送进嘴里,麦兰子看见他大口大口地嚼着空气。她立刻蹲在疙瘩爷跟前,看到了更为奇异的场面。疙瘩爷的五脏六腑竟然是透明的,一根根的筋骨、蠕动的胃和轻轻滑动的肠子,发出一串节奏分明的轻响,它们在阳光里闪闪发亮。一时间,滚烫的小气泡在他透明的胸腔里澎湃翻滚,顺着气管呼出来,像一颗颗小炸弹,在他嘴里噼噼啪啪炸成一片。麦兰子几乎不敢相信自己的眼睛。这是怎么了?自己是不是有了特异功能?怎么能够看见疙瘩爷的五脏六腑?

"喔,是兰子回来了?"疙瘩爷慢慢回过头,轻轻地说。疙瘩爷说话的时候,脸上是死一样的静。麦兰子感觉疙瘩爷变得冷漠了。她点点头,刚要说什么,就听见鹞鹰一声呼哨,鹞鹰朝海面上飞去了。疙瘩爷一脸的兴奋,抽身离座,追着鹞鹰转身就走,既干净又利索,宛如一阵浑浊的风。

麦兰子站在那里半天缓不过神来。

麦兰子使劲揉了揉眼睛。看来是自己的眼睛出了毛病。

到了浴场那里,麦兰子才明白,疙瘩爷为啥追着鹞鹰走了。

原来是迎来了落魂天!

雪莲湾快乐海岸是县旅游局投资开发的。沙滩好,水也清澈,还有游乐宫、滑沙场、泥疗等辅助设施,快乐海岸征地的时候,疙瘩爷是出了力的。有时候,疙瘩爷曾经后悔地想,如果没有这个浴场,春花兴许还活着,跟他恩恩爱爱白头偕老。每年夏天海滩游泳场上人多得像煮饺子。人多有失,死人的事时有发生,每年都有不同身份的游客留在这里,给快乐海岸带来不快乐的落魂天。这片海湾有种奇异的风俗。海边死人的时候就称为落魂天。人们惧怕落魂天。人死去的时候尸体埋在沙滩的墓庐里,魂也就落下来,落到哪里,哪里就会长出一片黄蓼花。鹰在远海里找人尸体的时候就叼着这种黄蓼花,等确实认定死了,它才把嘴里的黄蓼花吐出来。渔人最忌碰见落魂天,碰着了一生晦气。躲不过的时候，就在死人躺倒的地方，铺满干海草，再做一个海草人，点燃，随着一缕青烟，魂便飞升起来，渔人的晦气也就冲掉了。唯有这个时候，渔人眼里的大海又浪漫起来。凶险莫测的大海往往让他们感到生命的无常和人生的失控，这种无常和失控，就促生了一个新奇恐怖的职业——捞人公司。捞人公司的诞生过程和经营行为令人们望而生畏。捞人公司的注册的名字是慈善公司，仅有疙瘩爷一个人，大鱼加盟慈善公司是后来的事情。落魂天的意味绝非通常人所能领略，这是疙瘩爷最欢欣愉快的日子。他的黑色节日。

麦兰子感觉疙瘩爷高擎的孤灯，有一半光亮照在他的脸上，投一半阴影落在自己的身上。疙瘩爷的"慈善"行为，让麦兰子恐怖，但也增加了她的好奇心。回到村里，麦兰子看见了大鱼，大鱼面色苍白，他把两个胳膊肘支在膝盖上，深深地低着头，听见麦兰子的脚步声，才抬起头来，笑了："是兰子？"

"大鱼！"麦兰子讨厌大鱼，最后把话题扯到疙瘩爷身上，她的语气才缓和许多。

"俺说句话，你这大干部别不爱听啊，疙瘩爷刚来海滩那些天，他根本不适应了，当官享福惯了，哪受得了这份苦啊！你爷扛着这只灰不溜秋的老鹰在海边转悠，落下风寒，脚和腿发锈，险些瘫在屋里。多亏了俺，捞海星给疙瘩爷治病，老头病好后，就划一只舢板船捞海菜打海草。如今鹞鹰也他娘的长本事了，海上有死人它就能知道。你爷就开始捞尸体了，挺赚钱的。没想到吧，你们麦家人也有今天啊！"大鱼幸灾乐祸地说着，心思却不在疙瘩爷身上。

麦兰子心尖抖了一下，额头冒汗了。麦兰子的心思无法从疙瘩爷身上离开，淡淡地说："大鱼，你现在干什么呢？"

大鱼心里藏着秘密，提到这些心里阵阵发紧，说："说了不怕你们笑话，俺在你眼里没啥出息，想干点啥，你和大雄不用俺。最后轮到给疙瘩爷帮忙了。俺明白，你爷当支书那阵虽说也瞧不上俺，可俺是人才啊！你们麦家人啊，还就是你妹妹翎子是个明白人！"

"你也捞尸体？"麦兰子惊讶地问。

大鱼尴尬地苦笑了："不，也算是，俺给你爷帮忙。"

正午的海岸时晴时阴，但是并不影响戏水游客的兴致。麦兰子在众人浮浮浪浪的杂声里，看见了坐在船头吸烟的疙瘩爷。疙瘩爷打哈欠的时候，麦兰子依然发现他通体透明。她不敢再看了，心理上有了一种恶心的感觉，却找不到这个问题的答案。一件灰黑颜色的青布蒜疙瘩背心懒懒地挂在疙瘩爷的瘦胸上，几乎要掉了下来。爷爷的耳朵不好使，歇息时耳朵也是警觉地支棱着，仿佛要将全身的器官变成耳朵，在这无风燥热的午后，来倾听海上死亡的传召。实际上疙瘩爷有一双非常灵的耳朵，那就是这只鹧鹰。常常是鹧鹰成为他的眼线。鹧鹰是很敏感的，死亡讯息尚待传来时，鹧鹰似乎感到了某种征兆提前恐慌，吱吱鸣叫着躁动起来，然后就很准确地朝出事海面飞去。疙瘩爷便精神抖擞地站起来准备渔网划船去挣钱了。

鹧鹰十分散漫地飞了回来。当年疙瘩爷出海时就将鹧鹰放在舵楼上观海，鹧鹰给他寻找大鱼群。拦截藻王的时候，又是这只鹧鹰当了眼线。疙瘩爷给鹰喂过食物，就慢悠悠地给她讲鹧鹰的故事。

麦兰子知道过去雪莲湾熬鱼鹰的人很多。后来政策变了，出海打鱼的人就把鱼鹰带在船上一起出海，鱼鹰不仅是玩物，夜里在锚地守船，白天就是渔民的眼线。当时的雪莲湾入海口西侧一箭之地，有一座新搭的泥铺子。泥铺子一色焦黄的苇席盖顶。顶上立着两只一灰一白的雏鹰。泥铺子里的疙瘩爷正眯眼打瞌，鼾声像夏日风一样哨响。疙瘩爷老了，禁不住海里的风打浪颠了，就守候着海滩窝在泥铺子里熬鹰。等鹰熬足了月，他不怎么费力，就又有钱财了。疲惫无奈的日子孕着疙瘩爷可心的指望。灰鹰和白鹰在屋顶待腻了，呼啦啦拍打着翅膀，钻进泥铺里来了。鹰们吱吱叫，疙瘩爷醉入鹰的歌里，脸也像块老铜一样灼灼放光了。他伸出大掌，左手托白鹰，右手托灰鹰，肩平肩高，说不清到底更喜欢哪一个。

疙瘩爷站起来，将两只鹰放在左右肩上，扑扑跌跌地走上了黄昏的海滩。疙瘩爷眼角沾着两坨白白的眼屎。疙瘩爷肥大的裤管像两面大旗猎猎地抖起来，落霞将他和鹰的影子涂得很长。熬鹰的时候，疙瘩爷狠歹歹的，对鹰没有一丝感情色彩。他要将它们熬成鱼鹰。鱼鹰本不是那么好熬的。疙瘩爷拿两根红布条子，分别将白鹰灰鹰的脖子扎起来，饿得鹰嗷嗷叫了，他就端出一只盛满鲜鱼的盘子。鹰扑过去，吞了鱼，喉咙处便鼓出一个疙瘩结。鹰叼了鱼吞不进肚里又不舍得吐出来，憋得咕哇咕哇叫个不歇。疙瘩爷脸极为严肃，看鹰的时候，脖子和身子一齐扭动，就像他伸懒腰那样发出一阵轻微的脆响。少顷，他攥了鹰的脖子拎起来，另一只大掌捏紧鹰的双腿，头朝下，一抖，另一只手腾出来，狠拍鹰的后背，鹰的嘴里便吐出鱼来。白鹰也想吞一只小鱼，疙瘩爷给灰鹰的布条子扎松了，小鱼缓缓在灰鹰脖根处下滑。有一天，疙瘩爷看见灰鹰偷吃一只小鱼，便狠狠抓起灰鹰，一只手顺着灰鹰的脖子朝下撸。灰鹰哇地一声叫，声音极为悲惨，像呕出五脏六腑似的。灰鹰嘴里吐出鱼来，连同喉管里的黏液也一股脑流出来，腥腥臭臭的。疙瘩爷心底有一丝快意，大鱼看着这样残酷的场面，战战兢兢的。他对灰鹰的处境非常同情，有时候在关键时刻给灰鹰鱼吃，被疙瘩爷狠狠骂了一顿："小狗×的，你别给俺帮倒忙啊！"就这样过了半年，一灰一白的鹞鹰被反反复复熬下来，就慢慢能够逮鱼了。疙瘩爷累得喘喘的，但眼里充满了惊异和兴奋，自顾自说："是两块逮鱼的好料子啊！"

　　海里的天气说变就变。前半夜无风无雨，疙瘩爷记得那天大鱼的后爹跟他娘打架，大鱼就来到海滩上跟他住了。傍晚的炊烟是直直摇上去的。后半夜就又是风又是雨的，夜来风雨，阴气就浓了，海狂到了谁也想不到的地步，泥铺被贼风摇塌了，疙瘩爷和大鱼明白过来时已被重重压在废墟里了。大鱼被泥土呛得咳嗽起来，不时用胳膊捅疙瘩爷的后腰，声音空洞地喊着："救命啊！"可是一切都无济于事。疙瘩爷心里明白，嘴里已经喊不出声音来了。白鹰和灰鹰抖落一身浮土，竟然奇迹般地钻出去了。灰鹰如得大赦似的钻进夜空里去了。白鹰没去追灰鹰，嗖嗖地围着废墟转了三圈。吼风里，苍凉的海滩上白鹰的叫声是清冷单调的。疙瘩爷压在泥坨里，喉咙口渐渐塞满了泥团子。喊不上话来，只拿身子一拱一拱。白鹰瞧见疙瘩爷的动静了，一个俯冲下来，立在破席片上，呼扇着双翅，刮拉着浮土。忽哒，忽哒，烟柱升起来，白鹰的羽毛糅合灰尘飘起来。白鹰被尘土染黑了。疙瘩爷渐渐看到铜钱大的光亮了。他老凭白鹰刮拉出的小洞呼吸到了海滩黎明打鼻子的鲜气，他们活过来了。赶早潮的渔人，被白鹰凄厉的叫声惊扰，纷纷聚拢来，七手八脚扒出了疙瘩爷和大鱼。疙瘩爷在天大亮时，方认出拢在怀里的白鹰，黑瘦脸上便泛着明滑滑的泪光，说："白鹰啊，俺的心肝宝贝哩！是你救了俺们的命啊！"

半年过去了，两只鹰都熬成了。可是，白鹰受了主人的宠爱，几乎逮不着鱼，疙瘩爷和大鱼没有少吃灰鹰啄来的鱼。没有多久，疙瘩爷就带着灰鹰出海了。疙瘩爷把那只白鹰留给大鱼做伴。白鹰是怎么死在大鱼手里的，有几种说法，反正白鹰是死了。大鱼自己对麦兰子说，那只白鹰不会逮鱼，而且还跟他分享家里十分可怜的食品。一直受宠的白鹰无法忍受主人对它的冷落，偷偷飞离了泥屋。疙瘩爷出海回来的时候，大鱼没法跟疙瘩爷交代，就从街上逮来一只白色的公鸡圈在屋里。疙瘩爷眼睛不好使，真以为是那只白鹰，后来灰鹰跟公鸡掐得头破血流才露了馅。疙瘩爷到处找这只白鹰，从黄昏到黑夜，海滩上都晃动着疙瘩爷肩扛灰鹰寻找白鹰的影子，招魂的口哨声在野洼上起起伏伏。十天过去，白鹰仍没有找到。疙瘩爷感到不妙，想起压在泥铺里被白鹰救起的情形，胸膛里像塞了块沉沉的东西堵得慌，带着哭腔说："白鹰啊，你不会打野食儿的啊。"一日黄昏，疙瘩爷在西滩的一片苇帐子里看见了白鹰的尸体。白鹰死了，身上的羽毛几乎秃光了，肚里被黑黑的蚂蚁盗空了。疙瘩爷赶紧把大鱼找了来，审问白鹰什么时候离家的，大鱼闭口不说。疙瘩爷的手抖抖地抚摸着白鹰的骨架，默默地很伤感，说："俺的心肝宝贝哩！"然后就有泪水从他深黑的眼骨窝里流下来。从此以后，疙瘩爷把全部的情感都给了这只灰色鹞鹰。

　　疙瘩爷说，这只灰色鹞鹰是在黄木匠死后，他大病一场之后开始吃人血的。吃了人血的鹞鹰对死人敏感起来。

　　夏天热得让人难以忍受。疙瘩爷在这样的季节守海，临行前他给大鱼和鹰准备了一些吃的，岸上本以为没有他挂念的事情，可是他没有想到这只鹞鹰在暑期到来之际病了。他的病好了，鹞鹰却病得不轻，它不吃不喝地躺在泥铺里，疙瘩爷能听到鹞鹰细弱而急促的呼吸声，一副手足无措的样子。这件突发事件使疙瘩爷推迟了出海日期，自己守候在泥铺里给鹞鹰喂饭喂水。鹞鹰一口不吃，最后连抬眼皮的气力都没有了，时间无声飞过，疙瘩爷一路施展魔法都无济于事。最后疙瘩爷从海里逮来了面条鱼，一条条像蛔虫一样的面条鱼送到鹞鹰嘴边的时候，鹞鹰依旧不张嘴，疙瘩爷就耐心地用指甲把鱼切碎。疙瘩爷的右手拇指留着一根长长的指甲，指甲非常锋利，他能用这根指甲切萝卜、白菜，比刀切得还薄，还均匀。疙瘩爷用指甲切面条鱼的时候，不小心划破了左手的食指，鲜血把面条鱼染得十分恐怖。疙瘩爷顾不上那么多了，试探着把掺了人血的面条鱼塞到鹰的嘴边，鹰没有睁眼，却奇怪地张开了嘴巴，非常香甜地把带着人血的面条鱼吃了。吃过面条鱼的鹰缓缓睁开眼睛，原先焦卷的羽毛都舒展了。疙瘩爷露出了笑脸，忙把鹰揽在怀里，抚摸着鹰的脑袋，鹰的眼里竟流出两股清泉湿了他的手。

鹞鹰得救了。从此以后，这只鹞鹰被惯出了一个毛病，只吃掺了人血的鱼类。疙瘩爷撩开裤子让麦兰子看他的右腿，麦兰子被腿上的伤疤惊了，那是一块块紫色的伤疤，都是疙瘩爷用自己的长指甲戳的。疙瘩爷每天傍晚都要给鹞鹰取血。

这个时候，麦兰子就扑过来，紧紧抱住疙瘩爷的腿，哀求着说："爷，您别这样了，别这样了，多疼啊？医院里有人的血浆，买一些来喂鹰嘛！"疙瘩爷推开她颤抖的双手长叹了一声，说："俺试过，这冤家嘴叼，只吃俺这糟老头的血！"疙瘩爷说话的时候晃了晃手，鹞鹰就稳稳地落在了他的手掌上，以此来证明养这只鹞鹰非他莫属。麦兰子无奈地吸了口凉气。疙瘩爷一边说话，大鱼一声不吭，他对老头的伤腿也视而不见，却把老头补好的旧渔网抖得乱七八糟。

疙瘩爷让大鱼把渔网放在远处的船上晾晒。大鱼用鄙夷的目光瞪了疙瘩爷一眼，不情愿去干。疙瘩爷吼了一声："快去，你小子生反骨了？"大鱼对疙瘩爷的漠视使麦兰子十分气愤。后来疙瘩爷又吼了一句，大鱼才慢腾腾地抱着渔网走了。

大鱼走远了，疙瘩爷狠狠地骂道："这杂种，这只鹰险些给他掐死呢！"然后就给麦兰子讲了这件隐秘的事。

一个傍晚，疙瘩爷听说七奶奶病了，就买了一些东西去看望。疙瘩爷三天三夜没回来，鹞鹰饿坏了，大鱼来到海滩泥铺里找疙瘩爷，在雪莲湾，疙瘩爷是他最后的朋友。

饥饿的鹞鹰在房间里扑来扑去。大鱼给鹞鹰端来鱼碗，鹰不吃，送来水碗，鹰不喝，而且还用嘴掀翻了水碗，细密的水珠扭扭曲曲地顺着大鱼的脸颊、肩膀向下滑落。大鱼有些恼，狠狠地骂了一句："这狗×的，跟疙瘩爷一个鬼脾气！"他胡乱地擦去脸上的水,然后把鹰带到了泥铺外边。本来他和鹰可以相安无事,可是在大鱼不注意的时候,鹞鹰非常凶恶地落在了他瘦弱的肩膀上。鹰红着眼睛,眼神生硬绝情,大鱼从没有看过鹞鹰有过这样的眼神,所以没敢动它,自己吓得一动不动。尽管这样,鹞鹰还是对大鱼发动了猛烈的攻击。大鱼猛然觉得左脸上火辣辣地一疼,他伸手一摸,又湿又腥,才知道是鹰的利嘴啄去血淋淋的一条肉。过去大鱼之所以能容忍鹰的每一次挑衅,是因为鹰能帮助疙瘩爷捞尸体挣钱,那一天他的脸色立刻变了,他没有料到鹞鹰会对他下毒手。他仰着头,看都没看鹞鹰一眼,双手往左肩膀上一甩,一把攥住鹰的脖子,慢慢地,缓缓地攥着,掐着,狠狠地掐着,鹰的脖子发出一阵嘎嘎的轻响,而且变得越来越长,最后软软地垂下头,死了一样。如果不是疙瘩爷及时赶来,大鱼就会永远这么攥下去。疙瘩爷嘶哑着一吼:"混账!"大鱼才把手里的鹞鹰扔在地上。鹞鹰摔在沙滩上经过一番无效的挣扎,栽在沙地上,扑棱了几下,不动了。

　　疙瘩爷狠狠瞪了大鱼一眼,骂道:"孽障!真格儿是罪孽未清啊!"大鱼的脸转成青白色,红红的血斑点在他脸上闪闪烁烁。疙瘩爷一边骂着一边蹲在鹞鹰身旁,把右腿的裤角往上一提,手指甲狠狠地往上一戳,黑瘦的腿上就渗出一滴滴的血来,用手指一抹,悬在鹞鹰的嘴边,红红的血一滴一滴落在鹞鹰的嘴巴上。鹞鹰竟然动了动,张开嘴巴,就像婴儿吮吸母亲的奶汁一样,吧嗒吧嗒响着。整个营救过程很短,前后还不到一分钟,僵死的鹞鹰就缓缓睁开了眼睛,眼里闪烁着微光。疙瘩爷忽然闻到一股浓郁的香气。

　　大鱼眼睛半睁半闭着,却看见了全过程,好像是一副耗尽心力的样子。左脸上隐隐作痛,他抬手往脸颊上一摸,却摸到了鹰啄下的那一条肉。他把这条肉从脸上摘下来,放在手心看了又看,然后缓缓走到鹰的旁边。疙瘩爷十分警觉地望着他,不知道大鱼还会做出什么损事来。大鱼蹲在鹞鹰的身边,把手掌心上的这条肉递到鹰的嘴边,鹞鹰看了看大鱼,犹豫地动了一下,又望了望疙瘩爷,疙瘩爷点了点头,鹞鹰把这条肉吞进嘴里嚼了。

　　那一夜,疙瘩爷搂着鹞鹰睡了。

歧视

麦兰子坐着大雄的汽车下班回来,路过海滩,麦兰子抬头搜寻鹞鹰,鹞鹰忽然不见了。麦兰子猜想疙瘩爷那边的样子,心里万般凄惶。神秘得不知那边的世界。麦兰子的心被一晃而逝的鹞鹰揪得难受,就问身边的大雄:"你才说鹞鹰飞起来,疙瘩爷就发财,是啥意思?"大雄笑了笑说:"每当爷爷捞到死尸,就吆喝鹰回村报信,那个狗×的大鱼就会运冰块过来,将死尸冰镇起来,等死者家属拿钱来认领。没啥看头,就这么简单。"大雄说得很轻松,麦兰子心里却是沉沉的。大雄叹息着说:"人啊就像气球,气在球在,气泄球就完了。人的气场说完就完,可新的气场会不会同时到来呢?"麦兰子狠狠瞪了大雄一眼,七想八想,就越发想见到疙瘩爷和他刚打捞上来的尸体。

这个倒霉的溺水者是谁?

人被疙瘩爷捞起的死态是啥样子呢?

麦兰子既好奇又恐慌。

大雄的汽车停在沙滩顶头的油路上,他就带麦兰子找到了疙瘩爷。疙瘩爷微闭着眼睛吸烟。大雄隔老远就喊:"爷,你赚了钱就不理人啦?"疙瘩爷醒了,张开竹节样的手臂打哈欠,站起身笑笑:"哦,是大雄来啦。"大雄瞪了眼睛:"爷,这营生比当支书好玩儿吧?"疙瘩爷递给大雄一支烟说:"唉,俺的大支书,你小子别得便宜卖乖啊!俺这满身鬼气的人,谁瞧得起哟!"大雄说:"话不能这么说,这年头挣到钱就是爷!您老不当村干部了,这营生不照样使您成了气候吗?"疙瘩爷叹一声,心里非常痛苦,眼窝慢慢红了,说:"这咋能跟那个比呢？沦落到这一步，还不是你小子逼的啊！"大雄就疯了嗓儿笑，瞪了疙瘩爷一眼说："谁敢逼您？谁碰上您，这辈子就完蛋啦！俺不跟您瞎胡扯啦，老孟他们的公司来外商了，俺得去城里接他们。让兰子陪您吧。"麦兰子望着大雄开车走了，又扭头望疙瘩爷，却不知咋开口。麦兰子讷讷地问："爷，这两天死人了吗？""嗯，嗯。"疙瘩爷应了两声，说明死了两个人。疙瘩爷心疼地望着麦兰子，嗯嗯着点头，喉管里咕咚咕咚响着，说："你跟俺到棚子那儿去，那儿凉快。"麦兰子怏怏地跟疙瘩爷走了。

海滩干热，将人烤得灼心灼肺。麦兰子跟随疙瘩爷离开闹嚷嚷的浴场，走上了一片黑灰的泥滩。这里是渤海湾沙岸泥岸的交界处。由于泥滩吸热，比沙滩就凉了一些，但蒸出一股呛人的泥腥气。翻过古河道便是日商开发的矿物泥厂了。麦兰子看见疙瘩爷在泥岗子上的草铺子旁停下了。疙瘩爷说："这是俺的窝儿，整个夏季就泡这儿啦。"麦兰子猜想这泥铺子便是"慈善"公司的办公室了。泥铺上的草被日光晒得发白。泥铺上披挂着层层叠叠的破旧的渔网。

旧网几乎将泥屋罩住了。麦兰子望着渔网心里发寒。

麦兰子听大鱼说过，疙瘩爷捞尸向来用网打捞。他对网越发偏爱了，而且还多了一个收购船上旧网的嗜好。收来的网有洞也不去补，捞过一个死人之后就挂在泥铺的老墙上。疙瘩爷时常独自望着一挂一挂的旧网发呆。为啥？麦兰子不明白爷爷的用意，只觉得眼前的网死尸一样可怖了。麦兰子开始数墙壁上的渔网，一个，两个，三个，四个——最后数到五十二了，她的手数麻了，心数颤了。

渔网像吊死鬼一样竖立着，网眼像一双双鬼眼，层层叠叠地望着她，气氛就越发紧张而恐怖了。这都是鲜活的命啊！她感觉所有的生命都一门心思、不管不顾地叫喊："快救救我，我要活啊！"幻觉中，只有一点麦兰子是知道的，那就是疙瘩爷变了，老人正在发生着对于他的灵魂来说的重大变化。钻进网垛里喝酒是疙瘩爷的怪癖，他常常拉着大鱼在网垛里喝酒、下棋。两个人常常喝得烂醉如泥。

疙瘩爷打开泥铺的门，就有一股烟叶子味和沤馊气荡起来。麦兰子感到某种窒息，捏着鼻子，却看见墙上挂着"慈善"公司的营业执照。麦兰子走过去看见执照底栏的经营范围是：捞尸。同时兼营尸体整容、代办托运等。发照单位是乡工商所。麦兰子觉得滑稽可笑，顺口问了句："还上税吗？"疙瘩爷将木墩子放在门口荫凉处说："当然收税，郎税务手黑着呢！俺是白落忙啊。"麦兰子坐在门口的木墩上，接过疙瘩爷递过来的芭蕉扇呼扇两下。疙瘩爷坐安稳刚要说话，望见鸬鹰呼嗒着翅膀飞回来，在泥屋顶上打着旋儿，姿势十分好看。

疙瘩爷露出枣红色的胸脯子，双手摇着芭蕉扇。不说话，扭头望着骚动喧嚣的浴场出神。麦兰子发现他的眼神里有一股很邪的怪光。他在被动地等麦兰子发问，否则再也不会说啥了。捞尸的日子对他来讲太平淡了。他叹一声，憨憨地笑了。

麦兰子愣起眼不明白，问："爷爷，您这两年总共捞过多少人？"

疙瘩爷眯了眼说："有几十个吧。"

麦兰子说："俺特别想知道您捞第一个人的过程，您给俺说说好吗？"

疙瘩爷咳了一声。

麦兰子诱导疙瘩爷从捞起第一个尸体讲起，是想探询疙瘩爷的心路历程。因为麦兰子知道疙瘩爷是受到生活的刺激才走上这条路的。老人经受的磨难以及当村干部的苦衷，让老人一点儿一点儿丢了骨气和尊严。面对那些鄙夷、嘲讽的目光，见怪不怪了。过去老人没有感觉到受害之深，直到捞到第一具尸体，灵魂里的东西才触目惊心地暴露出来。这世界乱了,这世界啥也不值得坚守了！比如，他一直认为出海撞见死人的"落魂天"会给人带来晦气，如今死人给他带来的是金钱，是喜气。有啥道理好讲？

疙瘩爷第一次撞见死人的情形仍历历在目。他说雪莲湾刚刚入伏，气候同往年不一样，海里哈欠连天，呜呜喘出一片白沫子，眼瞅着白沫子就将游泳的人裹起来，像有一条长长的孝布浮来荡去。看上去海滩显得十分辽远。疙瘩爷说他那时在海里好久没捕到鱼了，也没捞到海菜和海带。海对他偏偏不开恩。疙瘩爷歇晌儿的时候，拿一条灰毛巾擦了擦汗，然后吃点干粮，喝上几口烧酒，老脸上润了酒晕，困了，斜腰一躺，眼皮一合入梦去。

这个时候，一溜儿机帆船喷着黑烟子将疙瘩爷吵醒，噼里啪啦甩过几只煮熟的皮皮虾来喊："疙瘩爷，又空船啦？吃屁都赶不上个热乎的，赏你皮皮虾下酒吧！"然后就笑。疙瘩爷心里不舒服，生气地回骂了他们几句，顺手抓起皮皮虾，拿大掌碾碎，狠狠地扔在海里，又骂了一句："狗眼看人低，莫笑叫花子穿破衣！老子当村干部时，你敢这么放肆！"骂着，他心火便成势了。当顶上的日光将疙瘩爷的身影全缩在舢板上时，他又坐起来，自顾哑哑地喝酒，人也乖了，听任老船在烈日里蒸得舒筋展骨。这时，大鱼就摇着皮筏子朝疙瘩爷喊："疙瘩爷，咱们杀一盘啊？"疙瘩爷扭头，看见大鱼光光的脑袋在日光里一闪一闪。自从大鱼出狱在犯人村折腾，回村搞书屋，他一直瞧不上这孩子，去日勇猛的大鱼变成花里胡哨的坏子，越来越不像汉子了。疙瘩爷闷着嘴不回话，一张冷脸空空净净的。大鱼自讨没趣，骂了一句就哼着鬼歌悄悄躲开了。看得出来，这是他灵魂里需要的那种歌。疙瘩爷说大鱼哼鬼歌的时候，他心里就生出不祥的预感。不多时浴场那边就炸了窝，哭啊喊地将疙瘩爷的心吊了起来。怕啥来啥，一个使他闻而生畏的落魂天显现了。

远处的海面上浮尸了，尸体沉沉浮浮，悠悠荡荡，正随潮水一颠一颠地远去。疙瘩爷朝远海瞟了一眼，就故意扭头不看了，他怕落魂天的晦气久久纠缠他。刚要离开，就见一位身着泳装烫了鬈发的女人，疯了一般哭号着堵住疙瘩爷，哀求着说："求求你大爷，将我的男人捞上来吧！我们愿意出钱……"疙瘩爷见哭成泪人的女人心叹自己倒霉，犹豫地站住了。女人又哭说："都怪他太贪酒，又在海里逞能，成了水浸的鬼呀！"疙瘩爷再扭头望海却见尸体变成一粒豆点，眼拙的人几乎看不见了。女人"扑通"一声给疙瘩爷跪下了，哭喊了几句，就挺挺地昏过去了。疙瘩爷愣了片刻，心软下来，眼窝跟着潮了，一叹："人呐！"就昂头看灰白的天景儿。眼前模糊起来。他倔倔地扭身上船。老船随着落潮心事很重地滑下去了。他摇橹的手臂有些抖。那时他瘦长的手臂青筋突跳。当时还没有难看的斑竹节似的黑迹。他苦撑着朝尸体漂荡的海面摇船，强迫自己不往歪里想。快接近尸体了，疙瘩爷就慌得不行，往那里瞅，无光鬼亮亮的，海水白得不是本色，眼睛被刺得疼痛了。疙瘩爷告诫自己："这不是死人，是鱼，你就合上眼当鱼捞吧！"心里安稳一些，顺手拽起那张久久不用的破网。在船头站成人字形，咳咳地运气，蜷着腿架出一张弓，骨头绞着身架子将网撒出去，将死人白肿的尸体包在网里，然后一点儿一点儿地拽上来。疙瘩爷说他最先看到的是死人一只白馒头似的胖脚。这只脚很像深海里的白苞鱼。后来拽上来了,他在短时间内瞅了瞅死者的面相,富态阔绰的福相人,怎么说完就完了呢?好可怜啊!

疙瘩爷弯腰摘网的时候,手臂触摸到了尸体,他后来猜想,也许是从这一刻开始,他枯瘦的手臂开始一点点生斑的。他当时忽地不害怕了,只感觉死人凉得像冰坨子,四肢硬硬的再也暖不过来了。他摇船往回走,竟感觉落魂天有了刺激,就像捕到好多鱼一样刺激。然后青铜色的瘦背便热热地流下一注汗来。恍惚间是一副满载而归的模样。为了壮胆儿,他哼起了没皮没脸的骚歌儿来。听到岸边女人的哭泣,疙瘩爷才觉出不对劲儿了,再扭头看船上的死尸,就起了满身的鸡皮疙瘩。他将尸体拖上岸。交给那女人,就急急跳上船要走,似乎是想快快甩掉一些阴气。女人抱住尸体哭几声:"大爷,留个姓名,过后我付您钱。"疙瘩爷的脸猛地阴住了,像遭了辱似的,悻悻地说:"俄可没乘人之危朝你索钱,你这不是打俄的脸吗?"女人愣住,软了声说:"没别的意思,大爷,是俄们心里过意不去。"疙瘩爷连连摆手:"罢罢罢,从古全今,雪莲湾没有哪个渔人敢赚鬼钱的!"说完甩手上船走了。女人尖起嗓门儿喊:"大爷,好人啊,留个姓名吧!"疙瘩爷头也没回,拧着大橹,将船摇至远处,就哀叹自己倒霉撞上了落魂天。

"他奶奶的!"疙瘩爷骂了一句。

疙瘩爷嘟嘟囔囔,像是朝大海诉屈似的。其实黄昏的海比他还屈呢,呜呜溅溅地吐着白沫子,拥着疙瘩爷,一甩一甩地拧出白花儿来了。仿佛将疙瘩爷无奈的日子也拧在一起,缠绕在他大掌磨秃了的枣红色的橹把上。双臂抖得厉害,仿佛随时都要瘫倒,分裂成一堆垃圾。

第二天早上,疙瘩爷将捞尸的那张网废了,挂在海边的泥铺里。

心神不定的时候,疙瘩爷去找七奶奶。他把这个败兴的事情讲给七奶奶,请老娘给他的泥铺的门板糊上白纸,驱驱邪气。七奶奶给疙瘩爷剪了一道驱鬼的"天师符"。这道符主要由图与文组成,图有两幅,一幅是太极八卦图;一幅是上书"正口气传人"的神将,文字则完全一样。南宋吴自牧《梦粱录》记载:"以艾与百草缚成天师,悬于门额上。"七奶奶用艾草给疙瘩爷扎成了天师像,又给他剪了"天师符"。疙瘩爷这才放心落胆地回到海边。他在泥屋的旧门板上糊上白纸,把艾草做成的天师挂在门楣上,最后把剪好的"天师符"烧掉了。还撒了一些纸钱。游人发现村巷里海滩上浴场里经常出现花瓣形的草纸钱。草纸钱纷纷扬扬地落地,又被海风吹起来,就像冥府里飞出的招魂纸。草纸上被沐手焚香烧出无数的小洞儿,惹了人们去瞧。明眼人一看就知道,这是七奶奶给疙瘩爷埋下的几道"驱鬼符"。疙瘩爷撒花瓣纸钱的时候,娃崽们追着疙瘩爷编成顺口溜当作童谣唱。疙瘩爷就在纯净悠长的童谣里来上一句鬼节里的词儿:"落魂去,辟鬼魂,天外天哟!"说得人们心里慌慌的,疙瘩爷自己也是满脸恐惑。

如果善良的疙瘩爷一直保持这样的心境,那他就与捞尸的职业无缘了。改变疙瘩爷心境和观念的是后来死者妻子送来的五千块钱。三天之后,疙瘩爷弄清死者的身份,死者是黑龙江佳木斯的一位汽贸公司经理,属酒后溺水死亡。疙瘩爷开始不收这钱,后来那女人强行留下走了。没能顶住,疙瘩爷收下了。当他虾着身躯在泥铺的炕头数钱的时候,心里快乐而激动。他当过支书,见过大钱,可那是过路财神,公家的钱。这可是自己的钱,不是受贿的钱,是他劳动挣来的钱。对他来说,这个意义非同寻常。"他奶奶的,捞人也能挣钱呢!"疙瘩爷欣喜地叹道。死人一类的事情在夏日浴场时有发生,那么这类的事情也许能算个营生,一个好营生!

麦兰子听着疙瘩爷有声有色地讲完第一次捞尸的全过程,心里很复杂。但麦兰子并不认为金钱是改变爷爷的唯一理由,因为她兜底,爷爷虽说不是贪官,可他还是有些积蓄的。黄木匠的死,对爷爷打击最大,其次是春花淹死在海里。这让爷爷心里丢不下这片海滩浴场。她还听疙瘩爷说,村人得知疙瘩爷挣了"鬼"钱开始高看他了,似乎比当村干部还要高看。没有人责备他来钱的方式。商品社会初期使人忽略过程而注重结果。麦兰子又从现在疙瘩爷的得意神色里证实了这一点。

"得到钱,您就再也不怕落魂天了吗?"麦兰子问疙瘩爷。

疙瘩爷摇摇头说:"不能这样说。鬼头上的生意那么愿意做吗?那么好做吗?是谁都干得了吗?"

麦兰子沉了脸说:"既然不容易,就别干了,您不知道奶奶多惦记您呢!"

疙瘩爷愣了愣,眼睛忽然红了:"俺不干这个,还能干个啥?你知道,你爷是个待不住的人哩!"

麦兰子说:"爷,干点啥不行呢?大雄那里需要您!"

"唉,你别劝俺啦,回去吧,跟你奶奶说,俺活得挺好。"疙瘩爷说。

黄昏了,海滩上游人渐渐多了起来。麦兰子还想再问下去。这对于她太新奇了。在某种意义上讲,这也是人的灵魂与躯体的安置问题。那停留的海浪头,如涌动的时间,将无辜早亡的生命推到捞尸人眼前。麦兰子想探究,在爷爷眼里生与死的关系是什么样子?这个问题,她还想问一问大鱼。

麦兰子看了看海,忽然冒出了一个奇怪的问题,问:"爷,您说这个世界啥最大?"

疙瘩爷笑了笑问:"你说呢?"

麦兰子毫不犹豫地回答:"海!"

疙瘩爷摇了摇头。

麦兰子白净的脸上异常红润,尴尬地想着。

麦兰子抬手指了指碧蓝的天空说:"天!"

疙瘩爷继续摇头,说:"还不对。"

麦兰子像淋了一头雾水不得要领。

疙瘩爷指了一下渔网,胸有成竹地说:"网!"

麦兰子恍然,透过密密麻麻的网眼儿望世界,天、地、海和人都被小小的渔网罩住了。然后,麦兰子就按人生的阶段对号。记得老师讲课的时候说过,人的童年生活在混沌和褴褓中,少年生活在猛醒和迷惘中,青年生活在花丛和憧憬中,中年生活在搏斗和果实中,老年则生活在回忆和失落里。全部的人生都在罗网中了。过了一会儿,麦兰子问道:"爷,您捞了那么多死人了,对死亡有啥见解呢?"

疙瘩爷叹一声:"唉,谁死谁可怜,不过,也早死早托生啊!"

"您相信死后再生吗?"麦兰子问。

疙瘩爷说:"人死如灯灭,灵魂走了,肉体留下来啦!俺总觉得灵魂走了,就是去别处生根啦!留给俺的,是一具东西。拿这具东西换钱,灵魂是不知道的。"

"您真这样看?"麦兰子有些惊讶了。

"请俺娘做天师符的时候,俺就明白了。"疙瘩爷竭力辩解说,"兰子,你爷可跟你说,尽管俺吃着鬼饭,可俺没变坏啊!俺经常对着白纸门照一照脑袋。把所有杂念邪念都清理出去啦!"

麦兰子无话可说,一脸寒气。

印、剑和镜

麦兰子端详了一阵枣木烟斗。烟斗柄短而锅大，看上去很有点味道。这是大雄买给疙瘩爷的。第二天早上，大雄决定带麦兰子到泥岬岛上玩。麦兰子问："大雄，泥岬岛上有啥好玩儿的？"大雄笑了笑说："亏你还当着副乡长，泥岬岛可不得了，那里填海铺路，上级已经批准了，将来要建成大海港，春都钢铁公司要搬到岛上，总投资一千个亿呢！等投产的时候，咱雪莲湾就真的变城市了！"麦兰子摇了摇头："铺路？建厂？那有啥好看的？俺还是放心不下爷爷，俺们还是去看看爷爷吧？"大雄的脸黑了："俺们年纪轻轻，跟他瞎掺和啥？那多吓人啊？你不害怕啊？"麦兰子淡淡地说："起初挺害怕的，现在俺不怕了！俺是想啊，把爷爷从海边拽回来！"大雄瞪了她一眼说："俺看啊，你也走邪了！你爷能回来吗？"麦兰子说："唉，他这是图个啥？"大雄想了想说："你爷可能是变态了。"这个时候，二雄进来说："今儿你也别指望去海边了，过一会儿疙瘩爷就要回村里来啦！"麦兰子惊诧地问："俺爷不做那营生了？"二雄笑了笑说："今天是俺的儿子小锁过满月。俺参活着的时候，疙瘩爷就答应过，回村给俺助兴。俺想在家里搞个皮影演唱会呢！你们也去俺家凑凑热闹吧！"麦兰子想想也不错，爷爷掐着嗓子唱皮影戏，兴许能把压抑许久的东西吼出来。

大约上午十点，麦兰子去了二雄的家。二雄家是三间大瓦房，门楼子很高，白纸门糊得挺新鲜，门板上糊着七奶奶的门神钟馗和魏徵。门楣上刚刚贴上红对联，一条长长的红绸布在门口悠悠摆动。院里搭了苇席盖顶的临时灶房，大人小孩闹闹嚷嚷很有气氛。麦兰子时常碰着熟人，有人喊："兰子，咱雪莲湾的女乡长啊！"麦兰子随意应着，目光寻着疙瘩爷。没有鹞鹰，也没见着疙瘩爷。疙瘩爷来过，又躲出去了，后来一直没有露面儿。麦兰子猜想，爷爷见到满院子欢蹦乱跳的人肯定心烦。他说过特别喜欢看人躺倒的姿势。麦兰子走到二雄媳妇跟前问："俺爷爷怎么还没来呀？"二雄媳妇有些不悦地说："二雄说你爷爷到村口收旧网去了。"麦兰子便悄然走开了。

麦兰子看看手表，正是渔船歇潮儿的时候，就独自去村口码头了。走上老河口，就觉一股泥腥气扑面而来。远远地，麦兰子看见疙瘩爷孤独地坐在一块泥岗上吸烟。他的身边堆着一团旧渔网。还不到吃午饭的钟点，他是不会回家的，到这里躲清净，眯着眼睛熬这段最没意思的时光。过去他出海，总是在这块地埝歇脚的。今天疙瘩爷往这块地埝一站情形就大不相同了。人们围绕着"慈善"公司的话题问这问那，但都离不开死人啊钱啊，问几句便十分恭敬地躲开了。疙瘩爷很得意，忍不住抿着嘴笑。麦兰子发现疙瘩爷那件脏兮兮的汗衫的一只袖子从背上滑下来，掉在网上。

麦兰子悄悄来到他身后，都明白了。老河口土坡下的一块空地，有几个村妇正在补网。她们头戴着十分鲜艳的花头巾。旁边的两棵槐树之间拴着一张旧网，不知是哪位村妇的孩子悠在网上熟睡。看不见孩子的小脸蛋，孩子的脑袋被一顶草帽遮盖着。麦兰子发现疙瘩爷的目光注视那孩子已经好久了。妇女和行人没有发觉。

麦兰子的心猛然一震，浸出一股怪味儿。麦兰子料想，网和安睡的孩子在爷爷眼里肯定是怪异的，多了一重联想。其中的实质是什么，麦兰子目前还无法讲出来。只觉得眼前的爷爷有点让她反感。麦兰子站了一会儿，没好气地叫了一声："爷——"疙瘩爷扭过头，掐灭手中的烟头说："哦，是你呀，你咋没上班啊？"麦兰子说："今天我休假，我到二雄家找您，二雄媳妇说您来老河口收购旧网了。"疙瘩爷呵呵地笑两声，喉咙仿佛呼噜呼噜地响："是哩，这几天渔网不够用了。"麦兰子心一沉，不够用就是淹死人太多了。她望着爷爷的身体，看见他的内脏还是那么透明。骨头、肠子、肝、胃和肺都清晰可见。她说："俺有样东西给您，算我给您的礼物。"麦兰子说着将烟斗递给疙瘩爷。疙瘩爷接过烟斗细细端详了一阵,眼睛亮了:"这是大雄让你给俺的,对不?"麦兰子点头笑了:"是他同意给你的。"疙瘩爷笑了笑,将烟斗往鞋底敲打几下,放在嘴边吹吹,塞上老烟叶子,点燃,放在嘴边极有滋味地咂巴一下。这时偏近正午了,麦兰子问疙瘩爷:"二雄的孩子过满月,您是不是来一段家庭皮影戏呢?"疙瘩爷咂巴着烟斗说:"是啊,都安排好了,来一段儿乐和乐和,不过那得晚上才能演啊!"老河口涨潮了,渔船慢慢颠来。疙瘩爷站起身,"唉"了一声,将一张旧网抖得啷啷直响。老头的脚下摇着一条黑沉沉的影子。

  雪莲湾的夜晚很凉爽,就是蚊虫多了些。天黑不久,麦兰子就去了二雄的家。麦兰子赶到二雄家时院子里来了好多人。疙瘩爷来了,正忙着调大弦,见了麦兰子就让二雄媳妇给麦兰子搬凳子,递烟送茶的。麦兰子悄悄在一个角落里坐下来。这时院中央堆了一团辣蓼草,由二雄点燃熏蚊虫。烟顺风飘过来,麦兰子闻到一股清香味。这时麦兰子看见大雄和一些村民们都来了。疙瘩爷调完大弦,佝偻着腰走到大雄跟前:"大雄,你来啦?你的枣木烟斗俺可收下了。"大雄笑了笑。疙瘩爷呵呵地笑了,就去平房的玻璃窗子前布置影人。玻璃窗子被二雄媳妇擦得锃亮,今晚幕后耍影人的就是二雄了。二雄从村里请了个村妇跟他主唱,疙瘩爷拉大弦,四喜配合打竹板,还有人帮着幕后拉线。雪莲湾有好多人家喜欢唱皮影戏,富裕时唱,穷困时也唱过。他们比较拿手的有《挖叹沟》《赶船劝佛教》《送夫参军》《配婚记》等传统节目。

  麦兰子朝众人报节目说:"今晚的曲目是《赶船劝佛教》。"疙瘩爷知道这是抗战时期尖兵剧编排的节目,流传下来了。疙瘩爷出海就爱吼几嗓子《赶船劝佛教》。剧情大意是冀东渤海边王少安夫妇信迷信参加了大佛教,不积极抗日,不断花钱向大佛教买福,家境日益贫寒,经党的特派员劝说,夫妇觉醒离开大佛教,投入抗战斗争。麦兰子对这个剧情不感兴趣,可很爱听故乡的皮影调子。很快就开始了,疙瘩爷的大弦几乎将人心拉碎了。二雄的唱腔极为高亢。疙瘩爷眼皮叠合起来,拉弦时身心便陶醉过去,瘦长的身子一摇一摆的。特别是那双斑竹节般的手臂,使麦兰子联想到了"落魂天"。剧情推到高潮处,二雄双手掐住脖子哑了声唱,众人一片喝彩。疙瘩爷摇头咂舌地说:"没劲儿,欠火候。"

在间歇的当儿,他伸手捅了捅二雄,就将大弦让给二雄:"你小子发声太低。"他自己站起来双手掐住脖子吼唱起来,音腔喑哑而雄厚,像吞了酒,热辣辣地一直烧到人心底,将众人的情绪引逗起来。麦兰子看见疙瘩爷掐嗓唱戏的姿势很丑,显得比门口的老树还要苍老。麦兰子忽然想起疙瘩爷泥铺悬挂的网,觉得他就在网里唱戏,像在挣扎,像在发泄。一种复杂的情感涌上来,使麦兰子心里有些难受。

驴皮影人在窗前的灯光处不住地闪动。沉沉浮浮的就像芸芸众生。麦兰子忽然觉得影人浮在海面上,这么多人挤在海里寻找机会,撞上就撞上了,撞不上就自认倒霉,由上帝的手抻来扯去的,生的就生了,死的就死了,没必要对人生过于悲哀或过于轻看。活着的人都要快乐,都要好好活。这一刻,麦兰子忽然理解了爷爷,理解他为啥守着海,为啥捞尸体。

第二天很早,麦兰子就爬起来,骑着自行车,去了海滨浴场。疙瘩爷打开泥铺子的灰门,鹞鹰率先钻出来。它不往空中飞而是亲昵地落在了疙瘩爷的肩头,接下去就扇动起自由的翅膀。疙瘩爷拿大掌抚摸着鹞鹰,鹞鹰喉咙里咕咕叫着。麦兰子看着人与鹰的亲和无话可说,深深理解了雪莲湾渔人为啥喜欢玩鹰。

这个时候,大鱼来了。

自从大鱼跟麦兰子发生了那次争吵以后,大鱼有几天没过来。即便过来见到麦兰子,大鱼也很少说话。大鱼跟麦兰子道歉了,麦兰子没有原谅他。又经过两次和解的谈话,麦兰子与大鱼即使没成为仇敌,至少两个人的关系变得生疏、隔膜而不能理解了。大鱼却颠儿颠儿地跑来找疙瘩爷下棋,下棋的时候,疙瘩爷便觉得他是个宝儿了,没有大鱼漫漫长夜怎么打发呢?麦兰子不会下棋,只能不动声色地观看。虽说看不懂走棋几步,却能感受到一老一小在棋盘上较心劲儿呢。疙瘩爷明显着不行了,前三盘都输了。大鱼得意地吐舌头。疙瘩爷提着裤子去外撒尿,大鱼趁势凑麦兰子跟前,十分解气地骂了几句疙瘩爷。麦兰子弄不清他们面和心不和的缘由。因为疙瘩爷进屋来,大鱼没有跟麦兰子深谈,怕他一走嘴继续说出对麦家人的坏话。

中午的时候,麦兰子浑身燥热,到处是黏黏的汗。没有生意的日子,疙瘩爷脸色阴郁得像被鬼舌舔过一样。这个家伙，能说他什么呢？天黑不久，大鱼没有露面，疙瘩爷带着鹠鹰回村里来看望七奶奶，正好碰上麦兰子。也不知是怎么说到大鱼的，麦兰子很想知道一些大鱼的事情。疙瘩爷一高兴，就跟麦兰子说起大鱼跟别人争夺尸体的事情。

去年夏天，由于浴场一直使用气垫子，疙瘩爷的生意非常红火，海滩上来了一些外地孩子来挣鬼钱。迄今为止，疙瘩爷也不知道这几个带着外地口音的孩子来自何地？有了竞争对手，疙瘩爷的业务就有了挑战，业务量逐渐萎缩下来。大鱼眼睛红了，但老人不知道他要铤而走险了。时间为夏日午后三点，疙瘩爷说他的鹠鹰发现一具死尸正被浪头卷走。他说是尸体无疑，任何迹象都表明人已死了。那几个外地的男孩是随从鹠鹰划着皮筏子去追尸体的。疙瘩爷一来到海滩，就看见远处的外地孩子，沮丧地坐在沙滩上吸烟。捞尸体的事情老人从不让大鱼插手，他突然看见大鱼摇着老船追去了。疙瘩爷担心地大声喊："大鱼，你小子给俺回来！"大鱼虽然给疙瘩爷当帮手，可他瞧不上捞尸营生，他是来对付那些外地孩子的。尸体像是浮财，越瞅越像是自个儿的，可以想象外地孩子们是多么刺激和兴奋。然而，老天爷偏偏跟孩子们作对似的，他们遇上了风浪很大的鬼天气。皮筏子的缆绳绷紧，孤孤零零地摆着。纸片、草屑和藻草被海水卷涌着远去了。立起一道水帘子又落成散花。散花破灭的一瞬间，外地孩子们看见大鱼的舢板船，他们心就悬起来。大鱼是什么时候追过来的，他们全然不知，他们更不知道自己的对手是一个海碰子。他看见鹠鹰在尸体沉浮的上空盘旋。一会儿贴着水皮湿漉漉地飞翔，一会儿来个鹞子翻身直冲上天。外地孩子骂了一句，并没有退却，然后就又拼命追逐。他们认为是他们最先发现的尸体，并非是他们抢疙瘩爷的营生。大鱼看见外地孩子们划皮筏子的丑态了，一件件的红背心已被海水打湿，肩头颠动一团灰黄的光泽。他冲着外地孩子们野野地吼了一句："小子们，这是疙瘩爷的地盘，疙瘩爷的鹠鹰最先发现的尸体！快滚吧！"他神气地说着，俨然一副主人模样。外地孩子们气得憋红了脸。他们已经捞尸好多天了，望海的眼睛闪出莹莹的绿光来，他们不会将嘴边的肥肉白白吐出去的。其中一个黑脸孩子扭脸骂了句："大鱼，路是通的，海是公的，俺们也是凭力气吃饭！你别跟老子抢营生!"

大鱼轻蔑地瞪眼说:"不听大人言,吃亏在眼前。俺是怕你们在海里丢了命。"外地黑脸孩子喊:"你别狗眼看人低!"他没说完就瞧见大鱼的光头像条昏头昏脑的娃娃鱼在浪沫里游。他料想大鱼不敢较劲,他太轻视这个渔村人了。外地孩子们没有理睬大鱼的警告,继续划着皮筏子,却看到一通海浪翻涌的奇异景观。疙瘩爷说,谁也没想到他们双双接近尸体的时候,与汹涌铺张的海藻团遭遇了。这是一个不容忽视的细节。白白的尸体在外地孩子们的视线里迅速变红,他们就感到了不妙。尸体像泡在血水里。海走邪了,从哪儿冒出这么多的血水?大鱼都犯嘀咕的刹那间,舢板船被一绺一绺的红海藻缠住了,使老人的目光限定在小圈子内。到处都是伞状的浪头。红海藻张牙舞爪地弹开了,弹出丝丝金红,和着海水一同喷向大鱼。他晕得眉眼缩成一团。海水将大鱼脸上的泥灰冲出一道弯曲的小沟儿。大鱼头晕目眩了,觉出自己的古板和笨拙。这时候红海藻随潮水滚动,流势极大,颜色变得紫红,猪血一样,映着大鱼紫黑的脸相。外地孩子们的皮筏子比大鱼的舢板船行进容易些,可是不久也被红藻围困了。他们都眼巴巴地瞅着尸体被红藻缠裹起来抛出去。他们看见与泥岬岛拉平的一道高高的海浪头,像一道天然屏障横挂在海天之间。

大鱼瞧见外地孩子们的皮筏子被顶了回来,他稳稳心,运足气力,蛮横的大掌将橹一挑,船就颠过水帘子,在海水中割出一串冷飕飕的声响。大鱼愣了片刻,趁水帘子落下的时刻,飞碟似的旋过来。他摇着水涝涝的脑袋朝外地孩子们咧一咧嘴巴。大鱼表面不痛快,心里觉得这种在家里失宠的孩子会在海里滚成硬汉的,就像自己一样。如果基于这一点,大鱼愿意赏给他们这具尸体,可是,大鱼又恨自己,不想让他们走自己的路子。大鱼将船磨开,鸬鹚就飞高了,慌乱的叫声更加尖厉。大鱼和外地孩子们同时感觉到了不妙。眼瞅着红藻成条地拧成麻花儿,堵住小船和皮筏子。外地孩子们拔出腰间割海带的弯刀狠狠地砍着红藻。大鱼吼了句:"甭砍啦,屁事儿不管啊!"果然给大鱼说着了,外地孩子累得乱喘也无济于事,眼看着小皮筏子就要被海水吞没了。远远地,大鱼吼一声:"小杂种们,接锚!"这时外地孩子们看见一只铁锚头带着一条绳子飞过来。外地黑脸男孩儿伸手去接，一下没接好，锚头刮了额头，这孩子的脑门儿就流下血来。大鱼烟熏酒腌的粗嗓门儿喊："沉住气，拿绳子拦藻团子。"外地孩子还不知道事态的严重性，这时候还不愿跟大鱼合作，他们怕捞到尸体没法分成。外地孩子们喜欢吃独食儿。大鱼心里有万分的把握，尸体是他的，正想将锚头再次甩回去，却看见红藻团被浪头弹高了，一排排朝他们压来，不合作怕是谁都不行了。外地黑脸男孩的黑眼睛灵活地转了转，没觉出额头疼，就抓紧了锚头，拉直了绳子，拦截藻团。绳索像条长鞭抽打着海面，不时弹出藻丝。大鱼将绳头一圈一圈地缠在手臂上，腾出另一只手摇橹撑着平衡。这当口他将船划个斜线，就用绳索将藻团围住，慢慢与外地孩子们的皮筏子靠拢了。这样两边都出现豁口，双方都有了机会，大鱼和外地孩子们几乎同时撒开绳子，各自摇船蹿过去，朝尸体方向滑行。前面又是一挂水帘子，逆着阳光看水帘子，红晕就淡一些，大鱼眼睛锐利，能够看见红藻包裹的尸体了。但是，就在这个时候，大鱼发现自己的鲶鱼眼坏了，眼睛冰冷至极，眼球像要炸开似的。他拿大掌狠狠地碾着眼窝儿，险些搓掉一层眼皮子，睁开时，全是一片模模糊糊的老红。这样就给了外地孩子们机会，他们跃跃欲试地拽起皮筏上的网瞄着尸体就要撒出去。

　　这时候，大鱼看见鸥鹰猛地冲下来，低低地寻着尸体嘶鸣。大鱼循着鸥鹰的声音摇过船来。他虽然看不清爽，便鼻孔嗅到了气味，一股死人与海藻相杂的气味。他抖抖地提起了网。这时"哗"的一声响，大鱼的一张网呈扇面形撒出去了。如拓展的一扇光环，轻轻向上一悠，就很迅捷地落下来。猛一拽纲绳，觉得很沉的尸体在其中了。外地黑脸孩子臭口臭嘴地骂了一句："你个狗娘养的！"大鱼没理他，拼命地拽尸体，双脚牢牢地抓着船板，铁砣似的肩胛凸出来，在皮下一耸一耸的，好像随时破皮而出。大鱼拖拽上来的尸体几乎被红藻裹严了，面目全非。大鱼忽然感到一种从没有过的恐慌。外地孩子们晃着双拳骂大鱼，如擎着两个蒸馍。大鱼听见外地孩子们在骂他，没有怎样气恼，因为尸体被他捞到了，一张快活的脸淡淡地映着日光。外地黑脸男孩恶狠狠地说："你狗×的走着瞧！"大鱼一副神神气气的模样。麦兰子可以猜得出大鱼当时作为胜利者的心境。问题就出在下面，外地孩子们在大鱼没有准备的时候，向他发起了致命的一击。外地黑脸男孩从皮筏子上甩过来一盘绳子，绳头海蛇一样缠住了大鱼，大鱼翻身落水。大鱼被他们出其不意的行为激怒了，在海里挣扎着骂了一句："小狗×的，老子在海里玩票的时候，你们还不知在哪儿转筋呢！"他的话音没落，外地黑脸男孩脚下一滑栽下皮筏子，眼看着被翻卷的海水给吞没了。大鱼想过去救他都没来得及。第二天早上，大鱼和疙瘩爷发现，海里漂来了一具尸体，大鱼马上认出是那个黑脸男孩，黑脸男孩的脸变得纸白色了。

从那时起，外地孩子从雪莲湾彻底消失了。

就是在这个时候，大鱼眼睛变冷了，精神恍恍惚惚，像是患了抑郁症。半夜里常常被噩梦惊醒，还说有人掐他的脖子。实际上，是大鱼在睡梦里掐自己的脖子。大鱼双手狠狠地掐自己的脖子，把自己带进了窒息、崩溃的世界，险些丧命。早晨起来对着镜子一照，大鱼发现自己的脖子红肿起来——

疙瘩爷说到这里很伤感，说不下去了，就缓缓掏出烟斗来吸烟了。

日子挤对出一些非分的念头出来，是坑是井都想跳了。疙瘩爷古怪的举动引发麦兰子神秘的猜想。疙瘩爷晃晃地抱来三个海草人放在船上。他腰间塞着酒瓶子，一只手拽着一张旧网，慢慢摇船走了。二雄过来了，大声喊："疙瘩爷，你疯啦？"疙瘩爷头也没回，频频舞着干瘦的手臂。侧面看去，他的船干瘪细长，就像过去穷人的钱褡。日光十分刺眼，好像织成密密的薄网，从午后的天空里慢慢飘下来。天和地都被网罩住了。远远地，麦兰子发现爷爷的船停下了。他分别将扎制的海草人丢进海里。海草人就像浮尸一样悠荡。疙瘩爷盯着海草人看了许久，手里的网抖得索索直响。不知什么时候，鹞鹰飞过来了，在他头顶划着弧线。麦兰子看见疙瘩爷四肢无比强健了，浑身唤回了青春的力量，将网抡得溜圆，将水里的海草人打捞上来。捞上来又扔下去，反反复复地折腾着，逗得围观人直笑。

无聊，简直没有一点儿尊严了！麦兰子心里埋怨着爷爷，表情严肃。

二雄望了麦兰子一眼，嘟囔着说："老东西，丢人现眼呢！快回来吧！"然后像打量小丑一样看疙瘩爷。麦兰子对着二雄说："他心里苦，这样会好受些。"二雄又一叹说："好端端的一个人，捞尸捞废啦！"然后就悻悻地走了。

过了一会儿,眼见着疙瘩爷累了,身子一弯一弯地画弧,喘喘地跌在船板上,像分裂成一堆垃圾。麦兰子和大鱼摇着另一只舢板去了。麦兰子看见疙瘩爷与三个湿漉漉的海草人并排躺在船板上,手里拽着酒瓶子,还不停地往嘴里灌酒。麦兰子跳上他的舢板。大鱼将疙瘩爷扶起来,疙瘩爷脖子一直,就吐了一摊。麦兰子仔细地给他擦着,疙瘩爷似乎醒了,趴在船头哭了一阵,然后头一挨船板就呼呼大睡了。

摸门钉儿

麦兰子刚从县城开会回来，兴致勃勃地往家走，快到家时，碰见大雄闷闷地蹲在门口。大雄黑着脸，不断地吸烟。不知怎的，麦兰子一看见大雄，就想起粗野丑陋的东西。大雄看见麦兰子，急忙站起来说："兰子，你可回来啦！"麦兰子看着大雄的脸色不对，惶惶地问："大雄，出啥事儿啦？"大雄示意麦兰子赶紧关门。麦兰子将门关严，拉着大雄的胳膊进了院子。

院子很乱，屋里也很乱。这几天，七奶奶把这里弄得乱糟糟的。麦兰子一边收拾房间，一边望着唉声叹气的大雄。大雄夺过麦兰子手里的衣裳，焦急地说："天都塌了，你就别管衣裳了。"麦兰子怔了怔问："大雄，到底出了啥大不了的事儿？"大雄的额头淌汗了："村东头老崔家，你知道吧？俺们开发泥岬岛，引了五千伏超高压线从老崔家房顶穿过，本来房子应该拆迁，因为拆迁费争执不下，崔家告状，乡里派你来解决问题。房屋没能拆迁，四喜他们就强行送电，崔家人受到高电压辐射的伤害，头昏恶心，崔家老母亲几次被击倒，今天上吊自杀了！出了人命关天的大事，现在范书记火了，让村里把事情压下，因为你是负责这个问题的副乡长，所以，俺怕呀！怕毁了你的前程哩！"

麦兰子的心猛地哆嗦了一下，既恐惧又茫然。

"兰子啊，这事儿说大就大，说小就小。那就看咱麦家咋运作了。"大雄说。

麦兰子瞪圆了眼睛："运作？人命关天的事儿，还小得了？"

"别忘了，这是在咱雪莲湾的地埝儿。有你丈夫，还有你七奶奶的白纸门！"大雄很优越地说着，脑子里灵活地转动着。

"白纸门？白纸门是平息这事儿该用的物件吗？"麦兰子愣了。

大雄说："非常时期，啥都得用！"

麦兰子说："崔家就听俺们的？即便俺们买通了他们，那俺们的良心呢？"

"俺的傻媳妇啊，良心？先平了事端，你再给俺讲良心吧！"大雄说着，耸起了弓一样的眉毛，"你这就喊爷爷回来，让他赶紧从海边回来！"

麦兰子忽然抬了头问："别提爷爷了，他捞尸体都捞疯了，哎，范书记是啥意思？"

"赶紧平息呗！你完了，俺也够呛，俺们都是责任者！"大雄说。

麦兰子一屁股坐在沙发上，脑子里非常混乱。这个时候，崔家大婶的面容就跳到她眼前来了。

大雄的手机响了，他悻悻地走了。

没容麦兰子有片刻的安宁，七奶奶拄着拐杖进来了。

七奶奶见了麦兰子就喊："兰子，今天是啥日子？你知道不？"

麦兰子没有吱声。

七奶奶嚅动着嘴巴，晃了晃纸白的脑袋："今天是摸门钉儿的日子！兰子，前些天大雄找过俺了，他很想跟你要个孩子。你们结婚好几年了，该要个宝宝啦！"

麦兰子一想起那个技术员江雪敏，气就不打一处来，脸色难看地说："摸门钉儿？要孩子？他爱找谁要就找谁要！俺不给他生！"

七奶奶愣住了。七奶奶这几年对兰子很有意见。麦兰子故意躲避七奶奶。麦兰子当官靠的谁？还不是靠的爷爷？爷爷靠的谁？还不是德高望重的七奶奶？这孩子咋越长越糊涂了呢？可是，七奶奶哪里知道麦兰子的政治生涯遇到了难题，甚至是灭顶之灾。这个坎儿如果迈不过去，恐怕就真的栽了。谁也救不了她，白纸门更救不了她。麦兰子没好气地说："俺都急死了，不摸不摸！"七奶奶没恼，慢悠悠地说："兰子，奶奶知道你忙，奶奶也知道你这黄家媳妇当的不易。可是，你爷，你七奶奶，俺们都盼着你幸福啊！这门钉儿说啥都要摸一摸的！"

麦兰子望着七奶奶，心里有一股温情。不该以这样的态度对奶奶啊！她强装出笑脸说:"好吧!奶奶!"

　　七奶奶笑了。"摸门钉儿"被纳入七奶奶的白纸门系列民俗,已经有三十多年了。实际上,历史上早就有。门钉俗称"浮钉"。其来源同鲁班发明铺首的传说搅在了一起。鲁班创制铺首,门钉也模仿螺蛳。宋代程大昌著《演繁录》记载:"今门上排立而突起者,今俗谓之浮钉也。"门钉装饰在门扇上,如浮于水面的泡。明代沈榜《宛署杂记》说:"正月十六,或六月十六,妇女群游,祈免灾咎。暗中举手摸城门钉,摸中者,以为吉兆。"所以,结伴而行的妇女们,都试一试运气,去摸城门门钉,摸中者欢声笑语,该是富有情趣的场面。"摸门钉"在雪莲湾也获得了神秘的意味,摸一摸,有病者祛病,无子者得子。这个风俗还隐含着生殖崇拜的遗风。明崇祯年间,刘侗、于奕正《帝京景物略》记,正月十五前后摸门钉儿,妇女们"至城各门,手暗触钉,谓男子样,曰摸钉儿。"城门门钉的造型和体量,容易使人产生这方面的联想。因此,女人摸钉儿总是要手暗暗地摸,心暗暗地喜。为此,七奶奶还能哼唱一首《门钉小曲儿》:

　　　　姨儿妗子此门谁?
　　　　问着前门伴不知。
　　　　笼手触门心暗喜,
　　　　郎边不说得钉儿!

　　在大雄的小楼装修的时候,七奶奶就留意给白纸门上装上了门钉。七奶奶设计门钉的数目是费了一番心思的。北京故宫的宫门,两种门饰很醒目,除了铺首,就是金光闪闪的门钉了。门钉纵横皆成行,圆圆的,鼓鼓的,与厚重的门扇相称,足以壮观瞻。故宫每扇大门九排,一排九个钉,一共九九八十一个。在古代,"九"是最大的阳数,象征着"天"。七奶奶喜欢大雄,盼望大雄生活幸福,有个好的前程,也破例给设计了九排钉。当时,大雄正信十三咳的,七奶奶把含意一讲,大雄同样美成熊了。

　　麦兰子脸上的笑有些僵硬,茫然中,七奶奶张罗着"摸门钉"了。七奶奶让麦兰子用红布条子蒙上眼睛。她很配合,蒙上了自己的眼睛。七奶奶说:"兰子,可以摸了。"麦兰子默默地朝大门走去了。刚才的突发事件,她的心态不静,所以行动就很笨拙。她曾经把摸门钉儿看成是个无聊的风俗。包括对白纸门,她对七奶奶非常爱戴,可是对七奶奶热衷的民俗存有疑虑。她像村里的所有年轻人一样,对待这些"老古董"处于一种不确定状态。全信,她办不到。而她又不能确认这一切毫无道理。倒是七奶奶的旱船,她是从心底里喜欢的。麦兰子伸手摸着,糊在门板上的白纸已经脱落,门钉儿显露出来了,她用颤颤的手摸住冰凉的门钉儿,心里有一种屈辱感。自己是文化人了,还是党员了,是乡政府干部,怎么还跟着七奶奶信这些?

麦兰子草草摸了门钉儿,伸手摘下蒙眼的红布条子,勉强笑了笑,可是,她脸上那种冰冷的、略带严峻的表情毫无改变。

亲眼望见麦兰子摸了门钉儿,七奶奶才放心地走了。七奶奶走后不久,麦兰子瞅着白纸门发呆。这个时刻,她忽然想起自己与妹妹麦翎子的一场激烈争吵。那是去年寒假,麦兰子与麦翎子就发生了冲突。她知道妹妹发火时不顾一切。麦翎子胸中的火气不知是从哪儿来的,她心底里对姐姐和爷爷产生了反感。姐姐当官以后变了,变得不那么纯净了,刻薄,斤斤计较,盛气凌人。麦翎子猜想她的灵魂里有了污垢,该好好清洗清洗了。她对姐姐说话向来直来直去:"姐,俺想在回学校之前跟你谈谈,既然今天来了情绪,俺就跟你先谈了吧!"麦兰子希望眼界开阔的妹妹给她指点迷津,就爽快地说:"你就说吧!"麦翎子脑子里呈现大鱼的嘴脸,就来了情绪:"姐,俺先问你一个问题,俺知道你向往文化,一直想当一个文化人,如今你当了乡官了,还管着文化人。可是,俺发现你离文化越来越远了,离正义和美好越来越远了!也许是你看到了更多的乡下的破落,乡亲们的痛苦和官场的腐败。也许你为了生存,不得不出卖灵魂而保全自己!也许你看到了更多形形色色的嘴脸,司空见惯了!可俺不理解你的是,你是麦家人,麦家人向来都像七爷、你爹、七奶奶一样坦坦荡荡的!可你和爷爷,为什么一当了官就变得麻木、残忍起来?"

麦兰子的痛处被妹妹说中了。她愕然地望着麦翎子。

"从你的眼神看,你对俺的批评并不服气。"麦翎子乌黑的大眼睛一闪一闪地,"就拿大鱼说吧,你们还是同学,可俺不明白你和爷爷为啥歧视他?他不就是蹲过监狱吗？俗话说，浪子回头还金不换哪！大鱼是贩了私盐，可他是从犯，而且改造好了，他不是坏人，那年风暴潮里堵豁口还当过英雄！据俺接触，他还是个有想法有才气的人！全村人除了疙瘩爷谁都不理他，爷爷又不给他机会。你说，这公平吗？他能不恨你们吗？"

麦兰子惊讶了："这是大鱼跟你说的吗？"

麦翎子提高了嗓音说："是，是的！过去他碍于俺是麦家人，心里的痛苦从来都是模糊着，忍着，不知是他跟疙瘩爷捞尸捞出了胆量，还是他这回忍无可忍了！反正他都跟俺说了！俺还为了维护你们跟他大吵了一场。"

"俺看你是被迷惑了，他到底要干什么？他有什么资格指责俺和爷爷？他不配！"麦兰子愤怒地说。

"是，他不配，可是，这是民意！你能不在乎民意吗？俺知道你们当官的，丝毫不会因为普通人受苦而于心不安，你们最关心的是怎样消除异己，升官发财！可你要知道，一个人的生活背后总有人诅咒你，你活得快乐吗？"麦翎子往姐姐跟前凑近了，"俺看出来了，你不快乐，从你疲惫的身影里，从你矛盾的眼神里俺早就看出来了！何必呢？一个女人家连个孩子都来不及要，拼命地向上抓挠，你抓挠到啥时候才醒悟啊？"

麦兰子哑口无言了。麦翎子的这句话骂到她心里去了，她心中感到特别疼痛。问问自己：你有了地位，有了权力，可是你快乐吗？麦兰子并不快乐。好多与民对立的事情，还让她胆战心惊。妹妹看出了她内心的矛盾，内心的痛苦。"快乐"这个词在她看来是简单清楚的，可是，唯其简单清楚，她反倒犹豫不定，反而得不着，她常常给自己解释说，这是一个成功女性必然付出的代价！后来一想，并不人性化。这种复杂的现象总不能有这样简单而可怕的解释吧？

沉默了三分钟。

麦兰子没有料到妹妹对她这样残酷。当她碰到妹妹乌黑的眼睛时，心中感到特别的疼痛。这种感觉过去一直没有过。她生她的气了。但是，忽然间她听到一阵衣襟窸窣声，又听见突然出现的压抑的哭泣声。紧接着就有一双手伸过来搂住她的脖子："姐姐——"麦翎子跪在了她的面前。

麦兰子紧紧地搂住了妹妹。

"姐,都是俺不好,俺不说了——"麦翎子低声啜泣着。

麦兰子哭了:"翎子,你长大了!长大了!"

中午吃饭的时候,麦兰子跟麦翎子换了话题。麦兰子听说麦翎子研究雪莲湾的民俗。于是,就将一个郁积在胸中很久的疑问提了出来:"翎子,俺发现你很喜欢白纸门,喜欢摸门钉儿,喜欢七奶奶剪的各种符,俺今天倒要听听俺们麦家大学生的高见!这有啥意义?有啥弊端呢?"

麦翎子对于姐姐提出这种问题一点儿不惊奇,因为这与姐姐内心的矛盾有关。她边吃边说:"姐,咱雪莲湾的白纸门、门神,还有那些符,还有印、剑和镜等等,依附在七奶奶身上,好像带着迷信的特征。俺承认,是有迷信的东西。俺看得出来,你进了乡政府之后一直在躲避着。其实,这没必要。你不仅伤了七奶奶的心,而且在思想上更加困惑。你想彻底躲开,是躲不开的,谁让咱们是跟着奶奶长大的呢?"

麦兰子说:"翎子,俺让你撇开奶奶客观看待这个问题。"

麦翎子说:"好,首先说有迷信成分!但是,俺们不能简单地斥为文化糟粕,采取回避的虚无主义态度。这无助于认清它的本来面目。作为门文化,符咒文化,过去曾经广泛影响中国社会,包括政治、经济、宗教、民俗、文学等多个方面。它作为一种信仰的产物,在过去生产力低下的时代,给予人们战胜自然的信心和力量。你不就说过吗,七奶奶的绿旱船换成了红旱船,不知不觉给你了信念。比如门和符,还有一种心理功能。跟你说吧,当年俺和菊子高考落榜,想在海边自杀,就是俺的幻觉中出现了七奶奶的护身符,才活了下来。当人们遇到打击、困难、有病或对事物不明确时,可以通过它减轻恐惧感,给人心理上的慰藉,增强了信心。"

麦兰子轻轻点了头,说明她对妹妹的分析认可了。

麦翎子见姐姐有了表情,继续说:"过去呀,神和符咒,还被作为农民反抗封建统治和抵御外寇的工具。比如东汉末年,朝政腐败,民不聊生。太平道的张角,利用符咒给百姓治病,联络群众发动了黄巾大起义。明末的白莲教徒中,也有人通过符术预测他人吉凶祸福来结社势力。对了,最明显的是义和团,他们用大刀跟敌人的洋枪洋炮干,就是把巫术当成信仰,一种精神支撑。还有哇，符术和其他术一样，是孕育科学时无法割断的脐带，有些本身就是科学的萌芽。晋代的科学家葛洪，从小就迷恋神行符，试制飞车。听说，你跟爷爷出国考察，奶奶还给你们做了一个缩地符呢！"

"快别说这事儿了，那次出国乡里差点把咱爷给撸了！"麦兰子嘲讽地说。

"门、门神和符咒是一种民俗文化。谁又能敢否认呢？它不仅具有自身的文化价值，还成为开启文化宝库的一把钥匙。多年来，符一直被斥为'鬼画符'，七奶奶虽说不画用剪刀，可道理是一样的。实际上，道巫的语言和表意符号，是完全可以破译的。符是文字组成的，并不是'鬼画符'。你说咱七奶奶，她是鬼吗？她啥事不明白？俺们老师讲，符箓中还保留了大量古文字和文字变体，对于后来人研究汉字变迁有很大的参考价值。依俺看，与其说是巫术文化，不如说是文化巫术！文化象征！精神宗教！"麦翎子越说口才越好，"就说七奶奶的白纸门吧，那是俺们雪莲湾人的精神抚慰啊！太阳与大地，大地受到抚慰；大海与沙滩，沙滩受到抚慰；奶奶与俺们，俺们受到抚慰啊！"

"翎子，你说的好！奶奶可没白疼你！"麦兰子眼睛闪动着泪花，惊叹妹妹有这样好的记忆。自己受苦受累供她读书，看来是对了。麦翎子才是麦家真正的希望啊！今天她的心受到了从没有过的震撼！

在大雄回家之前，麦兰子的脑子里乱糟糟的。她要在大雄回家以后，好好商议一下安抚崔家的事情。这个事情办不好，麦兰子无论如何不能回去，就是回去了，也无法跟范书记交代。可是，都三点钟了，大雄还没有回家。善良的麦兰子哪里知道，大雄偷偷行动了，他悄悄去了海滩，找到了疙瘩爷，大雄和疙瘩爷一起去了崔家。大雄和疙瘩爷向死人鞠了躬，疙瘩爷还暗暗哽咽了两声。然后给大雄递了个眼色，大雄就将三十万元给了崔家。崔家人没骨气，他们被买了，买得死死的。大雄还答应，为防高压线困扰，村委会马上给崔家拆迁房子。崔大叔还感激万分地说："人死如灯灭，还送钱干啥？不怪麦兰子乡长，不怪她！再说，麦乡长没错啊，你们麦家永远是对的，不冲别的，就冲七奶奶俺们也不能说啥呀？"大雄和疙瘩爷放心落胆地回来了。疙瘩爷感觉没有什么不妥，村里的各种问题处理多了。他不会像麦兰子那样，他不痛苦，只是疲劳，痛苦的心早扔在蛤蟆滩了。当村干部的时候，他彻底完成了思想转型，捞尸体又彻底把他改变了。临走的时候，疙瘩爷对崔大叔说了一句："唉，兰子那孩子心眼儿好，她听说以后就病了！说不定她会来看望你们，她来了，千万别提钱的事儿，知道啦？"崔大叔连连点着头。

麦兰子在家里没有等到大雄，却等到了崔大叔。一进门儿，崔大叔给麦兰子跪下了，崔大叔哽咽着说："麦乡长啊，俺那当家的死了，那是她自己想不开，跟你没关系，跟你家大雄也没关系！你可别往心里去啊！"麦了兰子震惊了，急忙把崔大叔搀扶起来。崔大叔站立不稳，嘴里喃喃地说："想不到出这事儿，对不起，对不起啊！"崔大叔说完就走了。老头稀里糊涂地来了，稀里糊涂地说了话，最后又稀里糊涂地走了。留给她的是既憎恶又怜悯的复杂心情。

麦兰子送走崔大叔，身体无力地靠着白纸门，一脚门里一脚门外地站着。她胸脯颤动得越来越厉害了，难以抑制的泪水涌上了她的眼帘。她给别人造成了痛苦，自己也痛苦。

"不能再麻木了，不能再沉默了！"她心里在热切地呼唤着什么。透过白纸门，麦兰子终于望见了自己的灵魂，一个充满污垢的灵魂！匆匆忙忙的日子过去了，她不会感到自己灵魂受害之深，今天的崔家事件才触目惊心地暴露出来。崔大叔的这一跪，使她厌恶自己了，原来还一心想着怎样避免即将临头的耻辱。该下跪的本该是她麦兰子啊！你没干好工作，你态度强硬，你凭借麦家在雪莲湾的势力，逼得崔家大婶走投无路以死抗争。现在人家给你下跪。你麦兰子是个什么东西？

麦兰子想起麦翎子说的话，在雪连湾，麦家人凭啥威风？凭权力？权力是谁给的？乡亲们赋予你的；凭白纸门？白纸门是七奶奶的宗教，不容任何人亵渎。麦兰子没能力回答妹妹提出的主要问题，或许是大鱼提出的问题：某些人凭什么歧视另一些人？比如歧视大鱼，歧视崔家，歧视别的人，这是赤裸裸的歧视，是丑恶的，它一旦被人穿上华丽的外衣，摆出一副优越的姿态，你就会对其崇拜了，陷入其中，再也分不清是非了。乡政府是权力象征，那里的人应该是精英了。可是，她感觉没有一点儿文化氛围，一些乡干部骂人比渔民还粗鲁。官员们结成一帮一伙，官官相护，谋取私利。他们谁靠谁，怎么靠，靠什么，谁跟谁在哪个事件上凑合起来，又在哪个事情上分赃不均而分道扬镳。她都一清二楚。为了给农民减负，这个机构应该改革，应该精简了。

有人望着麦兰子有点姿色，就千方百计地诱惑她，甚至偷偷朝她下手，要她的色。她要费尽心思巧妙地周旋，实在招架不住了也有"失守"的时候。她哭过多少回？乡政府是男人的圈子。如果当初留在文化站会好一些吧？这个肮脏的圈子，打着为人民服务的幌子，干了多少龌龊的事情？麦兰子都不敢想了。过去的日子里，麦兰子心里常常出现一股奇怪的苦闷感，感到无力，感到别扭，感到虚无，感到自己越来越与圣洁、正义、真理格格不入，精神上产生了强烈的落差。看到这个落差，她不由得一阵心惊肉跳。坐在乡政府的办公室里，麦兰子尝试过道德的自我修养，读一读书，别让麦家遗传的好德行混丢了！让自己变得好一点儿，对乡亲们好一点儿，可是什么结果也没有，有时还冷不丁冒出一个声音在她的灵魂里说："你一个副手，你一个女人家，你又何必呢？又不是你一个人这样，大家都这样，都在幸福地堕落，生活本来就是这样的嘛！"在她的心里，常有两种情感在斗争：一种是恶的情感，一种是善的情感。善与恶打得难舍难分不可开交，打来打去心中美好的东西都不见了。绝望的时候，她在心里问自己：所有这一切都是为了什么？这一切会有什么结果？

今天，麦兰子猛醒了，只有站在精神生活的制高点，才能看得清，才能鄙视它，所以无论你招架得住还是招架不住，你还是你，你都得承受。她已经长时间没有审视自己的灵魂了，有些人甚至不知道自己还有没有灵魂？剖析根源，除了体制上的原因就是自身的魔鬼！之所以出现今天这样丑恶的、拙劣的、讨厌的事件，是因为这些事件被异化了，往往被一些耀眼的光辉遮盖了，掩饰着罪行，这些罪行已经被人们司空见惯，不但没有受到惩罚，反而罪人有理，由人们想出种种美化的办法加以粉饰。麦兰子尝过无数这样的"恩惠"。今天崔大叔朝她一跪，不就是令她灵魂颤抖的"恩惠"吗？

麦兰子猛打一个寒噤：该结束了，一切该结束了！麦兰子啊麦兰子，你不能跟爷爷一样丢了尊严，你肮脏的灵魂应该狠狠打扫一遍了，你要是还有麦家先人的血性，就不要这种"恩惠"，就应该勇敢地站出来，勇于承担属于自己的责任！对自己的丑恶，必须批判，必须谴责，毫不留情，只有这样才能找回做人的高尚和尊严！一个人连尊严都没有了，你还能为自己、为集体、为国家干什么?

　　一声响雷,引出一场雪莲湾几年罕见的大雨。雨水在门楼上存不住,哗哗流下,结成一张宽阔薄亮的水帘子,顺着白纸门欢快地流淌。小村织在一面雨网里。由于路滑,麦兰子看见街巷里有人滑倒在地上。

　　麦兰子浑身湿透了,还是一动不动。她的脸上却露出骄傲快活的微笑,因为她被拯救了!是的,今天是她一生中值得纪念的日子,从这个时辰起,跟自己过去的灵魂断绝了,另一个全新的灵魂诞生了!由这个灵魂支配着的生活就要开始了。然而,新生活还没有到来,她甚至还不能清晰地想象出它将是什么样子。但是,有一点是明确的,她已经对未来的新生活给予了神圣的认可。

　　她既恐惧又快乐。

郎税务

海滨的夜里,天气是有些微凉的。一寒,疙瘩爷的呼吸就不是那么顺畅。唱出皮影调子就有些天然的沙哑。他唱歌的背景是一片夜海,显得朦胧且神秘。鹚鹰立在泥铺的窗台上,十分警觉地盯着夜海,莹莹的闪着饥饿的绿光。它也许听不懂主人唱戏,但它知道主人的行为习惯。今夜没有月亮。浴场那边仍然有夜泳者,夜的海面浮起的氤氲正往滩上流动。沙滩的太阳余温还没有完全散掉,波涛抚摸着沙滩宽余地睡过去。疙瘩爷唱戏的样子很投入,完全是唱给自己,仿佛周围一切都不复存在。

第二天上午,浴场里人们围着疙瘩爷看鹚鹰的时候,海上出事了。一个游客在防鲨网旁边逞能,扔下轮胎,在防鲨网的尼龙绳上拿大顶,头朝下,双腿倒立。一口气没能缓上来人就给呛晕了。那人的身子栽进水里好长时间没冒上来。过了一会儿,这家伙的屁股最先露出水面。人们惊讶了,纷纷朝岸边发出死亡的传召。疙瘩爷正烦着,他想逃开人群,听见喊声,他猛地抖落肩头的鹚鹰,摇摇晃晃地奔向防鲨网附近,一网将死人捞起来,拽上舢板船。疙瘩爷感觉死人的身子还很绵软,号号死者的脉,已经微弱得感觉不到了。这是一位二十多岁的小伙子。连疙瘩爷也觉得死了可惜。他没有立马摇船,而是怔怔地盯着死者那张年轻英俊的脸。他伸出大掌往死者胸脯子压压摁摁。没有动静,他弓下腰身嘴对嘴给死者做人工呼吸。他过去不懂这些,是办捞尸执照时工商所大老赵责令他学的这手。疙瘩爷让大鱼学人工呼吸,大鱼不学,弄得大鱼对他怨声不断。疙瘩爷的努力还是没有把人救过来。疙瘩爷泄气了,全当那人完全死了。

运到岸上泥铺旁边的临时帐篷,疙瘩爷就到浴场管理处报告死者情况。每次都这样,然后由浴场管理处发给他一个小木牌,上面拿粉笔写上尸体认领几个字,挂在浴场入口的白杨树上。疙瘩爷挂完牌,看见围了好多人。他也挤在人群里看了一阵子,然后佝偻着腰回到泥铺子等人领尸收钱。等到天黑掌灯时分,也没人认领尸体。睡觉之前,疙瘩爷提着马灯到帐篷里看了看,死者很安详地躺在那里,身上盖着一块旧席头。疙瘩爷望了一会儿,忽然感觉有一股阴凉气拱到他天灵盖儿了。疙瘩爷又等了很晚才回泥屋睡了。

第二天早上,疙瘩爷去帐篷里查看,忽然发现尸体不见了。地上有零零散散的脚印。疙瘩爷当下就明白,夜里有人将尸体偷走了。他有一股鸟火涌上喉咙口,狠狠地骂了句:"他奶奶的!是谁偷走的尸体?"疙瘩爷全然不知,也无能力去查询。只有哑巴吃黄连苦往肚里咽了。疙瘩爷苦笑着摇头,嘟囔说:"狗×的,不就是怕俺收钱吗?没钱明说,俺不收!俺这几年收费从不强迫谁,俺看着要,你看着给,就是有一点,不能惹怒了鬼。人能理解鬼,鬼可不饶人呢!"大鱼听着这话挺好笑的,细细品,觉得疙瘩爷说得也有道理。吃鬼饭啥是道理?良心就是道理。麦兰子听说后问爷爷:"到底是怎么回事?是不是死者缓过来自己跑了呢?"疙瘩爷吧嗒着老烟斗叹口气说:"唉,当初俺也这么想过。但有一点,这狗×的真的活了,日后肯定还会来看俺。后来俺打听到了,是死了,死的小伙子是附近草上庄的农民,哥三个,家里穷,没父母,大哥赌博输个精光,二哥也不成人游手好闲,知道小三的死讯后,没钱给俺,就在夜里将尸首偷走了。俺打探到之后,啥也没说。他大哥知道俺晓得了,还提着两瓶兴帝老窖酒来看俺一回。唉,捞尸这行当也不好干呢,啥事都有,啥人都碰得上。吃鬼饭可不易哩!"疙瘩爷讲得津津有味。在他的嘴里,死人的故事永远比活人的故事好听。

疙瘩爷和鹚鹰去巡夜海去了。

这天上午,麦兰子背着大雄去乡政府递交了检讨书。她写了"崔家人命事件"的真相,请求上级对她的处理,她情愿接受任何处罚。从乡政府回来,她心里豁亮了许多,就想到海滩上找爷爷去。夜里雨水不断,麦兰子走在海滩上觉得格外清新。扭头看见疙瘩爷被旧网包裹的泥铺子,苦顶的海草滴着水珠儿,屋顶隆起了肚子,一群海鸟在屋顶弹弹跳跳。麦兰子这时感到泥屋的亲切了。换个角度想一想,当今浮躁的商品世界,能有清闲到这样古朴的地方住一住,是人生不可多得的浪漫。收回目光盯住脚下,沙窝蓄满了雨水和树叶,一只泥蟹爬出来,又有一只鬼蟹钻进去了。浴场空寂无人,几位清洁工正在清理浴场。

麦兰子发现今天又是一个没有太阳的日子。有些沉闷和压抑。这是来海滨旅游的人最不愿碰上的天气。阴天,浴场上洗海澡的人不多。

一块墨云抹过去,日头又赤裸裸地钻了出来。浴场上的人又多起来,闹闹嚷嚷的声音老远就能听到。麦兰子朝海铺子方向走,路过浴场的入口,看见上面秃秃的没有挂牌,就知道疙瘩爷还没开张。快走近泥屋时,麦兰子看见鸬鹰没精打采地卧在屋檐的网坠儿上。几个孩子围着泥铺子追打玩耍。屋后挨近树棵的地方,偶然出现几个偷换泳装的男女。到门口,麦兰子听见疙瘩爷十分疯狂地骂人。麦兰子从没听见疙瘩爷这么大动肝火。疙瘩爷吼:"不成器的东西,你要是干够了给俺走人!俺再也不管你了,你爱找谁找谁去!"麦兰子才知道疙瘩爷在训斥大鱼。大鱼乖乖地听着,一双鲶鱼眼灵活地眨巴着。麦兰子觉得好笑,没笑出来咳了两声。疙瘩爷听见咳就不那么吼了,麦兰子进了屋就说:"爷爷,您的营生不开张,也别拿大鱼撒气呀!您当村干部都没发这么大的火啊!"疙瘩爷笑一声说:"兰子,俺跟大鱼的事儿你别掺和,坐吧!"然后望了大鱼一眼,打发他去买个西瓜来。大鱼低着头走了。疙瘩爷又点燃了烟斗,吞云吐雾。麦兰子说:"爷,您有啥不顺心的事情跟俺说啊!俺帮你。"疙瘩爷苦笑一声说:"别看你是官儿,俺的忙你帮不上。"麦兰子马上明白了。疙瘩爷的心沉下去就没个底儿了,眼睛瞄向海,疯狂地放纵着捞尸人的想象。

泥屋里一时很安静。

疙瘩爷的心何时能平顺呢?麦兰子盼着疙瘩爷尽早结束心里的那份折腾。这个时候,大鱼抱着一个西瓜进来了。大鱼把西瓜递给疙瘩爷,却不敢看麦兰子。在麦兰子面前挨疙瘩爷训斥毕竟是尴尬的事。大鱼蔫蔫儿地躲出去了。疙瘩爷接过西瓜,拿大掌擦抹几下,就操起做饭用的平板菜刀,狠歹歹地杀成六块。疙瘩爷将西瓜递给麦兰子。屋里就只剩下吃西瓜的喷喷声,很像老鼠在暗处磨牙。正吃着,泥屋外有人喊疙瘩爷。疙瘩爷朝麦兰子说:"这不,郎税务来了。"

疙瘩爷跟麦兰子说过，郎税务是乡里的税务官，负责这一带小商贩的税收，他是个很小气的人，时常从疙瘩爷身上揩油。几乎形成规矩了，疙瘩爷每捞一具尸体，除了上税之外还得孝敬郎税务一条红塔山香烟。半个多月没动静儿了，郎税务找上门来了。郎税务进屋时脑袋和脖子弯得很深，笑骂："你个老家伙还活着呢？"疙瘩爷迎到门口笑道："郎税务,快请,快请！"郎税务好造恶话，见麦兰子在场就忍住了,忙跟她打招呼："麦乡长，您也在啊。""快吃西瓜吧！"疙瘩爷讪笑，递给郎税务一块西瓜。郎税务就坐在床板上吃西瓜，边吃边嘟囔说："老家伙主意越来越大了，多时没报税啦？"疙瘩爷唉声叹气地说："一直没开张啊！"然后就扭头看麦兰子一眼。麦兰子跟郎税务说："这一阵子，俺常来看爷爷，可以作证的。"郎税务雷公似的一脸怒容："外头传说疙瘩爷捞了个外国佬，发了大财呢！"疙瘩爷觉得胸部阵阵发紧，咳都咳不出来，断断续续地说："瞎传，发大财，莫指望，大财是俺这营生发的吗？"麦兰子很想知道爷爷捞外国佬的情况。若不是郎税务捅漏了，疙瘩爷注定不会跟麦兰子讲这场的。麦兰子说："咱浴场死过老外？俺真不知道呢！"疙瘩爷摇摇头说："刚才郎税务说的是传说，传说你们也信？"郎税务和麦兰子笑起来。疙瘩爷可怜兮兮地说："唉唉，俺空背了一个冤枉名声啊！"然后他就闷闷的不再言语。看得出，疙瘩爷适应环境很快，当村干部时就哪路神仙都不愿得罪，眼下还是这样。但是他内心的秘密使麦兰子觉得好奇。可是，当着郎税务的面，麦兰子不好再问下去。麦兰子走后，郎税务赖着不走，挤眉弄眼说长道短，直到掌灯时分吃饱喝足，才独自摇摇摆摆地离去。

飞了好半天的鹞鹰，耷拉着翅膀回巢了。

天黑不久，海边燃起了篝火，有一股浓浓的烟雾在麦兰子头顶游走。白天的日头暖晒了，夜里燥得不行。麦兰子回村的时候，看见疙瘩爷提着一盏桅灯去了海边。他到船上用冷水洗澡去了。冷水激在身上，却吱吱冒起热气，他喜欢这样。船上荡来舒筋展骨的梆梆声。疙瘩爷洗完澡就躺在船板上打瞌睡。篝火的光亮忽明忽暗，映着疙瘩爷的脸，一会儿像人，一会儿像鬼。凝滞的空气被火一烘，泛着颤抖的波纹。船板热乎乎的，很像家里的大炕，往上一躺便有了一种心贴心的感觉。海风吹来，刚出来的汗不用擦转眼就干了。这时疙瘩爷被大鱼的脚步声惊扰，坐起来吸着烟斗。他望见远处拦鲨网的浮子一颗一颗地跳荡。疙瘩爷见他僵着不动，就喊了一声："大鱼，你小子过来呀！"大鱼走过去爬上船坐下来，嗅到一片打鼻子的鲜气。大鱼知道这鲜气是空中悠来的，因为捞尸了，船上好久没有鱼腥气了。风吹浪涌，小船在浅泓里轻轻地颠荡着。直到月光在夜雾里透了亮，大鱼才沉不住气地说："疙瘩爷，你借俺点钱吧！"疙瘩爷问："你小子先说干啥用？"大鱼说："你们家麦翎子就要过生日了，俺想给她买点东西。"疙瘩爷心里一个惊吓。过去麦翎子跟大鱼搞书屋的时候，他就看出一点儿勾当。大鱼这个癞蛤蟆想吃天鹅肉了。疙瘩爷盼望大鱼从村里娶个媳妇成个家，可是，大鱼偏偏心存傲气，村里的女人都不在他眼里，他瞄上了麦翎子。麦兰子不答应，疙瘩爷也不会答应的。疙瘩爷说："俺可警告你哩，你小子可不能打俺家翎子的主意啊！"大鱼高深莫测地笑笑，呆愣半响不言语。疙瘩爷望着夜海出神。大鱼忽然感到一种陌生感。疙瘩爷在这事上与大鱼的隔膜几乎是无法消除的。大鱼逼紧了，疙瘩爷将舢板船咿咿呀呀地摇动起来。小船在夜里甩出一道白白的浪线。这时的疙瘩爷又掐起脖子，吼了几嗓子驴皮影。他想海风会把他的声音带到很远很远的地方去。

　　小船涉过防鲨网的浮线，疙瘩爷便阴眉沉脸地站起身，抓起网就向海里撒去，又很快捷地拽上来。空网。疙瘩爷提着空网弧弧鬼鬼地瞟了大鱼一眼，然后就掉头将船往回划。疙瘩爷借着桅灯的光亮看见防鲨网上的浮绳断了。他怔了怔，就将船摇过去了。大鱼看见疙瘩爷弯腰撅腚地将断裂的浮绳拧结起来。大鱼有点费解了："防鲨网出漏洞只能给咱带来生意。你补个啥劲儿呢？"疙瘩爷没有动静，继续认真地补网，大鱼猜想此时疙瘩爷心里想啥呢？老家伙真让人猜不透了。船悠着往岸边靠拢了。疙瘩爷发现滩上一堆渔火像火球一样滚来滚去。模糊的火焰仿佛随时都要飞起来似的。

　　疙瘩爷一直没有说话。

　　大鱼却感到疙瘩爷暗示给他什么了。

　　夜半时分，疙瘩爷才倦倦而归。

　　第二天黄昏，疙瘩爷坐在舢板里吸烟。烟斗被他吸得滋滋有声。这声音就像肩头鹞鹰的叫声。鹞鹰围着他时飞时落，一点儿也没感到翅膀的倦意。疙瘩爷却感到从没有过的疲乏，他不想动，他想永远面对着这片海湾。落日黄黄的，映在疙瘩爷的脸上像是患下黄疸病了。麦兰子站在离疙瘩爷不远的泥岗子上，看着大鱼和一伙人往滩上拽海带。吆喝声起起伏伏。这头看腻了，麦兰子就将脸扭向浴场。麦兰子看浴场晃动拥挤的人影与疙瘩爷的看法是不一样的。疙瘩爷跟麦兰子说他的老眼真的坏了。拦截藻王那一回，满眼红晕。现在眼睛又不行了，满眼的白晕。白晕慢慢地化成死者的尸体。游泳的人都好像漂浮起来了，那么多的尸体，那么多的财富。撩起疙瘩爷一阵子莫名的兴奋。后来醒过神儿来，他的脸就一下子阴住了，就像被鬼舌舔过一样。疙瘩爷的情绪有些不大对头。他是痛苦的，他好像在埋怨人们为什么那么健壮地活着？麦兰子越来越感到爷爷真的走邪了。再不紧着挽救他，怕连自己也邪了。

麦兰子远远地观察疙瘩爷，却意外地发现一位神秘的白衣少女在疙瘩爷身边出现了。麦兰子赶紧往疙瘩爷那头挤。快到跟前时，看见女孩苍白的脸颊正叠合在一片阴影里。疙瘩爷显得老相，枯树根似的坐着。就像坐禅人那样，在脱俗的契机里，静候一段尘缘。他张大的嘴巴像漆黑的独眼，他喜欢用一只独眼送人上路。

女孩像一团朦胧而美丽的影子移过来。

女孩问："大爷，为什么要用白纸门呢？"

疙瘩爷头也没回地坐着："孩子，它能驱鬼气的。"

"你真信有鬼吗？"

"信则有，疑则无。"

女孩用恍惚的眼神望着疙瘩爷。

"大爷，人能理解鬼，鬼能理解人吗？"

疙瘩爷惊讶地望了女孩一眼："孩子，你小小年纪咋想这些呢？"

"挺好玩的。"女孩嘿嘿笑了一声。

疙瘩爷睁开眼，女孩忽然不见了。

女孩走过的地方，麦兰子感觉弥散着一层白气。不知为啥，麦兰子脑子里一直丢不开女孩那张苍白的脸。天黑之后，大鱼来了，麦兰子回去了。

鹞鹰在窗台也烦躁地扑棱着。果然有情况，夜里疙瘩爷病了。他发烧了，呻吟起来，痛苦地在床上滚来滚去，像一头打滚的草驴。大鱼摸摸疙瘩爷发烫的头说送他去诊所。疙瘩爷死活不应强挺着。大鱼用开水浸泡一条毛巾放在疙瘩爷额头。傍天亮儿，海上就传来了落魂天的讯息。疙瘩爷一听眼睛就亮了，挣扎着爬起来，扶住门楣稳了半天神儿。他喝一声鹞鹰，从泥屋墙上摘下一挂网，仄仄歪歪地就奔浴场走，他边走边喊大鱼："你小子不是想下手捞一回吗？这回让你捞。"大鱼高兴了，惴惴地跟上去了。鹞鹰飞翔在头顶追随着他们。疙瘩爷走路双脚落地很重，整个人有了泡在烈酒里的感觉。大鱼看出老家伙在暗喜，恐怖的早晨由于日头的照耀显得格外祥和。海滩上竖起的花伞，就像少女睁开的眼睛。一些拾贝的孩子欣欣地戏耍，尽情享受着大海的安恬和美丽。大鱼的表情极严肃，心里紧张起来，禁不住嘟哝着，是哪个倒霉的家伙即将钻进疙瘩爷的网啦？大鱼猜想着尸体的模样，是男是女？哪里人？

　　疙瘩爷跳上跳板，就灌了几口老酒。大鱼也喝了两口壮壮胆子。他一只手将网抖得沙沙作响，腾出另一只手摇船，冷静的海水便在大鱼身上骚动喧嚣起来。鹞鹰不动声色地飞到他们前边去了。鹰对死亡总是很敏感的。舢板走得极快。不一会儿就能看见黛蓝色的海面上润着一片白，在浪头里一颠一悠的。那就是死人，大鱼很难想象人死后能白成这般模样。疙瘩爷平静地说："大鱼，你小子来撒这一网，赏你一回过把瘾。"大鱼瞠目结舌，没有回话，只觉得后背骨冒凉风。过去他只是给疙瘩爷打下手，直接捞人还是头一回。他有这种瘾吗？当利益没与他挂钩的时候，大鱼撒这一网与疙瘩爷的感觉肯定不同。大鱼犹豫着，却看见疙瘩爷的脸色不对了，一扭头看海，发现尸体就悠在眼前了。死者穿着白衣裳，不像是泳者，倒像是自杀的。疙瘩爷呆呆地瞅着，一走神尸体就被船盖住，又一划船，尸体就钻出来。大鱼吓得浑身冷汗不断。"还是俺来吧！废物蛋！"疙瘩爷一咬牙，网就扇面似的弹开了，刷地罩下去，一点点下沉，拽起的竟是空网。尸体在浪头底下又钻上来了。疙瘩爷感到了不妙，又撒一网，还是空的。鬼在跟他玩把戏呢。第三网下去，疙瘩爷终于将尸体彻底网住了。大鱼来了胆子，搭手帮他拽，手抖得厉害。最先露出水面的是一绺散落的长发。他们像拖东西一样将尸体拖上船板。鹞鹰冲下来围着尸体扑棱着。

　　"砰"一声沉重的闷响。

疙瘩爷一下子惊住了：竟是那位白衣女孩！

疙瘩爷鳖样儿地蹲着，不吭。

女孩尸体运回来的时候，日头已斜斜地挑在半空。尸体停放在泥屋旁的简易棚子里。认尸牌是大鱼替疙瘩爷写好挂出去的。开始惹了好多人来观看。大鱼将冰块运来是上午十点左右。麦兰子听大鱼说死人了，匆匆赶到海滩，发现疙瘩爷的泥屋外又多了一张悬挂的新网。饱吸海水的湿网，正滴滴答答地落着水珠儿，将干硬的沙地洇出许多小洞儿。日光照得这张湿网白亮亮的，在沉闷的苍灰里立一柱雪白。疙瘩爷明显感觉出是与他搭话的女孩，也就极为重视。他在女孩身下安放一块石棉瓦，又在她身上盖了一张白床单。这白床单是春花送给他的，一直舍不得用。他又将女孩的脸擦得干干净净的。然后他就弯腰往女孩身上洒酒。洒一下，他就默默地念叨一句："孩子，咋走上这一步呢？"再洒一串儿，他又说："可怜的孩子，你可走好啊！"然后就一阵咳嗽，慢慢蹲下身来看女孩的脸，望着望着，老人浑黑的眼骨窝里就有泪纵横了。疙瘩爷喘气缓一些，就抬起袖衫擦擦眼睛，摸出烟斗吸着。麦兰子走进来好久，疙瘩爷一点儿也没察觉。麦兰子发觉被冰块镇起来的女孩像躺进水晶宫似的。一张眉目清秀的脸空空净净的，纸白纸白，两只紧闭的眼睛像墨线一样叠合在一起。光滑的脸蛋仿佛可以渗出水来。麦兰子敢说在任何女孩儿脸上都不会看到这种苍白的生动和美丽。然而她过早地凋谢了，化作风尘，尘埃落定了。麦兰子想知道女孩的一切，可是，一切都不知晓。要揭开女孩自杀的谜团只有等她家人认领尸体了。

这个时候，郎税务提着那只干瘪的黑皮包走进停尸棚，冲疙瘩爷喊："这回可别偷税啦！小心俺罚你，听见啦？"疙瘩爷默默地吸烟，没吭。郎税务伸长了脖子看了看尸体，不由得吸口气，又朝疙瘩爷训一句："唉，疙瘩爷，收钱时别太黑了，她还是个孩子，听见啦？"疙瘩爷蹲着吸烟，还是不吭。郎税务觉得没趣，独自走了。中午十二点左右，屋外传来卖盒饭的吆喝声，疙瘩爷才走出了停尸棚。麦兰子发现疙瘩爷离开停尸棚精神就好一些。吃完盒饭，他没再走进棚子，而是静静地坐在门口等候认尸人。人们一群一群地来看，每来一拨人，疙瘩爷都清醒起来观察他们的表情。疙瘩爷颇懂一些面相，每遇上神情悲戚的人来，他的心就嘭地动一下，眼睛亮一次，没有成交时，疙瘩爷就感觉心累眼酸了，烟也不愿吸了，斜靠着白纸门打起瞌睡来，脑袋一啄一啄地，老涎也从嘴角滴答下来。鹞鹰落在疙瘩爷肩上，呼扇着翅膀才将他弄醒了。就这样熬盼了两天，仍不见认尸的人来。眼见着冰块化完了，尸体有味儿了，疙瘩爷心神就蔫了下来。大鱼过来跟他分析，这女孩是孤儿或是外地人单独来这里的。别指望家里人来了。

在一个飘着小雨的黄昏，麦兰子、疙瘩爷和大鱼将女孩尸体抬到岗庄子渔人墓庐。女孩的坟要不了多大的坑，他们三个人一锨一锨地挖，每一锨都像是挖在疙瘩爷的心上。挖完地穴时，疙瘩爷说底下横着一扇门。麦兰子用手去摸，但不是门，是一摊黑影。于是就将女孩埋了。

鹞鹰落在女孩儿坟头上朝人们张望着。

又是几天没有生意。时光留给疙瘩爷的仅仅是一段回忆的日子。他从这时候开始耳鸣，底气也是一天不如一天了。疙瘩爷面对大海守望时，真的担心日子怎么个熬法儿。麦兰子临上班时去海滩上看他，劝他回家歇息几天。疙瘩爷泥塑木雕般地坐在舢板上喝闷酒，鹞鹰孤独地盘旋在他头顶上，久久不肯落下来。他双手抱膝端坐，斑竹节般的手臂树杈一样叉巴着，骨节旁的脉管几乎干瘪了。老人凄苦的面容使麦兰子格外难过。后来麦兰子听说，有一天疙瘩爷仰面望天往海里漂游，鹞鹰在天上与他同步飞翔。在他的眼里，鹞鹰一会儿变成月亮一会儿变成女孩的脸。女孩儿连连问他："人能理解鬼，鬼能理解人吗？"疙瘩爷哭丧着脸噢呵噢呵地笑起来。

回来的时候，疙瘩爷病了，一场爬不起床的大病。麦兰子将七奶奶叫过来看他，七奶奶流泪了，颤颤地说："儿啊，你的魂儿丢了，丢海里了！"他的魂靠白纸门是映照不出的，七奶奶准备给剪一道"灵宝招魂符"。符烧了，火光一闪，疙瘩爷眼睛开始有了神，他慢慢追忆灵魂一点点地变化：在大冰海上打海狗的时候，他是一条顶天立地的汉子；从拦截红海藻那一天，疙瘩爷开始恨大海了；从当村干部那一刻起，他开始背叛自己；从与各种人的周旋中，疙瘩爷开始怀疑正义、伦理和尊严；从老朋友黄木匠死的那一天，疙瘩爷的精神崩溃了；从捞到第一具死尸，疙瘩爷开始不相信善了。老头外表装得善善的，可是他不相信善，他还私自断定谁都不相信善，世上的一切都安排得这样糟糕，人人都在利用，都在欺骗，都在捞钱，都在寻找各自的享乐，疙瘩爷再也找不到原先的自己了。老人在生命的最后阶段，竟然体验到了"生不如死"的苦涩滋味。望着自己亲手捞上来的一具具尸体，疙瘩爷恨自己了！俺咋成了这么一个卑鄙的人呢？对着娘的白纸门审视自己，一遍一遍地骂：你个老东西啊，你是白纸门家族里的男人啊，过去可是响当当的滚冰王啊！你在大冰海上，能用结束生命的方式呼唤人的尊严！如今你成啥了？你的尊严丢了，良心黑了，你的良心还顶不上一截狗杂碎！你的灵魂肮脏了！完了，完了，再也活不成个人样儿来了。

这个夏天最动人的日子，残酷地逝去了。

不久，疙瘩爷和鹞鹰从浴场消失了。

大鱼占领了疙瘩爷那间老屋继续捞尸。

一个可怕的黄昏，疙瘩爷躺在一个小舢板船上，顺着潮水漂走了。鹞鹰在他头顶上高叫着，盘旋着，跟他依依惜别。可是，漂了一夜，天亮的时候又漂回来了。他知道自己快完了，疙瘩爷想结束自己堕落的生命，可是，他丝毫没有办法来结束自己的生命。好死不如赖活着，赖赖叽叽地活着吧，疯疯癫癫地活着吧，疙瘩爷像个划旱船的丑公子一样，白天在村街上乱跑，嬉皮笑脸地说："请俺吧？你该请俺喝酒了！"人们像打量小丑一样地躲开了。每到晚上，疙瘩爷便叫着哭着唱着，雪莲湾人已经习以为常。

一个可怕的黄昏，人们发现，那只鹞鹰背叛了主人疙瘩爷，它独独地飞，飞得太高，几乎贴在了蓝天白云之间。

雷震枣木

两条乌黑的铁轨伸到了泥岬岛。

通车大典的那天上午,雪莲湾的天气没啥异样。庆典仪式也很隆重,一切都那么庄严、愉快、美好。所谓通车庆典,实际上并没有火车上岛,只是钢轨路基铺成了。钢轨就有港商孟老板的股份。在这个岛上,港口和钢城建设就可以全线铺开了。大雄站在泥岬岛的导航塔顶,望见一股灰色云团从海洋向陆地飘来。站在灯塔上,大雄能感受到,风在天空中刮得猛,下面却听不到声息。乌云一团团的,细看是一卷一卷的。帆和船的影子都很模糊,潮音和鸟的叫声也模糊。热嘟嘟的海风将铺着钢轨的小岛刮得有点骚动不安。海岛的滩涂好像要陷落,深深的泥岬里好像藏着大雄想不透的故事,让他神往。

傍晚时分,风势依然没弱,村里送来几盏灯。有蝙蝠灯、螃蟹灯、门神灯和茔地灯。说是给大雄的贺礼。大雄让人把灯挂在钢轨尽头的脚手架上。天黑的时候,灯点燃了,照亮秋夜的一大片地方,泥岬岛陡然粉亮了。四盏灯在黑色的夜空中,就像四颗蓝莹莹的星星。让沉寂、空旷的海岛有了色彩。大雄望着他们心里快快活活地笑了。

不知是灯光,还是大自然鬼气,这天夜里,泥岬岛闹蟹乱了!

天黑涨潮了,涨到一定程度,潮便动得慢了。大雄忽然听到潮音以外的声响,像是老鼠磨牙的声响。大雄悄悄摸了过去,有三只螃蟹扭打在一起,打得马嘶剑鸣。大雄急忙喊:"快来啊,拿桶来,螃蟹送上门来了!"工人提着水桶过来了,惊喜地抓走了三只螃蟹。直到这个时候,大雄仍然没有往蟹乱上想。因为今年渤海湾螃蟹少得可怜，村里的渔民都出远海到舟山或白令海捕蟹去了。

　　大雄扭头要走，又听见了一些声响。大雄收了脚步，寻了过去，望见几十只螃蟹鼓鼓涌涌地爬上滩来，螃蟹微微泛着水润的青色。邪了，哪儿来的这么多螃蟹？大雄继续喊人："还有螃蟹哪！"那边人好像没有听见。螃蟹后面跟着螃蟹。大雄开始诱惑了，眼睛瞪得溜圆，踏着月光走了几步，螃蟹吐沫的声音虚虚幻幻，他脚步声也时断时续。过了一会儿，大雄感觉螃蟹都是渤海湾的梭子蟹，以螃蟹发出的声音来判断，不是来自一个方向，而是四面八方，气势越滚越大。

　　大雄在那坑边蹲了好久。他仔细观察着。雪莲湾人经历过历史上的三次蟹乱，新中国成立时的那场蟹乱，夺去了他奶奶的命。没承想，在环境污染、资源枯竭的今天，雪莲湾还能闹蟹乱，简直不可思议。最初的感觉是窃喜，螃蟹是昂贵的美味，送上门来，不就等于送钱吗？雪莲湾人致富的机会来了。眨眼的工夫，他的想法就变了，妈呀，从哪里钻出来那么多螃蟹？月色溶溶，还染有许多炽白的热气，是螃蟹爬动时冒出的白气，后来滚成浓浓的带着腥气的雾了。大雄离钢轨还有一里地，他观察着螃蟹的走向，观察它们前进的规律，后来他惊异地发现，螃蟹是奔钢轨去了。螃蟹到钢轨那里干什么？大雄寻思了一分钟，这时的螃蟹就将满滩覆盖了，几乎没有他下脚的地方。青螃蟹、紫螃蟹、红螃蟹，大的驮着小的，小的追着大的，拥拥挤挤，横行霸道地冲过来了，像河流一样在岛上滚动着。

　　月光如银粉洒下来，在湿漉漉的螃蟹盖上折射出贼贼的光亮。距离越远，那光亮就越晃眼。纷乱的声音几乎将他吞没，这时候大雄脑子里发出一个恐怖的声音："蟹乱，是他娘的蟹乱啊！"大雄听爹说他奶奶就是死在蟹乱里的。海邪了，螃蟹怒了，螃蟹要把泥岬岛啃掉，把大雄他们赶出去。

　　大雄迅即地一弯腰，蹬倒一只工地上的水桶，水桶的响声很响脆。他将桶放在地上，猛然摸到一根扁担，他抓着扁担在半空一横，对准了螃蟹猛拍下去。脚下就响起脆脆的破碎声，螃蟹的血浆、螯子溅得满脸都是。大雄边打边吼："狗×的,蟹乱了,蟹乱了,快过来打螃蟹啊！"声音嘶哑。守岛的工人才二十几个，他们听见喊声都跑来了,他们看见这阵势,先是吓尿了裤子。没有食欲,只有恐惧。大雄狠狠地骂:"快抄家伙,赶紧打螃蟹!"呆傻的工人这才跟着打螃蟹。

螃蟹越来越厚,打死了,活的跟上来,前赴后继。螃蟹是有规律地向什么地方靠拢,你碰我,我撞你的,蟹群开始起伏膨胀,仿佛被海上涌起的浪头给抬了起来。后来变成了越来越近的嗡嗡声。大雄的挥舞的扁担再也举不动了,喉咙一下子痒起来,后背出汗了,双腿虽然酸软,步子却能一步步地迈,踩在螃蟹身上,"咔嚓嚓"一声响,他的脚脖子扎破了。后来他跌倒了,螃蟹爬到他的脸上扑咬。这个时候,大雄感觉自己的指挥是错误的,过一会儿,分不清哪是海哪是滩了。所有人都撤不出去了,所有人都得被螃蟹吃了肉。大雄爬起来,脸、脖子和胳膊已是伤痕累累了。他扯开嗓门大喊一声:"别打了,都跟俺撤,俺们撤出泥岬岛!"他喊着,脚已经迈不出去了。几个工人硬拖,才把大雄拖到一块高岗子上。他们想弄螃蟹吃的心态一点儿没有了。

大雄和工人们仓皇逃离泥岬岛。

第二天早晨,大雄上岛的时候,被眼前的一幕惊呆了。

螃蟹都死了,死在钢轨两旁。螃蟹堆成了小山,一座座的小山,一股浓重的腥气久久不散。完全可以想象得出,昨天夜里,螃蟹咬啊,啃啊,抓啊,都没能动摇那坚硬的东西。只是将锈迹斑斑的钢轨啃亮了。

恐怖的蟹乱传到七奶奶那里。

七奶奶好像有预感,要来的,虽然慢,却一定会来的。最初,老人恍恍惚惚,有些糊涂。后来明白了,七奶奶平静地说:"今天夜里螃蟹还会来的!"然后就很久很久不说话了。七奶奶走到供奉菩萨的小屋。没有特殊情况,她不进这个屋子。她盛满小米的碗里,插上香,三炷,飘起三道烟,袅袅的。大慈大悲的观世音,人间啥事情都看得见,看得清。历史的轮回多么的相似啊!七奶奶听先人说过,光绪八年,泥岬岛上同样闹过一场蟹乱。那是由一个火车头引发的。李鸿章在城里搞洋务,为了运输开滦煤矿的煤,下令挖了一条煤河,可是这条河挖到胥各庄就因为流沙挖不动了,那么胥各庄至开滦,就诞生了中国的第一条铁路。英国工程师金达用开滦的旧锅炉,改造成了第一台"龙号"机车。可是,通车大典的时候,荣禄向正在清东陵大祭的慈禧老佛爷密报,慈禧怒了:

"黑烟冲天,有伤稼禾;火车震动皇陵,先帝神灵不安。"老佛爷下令,将"龙号"机车当妖物扔进大海。当时,火车头就扔在了雪莲湾的泥岬岛。火车头到来的第一个夜晚,泥岬岛就闹蟹乱了。螃蟹将生了锈的旧车头啃得明光锃亮。螃蟹死伤成山。还有一次,七奶奶不能忘。也就是七爷死的前一年,日本鬼子在雪莲湾开农场。日本人抓了俘虏、民工给他们开发稻田。稻子刚刚冒出绿芽,蓝灯队的人就将螃蟹引来了,闹了一场人工蟹乱。螃蟹鼓鼓涌涌地爬进稻田,疯狂地摆动蟹螯,愣是将青嫩嫩的稻子剪得一片狼藉。日本鬼子傻了,哇哇喊叫着用刺刀砍螃蟹。最近一次蟹乱发生在新中国成立那年。大雄的奶奶就死在那场蟹乱里。

七奶奶在想今天冒犯的是哪路神仙?给泥岬岛剪什么样的"符"呢?费了半天脑筋,还是觉得不行,光用"符"是镇不住的。泥岬岛是雪莲湾的南大门,还得用两扇门神。用谁呢?钟馗和魏徵显然不合适。后来七奶奶把门神选在《封神演义》的两个人物上:燃灯道人和赵公明。麦兰子问七奶奶:"为啥要用这两个人呢?"七奶奶嚅动着嘴巴说:"武王伐纣,姜子牙帐下有个燃灯道人啊。峨眉山道仙赵公明则站在对立面,助商作战。这两个人联手可制服蟹王,传统年画用这对门神,依封神故事的描写,燃灯道人骑鹿,两手分别持如意、乾坤尺;赵公明骑虎,一手举钢鞭,一手托元宝。燃灯道人头上双凤戏日,赵公明头上双凤戏月,他二人斗法时所用金蛟剪。用这对门神,是让冤家聚首,同守门户。钢铁和螃蟹也可共生啦!"麦兰子非常痴迷地听着,心里有了根底。有七奶奶在,没啥好怕的。

"要是有雷震枣木就好了,这种木头做的门最好!赶快找吧!"七奶奶说。

麦兰子让人赶紧找"雷震枣木"。

"雷震枣木"即雷火劈断的枣树。雷电是通神的媒介,人得雷可以驱邪治病。《道法会元》卷八记载:"吾受雷公之抚,电母之威,以除身中万病,斩断百邪,驱灭万精。"木得电便成灵木,因为雷公已经把鬼怪妖魔从此木上驱走了,其他鬼祟见到此木也不敢靠近。雪莲湾民间常用线绳穿一块雷击木,戴在刚出生的小孩的手腕上,或套在脖颈上,以为这孩子就好活了。可是,没有找着,这种木料七奶奶找了好多年。枣木是有的,并没有被雷震过,被雷震过的,不是好的枣木。疙瘩爷对麦兰子说:"你还当真啊?找一块枣木,糊弄糊弄老太太就行了。"麦兰子不同意,狠狠瞪了疙瘩爷一眼:"爷,您咋总是想着欺骗人呢?黄木匠被您和大雄欺骗了,老头气死了,您还想把奶奶也气死啊?"疙瘩爷赖皮赖脸地一笑,支吾说:"这哪叫欺骗?这是各取所需。也叫一个新词,叫双赢!嘿嘿嘿——"麦兰子没好气地说:"这里没您的事,一边歇着去!"她一挥手将疙瘩爷挡一边去了。

疙瘩爷疯疯癫癫地走了,边走边喊:"走啊,闹蟹乱了,逮螃蟹吃啊!嘿嘿嘿——"

没有找到"雷震枣木",七奶奶找到了一种替代物,雷震桃木做的木门。明眼人都知道,这是七奶奶自家的那半扇门板,她死后要陪她下葬的那半扇门,那半扇已经随七爷下葬了。七奶奶就守着这"雷震桃木"做的半扇门,挺了几十个年头。都知道这扇门的含意。七奶奶让人们摘这扇门,麦兰子、大雄和乡亲们都惊讶了。由此想到,泥岬岛上平息蟹乱任务的艰巨。实际上,七奶奶准备搬到岛上的有两扇门,都是由雷震桃木和雷震柳木做的。雷震柳木门是麦兰子家里的。麦兰子望着这两扇门,想起了红旱船。这是七奶奶关于人生信念的绝笔啊!七奶奶把剪好的门神"燃灯道人"和"赵公明"分别贴在了两个门板上。"雷震桃木"门板上早就糊着白纸,只是将门神贴在正反两面。七奶奶盘腿坐在炕上,努力剪着门神。剪碎的纸条子呈各种形状,纷纷飘落,沾在她的腿上、怀里。八十八岁的人了,眼睛还那么好。

第二天下午,天还亮着,麦兰子搀扶七奶奶登上了泥岬岛。

七奶奶这次登岛,受到家人的百般阻拦。可是,七奶奶的眼神谁都无法拒绝。七奶奶望了望海岛,心头一寒,眼前飘动着螃蟹到来之前冷酷的气息。七奶奶的两扇白纸门矗立在岛上,与钢轨只有一步之遥。"雷震桃木"做的门板,宽厚而透明,显得那么高大、威严。太阳落下去了,工人纷纷收工,热热闹闹的海岛猛地寂静了。一抹淡淡的夕阳,还没有照到白纸门的"燃灯道人"门神上就已经消失,背面的门神仿佛在海水的阴影里晃动。周围阴出一种暗灰颜色。一只白色的海鸟围着白纸门蒙头蒙脑地兜着圈子,用鼻子嗅着门,然后就飞起来,慌慌张张地对着天空鸣叫。

海风静静吹着，七奶奶像尊神一样坐着，感觉风硬如刀，割得老脸生疼。她的脸对着白纸门，浑浊的眼睛望着海。沧海桑田，人人事事，都装在老人眼里、心里。有一层白雾从她的脸上飘过去了。老人一动不动，她在等待着那一刻，老人调动全身的精血捕捉着螃蟹的声音。可是她耳朵里依然清清白白，没有听到一丝螃蟹蠕动的声音。

麦兰子和大雄都站在七奶奶身后，默默地陪伴着她。裴校长和四喜也都来了。七奶奶亲自出马可不是小事哩！

天黑了，听见那种老鼠磨牙的沙沙声，细雨般密密麻麻的螃蟹的叫声。七奶奶扭头望着人们，有些悲壮地说："孩子们，俺今天要是失手了，你们就赶紧撤走！留老朽一人足矣！"

"奶奶，俺们一起走！"麦兰子心里特别慌，脚底轻飘飘的风一吹就要倒下去。

七奶奶没有说话，身上一下子冷了起来。

光有声音，不见螃蟹爬过来。

七奶奶的身体坐僵了，双脚麻木，她竭力将双腿轮流着弯了弯，转眼就感觉到腿和上身的气脉接通了。

天彻底黑了，大雄用手电往远处照了照。螃蟹就在眼前了。

七奶奶伸手使劲拍了两下"雷震桃木"门板。嘭嘭的声音传出很远。

螃蟹竟然没退，叽叽喳喳地涌到人们脚底了。

七奶奶的"雷震桃木"白纸门失灵了。

七奶奶一个惊怔，月光把她的脸照成了青白色，她用手在脸上抹了一下，自上而下，有两行泪水湿了她的手心。她喊了一声："你们走，都走！给俺换一道门，换柳木门。快点啊，快点！"

谁也不走。人们都信七奶奶。

"雷震桃木"门被撤下去了。换上了柳木门。

风来了，雾却没散。螃蟹以新的攻势再次袭来。

"天杀的！"七奶奶气得眼眶子一抖。

大雄一声令下，工人和村民用工具击打着螃蟹。

七奶奶慌了，枯瘦的身子向前移了移，头昂起，张大嘴，喊不出话来，仿佛有一团火球样的东西喷了出来："俺的天神哩！"于是，便有一团鲜血喷在柳木做的白纸门上，炸开，红红的，像一个门神图案。七奶奶没有倒，直挺挺地坐着，她坚信自己能击退螃蟹。

七奶奶的柳木门"嘭"一声倒下了，人们当下就慌了。

大雄惶惶地喊："兰子，七奶奶，咱们还是撤吧！"

七奶奶一动不动。七奶奶也呆傻了，她一辈子经历过各种各样的磨难和忧患，却没有碰到过这么严酷的处境。她想留下来，与螃蟹做最后的搏斗。老人在内心里已经与螃蟹做了长时间的搏斗。最后可能是一场没有希望的、力量悬殊的搏斗，结局将是悲壮地牺牲。但是，她总还是抱着近乎绝望的希望，也许螃蟹主动退去，永不再来，不，还是用白纸门击退这些狗东西吧！要是有"雷震枣木"门就好了！

麦兰子生拉硬拽地将七奶奶搀到了船上，这才摆脱了螃蟹的攻击。周围的黑雾，还是那么浓重。风中可以听见海鸟的叫声。麦兰子抖掉自己身上的螃蟹，又摘七奶奶身上的螃蟹。船往哪里走？已经是黑夜了，大雾中是很难分清方向的，他们只能根据变浓的黑暗来猜测。大雄这个闯海好汉，对此已经束手无策。所有人都悲观地涌起一股黯然情绪。七奶奶呆呆地坐在船上，翻心，浑身都在发痛。她心里猜测着，眼前总是一片片的螃蟹。她不说话，在海里，在雾中，分明感觉出某种无声的、疾驰的、神奇的东西。这种东西出现了——

船开动了，缓缓走着。

螃蟹连连卷来，一阵猛过一阵，满岛沙土乱响，雾气四下逃散，螃蟹很快就会蔓延到村里。不能等了，再迟疑，再拖延，将是很可怕的，雪莲湾的灾难，这里将永无宁日了。这个想法像天空中的闪电一样，在七奶奶的头脑中闪过。七奶奶的眼泪忽然下来了，不是谁都能看到她哭的，当她流泪时，过去的日子总是伴随许多苦难。不是悲观的眼泪，而是拥有苦难并最终战胜苦难的眼泪。为了麦兰子，为了大雄，为了雪莲湾，为了人类美好的生活，七奶奶就要行动了。老人知道，死亡是不可避免的，死亡将结束一切，但是她又希望，她身上最珍贵、最神圣的东西留下来。怎么个留法呢？为这，老人思考了很久。她渴望自己重新回到岛上去，让自己变成一扇"雷震枣木"门。这样一来，她的生和死都是为了一个目的：用最后的力量使自己的魂灵保留下来，跟门一起永存。七奶奶修炼到这个份上了，她一定能够变成白纸门的。有一点，怎么办？怎么将自己的行动跟麦兰子他们解释呢？爱他们的七奶奶正是为了爱他们而要远离他们的。有办法了，就这样说，俺们大伙儿都在一条船上，大伙儿都是一个命，都要相互关爱，人们爱到极致的时候就能变成门。天下之大，实际上所有的人出出进进都走一个门。所有进门和出门的人都是一家人，一家人就应该彼此呵护，彼此相爱——

"奶奶！"麦兰子突然低声叫道，她几乎已经猜到七奶奶的想法。她用颤抖的身体更贴紧了奶奶，恳求着，祈祷着。俺们永远不要离开奶奶。

"大雄，送俺回岛上去！"七奶奶镇静地命令说。

七奶奶这一喊，麦兰子酥了身子："不，奶奶！你不能——"

"送俺回岛上去！"七奶奶一脸狠气，嘴角溢出几丝寒寒笑意。

一阵风催过来，船身剧烈地颤抖着。小船又陷入迷雾之中。忽然，一阵风响，一道闪电，接着是"哐啷"一声水响。大海在黑暗中呼啸、骚动。

坏了，七奶奶跳海了。

实际上，七奶奶没有跳海，七奶奶倒在麦兰子的怀里，从容地闭上了眼睛，一脸土灰色，额头逼出许多细汗。麦兰子紧紧地抱着七奶奶瘦弱的身体，忽然，奶奶的身体一点点发硬，发凉，一动不动，似乎化了一般。忽然，眨眼间变成了一扇"雷震枣木"门板。与那两块门板大小一模一样。这样一来，船上就有了第三块门板——"雷震枣木"门板。一块大义凛然、勇敢忠诚的门板，上面飘动着七奶奶用白纸剪的"燃灯道人"门神。麦兰子绝望了，用双手使劲捶着门板，放声痛哭，直哭得死去活来："奶奶，奶奶啊——"喊声凄绝，听得一船人心中寒彻，泣不成声。麦兰子用头拼命地撞击着门板，哭泣着，呼唤着，声音嘶哑。这一声裂人心肺的哭喊，悲哀地回荡在恐怖喧闹、浓雾弥漫的大海上。

船上所有的人都朝"雷震枣木"门板跪了下去。

大雄吼了一声："掉头，掉头，朝岛上开！"

小船急急一掉头，朝岛上疾驰而去。

快接近海岛的时刻，麦兰子擦干脸颊上的泪水，紧紧地扶着"雷震枣木"门。海涛汹涌，向着船舷和门板扑来。让人惊异的是，这块门板坚如磐石，稳稳地抵挡着海水的冲击。借着月亮的光辉，能够看见螃蟹疯狂地蠕动。螃蟹没有退，漫漫泛泛地爬动，发出揉纸般的声音。船上的人开始慌了，像是在绝命的一刹那，忽然惧怕死亡，露出无限的渴念和激情，要抓捞最后一点儿希望。那希望就是七奶奶的"雷震枣木"门，不管怎么样，明天将会是崭新的一天，雪莲湾人一定会走进富裕、和谐的新生活。麦兰子出奇镇静，抬手使劲擦干了脸颊的泪水，亲手将七奶奶的"雷震枣木"门戳了起来！掠来掠去的海鸟从门板顶端乱乱划过。大雄望了门一眼，目光中似有了蒙蒙雾气。他将一盏马灯照在了门板上，白纸门炽热的白光一环一环地辐射开去。

天亮了，蟹群退了，叽叽喳喳地往海里退了，退得无影无踪，一切都随之灰飞烟灭。只剩下这扇门还热着。

小岛哑静。逐渐熄灭的渔火的蓝烟，在岛上缭绕。螃蟹还会袭击孤岛吗？不会吧？卷土重来也不怕了，有"雷震枣木"门作为撒手锏。麦兰子泪着眼，一动不动地抚摸着门板，门板上竟然湿湿的，她也不去擦，因为那是七奶奶为人间洒下的热泪。

"雷震枣木"门缓缓晾在海面上，却像是悄悄含在水里，变成激荡的风，变成伤逝的浪，远远地去了，又隐隐地来。天长地久，雪莲湾还有无尽的岁月。无边无际的大海无穷无尽地涌着，晨光中，一条船缓缓远去了。